HEYNE
BÜCHER

SCIENCE FICTION

Herausgegeben
von Wolfgang Jeschke

Von **Patrick Tilley** erschien in der Reihe
HEYNE SCIENCE FICTION & FANTASY:

DIE AMTRAK-KRIEGE:

Wolkenkrieger · 06/4730; auch 06/7006
Erste Familie · 06/4731; auch 06/7007
Stahlkoloß · 06/4732; auch 06/7008
Blutiger Fluß · 06/4885; auch 06/7009
Todbringer · 06/4886; auch 06/7010
Erdendonner · 06/4887; auch 06/7011

SCIENCE FICTION WARP 7 zum Kennenlernen

herausgegeben von
WOLFGANG JESCHKE

PATRICK TILLEY

BLUTIGER FLUSS

DIE AMTRAK-KRIEGE

VIERTER ROMAN

WILHELM HEYNE VERLAG
MÜNCHEN

HEYNE SCIENCE FICTION & FANTASY
Band 06/7009

Titel der amerikanischen Originalausgabe
THE AMTRAK WARS – BOOK 4:
BLOOD RIVER

Deutsche Übersetzung von RONALD M. HAHN
Das Cover ist von ARNDT DRECHSLER
Die Karten zeichnete CHRISTINE GÖBEL

Dieser Roman erschien erstmals
als Heyne Taschenbuch unter demselben Titel
mit der Nummer 06/4885

Umwelthinweis:
Dieses Buch wurde auf
chlor- und säurefreiem Papier gedruckt

Redaktion: Wolfgang Jeschke

http://www.heyne.de
Printed in Germany Dezember 1998
Umschlaggestaltung: Atelier Ingrid Schütz, München
Technische Betreuung: M. Spinola
Satz: Schaber Satz- und Datentechnik, Wels
Druck und Bindung: Elsnerdruck, Berlin

ISBN 3-453-14878-9

DIE SIEBZEHN LANDFÜRSTENTÜMER VON NE-ISSAN · 2990 n. Chr.

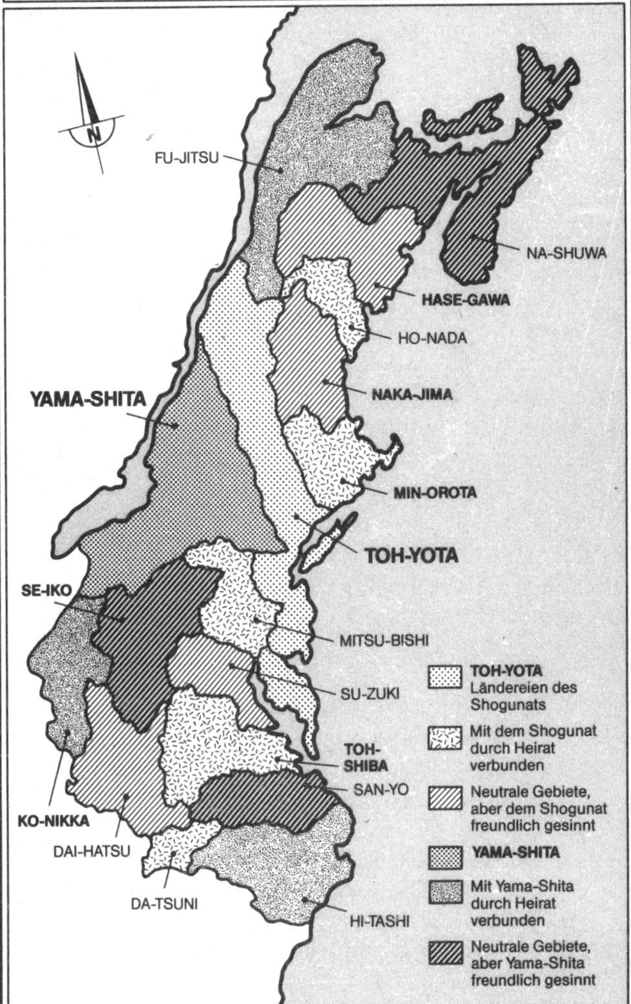

In liebendem Gedenken an meine Mutter
geborene Agnes Rose Lewer
22. Juli 1904 — 1. Dezember 1987,
die mir das unbezahlbare Geschenk der
Ausbildung machte, und deren
enorme Persönlichkeit mich dazu brachte,
alles zu überprüfen, was ich schrieb.
Gott segne dich, Mama.
Behalte deinen Heiligenschein.
Jetzt wird es erst richtig spannend.

1. Kapitel

Hätte sich sein jüngster Sohn nicht plötzlich in den Kopf gesetzt, durch die halb offene Tür zu torkeln, als seine Mutter ihm den Rücken zudrehte, wäre Izo Watanabe nicht vom Schreibtisch aufgesprungen und aufs Deck des Hausbootes gegangen. Hätte er dies nicht getan, wären die Wintermonate in der üblichen friedlichen Monotonie vergangen. Dies hätte den Tod mehrerer Hundert seiner Waffenbrüder verhindert oder wenigstens zu einem profitableren Unternehmen geführt.

Doch so sollte es nicht kommen. Das Schicksal nötigte ihn in Gestalt väterlicher Besorgnis dazu, seinem Söhnchen zu folgen, und als er den Kleinen packte und auf die Arme hob, sah er etwas, das ihm den Atem nahm.

Zwei dunkle Objekte mit starren Flügeln bewegten sich über den Himmel, auf einem Kurs, der sie fast genau über das Boot, auf dem er stand, hinwegführen würde. Die Objekte bewegten sich in südwestliche Richtung, am gezackten Vorderrand einer massiven grauen Wolkendecke entlang, die sich dem Mi-shiga-See gerade aus Nordwesten näherte.

Ohne die vom Wind getriebenen Schneeflocken zu beachten, die ihn umwirbelten, blieb Izo Watanabe mit offenem Mund stehen, preßte sein Söhnchen an die Brust und beobachtete, wie die Objekte über die Mole hinwegflogen, an dem der Schaufelraddampfer verankert war. Dann wurden sie kleiner, und schließlich verschluckte sie die näherkommende Schneewolke.

Watanabe blieb stehen und richtete seine dunklen Knopfaugen fest auf die Stelle, an der die beiden geflügelten Punkte verschwunden waren. Er beachtete die kleinen Finger nicht, die verspielt an seiner Unterlippe zogen. Die Fragen, die sich aus dem ergaben, was er gerade gesehen hatte, ließen ihn den ursprünglichen Grund seines Hierseins vergessen, und es erforderte die schrillen Schreie seiner Gattin Yumiko, ihm die Tatsache bewußt zu machen, daß der ungeschützte Kopf seines Sohnes schon reichlich mit Schnee bedeckt war.

Watanabe ließ sanftmütig zu, daß Tomo seinem Griff entrissen wurde, dann folgte er seiner Gattin hinein.

Nach den traditionellen Regeln der Etikette war es zwar nicht gestattet, daß eine Frau ihren Gatten schalt, doch in der Praxis folgte man dieser Konvention nur dann, wenn Freunde, Verwandte, Diener oder Vorgesetzte anwesend waren. Eine Gattin mußte ihren Ehemann zwar pflichtgemäß respektieren und hatte ihm zu gehorchen, doch hielt dies die temperamentvolleren (oder boshafteren) Angehörigen des weiblichen Geschlechts nicht davon ab, wenn man unter sich war, den Männern die Ohren vollzukeifen — oder ihre Unzufriedenheit auf andere, subtilere Weise zu zeigen.

Watanabe nahm auf der Matte hinter dem Schreibtisch Platz und ertrug den unausweichlichen Ausbruch, daß er die Gesundheit seines jüngsten Kindes gefährdet hatte, mit würdigem Schweigen. Er wußte zwar, daß Yumikos Besorgnis wohlbegründet war, doch sein Verstand beschäftigte sich mit anderen Dingen, die Yumiko, wie man es von einer Frau erwarten konnte, natürlich nicht verstand.

Er ließ die Spitze seines Pinsels langsam über den Schreibblock schnörkeln und ignorierte ihre Stimme. Wenn er seiner Bedeutung entkleidet war, ähnelte der Strom von Yumikos Worten dem Gackern einer aufgeregten Henne, die von einem frisch gelegten Ei vertrieben wird, noch ehe sie Zeit dazu hatte, ihre Leistung zu bewundern.

Als das zehn Monate alte Kind schließlich kräftig abgerubbelt worden war und sein fröhliches Quietschen andeutete, daß es nicht so bald wieder verstummen würde, wurde Yumikos nörgelndes Gegacker durch jene leisen, mütterlichen Klänge ersetzt, derer sich Menschen und Tiere befleißigen, wenn sie ihre Kleinen nähren. Und kurz darauf wurde das rotwangige Kind seinem Vater als Friedensangebot hingehalten.

Watanabe, der über die Tatsache nachdachte, daß die Launen seiner Gattin so vorhersehbar waren wie Tag und Nacht, nahm Tomo kurz in die Arme, drückte einen Kuß auf seinen glatten, mit Flaum bedeckten Schädel und gab ihn dann vorsichtig zurück. Für Yumiko war die Krise vorbei. Nun herrschte wieder Harmonie. Doch die Probleme ihres Gatten fingen nun erst an.

Izo Watanabe und seine Gattin Yumiko entstammten einem Volk, das seine Nachbarn unter der Bezeichnung Eisenmeister kannten, einer hierarchisch gegliederten Ansammlung asiatischer Abstammungslinien, in der die japanische die Oberschicht darstellte. Dann folgten in absteigender Reihenfolge chinesische, koreanische und andere ethnische Gruppen. Die Stellung einer jeden Gruppe stand in direkter Beziehung zur Entfernung ihrer jeweiligen Herkunftsländer — in Der Welt Davor — von einem heiligen Berg namens Fuji.

Fortgesetzte Wellen der Eisenmeister-Vorfahren waren zwischen den Jahren 2300 und 2400 an der Nordostküste Nordamerikas an Land gegangen. Und nun, sechshundert Jahre später, erstreckten sich die siebzehn Länder, die eine unter dem Namen Ne-Issan bekannte Nation ausmachten, vom Atlantik zum Eriesee und von St. Lawrence bis nach Cape Fear in North Carolina.

Watanabes Familie schuldete dem edlen Haus Yama-Shita Treue, den Inhabern der exklusiven Lizenz, mit den Grasaffen zu handeln, die in den endlosen Steppen des Westens umherzogen. Izos Familie gehörte zwar selbst zur japanischen Herrscherklasse, doch er war ein Kind der Liebe, das eine chinesische Konkubine seines Vaters zur Welt gebracht hatte.

Das sich daraus ergebende soziale Stigma, das zwar nicht gerade eine Katastrophe war, bedeutete jedoch, daß er auf ewig von jenen hohen Ämtern ausgeschlossen war, die seiner gesellschaftlichen Klasse offenstand, und daß — sollte er je den Beschluß fassen zu heiraten — seine zukünftige Frau Chinesin sein mußte. Dies hatte ihn zu dem Beschluß geführt, im Kaufmannsstand tätig zu werden, da dort viele chinesische Familien es zu etwas gebracht hatten. Die Beziehungen seines Vaters hatten ihm eine Substitutenstellung in einem reichen Handelshaus gesichert, das über eine Kette von Depots verfügte, die sich von Bu-faro am Iri-See bis zum Ostmeer erstreckten.

Watanabes wachsame Intelligenz, sein mathematisches Talent und seine Organisationsfähigkeiten hatten ihn nicht nur rasch Karriere machen lassen, sondern ihn glücklicherweise auch mit Yumiko bekannt gemacht, der vierten Tochter eines chinesischen Kaufmanns, der sie — mit einem pfiffigen Auge für ihre Aufstiegschancen — mit einer ordentlichen Mitgift versehen hatte.

Doch die Erwartungen ihres Vaters bezüglich Izos familiärer Beziehungen hatten keine der erwarteten Belohnungen eingebracht. Nachdem Yumiko ihm einen Sohn und eine Tochter geboren hatte und mit Tomo schwanger geworden war, war die latente Mißbilligung des Schwiegervaters über Izos gemischtes Elternhaus schließlich enthüllt worden, und nachdem Izo bei der jährlichen Beförderung zweimal übergangen worden war, hatte dies seiner Hoffnung, in die Geschäftsleitung aufzusteigen, ein Ende bereitet.

Doch seine Verzweiflung war nur kurzlebig gewesen: Er war einem Ruf zum Palast von Sara-kusa gefolgt und hatte dort einen Hofbeamten des Fürsten Yama-Shita kennengelernt, der ihm die Stelle eines ständigen Vertreters in den Außenländern angeboten hatte.

Izo sollte, so erklärte der Handelskapitän, einer aus einer Versuchsgruppe aus fünf Berufenen sein — und der erste, den man je hinter den Grenzen von Ne-Issan stationiert hatte. Izo, sich bewußt, daß dies eine vom Himmel geschickte Gelegenheit war, ins Parterre eines Pionierunternehmens einzutreten und der zwar verschleierten, doch rachsüchtigen Diskriminierung zu entgehen, die seine Ehe und Karriere überschattete, hatte das Angebot ohne Zögern angenommen.

Die Schaufelraddampfer der Yama-Shitas suchten die beiden etablierten Handelsposten bei Bei-sita und Du-aruta zwar schon seit mehreren Jahrzehnten einmal pro Jahr auf, doch im Sommer des Jahres 2990 hatte Landesfürst Hiro Yama-Shita beschlossen, eine Reihe ständiger Handelsagenten zu etablieren, um einen ständigen Kontakt mit den Mutantenclans im Hinterland aufrechtzuerhalten.

Izo und die vier anderen Berufenen sollten die ersten Glieder einer Kette sein, die — falls sie positive Ergebnisse zeitigte — sich später rings um das Ostufer der vier miteinander verbundenen Seen legen sollte, aus denen das Westmeer bestand — jene ausgedehnte Wasserfläche, die die Mutanten als ›Großen Fluß‹ bezeichneten.

Jeder Handelsagent sollte mit seiner Familie auf einem Hausboot wohnen — kleineren Vettern jener dreistöckigen, dampfbetriebenen Ungeheuer, die einmal jährlich nach Du-aruta fuhren. Man hatte zwar ins Auge gefaßt, die Hausboote an zu diesem Zweck errichteten Molen fest zu verankern, doch falls die Lage es erforderlich machte, konnten sie auch ablegen und in See stechen. Für einheimische Hilfskräfte wollte man sorgen, und die Hausboote sollten, falls nötig, von einer kleinen Abteilung Seesoldaten instandgehalten und beschützt werden.

Für Izo bedeutete dies die Aufsicht über eine geschlossene Gemeinschaft von fünfunddreißig Seelen. Nahrung und andere Dinge wollte man so lange auf dem Seeweg anliefern, bis man alle nötigen Waren an Ort und Stelle erstehen konnte.

Yumiko war zwar nicht überglücklich über die Aussicht einer isolierten Existenz am Rand der Welt gewesen, doch die Chance auf einen Neuanfang, die großzügige Abfindung, die ihnen nach Ablauf des auf neun Jahre befristeten Vertrages winkte, und das Versprechen eines dreimonatigen Heimaturlaubs für je sechsunddreißig gediente Monate in den Außenländern, hatten ihren Protest aufgeweicht.

Die Möglichkeit, daß ihre Familie und sie nicht einmal drei Jahre überleben würden — von neun Jahren ganz zu schweigen —, schien ihr nicht gekommen zu sein, und Izo hatte klugerweise über die möglichen Gefahren geschwiegen, die ihr Leben zwischen Horden ungewaschener, nicht angeketteter Wilder bedrohten.

Die vier ersten Agenten hatte man bei Detroit, Saginaw Bay, Cheboygan und Ludington postiert. Izo Watanabe, das letzte Glied in der weitgespannten Kette, hatte man an einem Ort verankert, der als Benton Harbor bekannt war. Er lag etwa zweiunddreißig Kilometer nördlich von der Stelle, an der sich auf den Prä-Holocaust-Landkarten die Staatsgrenze Indianas mit dem Ostufer des Michigansees getroffen hatte.

Ihr Hauptziel bestand darin, engere Handelsbeziehungen zu knüpfen sowie weitere ›Gastarbeiter‹ zu rekrutieren. Dies sollte man mit kommerzieller und kultureller ›Beratung‹ erreichen, die den Zweck hatte, das Bild zu verändern, das sich die Mutanten über die Eisenmeister machten. Die Mutanten hielten sie für kalt und bedrohlich, doch sie sollten sie eher — väterlich sehen. Streng, denn die Grasaffen verachteten Schwäche, aber doch freundlich.

Schon dies allein war ein nicht leichtes Ziel, doch man hatte die Agenten zudem mit einer gleichermaßen wichtigen, parallelen Aufgabe betraut: dem Sammeln von Nachrichten.

Nach den ersten Einfällen der Föderations-Wagenzüge in das Territorium des Prärievolkes im Jahr 2989 hatte sich der Konflikt zwischen Wagnern und Mutanten den Grenzen Ne-Issans immer mehr genähert. Fürst Yama-Shita war auf die Idee gekommen, die Agenten — und besonders Watanabe — als Außenhorchposten einzusetzen. Ihre echten Bemühungen, die Handelsbeziehungen auszubauen, sollten sowohl für Tarnung als auch für Gelegenheit sorgen, Informationen über die Kriegsmaschinerie der Föderation und ihren nördlichen und östlichen auf die Running Red Buffalo Hills zu sammeln, wie das Prärievolk die Nord-Appalachen nannten.

Als Verkehrspolizist war Izo Watanabe der Aktion am nächsten. Bis heute schienen die Sondierungsvorstöße der Wüstenkrieger aus dem Süden am Westufer des breiten, sich schlängelnden Flusses steckengeblieben zu sein, den die Bewohner der Außenländer Miz-Hippy nannten. Die Quelle dieses Flusses befand sich in einer Seenplatte, die nordwestlich von Du-aruta lag. Watanabe war kaum vier Monate hier, deswegen gab es noch viel zu entdecken, aber laut den ersten Kontakten hatten die Eisenschlangen noch keinen Versuch gemacht, den Wasserweg zu überqueren. Ob sie es nicht konnten oder nicht wollten, würde sich noch erweisen.

Das Prärievolk hatte gesagt, die Schlangen folgten am liebsten den uralten Straßen — doch die meisten, die außerhalb Ne-Issans lagen, waren längst zu Staub zerfallen. Laut einer erbeuteten Föderationslandkarte, die Izo im Tausch gegen sechs Messer erworben hatte, war ersichtlich, daß die Eisenschlangen (ihre Betreiber bezeichneten sie als Wagenzüge) eine ganze Reihe kleinerer Flüsse überqueren mußten, um an den Miz-Hippy zu gelangen.

Zwar hatte Izo Watanabe selbst noch keine der so gefürchteten Todesmaschinen gesehen, aber vielleicht konnten sie wegen ihrer gewaltigen Größe oder der Art ihrer Konstruktion nicht wie ein beladener, von Ochsen gezogener und von luftgefüllten Tierhautsäcken gestützter Karren über einen Fluß treiben. Um so besser, denn dies bedeutete, daß die Eisenschlangen so lange keine Gefahr bedeuteten, bis man eine Brücke gebaut oder eine Fähre in Betrieb genommen hatte — also vielleicht für immer. Bauarbeiter bildeten leichte Ziele. Und selbst wenn man Brücken und Fähren baute, man konnte sie angreifen und von entschlossenen Kriegern in Brand setzen lassen.

Der Miz-Hippy erinnerte an die breiten Burggräben, die die Paläste der Landesfürsten Ne-Issans umgaben. Er bildete eine beinahe endlose Verteidigungslinie, die man — soweit Izo wußte — nur umgehen konnte, wenn man nach Norden fuhr, um das Westmeer herum. Dicht bewaldete, von Seen durchsetzte Hügelgebiete bildeten die erste Verteidigungslinie. Wenn die Eisenschlangen sie überwanden, mußten sie am San-Oransa haltmachen, dem breiten Strom, der Ne-Issans Grenzgebiete beschützte. Allerdings nicht den über ihnen befindlichen Himmel. Die marodierenden Schlangen trugen Fahrzeuge in sich, die sich durch die Wolkenwelt der *Kami* bewegen konnten. Flüsse und Berge stellten keine Barrieren für sie dar. Die Grasaffen bezeichneten diese Fahrzeuge als ›Donnerkeile‹, und die Soldaten, die in ihnen fuhren, waren als ›Wolkenkrieger‹ bekannt.

Bis zu diesem Augenblick waren sämtliche Geschichten über die ›Donnerkeile‹, die Feuerblumen vom Himmel warfen und Menschen mit langem, spitzem Eisen töteten, für Izo nur Gerüchte gewesen. Und zwar übertriebene Gerüchte. Keiner seiner Spitzel hatte je einen ›Donnerkeil‹ gesehen. Auch Watanabe nicht — bis heute. Und nun hatte er sogar zwei gesehen! Bloß sahen diese Himmelswagen nicht so aus wie die Maschinen, die seine Informanten beschrieben hatten. Ihre Flügel waren nicht dreieckig. Sie waren auf beiden Seiten ihres Körpers ausgestreckt, wie die Schwingen dahingleitender Meeresvögel. Und sie hatten einen Schweif — zwar nicht fächerförmig, wie der eines Vogels, aber immerhin einen Schweif —, der mit zwei Streben an ihrem plumpen Leib befestigt war.

Ihre Form war in gewissem Sinne immateriell. Izo Watanabe zweifelte nicht daran, daß die Himmelswagen ein Produkt der Föderation waren. Wenn man sie nur ansah, lief es einem schon kalt über den Rücken. Die Himmelswagen waren finstere, fremdartige Dinge, deren Form die Seele eines edlen Samurai nicht hätte ersinnen können. Aber was taten sie am schneeerfüllten Himmel?

Von Fürst Yama-Shitas Handelskapitän wußte er, daß sich die Eisenschlangen in den Wintermonaten in ihre unterirdischen Nester im Süden zurückzogen. Seine zahmen Grasaffen hatten es bestätigt. Aber ... wenn sich die Himmelswagen in der Luft aufhielten, bedeutete es, daß irgendwo im Südwesten eine Eisenschlange auf der Lauer lag. Vielleicht im Wald versteckt, und wartend auf die Rückkehrer.

Ja ... Die Meldung über ihr Hiersein und ihre genaue Position würde bald zum allgemeinen Wissen bei den örtlichen Mutantensippen gehören — wenn sie es nicht jetzt schon war. Dann würde jemand ihm in der Hoffnung auf eine Belohnung die Nachricht bringen. Izo hatte für solche Gelegenheiten mehrere Kisten voller kleiner Geschenke, von denen manche nützlich und manche dekorativ waren.

Watanabe warf einen Blick auf das vor ihm liegende leere Blatt Papier und fuhr damit fort, den Pinsel auf dem Schreibblock zu drehen, obwohl er nun voll Tinte war. Es half ihm, seinen Geist auf die Umstände zu konzentrieren, die das Auftauchen der Himmelswagen umgab. Die Luft war in den letzten zwei Wochen zwar fortwährend kälter geworden, doch der Himmel war klar oder mit einzelnen Wolken durchsetzt. Ausgerechnet heute morgen hatte die aufgehende Sonne den leeren Himmel erwärmt. Und nur kurze Zeit später war eine Reihe grauer Wolken am nördlichen Horizont aufgetaucht.

Die beiden Himmelswagen waren aus Nordosten gekommen und in südwestlicher Richtung über die Mole hinweggeflogen — also zum Miz-Hippy zurück. Was bedeutete, daß sie entweder im Norden oder im Süden gekreist waren — die näherrückende Schneewolke hatte sie zur Eisenschlange zurückgetrieben. Doch zuvor waren sie über einen klaren Himmel geflogen — also hatten die scharfäugigen Mutanten, die das Land um den Mi-Shiga-See bewohnten, ihren Kurs verfolgt.

Vielleicht hatte Saito Aichi, sein nächster Nachbar, der ständige Agent bei Ludington, sie über dem Mi-shiga-See kreuzen sehen, als die windgepeitschten Schneewolken noch am anderen Ufer gewesen waren. Sein Hausboot lag etwa einhundertneunzig Kilometer nördlich von hier. *Haaahhh!* Der Ausdruck ›Wolkenkrieger‹ paßte zu den Männern, die so mutig waren, ihre geflügelten Wagen über eine so große Wasserfläche zu steuern! Doch sollten sie so tollkühn sein, um sich in den heiligen Himmel über Ne-Issan zu wagen, würden die *Kami*, die ihn bewachten, sie krachend zur Erde werfen, wie Vögel, die der Pfeil eines Jägers traf.

Izo beschloß, eine Meldung abzufassen, die eine Brieftaube seinem Nachbarn überbringen sollte. Er würde zwar warten müssen, bis der Schneesturm zu Ende war, aber wenn er den Vogel gegen Mittag freiließ, konnte er schon am nächsten Tag die Antwort erhalten, die ihm half, den Standort des Wagenzuges zu bestimmen. Falls die Himmelswagen jedoch aus dem Süden gekommen waren, würde die Meldung ihrer Sichtung später bei ihm eintreffen. Aber eintreffen würde sie — daran zweifelte er nicht.

Der hochwohlgeborene Mischling hatte seit seiner Ankunft in den Außenländern sein Organisationsgeschick voll ausgenutzt und die größten Anstrengungen in das Gebiet westlich von Benton Harbor gesteckt. Nun gab es im Umkreis von hundertsechzig Kilometern um seinen Standort herum nur noch wenige Grasaffen, die nichts von den Belohnungen wußten, die man erhielt, wenn man als erster die Sichtung einer Eisenschlange oder eines Donnerkeils meldete.

Izo Watanabe wählte einen kleineren, viel dünneren Pinsel aus, nahm ein Stückchen Papier aus einer Ledermappe und fing an, seinen Brief an Saito abzufassen. Viele winzige Ideogramme — die Symbole, die die Eisenmeister statt des römischen Alphabets verwendeten — flossen mühelos aus seinem Pinsel.

Für ›Buffalo Bill‹ Hartmann, den Kommandanten der Louisiana Lady, traf die Meldung in Gestalt eines codierten Funksignals um 06.25 Uhr Gebirgsstandardzeit ein, knapp zehn Minuten vor dem Sonnenaufgang des 12. November 2990. Hartmann war gerade im Begriff, sich aus der Koje zu erheben, als der VidComm-Tech der Nachtschicht den leisen Weckpiepser im Kopfbrett seines Kissens einschaltete. Hartmann warf einen Blick auf den Bildschirm über dem kleinen Schreibtisch, der in eine Ecke seines Privatquartiers eingebaut war und sah, daß er sich schnell mit vielen Zeilen aus fünfbuchstabigen Codeblöcken füllte.

Hartmanns Wagenzug, der über Nacht hundertzweiundzwanzig Kilometer im Süden der Zwischenstation Pueblo gehalten hatte, war einem Weg gefolgt, der einst unter dem Namen Highway 25 bekannt gewesen war. Dieser Weg führte über die Bezugspunkte Trinidad und Raton (New Mexico) über den Canadian River hinweg, bevor er nach Westen verlief und sich Roosevelt Field zuwandte, der unterirdischen Divisionsbasis in der Nähe der längst nicht mehr existierenden Stadt Santa Fé. Da die Oberwelt-Landkarten der Föderation auf Vorkriegsausgaben basierten, hatte man die ehemals bewohnten Zonen, Staatsgrenzen und bedeutenderen Highways als navigatorische Bezugspunkte beibehalten. Obwohl der Hauptteil der Basis mehr als hundert Meter unter der Erdoberfläche lag, war sie nach ihrem zusammengesetzten Titel bekannt — Roosevelt/Santa Fé.

Es gab zehn solcher Basen, die tief unter dem Erdschild lagen; sie befanden sich bei oder unter den größten Städten im südlichen Mittelwesten und waren meist nach ehemaligen Präsidenten der USA benannt: Das Föderationshauptquartier hieß Washington/Houston — wurde jedoch leger ›Hauptzentrum‹ oder Houston/HZ genannt. Dazu kamen Johnson/Phoenix, Reagan/Lubbock, Nixon/Fort Worth, Eisenhower/San Antonio, Truman/Lafayette, Le May/Jackson, Lincoln/Little Rock und Grant/Tulsa. Die neueste, noch im Bau befindliche Basis, hieß Monroe/Wichita.

Zwar waren diese Städte ebenfalls längst zerfallen, doch ihre Namen lebten noch in den Landkarten, die im Computerarchiv der Föderation gespeichert waren. Namen, die dazu beitrugen, die graue Anonymität der klotzigen Betonkonstruktionen zu mildern, die nun ihre Stelle eingenommen hatten. Die Bunker, die sich wie Visionen kubistischer Bildhauer von gestrandeten Quallen in die Erde duckten, waren Verbindungsglieder zwischen der Föderationsunterwelt und der über ihnen liegenden Blauhimmelwelt.

Wie das Geflecht der kleineren Zwischenstationen und Arbeitslager waren sie Artefakte des 3. Jahrtausends. Manche stammten aus der Frühperiode des 24. Jahrhunderts; aus der Zeit davor existieren nur noch wenige Spuren der menschlichen Bevölkerung. Alle äußeren Anzeichen des 20. Jahrhunderts waren verschwunden — zerstäubt durch Kernexplosionen oder in der unmittelbaren Nach-Holocaust-Periode während der mörderischen Kämpfe zwischen den verwilderten Gruppen der Überlebenden um die Herrschaft über unvergiftete Ressourcen dem Erdboden gleichgemacht.

Die Ruinen, die ausgeraubten Rohbauten und alles andere, was den Banden der Plünderer im Weg gestanden hatte, waren von Wind, Regen, Stürmen, Hurrikans und dem gnadenlosen Verlauf der Zeit langsam zerfallen. Doch obwohl man dem Planeten einen Beinahe-Todesstoß versetzt hatte, hatte er durchgehalten und allmählich angefangen, sich selbst zu heilen.

Die seit neunhundert Jahren nicht mehr behinderte Natur hatte ihre Vorherrschaft über das vergängliche Werk des Menschen erneut angetreten. Sie hatte den Beton zu Staub zermahlen und die Haufen der gefallenen Ziegel und einsamen Trümmer mit wechselnden Schichten aus Sand und roten Grasteppichen bedeckt.

Wie die Santa Fé-Grenzebene, der Commander Hartmann sich näherte, war auch der ihm unterstehende Wagenzug ein Artefakt des 3. Jahrtausends. Die im Jahr 2961 gebaute *Louisiana Lady* — die Mannschaft bezeichnete sie nur als ›Lady‹ — war ein gepanzerter Landzug, der über zehn Meter hoch war und, wenn er die volle Menge von sechzehn Waggons zog, von einem Ende zum anderen überwältigende dreihundert Meter maß.

Die *Louisiana Lady* war das mobile Heim für tausend Bahnbrecher — Männer und Frauen, die in den neun Monaten jedes Jahres, in denen der Wagenzug Oberweltdienst tat, zusammen aßen, duschten, schliefen, kämpften und starben. Außerdem benutzten sie die gleichen Toiletten, und das war schon seit dem Holocaust so. Bis heute waren sämtliche General-Präsidenten männlich gewesen, und Generationen von Frauen hatten für ihre Kinder als Wächtermütter gedient, doch von diesen beiden unveränderlichen Funktionen abgesehen gab es keine Diskriminierung aufgrund eines Geschlechts. Männer und Frauen genossen in der Föderation absolute Gleichberechtigung und hatten die Möglichkeit, vom Rohrreiniger in den Abwasserfarmen der A-Ebenen in die höchste Leitungsfunktion im Schwarzen Turm und im Frontkampf gegen die Mutanten aufzusteigen.

Die Waggons, die durch flexible Durchgänge mit ihren Nachbarn verbunden waren, hatten eine Länge von sechzehneinhalb Metern und eine Breite von neun. Sie hatten Innenräume für drei Decks und wurden an beiden Enden von zwei gewaltigen, trommelförmigen Leichtdruckreifen gestützt, die etwa dreieinhalb Meter hoch und ebenso breit waren.

Hartmann saß im sogenannten ›Sattel‹ auf dem höchsten Deck im vorderen Kommandowagen. Der Sattel ähnelte der Brücke einer Vorkriegs-Meeresfregatte, und unter ihm lag die Wagenzugversion einer Schiffs-Feuerleitzentrale. Lieutenant Commander Cooper, Hartmanns Stellvertreter, tat Dienst im zweiten Kommandowagen am Ende des Zuges, was bedeutete, daß es, taktisch ausgedrückt, weder einen Zuganfang noch ein Zugende gab. Die *Lady* konnte sich ebenso vor wie zurück bewegen oder sich in zwei unabhängig manövrierbare Segmente teilen — ein Trick, der angreifende Mutanten-Clans schon oft verwirrt hatte.

Die Waggonzusammenstellung konnte nach Bedarf modifiziert werden — je nachdem, ob sich die *Lady* auf einer Vorratsergänzungsfahrt zu einer Zwischenstation oder im militärischen Einsatz befand. In Gefechtsausrüstung konnte der Zug zehn ›Kampfwagen‹ ziehen, die oben und seitlich mit mehrläufigen Geschütztürmen ausgerüstet waren. Dazu kamen der ›Blutwaggon‹, der mit einem Militärärzteteam und unter der Leitung von Stabsarzt Keever bemannt war, und ein Flugwagen, der die Luftwaffe des Wagenzugs enthielt: zehn Himmelsfalken des Typs Mark I, einsitzige, deltaflügelige Ultraleichtmaschinen, deren Produktionsjubiläum man 2983 gefeiert hatte.

Der Flugwagen war mit einem besonders flachen Dach versehen, das als Mini-Startbahn fungierte. Die Himmelsfalken wurden mit winkelförmigen Dampfkatapulten in die Luft geschleudert; sie ›landeten‹ später wie Flugzeugträger-Maschinen des 20. Jahrhunderts mit Hilfe von Fanghaken. Aufgrund ihres inneren Aufbaus waren die Flug- und Energiewaggons mit weniger

Geschützen ausgestattet als die anderen. Die Kommando- und ›Kampfwaggons‹ hingegen starrten vor Waffen — sie verfügten über Körpertemperatur-Sensoren, Nachtsichtgeräte und Infrarotlaser-Zielgeräte.

Wie die Unterseeboote und Langstreckenbomber des letzten großen Krieges der Prä-Holocaust-Ära lebten die Bahnbrecher in engster Nachbarschaft mit ihrer Ausrüstung und ihren Waffen. Proviant und Munition befanden sich unter den Fußböden und in Behältnissen über ihnen. Die ausklappbaren Kojen wurden von Tag- und Nachtpersonal geteilt, und wie in den U-Booten der alten Zeit, gab es an Bord keine Bullaugen. In Notfällen konnte man zwar schmale Sehschlitze öffnen, doch unter normalen Bedingungen zeigten ganze Videoschirm-Batterien, was sich draußen ereignete.

Ein Wagenzug war eine versiegelte Welt. Sie war abgeschirmt gegen die Strahlung, die die Blauhimmelwelt noch immer verunreinigte, und die Luft, die in ihrem Innern zirkulierte, wurde ständig sorgfältig gefiltert. In den neun Jahrhunderten seit dem Holocaust hatten sich die Umstände zwar weiterentwickelt, doch die Bahnbrecher fielen noch immer auf ›Tricks‹ herein — eine Redensart, die auf dem Akronym TRIC basierte.*

Laut der Ersten Familie waren die untermenschlichen Mutanten für die Krankheit verantwortlich, die aus der Luft kam. Und jeder wußte, daß es stimmte, da man selbst nicht an ihr litt. Die Haut der Mutanten war giftig; berührte man sie mit nackten Händen, verfaulte das Fleisch eines Normalmenschen allmählich, und zudem sonderten sie schädliche Chemikalien ab, die die Atmosphäre vergifteten.

Jeder Wagner, der ungefilterte Luft einatmete, ging ein Risiko ein. Selbst wenn man nicht im Kampf fiel, ein Bahnbrecher wußte, daß eine neunmonatige Fahrt

---

* Terminal Radiation-Induced Cancer = Tödlicher, durch Radioaktivität verursachter Krebs

durch die Oberwelt sein ohnehin schon kurzes Leben weiter verkürzte. Doch dies war ein Opfer, das man ohne Zögern brachte. ›Sie starben, damit andere leben‹ war ein Satz, der jedem Wagner vom zweiten Lebensjahr an täglich ins Bewußtsein gehämmert wurde. Zudem hatte man diese Worte in die Gedenkmauern gemeißelt, die man auf den zentralen Plätzen jeder Divisionsbasis sah. Man fand sie ebenso in riesengroßen Buchstaben in den Korridoren, Laufgängen und Tunnels, den Bahnsteigen der U-Bahn und auf den Speichen- und Ringwegen, die das Geflecht der Wohn- und Arbeitsbereiche miteinander verbanden.

Man mußte blind und taub sein, um diese Botschaft nicht zu verstehen, denn sie wurde regelmäßig in den Programmpausen der neun TV-Programme der Föderation gesendet und oftmals in Bahnhofsdurchsagen aufgenommen — zusammen mit einer Menge weiterer Moralpredigten, die die Erste Familie ausgab.

»Sie starben, damit andere leben.« *Klaro, Bruder. Und Amen.*

Obwohl man eine längere Aussetzung der Oberweltstrahlung noch immer für lebensbedrohlich hielt, hatte ihre Stärke während der vergangenen Jahrzehnte gleichmäßig abgenommen. Dies war ganz und gar auf die dramatische Verminderung der Südlichen Mutanten zurückzuführen, deren Existenz die Staaten des Mittelwestens verseucht hatte. Nun waren sie gereinigt und wurden von der Föderation beansprucht — Texas, Arizona, New Mexico, Oklahoma, Arkansas, Louisiana und Mississippi; und die Neuen Territorien Colorado und Kansas. Es war eine große Landmasse, die ständige Polizeiaktionen erforderlich machte, um sie ›sauber‹ zu halten.

Die meisten der Südmutanten, die nicht umgekommen oder versklavt worden waren, hatte man an die Ost- und Westküste und weiter nach Süden in die wüsten Ödländer Mexikos vertrieben. Zwar streiften noch ein paar marodierende Banden in den Äußeren Staaten umher und hielten wie räuberische Krähen nach leichter Beute Ausschau, doch taten sie alles, um eine Begegnung mit den patrouillierenden Wagenzügen zu vermeiden und hatten gelernt, sich vor den kreisenden Himmelsfalken zu verstecken, deren Gegenwart die bevorstehende Ankunft einer gefürchteten Eisenschlange verkündete.

Die momentane Bedrohung des Föderationsplans zur Rückeroberung der Blauhimmelwelt hielt sich in den Neuen Territorien und den hinter ihnen liegenden, ausgedehnten Prärien auf. Die Nördlichen Mutanten, die sich als ›Prärievolk‹ bezeichneten, hatten sich als zähere Gegner als ihre südlichen Verwandten erwiesen. Da sie mit der gleichen Hingabe zum Kämpfen erzogen worden waren wie die Wagner, bewiesen sie Schläue, unglaubliche körperliche Ausdauer und selbstmörderischen Mut. Glücklicherweise handelte es sich bei ihnen um analphabetische Wilde, die eine nomadische Hand-in-den-Mund-Existenz führten und nur primitive Waffen besaßen — Messer, Äxte und Armbrüste.

Hätten sie sich unter einem geeigneten listigen Anführer zu einer einzigen Streitmacht verbunden, hätten sie vielleicht eine Möglichkeit gefunden, die überlegene Technik und Feuerkraft der Wagenzüge auszuschalten, doch Zeit und Schicksal standen gegen sie. Trotz einer kollektiven Bezeichnung hatten die Prärievolk-Clans keinen Sinn für nationale Einheit; sie bekämpften sich untereinander ebenso, wie sie die Föderation bekämpften.

Nach der Anfang März erfolgten Ausfahrt aus Nixon/ Fort Worth — mit dem Ziel, mehrere Patrouillenfahrten zur Staatsgrenze zu unternehmen —, hatte die *Lady* den Sommer auf der Reise durch die mittleren Prärien verbracht. In Kansas, Nebraska und Süd-Dakota hatte die Mannschaft geholfen, den Grad der Luftverschmutzung durch das Töten von siebenhundertneunundzwanzig Beulenköpfen weiter zu reduzieren. Viele der Opfer waren zwar Kinder gewesen, doch was sagte mancher alte Bahnbrecher des öfteren? »... die Kleinen wachsen ran, bis sie so groß, tückisch und häßlich sind wie die Rammler und Mösen, die sie aufziehen ...« Es war zwar brutal ausgedrückt, aber entsprach der ›gesunden‹ Volksmeinung. Indem man die jungen, Kinder erziehenden Weibchen abknallte, schwächte man den Clan am wirkungsvollsten. Und sehr oft stachelte ihr Tod die überlebenden männlichen und weiblichen Krieger geradezu an, selbstmörderische Attacken gegen die Bahnbrecher-Kampfkompanien auszuführen, die man von den Wagenzügen aus in Marsch setzte. Und dabei konnte man ihnen die blutigsten Verluste zufügen.

Hartmanns Mannschaft hatte zwar auch einige Verluste erlitten, doch insgesamt war die Fahrt erfolgreich gewesen — sie kontrastierte deutlich zur ersten Reise der *Lady* und ihrer katastrophalen Begegnung mit einer starken Mutantenstreitmacht in Wyoming. Es war erst ein Jahr her. Nach der Rückkehr ins Depot hatte man Hartmann und seinen Stab vor ein Beraterkomitee gebracht. Sie hatten sich dem Vorwurf stellen müssen, den Zug leichtsinnig in Gefahr gebracht zu haben.

Zwar ging man davon aus, daß Beulenköpfe Bahnbrecher töteten, aber man hatte nicht damit gerechnet, daß sie Wagenzüge beschädigen oder ihre Kommandeure hinters Licht führen konnten. Da momentan nur einundzwanzig Wagenzüge Dienst taten und die gegenwärtige Jahresproduktion den Bau eines neuen nicht gestattete, stellten sie die kostbarsten Gegenstände im Waffenarsenal der Föderation dar. Zwar hatten die Offiziere der *Lady* einige schlimme Momente durchlebt, aber schließlich hatte man sie mit einem ernsthaften Tadel und dem Abzug eines Dienstjahres wieder laufen lassen.

Es hätte viel schlimmer kommen können. Hartmann

hatte zwar eine pfiffige Vermutung, *warum* die Dinge dermaßen schiefgelaufen waren, aber wie alle erfahrenen Bahnbrecher hatte er natürlich keinen Versuch gemacht, sich mit dem Ausposaunen der Wahrheit zu verteidigen. Hätte er anklingen lassen, daß die *Lady* und ihre Mannschaft es mit den bösartigen Kräften eines Mutanten-Rufers zu tun gehabt hatte, wäre er *wirklich* in Schwierigkeiten geraten. Mutantenmagie — etwas, das zahlreiche Oberwelt-Veteranen für eine erwiesene Tatsache hielten — war in der Föderation ein Tabuthema.

Das ›Handbuch‹ — ein Videoarchiv, das die anerkannte Weisheit der Ersten Familie und den Verhaltenscodex enthielt, der das Leben der Wagner von der Wiege bis zur Bahre begleitete —, lieferte zwar einen rätselhaften Hinweis auf ältere unbewiesene Behauptungen zu diesem Thema — aber auch das letzte Wort der Familie dazu. Es gab offiziell keine Magie. Schon ihre Erwähnung war ein Code-1-Vergehen. Wurde man dabei erwischt, der Militärpolizei gemeldet und deswegen verurteilt, gab es keine mildernden Umstände. Wer sich eines Code-1-Vergehens schuldig gemacht hatte, bekam eine garantierte Einfach-Fahrkarte an die Mauer.

Diesmal mußte ihre Heimkehr anders ausfallen. Zwar war die Mannschaft der *Lady* unterhalb des 1000-Toten-Ziels geblieben, das ihr eine Einheitsbelobigung eingebracht hätte, doch wenn man die Zeit abzog, die man mit Verpflegungsfahrten vergeudet hatte, waren 729 tote Gegner immer noch eine ansehnliche Zahl. Und außerdem hatten sie noch die Chance, daß sie auf dem Rückweg nach Nixon/Fort Worth die fehlende Anzahl Mutanten noch zusammenballern konnten.

Trotz ihrer Verseuchung wurde eine Reihe von Mutanten aus den dezimierten Südclans in Oberwelt-Arbeitslagern eingesetzt. Zwar sollten sie nachts angekettet sein, aber manchmal gingen sie über den Zaun — aufgrund schlampiger Sicherheitsmaßnahmen oder mit

Hilfe von außerhalb. Flüchtlinge waren zwar in der Regel stets unbewaffnet, aber sie machten die Heimreise immer wieder spannend, und manchmal schickte Hartmann seine Männer hinter ›Phantom‹-Zielen her, um sie in Form zu halten. Die Erfahrung hatte ihn gelehrt, daß immer etwas Unerwartetes passierte, sobald die Luken geschlossen waren und man auf dem Rücken lag.

An diesem Tag schien es sich wieder einmal zu bewahrheiten. Nach der Decodierung und Übermittlung des TAC-OPS-Funkspruchs von CINC-TRAIN aus dem Hauptzentrum waren Hartmanns Gedanken an die Neujahrfeier mit seinen Verwandten in Eisenhower/San Antonio zu Ende. Er und die *Lady* wurden angewiesen, den Kurs sofort zu ändern und nach Osten zu fahren, in Richtung Bezugspunkt Kansas City.

Wenn sie den Missouri überquert hatten, sollte er den Wagenzug nach Norden bis nach Des Moines, Iowa, führen, und dann nach Osten über den alten US-Highway 80 nach Cedar Rapids. Die *Lady* sollte die 1900-Kilometer-Reise ohne die üblichen Nachtpausen machen, und Hartmann sollte sämtliche sich zufällig unterwegs ergebenden Ziele ignorieren. Nach der Ankunft in Cedar Rapids sollte er einen Himmelsfalken zu einer Such- und Rettungsmission über dem Mississippi aufsteigen lassen.

Der Befehl, so spät im Jahr in den Norden zu reisen, wo der Schnee schon auf die niedrigeren Hänge der Rockies fiel, war eine unwillkommene Überraschung. Der Winter war die Periode, die man sich zur Ruhe und zu Ausbesserungsarbeiten vorbehielt. Hartmann hätte normalerweise nicht damit gerechnet, vor März nach Oben beordert zu werden, um Versorgungsfahrten und innerhalb der Föderation Sicherheitsfahrten durchzuführen. Und als er zu jenem Teil der Nachricht kam, der ihm sagte, wonach er Ausschau halten sollte, war er noch überraschter.

Hartmann gab die Nachricht ins Kommandolog ein

— er speicherte sie auf eine Festplatte, zu der er nur durch eine Kombination seiner persönlichen ID-Karte und einer Stimmprobe Zugriff hatte, dann schaltete er sich eigenhändig zum diensthabenden RadComm-Tech durch und wies ihn an, die standardisierte SOFORTAKTION-Antwort auf der Stelle nach Fort Worth zu schikken. Nachdem er die Nachricht erhalten hatte, kannte zwar der Funker die Zeit- und Bezugskoordinaten, doch bisher war sich außer Hartmann niemand ihres Inhaltes bewußt.

Hartmann verließ sein Quartier, weckte den Navigationsoffizier und berichtete ihm von dem Kurswechsel, den sie, statt nach Santa Fé hinabzufahren, bei Trinidad vornehmen mußten. Hartmann erzählte ihm ebenso, daß er zu warten vorhatte, bis sie die sechzehn Kilometer zum Wendepunkt hinter sich hatten, bevor er den Rest der Mannschaft mit der Nachricht bekannt machte.

Hartmann ließ den Navigator allein, damit er den neuen Kurs berechnete und einen auf Drei-Schichten-Fahrplan festsetzte und kehrte in seine Unterkunft zurück. Die Botschaft von CINC-TRAIN hatte noch eine dritte Überraschung enthalten, die die Passagiere der *Lady* mit gleicher Bestürzung erfüllen mußte: Colonel Marie Anderssen, die Kommandantin der Pueblo-Zwischenstation, sowie vierundsechzig Offiziere und Soldaten ihres 1000 Mann starken Sturm-Pionierbataillons. Vor der Nachricht hätten sie eigentlich an der Santa Fé-Grenzebene ausgeladen werden sollen.

Man hatte die stahlgraue Obristin, die von ihren Untergebenen nur ›Mary-Ann‹ genannt wurde, ins Hauptzentrum berufen, damit sie an einem Zielplanungsausschuß teilnahm. In ihrer Begleitung befand sich eine bunte Mischung aus Offizieren und anderen Dienstgraden; Soldaten, Techniker und Bauarbeiter, die nach zwei Jahren Frontaufenthalt zu ihrem ersten Urlaub nach Hause fahren wollten.

Für manche Angehörige ihrer Gruppe hätte die Reise

nach einer 450 Meter tiefen Aufzugfahrt nach Ebene Eins-1 in Roosevelt Field in dessen Mittelstück, der New Deal-Plaza, geendet. Der Rest, deren Verwandte in anderen Divisionsbasen lebten, sollte die Pendler-U-Bahn im Bahnhof direkt unter der New Deal-Plaza nehmen. Nachdem sie ein paar Credits für eine heiße Mahlzeit, ein Videokampfspiel und ein Quizspiel im Freizeitpark der Plaza ausgegeben hatten, hätte man sie zum Trans-Am-Expreß gebracht, um 190 Kilometer weit durch den Erdschild zu fahren. Und ein paar Stunden später wären sie zu Hause gewesen.

Doch nun hatte man alles umgeworfen. Die digitale Wanduhr markierte gerade die letzten Sekunden vor 07:50, als Hartmann sein Privatquartier wieder betrat. Als Wagenzug-Kommandant war ihm zwar mehr Raum zugewiesen worden als allen anderen, aber er lebte dennoch auf sehr begrenztem Raum. Das Dienstprotokoll und die simple Höflichkeit machten es erforderlich, daß er sein Quartier mit Colonel Andersson teilte, und die Handwerker hatten für sie dankenswerterweise eine zweite Klappkoje eingebaut.

Da es in seinem Quartier gerade genug Platz für einen Menschen gab, bedeutete dies, daß der Raum für zwei mehr als knapp war. Dies erforderte ein gewisses Maß an Koordination zwischen Gastgeber und Gast, doch auf dieser Fahrt war es kein Problem. Hartmann und Anderssen kannten sich gut.

Sie waren Klassenkameraden in der MacArthur-Militärakademie gewesen und hatten beide summa cum laude abgeschlossen. Anderssens Stellung beim Pionierkorps, das die Zwischenstationen baute und bemannte, hatten zwar dazu geführt, daß sie einander seit mehreren Jahren nicht begegnet waren, doch waren beide im gleichen Tempo über die Beförderungsleiter nach oben gelangt, und mit Hartmanns Bestallung als Wagenzug-Kommandant war es nur eine Frage der Zeit gewesen, wann sie einander wiedersahen.

In der Zwischenzeit hatte Hartmann mit Lauren Bundpapiere unterzeichnet — einer jungen Frau aus einer Bahnbrecherfamilie der dritten Generation. Ein paar Monate später hatte man Lauren benachrichtigt, sie sei als ›Wächtermutter‹ ausersehen worden. Da sie von dem Tag an, an dem man sie einander vorgestellt hatte, bestens miteinander ausgekommen waren, hatten sie sich darauf gefreut, ein Kind zu erziehen, aber irgend jemand im Lebensinstitut hatte die Sache verpatzt, und Lauren war zwei Monate nach der Implantation des mikroskopisch kleinen Embryos — einer Frucht aus dem Samen des General-Präsidenten — gestorben.

Wagner waren von Geburt an konditioniert, den Verlust eines Verwandten mit einem fatalistischen Achselzucken hinzunehmen. Kummer war zwar statthaft, und in extremen Fällen konnte man sich auch beraten lassen, aber man erwartete von einem Militär, daß er mit seinen Problemen allein fertig wurde. Man mußte den Tod als Sieg sehen, nicht als Katastrophe. Dies hatte bedeutet, daß Hartmann zwar eine Mitteilung über das Ereignis erhalten hatte, aber keine Erklärung. Der Tod seiner Partnerin aufgrund von Unachtsamkeit — eine Sache, für die man noch nie jemanden zur Rechenschaft gezogen hatte — hatte einen sauren Geschmack in ihm hinterlassen und ihn entmutigt, in eine neue, offiziell gebilligte Beziehung einzutreten.

Da er nicht zu den Männern gehörte, die jede ficken mußten, auf die ihr Blick fiel, hatte Hartmann für den Zölibat optiert und begnügte sich seither in seiner Freizeit mit anspruchsvollen TV-Studienprogrammen und der brüderlichen Gesellschaft seiner Offizierskameraden. Doch stets wenn die *Lady* zu einer Versorgungsfahrt nach Pueblo eingeteilt wurde, was einen Nachtaufenthalt mit einschloß, quartierte er sich bei seiner ehemaligen Klassenkameradin Mary-Ann ein.

Und hin und wieder, trotz der schmallippigen Geringschätzung von Mary-Anns dunkelhaariger Begleiterin Major Jerri Hiller, warfen sie die Kommandantenbürde ab und bumsten miteinander. Sie sagten sich zwar, es sei nur der alten Zeiten wegen, doch beide wußten sie, daß mehr dahintersteckte.

Als er hereinkam schob Anderssen ihren glänzenden Kopf um die Ecke des Duschvorhangs. »Hei ...« Sie schaute ihm zu, als er die Tür abschloß und das NICHT EINTRETEN-Schild aktivierte. »Du siehst aus, als müßtest du mir was erzählen.«

»Muß ich auch.« Hartmann schaltete zu seinem Stellvertreter durch.

Das Gesicht von Lieutenant Commander Cooper erschien auf dem Bildschirm.

»Morgen, Skipper.«

»Morgen, Coop. Ich muß ein paar Dinge erledigen, die mich in den nächsten zwanzig Minuten beschäftigt halten, deswegen wüßte ich es zu schätzen, wenn Sie die *Lady* so lange auf Kurs hielten. CINC-TRAIN hat einen Kurswechsel und Wechselschichten angeordnet. Sagen Sie Mr. McDonnell, er soll die Abteilungsleiter um 7.30 Uhr in den Sattel beordern. Sie und der Rest des Stabes sollen ebenfalls da sein.«

»Ausgezeichnet, Skipper.« Cooper legte eine Pause ein. »Das klingt aber ernst.«

»Nun ja«, sagte Hartmann, »ich nehme an, niemand wird deswegen Freudentänze aufführen. Aber behalten Sie's für sich, bis ich wieder auf Sendung bin — okay?«

»Mach ich ...«

Hartmann schaltete den Schirm aus und aktivierte den Text- und Geräuschmodus. Dann zog er das olivgrüne Hemd aus, das er beim Schlafen trug, und trat, beide Daumen unter das Gummiband seiner Boxershorts geschoben, an die Dusche heran.

»Was dagegen, wenn ich mitmache?«

Anderssen öffnete den Vorhang und enthüllte die Rundungen ihres festen Körpers. »Sei mein Gast ...«

Hartmann zog die Shorts aus und trat in die Duschkabine. Es gab keine Möglichkeit, zu zweit unter der Brause zu stehen, ohne daß man sich an verschiedenen interessanten Stellen berührte — doch daran war er seit langem gewöhnt. In der Akademie hatten sich die männlichen und weiblichen Rekruten die Schlafquartiere und Toiletten geteilt, und auch die kommunalen Duschanlagen, in denen sich gleichzeitig vier — oder gar sechs — gute Freunde aufhalten konnten.

Hartmann pumpte etwas Seife aus dem Spender und seifte sich ein. Er hatte sich jedoch nicht deswegen zu Mary-Ann unter die Dusche begeben, weil er geil war. Wenn das Wasser lief, war die Dusche der einzige Ort im Wagenzug, an dem man sich unterhalten konnte, ohne daß einem jemand zuhörte. Hartmann hatte zwar keinen handfesten Beweis dafür, daß der Zug verwanzt war, aber er hatte den Rang eines Kommandanten nicht ohne die Entdeckung errungen, daß sorgloses Gerede einen gelegentlich auch das Leben kosten konnte.

»Willst du mir den Rücken schrubben?«

»Yeah, warum nicht ...« Hartmann schaute an die Wand. Anderssen machte sich mit beiden Händen an die Arbeit. »Eigentlich müßtest du *mir* den Rücken schrubben.«

»Keine Sorge, das mach ich schon noch. Normalerweise machen wir sowas zweimal im Jahr. Zweimal pro Woche erweckt allerlei ungesunden Appetit.«

»Es ist die falsche Zeit und der falsche Ort, du Knackärschelchen. Hör zu: CINC-TRAIN hat sich gerade gemeldet. Die *Lady* fährt nicht nach Hause. Jedenfalls jetzt noch nicht.«

Anderssens Hand bewegte sich heftiger. »Und wie komme ich jetzt nach Santa Fé?«

»Wir fliegen dich da runter.«

»Bleib ernst, Bill. Ich bin noch nie in diesen Klapperkisten geflogen, und ich habe auch nicht vor, jetzt damit anzufangen.«

»Yeah, nun ... Ich unterstehe dem Befehl von CINC-

TRAIN, und solange du auf der *Lady* bist, tust du, was ich sage. Was bedeutet, daß du etwa dreiundvierzig Minuten hast, um dich an diese Vorstellung zu gewöhnen.«

»Hundesohn ...«

Anderssen kniff mit eisenharten Fingern in seine Backen, doch Hartmann, der einen Vergeltungsschlag erwartet hatte, hatte sie schon zusammengekniffen, so daß es nicht sehr weh tat.

»Also bitte, Mary-Ann. Entspann dich. 'n paar Züge von dem Zeug, das du versteckt hältst, und du spürst nichts mehr davon.«

»Eine tolle Idee. Nur schleppe ich es nicht mit mir herum — schon gar nicht, wenn ich ins Hauptzentrum fahre. Aber selbst wenn ... Wo, zum Henker, soll ich sitzen? Wenn du glaubst, ich lasse mich an einen Kumpelschlepper schnallen, bist du schief gewickelt!« Anderssens Stimme wurde leiser, als Hartmann sich umdrehte. Als ihre Lenden einander berührten, lächelte sie zu ihm auf, nahm seinen Schwengel und klemmte ihn sich spielerisch zwischen die Beine.

Hartmann spürte das Kratzen ihrer Schamhaare an seiner Eichel und zog ihren Körper fester an sich.

»Keine Sorge. CINC-TRAIN hat auch daran gedacht. Ein zweisitziger Himmelsreiter fliegt uns von Santa Fé entgegen.«

»Oh, prima ...«

»He, reiß dich zusammen! Schließlich hast du einen Ruf zu verteidigen. Nennt man dich nicht die Eiserne Lady?«

»Yeah. Aber nur dann, wenn meine Füße auf dem Boden stehen.«

»Schau, am Boden sind es zweihundertfünfundsiebzig Kilometer. In der Luft dauert es nur anderthalb Stunden. Du brauchst dich nur neunzig Minuten zusammenreißen. Willst du mir etwa weismachen, daß du das nicht schaffst?«

»Wie war's denn beim ersten Mal bei dir?«

Hartmann antwortete mit einem heiteren Grinsen. »Ich warte immer noch darauf, daß sich mir eine Gelegenheit bietet.« Er erstickte ihren Protest mit einem schnellen Kuß. »Hör zu, wenn es anfängt, dir Schwierigkeiten zu machen, schließt du einfach nur die Augen und denkst an ...«

Anderssens feste Schenkel klemmten seinen Schwanz ein. Sie war zwar schon sechsunddreißig, aber ihre Muskeln waren wie Stahl. »Sag nichts, was du bedauern würdest, Billylein ...«

Hartmann nahm ihre Arme fest in die seinen und drückte seine Handgelenke gegen den unteren Teil ihres Rückgrats. »Du hast recht«, sagte er. »Jetzt ist nicht die Zeit für Kindereien. Ist dir eigentlich klar, daß uns nur noch sechs Jahre bleiben — vielleicht acht, wenn wir Glück haben?« Er seufzte. »Ich wünschte, ich könnte mit dir gehen ...«

Anderssen wehrte sich nicht, als er sie noch enger an sich zog. Sie legte den Kopf an seine Brust, und sie wiegten sich unter den dünnen Wasserstrahlen sanft von einer Seite auf die andere. »Vermißt du Lauren immer noch?«

»Nicht so sehr, wie ich dich vermissen werde.«

Anderssen ließ die Arme um seine Taille gleiten. »Wohin fahrt ihr?«

»Cedar Rapids, Iowa ...«

»Nie von gehört.«

»Es liegt ungefähr neunzehnhundert Kilometer nordwestlich von hier. Auf dem gleichen Breitengrad wie Chicago.«

»Christoph! Schneit es da nicht in dieser Jahreszeit?«

»So sagt man jedenfalls.«

»Muß ganz schön wichtig für sie sein, das Risiko einzugehen, dich so hoch in den Norden zu schicken. Kriegst du irgendwelche Verstärkung?«

»Nicht daß ich wüßte.«

»Wo also liegt der Haken? Oder hat man dir das noch nicht erzählt?«

»Es ist ein Such- und Rettungsunternehmen. Jedenfalls nennt CINC-TRAIN es so. Vier oder fünf Leute sind da oben verschwunden.« Er zuckte die Achseln. »Houston will, daß ich sie finde — und nach Hause bringe.«

»Agenten?«

»Wenn es welche sind, wird man *mir* nichts davon erzählen.«

Man ging allgemein davon aus, daß in den Diensten der Ersten Familie auch zivile Agenten standen. Zwar hatte noch nie jemand einen hieb- und stichfesten Beweis dafür gefunden, daß es sie gab, doch hatte dies den weit verbreiteten Glauben an ihre Existenz nicht zerstreut.

»Die einzigen, die sich sonst noch da rumtreiben, sind Ausbrecher. Abgesehen natürlich von der Außenaufklärung. Aber ich höre zum ersten Mal, daß östlich des Mississippi jemand operieren soll.«

»Yeah. Komisch ist auch, daß zwei von ihnen Ex-Flieger der *Lady* sind. Jodi Kazan, die Flugeinsatzleiterin, hat vier Fahrten mit uns gemacht, bevor sie in einem Feuerball verschwand. Bei einer Schlacht, von der ich dir erzählt habe. Bei der wir ...«

»... unerwartet in Schwierigkeiten kamen ...«

»Yeah, genau. Der zweite ist ein junger Bursche namens Brickman. Einer von den dreien, die wir verloren haben, bevor wir gedreht haben und nach Süden gefahren sind, um unsere Wunden zu lecken. Über die drei anderen weiß ich nichts — nur, daß einer ein Flieger ist —, aber alle haben gedacht, Kazan und Brickman wären im vergangenen Juni in Wyoming gefallen.« Hartmann zuckte die Achseln. »Sieht so aus, als hätten wir uns geirrt.«

Anderssen löste sich von ihm. »Dieser Brickman ...

könnte er zufällig 2102-8902 Steven *Roosevelt* Brickman sein?«

»Yeah, das ist er. Woher kennst du seinen Namen und seine Nummer?«

»Weil er zu den Burschen gehört, an die man sich erinnert — aus allen möglichen Gründen.«

»Aber aus welchem Grund besonders — und wieso?«

»Er kam vor fast genau einem Jahr mit einem selbstgebastelten Ding nach Pueblo geflogen. Er sagte, er sei nach dem Abschuß von einem Mutanten-Clan gefangengenommen worden und später entkommen ...«

Hartmann schaute überrascht drein. »Sie haben ihn *gefangen*genommen?«

»Hat er jedenfalls gesagt. Wir haben die *Lady* angefunkt, um zu prüfen, ob jemand von eurer Mannschaft so heißt. Dein Funkoffizier hat dir möglicherweise nichts von der Anfrage erzählt. Jedenfalls hat er bestätigt, daß Brickman einer von drei Fliegern war, die man am 12. Juni nordöstlich von Cheyenne als im Einsatz gefallen gemeldet hat. Und das hat der Delinquent auch behauptet.«

»Delinquent?«

»Der Ausdruck ist Vorschrift. Jeder, der an der Oberwelt von seiner Einheit getrennt wird und ohne ID anmarschiert, wird so lange als potentieller Ausbrecher eingestuft, bis er seine Unschuld beweisen kann. Das weißt du doch.«

»Sicher«, grunzte Hartmann. »Aber bis jetzt waren die einzigen Ausbrecher, die ich gesehen habe, Tote. Welche Geschichte hat er euch erzählt?«

»Ich habe sie nie gehört.« Anderssen sprach nun leiser. »Als wir Brickmans Personalakte aus dem Hauptzentrum anforderten, hatte sie einen Ebene-Neun-Eintrag.«

»Den nur du lesen durftest.«

»Glücklicherweise. Sonst hätten sie mir wahrscheinlich den Hintern geröstet. Dein Mr. Brickman steht auf der Liste jener, denen eine Selektivbehandlung zusteht.«

Diese Neuigkeit führte dazu, daß Hartmanns Brauen sich hoben. »Wirklich? Nun ... ähm ... Tja. Danke für den Hinweis. Obwohl ich, ehrlich gesagt, nicht behaupten kann, daß mich die Sache sehr überrascht. Ich unterhalte mich jedesmal mit den Neuen, wenn sie an Bord kommen, dann vergleiche ich meine Notizen mit denen von McDonnell, dem Wagenmeister. Wir haben ihn beide als einen Mann eingeschätzt, der es noch weit bringen wird.«

»Ich weiß, was du meinst«, sagte Anderssen. »Er hat ... Ich meine, er sieht ganz danach aus.«

Hartmann zog sie an sich. »Yeah. Es sind seine Augen.« Er schaute tief in die ihren.

»Sei also vorsichtig, ja?«

»Du auch.« Er versetzte ihrer Nasenspitze einen brüderlichen Kuß. »Okay, Schluß mit lustig. Geh hier raus!«

»Sicher ...« Anderssen schob den Vorhang auf die Seite. »Ich frage *nur so:* Trägst du immer Socken unter der Dusche?«

Hartmann warf einen Blick auf seine olivgrünen Füße. »Ach, *Scheiße!* Siehst du, was alles passiert, wenn du in der Nähe bist?« Er streifte seine Socken ab und wrang sie aus.

»Es geht vielleicht besser, wenn du das Wasser abstellst.« Marie Anderssen trat aus der Kabine und nahm sich ein paar Handtücher. Eins warf sie Hartmann zu, dann fing sie an, sich fest abzurubbeln. »Und was geschieht nun mit den anderen aus meiner Truppe? Werden sie auch nach Santa Fé geflogen? Oder müssen sie zu Fuß gehen?«

»Weder noch«, erwiderte Hartmann. »Sie bleiben an Bord.«

Mary-Ann hielt inne, ihr Haar mit dem Handtuchende abzutrocknen. Das andere baumelte zwischen ihren Schenkeln. »Aber die Burschen haben ...«

»... drei Monate Urlaub, yeah. Ist verschoben worden. Es ist zwar hart, aber nicht zu ändern. Sie fahren erst dann nach Hause, wenn *wir* nach Hause fahren.«

»Das ist abscheulich ...« Anderssen suchte nach einer Lösung. »Könnt ihr sie nicht in Monroe/Wichita absetzen, wenn ihr dort vorbeikommt? Ich weiß zwar, daß die Grenzebene noch nicht einsatzbereit ist, aber sie könnten durch den Luftschacht fahren, den man in den Boden der alten Zwischenstation gebohrt hat.«

»Wir streifen Wichita nicht. Unsere Route verläuft durch Great Bend und Salina. In diesem Terrain ist leichter zu navigieren — was bedeutet, daß wir auf der Nachtfahrt das Tempo beibehalten können.«

Anderssen fluchte wütend, dann richtete sie ihre Frustration mit einem besonders strafenden Rubbeln auf ihren Leib. »Es *muß* doch etwas geben, das wir tun können!«

»Ist nicht. *Wir* können jedenfalls nichts tun. Es ist deine Sache, Hasi.«

Ihre Stimme wurde sauer. »Danke, werde ich mir merken.«

»Hör zu, Marie, ich hab meine Befehle. Wenn dir nicht gefällt, was passiert, mach die Sache mit CINC-TRAIN aus, wenn du in Santa Fé bist.«

»Ja, klar. Das bedeutet, es geht über den Dienstweg. Und jede Beschwerde, die ich einreiche, geht über sämtliche Stationen bis ins HQ des Pionierkorps, bevor es zu CINC-TRAIN weitergeleitet wird. Aber bis es soweit ist ...«

»... vorausgesetzt, sie kommt überhaupt soweit ...«

»... bist du längst über den Missouri und außer Sichtweite.«

»Eben. Du weißt, was los ist — ebenso wie CINC-TRAIN weiß, daß ihr eine Heimfahrt auf der *Lady* kriegt. Es hat keinen Befehl gegeben, sie abzuladen, weil im Hauptzentrum niemand einen Scheiß darum gibt, ob sie Neujahr daheim sind oder nicht. Das HZ ist nur daran interessiert, daß der Wagenzug Cedar Rapids erreicht. Peng. Also mach auch nicht mich dafür verantwortlich.«

Anderssen wandte sich von ihm ab und rieb das Handtuch schnell über ihre Pobacken und ihre Fesseln.

Hartmann brauchte ihr Gesicht gar nicht zu sehen, um zu wissen, daß sie ihn viel lieber damit erdrosselt hätte. Er hängte sein Handtuch um den Hals und suchte in einer Schublade seines Kleiderschranks nach frischen Socken und einem Satz Unterwäsche. Er war zwar noch nicht ganz trocken, doch jetzt hatte er nur noch vier Minuten, um sich anzuziehen, bevor er den Abteilungsleitern die schlechte Nachricht überbrachte. Und ihm gefiel die Aussicht nicht.

Als Kommandant, der echtes Interesse an der Kampfmoral und am allgemeinen Wohlbefinden seiner Untergebenen hatte, konnte er zwar verstehen, daß Marie Anderssen ihre Soldaten nur zögernd im Stich ließ, aber es irritierte ihn, entdecken zu müssen, daß sie sich offenbar mehr Sorgen um sie als um ihn machte. In weniger als dreißig Minuten würde sie abheben und ihm eine mürrische Mienen aufsetzende Mannschaft und das unerwünschte Problem zurücklassen, monatelang mit vierundsechzig verdrossenen Visagen fertig werden zu müssen.

Er knüpfte seine Khakiuniform zu und setzte seine gelbe Baseballmütze im vorgeschriebenen Winkel auf. Anderssen, nun in Höschen und Hemd, stopfte ihre Siebensachen in einen Reisesack. Sie wandte ihm noch immer den Rücken zu.

»Na, komm, Anderssen — erspar mir das Feuer und das Eis. Der neue Auftrag, mit dem CINC-TRAIN uns bedacht hat, ist auch für alle anderen hart.«

Als sie sich umdrehte, war die schmale Linie ihrer Lippen zu einem schiefen Lächeln verzogen. »Für alle außer mich. Du hast recht. Du bist der letzte, auf dem ich herumtrampeln dürfte. Tut mir leid.«

»Sag nicht, daß es dir leid tut. Sag nur Auf Wiedersehen.«

Sie nahmen sich innig in die Arme, und Anderssen schaute zu ihm auf. »Bis dann mal, was?«

»Klar. Und mach dir keine Sorgen um deine Leute. Es wird zwar keine Vergnügungsreise, aber ich werde mein Bestes tun, um mich um sie zu kümmern.« Ihre Lippen trafen sich kurz; dann, als sie sich zögernd voneinander lösten, nahm Hartmann seine Armbanduhr auf. »Christoph! Ich verspäte mich!« Er legte sie an und packte ihre Schultern. Seine Stimme war nun ein Flüstern. »Hör mal, was diesen Brickman angeht ... Wohin ist er gegangen, nachdem er bei euch war?«

»Er saß unter einer Kapuze und war gefesselt. Ein Himmelsreiter von der Kampfmaschine hat ihn nach Santa Fé geflogen und dort dem Chef der Militärpolizei von New Mexico übergeben. Der hat ihn dann ins Hauptzentrum bringen lassen. Außerdem hat das HZ befohlen, seinen Namen aus unserem Stützpunktlog zu löschen.«

Hartmann nickte. »Das erklärt, warum man uns nie seine neue Akte geschickt hat. Er steht noch immer als Gefallener in unserer Liste.«

»Das verstehe ich nicht«, hauchte Anderssen. »Wenn man ihn im vergangenen November als Delinquenten ins HZ geschickt hat, was, zum Teufel, macht er dann mit seinem Arsch im Schnee von Iowa?«

»Eine gute Frage«, sagte Hartmann. »Aber selbst wenn ich ihn finde, du und ich werden die Antwort nie erfahren. Der junge Mr. Brickman steht auf der Liste der Selektivzubehandelnden — hast du das vergessen?«

2. Kapitel

Für Steve Brickman waren alle Vorteile, die man jenen schenkte, denen eine Selektivbehandlung zustand, in genau diesem zeitlichen Moment dazu bestimmt, unspezifiert und im dunkeln zu bleiben. Er hatte ganz gewiß keinen Grund, sich als Privilegierter zu fühlen, es sei denn in einem negativen Sinn — daß er und seine vier Reisegefährten dazu auserwählt waren, eine plötzliche Pechsträhne zu durchleben. Erneut hatte ihn ein voreiliger, unbesonnener Aktionismus in eine Lage versetzt, die voller Schwierigkeiten und Gefahren war.

Ihre Ankunft im Morgengrauen auf den windschiefen Dünen Long Points am Westufer des Eriesees, hatte das Ende der ersten Phase einer gefährlichen Flucht aus Ne-Issan eingeleitet — aus den Ostländern, über die die Eisenmeister herrschten. Die zweite Phase, eine 2400-Kilometer-Luftreise nach Wyoming, lag noch vor ihnen. Und zwar war diese Reise nach einem zermürbenden, wenn auch triumphalen Start katastrophal schiefgegangen. Nach zweieinhalb Flugstunden hatte Steve entdeckt, daß ihnen rasend schnell der Treibstoff ausging — doch es sollte noch schlimmer kommen.

Mit Hilfe zweier abtrünniger Wagner namens Jodi Kazan und Dave Kelso hatte Steve das Versprechen eingehalten, Cadillac und Clearwater zu retten — zwei begabte Prärievolk-Mutanten aus dem M'Call-Clan, die in die Hände der Eisenmeister gefallen waren. Er hatte es Mr. Snow versprochen, dem listigen, alternden Wortschmied des Clans, dessen Hirn eine Fundgrube der neunhundert Jahre alten mündlich überlieferten Geschichte war. Obwohl Mr. Snow wahrscheinlich der Wächter der Vergangenheit und die führende Intelligenz des Clans war, hielt ihn dies nicht davon ab, Fehler zu begehen. Er war dafür verantwortlich gewesen, daß Cadillac und Clearwater überhaupt erst nach Ne-Issan gegangen waren. Er hatte den Entschluß später bedauern müssen, den Steve sich in einem voreiligen Augenblick rückgängig zu machen anerboten hatte.

Doch wie in den meisten Situationen, in denen Steve sich wiederfand, war es so einfach nun auch wieder nicht gewesen. Bevor er Mr. Snow das Versprechen gegeben hatte, hatte man ihn in die Kreise der AMEXICO* aufgenommen — einer streng geheimen Organisation, die direkt dem General-Präsidenten der Amtrak-Föderation unterstand. Die AMEXICO war so geheim, daß nur eine ausgewählte Handvoll Angehöriger der Ersten Familie von ihrer Existenz wußte.

Der als Pilot ausgebildete Steve Brickman — ein Mitglied der Elite der Föderations-Oberwelttruppen — war nun ein *Mexikaner.* Die AMEXICO-Agenten hatten diesen Begriff zusammen mit Worten und Phrasen aus einer Prä-Holocaust-Sprache übernommen, die Spanisch hieß. Spanisch war Sprache eines längst untergegangenen Landes, das früher an der Südgrenze der Föderation gelegen hatte und nun Zufluchtsort für manche vertriebene Clans der Süd-Mutanten war.

Steves neuer Chef, General-Commander Ben Karlstrom, hatte ihm den gleichen Auftrag erteilt wie Mr. Snow. Doch da für Karlstrom Mutanten keine Menschen waren, hatte er Cadillac und Clearwater als ›Ziele‹ bezeichnet, und das Wort ›Rettung‹ durch den Begriff ›Gefangennahme‹ ersetzt.

Auch Mr. Snow sollte, um Karlstrom zu zitieren, ›aus dem Gleichgewicht gebracht‹ werden. Steves Auftrag bestand darin, die drei entweder lebend in die Föderation zu bringen, ihre Leichen den Aasvögeln zu überlassen oder sonst etwas mit ihnen zu tun.

---

* **AM**trak **EX**ecutive **I**ntelligence **CO**mmando

Man hatte ihm durch die Blume gesagt, man könne Strafsanktionen gegen Steves Blutsschwester Roz und seine Wächtereltern, Annie und Papa Jack, verhängen. Der Tod oder die Mißhandlung seiner Wächtereltern hätte zwar große Qualen in ihm erzeugt, doch das konnte man ertragen. Es waren vor allem die Drohungen gegen Roz, die er nicht hatte dulden können.

Steve hatte den Auftrag angenommen, da er ihm die Chance bot, in die Blauhimmelwelt zurückzukehren, wo er Zeit zum Nachdenken und Raum zum Manövrieren hatte. Zeit, darüber nachzudenken, wie er seine Auftraggeber übertölpeln konnte, damit alle das bekamen, was sie haben wollten — oder zumindest glaubten, alles zu bekommen, was sie hatten bekommen wollen. Doch er hatte auch den Eindruck, daß Karlstrom ihm nicht ganz traute. Er hatte dieses Gefühl nicht allein. In mehreren von Taten erfüllten Monaten an der Oberwelt hatte er entdeckt, daß die Erste Familie die ihnen treu ergebenen Truppen seit Jahrhunderten betrog — vielleicht hatte sie es sogar von Anfang an getan, als die Aschewolken der Feuerstürme, die über Amerika hinweggefegt waren, die Sonne über drei Jahrzehnte lang in ein eiskaltes, scharlachfarbenes Auge verwandelt hatte.

Aber es hatte nicht nur Drohungen und Betrügereien gegeben. Als er das Risiko eingegangen war, hatte Karlstrom für die lebenswichtige Verstärkung gesorgt, die er gebraucht hatte, um sich einen Weg in die Freiheit zu bahnen. Auch ein von einem Plastikchirurgen in einen Beulenkopf verwandelter Agentenkollege mit dem Decknamen Side-Winder hatte zur Verstärkung gehört.

Side-Winder, der behauptet hatte, schon seit Jahren in Ne-Issan tätig zu sein, war nur ein Rädchen in der verblüffend geheimen Organisation gewesen, die sogar ein paar durchtriebene Burschen aus einem Nachrichtendienst der Eisenmeister einschloß. Steve, sich dieser Verbindungen nicht bewußt, hatte einen separaten Handel mit einem hochgestellten Samurai aus einem anderen Dienst abgeschlossen, und möglicherweise gab es noch mehr: Schicht auf Schicht von Täuschungen und Intrigen, wie die kühle, schützende Hülle, die die ultimate Wahrheit über die Erste Familie, die Amtrak-Förderung und ihre Erbfeinde, die Mutanten, enthüllte.

Der Auftrag, den Karlstrom Steve erteilt und den er freiwillig von Mr. Snow angenommen hatte, war schon schwierig genug gewesen, denn der weit verbreitete Glaube der Mutanten besagte, daß niemand je aus den ›Ostländern‹ zurückkehrte. Doch er hatte sich als doppelt schwierig erwiesen wegen der Gefühle, die er für das Volk empfand, das zu verraten man ihm befohlen hatte. Cadillac und Clearwater hatten sich als ›normale‹ Mutanten mit perfekt geformten Leibern und reiner, makelloser Haut entpuppt — ganz wie echte Menschenwesen. Sie hatten sich lediglich geschickt mit pflanzlichen Farben getarnt, damit sie sich nicht von der schekkigen Haut ihrer Clangefährten unterschieden.

Mr. Snow war zwar ebenfalls mit den charakteristischen Haut- und Knochendeformationen versehen — weswegen man die Mutanten ›Beulenköpfe‹ nannte —, aber er war auch mit einem enzyklopädischen Erinnerungsvermögen, ungewöhnlicher Intelligenz und einem Fundus altersloser Weisheit gesegnet. Und dazu kam noch seine persönliche Art von Schelmenhumor.

Steves Dilemma war aus der Tatsache erwachsen, daß er sich — um eine abgedroschene Vorkriegsredensart zu verwenden — unsterblich in Clearwater verliebt und sie darauf mit gleicher Leidenschaft reagiert hatte.

Für einen in der Föderation aufgewachsenen Menschen war das Wort ›Liebe‹ kein Bestandteil seines Wortschatzes, und so hatte Steve die Tiefe einer solchen gefühlsmäßigen Beziehung noch nie verspürt. Allerdings stand er seiner Blutsschwester äußerst nahe — näher, als zwei normale Menschenwesen einander kommen konnten. Ihn und Roz verband eine geheimgehaltene telepathische Verbindung von außergewöhnlicher Intensität. Dies hatte sie von anderen Wagnern seit ihrer Kindheit unterschieden, und als sie in die Pubertät gekommen waren, hatte Roz sich bei Steve eine heimliche sexuelle Beziehung erschlichen.

Mit seiner Versetzung in die Flugakademie im Alter von vierzehn Jahren war sie jedoch schrittweise abgebrochen, da sie sich über lange Perioden hinweg zwangsweise nicht gesehen hatten. Roz empfand noch immer die gleichen Gefühle für ihn, aber Steve, der zögernde Partner, hatte sich weiterentwickelt. Mit seiner Blutsschwester verband ihn ein alles überlagerndes geistiges Band; seine Gefühle für Clearwater — die Roz schrecklich wütend gemacht hatten — waren von ganz anderer Natur.

Diese Gefühle hatten Steve zudem eine Menge Seelenerforschung auferlegt. Vom allerersten Schultag an hatte man ihn gelehrt, in den mißgestalteten Mutanten abstoßende, von Seuchen behaftete Tiere zu sehen — eine Beleidigung der gnadenlos ausgerotteten Natur. Daraus folgte, daß intime körperliche Beziehungen zwischen Wagnern und Mutanten unvorstellbare Entartungen waren, das Produkt eines kranken Geistes. Doch die Anziehungskraft, die Clearwater und er für einander empfunden hatten, war spontan und unwiderstehlich gewesen, und für Steve hatte sich das Verlangen, ihren Körper und ihre Seele zu besitzen, zu einer gefährlichen Obsession entwickelt.

Die Pflicht, die ihn an Mr. Snow und Cadillac band, war auf eine Dankesschuld zurückzuführen. Obwohl er an einem mörderischen Luftangriff gegen ihren Clan teilgenommen hatte, hatten sie ihn nach einem fast tödlichen Absturz gesundgepflegt und später vor dem sicheren Tod bewahrt. Hätten die Wagner die Mutanten erwischt, sie hätten sie auf der Stelle getötet, doch die beiden sogenannten Wilden hatten einen Grad an Nachsicht und Versöhnlichkeit gezeigt, den er nicht verdiente. Seine Gefühle für Clearwater hatten ihn zwar verleitet, ihr Vertrauen zu verraten, doch auch diesmal hatte es keine Gegenbeschuldigung gegeben, und nun konnte er es nicht über sich bringen, sie ein zweitesmal zu betrügen.

Das Handbuch stellte klar, daß normale moralische Bedenken in einer Beziehung zwischen Wagnern und Mutanten nichts zu suchen hatten. Trotz oberflächlicher Ähnlichkeiten waren Mutanten keine Menschen, sondern geistig zurückgebliebene Anthropoiden, deren Platz auf dem Baum der Evolution sich etwa auf der Hälfte zwischen den Menschen und den verschwundenen Menschenaffen befand. Karlstrom, der Führer der AMEXICO, hatte ihm erzählt, daß ›Versprechungen an Mutanten nicht zählten‹. Zwar wußte eine Hälfte Steves, daß dies stimmte, doch die andere, die neuerwachte, sagte ihm, daß dem nicht so war.

In dem Augenblick, in dem er nach oben gekommen war, um den ersten Oberwelt-Alleinflug zu machen, hatte in seinem Innern eine grundlegende Veränderung stattgefunden. Steve hatte sich gefühlt, als werde er entzweigerissen. Die Solidarität, die er für seine Wagnerkameraden empfand, der feierliche Eid unerschütterlicher Treue zur Ersten Familie war mit dem zunehmenden Gefühl in Widerstreit geraten, daß er kein Bestandteil des unterirdischen Reiches war und auch nie sein würde. Als er in die Blauhimmelwelt eingetreten war, hatte er das Gefühl gehabt ... er käme nach Hause. Es trotzte zwar aller Vernunft, aber jede Faser seines Ichs wußte, daß es stimmte.

Doch im Augenblick überwog das dringlichere und fundamentalere Problem des Überlebens die Last dieses gefühlsmäßigen und geistigen Drucks.

Steve, Jodi und Dave Kelso waren zwar alle fähige Piloten, aber sie hatten noch nie etwas so Hochentwickeltes wie einen Himmelsreiter geflogen. Das Kontrollbord war mit Schaltern, Knöpfen und Funknavigationshilfen überladen, und dazu kam noch ein Monitorschirm, der die Position der Maschine als Punkt auf einer sich bewegenden Landkarte anzeigte, die man vor dem Start programmieren mußte. Da sie in Eile gewesen waren, hatten sie dies nicht bemerkt. Ebenso unvertraut waren sie mit dem Triebwerk, das stärker war und nach einem völlig anderen Prinzip funktionierte als die batteriebetriebenen Himmelsfalken, an die sie gewöhnt waren.

Steve war zwar zweimal als Passagier mit einem Himmelsreiter geflogen, doch beim ersten Mal war er zu sehr damit beschäftigt gewesen, sich mit der Pilotin zu unterhalten — seiner früheren Klassenkameradin Donna Monroe Lundkwist. Bei der zweiten Gelegenheit, bei einem Nachtflug mit einem wortkargen MX-Piloten, der die meisten seiner Fragen ignoriert hatte, hatte er einen Großteil des Fluges damit verbracht, durch die Plastikhaube der Kanzel in die sternenerfüllte Nacht hinauszusehen.

Bis zu diesem Morgen hatten zwar weder Jodi noch Kelso je einen Himmelsreiter gesehen, doch wie Steve hatten sie genügend grundlegendes Wissen, um ihn vom Boden abzuheben und durch die Luft zu manövrieren. Sie flogen nicht mit Hilfe des überladenen Armaturenbretts, sondern ganz nach Gefühl. Die Möglichkeit, tödliche Fehler zu machen, war größtenteils durch das Vorhandensein sogenannter ›Idiotentafeln‹ reduziert worden — abgekürzten Listen, die alle grundlegenden Kontrollprüfungen und Gegebenheiten abdeckten, die man als Pilot während Start und Landung unbedingt erfüllen mußte.

Doch die Liste hatte ihnen, bevor sie die Reise in Angriff genommen hatten, nicht alles gesagt, was sie wissen mußten, und da sie ihren Führer Side-Winder und die beiden MX-Piloten, die geschickt worden waren, um sie in die Föderation zurückzubringen, zeitweise außer

Gefecht gesetzt hatten, war niemand da, der ihnen sagen konnte, daß die Maschinen aus einem großen Lagertank unter dem Sandboden neben dem grasbewachsenen Landestreifen für den Rückflug aufgetankt werden mußten.

Kelso hatte, bevor sie gegangen waren, mit Jodis Hilfe zwei Reißverschlußsäcke mit Proviant und anderen nützlichen Dingen aus dem Uferdepot gefüllt, doch hätte Side-Winder das Versteck nicht verraten, hätten sie nie erfahren, welche Schätze geradewegs unter ihren Füßen lagerten. Ebensowenig war ihnen aufgegangen, daß es dort ein Treibstofflager geben könnte. Selbst wenn es ihnen aufgegangen wäre, sie hätten den Platz kaum gefunden. Wie das Uferdepot mit dem listig arrangierten Steindeckel, war der Zugang zum Treibstofftank vor unwillkommenen Besuchern unter dem verwitterten Stamm eines toten Baumes verborgen, dessen Mittelsektion nicht ohne Hilfe eines Spezialwerkzeugs geöffnet werden konnte.

Tatsächlich hatten sie sich so sehr darüber gefreut, das Trio ausgetrickst zu haben, das geschickt worden war, um sie nach Hause zu bringen, daß ihnen die Vorstellung, den Maschinen könne der Sprit ausgehen, nie gekommen war. Sie hatten nur einen Gedanken gehabt — so schnell wie möglich von Long Point zu verschwinden.

Steve flog mit Clearwater im Passagiersitz und Jodis Uferdepot-Beute im Frachtraum; Jodi selbst flog mit Kelso zusammen, sie hatten Cadillac und den zweiten Beutesack im Frachtraum.

Wie Jodi und Kelso hatte auch Steve den Treibstoffpegel gleich nach der Aktivierung der Batterien geprüft, die das Instrumentenpaneel und die Bordsysteme speisten. Die Anzeige, die dazu diente, den Treibstoff in Prozenten anzuzeigen, stand auf fünfundsiebzig. In der unteren Skalahälfte befanden sich vier nebeneinander liegende rechteckige Fensterchen. Die drei ersten waren rot, und dies galt auch für das untere Viertel des vierten Fensters, dessen oberer Teil weiß war.

Da Steves inneres Auge die Farbe Weiß als Neutrum sah und sie seiner Meinung nach deswegen ein Nichts darstellte, hatte er, nicht unbegründet, angenommen, die drei roten Markierungen entsprächen der 75%-Anzeige und wiesen auf drei volle und einen fast leeren Tank hin. Es gab zwar ein kleines Problem mit dem dünnen roten Streifen im unteren Viertel des vierten Fensterchens, doch die Tatsache, daß 3,25 sich nicht glatt durch 75% teilen ließ, hatte ihn nicht alarmiert. Er hatte nur geschlossen, daß eine Null Prozent-Skalenanzeige dem Piloten ein Tankviertel übrigließ, um noch ein paar Heimweg-Kilometer zurückzulegen, bevor das Triebwerk abschaltete.

Er hatte sich auf ganzer Linie geirrt. Und Jodi und Kelso hatten aufgrund der gleichen Logik denselben Fehler gemacht. Es war fast so, als hätte ihr Grips, der sie nicht hatte enttäuschen wollen, die sichtbaren Tatsachen entgegenkommend interpretiert, um sie ihren Erwartungen anzupassen.

Denn das Gegenteil war richtig! Der rote Zeiger in den Rechtecken zeigte einen *leeren* Tank an, und die Prozentzahlanzeige bezog sich auf den Tank, der gegenwärtig an das Treibstoffversorgungssystem angeschlossen war. Die Piloten der beiden Himmelsreiter waren mit dem vierten Tank — auf Reserve — geflogen und hatten bereits ein Viertel seines Inhalts verbraucht.

Erst als sie in der Luft und anderthalb Stunden lang nach Westen unterwegs gewesen waren, löste sich ihre euphorische Stimmung allmählich auf. Das rote Segment im vierten Fenster kroch *aufwärts*, nicht nach unten, und die Nadel, die den Prozentsatz des Treibstoffs anzeigte, fiel zu schnell. Steve sagte zwar nichts zu Clearwater, Jodi und Kelso, die steuerbord flogen, wobei ihre Schwingen eine Linie mit seinem Heck bildeten —, doch eine halbe Stunde später, nachdem er jeden

Knopf, jeden Schalter und jede Skala überprüft hatte, bestätigten sich seine schlimmsten Befürchtungen. Die drei anderen Treibstofftanks waren leer.

Scheiße, Scheiße und nochmals Scheiße!

Steve schaltete den Maschine-Maschine-Kanal ein. Seit sie Long Point verlassen hatten, hatte Funkstille geherrscht, um es allen elektronischen Lauschern unmöglich zu machen, ihre Position anzupeilen. Nach über zwei Stunden ohne Nachricht von Side-Winder oder den beiden MX-Piloten mußten überall im Hauptzentrum die Alarmglocken schrillen, und wenn Karlstrom erst einmal wußte, was passiert war — vielleicht wußte er es längst —, brach die Nacht der langen Messer an. Jetzt war zwar nicht die Zeit, ihre prekäre Lage bekanntzumachen, aber Steve hatte keine Wahl. Es ging um eine lebenswichtige Notlage.

»Ausbrecher Eins an Ausbrecher Zwei. Wie steht's mit eurem Treibstoff? Over.«

Kelsos Stimme ertönte in seinem Kopfhörer. »Komisch, daß du dich danach erkundigst. Kaz und ich haben uns schon gefragt, wieso wir bei optimalem Flugtempo und ebensolcher Höhe so viel Sprit verbrauchen. Wir haben bei 75 % angefangen; jetzt sind wir auf 30 runter.«

»Auf meiner Skala steht 37«, sagte Steve. »Das ist die gute Nachricht. Die schlechte ist, daß die Anzeige sich nur auf einen Tank bezieht. Seit wir gestartet sind, fliegen wir auf Reserve. Die drei anderen sind leer.«

»Mist!« fluchte Kelso laut. »Wieviel ist denn in dem Tank drin? Warte einen Moment — Jodi schaut mal nach, ob hier irgendwo eine Vidifax-Version der Bedienungsanleitung rumliegt. Hast du eine?«

»Bleibt dran ...« Steve sagte Clearwater, wonach sie suchen sollte. Sie durchsuchte das Cockpit, fand aber nichts. »Nichts zumachen, Dave. Wir können nur das Tempo drosseln. Aber sei vorsichtig. Diese Dinger fallen unter 65 vom Himmel. Aber wenn wir weniger Treibstoff verbrauchen, kommen wir vielleicht ein paar Kilometer weiter.«

»Aber *wie* weit? Wir verbrauchen mehr als ihr, weil unsere Ladung schwerer ist. Oder hast du vergessen, daß wir eine rattengesichtige ›Waschbärenhaut‹ hinten drin haben?«

»Nimm's leicht, Dave. Er trägt eine Maske, ebenso wie ihr.«

»Mag sein. Aber drunter ist er anders als ...«

»Hör zu! Fang jetzt nicht an, Haare zu spalten. Wir sitzen alle in der gleichen Scheiße.«

»Yeah — nur nicht im gleichen Flugzeug! Ich bin gar nicht glücklich darüber, Stevie. Jodi hat mir gerade die Landkarte gezeigt. Direkt vor uns breitet sich 'ne ziemlich große Wasserfläche aus.«

»Ich weiß. Der Michigansee. Auf der anderen Seite wohnen die She-Kargo-Mutanten. Die Heimat unserer beiden Freunde.«

Kelso meldete sich nun lauter als zuvor. »Was kann uns das nützen, wenn wir ersaufen, bevor wir die andere Seite erreichen?«

»Das werden wir nicht!« schrie Steve. »Wir können es schaffen!«

»Auf dieser Seite oder der anderen — wo ist da der Unterschied?« schrie Kelso zurück. »Wo wir auch runterkommen — sie werden uns den Kopf abschneiden! Ich habe doch *gewußt*, daß es zu schön ist, um wahr zu sein!«

Kelso wandte sich zu Jodi um und sagte: »Habe ich nicht gesagt, daß der Hundesohn uns früher oder später in die Scheiße reitet?«

Jodi, die den Schirmpositionsplotter studierte und die Entfernungen anhand einer Plasfilmlandkarte überprüfte, antwortete mit einem Blick, hielt jedoch den Mund.

Steve ging darüber hinweg. »Wißt ihr was? Es muß in Long Point ein Treibstoffdepot gegeben haben.«

»Brillant«, höhnte Kelso. »Hast du noch mehr nutzlose Informationen?«

Jodi verlor die Geduld. »Hör auf damit, Dave!«

Sie behielten den Kurs mehrere Minuten lang in eisernem Schweigen bei. Steve schaute zu dem anderen Himmelsreiter hinüber und sah, daß Jodis Kopf herumfuhr, als sie eine neue Untersuchung des Cockpits vornahm. Schließlich hielt sie einen flachen, rechteckigen Gegenstand hoch und schwenkte ihn triumphierend.

»Ausbrecher Zwei an Ausbrecher Eins. Ich hab's, Steve!«

Was Jodi gefunden hatte, war ein Vidifax, eine dünne Datenbank im Taschenformat, die zehn mal zwanzig Zentimeter maß. Der höherliegende Teil der Oberfläche war in einen LCD-Schirm und eine Reihe spezieller Funktionstasten aufgeteilt, und es gab einen Umblätterbefehl, der es dem Benutzer erlaubte, Textblöcke zu lesen, indem er sie mit unterschiedlicher Geschwindigkeit zeilenweise auf- und abwärts über den Bildschirm laufen ließ.

Jodi wählte das Hauptmenü an, wechselte ins Treibstoffmenü und fand die Informationen, die sie brauchten. »Okay ... bist du noch dran, Steve?«

»Ausbrecher Eins; ich höre ...«

»Der Reservetank enthält 30 Gallonen Treibstoff. Die höchste Verbrauchsquote beträgt pro vierzig Kilometer eine Gallone, das ergibt eine maximale Reichweite von ungefähr zwölfhundert Kilometern ...«

Kelso meldete sich. »Aber wir haben nur mit 75 Prozent dieser Menge angefangen ...«

»Ich weiß«, sagte Jodi.

Steve gab die Zahlen in den kleinen Rechner auf der flachen Konsole ein, der aus dem Armaturenbrett zu einer Stelle zwischen den Sitzen verlief. »Das gibt uns immer noch eine Reichweite von 840 Kilometern.«

»Bleib dran«, sagte Jodi. »Keine Aufregung. Der Verbrauch bezieht sich nur auf einen unbeladenen Himmelsreiter mit einem Piloten und null Treibstoff in den sonstigen Tanks. Wir müssen noch ein bißchen mehr rechnen ...«

Kelso explodierte. »Dann aber mal los, Kaz! Die Nadel auf der Skala steht nämlich gleich bei 20 Prozent!«

Jodi fauchte ihn an. »Dave, um Himmels willen, halt endlich mal die Klappe! Du klingst wie ein Schakal, der hinter einer hitzigen Hündin herhechelt!«

»Wir sind fast bei 29«, sagte Steve. »Aber solange wir nicht wissen, wie weit wir geflogen sind, bedeutet das gar nichts.«

»Ich glaube, ich kann es beantworten. Ich hab's vor einiger Zeit geschafft, den Kartenschirm zum Laufen zu bringen. Wir nähern uns dem Bezugspunkt Grand Rapids. Das bedeutet ... Laß ma' kucken ... Wir haben bis jetzt fünfhundert Kilometer zurückgelegt.«

»Danke. Ich melde mich gleich wieder.« Steve gab die Zahlen ein.

Jodi reichte Kelso die Karte. »Prüf nach, wie weit es von Grand Rapids zum Bezugspunkt Milwaukee ist ...« Ihre Finger tanzten über den Rechner.

Nach einer kurzen Weile war Steve wieder auf Sendung. »Ich hab's. Der Verbrauch liegt bei einer Gallone pro 35 Kilometer. Wenn die 29%-Anzeige stimmt, können wir noch gut dreihundert Kilometer fliegen. Wie steht's mit euch?«

»Nicht allzu gut, Steve. Mit unserer Extraladung können wir mit einer Gallone nur 29 Kilometer machen. Es sind nur noch sechs im Tank. Laut Rechner macht das 181. Aber darin ist der Gegenwind noch nicht enthalten, der uns auf die Nase drückt.«

Steve warf einen Blick auf seine zusammengefaltete Karte. »Wir haben immer noch eine Chance. Der Michigansee ist nur 128 Kilometer breit.«

Kelsos Stimme prallte an seinem Schädelinneren ab. »Wir *kommen* nicht mal zum Michigansee, du Arschgesicht! Schau dir die verdammte Landkarte an! Wir nähern uns gerade Grand Rapids! Das sind *hundertachtzig* Kilometer von Milwaukee! Schau aus dem Fenster! Da draußen liegt ein Scheiß-Ozean! Erwartest du allen Ernstes, daß Kaz und ich den Versuch machen, das Ding zu überqueren, wo wir gerade genug Sprit für hundert*achtzig* Kilometer haben?«

»Was soll ich denn machen?« schrie Steve zurück. »Treibstoff verbrauchen, damit ich die gleiche Chance habe wie ihr? Schalt das Gehirn ein, Dave! Wir sind zweieinhalb Kilometer hoch. Wenn der Motor abschaltet, kannst du mindestens noch fünfzehn bis zwanzig Kilometer weit segeln!«

»Ach, wirklich? Der Mann, der nicht mal gewußt hat, daß wir mit leeren Tanks fliegen, ist plötzlich Himmelreiter-Experte! Wenn du glaubst, ich überfliege das Gewässer, bloß um rauszukriegen, ob dieses Ding wie ein verdammter Ziegelstein segelt, dann hast du sie nicht alle! Wenn der Saft ausgeht, will ich Gras unter den Reifen haben. Kaz und ich biegen nach Süden ab!«

Steve ließ sich zurücksinken und schloß die Augen, bis sie so dicht nebeneinander flogen, daß ihre Schwingen sich fast berührten. Er schaute zu Jodi Kazan hinüber, die Kelso vor seinen Blicken verdeckte. »Jodi, um Himmels willen! Kannst du nicht irgend etwas unternehmen?«

Sie ließ die Rechte schnell über ihre Kehle gleiten — das Zeichen an einen Piloten, den Motor abzustellen, das man aber auch anwendete, um auf das Ende einer fruchtlosen Situation oder Diskussion hinzuweisen. »Ich glaube, er hat recht, Steve. Hast du gesehen, was vor uns liegt?«

»Yeah«, sagte Kelso. »Schau dir mal das Wetter auf zwei Uhr an!«

Steve löste seinen Blick von Jodi und richtete ihn auf das Nordwest-Viertel des Himmels. Die lange, graue Wolkenbank, die unheildrohend am Horizont gehangen hatte, bewegte sich nun. Seine Aufmerksamkeit war aufgrund der eingehenden Erforschung des übervollen Armaturenbretts, der Suche nach dem Vidifax und den Berechnungen des Treibstoffverbrauchs abgelenkt gewesen. Die Wolkenmasse zog nun rasch vor ihnen her.

Clearwater deutete mit dem Finger auf die aschgraue Kumulusmauer. »Schau! Sie trägt den Weißen Tod in ihrem Bauch!«

Sie hatte recht. Es war eine Schneewolke, deren Vorderkante sich in beiden Richtungen ins Endlose erstreckte und deren massige Oberschicht an bestimmten Stellen aufstieg, um ihre momentane Höhe beinahe zu verdoppeln.

Jodi sprach in das Mikro, das sich in ihrem ausgeliehenen Sturzhelm befand. »Wir müssen vor ihr wegfliegen, Steve. Sie erstreckt sich bestimmt von hier bis nach South Dakota. Mit dem Treibstoff, den wir noch haben, können wir nicht über sie weg, und wenn wir hindurchfliegen, bringt uns das auch nichts Gutes. Wenn es dazu kommt, daß wir gezwungen werden, auf dem zu landen, was die Jungs als Skipiste bezeichnen, haben wir alle vorstellbaren Schwierigkeiten am Hals.«

»Was wir auch tun«, knurrte Kelso, »Schwierigkeiten warten überall auf uns. Wir können nicht weiterfliegen, Kaz.« Er nahm das Gas zurück, schob den Steuerknüppel nach links vorne und tauchte unter Steves Heck hinweg.

Steve warf über die Schulter hinweg einen Blick auf den unter ihm dahingleitenden Himmelsreiter. Er zog nach links und sah ihn wieder vor sich auftauchen. Er fluchte leise und drückte den Sendeknopf. »Ausbrecher Eins an Ausbrecher Zwei. Was ist euer neues Ziel?«

»Häng dich nur an meinen Arsch, Brickman!« rief Kelso. »Ich fliege den Südzipfel des Sees an. Von da aus können wir nach Westen gehen!« Sein Blick traf den Jodis. »Vorausgesetzt, das Scheißwetter macht uns keinen Strich durch die Rechnung!« Er richtete den Bug nach unten und gab Vollgas. »Herrjeh, ist das eine Scheiße!«

Jodi sagte nichts. Sie kannte das alles schon.

Steve schluckte seine Wut hinunter und gab Gas, um mit Kelso Schritt zu halten. Er wußte zwar, daß sie gezwungen waren, den Kurs zu ändern, aber er war verärgert, weil er die Kontrolle über die Situation verloren hatte. Kelso hatte zwar seine Rolle beim Ausbruch vom Reiherteich gespielt, aber von diesem Tag an hatte er ihm nur Schwierigkeiten gemacht.

Wenn man sich in einer Klemme wie dieser befand, konnte man auf keinen Fall Burschen brauchen, die statt positive Antworten zu geben fortwährend widersprachen. Jodis alles ertragendes Verhalten war zweifellos aus Kameradschaft im Mißgeschick erwachsen, doch Steves Geduld nahm allmählich ab. Im Geist gab er Kelso noch eine Chance, sich zu besinnen. Wenn nicht, würde sich der großmäulige Rotschopf als fünftes Rad am Wagen des Erforderlichen wiederfinden — und Jodi mußte sich entscheiden, ob sie bei einem Verlierer blieben oder sich der Siegermannschaft anschließen wollte.

Er blickte zu Clearwater hinüber und sah, daß sie angespannt und distanziert geworden war. Sie hockte auf ihrem Sitz, hatte eine Hand gegen die Seite des Cockpits und die andere gegen das Armaturenbrett gedrückt.

Steve legte seine Linke auf die ihre und drückte sie beruhigend. »He, he, entspann dich! Vor kurzem hat es dir noch Spaß gemacht. Was ist denn los? Ist dir schlecht?«

Sie preßte die Lippen aufeinander und sagte: »Ich verstehe die Dinge nicht, über die ihr redet. Ich verstehe nur, daß etwas nicht stimmt, und daß ihr euch über einander ärgert. Cadillac hätte mit uns fliegen sollen. Dann könnten die beiden Sandgräber gehen, wohin sie wollen.«

»Du hast recht. Es hätte alles viel einfacher gemacht. Aber wir wollten das Risiko aufteilen, damit ... Falls Kelsos Maschine oder diese hier abgeschossen wird, einer von euch noch immer die Chance hat, nach Hause zu kommen.«

Ihr Blick festigte sich, und ihre Lippen wurden weicher. »Wir kommen alle nach Hause. Sind wir nicht in Talismans Schatten geboren?«

»Du und Cadillac vielleicht. Ich glaube nicht, daß er sich über uns andere viele Gedanken macht. Mach dir keine Sorgen wegen Kelso. Jodi und ich werden ihn schon zurechtbiegen. Er gehört zu denen, die nur zufrieden sind, wenn sie meckern können. Aber er hat das Herz am rechten Fleck.«

Und wenn sich herausstellt, daß ich mich irre, puste ich ihm ein Loch mitten rein ...

Clearwater drehte ihre rechte Hand nach oben und packte die seine. »Ich fürchte den Weißen Tod.«

»Du?« Bei der Vorstellung mußte Steve lachen. »Ich bitte dich! Du hast doch vor nichts Angst! Du und Cadillac, ihr habt doch mehr von dem Zeug gesehen als wir alle zusammen! Kelso hat drei Winter überlebt, und Jodi einen. *Ich* müßte eigentlich Angst haben!«

»Und hast du Angst?«

»Neee ... Ich habe doch dich, oder? Vertrau mir. Es wird schon alles gut enden.«

»Ja, das weiß ich«, sagte Clearwater. »Selbst wenn du und ich es nicht mehr erleben.«

Da Steve den Blick auf die vor ihnen fliegende Maschine heften mußte, konnte er ihr Gesicht nicht beobachten und beurteilen, was sie mit dieser dunklen Bemerkung meinte. Aber es war nicht ihre erste.

Als Clearwater spürte, daß sie ihn beunruhigt hatte, fügte sie hinzu: »Ich vertraue dir wirklich. Mein Leben ist in deine Hände gelegt worden. Es ist Talismans Wille.«

Steve überprüfte das Wetter zu seiner Rechten, dann heftete er den Blick wieder auf Kelsos Maschine. »Warum müssen wir immer wieder auf diese verdammte Prophezeiung zurückkommen? Es wäre wirklich schön, sich mal vorzustellen, *ich* hätte etwas damit zu tun, wie du empfindest.«

»Aber du *hast* es, Goldener. Du *hast* es ...«

»Yeah ...« Steve schaute geradeaus. Es muß toll sein, dachte er, wenn man jemanden hat, auf den man sich verlassen kann. Einen Jemand, der sich wirkliche Sorgen um einen macht; der sich alles ausrechnet und dafür sorgt, daß einem nichts Böses widerfährt. Warum war er immer derjenige, der am Ende alle anderen schleppen mußte?

Vielleicht war es typisch für Menschen, die gern bestimmten, wo es langging. Doch Jefferson der 31., der gegenwärtige General-Präsident — den er kennengelernt hatte —, führte die größte Schau der Welt. Man konnte seine letzte Essensmarke darauf setzen, daß *er* sich einen Scheiß um jemanden sorgt, der unter ihm stand. Steven Roosevelt Brickman inklusive. Man sah es ihm an den Augen an. Jefferson gehörte zu den Menschen, die einen den ganzen Weg zur Drehtür seines Büros begleiteten, mit einem Lächeln auf den Lippen und einer väterlichen Hand auf der Schulter — wohl wissend, daß die Killerschwadron, die er bestellt hatte, einen schon erwartete, wenn man auf die andere Seite der Drehtür kam.

Reine, nackte Macht ... Auf der Ebene, auf der der P-G operiert, muß es einem ein echtes Hochgefühl verleihen ...

Als die Maschinen an Höhe verloren, türmte sich die graue Wolkenmauer über ihnen wie eine riesige Flutwelle auf, die drohte, sie zu verschlucken, ohne eine Spur zu hinterlassen. Der starke Nordwestwind, der für ihre Antriebskraft sorgte, trieb die Schneeflocken an seinem vorderen Rand voran, bis sie in zahllosen Millionen fielen.

Steve schaute auf den Kreiselkompaß. Momentan folgte er Kelso auf einem Kurs von Zwei-Null-Null. Sie verloren beständig an Höhe und waren auf dreihundert Meter herunter. Es war klar, daß Kelso den Sichtkontakt mit dem Boden beibehalten wollte. Eine kluge Entscheidung unter diesen Umständen, aber wenn sie vermeiden wollten, eingehüllt zu werden, mußten sie bald auf einen südlicheren Kurs abschwenken.

Steve konsultierte die Landkarte und versuchte, unter ihnen, am Seeufer, ein passendes Gelände auszumachen. Und dann geschah es. Als sein linker Zeigefinger über den gefalteten Plasfilmbogen auf den Bezugspunkt Benton Harbor zufuhr und Landkarte und Boden übereinstimmten, erblickte er die wuchtigen, rechteckigen Umrisse eines Bootes, das an einer hölzernen Mole vor Anker lag. Es war zwar keiner der massiven Schaufelraddampfer, die den Handelsposten besuchten, aber das Schiff war dennoch von bemerkenswerter Größe und hatte ein Schaufelrad, das über die volle Breite seines Hecks verlief.

Unter dem ersten Ansturm des Schnees verblaßten rasch Farbe und Einzelheiten. Bei perfekter Sicht hätte Steve das nach oben schauende Gesicht einer Gestalt sehen können, die wie ein blasser Punkt auf dem Bugdeck stand, das sich von den dunklen Planken abhob. Aber heute nicht. Izo Watanabe sah die beiden Himmelsreiter zwar über sich dahinfliegen, aber jene, die an Bord waren, sahen ihn nicht.

Steve brauchte ihn auch nicht zu sehen. Es gab nur einen Ort, von dem das Schiff gekommen sein konnte — Ne-Issan. Die Eisenmeister hatten es dort unten postiert, und sie hatten auch die Mole gebaut, an der es ankerte. Seine Postierung weit jenseits der Grenzen Ne-Issans mußte schon vor vielen Wochen erfolgt sein, wenn nicht gar vor Monaten. Das Schiff und seine unsichtbare Besatzung konnten nur dem Landesfürsten Yama-Shita gehören, denn seine Familie verfügte über die exklusive Lizenz, mit den Mutanten Handel zu treiben. Doch Yama-Shita war seit einer Woche tot — von Clearwater während ihres Ausbruchs getötet. Ob die Totgesichter da unten davon wußten? Oder wußten sie, daß seine Mörder entkommen waren?

Steve hielt es für unwahrscheinlich, selbst wenn die

Eisenmeister für dringende Fernverständigung Brieftauben einsetzten. Die Yama-Shitas litten wahrscheinlich immer noch unter dem Schock und waren gewiß damit beschäftigt, die Gebote neidischer Rivalen abzuwehren, die darauf bedacht waren, sich eine Scheibe ihres Handelsimperiums abzuschneiden, statt die Außenländer zu alarmieren. Jedenfalls im Moment.

Nein. Die wirkliche Frage war grundlegender: Wieso sollte eine Bootsladung von Japsen in der zweiten Novemberwoche am Südende des Michigansees ankern? Hatte Hiro Yama-Shita mit den Mutanten dieses Gebietes irgendein weitreichendes Unternehmen laufen?

Ihre Notlage, vor dem sich nähernden Schnee weiterzufliegen, machte eine detaillierte Beobachtung zwar unmöglich, doch Steve hatte von der Cockpitseite aus keinerlei Uferanlagen gesehen, und Clearwater ebensowenig. Die Bootsinsassen waren zwar möglicherweise bewaffnet, aber sie stellten eine leichte Beute dar. Steve spielte kurz mit der Vorstellung, es zu kapern und einen langsamen, doch beständigen Vorstoß an den Handelspunkt bei Du-aruta zu machen. Auf See waren sie absolut sicher; sie brauchten nur an Land zu gehen, um Holz für den Kessel zu schlagen — eine Energie- und Wärmequelle. Das Problem, was sie essen sollten, konnte man lösen, indem man, wie die Eisenmeister, Fische fing.

Der Winter würde der Neuen Erde Platz machen. Befreit vom Griff seiner eisigen Finger würde der Boden aufbrechen, wenn die begrabene Saat erwachte. Neues Gras würde das Angesicht der Welt erröten lassen, wenn die Luft milder wurde. Und wenn der Frühling kam, konnten sie bei Du-aruta warten, bis die M'Call-Abordnung sich gegen Ende Mai zu den anderen Präriefolk-Emissären gesellte. Dann fand die jährliche Handelsrunde mit den Eisenmeistern statt. Bevor die massiven, dreistöckigen Raddampfer in Sicht kamen, konnten sie das gestohlene Schiff in voller Sicht der wartenden Mutanten an Land steuern.

Steve malte sich die Gesichter der Präriebewohner aus, wenn er seine Truppe an Land führte. Ja ... Es war weitaus besser, als zu Fuß nach Wyoming zu gehen. Wenn Kelso eine kesse Lippe riskierte, konnte er ihn ans Schaufelrad binden ...

»Steve!«

Clearwaters Aufschrei riß ihn aus seinen Träumen. Kelsos Himmelsreiter war verschwunden. Die Sicht war jetzt gleich Null. Das Cockpit war von treibendem Schnee umgeben.

Steve zog den Himmelsreiter nach links, hielt den Bug nach unten und gab Vollgas. Der Schnee wurde dünner, dann blieb er hinter ihnen zurück, und sie entwischten der Wolkenbank. Er wußte freilich, daß er nur eine zeitweilige Atempause gewonnen hatte. Die einzige Möglichkeit, der Wolkenbank zu entgehen, bestand darin, nach Südosten zu fliegen — nach Ne-Issan zurück —, an den einzigen Ort, an den er nicht wollte.

Er betätigte leicht das rechte Seitenruder, brachte den Himmelsreiter wieder auf einen Kurs von 180 Grad Süd und lugte durch die Kanzel. Sie war nun mit schmelzendem Schnee bedeckt.

»Kannst du sie sehen?«

Er sah zwar selbst außergewöhnlich gut, doch er hatte entdeckt, daß manche Mutanten in der Lage waren, bei erstaunlich hohen Entfernungen sich bewegende Objekte deutlich zu erkennen — wie Raubvögel.

Clearwater suchte den vor ihnen liegenden Himmel ab.

»Mach weiter ...« Steve ließ die Maschine von einer Seite zur anderen schwingen und kippte die linke und dann die rechte Schwinge, um ihr eine bessere Rundumsicht zu ermöglichen. Der Südzipfel des Michigansees, der sich genau hinter seiner rechten Schulter befand, lag im Schatten der sich nähernden Schneewolke.

Als Steve in die Tiefe schaute, sah er die Sanddünen und Sümpfe, die wieder Besitz von dem Land ergriffen hatten, das einst unter den Betonfundamenten von Stahlwerken und petrochemischen Industriekomplexen ausgetrocknet und plattgewalzt worden war. Giftige Dünste und schwefelhaltige Schornsteinemissionen hatten die Gegend in der Vorkriegszeit in ein Ödland verwandelt, doch nun, neun Jahrhunderte später, war das Wasser des Michigansees so sauber und blau wie im 17. Jahrhundert, als die ersten französischen Pelzjäger mit Kanus den Wabash heruntergekommen waren.

Clearwater warf vor Steves Nase die Arme über das Armaturenbrett. »Da!«

Sein Blick folgte der Richtung ihres Fingers. Einige hundert Meter unter ihnen jagte ein geflügelter Fleck nach Südwesten. Kelso und Jodi. Ihr Sprit mußte nun jede Minute zu Ende sein, deswegen suchten sie wohl nach einem relativ sicheren Platz, an dem sie runtergehen konnten.

»Verlier sie nicht aus den Augen«, sagte Steve. Er schaltete den Maschine-Maschine-Kanal ein. »Ausbrecher Eins an Ausbrecher Zwei. Wie sieht's mit eurem Sprit aus? Over.«

Jodi antwortete ihm. »Ausbrecher Zwei. Wir hatten in den letzten sechs Minuten Null auf der Skala, aber der Motor ist noch in Betr ... Oh ... Korrektur. Er ist gerade ausgegangen. Over.«

»Okay, bleibt dran. Ich weiß zwar, daß ihr jetzt gegen die Schwerkraft kämpfen müßt, aber bemüht euch, einen Platz zu finden, der für uns beide groß genug ist. Wir sind direkt hinter euch.«

»Verstanden. Dave sagt, er kann nicht warten. Laut Karte verläuft hier eine Straße von Osten nach Westen. Wir halten auf sie zu. Ausbrecher Zwei, Over und Aus.«

Als Jodi abschaltete, jagte die Maschine in ein weiteres Schneegestöber. In ihrem Magen bildete sich ein Klumpen. »Können wir landen?«

Kelso rang mit den Kontrollen. »Kaz — *dessen* kannst du dir sicher sein. Ob wir aber dann weiterkommen, ist eine völlig andere Frage.«

Sie kamen in einen relativ klaren Himmelsfleck hinaus. Hundertachtzig Meter unter sich sahen sie die schwachen Konturen einer Straße — die Überreste des US-Highway 30. Angesichts der mit jeder Sekunde höher werdenden Schneeschicht, die ihn bedeckte, konnte man unmöglich abschätzen, in welchem Zustand er sich befand, und ohne Sprit konnten sie keinen Beobachtungstiefflug machen. Als die Flocken, die die Kanzel trafen, sich in durchsichtigen Matsch verwandelten, wurden sie erneut in eine weiße Schneewolke gehüllt. Der Luftstrahl des Propellers verwehte den Matsch in wellige Wogen, die an der Windschutzscheibe langsam nach oben krochen. Jodi und Kelso beugten sich vor, lugten durch die Lücken und versuchten, ein deutlicheres Blickfeld zu gewinnen.

»Es ist hoffnungslos!« rief Kelso. »Ich mache eine Notlandung!« Er geriet in Panik. »Schnall dich an!«

Ohne Energie mußte jede Wendung bugabwärts gemacht werden, um einem Sackflug zu entgehen, der bei geringer Höhe nur fatal ausfallen konnte. Wenn man den Schnee hinter das Heck bekam, erhöhte dies zwar ein wenig die Sicht nach vorn, aber es verringerte das Tempo der Luft, die über die Schwingen floß, beraubte sie des kostbaren Auftriebs und steigerte ihre Sinkgeschwindigkeit.

Bevor Kelso den Bug ordentlich aufrichten konnte, hob sich ihnen die schneebedeckte Straße in alarmierendem Tempo entgegen.

»Dave! Um Himmels willen ...!«

BLUMMFFF! Jodis Schädel und ihr Rückgrat kollidierten mit einem Übelkeit erzeugenden Stoß, als drei pralle Reifen auf den Achsen platt wurden und die Maschine in die Luft auf die Nordseite der Straße zu schleuderten. Vor ihnen ragten Bäume auf. Kelso gab etwas rechtes Ruder, um den Bug zu drehen. Jetzt, wo der Himmelsreiter dem kritischen Tempo nahe war, fielen seine Reaktionen auf die Kontrollbewegungen lahm aus, aber mit Hilfe eines Stroms von Erfindungsreichtum rutschte die Kiste auf die Mittellinie der Behelfslandebahn zurück.

»Okay! Wir haben's geschafft!« Kelso bemühte sich, den Abtrieb nach rechts auszugleichen, aber die Kontrollen reagierten nicht mehr. Jodi hielt sich fest, als sie wie ein Stein die letzten fünf Meter fielen.

Das Hauptrad auf ihrer Seite der Maschine berührte den Boden zuerst. Die Fahrwerksverstrebungen hatten den ersten wüsten Schlag zwar überlebt, doch der zweite Aufprall riß sie ab. Der Himmelsreiter rutschte auf dem Bugrad weiter, seine Haltestreben knickten und wurden durch den Rumpf nach oben getrieben. Das rechte Rad landete auf der abschüssigen, überwachsenen Grasnarbe und kippte den Himmelsreiter weiter nach links. Die Flügelspitze auf Jodis Seite zerriß in Stücke, als die Maschine sich im Kreis drehte und hüpfend von der unebenen Straßenoberfläche abprallte. Sie hörten lautes Knacken und Kreischen, als andere Teile der Maschine hinter dem Cockpit abbrachen. Der Himmelsreiter drehte sich noch einmal auf dem Bauch im Kreis, dann rutschte er seitwärts auf dem unbeschädigten Steuerbordflügel über die Achse in das schneebedeckte Unterholz auf der nördlichen Straßenseite.

Erst jetzt konnte Jodi erkennen, wo sie gewesen waren, aber nicht, wohin die Reise ging, aber während des Bodengekreisels hatte sie einen schnellen Blick auf mehrere weitere Wäldchen geworfen. Ihr inneres Radar spürte, daß sie sich nun möglicherweise auf Kollisionskurs befanden. Ihr Kinn fiel auf die Brust, und sie schlang beide Arme um sich. Sie wußte: Falls es ein Nachher gab, würden sie mit Sicherheit entdecken, daß es mehr als genug Platz für einen halben Himmelsreiter gab, um zwischen den Bäumen durchzukommen, aber wie es nun einmal war — zuerst würden sie einen Baum treffen. Sie wurde nicht enttäuscht.

Mit der Feinabstimmung, zu der nur das Schicksal fähig ist, verlor die Steuerbordschwinge ihre oberste Farbschicht, als sie in einer sauberen Tangente am Rand des letzten Baumstamms des letzten Wäldchens vorbeischrammten und Kelsos Cockpitseite die volle Kraft zu spüren bekam.

KNIRSCHSCHSCH! Jodi wurde zwar von ihrem Schutzharnisch im Sitz gehalten, doch ihr Kopf flog mit einer Wucht gegen die Spanten, die nicht einmal ihr Sturzhelm aushalten konnte. In dem Sekundenbruchteil, bevor sie die Besinnung verlor, registrierte ihr Verstand als letztes ein überwältigendes Gefühl der Erleichterung: Es konnte zwar sein, daß sie nun starb, aber zumindest würde sie nicht wieder brennen ...

Als Steve und Clearwater über der Szenerie erschienen, war das Wetter zwar noch schlechter, doch dank ihres geringeren Gewichts hatten sie noch etwas Sprit im Tank. Steve, der gefährlich nahe über den Baumwipfeln dahinjagte, flog den Highway auf und ab und suchte nach Kelsos Himmelsfalken.

Jetzt, wo sie sich mitten in einem ausgewachsenen Schneesturm befanden, mußte er seine gesamte Aufmerksamkeit darauf richten, die Maschine auf Kurs zu halten. Er mußte sich auf Clearwater verlassen — doch selbst ihre scharfen Augen verpaßten die Gesuchten bei den beiden ersten Versuchen. Sie entdeckte die Maschine, als Steve den dritten Überflug nach Westen vornahm.

»Da sind sie!«

»Gut! Behalt sie im Auge!«

»Aber ... Oh, die Flügel sind abgebrochen!« Sie drehte sich im Sitz um und drückte das Gesicht an die Plastikscheibe. »Und es bewegt sich nichts!«

»Bei diesem Wetter sollten sie auch lieber drinbleiben«, sagte Steve und bemühte sich, optimistisch zu klingen. Er hatte das Wrack zwar selbst noch nicht gesehen, aber Clearwaters Worte klangen nicht sehr vielversprechend. Andererseits hatte es keinen Sinn, sich über etwas Sorgen zu machen, das Jodi, Kelso und Cadillac womöglich gar nicht passiert war. Das erste, was sie vollbringen mußten, war eine eigene sichere Landung.

Steve zog nach links, flog in etwa parallel zur Straße nach Osten und passierte den Himmelsreiter. Die holzkohlengraue Silhouette verschwand schnell unter dem Schnee. Weitere dreißig Sekunden auf der Cockpit-Digitaluhr brachten ihn etwa einen Kilometer die Straße hinunter und aus den Bäumen heraus.

Als er wendete und sich auf die Landung vorbereitete, sagte er zu Clearwater über die Funkleitung, die ihre Kopfhörer verband: »Okay! Es wird mich ziemlich beschäftigen, die Kiste auf die Straße zu bringen, also schrei los, wenn du sie siehst. Es kann nicht mehr lange dauern!«

Clearwater öffnete ihren Sicherheitsgurt, rutschte an den Rand ihres Sitzes und stützte sich am Armaturenbrett ab.

Die Sicht nach vorn war abscheulich. Der Boden war auf allen Seiten ganz von Schnee bedeckt, und der Himmel war voll davon. Die Instrumente sagten Steve, daß er mehr oder weniger geradeaus und in einer Höhe von knapp zwanzig Metern flog, doch sein Magen sagte ihm, daß sie von oben, unten und seitwärts kommenden Windböen durchgerüttelt wurden. Der einzige verläßliche Anhaltspunkt, wo der Boden aufhörte und der Himmel anfing, waren die dunklen, geschützten Baumnischen, über denen die unteren Zweige aus den Stämmen wuchsen.

»Jetzt! Jetzt!!«

Steve wartete, bis die Räder den Boden berührten, dann schaltete er den Motor aus. Als sie daran vorbeizischten und holpernd über den sechsspurigen

Highway schlitterten, der seit über neunhundert Jahren nicht mehr geflickt worden war, fing er einen flüchtigen Anblick der vorderen Hälfte von Kelsos Himmelsreiter auf. Er war um einen Baum gewickelt.

Es war wie eine Rollschuhfahrt über gewelltes Eisen. Steve zog den Bremshebel soweit zurück, wie er sich bewegen ließ, und bremste die beiden Haupträder. Und als er sich gerade fragte, was mit der anderen Hälfte des Himmelsreiters passiert sein mochte, pflügten sie in sie hinein.

Steve, der von seinem ständigen Schutzengel eine Sekundenbruchteil-Vorauswarnung erhalten hatte, warf den Arm über Clearwaters Brust und riß sie zurück. Er hatte zwar Erfolg damit, ihren Kopf davor zu bewahren, gegen die Kanzel zu knallen, aber die plötzliche Verlangsamung führte dazu, daß alles von ihrer Taille abwärts nach vorn und vom Sitz rutschte. Ihre Knie knallten mit einem scharfen, knochenbrechenden Geräusch gegen das Armaturenbrett.

Clearwater gab keinen Laut von sich. Eine geheime Kombination aus Mumm und geistiger Disziplin machte Mutanten — mit wenigen Ausnahmen — fast völlig schmerzunempfindlich.

»Christoph! Das hat sich schrecklich angehört! Bist du okay?«

Sie nahm langsam eine aufrechte Stellung ein und rieb ihre Kniescheiben. »Ich sage es dir, nachdem ich ein paar Schritte gelaufen bin.« Sie suchte nach dem Hebel, der ihre Seite der Kanzel öffnete. »Wir müssen Cadillac finden ...«

Steve griff nach ihrer Schulter und drückte sie nieder. »Du bleibst an Bord. Ich schaue nach, was passiert ist.« Er schlüpfte schnell hinaus und landete mit seinem Gewicht auf dem rechten Bein. Der Schmerz in seiner Oberschenkelwunde brachte ihm in Erinnerung, daß Clearwater möglicherweise nicht als einzige für einen Marsch an der Oberwelt in bester Form war.

Er schloß die Kanzel und schaute nach, in was sie hineingekracht waren. Die zerfetzte Heckflossensektion Kelsos ragte gegen eine Hinterradstrebe auf. Außerdem waren sie über einen unsichtbaren, doch unnachgiebigen Vorsprung gefahren — möglicherweise einen Felsen —, der die Propellerspitzen zerfetzt hatte.

Gut gemacht, Brickman … Steve öffnete die Frachtluke, kramte sich einen Weg durch den Sack mit den Kleinigkeiten, die sie mitgenommen hatten, und zog einen Strohponcho hervor — eins der Kleidungsstücke, die die Eisenmeister an ihre Mutantensklaven abgaben. Steve zog das Visier des Sturzhelms nach unten, beugte sich dem heulenden Wind entgegen und humpelte über die Straße auf das Wrack des Himmelsreiters zu.

Der eingeknickte Rumpf mit dem hinten montierten Motor und den anderthalb Schwingen lag dicht an einem hohen Baum und war nun eine dunkle Silhouette vor der weißen Landschaft. Der Aufprall hatte den Schnee von den Ästen geschüttelt und auf das unter ihnen stehende Wrack fallen lassen. Nirgendwo zeigte sich eine Bewegung, und kein Laut war zu hören.

Der Öffnungsgriff der Kanzel an der Backbordseite klemmte. Steve brach die Notrettungsklappe hinter dem Cockpit auf und setzte die Axt ein, um die Kanzel aufzubrechen. Die Scharniere waren verdreht und verklemmt. Steve zwang es nach oben und sah, daß die andere Hälfte zerbrochen war. Schnee wehte hinein und bedeckte Kelsos Körper. Jodi lag verdreht in Aufprallrichtung. Der linke Arm lag über ihrer Brust, der andere über Kelso.

Steve beugte sich hinein und legte eine Hand auf ihre Schulter. »Jodi …?«

Als sie zusammenzuckend wieder zu sich kam, bumste ihr Kopf leicht gegen die Wand.

»Hei, wie geht's?«

Jodis Lider flatterten. Sie brauchte mehrere Sekunden, um ihn zu erkennen. Ihr Hirn brauchte etwas länger. »Ich ... äh ... äh ...« Ihre bemalten Hände fummelten wirkungslos am Löseknopf ihres Harnischs.

Steve öffnete ihn für sie, dann löste er den Kinnriemen des Sturzhelms und nahm ihn ihr ab. »Hast du das Gefühl, du hättest dir irgendwas gebrochen?«

Jodi bewegte Arme und Beine. »Nee ... Glaube, ich bin okay. Nur mein Hals.« Sie reckte schwungvoll den Kopf. »Auuu ...«

»Moment ... Laß mich mal nachsehen ...« Steve massierte die Muskeln und Knochen ihres Nackens, und sie keuchte vor Schmerzen auf.

»He! Mach langsam!«

»Du wirst es überleben. Es tut vielleicht eine Weile weh, aber es scheint alles an seinem Platz zu sein.«

Jodi machte dort weiter, wo Steve aufgehört hatte. »Kann mir notfalls ja eine Spritze geben. Dave und ich haben ein paar Morphiumspritzen und ein paar Pakkungen Wolke Neun eingepackt, als wir das Uferdepot ausgeräumt haben.«

Steve deutete mit dem Kopf auf Kelso. »Vielleicht brauchen wir das ganze Zeug für ihn ... falls er überhaupt noch da ist. — Aber jetzt komm, hiev den Popo mal hoch.« Er reichte Jodi die Hand, als sie steif aus dem Cockpit kletterte. Sie sahen, daß Clearwater wankend auf sie zuhinkte.

»Da kommt die nächste Kandidatin fürs Krüppelheim.« Jodis Zähne klapperten zwar vor Kälte, aber es konnte sie nicht davon abhalten, über ihre mißliche Lage zu lachen. »Welch ein Scheiß! Ich nehme an, von jetzt an kann es nur noch besser werden.«

Steve war schon im Innern des Cockpits und fühlte nach Kelsos Puls. »Er lebt ... Dave! Dave! Kannst du mich hören?«

Der große Mann antwortete mit einem Stöhnen. Steve hob das Visier von Kelsons Helm an und sah, daß er die Lider fest zusammenpreßte, als eine Schmerzwelle durch ihn hindurchging. Die Metallrippen und Platten auf seiner Cockpitseite waren zerrissen und zerfetzt. Kelso war von den Hüften abwärts darunter eingeklemmt. Steve erkannte, daß es eine Weile dauern würde, ihn freizukriegen.

»Ist er schwer verletzt?« fragte Jodi.

»Kann ich noch nicht sagen, aber es sieht nicht gut aus.«

Clearwater kam zu ihnen, lehnte sich an das Cockpit und atmete mit zusammengebissenen Zähnen ein und aus.

»Willkommen im Club ...«, sagte Jodi.

Clearwater verstand den Witz nicht. Sie wandte sich zu Steve um und wartete darauf, daß er ihre Anwesenheit zur Kenntnis nähme.

Als er sie zur Kenntnis nahm, was eine Weile dauerte, entbehrte seine Reaktion des flotten Charmes, den viele seiner Bewunderer so unwiderstehlich fanden. »Was, zum Henker, machst du hier? Ich habe doch gesagt, du sollst in der Maschine bleiben!«

»Wo ist Cadillac?«

»Eins nach dem anderen!« fauchte Steve. »Wir haben hier einen Schwerverletzten!«

»Aber Cadillac ist vielleicht auch verletzt!«

»Denk nach! Du hast mir doch erst vor kurzem erzählt, es ginge alles gut aus, weil ihr beide von Talisman beschützt werdet!«

»Oh, Gütige Mutter! Du bist ebenso dämlich wie er!« Clearwater vergaß ihre zerschrammten Knie und stampfte mit dem rechten Fuß auf, um ihren Frust abzulassen. Beinahe wäre sie von dem schneidenden Schmerz, der ihr Bein von der Hüfte zu den Knöcheln erfüllte, ohnmächtig geworden.

Als sie wankte, fing Jodi sie auf und setzte sie auf den Rand des Cockpits. »Immer mit der Ruhe ... Bleib hier sitzen, okay? Wir kümmern uns schon um ihn.«

Steve kletterte aus dem Cockpit. Er teilte Clearwaters Bedenken zwar, aber er konnte gut ohne Wutanfälle auskommen. »Jodi – das Loch in der Kanzel ist ziemlich unangenehm. Wir brauchen irgendeine Abdeckung, um den Schnee von ihm fernzuhalten, während wir ihn da rausziehen.«

»Wie wär's, wenn wir die Luke des Frachtraums dazu nehmen?«

»Geniale Idee ...« Steve angelte die Axt aus dem Cockpit, dann sagte er mit einem ätzenden Anflug: »Falls sich herausstellt, daß Cadillac noch beisammen ist, können wir ihn fragen, ob er etwas dagegen hat, uns dabei zu helfen.«

Clearwaters Blick traf zwar den seinen, aber sie weigerte sich, auf den Köder anzuspringen.

Steve machte sich mit der Axt an die Arbeit. Die Frachtluke war so gestaltet, daß man sie nach oben heben mußte, doch da die Maschine auf dem Bauch lag und gegen sie gekippt war, wurden die Schnappschlösser gegen den Grund gedrückt. Nachdem er sich durch die Scharniere geschlagen hatte, verwendete Steve den Axtgriff als Hebel, um das verbogene Paneel so weit zu öffnen, daß er einen Fuß in den oberen Rand bekam. Dann traten Jodi und er es zu Boden.

Clearwater half Jodi, den ausgebuchteten, übergewichtigen Beutesack herauszuziehen, den Kelso auf ihren Passagier geworfen hatte. Als sie ihn ins Freie hievten, kam Cadillacs erschlaffter Körper in Sicht, mit dem Kopf voran und dem Gesicht nach unten.

Steve, der das Schlimmste befürchtete, drehte ihn um. Er hatte nicht eine Schramme. Cadillacs Augen waren geschlossen, aber er war nicht besinnungslos – er schlief tief und fest!

Mit einem verärgerten Aufschrei raffte Clearwater eine Handvoll Schnee auf und verrieb ihn in seinem Gesicht, und als er nicht schnell genug reagierte, schob sie eine zweite Handvoll unter seine Hemdbrust.

»Waaaaa ...! Wa ... Was ist denn los?« Cadillac erhob sich auf die Ellbogen, krachte mit dem Kopf gegen die niedrige Decke des Frachtraums und fiel, eine Hand an die Stirn gepreßt, wieder herunter. »Ohhh ...!«

Während Steve damit beschäftigt war, die Unterkante der Luke abzureißen, zerrten Jodi und Clearwater Cadillac ins Freie und stellten ihn aufrecht hin. Seine Beine waren noch immer aus Gummi. Der Mutant hatte in Long Point soviel Sake getrunken, daß sie ihn mehr oder weniger in den Frachtraum hatten *schütten* müssen. Doch im Nachhinein hatte sich dies als sicherste Reisemethode erwiesen. Es war erstaunlich. Die einzige Verletzung, die er sich zugezogen hatte, war die Beule beim Aufwachen.

Cadillac zog die durchnäßte Vorderseite des Hemdes von seiner Brust ab, legte einen Arm um Clearwaters Schulter und schenkte zuerst ihr und dann Jodi ein schiefes Grinsen des Erkennens.

Jodi schaute ihm zu, als er die Umgebung musterte. Sein Rundblick endete verwirrt auf den dunkelgrauen Himmel, von dem weiße Flocken lautlos auf sein nach oben gewandtes Gesicht fielen. Sein durchweichtes Hirn kapierte schließlich, was geschehen war.

»Schnee«, sagte er. »Es schneit!«

Sein Unverständnis verwandelte sich in Verstehen, und dann kam eine Welle vorsichtiger, freudiger Erregung. Cadillac packte die beiden Mädchen an den Armen. »Wo sind wir — in Wyoming?«

»Nicht ganz«, sagte Steve. Er riß die verbeulte Frachtluke vom Rumpf der Maschine. »Aber dir wird's schon noch warm werden ...«

Der Wind nahm zu, und die Schneeflocken — sie waren nun so groß wie Hostien — fielen dichter und schneller als zuvor.

3. Kapitel

Als Kelso mit starken Beruhigungsmitteln versehen und befreit war, wurde ihnen schlagartig klar, daß sein rechter Arm und sein rechtes Bein gebrochen waren, aber ohne Röntgengerät und eine fachmännische Untersuchung war unmöglich erkennbar, ob er außerdem an inneren Verletzungen litt. Clearwater erwies sich als Rettung. Sie setzte ein bisher unenthülltes Talent ein, das zu ihrer Rufergabe gehörte, und konnte damit etwas ›erkennen‹, das sie ›die fünf Teufel‹ nannte. Sie legte die Hände auf Kelsos Leib, lokalisierte die Brüche in seinem Oberarm und seinem Schenkel und fand heraus, daß er sich auch vier Rippen gebrochen hatte. Das Schlimmste war ein gebrochenes Hüftgelenk — oder möglicherweise auch ein Beckenbruch …

Nicht gut … Gar nicht gut …

Steve fühlte sich versucht, Kelso auf der Stelle das Ende zu bereiten. Ihre Alternative war, ihn den ganzen Weg nach Wyoming zu tragen, doch wenn sie dort ankamen — vorausgesetzt, sie schafften es überhaupt —, konnten ihn nicht einmal mehr die erstaunlichen Fähigkeiten Mr. Snows retten.

Es war eine rein sachliche Wahl, der sie sich irgendwann, wenn ihre Lage sich verschlimmerte und zu Unstimmigkeiten führte, würden stellen müssen. Steve wußte, daß Jodi bis zum letzten Augenblick um sein Leben kämpfen würde, und vielleicht wäre er an Kelsos Stelle ebenso glücklich darüber gewesen, jemanden in der Nähe zu haben, der die gleichen beschützenden Gefühle für ihn hegte.

Bis dahin blieb ihnen nichts anderes übrig, als Schienen und Bandagen um seine gebrochenen Gliedmaßen zu legen, sein Hüftgelenk vor weiterer Verschiebung zu bewahren, indem sie seinen Körper an die Tür der Frachtluke banden, ihn warm und trocken zu halten und unter starke Beruhigungsmittel zu stellen.

Dank Kelsos Beschluß, das Uferdepot bei Long Point zu plündern, verfügten sie über einen Vorrat an Bandagen, Medizin, Nahrung, Feuer und — dies war das Allerbeste — mehrere Notdecken aus Spiegelfolie. Doch ihr langfristiges Überleben war durch völlig unpassende Schuhe, Kleidung und das Fehlen einer Unterkunft bedroht.

Steve hatte bereits Schritte in die Wege geleitet, um mit dem letzten Problem fertig zu werden. Um Kelso freizubekommen, hatten sie zuerst den Flugzeugrumpf vom Baum wegziehen müssen. Dabei hatten sie Äste als Hebel eingesetzt. Die zerbrochene Backbordschwinge stand nun neben den Ästen und kippte die Maschine so über, daß die Steuerbordschwinge den Boden berührte. Sobald sie Kelso aus dem Gewirr herausgeholt hatten, hatten sie ihn darunter gelegt, und nun lag er in die beiden Spiegelfoliendecken gewickelt auf dem Boden, den sie mit kleineren abgeschnittenen Ästen belegt hatten. Das weiche, rote Geäst sonderte einen süßen, beruhigenden Duft ab, wenn man darauf trat.

Unter der Leitung Cadillacs und Clearwaters wurden weitere Äste schräg gegen die Vorder- und Hinterkante der Schwinge gelegt. Als einige weitere Lagen angebracht und miteinander verflochten waren, um den Schnee fernzuhalten, bestand das Ergebnis aus einem kleinen, gemütlichen, winddichten Versteck, in das sie schweigend krochen, um sich ihrer verschiedenen Wehwehchen anzunehmen.

Verglichen mit dem Ausmaß von Kelsos Verletzungen war die eine Woche alte Pfeilwunde an Steves rechtem Oberschenkel zwar eher eine Kleinigkeit, aber er würde sein Bein erst dann wieder voll nutzen können, wenn er die angebrachte Rücksicht nahm. Clearwater war durch zwei verschrammte und geschwollene Knie zeitweise behindert, und die Schrammen an Jodis Hals machten sie extrem empfindlich gegenüber jedem Rükkenkratzen. Ohne Schmerzmittel war nun sogar das Gehen keine leichte Übung mehr, und so war sie gezwungen, wie weiland Doktor Caligari auf Zehenspitzen zu gehen. Somit war nur Cadillac voll einsatzbereit — eine Situation, über die Steve zwar alles andere als glücklich war, doch mit der er würde leben müssen.

Trotz Jodis Halsverletzung war mit ihren Beinen alles in Ordnung, doch es würde zwei bis drei Wochen dauern, bis die seinen und Clearwaters wieder stark genug waren, einen Tausend-Meilen-Marsch durchzustehen. Zudem würden sie Kelso tragen müssen. Steve wußte, daß es Luxus war, bis dahin die Beine hochzulegen; das höchste, was sie sich leisten konnten, waren zwei bis drei Tage — aber nicht zum Ausruhen, sondern um sich auf den vor ihnen liegenden Weg vorzubereiten.

Sie mußten in Bewegung bleiben. Falls Karlstroms elektronische Ohren ihre panischen Funksprüche nicht aufgefangen hatten, würde er bald erfahren, daß sie mit fast leeren Tanks gestartet waren. Dann brauchte er nur noch einen Kreis auf die Landkarte zu zeichnen. Und die Angehörigen seines Geheimdienstes würden dann nicht mehr lange brauchen, sich auszurechnen, in welchem Teil des Kreises sie sich aller Wahrscheinlichkeit nach aufhielten.

Außerdem gab es noch die ziemlich unerwartete Bedrohung, die die Anwesenheit der Eisenmeister bei Benton Harbor darstellte — nur etwa fünfundneunzig Kilometer von ihrem Landeplatz entfernt. Da Steve den Raddampfer gesehen hatte, war es nur vernünftig, wenn man davon ausging, daß jemand, der sich an Bord befunden hatte, *eventuell* auch die beiden über ihm dahinfliegenden Himmelsreiter gesehen hatte. Selbst wenn die Eisenmeister nicht wußten, was sie erblickt hatten — es mußte ihre Neugier wecken. Wenn die Leute per Brieftaube mit dem Haus Yama-Shita in Verbindung standen, kam die Nachricht schnell voran. Die Eisenmeister waren fleißige Schreiber; durch das regierungseigene Postsystem und die parallel zu ihnen existierenden privaten Kurierdienste — jeder der siebzehn Landesfürsten gebot über einen eigenen —, von denen einige sehr schnell waren, floß ein konstanter Strom an Briefen hin und her.

Steve und seine Gefährten hatten der Familie Yama-Shita genügend Gründe geliefert, um ihre Beteiligung am Flugzeugbau zu bedauern. Die Verwandtschaft des Landesfürsten konnte vielleicht eine Meldung über die beiden Himmelsreiter mit den raketenbetriebenen Gleitern verwechseln, die er und die anderen verwendet hatten, um dem Reiherteich zu entkommen.

Angesichts der Jahreszeit machten das vorherrschende Wetter und die Strecke, die sie vom Hauptquartier der Familie in Sara-kusa trennte, die Möglichkeit einer Intervention aus dieser Ecke zwar gering, aber es hatte keinen Nutzen, Risiken einzugehen — besonders dann nicht, wenn eine unbekannte Anzahl von Japsen direkt am Seeufer ankerte. Von nun an waren eine Verfolgung durch AMEXICO-Agenten *und* Eisenmeistern Faktoren, die man nicht außer acht lassen durfte, wenn man das herausarbeitete, was politische und militärische Strategen ›den schlimmsten anzunehmenden Fall‹ nannten. Es wäre närrisch gewesen, ihre zukünftigen Schritte auf etwas anderem basieren zu lassen.

Steve, der nun zusammen mit Jodi, Clearwater und Cadillac dicht vor der Feuerbüchse hockte, wärmte sich ebenfalls die Hände, dachte über ihre mißliche Lage nach und schüttelte den Kopf. Warum wurde es immer schwieriger und komplizierter, statt leichter und einfacher? Wann würde es je enden? Und warum hatte er sämtliche Warnzeichen ignoriert, warum war er überhaupt in dieses Chaos hineingetappt?

Die Antwort war irgendwo in seinem Innern eingeschlossen — vielleicht hielt der geheimnisvolle Fremde sie zurück, dessen Stimme er von Zeit zu Zeit vernahm. Bei Onkel Barts Beziehungen hätte er bloß um einen sicheren, bequemen Schreibtischjob zu bitten brauchen. Aber es wäre zu leicht gewesen. Das Beispiel, das Papa Jack ihm gegeben hatte, und das private Bedürfnis, sich an den Besten der Besten zu messen, hatten ihn dazu verleitet, Flieger zu werden. Und das wiederum hatte ihn dazu gebracht, die Wesensverwandtschaft zu entdecken, die ihn mit der Oberwelt verband — ein bewußtseinserweiterndes Erlebnis, das seine bis dahin unerschütterliche Treue zur Amtrak-Föderation in den Grundfesten erschüttert und ihn mit der Frage alleingelassen hatte, wohin er eigentlich gehörte.

Steve hatte sich stets für klüger als seine Klassenkameraden gehalten. Es hatte ihm Freude gemacht, seinen Grips am System zu reiben. Aber *warum* hatte er das unersättliche Verlangen, alles zu wissen und die Nummer Eins zu sein? Warum gerade er? Warum nicht ein anderer? Wie war er auf die *Idee* gekommen, so etwas wie ein Superheld zu sein, der jedes Problem lösen und über unglaubliche Probleme triumphieren konnte? Wo war der Ursprung seiner arroganten inneren Gewißheit? Es war verrückt. Und wie war er — der vom frühesten Kindesalter an einen eisernen inneren Abstand kultiviert hatte — in all dies *verwickelt* worden? Wieso hatte er sich plötzlich gefragt, was andere Menschen empfanden und was aus ihnen geworden war? Was, zum Teufel, ging es ihn an? Das Prärievolk war ohnehin der Meinung, daß alles vorherbestimmt sei. »Das Rad dreht sich, der Weg ist vorgezeichnet ...« Mr. Snow, Cadillac und Clearwater — alle hatten diesen Spruch irgendwann mal aufgesagt. Aber er *erklärte* nichts; er erklärte nicht einmal, wer den Weg vorgezeichnet hatte. Talisman? Mo-Town? Die Himmelsstimmen? Und *wer* hatte diesen dreien das Recht verliehen, sich einzumischen?

Die gleiche Frage konnte man sich auch über die Erste Familie stellen. Vielleicht war das der Grund für seine

Sturheit, daß er nicht in Deckung ging und den Weg des geringsten Widerstands wählte — und weswegen er sich so zerrissen und verwirrt vorkam. Er hätte sich gern von der Vorstellung beruhigen lassen, irgendwo dort draußen einen Freund zu haben, der über ihn wachte, der stets bereit war, ihm hilfreich die Hand zu reichen, ihm einen Teil der Last abzunehmen. Aber er konnte sich nicht dazu bringen, jemandem oder etwas voll und ganz zu vertrauen. Es gab manchmal Zeiten, in denen er sogar anfing, an Clearwater zu zweifeln. Wenn man nur tief genug grub, enthüllte jeder seine Macke. Und was ihm *wirklich* gegen den Strich ging, war die Vorstellung, jemand — ob es nun ein Mensch war wie der General-Präsident oder eine eingebildete Macht wie Talisman — habe bereits jeden Zug geplant, den er in seinem Leben tat, und daß er, Steven Roosevelt Brickman, nichts tun konnte, um den Verlauf der zukünftigen Ereignisse zu verändern.

Wie viele junge Männer verwechselte Steve die physische Welt — die externe Realität — mit der geistigen. Und da es in der Föderation keine Bücher gab und die einzige, mit einem großen Maß an Eigennutz gewürzte Moralphilosophie von der Ersten Familie über die Fernsehsender der Föderation ausgestrahlt wurde, war er sich der Natur seines Dilemmas und eines Vorkriegszitats, das ihm vielleicht hätte helfen können, geistige Ruhe zu finden, nicht bewußt: »Wir mögen zwar nicht die Meister unseres persönlichen Schicksals sein, aber jeder von uns ist der Kapitän seiner Seele.«

Ungeachtet unserer physikalischen oder physischen Umstände, ob wir nun dazu bestimmt sind, mit einem Haufen Glück oder den grausamsten Schicksalsschlägen (oder einer Mischung aus beidem) überschüttet zu werden, verfügen wir über die Macht, bewußt zu entscheiden, ob wir unsere Menschlichkeit, unsere Fähigkeit zur Liebe und unsere Gefühle für das, was recht, gerecht und wahr ist, erhalten wollen.

Als Jodi zur Straße zurückgekehrt war, um die Packsäcke aus Steves Himmelsreiter zu holen, hatte sie ihr neu erworbenes Wissen über das Bezugspunktsystem eingesetzt, um einen Eindruck über ihre momentane Position zu gewinnen. Das unbeschädigte Cockpit enthielt einen Trägheitsplotter, der während des Flugs automatisch Tempo und die Richtung überwachte. Da er die Koordinaten von Long Point geloggt hatte, war er auch in der Lage, zu berechnen, wo er sich nun befand. Als sie die Längen- und Breitengrad-Anzeige der Landkarte hinzugefügt hatte, konnte sie Steve sagen, daß sie nur wenige Kilometer östlich vom Bezugspunkt Merriville in Indiana gelandet waren.

Der Flug hatte sie in die nächste Zeitzone gebracht. Die an Bord befindliche Digitalanzeige hatte sich automatisch umgestellt, weswegen ihre Armbanduhren nun eine Stunde vorgingen — etwas, das sie übersehen hatten. Nicht, daß es eine Rolle spielte; sie hatten andere, dringendere Probleme. Doch um genau zu sein, es war nun 14:16 Uhr Zentrale Standardzeit. Und den Rest des Tages schneite es heftig.

Vierzehnhundertfünfzig Kilometer südwestlich standen die Uhren an Bord der *Louisiana Lady* immer noch auf Gebirgsstandardzeit. Colonel Marie Anderssen hatte ihre sichere Ankunft in Santa Fé gefunkt und würde in Kürze in die Nachmittagsbahn nach Houston/HZ steigen. Bis jetzt war die *Lady* gut vorangekommen; sie behielt eine Durchschnittsgeschwindigkeit von 29 km/h bei. Sie hatte den Arkansas River westlich eines alten Reservoirs überquert, ohne die Waggons abkoppeln zu müssen, und näherte sich nun Lamar, dem letzten Bezugspunkt vor der Staatsgrenze Colorado/Kansas.

Als Izo Watanabe sein Quartier auf dem Raddampfer am nächsten Morgen verließ, war der Himmel wieder klar. Er stieg die frisch geputzten Stufen zur Brücke hinauf und suchte die Landschaft ab, die ihn umgab. Eine dichte Schneedecke, an manchen Orten zu kleinen Bergen aufgehäuft, erstreckte sich, so weit er sehen konnte, nach Norden, Osten und Süden.

Aufgrund der Wetterlage war Izo nicht fähig gewesen, die Meldung abzuschicken, die er am vergangenen Tag aufgesetzt hatte, und nun war es wahrscheinlich reine Zeitverschwendung, es doch noch zu tun. Falls es den Vogelmenschen gelungen war, der Schneewolke zu entkommen und in ihr Nest zurückzukehren, konnte die Antwort auf seine Anfrage nur noch akademisch ausfallen. Andererseits würde die Empfangsbestätigung seiner Meldung und ihr Inhalt ordentlich in seinem Logbuch aufscheinen. Wenn seine Vorgesetzten das Logbuch prüften, bewies es seine Wachsamkeit. Doch auch wenn der Agent bei Ludington nichts zu melden hatte, änderte es die allgemeine Situation nicht sonderlich. Die Eisenschlange, die die Wolkenkrieger in ihrem Bauch trug und jeden tötete, der ihr und ihrem glühendheißen Atem zu nahe kam, lauerte vielleicht noch immer am Westufer des Miz-Hippy.

Zwar war es während der Wintermonate noch nie zu offensiven Handlungen gekommen, aber sie konnten auch nicht ausgeschlossen werden. Die Wolkenkrieger konnten den Raddampfer gesehen haben. Wenn ihre Herren den Schluß zogen, daß seine Anwesenheit eine Verstärkung der Beziehungen zwischen den Eisenmeistern und dem Prärievolk bedeutete, kehrten sie vielleicht zurück und griffen ihn mit den gefürchteten Feuerblumen an. Von jetzt an mußten er und sein Stab wachsam bleiben. Er rief seine Leute an Deck, erzählte ihnen, was er am Tag zuvor gesehen hatte und erklärte ihnen die Wichtigkeit seiner Beobachtung. Die gesamte Mannschaft sollte sofort anfangen, in Zwei-Stunden-Schichten zu arbeiten, um vom Morgengrauen bis zum Sonnenuntergnag eine Himmelswache aufzustellen, bis er anders entschied.

Nachdem Izo seiner ursprünglichen Nachricht ein eiliges Postskriptum hinzugefügt hatte, befahl er dem Taubenknecht, den schnellsten Vogel aus dem Ludington-Schlag vorzubereiten. Während die Botschaft in einer winzigen Kapsel am Bein des Vogels befestigt wurde, tauchte eine Kuriertaube aus Ditaroya auf, der ersten Außenlandstation, die auf den Zielgeraden von Hui-niso lag. Meldungen von ›freundlichen‹ Mutanten-Clans, deren Jagdgründe im Nordwesten lagen, hatten von zwei *aus Osten* gekommenen ›Donnerkeilen‹ gesprochen.

Aus Ne-Issan ...

Eine innere Stimme sagte Izo, daß die erwähnten Donnerkeile mit denen identisch waren, die er vor der Schneewolke hatte fliehen sehen. Der Agent in Ditaroya, der eine Meldung an Fürst Yama-Shita vorbereitete, wollte wissen, ob die Mannschaften der restlichen Stationen diese Maschinen ebenfalls gesichtet hatten. Falls die Antwort ›Ja‹ lautete, sollte man Fürst Yama-Shita direkt kontaktieren.

Von der Vorahnung ergriffen, daß er zufällig zu einem Spieler in einem faszinierenden und geheimnisvollen Drama geworden war, zerriß Izo seine erste Meldung und nahm rasch eine neue in Angriff. Die Vorstellung, daß die Meldung seiner Beobachtung mit *seinem* Namen unterzeichnet und versiegelt bald auf dem Weg zum Palast in Sara-kusa sein würde, erregte ihn. Seine ursprüngliche Anfrage an den Agenten bei Ludington wäre vielleicht monatelang, wenn nicht gar Jahre unbemerkt liegengeblieben, doch *diese* Meldung mußte in wenigen Tagen wichtige Persönlichkeiten erreichen und ihre Aufmerksamkeit auf den Eifer richten, mit der er die ihm zugeteilte Arbeit erledigte. Izo schloß die Augen und rief die Glücksgöttin an, damit sie seine Handlungen segnete. Er spürte ihre ruhige Hand auf seiner Stirn, und seine Pinselhand hörte auf zu zittern. Dies war noch nicht das Ende der Affäre. Es mußten weitere

Anfragen kommen. Und wenn sie kamen — er hatte die Absicht, die Antworten dann bereits zu kennen.

Als die Taube die Gegend in Augenschein nahm, kreiste sie mehrmals, dann flog sie mit rasch schlagenden Flügeln in Richtung Osten davon.

Izo rief den Hauptfeldwebel in sein Quartier und setzte ihn in Kenntnis, daß er den Beschluß gefaßt habe, auf dem Rücken eines Pferdes einen vierundzwanzigstündigen Ausflug ins Landesinnere zu machen — in Begleitung von zwei Seesoldaten, Packmulis und einem männlichen Domestiken, der ihnen als Furier dienen sollte. Indem sie Kontakt mit den verstreuten Clans aufnahmen, deren Jagdgründe im Süden der Station lagen, hoffte Izo ziemlich genau zu erfahren, wohin die ›Donnerkeile‹ geflogen waren, nachdem sie über Benton Harbor gesichtet worden waren. Er bat den Hauptfeldwebel, drei entbehrliche Männer auszuwählen und trug ihm auf, das Hausboot während seiner Abwesenheit zu befehligen.

Jeder Agent war für Inlandeinsätze mit vier Pferden und sechs Packmulis ausgerüstet. Das Wetter war zwar alles andere als ideal für Ritte auf einem Pferderücken, doch der Hauptgrund für das Vorhandensein der Tiere war der, die Einheimischen zu beeindrucken. Die enorme Größe der riesigen Flußboote und das gewaltige Äußere der maskierten Edlen und Samurai erzeugte eine Atmosphäre von Autorität und Macht, denen das bescheidene Agenten-Hausboot und die relativ kleine Truppe nicht gleichkam. Zudem konnte das Gefühl des Augenblicks, das die kurzen jährlichen Besuche am Handelsposten erzeugten, nicht endlose Monate anhalten.

Die Boote, die in den Außenlandstationen lagen, konnten zwar leicht überrannt werden, doch man hatte den Agenten versichert, daß man sie angriffe, sei sehr unwahrscheinlich. Die Prärievolk-Clans, die keineswegs so dumm waren, wie sie sich oft gaben, hatten längst erkannt, daß grundlose Aggressionen ihnen nichts einbrachten. Allerdings rief diese Erkenntnis nicht automatisch Respekt hervor — besonders dann nicht, wenn man ihnen an Zahl *und* körperlicher Größe unterlegen war.

Das wirkliche Problem sah so aus: Der durchschnittliche Grasaffe war einen vollen Kopf größer als der durchschnittliche Eisenmeister. Da man nicht über die ehrfurchtgebietenden Rümpfe dreier riesiger Raddampfer verfügte, die man bei Verhandlungen als Hintergrund einsetzen konnte, brauchten Izo und die anderen Agenten etwas, das ihren Status als Söhne Ne-Issans erhöhte. Pferde, die das Prärievolk nie zuvor gesehen hatten, waren eine gute Antwort. Als Izo erst einmal im Sattel saß, nahm er auf der Stelle eine beeindruckende Position ein, und wohin sie auch kamen, überall begrüßte man Pferd und Reiter mit allgemeiner Ehrfurcht.

Da dies der erste Winter der Eisenmeister in den Außenländern war, wußten sie nicht, daß das Prärievolk nach Ankunft des ›Weißen Todes‹ wie wilde Tiere in einem Zustand des Halb-Winterschlafs lebte. Ihre Hirne neigten dazu, ebenfalls einzuschlafen, und die Bewohner der wenigen Siedlungen, die Izo aufspüren konnte, waren noch tölpelhafter als üblich und konnten ihm, selbst nachdem man ihre Geister mit einem Becher Sake aufgewärmt hatte, keine Hilfe bieten.

Am vierten Tag ritt Izo, steif vor Kälte, hungrig und schlechter Laune wieder nach Benton Harbor zurück. Seine geduldige Eskorte, die ihr Glück kaum fassen konnte, folgte ihm in dankbarem Schweigen und wurde von Visionen dampfender Bäder, heißen Essens, warmer Betten und glühender Holzkohlenroste aufrechtgehalten. Ihre Erwartungen an die frühe Rückkehr in die ›Zivilisation‹ wurden jedoch zerschlagen, als Izo einem plötzlichen Impuls folgte, nach links abbog und über eine uralte Straße galoppierte, die der schneidende Wind stellenweise vom Schnee befreit hatte.

Die Drei-Mann-Eskorte tauschte müde Blicke aus, dann folgte sie ihm mit sinkender Laune und zerrte die zögernden Packmulis hinter sich her. Den Kopf gesenkt, das Gesicht abgewandt, stemmten Mensch und Tier die Schultern in den Wind, der dünne, weiße Dämpfe von den rasiermesserscharfen Kämmen der Schneewehen riß und sie ihnen schlängelnd entgegenschickte. Und weiter ging es, den ganzen Tag lang, wobei sie ungefähr vierzig Kilometer — nicht wenig davon zu Fuß — zurücklegten und ihre erschöpften Tiere durch die noch bedeckteren Abschnitte zogen, wo ihnen der Schnee oftmals bis an die Knie reichte.

Als es dunkel wurde, suchte sich Izos Trupp Obdach in einer kleinen Ansammlung von Kiefern, die wie postierte Wächter dicht nebeneinander in der gefrorenen Ödnis standen. Man schnitt Äste ab, um die am Ende ihrer Kräfte befindlichen Pferde und Mulis mit einer warmen Grundlage zu versorgen, band Decken um ihre Leiber, fütterte sie an diesem Tag zum letzten Mal und stellte dann am Fuß des innersten Baums das Gemeinschaftszelt auf.

Das Abendessen bestand aus kalten Reisbällchen und Fleisch, das man mit heißem grünen Tee hinunterspülte, der über einem kleinen Holzkohlen-Feuertopf kochte. Izo schickte einen Soldaten hinaus, um noch einmal nach den Tieren zu sehen. Nachdem der Mann zurückgekehrt war, schenkte er als Schlummertrunk allen einen kleinen Becher Sake ein und gab den festen Entschluß bekannt, beim ersten Tageslicht nach Benton Harbor zurückzukehren. Da ihr Proviant fast erschöpft war und ihre Suche bis jetzt nicht das Geringste an nützlichen Informationen erbracht hatte, waren seine Gefährten nur allzu gern bereit zu glauben, daß er es diesmal ernst meinte.

Nachdem sie Hände und Füße über den Holzscheiten gewärmt hatten, krochen sie in pelzumsäumte Schlafsäcke, zogen die Kapuzen eng um den Kopf und träumten von daheim: von Ästen voller Kirschblüten; von sonnenbeschienenen Wiesen; dem quecksilberfarbenen Aufblitzen der Fische, die aus der Spiegeloberfläche der Seen sprangen; dem Lachen von Kindern, die ausgestreckt auf einer Waggonladung süß duftenden Heus lagen; von der Herbstsonne, einer gewaltigen, roten Scheibe, die durch den goldenen Dunst sank, und dem Duft von Pollen und Wildblumen, der schwer auf der stillen Abendluft lastete.

Am Morgen erwachten sie und entdeckten, daß sie die Nacht kaum hundert Schritte von einem anderen Lager entfernt verbracht hatten. Da stand ein eigenartiges Gebäude, das seinen fremdländischen Ursprung sogar unter der dicken Schneedecke verriet. Die beiden Soldaten nahmen ihre Bogen und näherten sich ihm vorsichtig. Izo, der ein Schwert schwang, das, solange es in seinem Besitz war, noch kein Blut getrunken hatte, rief die Bewohner an, damit sie sich zeigten. Zwar konnte man seinen herrischen, in japanischer Sprache geäußerten Befehl kaum mißverstehen, doch der Klang seiner die Stille durchbrechenden Stimme hätte wenigstens eine Reaktion erzeugen müssen.

Nichts bewegte sich, niemand rührte sich.

Von den gezückten Bogen der beiden Seesoldaten gedeckt brachen Izo und sein Diener zu einer kreisförmigen Inspektionstour auf und fanden bald die schneebedeckten Überreste eines Fahrzeugs mit geraden Flügeln, das zur Seite gekippt war. Der Körper des Fahrzeugs, dessen Breite geringer war als die Spannweite seiner ausgestreckten Arme, enthielt ein Fensterabteil, dessen eine Seite gegen den nächsten Baum gerammt war.

Izo nahm aus sicherer Entfernung eine flüchtige Untersuchung des schneebedeckten Abteilinnern vor, bemerkte den türlosen und leeren Laderaum, der dahinter lag, und ging auf die andere Seite.

Die nach unten zeigende Schwinge war mit Hilfe von aus den umstehenden Kiefern geschnittenen Ästen in ein Behelfsquartier verwandelt worden. Izo befahl seinem Diener nachzuprüfen, ob es leer war, dann folgte er ihm hinein. Dünnere Äste waren hineingelegt worden und bildeten einen Boden. Ein paar verkohlte Holzstükke lagen rings um einen kleinen, rußbedeckten Metallbehälter. Er sah mehrere ähnliche — oben offene — Behälter, die nach ihrem Geruch möglicherweise fremdländische Nahrung enthalten hatten. Außerdem sah er unregelmäßig geformte Stücke eines geheimnisvollen, flexiblen Materials, dessen Oberfläche wie polierter Stahl aussah und — wohl das Bedeutungsvollste überhaupt — ein paar abgerissene Streifen aus blutbeflecktem, blaugrauem Leinen.

Eins davon zeigte einen Teil des Haussymbols, das Izo auf der Stelle erkannte: die dunkelbraune, achtblättrige Blume des Hauses Min-Orota. Blasse, blaugraue Kleider trugen in Ne-Issan ausschließlich Sklavenarbeiter. Es war ein Teil eines Hemdes, und das Blut schien anzudeuten, daß sein Besitzer sich verletzt hatte, als der Himmelswagen zur Erde herabgekommen war.

Der Grund, warum er sich an Bord befunden hatte, war klar — es handelte sich um einen Fluchtversuch. Aber wie hatte ein unwissender Sklave Zugang zu einem solchen Fahrzeug erhalten, und wo waren die Langhunde, die es und seinen Zwilling durch die Luft gesteuert hatten?

Ein Schrei von einem der Soldaten machte Izos Spekulationen ein Ende. Er verließ den Unterstand, eilte auf die andere Seite des kaputten Himmelswagens und sah einen der Seesoldaten durch den kniehohen Schnee auf ihn zueilen. Der Soldat deutete auf seinen Gefährten, der eine ganz beträchtliche Strecke an der Straße entlang gegangen war und nun äußerst aufgeregt die Arme schwenkte.

Izo brach in einen schnellen Lauf aus und bemühte sich, seine Füße in die Löcher zu plazieren, die die Soldaten schon ausgetreten hatten.

»Noch ein Himmelswagen!« keuchte der erste Soldat. »Leer … Aber er ist … unbeschädigt!«

Izo befahl ihm, zu seinem Diener ans Wrack zu gehen und eilte weiter. Auf halbem Weg fingen seine Muskeln an zu brennen, und er gab das Laufen auf und fing an, sich einen Weg durch den Schnee zu treten, wobei er hinter sich eine Furche zurückließ.

Als Izo in die Nähe des zweiten Soldaten kam, erblickte er die andere schneebedeckte Maschine und wurde ebenfalls sehr aufgeregt. Aus der Ferne betrachtet war sie vor der weißen Landschaft fast unsichtbar. Die vom Wind getriebenen Flocken waren an der eiskalten Außenhülle hängengeblieben und bedeckten alles, außer der Unterseite des dunkelgrauen Leibes.

Der vor Stolz beinahe platzende Seesoldat führte Izo zu seinem Fund und stampfte vor ihm den Schnee fest. Der Himmelswagen stand auf drei Beinen; seine Füße waren im Schnee vergraben, der bis auf wenige Zentimeter an seinen Bauch heranreichte. Mit den geraden, schulterhohen, ausgebreiteten Schwingen an beiden Seiten sah er aus wie eine schwerfällige Ente, die in die Tiefe gleitet, um auf einem Teich zu landen.

Der Schwanz des Fahrzeugs, den Izo leicht mit den Fingerspitzen berühren konnte, wenn er den Arm hob, war an zwei parallelen Hohlträgern befestigt, die aus dem hinteren Rand der Schwingen wuchsen. Eine offene Luke, von einem Stag aufgehalten, enthüllte noch einen leeren Laderaum. Izo begab sich zum Passagierabteil und befahl dem Soldaten, das Eis von einem der Seitenfenster abzukratzen, dann lugte er hinein.

Der Schnee, der auf dem Rest der Kanzel lag, warf ein gespenstisches Licht über das dunkle Innere. Trotz der fremdartigen Gestaltung waren die beiden Sitze mit den Anschnallgurten zur Sicherung der Insassen leicht zu erkennen. Was die Funktion der eigenartigen Geräte anbetraf, die die vier Seiten des Abteils umgaben, so stellten sie ein Mysterium dar, in das sich zu vertiefen Izo nicht die Absicht hatte. Er hatte genug gesehen, um davon überzeugt zu sein, daß er sich an einem äußerst gefährlichen Ort aufhielt und daß er und seine Männer keinen Versuch unternehmen sollten, ihn zu betreten. Die Maschine und alles, was in ihr war, waren das Werk von Sandgräbern, den Sklaven des Dunklen Lichts; jener bösen Macht, die Die Welt Davor völlig vernichtet hatte.

Izo zweifelte nicht mehr daran, daß dies die Himmelswagen waren, die er aus dem Osten hatte heranfliegen sehen. Sie waren später über Benton Harbor hinweggeflogen. Er und der Soldat durchstreiften die nähere Umgebung, aber die unaufhörlichen Schneestürme, die ihr Vorankommen in den letzten drei Tagen behindert hatten, hatten die Spuren, die die weitergezogenen Wolkenkrieger hinterlassen hatten, völlig ausradiert.

Es würde ihr Auffinden zwar erschweren, aber Izo war nicht übertrieben besorgt. Da sein Trupp während der Reise nach Süden keiner Spur einer kleinen Gruppe begegnet war, bedeutete dies, daß die Wolkenkrieger sich in die Richtung gewandt haben mußten, mit der er gerechnet hatte — nach Westen. Wenn sie zu Fuß durch den tiefen Schnee gingen und wenigstens einen verletzten Kameraden bei sich hatten, konnten sie nicht sehr schnell vorankommen.

Zwar waren der Zustand seiner Beute und die Richtung, die sie genommen hatte, Vermutungen, die auf den spärlichsten Indizien basierten, aber früher hatte Izo stets Glück gehabt, wenn er sein privates Urteil rückversichert hatte. Falls er auch diesmal recht hatte (und davon war er überzeugt), gab es eine realistische Chance, die Spur der Fremden wieder aufzunehmen, bevor sie den Miz-Hippy erreichten.

Doch ohne Nahrung für die Männer und die erschöpften Pferde wußte Izo, daß eine sofortige Verfolgung unmöglich war. Angesichts des gegenwärtigen

Wetters brauchten sie frische Reit- und zusätzliche Packtiere, bevor sie eine weite Inlandreise in Angriff nehmen konnten. Der erste Schritt bestand in der Rückkehr zum Hausboot und der Entsendung einer Botschaft an seine Herren. Er gab dem Seesoldaten mit einem Zeichen zu verstehen, er solle ihm folgen, dann wandte er sich zum Lagerplatz um und fiel in einen stolpernden Lauf ...

Steves unbekannter Gegenspieler hatte recht. Seit sie das erste Behelfsquartier unter der Schwinge des kaputten Himmelsreiters verlassen hatten, war ihr Vorankommen durch die schneebedeckte Landschaft eine Mühsal. Doch das Problem, sich warmzuhalten, war teilweise vor ihrem Aufbruch gelöst worden. Nachdem sie Clearwater bei Kelso zurückgelassen hatten, damit sie sich um ihn kümmerte, waren Steve, Jodi und Cadillac auf die Jagd gegangen. Die Handfeuerwaffen hatten zwar nicht die Reichweite der Mutanten-Armbrüste, doch nach zwei Tagen heftigen Ballerns auf alles und jedes, das ein Fell trug, hatten sie genügend Häute gesammelt, um die schlimmste Kälte von sich abzuhalten.

Derjenige, der die Überlebenssätze der einzelnen Himmelsreiter zusammengestellt hatte, hatte auch das Problem des Zusammennähens vorhergesehen. In jedem Überlebenssatz befand sich eine Vielzahl von Nadeln sowie Garn aus kräftigen, gewachsten Fäden. Sie hatten sich wie frisch emigrierte Schneider aus einem Schtetl des zaristischen Rußland um das Feuer gehockt und gearbeitet. Bis zum Morgengrauen hatten sie einige grobe, formlose Überzieher produziert, die man mit Hilfe von Elektrokabeln und Gewebestreifen aus dem Himmelsreiter um sich band. Es war ihr Glück, daß ihnen mehr daran gelegen war, sich warmzuhalten statt auf Äußerlichkeiten zu achten, denn als der letzte Knoten geknüpft war und sie in den Schnee hinaustraten, um ihre Yeti-Stiefel zu testen, sahen sie aus wie ein zerlumptes Steinzeitmenschenquartett auf der Suche nach Mammutsteaks.

Der zwar gemeinsam, doch etwas zögerlich gefällte Beschluß, über die Straße nach Westen zu ziehen, kam etwa um die Zeit zustande, als Watanabe sich entschied, in die gleiche Richtung zu gehen. Ein bitterkalter Wind trieb den Schnee horizontal über das Land, aber Steve gestattete niemandem, darauf zu warten, daß er aufhörte. Sie setzten sich in leicht bissiger Laune in Bewegung, wählten aber trotz des abscheulichen Wetters den richtigen Moment, so daß Schnee und Wind ihre Spuren schnell unkenntlich machten.

Der wie eine Mumie in reflektierende Decken verpackte und mit einem noch rohen, an der Innenseite blutigen Bärenfell bedeckte Dave Kelso lag auf einer improvisierten Trage. Jodis Hälfte der Pilotenkanzel war als Extraschutz über den oberen Teil seines Körpers gebunden.

Da Steve und Clearwater vorweg gingen und Cadillac und Jodi im Rücken hatten, war die Ladung zwar gleichmäßig verteilt und leicht zu bewegen, doch als sie die ersten Kilometer hinter sich gebracht hatten, wurde Steve klar, daß sie keine Chance hatten, ihn durch den Schnee bis nach Wyoming zu ziehen.

Abgesehen davon, daß es schon körperlich nicht zu schaffen war, lag auch kein Sinn in der Sache. Auch dies hatte Steve längst erkannt. Wenn sie dort ankamen, mußten Kelsos Brüche unheilbar sein. Doch auch wenn sie ihn zurückließen — es war höchst zweifelhaft, ob *sie* mitten im tiefsten Winter eine solche Reise überleben konnten. Sie waren einfach zu schlecht ausgerüstet.

Sie mußten irgendwo einen Unterschlupf finden, in dem sie es bis zum Frühling aushalten konnten. Steve kannte nur einen solchen Ort — das Erdloch, das er in Nebraska verwendet hatte. Es war warm, trocken, gut versteckt und für fünf Personen in etwa groß genug. Ein netter Einfall, aber er hatte zwei große Haken: die

AMEXICO hatte das Erdloch angelegt, und das bedeutete, daß dort im Moment ein Geheimagent lebte, der mit Karlstrom in Funkkontakt stand. Und außerdem — was der entscheidende Punkt war — war es gut elfhundert Kilometer von ihrer gegenwärtigen Position entfernt.

Mit einem Schmerz des Bedauerns erinnerte Steve sich an Baz, den verspielten Wolfswelpen. Malone hatte sein kurzes Leben beendet. Er verdrängte die Szene aus seiner Erinnerung und richtete seine Gedanken wieder auf das Problem, ein passendes Winterquartier zu finden.

Es muß eine Lösung geben ...

Es gab tatsächlich eine — doch die Gegebenheiten waren erst einige Tage später danach.

Vom stundenlangen Verharren in der dampfenden Badewanne und der liebenden Umarmung seiner Gattin Yumiko aufgewärmt, wurde Izo Watanabes Stimmung noch besser, als der treue Hauptfeldwebel ihm eine zusätzliche Nachricht überbrachte, die am Tag vor seiner Rückkehr mit einer Brieftaube angekommen war.

Izo erbrach den winzigen Nachrichtenbehälter mit bebenden Fingern und entrollte einen Papierstreifen. Er war länger als üblich und doppelseitig beschrieben. Die Nachricht — sie kam direkt aus dem Palast von Sara-kusa, dem Heim der Yama-Shitas — war von Aishi Sakimoto unterzeichnet, einem Onkel des Landesfürsten und einem wichtigen Angehörigen des höchsten Familienrats. Sakimoto hatte die Nachricht zudem persönlich mit der Hand geschrieben und verwendete eine intime Form der Anrede, die normalerweise der Korrespondenz zwischen Edelmännern gleichen Ranges vorbehalten war. Diese Gunstbezeugung ging nicht an Izo vorbei.

Der Inhalt des Schreibens war verblüffend. Das Haus Yama-Shita suchte fünf Sklaven, die mit einer tödlichen

Mischung aus Schwarzpulver und Dunklem Licht Dutzende hochrangiger Eisenmeister ermordet hatten und dann mit Hilfe von ›Flugpferden‹ entflohen waren.

Man bat Izo, alles zu tun, um über das Schicksal der beiden geradeflügeligen Maschinen Aufschluß zu gewinnen. Sollte sich herausstellen, daß ihre Luftfahrt eine Fortsetzung gefunden hatte, wünschte Sakimoto über ihren letzten bekannten Kurs informiert zu werden. Sollte das Wetter sie jedoch dazu gezwungen haben, in seinem Mandatsgebiet zu Boden zu gehen, sollte Izo alles tun, um den gegenwärtigen Aufenthaltsort der Flieger ausfindig zu machen — tot oder lebendig.

Sakimoto räumte zwar ein, daß die Suche möglicherweise erfolglos auslaufen könne, doch die Ehre der Familie Yama-Shita stand auf dem Spiel. Fand er die Flieger lebend, sollte Izo die subtilsten ihm zur Verfügung stehenden Mittel anwenden, damit sie in der Gegend blieben, und er sollte ihnen keinen Grund liefern, argwöhnisch zu werden. Man wollte eine Strafexpedition in Marsch setzen, um sie und ihre Komplizen der Gerechtigkeit zuzuführen, doch konnte sie Ne-Issan erst im Frühjahr des nächsten Jahres verlassen.

Deswegen war eine Verzögerungsaktion wesentlich, doch man wies Izo an, mit seiner eigenen kleinen Streitmacht nicht direkt zu intervenieren. Die Flieger hatten nicht nur mächtige Freunde, sondern auch geheime Mittel, um sie im Nu herbeizurufen. Izo wurde ermächtigt, dem Prärievolk Anreize zu bieten, um sich ihrer Mitarbeit zu versichern. Natürlich erwartete man von ihm, daß er diskret vorging, doch die Familie Yama-Shita wollte jedes Versprechen erfüllen, das er in ihrem Namen machte — *falls* es zu positiven Resultaten führte.

Die Nachricht endete mit einem herzlichen Gruß und dem Versprechen, Izo und seine Familie, falls er erfolgreich war, reich mit Ländereien und Titeln zu belohnen. Mehr Druck brauchte Izo nicht. Mit der Entdeckung der beiden zurückgelassenen ›Flugpferde‹ war sein Traum, den sozialen Status und jene materiellen Belohnungen zu erringen, die seinen Fähigkeiten entsprachen, schon längst in Reichweite. Falls die Wolkenkrieger ergriffen werden sollten, war keine Zeit zu verlieren.

Während die Mannschaft im Maschinenraum daran arbeitete, starken Dampf zu erzeugen, schaute Izo von der Brücke aus zu, als eine zweite Kuriertaube, die die — bescheiden an Aishi Sakimoto adressierte — neueste Meldung mit sich trug, nach Sara-kusa aufbrach. Dann ging eine kleine Gardeeinheit an Land, um nach den Ställen zu sehen und Proviant an Bord zu bringen. Schließlich meldete der Hauptfeldwebel, das Boot sei bereit und könne in See stechen. Izo gab Befehl, den Anker zu lichten und wies den Steuermann an, nach Westen über den Mi-shiga-See zu steuern, auf den legendären Geburtsort der She-Kargo-Mutanten zu.

Der von Captain Ryder, dem Navigationsoffizier, erstellte vorläufige Terminplan zeigte den Ankunftstermin der *Lady* bei Cedar Rapids am 15. November um 16:15 Uhr. Angesichts der Jahreszeit war dies zwar unüberlegt optimistisch, aber obwohl Ryder die Hauptlast des späteren Mißfallens von CINC-TRAIN tragen mußte, konnte man ihn für ein Scheitern des Plans kaum verantwortlich machen. Noch nie zuvor hatte sich ein Wagenzug über die Schneegrenze hinausgewagt.

Von Trinidad in Colorado bis ans Ufer des Missouri ging alles nach Plan. Rund um die Uhr im Einsatz fuhr die Lady während der ersten 1000 Kilometer ihrer Reise einen Schnitt von 29 km/h und erreichte Kansas City am Spätnachmittag des 13.

Obwohl Nachtluft- und Bodentemperaturen mit Einbruch des Winters abgenommen hatten, waren sie trotz des wolkigen, bedrohlich wirkenden Himmels keinem Regentropfen und keiner Schneeflocke begegnet. Zudem fuhr die *Lady* über trockenen Boden — sie hatte die optimalen Bedingungen für eine lange Fahrt über die bröckelnden, von Gras und Unkraut bewachsenen Sokkel der Vorkriegshighways.

Die Brücken, die die Flüsse und Felsschluchten überspannt hatten, waren schon vor langer Zeit verschwunden. Seichte, langsam fließende Wasserläufe überwand man, indem man einfach durch markierte Furten fuhr. Tiefere und breitere Flüsse wie den Missouri konnte man nur mit Hilfe spezieller Fährenausrüstungen überqueren. Flüsse mit abschüssigem Ufer oder von Felsen durchzogene Stromschnellen stellten unpassierbare Barrieren dar, die umfahren werden mußten.

Wo es möglich war, folgten die Föderationswagenzüge den sanften Kurven und Neigungen, die die Amtrak-Vorläufer erzeugt hatten — jene Firma, die die geschrumpften Überreste des Streckennetzes der amerikanischen Eisenbahngesellschaften geerbt hatte —, ein riesiges, epochales Unternehmen, das einen wilden Kontinent gezähmt und umgewandelt hatte.

Aufgrund der Breite der Wagenzüge konnte man nur auf Strecken fahren, die in der fernen Vergangenheit über zwei oder mehr Spuren verfügt hatten, und wegen ihrer Höhe waren die Tunnels — von denen viele sowieso eingestürzt waren — so unpassierbar wie Flußbetten.

Eine Aufgabe, der sich die Erste Familie nach der Eroberung der Blauhimmelwelt zugewandt hatte, bestand in der Restauration des amerikanischen Eisenbahnsystems. George Washington Jefferson der Erste, der Gründervater, hatte zu den hingebungsvollen Visionären gehört, die geholfen hatten, die mobilen MX-Raketenabschußbasen zu bauen, die vor dem Holocaust über die Schienen gefegt waren, und zur Ehre seines Angedenkens wollte man die historischen Strecken wieder befahrbar machen. Doch nicht *nur* wieder befahrbar. Man wollte die Historie neu erschaffen. Die neuen Schienenwagen sollten keine Oberwelt-Versionen der TransAm-Züge und ihrer Hochgeschwindigkeits-Linearinduktionsmotoren sein, sie sollten liebevoll konstruierte Nachbauten der gigantischen 4-6-4 Union Pacific-Loks aus der ruhmreichen Ära des Dampfes werden, als Grips und Muskeln noch eine dauerhafte, beispiellose Partnerschaft gebildet hatten, die buchstäblich Berge versetzt hatte und noch immer versetzen konnte.

Als gewöhnliche Güterzüge getarnt waren die MX-Raketenabschußbasen und Steuermodule von Küste zu Küste gefahren, auf dem Amtrak-Schienennetz. Die unter dem Prärieboden vergrabenen ICBM-Betonsilos hatten zwar jahrzehntelang als gegnerische Ziele gegolten, doch die MX-Züge — das größte Geheimnis des Pentagons im ausgehenden 20. Jahrhundert — waren stets vor den lauernden Kameralinsen feindlicher Aufklärungssatelliten sicher geblieben: unmöglich zu finden, als Ziel zu nehmen und zu vernichten.

Zwar waren manche durch willkürliche Zielnahme ausgeschaltet worden, da sie beim Erstschlag zur falschen Zeit am falschen Ort gewesen waren, doch viele hatten ihn überstanden, ebenso wie ihre Mannschaften, die in den versiegelten, strahlungsfesten Silos geschützt gewesen waren. Als Amerika zu einem gigantischen Scheiterhaufen geworden war, hatten die Züge den zweiten verheerenden Schlag ausgeführt — den Schlag, der zwar die Feinde der Freiheit völlig vernichtet hatte — doch auch zum Auslöser ihrer die Erde umkreisenden Weltuntergangswaffen geworden war. Sie hatten dem, was die Mutanten als die Alte Zeit bezeichneten, ein Ende gemacht.

Das Wissen um spezielle Ereignisse der Geschichte war nur den allerhöchsten Rängen der Ersten Familie vorbehalten. Soweit es den Rest der Föderation betraf, ließen das Geschichtsarchiv, zu dem man nur mit Erlaubnis von COLUMBUS Zugang bekam, den Betrachter nicht darüber in Zweifel, wer für den Holocaust verantwortlich gewesen war: die Mutanten.

Seit die *Lady* Pueblo verlassen hatte, waren zwei ihrer zwölf neuen Mark II-Himmelsfalken tagsüber ständig in der Luft gewesen und hatten Aufklärungspatrouillen geflogen. Die einsitzigen, von Heckmotoren angetriebenen Ultraleicht-Maschinen waren das fliegende Gegenstück der scharfäugigen Reiter, die einst vor den von Ochsenkarren gezogenen Pioniertrecks und den US-Kavalleristen hergeritten waren, die sich einen Weg durch den Kontinent gebahnt hatten.

Jetzt, zwölf Jahrhunderte später, trieben die Himmelsfalken wie die Raubvögel, nach denen sie benannt waren, mit der gleichen mühelosen Anmut im wolkigen Blau hin und her und suchten ihre Flanken und den vor ihnen liegenden Weg nach Hindernissen oder verborgenen Gefahren ab.

In der zunehmenden Dämmerung schaltete der Patrouillenführer vom Dienst Gus White — ein ehemaliger Klassenkamerad Steve Brickmans — die beiden Landescheinwerfer ein, die hinter den Perspex-Verkleidungen vor den schlanken Rumpf montiert waren und wandte sich über das breite, stille Gewässer des Missouri nach Westen. Sein sich nähernder Flügelmann, der von der letzten Suche an der Nordflanke der *Lady* zurückkehrte, tat es ihm gleich. Er nahm das Gas zurück, um 750 Meter zwischen sie zu bringen, und hängte sich an Gus' Heck.

Die *Lady,* die sich schon in den Wind gedreht hatte, schaltete die erforderliche Beleuchtung ein. Ein grüner Laserstrahl, der als Fernleuchtfeuer agierte, wurde vom Dach des Kommandowagens nach oben abgefeuert. Als er von unten durch die Wolken drang und höher aufstieg, ging eine Lichterkette an, die sich auf dem Dach des Zuges befand und eine Mittellinie bildete. Die vier Seiten des Flugdecks wurden in Blau angezeigt.

Auf dem breiten Deck des extralangen Flugwagens wurden drei Paare von Arretierungskabeln gehoben, um den Haken zu packen, der sich nun zwischen den beiden dicken Heckrädern von Gus' Himmelsfalken herabsenkte, und die Bodenmannschaft in sogenannten

›Ducklöchern‹ auf beiden Seiten des Decks stand geduckt bereit, um sich auf ihn zu stürzen.

Abgesehen vom Fehlen keulenschwingender Decksoffiziere oder neuen Generationen elektronischer Hilfen war das Verfahren im Grunde das gleiche wie jenes, das man in der Prä-Holocaust-Ära auf den Flugzeugträgern der US Navy benutzt hatte. Doch statt mehrerer, astronomisch teurer tonnenschwerer Maschinen, die mit Geschwindigkeiten von bis zu 190 km/h aufs Deck geplumpst waren, schwirrten die Himmelsfalken mit bescheidenen 35 km/h über das Heck an Bord.

BB-BMMMFFF! Als Gus White das zweite Kabel packte und Bodenberührung bekam, sprang die Wartungsmannschaft hoch. Sein Flügelmann, nun 750 Meter hinter ihm auf dem gleichen Gleitpfad, würde in weniger als zweieinhalb Minuten nach ihm landen. Das war mehr als genug Zeit, um den Himmelsfalken vom Fangkabel zu lösen, die Schwingen zu falten, die Zwillingsheckfinnen einzuklappen, die Hecksektion nach unten unter die Schwingen zu schwenken und das sich daraus ergebende Paket auf den Steuerbordbuglift zu schieben.

Während Gus sich noch im Cockpit aufhielt, sank die Maschine schnell außer Sicht. Sie sah nun wie das schrumpelige Geschöpf aus, das aus einem Kokon auftaucht und sich dann in den trocknenden Sonnenstrahlen entfaltet, um zu einer elegant proportionierten Libelle zu werden. Die Maschine wurde schnell auf das Hangardeck geschoben, dann kam der Lift wieder hoch, und — BMMMFFF! — landete der zweite Himmelsfalke. Er rumste fest auf das Bugrad nieder, als das Fangkabel ihn zum Halten brachte.

Unter normalen Umständen wäre die Wagenzugmannschaft, von der Wache abgesehen, bis zum Morgengrauen unten geblieben, doch die abendlichen Aktivitäten fingen gerade erst an. CINC-TRAIN hatte entschieden, die Lady vor der Abfahrt aufzutanken, statt auf ihrer Rückfahrt einen Tankzug zu einem ungewissen Rendezvous weiter nach Norden nach Iowa zu entsenden. »Schauen wir den Tatsachen ins Auge«, hatte der Tanker-Captain mit entwaffnender Ehrlichkeit zu Hartmann gesagt. »Es nützt keinem was, wenn wir beide mit dem Arsch im Schnee stecken und den Löffel abgeben.«

Da die *Lady* ihren Vorrat an Wasserstoffgranulat bereits während des Zwischenhalts in der Pueblo-Station aufgefüllt hatte, hatte man Hartmann angewiesen, zwei Waggons des Tankzuges mitzunehmen — einen an jedem Ende, direkt hinter den Antriebswagen. Zwei weitere wollte man an der Monroe/Wichita-Grenzebene zurücklassen — für den Fall, daß die *Lady* sie brauchte, um auf der Rückfahrt zum Wagenzugdepot in Fort Worth aufzutanken. Es war beruhigend zu hören, daß man ihre Rückkehr überhaupt ins Auge faßte.

Hartmann und die Angehörigen seines Bahnbrecher-Bataillons machten sich, von der Tankzugmannschaft und den vierundsechzig Pionieren der Pueblo-Station assistiert, an die Arbeit. Die meisten Pioniere waren zwar über die anfängliche Verdrossenheit hinweg, daß man ihren wohlverdienten Urlaub so plötzlich gestrichen hatte, doch wie immer ihre Gefühle auch waren, nun hatte man sie ebenso zum Dienst verdonnert wie ihre Gastgeber.

Eine Handvoll dieser Leute hatte sich, angeführt von einem kampflustigen Lieutenant namens Matt Harmer und dem VidComm-Tech Deke Haywood, freiwillig zum Dienst gemeldet. Buck McDonnell, der Spieß der *Lady* — bekannter unter dem Namen Big D —, hatte den Rest zusammengerufen, bevor die *Lady* die Überquerung des Missouri in Angriff genommen hatte und ihnen in seiner grantigen, doch väterlichen Art zu verstehen gegeben, daß er für ihre unverdient mißliche Lage Verständnis habe. Sie hatten, wie er sich ausdrückte, ›das beschissene Ende des Strohhalms gezogen‹.

Jedoch (und an dieser Stelle veränderte sich sein Tonfall und das Tempo seiner Ansprache) hatten sie nun zwei volle Tage hinter sich, in denen sie sich an die Lage hatten anpassen und/oder sich die Augen ausweinen können. Von nun an wolle er keine mißvergnügte Bande mondgesichtiger, verpennter, arschlöchriger und verpißter Pioniere mehr hier herumlungern sehen, die sich die Wampe vollschlugen und herumfickten.

Ungeachtet ihrer Dienstgrade oder speziellen Qualifikationen würden sie nun unter seinem Befehl allgemeine Pflichten ausüben, bis sie wieder von Bord gingen. Er würde weder Schlaffheit noch Simulantentum tolerieren, und jeder, der sich krank meldete und nicht *wenigstens* tot war, würde sich seinen Tod bald wünschen. Also sollten sie sich gefälligst sputen. Over und aus …

Die Überquerung des Missouri hielt beide Mannschaften in den folgenden vierundzwanzig Stunden in Atem. Alle sechzehn Waggons der *Lady* und die beiden Tanksegmente mußten einer nach dem anderen sorgfältig auf ein steuerbares Brückenfloß verladen werden. Das Floß, das die Tankmannschaft im voraus zusammengebaut hatte, wurde auf zwei Dutzend große, aufblasbare Pontons montiert und von Hochleistungswasserdüsen-Motoren angetrieben. Im Innenstaat Texas verfügten mehrere Flüsse über feste Pontonbrücken aus solchen Einzelteilen. Weitere wurden an Schlüsselstellungen in sichereren Gebieten der Äußeren Staaten installiert.

Das Triebwerksproblem hatten die Wagenzugkonstrukteure gelöst, indem sie jedes einzelne Rad mit einem Elektromotor versehen hatten. In die Waggons eingebaute Notbatterien versetzten sie in die Lage, sich mit niedriger Geschwindigkeit und aus eigener Kraft langsam hin und her zu bewegen. Beide Radsortimente waren separat steuerbar, und die Waggonbewegung konnte von einem an Bord befindlichen Operateur oder von außen durch eine Nabeleinheit kontrolliert werden.

Diese Einrichtung ermöglichte es relativ leicht, Züge im Depot zu rangieren oder, um sich veränderten Operationsbedingungen anzupassen, Waggons neu zu ordnen. Sie machte es ebenso möglich, daß einzelne Waggons auf die Brücke und wieder hinuntergefahren werden konnten, ohne sie an einen Triebwagen anhängen zu müssen.

Als sie sicher wieder zusammengefügt war, fuhr die *Lady* nach Norden und folgte der Spur des alten US-Highway 35, der den Bezugspunkt Kansas City mit dem Bezugspunkt Des Moines verband. Und auf dieser Strecke fiel Ryders Zeitplan in Scherben. Die ersten Flocken wehten über ihren Weg, als sie sich der Staatsgrenze von Missouri/Iowa näherten, dann dauerte es nicht mehr lange, bis ihre Durchschnittsgeschwindigkeit auf 13,5 km/h sank. An der dramatischen Verlangsamung waren beinahe zu gleichen Teilen die höher werdende Schneeschicht, die die natürlichen Geländerisiken verhüllte und die Tatsache schuld, daß die gewählte Route mit kleinen Nebenflüssen durchsetzt war, die südwestlich in den Missouri oder südöstlich in den Mississippi mündeten.

Als die *Lady* Des Moines erreichte, lag sie fast achsentief im Schnee. Commander Hartmann hatte den genialen Einfall, die unter dem Bug seines Kommandowagens montierte Batterie der superheißen Dampfdüsen einzusetzen, um die Strecke bis zur Bodenebene zu säubern. So konnte man wenigstens sehen, was man sich näherte. Die Düsen, die angebracht worden waren, um Mutantenangriffe aus nächster Nähe abzuwehren, wurden so gedreht, daß sie den Unterboden und die Flanken des Zuges deckten, ohne die gepanzerten Gummireifen zum Schmelzen zu bringen. Wenn sie Menschen in Sekunden das Fleisch von den Knochen blasen konnten, durfte Schnee gar kein Problem für sie darstellen.

Und so erwies es sich. Wie alle brillanten Ideen war auch diese unglaublich einfach. Es war nur deswegen noch niemand darauf gekommen, weil noch keiner auf dieses Problem gestoßen war. Die Sache hatte nur einen Nachteil: das superheiße Dampfdüsensystem war nicht für fortwährende Einsätze konstruiert. Dies bedeutete regelmäßig Stops, um die Wassertanks zu ergänzen, was in diesem Teil der Reise bedeutete, sie mit geschmolzenem Schnee zu füllen.

Und weiter fuhren sie, durch rabenschwarze Nächte und Tage gespenstischen Dämmerlichts, das durch eine endlos graue Wolkendecke drang, die so schwer von Schnee war, daß sie unter ihrem eigenen Gewicht zusammenzubrechen schien. Die Batterien der glotzäugigen Frontleuchten flammend und den Bug und die Nase in Wolken zischenden Dampfes und wirbelnden Schnees gehüllt, sah die *Lady* aus wie ein aus alten Zeiten stammendes, von schaumigem Kielwasser umgebenes Loch Ness-Monster, das sich einen Weg über die Oberfläche einer öden arktischen See pflügte.

Am Spätnachmittag des 21. November, fünf Tage hinter dem Plan und fast neun Tage nach Hartmanns frühmorgendlichem Stelldichein mit Colonel Marie Anderssen unter der Dusche, erreichten sie etwa zweiunddreißig Kilometer südlich von Cedar Rapids Iowa City. Wieder einmal, wie bei der Ankunft am Bezugspunkt Kansas City, wurde das Licht geringer. Und außerdem schneite es. Unaufhörlich ...

Am nächsten Tag fiel noch mehr Schnee — und zwar pausenlose vierzehn Stunden lang. Der Schnee begrub die Linsenbehälter der TV-Kameras, die als Fenster zur Außenwelt dienten. Unter dem Adlerblick von Big D arbeitend, kämpften die Bahnbrecher-Teams und in den Dienst gepreßten Pueblo-Pioniere darum, das Zugdach schneefrei zu halten, wozu sie Dampfgebläse und gewöhnliche Deckschrubber verwendeten. Es erwies sich als undankbare Aufgabe — wie das Einsammeln von Blättern bei einem Herbststurm —, und am Morgen des 23. lag schon wieder eine zwanzig Zentimeter dicke, weiße Teppichschicht da und wartete darauf, beseitigt zu werden.

Doch diesmal fanden sich die Dachkommandos unter einem stillen blauen Himmel wieder. Die meisten Bahnbrecher waren zwar vom Anblick und den Geräuschen der Oberwelt nicht allzu sehr entzückt, doch es herrschte eine dermaßen tolle Sicht, daß mehrere von ihnen — darunter auch Deke Haywood aus Pueblo, ein heimlicher Wolken-Freak — bloß deswegen nach oben gingen, um einen Blick zu riskieren und ihre Lungen mit knuspriger, kalter Luft zu füllen.

An Tagen wie diesen, sinnierte Deke, konnte man kaum glauben, daß die Oberwelt noch immer von einer Lufthülle umgeben war, die man filtern mußte, bevor ein Wagner sie einatmen konnte. Laut der Ersten Familie hatten die paar kurzen Atemzüge sein jetzt schon zu kurzes Leben um ein paar zusätzliche Monate verkürzt.

Na und? Ist mir doch scheißegal. An irgend etwas stirbt doch jeder. Und Wagner sterben man nun mal nicht an Altersschwäche ...

Hartmann beugte sich zusammen mit Ryder, dem Navigator der *Lady,* über eine Landkarte der Umgebung. Eine verschlungene Kette von Seen und alten Reservoirs lag über der kürzesten Route, die seine momentane Position und den Bezugspunkt Cedar Rapids verband. Um dort hinzukommen, mußten sie einen weiten Umweg machen. Nach Ryders Ansicht war all dies bei der momentanen Wetterlage der Mühe nicht wert.

Falls CINC-TRAIN wollte, daß sie näher an den Ort heranfuhren, an dem man Brickman und seine Freunde vermutete, war es vernünftiger, die Interstate entlang nach Davenport am Westufer des Mississippi zu fahren. Doch wie Ryder schnell ausführte, bedeutete dies, eine Stelle zu finden, an der man den Cedar River überqueren konnte. Andererseits brachte dies sie etwa hundertzehn Kilometer näher an das primäre Suchgebiet heran, südwestlich von Bezugspunkt Gary, Indiana.

Aus ihrer gegenwärtigen Position dorthin, das Standardquadrat-Suchmuster und wieder zurückzufliegen, bedeutete einen Rundflug von über achthundert Kilometern. Dies war der Grenze der Reichweite eines Himmelsfalken nicht nur unbehaglich nahe, sondern — und das war weitaus wichtiger — hieß auch, daß sich alle in Marsch gesetzten Maschinen über vier Stunden lang in der Luft aufhielten. Wenn das Wetter plötzlich umschlug, und auf der Fahrt nach Norden hatte es mit beängstigender Schnelligkeit bewiesen, daß es dazu in der Lage war, kamen sie unter Umständen nicht mehr zum Zug zurück.

Zwar verstand Hartmann, was Ryder damit meinte, aber er entschied, daß dies ein Risiko war, mit dem seine Flieger leben oder sterben mußten. Nach einem Nachrichtenaustausch mit CINC-TRAIN, wo man bereits wütend über die Zeit war, die er gebraucht hatte, um so weit zu kommen, erhielt er die Erlaubnis, die *Lady* in jede Richtung umzuleiten, die seiner Ansicht nach die Beste war, doch nicht ohne die Geländebeschaffenheit und das vorherrschende Wetter außer acht zu lassen. Die Erste Familie forderte nur zwei Dinge von ihm: Er sollte zwar alles tun, um Brickman und seine Reisegefährten heimzubringen, doch bei diesem Versuch durfte er unter keinen Umständen die Sicherheit des Wagenzugs aufs Spiel setzen. Mannschaften waren entbehrlich. Die *Louisiana Lady* war es nicht.

Es war die typische Zwickmühle, mit der er gerechnet hatte — und eine solche, mit der jeder Zugkommandant leben mußte.

Nachdem Hartmann mit Captain Baxter, dem Flugeinsatzleiter, die Wetterlage besprochen hatte, teilte er ihm mit, daß sie ausgeschickt worden waren, um fünf Personen aufzunehmen, die er nicht identifizierte. CINC-TRAINS erste Nachricht hatte angekündigt, daß

Einzelheiten über das Unternehmen nur auf einer Basis des ›Unbedingt-wissen-Müssens‹ enthüllt werden durften. Nachdem Baxter kapiert hatte, was man von seinen zehn Piloten erwartete, rief Hartmann McDonnell in den Sattel und bat ihn, ein paar Männer aufs Dach zu schicken, um das Flugdeck von Schnee zu befreien.

»Sie sollen in der Flugdeckmitte anfangen und sich auf die Enden zuarbeiten. Ich erwarte einen schnellen, sauberen Job, Mr. McDonnell. Wir müssen die Vögel um elf Uhr in der Luft haben.«

»Yes, Sir!« Der Wagenmeister klemmte seinen messingbeschlagenen Drillstock unter den linken Arm, salutierte fehlerlos und ging hinaus, um seine Untergebenen anzuspornen. Er war ein großer Mann, übergroß für einen Wagner, aber er bewegte sich mit überraschendem Tempo und großer Agilität.

Um 9:27 Uhr wurden die ersten beiden Himmelsfalken wenige Sekunden hintereinander von den schrägen Rampen am Vorderteil des Flugwagens in die Luft katapultiert. Dampfwolken trieben rings um die Bodenmannschaft, als sie die Abschußketten schnell wieder in Startposition zurückzogen. Zwei weitere Himmelsfalken warteten in den Heckaufzügen darauf, daß sie an die Reihe kamen. Ihre Flügel und Heckfinnen waren noch gefaltet, doch die behelmten Piloten waren schon ins schlanknasige Cockpit geschnallt. Hinter der Heckwand lagen die Flüssigmethantanks, die das hocheffiziente Triebwerk speisten. Die Zweischrauben-Propeller befanden sich in vertikaler Stellung und waren bereit, sich auf einen Knopfdruck hin zu drehen.

Gus White war als erster Pilot unterwegs. Er war der einzige Flieger, der im letzten Jahr mit Steve und einigen anderen Klassenkameraden zusammen auf die *Lady* versetzt worden war und die erste Begegnung der *Lady* mit den Präriemutanten überlebt hatte. Gus hatte alle anderen in den beiden alptraumhaften Tagen des Kampfes sterben oder verschwinden sehen. Er war bei

Steve gewesen, als Jodi über Bord gegangen war, und er hatte gesehen, wie Steves Himmelsfalke ins brennende Kornfeld gestürzt war, das sie selbst mit Napalm angezündet hatten.

Ein neuer Abteilungschef mit drei Jahren Fronterfahrung war eingezogen worden, um die Ersatzmannschaft anzuführen. Die meisten waren zwar ebenso grün wie Gus gewesen, doch nach einem schlappen Anfang hatte er von Big D sein Fett abgekriegt und sich fortan gewissenhaft an die ihm zugewiesenen Aufgaben gehalten. Da er zudem auf Beförderung aus war, hatte er hart gearbeitet, um sich zu Captain Baxters Liebling hinaufzuschuften.

Die Belohnung seiner Arschkriecherei war die Beförderung zum stellvertretenden Abteilungschef gewesen. Das war kein Posten mit Sonderprivilegien oder irgendeiner echten Weisungsbefugnis. Das einzige, was einem zugebilligt wurde, war die Chance, mutig dorthin zu fliegen, wo noch kein anderer Flieger gewesen war. Anders ausgedrückt: Er durfte Himmelfahrtskommandos anführen. Da der Posten eine Grundvoraussetzung für jede weitere Beförderung war, umfaßte er auch Risiken, die man als junger und ehrgeiziger Intrigant eingehen mußte.

Gus White wußte zwar, daß er fünf Überlebende aus zwei Himmelsfalken suchte, die aufgrund von Treibstoffmangel gezwungen worden waren, runterzugehen, aber er hatte nicht die geringste Ahnung, daß sein ehemaliger Klassenkamerad und Rivale Steve Brickman sie anführte. Und obwohl er gelegentlich vage Gewissensbisse verspürte, weil er den in der Falle sitzenden und verletzten Steve im brennenden Kornfeld der Mutanten im Stich gelassen hatte, hatte er den Vorfall so weit wie möglich aus seiner Erinnerung verdrängt. Was hätte er denn tun sollen — mit seinem verklemmten Schießeisen und bei den vielen kreischenden Wilden? Ob er falsch gehandelt hatte oder nicht, was machte es schon aus?

Gus hielt nichts davon, sich von moralischen Bürden die Laune verderben zu lassen. Steve Brickman war tot. Gefallen in Wyoming, am 12. Juni 2989. Ende und aus.

Nur daß es eben nicht so war. Und es gab noch etwas anderes, von dem Gus nichts wußte. Steve hatte sich insgeheim geschworen, es ihm heimzuzahlen. Hätte Gus gewußt, was dort unten am Boden auf ihn wartete, hätte er die Landschaft mit etwas weniger als dem üblichen Diensteifer abgesucht.

Lieutenant Matt Harmer, der ebenfalls auf Steves Abschußliste stand, seit er das Begrüßungskommando in Pueblo angeführt hatte, stand neben Buck McDonnell auf dem leeren Flugdeck und beobachtete die vier Himmelsfalken, die sich voneinander trennten, höher und höher stiegen und am östlichen Himmel verschwanden.

Normalerweise blieben Bahnbrecher, wenn sie ihnen zugeteilte Aufgaben erledigt hatten, keineswegs auf dem Zugdach stehen — besonders nicht im Land des Prärievolkes, in dem jeder, der sich aufrichtete und deutlich erkennbar stehenblieb, das Risiko einging, von einem zehnzölligen Armbrustbolzen aufgespießt zu werden. Doch der heutige Tag war anders als die zahllosen Tage, die sie auf früheren Oberwelt-Kampfeinsätzen verbracht hatten. Trotz seiner sechs Jahre Fronterfahrung hatte McDonnell noch nie zuvor so viel Schnee gesehen — es war ein glatter, strahlend weißer Teppich unter einem endlosen, makellos blauen Himmel. Er wollte die Szenerie in ihrer Gänze auf sich einwirken lassen, er wollte ihre echten, ehrfurchtgebietenden Dimensionen sehen, statt die Miniaturen auf dem TV-Schirm.

Aber dennoch gehörte er nicht zu denen, die — bloß um eine Landschaft anzugaffen — sinnlose Risiken eingingen. Als erfahrener Soldat wußte er, daß sie relativ sicher waren; jedenfalls im Moment. Wagenzüge waren mit Infrarotscannern ausgerüstet, die sich im vorderen und hinteren Kommandowagen befanden. Sie konnten warmblütige Tiere aufspüren und zwischen zwei- und vierbeinigem Wild unterscheiden.

Die Scanner wurden vor jeder Aktivität auf dem Flugdeck eingeschaltet und dazu verwendet, die Außenbordaktivitäten der Arbeitsgruppen zu sichern, die das Dach vom Schnee befreiten. Ihre Sensoren, die Wärmequellen in einer Reichweite von achthundert Metern kalibrieren und analysieren konnten, waren mit dem Feuerleitsystem verbunden. Hatten sie ein Ziel lokalisiert, wurde seine Position direkt an die Kanoniere jener Geschütztürme weitergegeben, die den relevanten Sektor abdeckten.

So lautete die Theorie. In der Praxis funktionierte die Anlage an Bord der *Lady* — wie der meiste elektronische Schnickschnack der Föderation — zwar nie hundertprozentig, aber sie hatte die Anzahl der Überraschungsangriffe drastisch reduziert. Und aus diesem Grund konnten Big D und der Lieutenant sich ein paar Minuten lang entspannen und den Ausblick genießen, statt Rücken an Rücken zu stehen, den Blick ständig schweifen zu lassen, Adrenalin zu pumpen, die Schießeisen entsichert und gespannt zu halten und ständig bereit zu sein, alles, was sich bewegte, wegzupusten.

Harmer drehte sich langsam auf dem Absatz um. Er suchte die große weiße Leere ab wie ein hungriger Wolf, dann drehte er sich um und fing McDonnells Blick auf.

»Das einzige, was mich aufrecht hält, ist die Vorstellung, daß ich vielleicht eine Chance kriege, ein paar Beulenköpfe zu killen oder ein paar ihrer Mösen abzuknallen. Aber bis jetzt sind wir an allem vorbeigerollt, was die Scanner geortet haben. Okay, wir sind kampfbereit. Wir sind hier, und Sie haben versprochen, daß wir ein bißchen Action zu sehen kriegen. Nun sagen Sie mal — wo sind denn all die verfluchten Scheißmutanten?«

»Nur keine Panik«, sagte McDonnell. »Sie sind da draußen.«

»Und wann fangen wir an?«

»Möglicherweise eher als sie annehmen. Ich schätze, sie werden's nicht allzu freundlich auffassen, daß wir uns gerade dann hier sehen lassen, wenn sie das Neue Jahr feiern wollen.«

Harmers eng beieinanderstehende Augen leuchteten. »Toll! Ich liebe praktisch nichts mehr, als den Beulenscheißern den Tag zu versauen. Besonders dann, wenn sie gerade 'ne Party feiern. Das ist die beste Zeit, es ihnen zu zeigen — wenn sie nur Qualm zwischen den Ohren haben.«

4. Kapitel

Buck McDonnell hatte recht. Es waren *wirklich* Mutanten draußen, aber sie befanden sich keineswegs — wie Izo Watanabe angenommen hatte — im Winterschlaf.

Obwohl es durchaus der Wahrheit entsprach, daß sich die Wintermonate im Vergleich mit dem Rest des Jahres durch lange Schlaf- und Inaktivitätsperioden auszeichneten, war das Prärievolk im Wachzustand dennoch in der Lage, das Hirn einzuschalten.

Wie die anderen Eisenmeister, die vor ihm in den Außenländern gewesen waren, konnte sich auch Izo Watanabe aufgrund seines Naturells kein leidenschaftsloses Bild des Mutantenverhaltens vorstellen. Er war, wie die Wagner, völlig dem unerschütterlichen Glauben an die eigene Überlegenheit verhaftet. Sämtliche Informationen über das Volk, mit dem er sich abgeben mußte, stammten aus zweiter Hand und waren von Vorurteilen geprägt. Kein ständiger Agent war lange genug auf seinem Posten, um sich ein detailliertes Bild vom täglichen Leben der Mutanten in einem öden Winter zu machen, und zudem hatte sie niemand gebeten, über eben dies Aufzeichnungen anzulegen.

Als unerfahrener Neuling war Izo gezwungen, sich auf die von früheren Besuchern gesammelten Informationen zu verlassen, doch diese Leute hatten aus den bereits geschilderten Gründen überraschend wenig darüber herausgefunden, wie die Mutanten *wirklich* lebten und wie oder was sie dachten. Und so kam es, daß Izo eine wichtige Verteidigungstaktik nicht kannte, derer die Mutanten sich bedienten: sich dümmer zu geben als sie waren.

Viele Mutanten litten unter einem genetischen Defekt, der das Bindeglied zwischen jenem Teil ihres

Hirns, das erlerntes Wissen lagerte, und ihrem Mund betraf. Computersprachlich ausgedrückt: Man konnte zwar in sie Daten eingeben, doch aufgrund eines Softwarefehlers konnte man sie nicht abrufen. Die Ernsthaftigkeit des Problems variierte zwischen einzelnen stark, doch im gesellschaftlichen Kontext fiel es ihnen schwer und war ihnen manchmal unmöglich, das, was sie *wußten* — im Gegensatz zu dem, was sie gesehen, gedacht oder empfunden hatten —, in Worte zu kleiden. Und da die Mutanten weder lesen noch schreiben konnten, blieb ihr Wissen oft ungenutzt.

In Gefangenschaft — eingepfercht, geschlagen und behandelt und bearbeitet wie Lasttiere — wurden sie zwar mürrisch und schweigsam, aber sie waren weit davon entfernt, dumm zu sein. Im geschichtlichen Archiv der Föderation wurden sie zwar als ›listig‹ bezeichnet, doch die Attribute, die man ihnen zuschrieb, waren niedrige tierische List und urtümliche Wildheit. Mut und lebhafte Intelligenz gehörten nicht zu den Eigenschaften, die man Untermenschen zuerkannte.

Die Wagner, die sich für die einzigen wirklichen menschlichen Lebewesen hielten, die den Holocaust überlebt hatten, wußten, wie ›echte‹ Menschen aussehen mußten. Da Mutanten diesem Modell nicht entsprachen, galten sie als mißgestaltet und häßlich, und der Mangel an Symmetrie und ihre Häßlichkeit waren Beweise für ihr Untermenschentum und ihre unverbesserliche Dummheit.

Ihre Gegner aus den finsteren Städten unter den Wüsten des Südens, die davon überzeugt waren, es mit geistlosen Wilden zu tun zu haben, waren in ein falsches Gefühl der Sicherheit gewiegt worden. Da sie glaubten, ihnen sowohl geistig als auch militärisch überlegen zu sein, hatten die Kommandeure der Oberwelt-Einheiten bei zahlreichen Gelegenheiten taktische Fehler gemacht, die sie gegen Opponenten, die mehr respektiert wurden, möglicherweise nicht begangen hätten.

Wenn das unausweichliche post mortem stattfand, bestand die Ironie darin, daß die Sandgräber dermaßen davon überzeugt waren, das Herrenvolk zu sein, daß sie die Sündenböcke lieber in den eigenen Reihen suchten, statt die Vorstellung ins Auge zu fassen, übertölpelt worden zu sein.

Der gleichen Taktik hatte man sich auch bedient, um mit der Bedrohung aus dem Osten fertig zu werden. Das Prärievolk, dessen Kriegerethos auf dem Mut des Einzelnen im Zweikampf basierte, hatte nicht lange gebraucht, um zu erkennen, daß es keinen Krieg an zwei Fronten kämpfen konnte — gegen Gegner, die das besaßen, was sie für Massenvernichtungswaffen hielten: langes, spitzes Eisen, das mit einem einzigen Hieb aus weiter Ferne ganze Gruppen töten oder lähmen konnte.

Abgesehen von einigen blutigen Scharmützeln nach den ersten Vorstößen der Raddampfer ans Ufer des Großen Flusses waren die Beziehungen nun annehmbar und von beiderseitigem Nutzen — auch wenn die Eisenmeister den Eindruck erweckten, jeden Schuß gezählt zu haben. Den Abordnungsführern der Mutantenclans, die sich jährlich am Handelsposten trafen, war zwar schmerzlich bewußt, daß die Tauschgeschäfte, die man mit den maskierten gelben Zwergen machte, ihre Tücken hatten, aber man war der Meinung (zwischen Erbfeinden konnte man sich nur auf einen sehr geringen Nenner einigen), daß ein schlechter Tausch besser war als gar keiner.

Man konnte noch viel lernen, wenn man die Rolle des leicht zu beeindruckenden und geistig nicht sehr regen Wilden spielte, und es gab viel zu gewinnen, wenn man stille Zufriedenheit ausdrückte — wie es bei den Mutanten der Fall gewesen war, deren Winterschlaf Izo so brutal unterbrochen hatte.

An diesem Tag hatte keiner der Bewohner der drei Siedlungen, die Izo auf dem ersten Ausflug besucht hatte, irgendwelche Donnerkeile am Himmel fliegen oder zur Erde kommen sehen. An einem armen Frühlings- oder Sommertag hätte die Möglichkeit, ein solches Ding zu sehen und dafür belohnt zu werden, sicherlich ihre Begeisterung geweckt. Aber nur Idioten oder Eisenmeister konnten das notwendige Maß an Aufregung ertragen, während von Norden her pausenlos Schneestürme dicke Lagen aus Schnee heranwehten.

Nur deswegen hatte ihn das Empfangskomitee aus Kriegern und Ältesten mit schläfrigen Blicken und schlaffen Mündern angesehen und so getan, als verstünde es ihn nicht. Nachdem ein paar wenige Glückliche das gesamte Feuerwasser ausgetrunken hatten, das er ihnen angeboten hatte, und der aufgeblasene kleine Furz schließlich jeden Versuch eingestellt hatte, alle erreichbaren Erwachsenen zu bitten, an der Suche nach den himmlischen Donnerkeilen teilzunehmen, hatten sie zugesehen, wie er mit gespreizten Beinen auf seinem seltsamen Vierbeiner davonritt, und waren dann in ihre Hütten zurückgekehrt, um ihre erkalteten Leiber über flammenden Herdfeuern zu wärmen.

Und während Izo und seine müde Eskorte sich weiter durch den Schnee kämpften, hatten sie sich auf ihre Gesprächsmatten gehockt, eine Pfeife mit Regenbogengras herumgereicht und über das absurde Verhalten des Eisenmeistes gelacht. Nur listige Menschen, hatten sie sich gesagt, die eine stumme Sprache anwendeten, um alles aufzuzeichnen, was sie sahen und taten, aber nichts verstanden, waren zu solch einer Torheit fähig. Der Winter — jene Periode, die die Mutanten den Weißen Tod nannten — war die Zeit, in der Mo-Town, die Große Himmelsmutter, die dem Land das Leben einhauchte, in jedem Frühjahr ihr Vergehen beklagte. Wenn der eisige Wind aus den nördlichen Ödländern die letzten Blätter von den Bäumen gerissen hatte, erkaltete ihr Herz, und die Welt war mit ihren gefrorenen Tränen bedeckt. Jeder wußte, daß die Wolkenkrieger — im Gegensatz zu den Totgesichtern — so vernünftig waren, um am Ende des Gilbens in ihren Höhlen zu bleiben, bis die Zeit der Neuen Erde kam.

Doch nicht in diesem Jahr — wie manche ihrer Blutsbrüder bald herausfinden würden ...

Die gleiche widerwärtige Wetterlage, die die Fahrzeit der *Lady* vom Bezugspunkt Iowa City an beinahe verdoppelt hatte, hatte auch Steves Hoffnung auf eine rasche Flucht zunichte gemacht. Von der Furcht getrieben, Karlstrom könne eine MX-Greiferschwadron ins Feld schicken, doch ohne klaren Handlungsplan, hatte Steves Ziel darin bestanden, soviel Entfernung wie nur möglich zwischen sich und die Stelle zu bringen, an der sie gelandet waren. Doch seit dem Verlassen ihres ersten Lagerplatzes unter der Schwinge des Himmelreiters waren sie schmerzhaft langsam vorangekommen und hatten eine Woche gebraucht, um lumpige hundert Kilometer zurückzulegen. An zweien dieser Tage hatten der bitterkalte Wind und das Schneetreiben sie davon abgehalten, überhaupt von der Stelle zu kommen, und es war nur der fachmännischen Schiebearbeit Cadillacs und Clearwaters zu verdanken, daß sie vor einem Tod im Freien bewahrt wurden.

Obwohl Kelso ordentlich mit Schmerzmitteln behandelt wurde, hatte er sich vom ersten Unfallschock erholt. Die Morphin-Ersatzmittel, die Jodi und Steve ihm injizierten, riefen einen Zustand der Schläfrigkeit hervor, in dem er hin und wieder klar wurde. Und während der letzteren Perioden erkannten sie bald, daß er trotz seiner Verletzungen so kampflustig und ätzend wie immer geblieben war. Es gab Situationen, in denen Steve sich wünschte, Kelso hätte sich statt des Beckens den Kiefer gebrochen.

Der achte Tag zog hell und klar herauf. Als sie aus ihrem Quartier unter den Kiefern traten, suchten sie den wolkenlosen blauen Himmel und die strahlend weiße Landschaft ab. Ein über Nacht gekommener Frost hatte eine dünne Eiskristallschicht über den wogenden Schneeteppich geweht und ließ ihn mit zahllosen Pünktchen aus regenbogenfarbenem Licht leuchten und funkeln.

Es war eine Szene, die bei jeder anderen Gelegenheit Gefühle reiner Freude über die Tatsache hervorgerufen hätte, daß man am Leben war, aber trotz der atemberaubenden Schönheit musterten die vier Träger die Aussicht und beäugten sich dann selbst. Sie waren weniger als begeistert. Daß kein rasiermesserscharfer Wind wehte und keine drohende Schneewolkenwand da war, die am Horizont lauerte, bedeutete, daß sie nun keine Entschuldigung mehr dafür hatten, sich nicht in Bewegung zu setzen. Doch das gleiche gute Wetter konnte ebenso die Krieger feindlicher Mutantenclans dazu verlocken, ins Freie zu gehen und nach frischem Fleisch zu suchen.

Jeder von ihnen wußte, daß die abscheulichen Bedingungen, denen man seit der Landung begegnet war, der Hauptgrund waren, warum das hier ansässige Prärievolk bis jetzt noch nicht in Erscheinung getreten war. Ohne es auszusprechen, wußten alle, daß es keine Möglichkeit gab, nach Wyoming zu gelangen, ohne die Jagdgründe eines feindlichen Clans zu betreten. Ob es schneite oder nicht, es war nur eine Frage der Zeit, bis man sich der ersten Herausforderung stellen mußte. Zudem — auch dies brauchte niemand auszusprechen — wußten sie ebenso, daß die erste Herausforderung möglicherweise auch ihre letzte war. Wenn sie von einer entschlossenen und zahlenmäßig überlegenen Gruppe angegriffen wurden, konnten ihre Handfeuerwaffen nur für eine kurze Atempause sorgen. Möglicherweise waren sie wirkungsvoller, wenn man sie anschließend gegen sich selbst richtete. Selbstmord war einem qualvollen Tod durch rituelle Verstümmelungen gewiß vorzuziehen.

Die Frage, wie man sich verteidigen sollte, wenn die unausweichliche — und letzte — Begegnung stattfand, war zwar zu mehreren Gelegenheiten diskutiert worden, als sie in ihren Nachtquartieren um das Feuer gedrängt gesessen hatten, doch hatte niemand einen logisch zusammenhängenden Plan formuliert. Jodi wurde den Eindruck nicht los, daß man sich wortlos darauf geeinigt hatte, daß Clearwater, falls sich das Problem *wirklich* stellte, irgendwie die unerklärliche Kraft einsetzte, über die sie gebot, um sie aus den Schwierigkeiten herauszubringen.

Seit dem ersten Tag, als sie wie betrunkene Seeleute zu viert durch den Schneesturm gestolpert und Dave Kelsos Trage in Schulterhöhe geschleppt hatten, waren sie besser organisiert. Die Lukentür, an die er geschnallt war, war in einen Schlitten verwandelt worden, den sie mit weniger Mühe jeweils zu zweit hinter sich herzogen. Dies verschaffte Kelso zudem eine glattere Beförderung und räumte den beiden, die ihn gerade nicht zogen, die Möglichkeit ein, die selbstgenähten Rucksäcke zu schleppen, in denen sich ihre Vorräte befanden.

Gegen Mittag tauchten die erwarteten Probleme in Gestalt eines einsamen, fellbekleideten Mutantenkriegers auf, der sich, als er Cadillac und Clearwater sah, die etwa hundert Meter vor Steve, Jodi und Kelso hergingen, aus einer Bodensenke erhob und anhielt.

Alle erstarrten — der Mutant eingeschlossen. Er trug eine Armbrust. Steve schätzte die zwischen ihnen liegende Entfernung und kam zu dem Schluß, daß er nicht viel tun konnte. Der Krieger war ein paar hundert Meter von seinem Standort entfernt — es war sogar für Cadillac zu weit, um ihn mit einer Handwaffe zu erledigen. Und es hätte auch wenig Sinn gehabt, da sich nun noch mehr fellbekleidete Mutanten in der Umgebung des ersten aus dem Schnee erhoben.

»Scheiiiße!« sagte Jodi leise. »Was, zum Henker, sollen wir jetzt machen?«

»Bleib ruhig und fang an zu zählen«, sagte Steve. Es waren dreißig — fünf Hände voll —, und sie breiteten sich in einer langen Reihe aus, die hinter Steves rechter Schulter begann, sich dann an Cadillac und Clearwater vorbeizog und den vor ihnen befindlichen Weg versperrte. Knapp ein Drittel der Mutanten war mit Armbrüsten ausgestattet; der Rest war mit einer Mischung aus Morgensternen und Klingenspeeren bewaffnet. Ohne einen raschen Eingriff Talismans machte die Präsenz derart vieler Schützen außerhalb der Reichweite ihrer Waffen den Kampf zu einem Wagnis, dessen Ausgang jeder kannte.

Steve und Jodi schauten mit angehaltenem Atem zu, als Clearwater die rechte Hand hob und das traditionelle Grußzeichen machte. Im gleichen Moment zückte Cadillac die dickläufige Pistole, die er aus dem Überlebenssatz des Himmelsreiters genommen hatte und feuerte eine weiße Signalrakete senkrecht in die Luft.

»Waaaaahh!!« Der zischende Mutantenschrei, der Erstaunen, Ehrfurcht und Bewunderung ausdrückte, brach aus den Kehlen der Krieger, als sie den strahlenden Feuerball etwa sechzig Meter hoch aufsteigen sahen, bevor er sich über ihnen krümmte und hinter ihnen zu Boden fiel. Er hinterließ eine Rauchfahne, die seinen Weg durch die Luft markierte.

Sie war das Äquivalent des ›weißen Pfeils‹, des Armbrustbolzens, der einen schwelenden, trockenen Grashalm in die Luft hob, als Signal, daß der Jäger oder die Gejagten verhandeln wollten.

Nach einem spannungsgeladenen Augenblick, in dem niemand aus den Reihen der Mutanten sich rührte, hockten sich vier Krieger in der Mitte zusammen hin. Dann hoben sie die rechten Arme und erwiderten Clearwaters Gruß. Darauf gab es eine zweite, längere Diskussion zwischen dem Anführer der Mutantenpatrouille und Cadillac. Anhand ihres oftmaligen Nickens konnte man schließen, daß sie zu einer Vereinbarung gekommen waren. Steve beäugte Jodi und stieß einen heiseren Seufzer aus.

Ein eiliges Tap-Tap richtete ihre Aufmerksamkeit auf

Kelso, dessen Lukenschlitten zwischen ihnen lag. Er klopfte mit den Knöcheln der linken Hand auf die Innenseite der Perspex-Haube, die ihn von Kopf bis zur Hüfte einhüllte. Jodi hockte sich neben ihn.

»Was ist, Dave?«

»Nehmt die Decke runter und gebt mir 'ne Plempe.« Er stieß die Worte in einem heiseren, gedämpften Flüstern hervor.

»Bist du verrückt? Wozu?«

»Was für 'ne dämliche Frage! Wenn die verdammten Scheißrüben uns einmachen, will ich wenigstens einen mitnehmen!«

Jodi reagierte mit einem wütenden Keuchen, dann klatschte sie die Haube wieder über Kelsos Gesicht. »Tust du uns allen einen Gefallen, Dave? Schlaf einfach wieder ein!«

Jodi stand auf und sah, daß Cadillac durch den Schnee auf sie zustapfte. Er trug nun beide Rucksäcke. Clearwater war noch immer in ein Gespräch mit den vier Anführern der Patrouille vertieft.

Cadillac reichte Jodi Clearwaters Gepäck und überließ Steve sein eigenes. »Ich möchte zwar nicht allzu optimistisch klingen, aber es könnte sein, daß wir Glück gehabt haben. Ich hatte Angst, wir könnten einem D'Troit-Clan über den Weg laufen, aber die Burschen gehören zu den M'Waukees. Mutige Kerle, gehören zum Kojak-Clan.«

»Sind die M'Waukees nicht mit den She-Kargo-Mutanten befreundet?«

Cadillac reagierte auf Steves Frage mit einem fast väterlichen Lächeln. »Das ist etwas sehr vereinfacht. Selbst Clans der gleichen Abstammungslinie töten einander, um ihre Jagdgründe zu schützen. Sagen wir einfach, daß sie die She-Kargo etwas weniger hassen als die D'Troit.«

»Bombig ...« Steve schaute Jodi an. »Und wie stehen wir nun da?«

»Lebendig. Im Moment wenigstens noch.«

Jodi beobachtete die reglose Reihe der Mutanten. Daß sie einander nicht mit kriegerischem Geheul aufschaukelten, schien die Situation noch bedrohlicher zu machen. Sie stupste Steve an. »Da steige ich nicht durch. Normalerweise müßten die Kerle über uns herfallen. Haben sie etwa Angst vor Leuchtpistolen?«

»Nein. Es muß an etwas liegen, das er gesagt hat.« Steve wandte sich an Cadillac. »Was hast du getan? Sie mit einer flammenden Rede beeindruckt?«

»Ganz im Gegenteil. Das, was *sie* gesagt haben, hat mich umgehauen.« Cadillac schaute über die Schulter auf Clearwater, dann wanderte sein Blick langsam über die Mutantenreihen und kehrte wieder zu Steve und Jodi zurück. »Wir sind deswegen nicht tot, weil sie uns für etwas Besonderes halten.«

»Besonderes ...?«

»Ja. Sie haben uns erwartet.« Als Cadillac den verwirrten Blick sah, den Steve und Jodi tauschten, setzte er zu einer Erklärung an. »Die Kojaks haben einen Wortschmied wie Mr. Snow. Er ist zwar Hüter der Talisman-Prophezeiung, aber er hat außerdem eine andere jahrhundertealte Vorhersage am Leben erhalten, die — es ist kaum zu glauben — offenbar uns betrifft. Sie ist sehr eigenartig ...«

Steve platzte der Kragen. »Herrjeh, Caddy, erspar uns die Spannung! Wir wissen den Aufbau ja zu schätzen, aber es ist jetzt weder der richtige Ort noch die richtige Zeit. Erzähl uns bloß die Pointe.«

»Okay. Hört zu! Abgesehen davon, daß er Talismans Lehren verbreitet, hat der Wortschmied den Burschen vor Jahren erzählt, daß eines Tages ... eine kleine Gruppe des Prärievolkes — die Auserwählten — im Bauch von Eisenvögeln aus dem Osten heranfliegen werden ...«

»Das glaube ich nicht ...«

»Sei still, ich bin noch nicht fertig! — Und daß ihre

Ankunft die Geburt Talismans und die Rückkehr der Verlorenen ankündigt ... der Mutanten, die in Ne-Issan festgehalten werden.«

»Ach so«, sagte Steve nachdenklich. »Deswegen haben sie uns nicht umgebracht.« Er schaute Jodi an. »Was hältst du davon?«

Bevor sie den Mund aufmachen konnte, fiel Cadillac ein. »Christoph! Was für eine dumme Frage! Es ist doch nur wichtig, was *sie* denken! Wenn sie glauben, daß wir die ›Auserwählten‹ sind, warum sollen wir ihnen die Illusion nehmen? Spielen wir doch einfach mit. Wer weiß es schließlich schon? Vielleicht stimmt es sogar.«

»Es könnte sein«, gab Steve zu. »Wenn man das Zeug glaubt.« Er blickte auf die reglosen Krieger. »Hast du ihnen erzählt, daß wir aus Ne-Issan hierhergeflogen sind?«

»Nein.«

»Und wieso wissen sie dann von den ›Eisenvögeln‹?«

»Auf die gleiche Weise, auf die das Prärievolk schon Jahrhunderte zuvor von den Wolkenkriegern, Eisenschlangen und Wagenzügen wußte — bevor sie aus den südlichen Wüsten auftauchten. Es ist die Magie der Prophezeiung.«

»Yeah ...«

Jodi, die ihrem Gespräch mit zunehmender Verwirrung gefolgt war, sagte: »Hättet ihr etwas dagegen, mir zu erzählen, um was es bei diesem Eisenvogel-Scheiß überhaupt geht? Und wer oder was ist Talisman?«

Steve wiegelte ab. »Ein anderes Mal, Jodi. — Und was machen wir jetzt?«

Cadillac lächelte. »Tja, im Augenblick geht ihr drei nirgendwo hin. Wir können nicht riskieren, daß Kelso die Klappe aufmacht.«

»Amen«, sagte Jodi.

»Sie wollten uns eigentlich alle zu ihrer Siedlung mitnehmen, damit ihr Wortschmied uns befragen kann, aber ich habe ihnen erzählt, unser ›Blutsbruder‹ hätte sich eine Krankheit zugezogen, die es nur im Land der Totgesichter gibt. Und bis es ihm besser geht, sollte er nicht in die Siedlung gebracht werden. Ich habe ihnen erklärt, daß sie nicht ansteckend ist und daß nur kleinere Kinder und ältere Leute in Gefahr geraten.«

»Hübsch. Dann bleiben wir also hier, und ihr geht ...«

Steve schaute Jodi an. Seine Brauen formten eine stumme Frage.

»Von mir aus ist es okay, Steve. Clearwater hat uns zwar alle herrlich angemalt, aber selbst wenn Dave die Klappe hält, weiß keiner von uns, wie es ausgeht. Du kannst vielleicht damit fertig werden, aber sie brauchen sicher nicht lange, um zu erkennen, daß *wir* tatsächlich nicht der wahre Jakob sind.«

»Yeah, du hast recht.« Steve schlug seine pelzbesetzten Hände gegeneinander. »Okay — und wie geht es nun weiter?«

»Sie bringen Clearwater und mich in ihr Lager, damit wir ihren Wortschmied kennenlernen. Deswegen lasse ich die Rucksäcke hier.«

»Und was sollen wir hier machen?« fragte Jodi. »Ein Lager aufschlagen?«

»Ja. Es dürfte keine Schwierigkeiten geben. Wir sind in ihrem Jagdgebiet.« Cadillac sah sich schnell in der Umgebung um und deutete auf ein in der Nähe stehendes, hohes Kiefernwäldchen, dessen untere Äste unter dem Gewicht angesammelten Schnees durchgesackt waren. »Das sieht nach einem guten Platz aus. Warum schaut ihr ihn euch nicht mal an?«

»Machen wir«, sagte Steve und fühlte sich deutlich überlegen. »Wohin bringen sie euch?«

»Das haben sie nicht genau gesagt. Irgendwo nördlich von hier.«

»Kannst du uns denn sagen, wann ihr zurückkommt?«

»Nein. Aber die Burschen reisen mit leichtem Gepäck.

Das bedeutet, daß ihr Lager nicht weit sein kann. Ich schätze, daß wir in ein paar Tagen wieder hier sind.«

»Oder nie«, sagte Jodi.

Cadillac antwortete mit einem philosophischen Achselzucken. »Es kommt darauf an, wie wir mit ihrem Wortschmied auskommen. Wenn wir ihn davon überzeugen können, daß wir echt sind, bietet man uns für den Rest des Winters vielleicht ein warmes Bett und freies Essen an.«

Steve nahm das Szenario mit einem nachdenklichen Nicken auf. »Das bedeutet, daß ihr versorgt seid, und Jodi und ich vielleicht halbwegs. Aber Kelso muß in der Kälte bleiben — oder kann seine ›Krankheit‹ plötzlich auf magische Weise geheilt werden?«

»Sei realistisch, Brickman. Wir wissen beide, daß es nur eine Heilung für Kelso gibt, und zwar ...«

»Moment mal!«

Cadillac fuhr Jodi an. »Nein! Jetzt hörst *du* mal zu! Ohne mich und Clearwater ist euer Leben nämlich einen Scheißdreck wert! Selbst wenn Mr. Snow jetzt hier wäre, könnte er Kelso nicht wieder zusammenflicken. Er braucht einen Chirurgen — und damit können nur eure Leute fertig werden ...«

»Aber ...«

»Hör zu! Ich werde nicht darüber diskutieren. Kelso ist *euer* Problem — und ihr habt zwei Tage, um euch auszudenken, wie ihr damit fertig werden wollt!«

»Du elender Beulenscheißhaufen!« Jodi fuhr Cadillac an die Kehle.

Als Steve sich zwischen das kämpfende Paar warf, sah er, daß Clearwater auf sie zulief. Er lenkte Jodis Hand ab, bevor sie Schaden anrichten konnte. »Beruhige dich! Christoph Columbus! Was hast du denn vor? Willst du uns alle in Teufels Küche bringen?«

Jodi fauchte Steve an; ihre Augen flammten. »Ich lasse nicht zu, daß ihr ihn umbringt!«

»Halt die Schnauze!« zischte Cadillac. »Ich sage es

zum letzten Mal.« Seine Stimme wurde noch leiser. »Die einzige Chance, die wir haben, lebend hier rauszukommen, besteht darin, daß wir so tun, als wenn wir die wären, die man in uns sieht. Das bedeutet, wir müssen euch beide als Präriemutanten verkaufen. Und *das* wiederum bedeutet ...« — er zeigte mit dem Finger auf Jodi —, »daß *du* dich auch so aufführst! Für das Präerievolk ist der Tod nur ein Bestandteil eines fortwährenden Existenzkreislaufs. Wenn ein Krieger schwer verwundet ist ...«

»Ach ja? Nun, dann mußt du auch mich beiseite schaffen!«

Cadillac winkte geringschätzig ab. »Mir reicht's. Ich habe genug. Kümmer du dich darum, Brickman.« Als Clearwater sie erreichte und ängstlich bedacht war, zu erfahren, worüber sie sich stritten, drehte er sich um und setzte sie ins Bild.

Clearwater bemühte sich, sie zu beruhigen.

»Jodi, bitte, ich weiß, wie dir wegen Kelso zumute ist, aber du verlängerst seine Agonie doch nur. Wenn du mich nur erklären lassen würdest ...«

»Ich *will* keine Erklärungen hören!« schrie Jodi. »Ihr beide könnt mich am Arsch lecken!«

Steve rang mit ihr, als sie sich loszureißen versuchte. »Jodi, Herrgott! Schrei doch nicht so!«

Cadillac schritt zielgerichtet aus, um sich wieder zu den Führern der Mutantenpatrouille zu gesellen. Auf halbem Weg schaute er zurück und rief Clearwater mit einer herrischen Geste zu sich. Clearwater signalisierte ihm, Geduld zu haben. Sie wollte nicht gehen, ehe Steve und Jodi ihren Streit beendet hatten.

»Ich meine es ernst, Brickman. Ich lasse es nicht zu.«

»Hör mal! Niemand wird Dave töten. Ich verspreche es! Ich bin in dieser Sache auf deiner Seite. Wir kriegen es schon irgendwie hin, klar?«

»Wenn du es sagst.« Sie hörte auf, aber sie zitterte noch immer vor Verärgerung am ganzen Körper.

»Gut. Und jetzt sei still und kühl dich ab. Teufel noch mal … Nach allem, was wir durchgemacht haben … Es wäre blöd, jetzt alles kaputtzumachen.«

Jodi schaute ihn und Clearwater wütend an. »Ja, das wäre es wohl, nicht?« Sie kniete sich neben Kelso, um ihn zu untersuchen. Er war wieder eingeschlafen.

Clearwater zog Steve beiseite. »Kommt sie wieder in Ordnung?«

»Yeah. Kein Problem. Ich mache mir Sorgen um *dich*. Manchmal kannst du kaum ein Bein vor das andere stellen. Kannst du mit dieser Sache fertig werden?«

Sie legte eine Hand auf seinen Arm. »Mach dir keine Sorgen um mich. ›Mutanten kennen keinen Schmerz‹ – sagt man es nicht so?« Sie blickte ihn mit verschleiertem Blick an. »Ich möchte euch nicht verlassen, aber ich muß mit Cadillac gehen. Du verstehst doch, warum, nicht wahr?«

»Sicher. Paß auf dich auf. Auf ihn *und* dich.«

»Wir sind bald zurück. Ich verspreche es.«

»Ich nehme dich beim Wort.« Steve trat zurück und machte eine Geste. »Du solltest dich lieber beeilen. Dein Herr und Meister wird schon ungeduldig.«

Während sechs Kojak-Krieger vor ihnen herliefen und sie in die Mitte nahmen, eilten Cadillac und Clearwater durch den Schnee, ohne einen Blick zurückzuwerfen. Steve schaute ihnen zu, bis sie hinter einer Bodenwelle verschwanden. Dann sah er Jodi an.

»Cadillac hat recht«, sagte sie und schulterte einen Rucksack. »Es hat keinen Sinn, darüber zu streiten. Einer mehr oder weniger … Was macht es schon aus? So denken die Beulenköpfe nun mal.« Sie richtete sich auf und sah Steve in die Augen. »Ich nehme an, das ist eben der Unterschied zwischen ihnen und uns. Wahrscheinlich macht es uns zu den Guten und sie zu den Bösen.«

»So einfach ist es nicht, Jodi.«

Sie stieß ein spöttisches Lachen aus. »Nein. Bei dir ist

es nie so einfach. Aber du bist ja auch keiner mehr von *uns*, nicht wahr?«

Sie hoben das Seil von Kelsos Schlitten auf und stapften auf das Wäldchen zu. Beide sprachen lange Zeit kein Wort.

Von Gus White angeführt, stiegen die vier Himmelsfalken in eine Höhe von 1600 Metern auf und flogen dann auf Parallelkurs nach Osten, wobei jeder Pilot Sichtkontakt mit seinem Nachbarn hielt. Etwa vierzig Minuten nach dem Start überquerte die Patrouille den Mississippi, eine klecksige graue Linie, die sich durch die schneebedeckte Landschaft schlängelte wie das erste ziellose Gekritzel eines kleinen Kindes auf einem jungfräulich weißen Blatt.

Eine Stunde später sichtete der nördlichste Flieger das untere Ende des Michigansees. Er sah den Großen See zum ersten Mal. Weder er noch seine Gefährten hatten je zuvor soviel Wasser gesehen. Im Zentrum der gekrümmten Uferlinie zwischen Izo Watanabes Basis bei Benton Harbor und der legendären Regenbogeneisstadt, in der die She-Kargo-Mutanten entstanden waren, lag der Bezugspunkt Gary, Indiana.

Auf dem Kartentisch, um den sich alle Flieger versammelt hatten, um sich von Flugeinsatzleiter Baxter einweisen zu lassen, lag der Bezugspunkt Gary auf halbem Weg entlang am oberen Rand eines dunklen Dreiecks, das am Boden fünfundzwanzig Quadratkilometer umfaßte. Dieses war das primäre Suchgebiet. Irgendwo dort lagen die beiden Himmelsreiter — entweder am Stück oder in Fetzen. Die erste Aufgabe der von der *Lady* aus gestarteten Luftpatrouillen bestand darin, herauszufinden, wo die Maschinen zu Boden gegangen waren. Wenn sie das getan hatten, sollten sie das Schicksal der fünf Menschen klären, die, wie man wußte, an Bord gewesen waren. Falls sie nicht tot in den Wracks lagen, mußte man davon ausgehen, daß sie lebten und sich wahrscheinlich zu Fuß nach Westen durchschlugen. Wenn dies so war, war es erforderlich, daß die Flugabteilung größte Anstrengungen unternahm, um den gegenwärtigen Aufenthaltsort der Gesuchten auszumachen und bei ihrer Rettung mitzuwirken.

Dies war der Grund, hatte Baxter erklärt, weshalb die Ingenieure während der Reise nach Norden anhand von Plänen, die man ihnen aus Houston/HZ übermittelt hatte, die Maschinen mit Kufen ausgerüstet hatten, die es den Himmelsfalken erlaubten, im Schnee zu starten und zu landen.

Gus White hatte die Frage gestellt, die jedermann auf der Seele brannte. »Arbeiten wir in diesem Fall unter Zeitbegrenzung, Sir?«

»Nein«, hatte Baxter erwidert. »Wir bleiben so lange hier, wie nötig.«

Das klang bedenklich. Da eigentlich niemand hier sein wollte, bedeutete es, daß der Rest der Mannschaft ihnen ständig im Rücken liegen und sie unter Druck setzen würde, ihrer Arbeit nachzugehen, damit zum Neuen Jahr alle rechtzeitig wieder zu Hause sein konnten.

Aber das war noch nicht alles. Baxter hatte die Einweisung der Piloten mit einem weiteren Anziehen der Daumenschrauben beendet. Wenn sich die Flieger im Suchgebiet und auf dem Hin- und Rückkurs befanden, sollten sie außerdem die Position und Größe jeder beliebigen Mutantensiedlung aufzeichnen und sich Notizen über die Oberwelt-Aktivitäten ihrer Bewohner machen. Doch sie sollten unter keinen — und noch einmal: unter *keinen* — Umständen irgendwelche Bodenziele angreifen, nicht einmal dann, wenn sie vom Boden aus unter Beschuß genommen wurden, ohne vorher eine ausdrückliche Genehmigung von Hartmann persönlich erhalten zu haben. Die einzige Situation, die den Einsatz von Waffen *eventuell* sanktionierte, war Feuerschutz bei einer Landung, um das identifizierte Wrack zu untersuchen oder Überlebende zu bergen.

Au weia ... Vielen Dank auch, Sir ...

Baxter, dem die aufsässigen Untertöne seiner zehn Piloten nicht verborgen blieben, stellte zwar insgeheim die Klugheit der ›nicht-aggressiven‹ Patrouillen in Frage, erfuhr aber auch nicht mehr von Hartmann. Der Wagenzug-Kommandant teilte zwar seine Vorbehalte, doch CINC-TRAIN, das aufgrund von Befehlen handelte, die wiederum aus dem Oval Office kamen, hatte ihm klare und präzise Instruktionen gegeben. Karlstrom, der Unternehmensdirektor der AMEXICO, agierte zwar als Einsatzleiter bei der Suche nach Steve und seinen Gefährten, doch die Nachrichten waren mit dem Zeichen ›Adler Eins‹ versehen, dem Codenamen des General-Präsidenten. Das Akronym AMEXICO tauchte nie auf Monitorschirmen oder in Texten auf, und diese ›Unsichtbarkeit‹ war mit ein Grund, weshalb die Existenz der Organisation im Laufe der Jahrhunderte vor allen — außer ein paar Auserwählten — geheimgehalten werden konnte.

Von dem Augenblick an, in dem Kelso das heimliche Mayday-Signal gesendet und die Organisation über das informiert hatte, was bei Long Point geschehen war, hatte das ausgeklügelte Abfangsystem der AMEXICO sämtliche Funkfrequenzen abgehorcht, die die gestohlenen Himmelsreiter benutzt hatten.

Während des kurzen Wortwechsels mit Kelso über die dort operierende fliegende Nachrichteneinheit hatte man keine Zeit gehabt, sich nach dem Treibstoffvorrat der beiden Maschinen zu erkundigen. Man hatte Kelso instruiert, einen Maschinenschaden vorzutäuschen, damit er eine stichhaltige Entschuldigung hatte, um den Kurs zu ändern und um den Michigansee herum — statt ihn zu überfliegen. Solange Cadillac im Frachtraum eingeschlossen war, hatte Brickman keine andere Wahl, als ihm zu folgen. Es hing zwar eine Menge davon ab, wie gut Kelso es schaffte, die Ereignisse zu manipulieren, aber er sollte den Versuch wagen, in Iowa, so nahe wie möglich am Mississippi zu landen.

Erst bei der erneuten Kontaktaufnahme mit Long Point hatte Karlstrom erfahren, daß die Maschinen ohne aufzutanken wieder gestartet waren. Inzwischen war es nicht mehr möglich, Kelso anzusprechen und die Arrangements zu modifizieren, ohne das Risiko einzugehen, seine Tarnung auffliegen zu lassen.

Die rasch leerer werdenden Treibstofftanks hatten ihm zwar eine noch bessere Entschuldigung für eine Kursänderung geliefert, doch die Himmelsreiter waren in einem Schneesturm zur Landung gezwungen worden, und zwar etwa dreihundertzwanzig Kilometer von der Stelle entfernt, die Karlstrom ausgewählt hatte. Zwar hatte man die hitzige Diskussion zwischen Steve, Jodi und Kelso über ihre mißliche Lage aufgezeichnet, doch da sie zu früh gestartet waren, hatte die Nachrichteneinheit der AMEXICO keine Möglichkeit gehabt, eine genaue Peilung der Stelle vorzunehmen, an der sie gelandet waren. Und seither hatte man nichts mehr von ihnen gehört.

Nun, fast zwei Wochen später, war Karlstrom nicht darüber im Bilde, daß Kelso, der Mann, auf den er zählte, um auf dem laufenden zu bleiben, mit gebrochenen Knochen auf einen selbstgebastelten Schlitten geschnallt lag, und das kleine, doch starke Walkie-Talkie, das er mit so guter Wirkung in Long Point eingesetzt hatte, zermalmt worden war, als er seinen Himmelsreiter um den unnachgiebigen Stamm einer dicken Kiefer gewickelt hatte.

Trotz Brickmans Handlung gegen seine Agentenkollegen bei Long Point hatte Karlstrom sich dagegen entschieden, weitere Mexikaner ins Feld zu schicken. Die ersten drei waren nur zeitweise kampfunfähig gemacht worden, doch wäre Brickmans Versuch fehlgeschlagen, die Maschinen zu stehlen, hätten die Konsequenzen viel schlimmer ausfallen können — vielleicht sogar tödlich.

Als Brickman Side-Winders Hilfe gesucht hatte, um mit Cadillac und Clearwater zusammen aus Ne-Issan zu entfliehen, hatte er von dem Vorhaben gesprochen, nach Wyoming zu gehen, um sein drittes ›Ziel‹ festzunehmen: Mr. Snow — den stärksten Rufer, den die Erste Familie kannte. Wenn es stimmte, daß Brickman *nur so tat,* als habe er die Seiten gewechselt, konnte Karlstrom eine Situation vorhersehen, in der Brickman, um seine Glaubwürdigkeit als verläßlicher Verbündeter des M'Call-Clans zurückzugewinnen, unter Umständen verpflichtet war, noch drastischere Maßnahmen gegen alle weiteren Versuche der AMEXICO einzuleiten, Cadillac und Clearwater zu entführen, bevor er bereit war, sie abzuliefern. Vielleicht bedurfte der von ihm ausgearbeitete Plan die Gegenwart Cadillacs und Clearwaters als Köder, um Mr. Snow in die Falle zu locken ...

Nun denn. Wenn Brickman glaubte, er könnte einen Trick abziehen, lag im Vergeuden hochqualifizierter Männer, die man anderswo viel wirtschaftlicher einsetzen konnte, kein Sinn. Es war weitaus besser, ihm Leine zu geben. Solange er die Ware lieferte, was machte es da schon aus, wenn er selbst am Galgen endete? Deswegen hatte Karlstrom, der sich damit schmeichelte, daß seine Verschlagenheit der Steves weit überlegen war, die *Louisiana Lady* ausgesucht, um in diesem Gebiet eine Suchaktion durchzuführen.

Da es Brickman und seinen Freunden an der notwendigen Kleidung und Ausrüstung mangelte, um im tiefsten Winter einen Landmarsch durchzustehen, plante er vielleicht insgeheim, ihn allein zu machen. Wenn man die Nachricht korrekt empfangen hatte, konnte man schnell und diskret für Beistand sorgen.

Doch auch wenn man Opferlämmer brauchte, konnte man sie besorgen — aus den Reihen der Mannschaft der *Lady.*

Die ganze Operation basierte auf der Annahme, daß die Hauptakteure die Notlandung und die sich daran anschließenden Gefahren überlebt hatten. Aufgrund seiner täglichen Begegnungen mit Roz Brickman, Steves geistiger Blutsschwester, war Karlstrom davon überzeugt, daß sie überlebt hatten. Es war also, unvorhergesehene Katastrophen außer acht gelassen, nur eine Frage der Zeit, bis Steve und Jodi Kazan ihre alten Kampfgefährten wiedersahen. Ja ... Es mußte sich als interessanter Test des Ausmaßes *seiner* Falschheit und *ihrer* Loyalität erweisen.

Als sie mit ihrer Kriegereskorte nach Norden zogen, sah Cadillac zwei der patrouillierenden Himmelsfalken über sich. Die Krieger hielten für eine kurze Weile an und stierten mit offenem Mund auf die ›Donnerkeile‹. Mehrere Männer luden ihre Armbrüste, doch Cadillac riet ihnen durch ihren Anführer, keinen der kostbaren Bolzen zu vergeuden. Die Maschinen waren zu hoch, als daß man ihre Hüllen, selbst mit einem wohlgezielten Schuß, hätte durchdringen können.

Durch ihre Begegnungen am Handelsposten wußte der Kojak-Clan zwar von den Maschinen und war sich bewußt, daß ihr Erscheinen in der Regel die Anwesenheit einer gefürchteten Eisenschlange ankündigte, doch bis zu diesem Augenblick war noch kein Donnerkeil östlich des Mississippi aufgetaucht. Das allein war schon erstaunlich genug, aber was taten diese Leute während des Weißen Todes hier? Die mächtigsten Clans der She-Kargo hatten behauptet, die Eisenschlangen kehrten am Ende des Gilbens stets wieder zu ihren Höhlen zurück und verkröchen sich in ihren südlichen Nestern.

Death Leopard, der Anführer der Patrouille, gab der Marschsäule mit einer Geste zu verstehen, sie solle weitergehen. Clearwater, wortkarg, doch ohne sich zu beschweren, hielt mit den anderen Schritt, indem sie die Geisteskraft einsetzte, über die jeder Mutant verfügte, um den Schmerz ihrer schlimm verschrammten Knie abzublocken. Der neben ihr laufende Cadillac war erfreut, als er entdeckte, daß er trotz mangelnder Übung nicht kurzatmig wurde.

Er warf von Zeit zu Zeit einen Blick nach oben und sah, daß die beiden Flugzeuge den gleichen Kurs nach Osten beibehielten — bis sie zu winzigen Pünktchen wurden, die das grenzenlose Blau bald verschluckte. Er glaubte zwar zu wissen, weswegen sie hier waren, aber jetzt war nicht der Augenblick, um über derlei Dinge zu reden.

Während des Fluges ins Suchgebiet erblickte Gus Whites Patrouille eine Handvoll Siedlungen und eine Anzahl von Bodenbewegungen. Alle vier Piloten hätten am liebsten ein Tieffluggeballer veranstaltet, doch die Kunststoff-Mündungskappen ihrer Bug-MGs waren zugeklebt worden, was bedeutete, daß man jeden erwischen würde, der gegen den Befehl, nicht zu schießen, verstieß.

Da es Gus nicht gelang, innerhalb der ihnen zugestandenen Zeit eine Spur der abgestürzten Himmelsreiter zu finden, befahl er den anderen, zur *Lady* zurückzufliegen, und setzte die Suche allein fort, bis er kaum noch genug Treibstoff für den Heimflug hatte. Er hatte insgeheim gehofft, eine oder gar beide Maschinen auszumachen und damit ein Lob für sich einzuheimsen, statt sich mit den anderen darüber zu streiten, wer zuerst was gesehen hatte. Zwar sollte er in dieser Hinsicht enttäuscht werden, doch er wendete in dem karrierefördernden Wissen, daß seine zusätzliche Anstrengung von den Hohen Tieren nicht unbemerkt bleiben würde.

Er flog auf dem Funkstrahl der *Lady,* ging in den Sinkflug über und hielt bei siebzehnhundert Metern geraden Kurs, um einen näheren Blick auf das zu werfen, was unter ihm lag.

Sobald Kelsos Trage unter den dichtstehenden Pinien stand, ließ Steve ihn in Jodis Obhut und ging in der Hoffnung, etwas Frischfleisch zu erlegen, mit mehreren Handfeuerwaffen ins Freie. Seit sie sich an der Oberwelt aufhielten, hatten auch Jodi und Kelso den Ekel überwunden, den alle Wagner verspürten, wenn sie etwas *Echtes* essen mußten. Es war nicht leicht für einen Menschen, der mit synthetischer Sojabohnenpampe aufgezogen worden war.

Steve hatte versprochen, in einer Stunde wieder da zu sein, doch es vergingen beinahe zwei, ehe Jodi ihn durch das Fernglas ausmachte, das sie verwendete, um die umliegende Landschaft abzusuchen. In ihre Erleichterung über seine Rückkehr mischte sich Enttäuschung, als sie sah, daß er mit leeren Händen kam.

Sie ging ihm entgegen. »Es war wohl wieder einer dieser Tage, was?«

»Yeah.« Steve rieb seinen verletzten Schenkel. »Ich habe zwar ein paar Tiere gesehen, aber entweder waren sie zu schnell auf den Beinen oder zu weit entfernt.«

»Macht nichts, wir können ja immer noch ...« Jodi hielt inne, als sich Steves Aufmerksamkeit auf etwas am Himmel richtete.

Als sie seinem Blick folgte, sah sie den blaugrauen Fleck und richtete das Fernglas auf ihn. Es war eine geradflügelige Flugmaschine. Sie war im Standardblau der Föderation bemalt und hielt geradewegs auf sie zu.

Als Jodi die weißen Flügelspitzenmarkierungen erblickte, keuchte sie: »Ich glaub's nicht! Steve! Schau mal! Es kommt von der *Lady!*«

Vor ihrer unfreiwilligen Trennung vom Wagenzug während der Schlacht am Dann und Wann-Fluß hatte Jodi fünf Jahre lang zur Mannschaft der *Lady* gehört und war bis zur Abteilungschefin aufgestiegen. »Christoph! Was für ein Glück! Ist dir klar, was das bedeutet?«

Steve, der nur knapp drei Monate auf der *Lady* gedient hatte, bevor man ihn abgeschossen hatte, teilte ihre plötzliche Nostalgie nicht. Er warf einen kurzen Blick durch das Fernglas. »Yeah. Ich kann dir sogar genau sagen, was es bedeutet: Die Maschine da oben gehört zu den neuen Himmelsfalken-Modellen, von denen ich dir erzählt habe. Wir schauen genau in die Mündung eines sechsläufigen Maschinengewehrs!«

Sie schien es irgendwie nicht zu verstehen. »Na und? Verstehst du denn nicht? Es verändert alles!«

»Da hast du recht. Jetzt sind wir in noch größeren Schwierigkeiten als vorher.« Steve zog Jodi unter die Deckung der Kiefern, zwischen denen sie ihr Lager aufgeschlagen hatten.

Kelsos improvisierte Trage stand auf der anderen Seite des Biwaks. Er hatte das Gesicht abgewandt und schien zu schlafen. Steve drehte sich erneut zu Jodi um, sank auf die Knie und zog sie mit sich nach hinten. Als er ihr Handgelenk losließ, legte er warnend einen Finger an die Lippen. »Beruhige dich, ja? Ich sehe dir an, daß dein Gehirn Überstunden macht. Ich weiß zwar nicht, was du auskochst, aber wenn es das ist, was ich glaube, solltest du es sofort wieder vergessen!«

Jodi packte mit beiden Händen seinen linken Unterarm und schüttelte ihn aufgeregt. »Hör zu! Wenn Hartmann und Big D noch an Bord sind, *haben* wir keine Schwierigkeiten! Wenn ich mit ihnen in Verbindung treten und an Bord zurückkehren kann, kann ich auch erklären, was mir passiert ist!«

»Und?«

»Brickman! Ich habe fünf Touren mit den beiden Kerlen gemacht! Wenn sie für mich bürgen, habe ich eine größere Chance, daß der Beraterausschuß mich fair behandelt! Ich könnte wieder Dienst tun!«

»Daß du *das* denkst, wollen sie doch gerade«, sagte Steve. »Um Christophs willen, Jodi! Die Föderation hat mindestens zwanzig Wagenzüge an der Oberwelt. Glaubst du, es ist ein *Zufall*, daß diese Maschine da von der *Lady* stammt?«

Jodis Erregung hatte sich rasch gelegt. »Es ist meines Wissens das erste Mal, daß ein Wagenzug um diese Jahreszeit eine offensive Säuberungsaktion durchführt. Aber davon abgesehen kommt mir die Tatsache, daß die *Lady* hier draußen herumsucht, nicht sonderlich bedrohlich vor.«

»Wirklich nicht? Was glaubst du denn, was sie hier machen?«

»Mutanten jagen, was denn sonst? Du hast doch selbst gesehen, daß es von ihnen hier nur so wimmelt.«

»Also bitte, Jodi! Ich hätte dir mehr zugetraut. Der Bursche da oben sucht *uns!*«

»Wie kommst du denn darauf?«

»Was ist bloß mit dir los? Hat der Frost dein Hirn lahmgelegt? Als dieser Affe namens Side-Winder aufgewacht ist und festgestellt hat, daß wir weg waren, da hat er auch gewußt, in welche Richtung wir abgehaut sind ...«

»Wieso?«

»Weil ich Trottel es ihm erzählt habe! Und die beiden Piloten wissen genau, wie weit wir mit dem Sprit gekommen sind, der noch in den Tanks war!« Steve schüttelte den Kopf und fluchte mit zusammengebissenen Zähnen. »Wir hätten diese Lumpen erschießen sollen ...« Sein Blick wurde härter. »Kelso hat es auch gewollt, aber ...«

»Ich weiß, ich habe ihn daran gehindert.«

»Das war ein großer Fehler. Aber der Trottel-Preis gebührt mir trotzdem. Wir hätten die Himmelsreiter verbrennen sollen, statt sie einfach wie ein paar Grenzpfosten stehen zu lassen.«

»Ohne die dazugehörigen Leichen hätten sie niemanden lange genarrt. Und obwohl ich noch nie etwas geflogen habe, das nicht von Batterien angetrieben wird, schätze ich, daß sie mit leeren Benzintanks nur dann Feuer gefangen hätten, wenn wir sie mit Fackeln bearbeitet hätten.«

»Nein ... Du hast recht«, murmelte Steve. »Unter dem Schnee ist das, was noch von ihnen übrig ist, viel schwerer zu finden. Wenn sie die Maschinen erst mal gefunden haben — vielleicht haben sie das schon —, wissen sie, daß wir hier draußen sind. Heute haben wir zwar nur einen gesichtet, aber sie haben bestimmt die ganze Flugabteilung in diesem Gebiet eingesetzt.«

»Glaubst du, er hat uns gesehen?«

»Schwer zu sagen. Hier draußen gibt es haufenweise Spuren — von uns und von den Kojaks. Aber es spielt keine Rolle, weil man uns nur dann ausmachen kann, wenn jemand einen riesigen Pfeil aufstellt, der auf uns zeigt.«

»Glaubst du nicht, daß sie zurückkommen? Die Flugzeuge, meine ich.«

»Yeah. Ziemlich sicher. Ich vermute es zwar nur, aber angesichts der Tageszeit und der Tatsache, daß die Maschine nach Westen geflogen ist, würde ich sagen, daß sie wahrscheinlich auf dem Rückweg war. Wo, glaubst du, steht die *Lady* wohl — auf der anderen Seite des Mississippi?«

»Klingt vernünftig ...«

Sie begutachteten zusammen die Landkarte. Der Mississippi war nicht darauf. Der linke Kartenrand verlief bei Joliet, Illinois.

Steve schob seine Kartenhälfte zu Jodi hinüber. »Ich glaube noch immer nicht, daß Hartmann seine Stürmer über das Wasser schickt. Meine Geographiekenntnisse sind zwar reichlich nebulös, aber ich schätze, daß wir ungefähr hundertsechzig bis zweihundertzwanzig Kilometer vom Fluß entfernt sind.«

Jodi glättete die zerknickte Landkarte. »Mindestens ...«

»Du kennst ihn zwar bestimmt besser als ich, aber ich kann mir nicht vorstellen, daß er ein Einsatzkommando so weit über die Front hinausschickt, ohne entsprechende Verstärkung zu haben. Du etwa?«

»Im Moment nicht. Wir rühren uns nicht und bleiben in Deckung, bis wir wissen, welches Geschäft Cadillac und Clearwater für uns ausgehandelt haben.«

»Aber mal angenommen, es kommt zu keinem Geschäft? Was machen wir, wenn sie nicht, wie sie gesagt haben, in ein paar Tagen wieder hier sind? Wie lange sollen wir auf sie warten — bis in alle Ewigkeit?«

Steve seufzte ungeduldig. »Jodi, wenn kein Geschäft zustande kommt, werden wir es bald erfahren. Dann werden die Kojak-Krieger ausschwärmen und uns hetzen!«

Jodi dachte über die unerfreuliche Aussicht nach und nickte. Dann sagte sie: »Ich mach dir 'n Vorschlag. Man hat dich nach oben geschickt, um diese beiden gerissenen Mutanten zu schnappen. Okay. Du hast sie, mit etwas Hilfe von Dave und mir, aus Ne-Issan rausgeholt. Aber jetzt sind sie weg — und kommen vielleicht nicht zurück. Bevor uns das Wasser bis zum Hals steht, schlage ich vor, wir minimieren unsere Verluste und machen einen Versuch, wieder zur *Lady* zu stoßen.«

Steve starrte sie ungläubig an. »Bist du verrückt?«

»Sei Realist, Brickman. Welche Chance haben wir hier draußen?«

»Die gleiche Chance wie jeder andere. Du hast schon mal einen Winter überlebt. Also schaffst du es auch noch einmal.«

»Im vergangenen Jahr war ich *eine* von neunzehn Abtrünnigen in einer bestens organisierten Gruppe. Geführt von Malone, erinnerst du dich noch?«

»Den vergesse ich so schnell nicht.« Steves Lachen hatte einen bitteren Unterton. »Ich habe auch nicht vergessen, daß er es geschafft hat, über dreißig Mann an die M'Calls zu verlieren — dich und Dave eingeschlossen. Er war schon ein toller Organisator!«

»Okay, er macht also auch Fehler. Aber *dir* ist er auf die Schliche gekommen, bevor du nur ›Papp‹ sagen konntest!«

»Yeah, das stimmt. Er war ...«

Jodi redete leiser. »Ich will damit nur sagen, daß ich mich bei Leuten *meiner* Art aufgehalten habe. Ich vertraue dieser Mutantenbande nicht, mit denen deine beiden Schnuckis gerade verhandeln. Ich hab's schon mal gesagt, die Beulenköpfe werden bald rauskriegen, daß ich keine Standardausgabe von ihnen bin, aber selbst wenn es eine Möglichkeit gäbe, die Sache zu schaukeln, bin ich nicht bereit, mit euch zu gehen, wenn es bedeutet, Dave zu opfern.«

»Jodi, sei um Christophs willen vernünftig! Wir haben das Beste für diesen Burschen getan. Die meisten anderen hätten ihm eine Kugel gegeben und ihn im Wrack zurückgelassen!«

»Yeah? Nun, ich bin aber nicht *die meisten anderen*. Du hast versprochen, daß keiner ihn tötet, und daß wir uns was einfallen lassen. Jetzt tust du so, als wärst du bereit, die Löschtaste zu drücken. Auf wessen Seite stehst du, Brickman?«

»Auf deiner. Ich versuche es wenigstens. Aber es ist nicht leicht, wenn du deine Meinung alle naselang änderst.«

Der Vorwurf brachte Jodi auf. »He! Du hast vielleicht Nerven! Du machst mich an, weil ich die Seite wechsle, aber seit wir uns damals in Nebraska getroffen haben, erstellst du ständig neue Programmversionen! Zuerst erzählst du mir, du wärst wie ein Beulenkopf angezogen, um deine Haut zu retten. Dann stellt sich heraus, daß du ein Geheimagent der Föderation bist, der zwei schlaue Mutanten kaschen soll. Du hast mir patriotischen Quatsch ums Maul geschmiert und gesagt, daß es dir helfen würde, den Arsch deiner Blutsschwester und deinen eigenen zu retten.

Und schließlich, beim ersten Schluckauf, als Kelso und ich gerade anfingen, uns Gedanken zu machen, bist du bereit, dein Schwesterlein sausen zu lassen und der Föderation eine lange Nase zu drehen! Das paßt doch alles nicht zusammen! Du hast etwas vor, Brickman! Jetzt ist zwar weder der richtige Ort noch die richtige Zeit zum Ausflippen, aber Tatsache ist, daß ich dir nicht traue!«

»Yeah ...« Steve stieß einen langen, müden Seufzer aus. »Du hast zwar recht, wenn du mißtrauisch bist, Jodi, aber du siehst die Dinge aus dem falschen Blickwinkel. Ich bin *wirklich* zu diesem Unternehmen gezwungen worden. Man hat Roz bedroht. Und ich — ich *habe* um Hilfe aus der Föderation nachgesucht. Hätten wir sie nicht bekommen, wären wir nie lebend da rausgekommen. Ich habe dir versprochen, dir bei der Flucht aus Ne-Issan zu helfen, und ich habe mein Versprechen gehalten. Aber ich hatte nie vor, wieder nach Hause zu gehen.«

»Und was sollte dann das Gequatsche, ich sei keine Ausbrecherin, und daß wir alle Helden werden würden?«

»Ganz einfach. Ich konnte es ohne dich nicht schaffen. Aber um zu fliehen, *mußte* ich mit der Föderation zusammenarbeiten. Und *du* mußtest zustimmen. Früher oder später hättest du sicher gefragt, woher der ganze Nachschub kommt; deswegen mußte ich an deine Loyalität appellieren. Als ein Lindbergh-Baby an das andere.

Als wir uns unterhielten, nachdem die M'Calls uns gefangen hatten, warst du ziemlich negativ über die Föderation eingestellt, und als du dann zustimmtest, mir zu helfen, war ich mir nicht sicher, ob die Meinungsänderung echt gemeint war oder ob du nur den Trittbrettfahrer spielst.«

Steve legte eine Pause ein und sah, daß die Farbe wieder in Jodis Wangen zurückkehrte. »Ich habe erst erkannt, daß du *mich* verarschst, als wir im Schlauchboot nach Long Point unterwegs waren.«

»Ich habe dich nicht belogen, Brickman. Ich war wirklich bereit, nach Hause zurückzukehren. Es war nur ...

Nun, der ganze Hinterhalt bei Bu-faro. Und dann dieser Side-Winder, der nicht nur angemalt war, sondern auch noch Beulen *im Gesicht* hatte! Die Entdeckung, daß die Erste Familie über Leute verfügt, die Hand in Hand mit den Japsen zusammenarbeiteten, kam mir gespenstisch vor. Ich kam plötzlich darauf, daß wir nur ein kleiner Teil eines viel größeren Unternehmens sind, und ich kam mir ...«

»... entbehrlich vor? Wir waren nie etwas anderes, Jodi.«

»Yeah, eigenartig ... Ich weiß auch nicht, warum es mich plötzlich so erschreckt hat.«

»Es liegt daran, daß wir, bevor wir abgehauen sind und unserem Grips endlich etwas Ellbogenfreiheit gewähren durften, nie darüber nachgedacht haben, daß es zu dem, was man bietet, eine Alternative geben könnte. Von dem Tag an, als wir so alt waren, um es zu verstehen, hat man uns schon eingehämmert, daß der einzige Grund für die Existenz eines Wagners darin besteht, zu sterben, damit sich der Traum der Ersten Familie erfüllen kann. Die Eroberung der Blauhimmelwelt ...

Aber keiner hat sich je gefragt, ob die Familie überhaupt das Recht dazu hat. Oder ob es die Sache wert ist, daß so viele dabei draufgehen. All die Opfer, die es gekostet hat, und die Ungezählten, die noch sterben werden, bevor sie die Oberwelt wieder in Besitz nehmen können ...«

»Es ist nicht nur der Traum der *Familie*«, sagte Jodi. »Wir träumen ihn doch alle. Nun, wenigstens die meisten von uns ...«

Steve hob das Fernglas auf und ging an eine Stelle, an der er die westliche Hälfte des Himmels durch die Äste sehen konnte. Der Himmelsfalke war längst weit fort, ein winziges Pünktchen auf der ausgedehnten, wolkenlosen, gelben Leinwand, die über dem westlichen Horizont hing.

Er kehrte zurück, hockte sich hin und sah Jodi an.

»Die Frage ist: Wenn der Traum Wirklichkeit wird, was passiert dann mit dem Prärievolk?«

Jodi zuckte die Achseln. »Wenn die Föderation zu bestimmen hat, wird es keins mehr geben, schätze ich.«

Plötzlich lagen Steve Roz' Worte auf der Zunge. »Haben sie denn nicht auch ein Lebensrecht?«

Jodi reagierte mit einem leeren Blick. »Ich weiß nicht, was du damit meinst.«

»Sie sind *Menschen,* Jodi! *Menschliche Wesen,* wie wir! Unsere Vorfahren waren auch ihre Vorfahren!«

Jodi zeigte sich ungerührt. »Na und? Wenn es stimmt — was ich übrigens bezweifle —, ist es schon sehr lange her. Selbst wenn man es beweisen könnte, wer würde uns glauben wollen? Glaubst du denn, irgend jemand würde sie in die Arme schließen, nachdem die Wagner über Generationen hinweg so viele Opfer gebracht haben? Lüg dir nicht in die Tasche, Brickman. Beulenköpfe und Wagner passen nicht zusammen. Ob man in der Föderation lebt oder im Freien, sie sind der Feind, und sie werden es immer bleiben. Wenn wir sie nicht umbringen, bringen sie uns um.«

»Die M'Calls haben dich und die anderen doch auch nicht umgebracht.«

»Nein, sie haben uns in die Sklaverei verkauft, damit die Eisenmeister uns zur Sau machen konnten.«

»Hast du eigentlich *gar nichts* gelernt, seit du hier draußen bist?« zischte Steve. »Cadillac und Clearwater haben uns zur *Flucht* verholfen! Wenn sie nicht gewesen wären, wären wir nicht *hier!*«

»Und *wir* haben ihnen geholfen! Doch jetzt ist es anders. In Ne-Issan hatten wir einen gemeinsamen Feind — die Eisenmeister. Das Abkommen war erfüllt, sobald wir im Territorium des Prärievolkes waren. Wir sind wieder in *ihrem* Land. Sie sind wieder unter sich. Schau dir doch nur an, wie Cadillac sich aufführt.«

Steve nickte. »Er ist etwas komisch geworden ...!«

»Das kann man wohl sagen. Vor ein paar Wochen ist

er noch auseinandergefallen«, fauchte Jodi. »Du mußtest ihn jeden Tag wieder zusammenleimen. Und jetzt führt er sich auf wie ein arroganter Schweinehund! Wenn du es mitmachen willst — mir tanzt er jedenfalls nicht mehr auf der Nase rum!«

Steve betrachtete sie nachdenklich. »Weißt du was? Ich glaube, der ganze Quark, den du mir über *sie* und *uns* erzählt hast, wer wem was angetan hat, und ob du mir traust oder nicht, ist absoluter Büffelscheiß. Es geht doch um Kelso, oder nicht? Du mußt einfach einsehen, daß wir, wenn wir ihn auf die *Lady* bringen ...«

»Welche Chancen hat er denn noch?« schrie Jodi. »Also, wirklich! Im Blutwaggon sitzt ein komplettes Chirurgenteam! Wenn wir sie dazu bewegen könnten, uns aufzunehmen, könnten sie sich schon ein paar Minuten nach unserer Ankunft auf ihn stürzen!«

Steve warf einen Blick auf Kelso. Er hatte sich nicht bewegt.

Vielleicht ist er tot. Das wäre eine Chance. Der gute alte Dave gehört nicht zu den Typen, der den Leuten einen Gefallen tut, indem er die Klappe hält ...

Er wandte sich wieder zu Jodi um. »Das könnten sie zwar, aber jetzt verarschst du dich selbst. Du weißt so gut wie ich, daß sie Kelso nicht auf den Operationstisch legen. Sie füllen seinen Schädel höchstens mit drei Magazinen. Hast du vergessen, daß er ein Abtrünniger ist?«

»Das *stimmt* nicht. Er ist kein ...«

Steve runzelte die Stirn. »Was soll das heißen?«

»Er ist Geheimagent. Wie du.« Jodi musterte Steve, der sich Mühe gab, mit dieser Enthüllung fertig zu werden. »Du glaubst mir wohl nicht, was?«

»Wie lange weißt du es schon?«

»Seit wir Long Point verlassen haben. Erinnerst du dich noch, daß ich vor Dave vom Uferdepot zurückkam? Als wir dort saßen, als die Motoren liefen und wir uns gefragt haben, wo er hingegangen sei?«

»Yeah ...«

»Nun, während ich ihn mit jedem Schimpfwort belegte, das mir einfiel, habe ich an einigen Knöpfen und Schaltern herumgespielt, und ... dabei zufällig das Ende einer Funkmeldung empfangen.«

»Erzähl weiter ...«

»Es war Dave.«

»Bist du sicher?«

»Völlig. Er hat sich mit Sky-Bucket Drei unterhalten; mit der gleichen Bande, mit denen dein beulengesichtiger Freund kurz nach der Landung in Long Point in Kontakt trat.«

»Hast du verstanden, worüber Kelso und Sky-Bucket geredet haben?«

»Eigentlich nicht. Sky-Bucket hat Instruktionen von jemandem namens *Mutter* übermittelt. Sagt dir das was?«

Steves Miene verriet nichts. »Ein wenig ...«

›Mutter‹ war der Spitzname der AMEXICO-Agenten für Karlstrom. Der Begriff war vor über einer Generation in ihre Privatsprache aufgenommen worden und hatte sich als dermaßen populär erwiesen, daß der damalige Unternehmensleiter gestattet hatte, seinen offiziellen Codenamen — MX-EINS — damit zu ersetzen. Karlstrom, der Bedeutungsnuancen schätzte, hatte die Tradition fortgeführt.

»Hat Kelso einen Codenamen verwendet?«

»Ja, Rattenfänger.«

Steve nahm Jodis Enthüllungen gelassen auf. Es brachte nicht viel ein, wenn man wütend wurde. »Warum erzählst du mir erst jetzt davon?«

Jodi zögerte, dann sagte sie: »Es erscheint mir erst jetzt als richtig. Seien wir doch mal ehrlich — wir mußten in den letzten Tagen über wichtigere Dinge nachdenken. Cadillac war immer bei uns, und ich war, nun ...«

»Durcheinander?«

»Yeah. Die Wahrheit ist: Ich wußte nicht, was ich davon halten sollte. Ich war natürlich überrascht. Immerhin habe ich zusammen mit Dave ein Jahr auf der Flucht zugebracht. Okay, er war manchmal eine arge Nervensäge, aber ich war ihm auch ziemlich eng verbunden. Ich habe ihn für echt gehalten. Aber das ... habe ich ja auch von dir geglaubt. Es hat mich vielleicht etwas verwirrt, dich als Mutant ausstaffiert zu sehen. Aber als wir uns dann wieder in Ne-Issan getroffen haben und du mit der Wahrheit rausgerückt bist und erzählt hast, *du* seist Regierungsagent und so weiter ... und die Sache mit dem Herold ...«

Sie machte eine Geste mit der Hand. »Ich bin ein einfacher, geradliniger Mensch, Brickman. Bei den vielen Dingen, die du gleichzeitig laufen hattest, kam ich einfach nicht mehr mit. Ich wußte nicht mehr, wer hier nun wen verarscht. Nachdem ich mich von der Überraschung erholt hatte, war meine erste Reaktion die, daß ich dachte, du und Dave steckt vielleicht unter einer Decke, aber daß ihr auf zwei Seiten einer Spur arbeitet ...«

Steve nickte. »Ja, das kann ich mir vorstellen ...«

»Dann ging uns der Sprit aus, und Daves Handlungsweise brachte mich auf den Gedanken, daß *du* vielleicht nicht wußtest, was er plant. Aber in dem Augenblick hatte er sich schon den Baum ausgesucht, um den er uns dann gewickelt hat, und er hatte kaum noch einen heilen Knochen im Leib.«

»Und da hat er dir allmählich leid getan ...«

»Hätte ich es dir etwa da erzählen sollen? Möglicherweise hättest du ihn auf der Stelle erschossen!«

Steves Verärgerung nahm zu. »Wer sagt denn, daß ich es jetzt nicht mehr tue?!«

Jodi fiel ihm in den Arm. »Weil du es nicht mehr *brauchst,* und weil *ich* es nicht zulasse! Was kann er uns jetzt noch tun? Der arme Hund kann sich doch kaum noch bewegen!«

»Was also kümmert er dich noch? Ich verstehe dich nicht, Jodi. Er hat dazu beigetragen, daß wir nun in der Scheiße sitzen. Warum willst du ihn beschützen?«

»Aus dem gleichen Grund, aus dem ich Malone überredet habe, zu dir zurückzukehren und dich loszuschneiden, nachdem man dich mit der Leiche an den Pfahl gebunden hatte! Weil es mir *nicht* gleich war! Und Dave hat genug Herz bewiesen, um mir dabei zu helfen. So wie *du* genug Herz bewiesen hast, mich aus Ne-Issan mitzunehmen — oder hast du es nur getan, weil du Dave und mich brauchtest?«

»Nein! Ich habe es ernst gemeint! Ich habe dir versprochen, dich da rauszubringen, und ich habe es getan. Wir sind doch Brüder gleicher Kappe, stimmt's?«

»Genau. Wir sind die Besten. Deswegen möchte ich das tun, was für euch beide richtig ist.«

»Erzähl weiter. Ich bin ganz Ohr.«

»Wenn die Maschinen zurückkommen, lasse ich sie wissen, daß Dave und ich hier unten sind. Falls sie fragen, wo du bist, sage ich, daß du, Cadillac und Clearwater nicht von der Jagd zurückgekehrt seid. Daß euch wahrscheinlich eine Mutantenbande gefangengenommen hat, und daß der einzige Grund, warum ich entkommen bin, der ist, daß ich zurückgeblieben bin, um mich um Dave zu kümmern.« Jodi hielt inne. »Wie klingt es bis jetzt?«

»Red weiter ...«

»Ich werde ihnen wahrscheinlich erzählen müssen, daß du darüber gesprochen hast, nach Wyoming zu gehen — aber daß sie es nun vergessen können, weil du wahrscheinlich bald tot sein wirst, falls du es nicht schon bist.« Sie zuckte die Achseln. »Mutanten bringen doch jeden um, der in ihre Jagdgründe eindringt, oder nicht?«

»Richtig.«

»Natürlich werde ich nichts von dem erzählen, was Clearwater am Reiherteich getan hat. Sie würden es wahrscheinlich sowieso nicht glauben. Und außerdem ist Gerede über Magie ein Code-Eins-Vergehen ...«

Steve wartete eine Weile. »Ist das alles?«

»Yeah.«

»Hast du nichts vergessen? Kelso könnte zwar Geheimagent sein, aber du bist über ein Jahr mit einer Bande von Ausbrechern herumgezogen. Was, Jodi, glaubst du, werden sie mit dir tun? Glaubst du, sie heften dir einen Lebensretterorden an die Brust? Du hast zu viel gesehen, und du weißt zu viel. Wenn sie dich mit nach Fort Worth nehmen, stellen sie dich wahrscheinlich an die Wand.«

»Ich weiß. Aber es ist die einzige Möglichkeit, unseren Arsch zu retten. Zwei Leben für eins.« Sie verzog wehmütig das Gesicht. »Ein so schlechter Prozentsatz ist es doch nicht.«

»Es ist verrückt. Es muß doch einen anderen Weg geben, um Kelso an Bord zu bringen, und dich davor zu bewahren ...«

»Nein!« Jodi packte Steves Handgelenk mit festem Griff. »Ich will wieder nach Hause.« Sie suchte sein Gesicht erfolglos nach einem Anzeichen von Ermutigung ab. »Ich weiß zwar, daß es so aussieht, als würde ich dich im Stich lassen, aber ...« — sie hielt verlegen inne — »es ist die beste Chance, die ich je kriegen werde, um die Dinge wieder auf die Reihe zu kriegen.«

»Dann ergreife sie. Wenn die wichtigsten Leute der *Lady* auf deiner Seite sind, könntest du vielleicht sauberer aus der Sache rauskommen als die Unterwäsche des G-P.«

»Es ist zwar eine schöne Vorstellung, aber wenn ich ein Ticket zur Exekutionsmauer ziehe, halte ich eben die Klappe und sage mein Sprüchlein auf. Ich habe die Schnauze voll, Brickman.« Ihr Mund verzog sich zu einem müden Lächeln. »Früher habe ich mal an die Föderation und die Unfehlbarkeit der Ersten Familie geglaubt. Dann haben mir Dave, Malone und Medicine

Hat eine völlig andere Lebensart, Gefühlswelt und Denkweise gezeigt. Und auch daran habe ich geglaubt.

Erst als ich erkannte, daß auch Dave — einer der Burschen, die mir das Leben gerettet haben — nicht echt ist, wurde mir klar, daß man uns mit Lügen gefüttert hat. Ich hasse ihn deswegen nicht. Aber mir ist klar geworden, daß es überhaupt keine Wahrheit gibt. Also kann man sich ebensogut eine bequeme Lüge aussuchen und mit ihr leben.«

»Ich glaube zwar, daß du dich irrst, aber ich verstehe, was du meinst.« Steve seufzte in echtem Bedauern. »Die Entscheidung liegt bei dir, Jodi. Wohin führt also von hier unser Weg?«

»Nun ... Bevor ich irgend etwas überstürze, sollte ich vielleicht mit Dave darüber reden.«

»Überlaß es mir«, sagte Steve. Er sah ein alarmiertes Flackern in ihren Augen. »Keine Sorge, ich habe nicht vor, ihn zur Sau zu machen. Ich bin mir ziemlich sicher, daß er mit dir gegangen ist, weil er sehen wollte, in welche Richtung ich springe. Er hatte wahrscheinlich den Befehl, keinen Kontakt aufzunehmen. Die hohen Tiere, die den schäbigen Laden im HZ leiten, haben viele komische Ideen. Sie möchten nicht, daß die Burschen an der Front sich zu eng miteinander anfreunden.«

Jodi nickte. »Sag mal ...«

»Was meinst du?«

»Als wir den Eriesee überquert haben, wenn Dave und ich dir da nicht gesagt hätten, daß wir nicht wieder nach Hause wollen, was hättest du dann getan?«

»Ich hätte euch, ebenso wie die anderen, mit der Gasgranate ausgeschaltet«, sagte Steve.

Jodi hob den Blick zum Himmel, dann stand sie auf und ging ins Freie. Sie warf einen Blick auf Steve zurück. »Als der Jahrgang '89 auf die *Lady* kam, hat Big D gesagt, man müsse auf dich achten. Es überrascht mich nicht, daß sie einen Geheimagenten aus dir gemacht haben.«

Steve zuckte bescheiden die Achseln. Er hatte *keinen* Plan gehabt. Von dem Tag an, als er an Bord des Raddampfers gegangen und nach Bu-faro gereist war, hatte er nach Gefühl gearbeitet. Seine geistige Verwirrung hatte, von geteilter Loyalität geplagt, ständig zugenommen, bis Roz auf ihrer persönlichen Privatleitung zu ihm durchgedrungen war und ihm die Beruhigung gegeben hatte, die er brauchte. Doch trotz ihrer gegenwärtigen gefährlichen Lage war dies nicht der Moment, um irgendein Anzeichen von Schwäche oder Unschlüssigkeit zu offenbaren. Wenn Jodi davon überzeugt war, daß er in diesem Spiel allen anderen um zehn Schritte voraus war — warum sollte er ihr diese Illusion nehmen?

5. Kapitel

Für die Piloten der *Louisiana Lady* erbrachte der zweite Tag ermutigendere Ergebnisse. Zwar war das primäre Suchgebiet während der Nacht von neuen Schneefällen heimgesucht worden, doch der damit aufziehende Wind, der der Landschaft ein neues Muster aus scharfzackigen Dünen verlieh, wehte den größten Teil des Schnees von den liegengebliebenen Himmelsreitern fort.

Am Nachmittag wurden sie von einer Patrouille ausgemacht, die Nate Stinson anführte. Stinson war auf dem Wagenzug *Du warst unser Kamerad* stellvertretender Abteilungschef gewesen, dann hatte man ihn versetzt, um die Lücke auszufüllen, die Jodi auf der *Lady* hinterlassen hatte. Stinson funkte die Nachricht über seinen Fund an Hartmann; dann, nachdem die vier Piloten eine Tiefflug-Überprüfung des Geländes vorgenommen hatten, wies er Vickers an, zu landen und die Absturzstelle zu untersuchen.

Der Flieger — einer von zweien der Patrouille, deren Maschinen mit Kufen versehen waren —, war zwar nicht allzu begeistert darüber, daß gerade er das Los gezogen hatte, aber natürlich durfte er außer ›Roger‹ nichts sagen. Er landete neben den Überresten des Highways und fuhr an die Stelle zurück, an der einer der Himmelsreiter stand — mehr oder weniger aufrecht, die Räder im Schnee vergraben.

Für den Fall, daß er schnell wieder starten mußte, ließ Vickers den Motor laufen und bahnte sich einen Weg auf die Maschine zu. Der Wind hatte zwar einige Stellen des zerbröckelten Highways freigelegt, doch die überwachsenen Abhänge hielten den Schnee unter einer Eiskruste fest.

Dies war zwar Vickers' zweiter Einsatz, doch bis zu

diesem Zeitpunkt war er immer nur auf dem Flugdeck des Wagenzugs gelandet. Nun, *ganz* so stimmte es nicht. Er hatte *tatsächlich* vier kurze Landungen gemacht, um die Kufen auszuprobieren, doch es war das erste Mal, daß er mehr als zehn Meter über das Territorium des Prärievolkes spazierte, und vor der Missouri-Überquerung hatte er noch nie soviel Schnee gesehen. Als er in der trügerischen Annahme, der Schnee sei hier überall knöcheltief, seinen Weg verfolgte, brach er durch die spröde Oberfläche und sank bis an die Oberschenkel ein. Nachdem er sich von der anfänglichen Überraschung erholt hatte, machte er einen Versuch, den zielgerichteten Schritt wieder aufzunehmen, mit dem er seinen Himmelsfalken verlassen hatte — und wurde von einem versteckten Wurzelgewirr, in dem sich seine Füße verfingen, schnell auf ein ungelenkes Watscheln reduziert.

Gottverdammte Scheiß-Oberwelt ... Die Erste Familie sollte sich mal das Köpfchen untersuchen lassen ... Wer will schon an einem Ort wie diesem leben?

Sein Ziel war zwar nicht sehr weit vom Highway entfernt, aber als er es erreichte, gingen Vickers die obszönen Flüche aus, die er über den Köpfen der scheißhirnigen Großkopfeten ausschüttete, die sich dieses Unternehmen ausgedacht hatten.

Aus der Luft hatte die Maschine unbeschädigt ausgesehen, doch als Vickers näherkam, sah er, daß der Himmelsreiter nur noch eine Hülse war. Eine Horde räuberischer Mutanten, die mit der gleichen Sachkenntnis tätig geworden waren wie die Wüstengeier, die sich damit beschäftigten, die verdaulichen Teile eines toten Kamels zu entfernen, hatten den metallenen Kadaver sauber abgenagt; Sitze, Leitungen, Kontrollhebel und Kabel, Instrumente, Luken, Teil der Kanzel, jeden Quadratzentimeter Gewebe und alles, was man abschrauben oder abreißen konnte, war verschwunden.

Eine Untersuchung der schneebedeckten Trümmer,

die sich um das Bugrad gewickelt hatten, ergab, daß der Himmelsreiter während der Landung in die abgetrennte Hecksektion seines Gefährten gekracht war. Vickers setzte ein Walkie-Talkie ein, um seinen Kameraden diese Erkenntnis zu melden, dann kletterte er wieder in seinen Falken und fuhr nach Osten, bis er den Bäumen gegenüberstand, an denen die vordere Hälfte der zweiten Maschine zum Halten gekommen war.

Auch sie war ausgeschlachtet worden, doch eine eingehende Inspektion erbrachte nützliche Hinweise. Streifen getrockneten Blutes in der zerdrückten Cockpitsektion auf den schartigen Enden metallener Längsstreben und Spanten bewiesen die Wucht des Aufpralls und die Wahrscheinlichkeit, daß eine der fünf Personen, nach denen sie suchten, entweder umgekommen oder bei der Landung ernsthaft verletzt worden war.

Unter der gebrochenen Steuerbordschwinge fand Vickers — wie Izo vor ihm — die Überreste eines Feuers. Die Kiefernzweige, die Steves Trupp zusammengeflochten hatte, damit sie die Wände einer Unterkunft bildeten, waren beiseite geworfen und verstreut worden, doch mehrere hingen noch zusammen und zeigten an, wozu man sie verwendet hatte. Die Feuer- und Proviantbüchsen, die Vickers viel mehr hätten erzählen können als Izo, hatte man zwar als Trophäen weggeschleppt, aber der verstreute Aschenkreis und der einsame Zugöffnungsring einer Standardausgaben-Rationsbüchse deutete an, daß die Überlebenden noch einige Zeit in diesem Quartier zugebracht hatten, bevor sie in der schneebedeckten Ödnis verschwunden waren.

Ob sie aus eigenem Antrieb gegangen oder von der gleichen Mutantenstreitmacht dazu gezwungen worden waren, die auf der Suche nach Beute über die beiden Maschinen hergefallen war, konnte nicht herausgefunden werden. Nachdem Vickers sich von dem Baum entfernt hatte, unter dem das Wrack lag, übermittelte er seinem Abteilungschef einen Lagebericht und seine Eindrücke über das Geschehene.

»Roger, Blue Zwei. Gut gemacht. Sehen Sie zu, daß Sie wieder Luft unter die Schwingen kriegen.«

Das waren die Worte, auf die Vickers gewartet hatte. Er eilte über den Highway zurück und stapfte die Böschung hinauf, wo er den Himmelsfalken in den Wind gedreht hatte. Er vergeudete keine Zeit damit, sich den Schnee abzubürsten oder sich anzuschnallen. Er gab Vollgas und hielt den Atem an, bis er sich wieder in der vergleichsweisen Sicherheit der Luft befand. Sein hörbarer Erleichterungsseufzer erklang, als der Höhenmesser den Himmelsfalken in einer Höhe von hundertfünfzig Meter und weiter aufsteigend zeigte.

Geschafft ... Yeee-AAAHH!

Frisch gefallener Schnee und ein wolkiger Himmel begrenzten die Luftoperationen der *Lady* an ihrem stationären dritten Tag. Die Flugabteilung blieb unten, doch für die restlichen zweihundertsiebzig Mannschaftsangehörigen und das Pueblo-Kontingent gab es eine Menge zu tun. Nach der Entdeckung der beiden Himmelsreiter hatte Hartmann beschlossen, nach Davenport vorzustoßen. Diese Fahrt würde, wenn man sie hinter sich hatte, die Reichweite der Himmelsfalken um weitere hundertsiebzig Kilometer erweitern und ihnen mehr Zeit geben, die sie östlich des Mississippi in der Luft verbringen konnten.

Mehrere Schwadronen schwerbewaffneter Stürmer in weißen Overalls, die per Lufttransport zum Rendezvous mit dem Tankzug in Kansas City gekommen waren, wurden ausgeschickt, um einen Dreißig-Kilometer-Streifen des Cedar River zu erkunden. Nachdem man eine passende Furt gefunden hatte, fuhr die *Lady* hin und entlud die beiden mitgeführten Bulldozer. Unter der Leitung Buck McDonnells nahmen sie die Aufgabe in Angriff, eine Zufahrtsrampe zum Wasser hinunter auszuheben. Lieutenant Commander Moore hatte schon zwei Kampfschwadronen am Ostufer stationiert, die als Brückenkopf und übliche Randverteidigung fungieren sollten. Die Stürmer nahmen stets Gefechtsformation ein, wenn die Mannschaft ›Erde bewegte‹, und ging rings um den Wagenzug in Stellung.

An dieser Stelle war der Fluß über einem Kiesbett nur zwei bis drei Meter tief, was bedeutete, daß die *Lady* ihn überqueren konnte, ohne ihren Bauch zu befeuchten. Die Überquerung wurde jedoch verschoben, als die Ingenieure entschieden, man werde Sprengstoff einsetzen müssen, um die Felsen loszusprengen, die im Steilabbruch der anderen Uferseite steckten. Kurz nach dem Morgengrauen des vierten Tages hatten die Dozer die nötige Rampe ausgehoben, und die *Lady* war nach Davenport unterwegs.

Die zunehmende Anzahl an Donnerkeilen, die am Himmel entlangzogen, blieb Cadillacs Gastgebern nicht verborgen. Die Siedlung war zwar nicht angegriffen worden, aber nachdem er fast genau über sich mehrere blaue und weiße Himmelsfalken hatte vorbeiziehen sehen, zeigte sich Carnegie-Hall, der Kojak-Wortschmied, dermaßen besorgt, daß er seine ehrenwerten Gäste fragte, ob das Auftauchen der Wolkenkrieger und der dazugehörigen Eisenschlange mit ihrem Abstieg aus dem Himmel in Beziehung stünde.

Cadillac, der von Anfang an darauf aus gewesen war, Carnegie und die Kojak-Ältesten nicht darüber im Zweifel zu lassen, daß Clearwater und er die Führer der Auserwählten waren, die der Clan sehnlich erwartet hatte, ignorierte die warnenden Blicke seiner Gefährtin und antwortete bejahend.

Nachdem er den Clan schon mit seiner makellosen Beherrschung der Eisenmeistersprache und detaillierten Beschreibungen sämtlicher Lebensmöglichkeiten in Ne-Issan in den Bann geschlagen hatte, enthüllte er nun, daß Clearwater eine Ruferin sei, die über den Schlüssel zu mehreren Kreisen der Macht verfügte.

He-jahh ...

Wie alle Wortschmiede konnte Cadillac dem Reiz eines gläubig an seinen Lippen hängenden Publikums nicht widerstehen — besonders dann nicht, wenn die Geschichte, die er erzählte, seine eigene Wichtigkeit herausstrich. Die Kojak-Ältesten sollten bloß achtgeben! Er, Cadillac, der Sohn Sky-Walkers und Black-Wings, und sie, die Tochter Thunder-Birds und Sun-Dances, waren im Schatten des Dreifachbegabten geboren. Und Mr. Snow — den seine Kollegen bei den jährlichen Begegnungen am Handelsposten trafen und ehrten — hatte ihnen erklärt, sie seien Talismans Schwert und Schild!

Und hatten die M'Calls, der überragendste She-Kargo-Clan, nicht neun Wolkenkrieger vom Himmel geholt, bevor sie die erste Eisenschlange bezwungen hatten, die in das Territorium des Prärievolkes vorgestoßen war? Hatten die M'Calls die Eisenschlange nicht gezwungen, den Schwanz einzuziehen und zu fliehen? Cadillac beschrieb die Rollen, die Clearwater und er bei diesem großartigen Sieg gespielt hatten, denn sie hatten ihre Kräfte mit denen von Mr. Snow — dem Sturmbringer — vereint.

Carnegie-Hall und die Ältesten brüllten ihre Wertschätzung. Wahrlich, dies waren große Taten!

Aber es gebe noch mehr, erklärte Cadillac. Und da die Zuhörer an seinen Lippen hingen, beschrieb er, wie sie und ihre drei Kameraden vor dem Verlassen der Ostländer den Eisenmeistern einen tödlichen Schlag versetzt, mächtige Feldherrn getötet und ihre Heere mit Himmelsfeuer und Erdendonner dezimiert hatten.

He-jahh ...

Dies, so endete Cadillac, war der Grund, weswegen sie und ihre Gefährten von den Sandgräbern gefürchtet und verfolgt wurden, und bald würden sich ebenso die

Totgesichter aufmachen, um ihren verletzten Stolz zu rächen.

Cadillacs letzte Bemerkung kam völlig aus dem Stegreif und war eine bloße verbale Ausschmückung. Hätte er Bilder einer Zukunft aus einem Sehstein gezeichnet und ihre Bedeutung in flammenden Buchstaben ausgesprochen, er hätte keine akkuratere Prophezeiung machen können. Doch leider war es sein Schicksal, die schauerliche Wahrheit, die hinter seinen prahlerischen Worten lag, erst dann zu entdecken, als die Gefahr wie ein plötzlicher Erdrutsch über ihn hereinbrach, der auf einem schmalen Gebirgspaß über eine Gruppe von Reisenden herunterprasselt.

Carnegie-Hall, ein dunkelhaariger, finster aussehender Beulenkopf mit einem buschigen schwarzen Bart — Cadillac schätzte ihn auf etwa halb so alt wie Mr. Snow —, hängte sich an der unerwarteten Neuigkeit auf, daß Clearwater Ruferin war. Wenn sie Mr. Snow geholfen hatte, den Angriff auf die M'Calls abzuwehren, konnte sie dann nicht — als simple Dankesgeste für den Schutz und die Gastfreundschaft, mit denen der Kojak-Clan sie ehrte — die Wolkenkrieger vom Himmel vertreiben und die bisher noch nicht gesehene Eisenschlange zwingen, in ihren Bau zurückzukehren?

Die Anfrage ließ Cadillacs Kinnlade zwar nach unten sinken, aber er war nun schon so weit gegangen, daß er nur noch eines sagen konnte: »Falls es Talismans Wille ist, wird diese Tat vollbracht.« Dann, als er spürte, daß seine Erwiderung etwas mehr Auffälligkeit benötigte, fügte er hinzu: »Und wenn sie vollbracht wird, soll das Prärievolk die Macht der Auserwählten sehen, und der Kojak-Clan soll gerecht belohnt werden und der erste sein, der sie empfängt.«

Wie wahr, mein junger Freund, dachte Carnegie-Hall. Wie wahr. Doch die Belohnung, an die er dachte, war von ganz anderer Art.

Sobald sie einen Augenblick für sich allein hatten,

maß Clearwater Cadillac mit einem vernichtenden Blick. »Gut gemacht. Diesmal hast du dich selbst übertroffen.« Ihre Augen blitzten, ihr Zorn nahm zu. »Wie kannst du es wagen, über die geheimen Talente zu reden, die nur ich allein offenbaren darf?«

»Es hat mich mitgerissen«, sagte Cadillac und spreizte entschuldigend die Finger.

»Du Idiot!« Clearwater war dermaßen geladen, daß sie mit den Fäusten auf seinen Brustkorb trommelte. »Ich habe nur dagesessen und mir gewünscht, dir würde die Zunge aus dem Mund fallen! Wie können wir das tun, was du versprochen hast?«

Cadillac wehrte sie gelassen ab. »Beruhige dich! Ich *habe* ihnen doch gar nichts versprochen! Ich habe gesagt, es wird getan werden, *falls* es Talismans Wille ist!« Er trat zurück, streckte sich und sagte hochnäsig: »Du solltest allmählich verstehen, daß ich Dinge nicht nur so *dahersage!* Diese Worte sind mir eingegeben worden. Wir beide verstehen sie vielleicht nicht, wenn sie über meine Lippen kommen, aber diesmal wird uns Talismans Ziel deutlich werden. Du mußt lernen, geduldig zu sein, dann geht auch alles gut aus.«

»Bravo«, erwiderte Clearwater. »Ich hoffe, du hast recht.«

Cadillac klang allmählich immer mehr nach dem talentierten jungen Mann, mit dem sie aufgewachsen war und dessen Leben man ihrer Aufsicht anvertraut hatte. Stur, kompliziert, von Zweifeln geplagt und ungeduldig — aber auch mutig, treu, phantasievoll und sympathisch. Ein wahrer Freund. Er war der Cadillac, dem sie bis zu jenem schicksalsträchtigen Tag, von dem die Himmelsstimmen gesprochen hatten — als der goldhaarige Wolkenkrieger vom Himmel gefallen war —, ihren Körper und ihre Seele geschenkt hatte.

Was den Verlauf unseres Daseins verändert hat …

Cadillac stellte sein Nachdenken über die Geheimnisse des Kosmos ein und tätschelte beruhigend ihre

Schulter. »Mach dir keine Sorgen. Ich habe in dieser Hinsicht ein gutes Gefühl.«

Als sich die Finsternis über die schneebedeckte Ödnis im Osten des Bezugspunkts Joliet in Illinois legte, saß Steve mit bis zum Kinn hochgezogenen Knien da und musterte die glühenden Scheite des Feuers, das sie im kleinen Kreis der Bäume entzündet hatten. Auf der anderen Seite des hellroten Lichtkreises fütterte Jodi Kelso mit etwas Suppe, die sie aus Rindfleischkonzentrat und geschmolzenem Schnee in einem Folienkissen angerichtet hatte.

Im Laufe des Tages hatte Steve eine hüfthohe, kreisförmige Schneewand um das Lager errichtet, mit vier Ausgängen, die man mit Ästen blockieren konnte. Eine Schicht dünner Zweige bedeckte den Boden. Abgesehen davon, daß die Wand bei Nacht den größten Teil des Feuers abschirmte, diente sie als Barriere gegen den eisigen Wind, und wenn man sich hinter ihr befand, konnte man es sich relativ warm und gemütlich machen.

Als Jodi Kelso nicht mehr überreden konnte, mehr zu essen, ging sie zu Steve hinüber und bot ihm den Rest an.

»Nein, danke, du solltest es selbst essen.« Steve schaute ihr zu, als sie die Suppe verzehrte und die Büchse anschließend auskratzte. »Ist er noch wach?«

»Mmmm ...« Sie leckte den Löffel und dann ihre Lippen ab.

»Gut.« Steve wurde leiser. »Es wird Zeit, daß er und ich mal für reine Luft sorgen.«

»Kann ich hierbleiben?«

»Nein. Je weniger du weißt, desto besser.« Ihr Widerwille blieb ihm nicht verborgen. »Hör zu, ich weiß, daß es dir nicht leichtfällt, mir zu vertrauen, aber du mußt es versuchen — nur dieses eine Mal. Hast du irgend etwas zu Kelso gesagt, über ... ähm ...?«

Sie schüttelte den Kopf. »Ich habe keinen Sinn darin gesehen.«

»Du hast recht. Gut gemacht. Ich erzähle ihm, daß *ich* ihn auf frischer Tat ertappt habe. Damit bist du aus der Sache raus. Du hast schon genug Probleme. Du brauchst nicht auch noch in das verwickelt werden, in das *er* verwickelt ist.«

Jodi zuckte die Achseln. »Ich weiß über dich Bescheid.«

»Yeah. Und das ist schon zu viel.«

»Was ist, wenn jemand Fragen stellt?«

»Dann sagst du nur, was du getan hast, und daß du es getan hast, weil *ich* gesagt habe, ich handle im Auftrag der Föderation. Und weil du glaubst, *daß ich es noch immer tue.*«

»Kapiert.« Jodi lächelte. »Du weißt wirklich, wie man die alte Vertrau-mir-Masche abzieht. Da fällt mir ein, daß du versucht hast, mich auszutricksen, als wir uns damals in Fort Worth kennengelernt haben. Deine Augen haben förmlich geleuchtet. Weißt du das?«

»Um Christophs willen, Jodi! Ich habe nicht vor, dich reinzulegen! Es ist zu deinem eigenen Besten!«

»War nur 'n Witz. Das ist eben das Problem mit Kerlen wie dir.«

»Was soll das heißen — ›Kerlen wie mir‹?«

»Tatmenschen, die das Soll übererfüllen. Sie haben keinen Sinn für Humor. Aber im Ernst, die Leute, die mich eventuell verhören ... Kann ich ihnen erzählen, daß ich Side-Winder kenne und von der Verbindung zu den Japsen weiß?«

»Nur wenn sie dich danach fragen. Bleib auf dem goldenen Mittelweg. Verheimliche nichts, aber gib keinerlei Informationen freiwillig preis. Und mache auf keinen Fall einen Versuch, deine Taten zu rechtfertigen. Sie sollen ruhig wütend auf *mich* sein. Du hast alles nur getan, weil ich es gewollt habe, klar?«

»Klar ...« Jodi stand auf.

Steve folgte ihr. »Leuchten meine Augen wirklich?«

Jodi lachte. »Soll das heißen, du hast es nie vor dem Spiegel geübt?« Sie trat aus dem Schneekreis heraus und schaute durch die äußeren Äste. »Christoph! Schau dir das an ...«

Steve ging zu ihr. Ein kaltweißer Mond stand hoch an einem blauschwarzen Seidenhimmel und übergoß mit einem flüchtigen Silberleuchten eine majestätische Prozession dichter schwarzer Wolken. Das Licht, das stark genug war, um Schatten auf den Schnee zu werfen, verwandelte den Nachtfrost in einen Perlenteppich. Die dahinterliegende Landschaft, tagsüber harsch und blendend in der Wintersonne, war in geheimnisvolle, ausgewaschene Blautöne eingefärbt worden. In Momenten wie diesen konnte man leicht verstehen, warum die Mutanten annahmen, solche Schönheiten seien das Kunstwerk eines allmächtigen Wesens. Wie Mo-Town, der Großen Himmelsmutter ...

Jodi warf einen Blick auf die Szenerie und sagte: »Dies ist eins der Dinge, die ich vermissen werde.«

»Yeah. Nicht schlecht, was?« Damit verglichen war der Anblick, den die John Wayne-Plaza bot, nur ein blasses Nichts.

Jodi boxte gegen seine Schulter. »Ich werd wohl 'n bißchen rumstrolchen gehen, während ihr eure Geheimnisse austauscht. Viel Spaß ...«

Steve legte noch ein paar Äste auf das Feuer, dann hockte er sich neben Kelso hin. »Wir müssen was bereden.«

»Und wenn ich mich nicht danach fühle?«

»Und wenn es Leben statt Sterben bedeutet?«

»Soll das heißen, ich hab 'ne Wahl?«

»Weißt du was? Notlagen bringen wirklich die beste Seite deines Charakters hervor.«

»Laß schon hören, Brickman. Sonst schlafe ich vielleicht doch noch ein.«

Steve beschrieb ihm Jodis Plan — daß sie und er zur

Lady gehen sollten — und den Grund, warum sie einen freundlichen Empfang für möglich hielt.

»Wegen ihrer Beziehungen?«

»Ja. Ich glaube, das könnte hinhauen. Du nicht?«

Kelso reagierte mit einem höhnischen Schnauben. Man sah ihm an, daß ihm schon das Atmen weh tat. »Sie kommt vielleicht damit durch, aber was ist mit mir? Wenn sie eine Seriennummer in das schwarze Glotzaugenmonster in Houston eingeben, wissen sie, daß ich seit über drei Jahren auf der Flucht bin. Die Kerle im Wagenzug werden mich rauswerfen, ohne sich auch nur die Mühe zu machen, meine Verbände zu erneuern!«

»Es stimmt zwar, daß man Abtrünnige nur selten lebendig an Bord nimmt, aber in *deinem* Fall machen sie bestimmt eine Ausnahme.«

»Ach, ja? Dann weißt du aber mehr als ich.« Kelso bemühte sich, seine Stimme und seinen Ausdruck neutral zu halten, doch die Art, wie seine Lippen rings um seine Worte erstarrten, verrieten ihn.

»Irrtum. Ich habe etwas gehört, das nicht für mich bestimmt war.« Steves Blick heftete sich an die linke Seite von Kelsos Kopf. »Bleib still. Da krabbelt ein Käfer über deinen Hals.« Er hob die Hand und schnippte das imaginäre Insekt fort, dann ließ er seinen Zeigefinger hinter Kelsos Ohr gleiten und lokalisierte den erdnußgroßen Sender. Er lag unter der Haut, direkt am Schädelrand.

Kelso wollte den Kopf bewegen, doch Steves Sender hatte das Signal bereits empfangen und leitete ihn wie ein moskitoartiges Winseln in sein Trommelfell. Jodi hatte recht gehabt. David Kelso war *wirklich* Mexikaner — wie Steve es damals am Reiherteich vermutet hatte, als er den rotzfrechen rothaarigen Ausbrecher ›Down Mexico Way‹ hatte summen hören.

»Nur ein Test. Laß mich dein Rufzeichen raten. RT-FR?«

Da er nur eine freie Hand hatte und der Rest seines Körpers an den Lukendeckel gebunden war, wußte Kelso, daß er Steves Gnade ausgeliefert war. »Wie lange weißt du es schon?«

»Kurz bevor wir von Long Point aufbrachen. Ich hab gehört, daß jemand namens Rattenfänger Sky-Bucket Drei bat, eine Nachricht an Mutter weiterzuleiten.« Steve fütterte ihn mit einer zensierten Version von Jodis Geschichte.

»Was soll ich dazu sagen?«

»Eine Menge. An dem Abend am Reiherteich — als ich dich in der Gasse traf und ...«

»Da habe ich unser Kennzeichen gesummt ...«

»Yeah. Als ich mit meinem Rufzeichen geantwortet habe — warum hast du da nicht geantwortet?«

Kelso hob seine unversehrte Schulter. »Ich habe dich geprüft. Von Jodi wußte ich, was du vorhattest. Ich wollte nur sichergehen, daß du *wirklich* einer von uns bist.«

»Soll das heißen, daß es tatsächlich Leute gibt, die sich als Mexikaner *ausgeben?*«

»Es gibt hier draußen ein paar eigenartige Leute, Brickman. Sie schwingen ein paar besonders scharfe Äxte.«

»Und du hast gedacht, ich könnte dazugehören.«

»Die Frage kam auf. Jodi war sich bei dir auch nicht hundertprozentig sicher. Du bist nur schwer einzuschätzen.«

»Erstaunlich, daß gerade du das sagst. Was ist mit *deinem* Meinungswechsel auf dem Weg nach Long Point?«

»Ganz einfach. Jodi hatte plötzlich kalte Füße gekriegt. Ich habe so getan, als wolle ich mit ihr gehen, um zu sehen, welchen Weg du einschlägst.« Er sah den Zweifel in Steves Blick kriechen. »Hör zu, Brickman, du weißt, wie Mutter die Dinge am liebsten hat. Wenn man uns nicht als Team ausschickt, nehmen einzelne Agenten ohne vorherige Instruktionen keine Verbindung miteinander auf. Das ist Vorschrift.«

»Außer in Notfällen.«

»Richtig. Aber eine Antwort auf den Mayday ist keine Pflicht, wenn es bedeutet, das eigene Unternehmen zu gefährden. Das gleiche gilt für die Situation, in der du zu mir kamst. Wenn es nicht im Drehbuch steht, kann jeder Agent selbst entscheiden, wie er reagiert. Es kommt immer auf die Umstände an. Vielleicht will er keine vollkommene Tarnung auffliegen lassen, die er sich in Jahren aufgebaut hat. Okay, das kann vielleicht bedeuten, daß es Zeiten gibt, in denen die rechte Hand nicht wissen darf, was die linke tut, aber es ist die einzige Methode, damit die AMEXICO und ihre Operationen wasserdicht bleiben.«

»Yeah, so ist es wohl ...« Steve kam plötzlich ein Gedanke. »Sind wir uns in Nebraska rein zufällig begegnet, oder hast du ...«

»Es war natürlich Zufall! Christoph! Was für eine Frage! Wenn ich gewußt hätte, daß mich diese Scheiß-Beulenköpfe gefangennehmen, hättest du nur noch eine Staubwolke von mir gesehen!« Kelso log, doch nun, wo Brickman glaubte, alle Antworten zu kennen, war es leichter, ihm eine Lüge unterzujubeln.

Außerdem entsprach sie halb der Wahrheit. Man hatte sie auf Brickmans Ankunft hingewiesen. Als nagelneuen Mitarbeiter der AMEXIKO hatte man ihn ›eingesetzt‹, um die Grenzen seiner körperlichen und geistigen Ausdauer zu testen — und er war voll durchgerasselt. Kelso und Medicine Hat waren angewiesen worden, ihn loszuschneiden, bevor er ernsthafte Schäden davontrug, und durch einen glücklichen Zufall hatte Jodis echte Besorgnis für eine geeignete Tarnung gesorgt. Der Zwischenfall, den niemand geplant hatte, war die unerwartete Begegnung mit dem M'Call-Clan gewesen.

»Und was hast du hier draußen gemacht?« Steve wußte zwar, daß es Zeitverschwendung war, aber er konnte seine Neugier nicht außer acht lassen.

Kelso antwortete mit einem krächzenden Lachen. »Du erstaunst mich immer wieder, Brickman.«

»Was ist mit Malone? Er schien eine Menge über Geheimagenten zu wissen.«

»Das ist eine Frage, die du ihm selbst stellen mußt.« Kelso gähnte. »Hast du noch mehr auf Lager? Ich kann die Augen kaum noch offenhalten.«

»Ich möchte, daß du Mutter eine Nachricht überbringst.«

Kelso gähnte erneut. »Hoffentlich keine lange ...«

»Nein. Aber hör genau zu. Man hat mich ausgeschickt, um drei kluge Mutanten zu schnappen: Cadillac, Clearwater und ihren Lehrer — einen alten Knaben namens Mr. Snow.«

»Nun, zwei von dreien sind auch gar nicht schlecht. Besonders dann, wenn es um einen ersten Auftrag geht.«

»Jetzt hör mir gefälligst zu!« sagte Steve wütend. »Es ist wichtig! Die beiden sind im Vergleich zu Mr. Snow ein Fliegenschiß. Hast du gesehen, was Clearwater am Reiherteich getan hat? Yeah? Nun, Mr. Snow kann Kräfte loslassen, die zehnmal stärker sind!«

»Und wie willst du ihn dann greifen?«

»Die einzige Möglichkeit führt über seine Schüler. Sie sind dazu erzogen, seine Stelle einzunehmen, wenn er stirbt, und sie sind seine *einzige* Schwachstelle.«

»Erzähl weiter ...«

»Das Ausschalten Side-Winders und der beiden MX-Piloten war nötig, um *mir* die vollkommene Tarnung zu geben, die ich brauche. Cadillac und Clearwater glauben, daß ich dem Prärievolk völlig vertraue. Deswegen habe ich Mr. Snow versprochen, mein Bestes zu tun, um sie aus Ne-Issan herauszuholen. Wenn ich sie sicher zu ihrem Clan nach Wyoming zurückbringen kann, bin ich der Stammesheld, und ...«

»... dann schnappen wir uns alle drei.«

»Genau.« Steve grinste. »Du siehst also, im Grunde ist es mir scheißegal, ob wir deine häßliche Haut retten. Ich brauche nur einen, dem ich anvertrauen kann, was geschehen wird. Jemanden mit den richtigen Verbindungen. Wenn du auf der *Lady* bist, mußt du als erstes Mutter anrufen und übermitteln, was ich dir gerade erzählt habe. Dann bittest du Hartmann, sich seinen Marschbefehl zu holen. Ich möchte, daß der Wagenzug so schnell wie möglich von hier verschwindet. Ich möchte auch keinen anderen nördlich der Staatsgrenze von Kansas sehen, bevor ich mich melde.«

»Könnte klappen. Vielleicht ziehen sie die *Lady* zurück, aber ich verstehe nicht, wieso sie ihren Scheißkrieg einstellen sollen, solange du an deinem Bühnenbild zimmerst.«

»Gib einfach nur die Nachricht weiter, klar?«

»Okay. Aber ich glaube, ich muß dich warnen. Sollte mir jemand eine schnelle Runderneuerung unter einem Generalanästhesisten anbieten, muß deine Nachricht warten, bis ich wieder bei mir bin.«

»Schlimm, was?«

»Ich hab schon bessere Tage erlebt.« Kelso kämpfte eine Schmerzwelle nieder und packte Steves Arm. »Hör zu. Ich weiß es zu schätzen, daß ihr bei mir bleibt. Danke, daß du mir eine Heimfahrt besorgst.«

»Noch bist du nicht weg, Amigo.«

»Stimmt. Ich schulde dir was — okay?«

»Wenn du die Botschaft überbringst, sind wir quitt. Aber wenn du meinst, du müßtest mir einen Gefallen tun, kümmere dich darum, daß Jodi heil aus der Sache rauskommt. Sie schiebt ihren Kopf in die Schlinge, um deinen Hals zu retten. Vergiß das nicht.«

»Mach ich ...«

»Gut. Der entscheidende Punkt ist: Falls außer Mutter jemand danach fragt, seid ihr beiden die einzigen Überlebenden. Du hast nichts gesehen. Jodi kennt die ganze Geschichte. Kapiert?«

»Yeah ...«

Jodi kam zurück, um Kelso seine abendlichen Schmerzmittel zu geben, dann streichelte sie seine

Stirn. »Okay, Meister, schlaf jetzt etwas. Wir möchten dich für das Ereignis in Bestform haben.«

»Wann ... äh ... morgen?« Kelsos Augen fielen zu.

»Bald«, sagte Steve. Es würde nicht anders gehen. Sie hatten nur noch einen Vorrat von zwei Schüssen Morphin.

Für den Rückmarsch zum Lagerplatz stellten die Kojak-Ältesten Cadillac und Clearwater statt der ursprünglichen fünf nur eine Eskorte von zwei Händen zur Verfügung. Obwohl dies ihren Wert zu mindern schien, sollte es tatsächlich ein Kompliment sein. Nachdem die Ältesten Cadillacs extravaganten Behauptungen gelauscht hatten, waren sie zu dem Schluß gekommen, daß die ›Auserwählten‹ auch dann noch in der Lage waren, sich und ihre Begleiter zu beschützen, wenn nur die Hälfte seiner Rede der Wahrheit entsprach.

Die Entscheidung fiel zwar nicht einstimmig, doch ebenso wie Carnegie-Hall erklärten sich die Andersdenkenden nicht. Nachdem der Wortschmied den großen Fang umgarnt hatte, zögerte er zwar, ihre Sicherheit zu gefährden, doch spielten auch Fragen der Etikette eine Rolle. Den geehrten Gästen eine gleich große oder gar noch größere Eskorte zu geben, hätte den Eindruck erweckt, man habe Cadillacs Aussagen bezüglich ihres Status und Clearwaters Kräften nicht ernstgenommen.

Die alten Traditionen verlangten von Wortschmieden, daß sie nur zueinander offen sprachen. Auch wenn sie nicht alles sagten, was sie wußten, *mußte* alles, was sie aussprachen, der Wahrheit entsprechen. Es wäre für einen Angehörigen dieser auserwählten Gruppe eine ernsthafte Beleidigung mit unvorhersehbaren Konsequenzen gewesen, in Wort oder Tat anzudeuten, sein Bruder im Geiste habe seine Kräfte dazu verwandt, ein Lügennetz zu weben.

Die Ältesten hatten noch einen praktischen Grund,

um die Größe der Eskorte zu verringern: Man brauchte die Krieger anderswo. Das Auftauchen der Eisenschlange hatte den Winterschlaf jener Mutanten gestört, deren Jagdgründe nahe am Mississippi lagen. Hätten sie ihr individuelles Interesse unterdrücken können, hätten sie unter Umständen eine konzertierte und wirksame Verteidigung aufgebaut, doch der Tag, an dem das Prärievolk die unversöhnliche Feindseligkeit gegen ein Gemeinschaftsgefühl austauschte, lag noch weit in der Zukunft.

Statt an Ort und Stelle zu verharren, hatten sich diese Krieger allmählich nach Nordosten in Bewegung gesetzt. Und an diesem Morgen war eine Patrouille der Kojak-Krieger dem Spähtrupp eines unidentifizierten Clans der C'Natti-Mutanten begegnet, der im Begriff gewesen war, Grenzpfähle in einem Land aufzustellen, das schon von den M'Waukee beansprucht wurde.

Zwar hatte man die C'Natti — für die Wolfsrudel der D'Troit feige Schakale — kampflos abgewehrt, aber sie drohten, in einer größeren Anzahl zurückzukehren. Dies gab den Kojak-Ältesten Grund zur Sorge. Da sie etwa neunhundert Krieger beiderlei Geschlechts aufbieten konnten, fürchteten die Kojaks zwar keinen Angriff eines rivalisierenden Clans, aber sie konnten nicht gleichzeitig einer Invasion ihrer Jagdgründe widerstehen, wenn sie mehrere Gegner hatten. Und das würde eintreten, wenn die Eisenschlange näherkam.

Einem schädlichen Konflikt konnte man nur aus dem Weg gehen, wenn die Bedrohung durch diese furchterregende Bestie gebannt war. Da Cadillac M'Call behauptet hatte, ihre Ankunft in dieser Gegend stünde direkt mit dem Erscheinen der Auserwählten in Verbindung, war es nur vernünftig, damit zu rechnen, daß die talentierten Individuen ihre gemeinsamen Kräfte einsetzten, um die Schlange zu verjagen. Carnegie wurde sogar die Aufgabe übertragen, Cadillac vor ihrem Abrücken zu erklären, daß man die Niederlage der Eisenschlange nicht mehr für nur eine freiwillige Geste des guten Willens hielte; nun war es lebenswichtig, den Clan davor zu bewahren, vom Druck seiner räuberischen Nachbarn überrannt zu werden.

Als Clearwater diesen Worten zuhörte, sank zwar ihr Mut, doch Cadillac übernahm die Aufgabe mit der zuversichtlichen Aura eines Mannes, dem nichts unmöglich war. Als sie nach Süden liefen, nahm er sich vor, ihre vorwurfsvollen Blicke zu ignorieren, doch hinter seiner zielgerichteten ›Kann ich‹-Haltung verwünschte er sich wegen seiner unbeherrschten Wortwahl. Und die Phantom-Persönlichkeit, die in seinem Gehirn nistete, lief in zunehmender Panik umher und stellte sich fortwährend die gleiche, unbeantwortete Frage: *Was soll ich nur TUN!!?*

Steve fing die Marschsäule anderthalb Kilometer im Norden des Lagerplatzes ab und nahm Cadillac und Clearwater beiseite.

»Ich habe mir Sorgen um euch gemacht. Wir haben euch schon vorgestern zurückerwartet.«

»Der Marsch hat länger gedauert, als wir angenommen haben«, sagte Cadillac.

Steve suchte Clearwaters Blick. Ihr Gesicht wirkte angespannt.

»Bist du okay?«

Bevor sie etwas sagen konnte, warf Cadillac ein: »Es geht ihr gut. Was hast du wegen Kelso unternommen?«

»Er ist immer noch bei uns. Aber halt deinen Hut fest: Jodi ist auf eine interessante Lösung gestoßen, und ich finde, wir sollten mal drüber reden.« Er suchte den Himmel ab. »Gehen wir in Deckung …«

Cadillac berichtete der Eskorte, was los war. Die mit Fellen bekleideten Krieger folgten ihnen in das naheliegende Kiefernwäldchen und nahmen außer Hörweite Platz.

Steve warf einen Blick auf die Kojak-Mutanten, dann fragte er: »Wie seid ihr mit dem Wortschmied ausgekommen?«

Cadillac reagierte mit einem selbstzufriedenen Lächeln. »Wir sind doch hier, oder nicht? Ich habe ihn angeschmiert.«

Clearwaters Ausdruck änderte sich zwar nicht, aber ihr Blick übermittelte Steve eine ganz andere Geschichte.

»Kann ich mir vorstellen ... Aber als du weg warst, ist mir eine Idee gekommen. Wieso haben Mr. Snow und du nichts von der Auserwählten-Prophezeiung gewußt? Ich habe gedacht, ihr Wortschmiede gebt solches Zeug bei eurem jährlichen Treffen am Handelsposten von einem zum anderen weiter.«

Cadillac machte keinen Versuch, seine Verärgerung über das zu verbergen, was er als Unterminierungsversuch seiner neu gefundenen Autorität empfand. »Brickman! Du solltest das Prophezeiungsgeschäft denen überlassen, deren Verstand ausgebildet ist, sich mit solchen Dingen zu beschäftigen!«

In einem Versuch, den Frieden zu erhalten, sagte Clearwater: »Der Meister könnte sie geheimgehalten haben, um uns zu schützen. Die Unkenntnis der Schrekken und Demütigungen, die wir in den Ostländern ertragen mußten, hat uns den blinden Mut verliehen, den wir brauchten. Ein Vorauswissen um diese Dinge hätte unsere Entschlußkraft vielleicht geschwächt.«

»Nett gesagt«, sagte Steve mit einem bewundernden Nicken. »Aber das beantwortet die Frage nicht.« Er deutete mit dem Kopf in Richtung auf die sitzende Eskorte. »Wenn die Burschen erwartet haben, daß wir hier aufkreuzen — und eben das hat ihr Wortschmied behauptet —, dann stand auch fest, daß ihr den Trip nach Ne-Issan überlebt. Also macht es keinen Unterschied, ob ihr wißt, auf was ihr euch einlaßt.«

»Können wir zum *wirklichen* Zweck des Gesprächs

zurückkommen?« fauchte Cadillac. »Wir sind nicht hier, um *unsere* Handlungen zu rechtfertigen, sondern um *deine* Entschuldigung zu hören, wieso du es nicht geschafft hast, das Problem Kelso zu lösen!«

»Dazu wollte ich gerade kommen. Die Kerle da drüben ... Haben sie das Kommando, oder du?«

Cadillac beäugte die zwölf Mutanten und runzelte die Stirn.

»Was soll das heißen ...?«

»Heiliger Bimbam! Ist die Frage nicht klar? Tun *sie*, was *du* ihnen sagst?«

Cadillac schaute die Mutanten erneut an, dann schenkte er Steve einen wachsamen Blick. »Sag mir bloß, wie der Plan aussieht, Brickman. Ich stelle fest, daß du es kaum noch erwarten kannst, mich einzuweihen.«

»Er ist brillant. Die Himmelsfalken, die über uns weggeflogen sind, kommen ...«

»... von der *Lady*. Ich weiß. Sie haben weiße Flügelspitzen. Nur sind es welche vom Typ Mark II — im Gegensatz zu den Deltaflügel-Modellen, die Jodi und du letztes Jahr in Wyoming geflogen habt. Bevor die M'Calls eure vielversprechende Karriere unterbrochen haben.«

»Stimmt genau ...« Steve ließ sich von der Unterbrechung nicht auf die Palme bringen. Cadillac wollte es ihm nur heimzahlen. Vielleicht klappte es sogar. Aber er mußte ihn im Auge behalten. Wenn er nicht bald wieder auf den Boden kam, glaubte er noch, daß er das Unternehmen leitete. Aber zunächst galt es, ihn einzuseifen. Ein leichtes Lächeln. »Wenn man in das Hirn eines Burschen einbricht, muß man wirklich die Regale leeren ...«

»Ich dachte nur, ich erinnere dich mal daran. Falls du vorhaben solltest, mich reinzulegen.«

»Ganz im Gegenteil. Jetzt hast du die Chance, vor deinen neuen Freunden gut dazustehen.«

»Erzähl's mir nicht. Laß mich raten. Jodi will einen Versuch machen, wieder auf die *Lady* zu gehen — und sie will Kelso mitnehmen.«

»Ausgezeichnet! Die Abstinenz vom Sake hat dich wirklich wieder auf Zack gebracht.«

»Okay. Damit schaffen wir uns Kelso vom Hals. Aber inwiefern nützt es uns?«

»Jodi schwört einen heiligen Eid. Sie hat gesehen, daß wir drei, als wir von der Jagd zurückkamen, von einer riesigen Mutanten-Patrouille geschnappt wurden. Sie wurde nicht entdeckt, weil sie mit Kelso in Deckung blieb, aber sie hatte das Fernglas auf uns gerichtet. Man hat uns niedergemacht und wiederholt auf unsere nackten Leichen eingestochen. Und dann hat man unsere Köpfe auf Pfähle gespießt.«

Cadillac und Clearwater tauschten einen besorgten Blick.

Da Steve spürte, daß zwischen ihnen etwas vor sich ging, von dem er nichts wußte, machte er einen Versuch, sie auszuhorchen. »Ihr fragt euch vielleicht, ob man sich auf Kelso verlassen kann, damit er ihre Geschichte bestätigt. Es ist kein Problem. Seit ihr weg wart, haben wir ihn unter starke Beruhigungsmittel gesetzt. Er weiß nicht mal, welcher Tag heute ist.« Steve musterte ihre Gesichter, aber sie verrieten nichts. »Also kommt alles auf Jodi an. Und da sie fünf Jahre eine respektierte Angehörige der Mannschaft war …«

»… wird man ihr glauben.«

»Klar«, fuhr Steve fort. »Wenn die Nachricht im HZ eintrifft, weist man Hartmann an, den Rückzug einzuleiten. Du kannst das Verdienst für dich in Anspruch nehmen, und dann können alle wieder ruhig schlafen.«

Cadillac sinnierte darüber nach. Brickman reichte ihm die Gelegenheit, nach der er gesucht hatte. Allmählich dämmerte ihm der Plan. »Schön … Gefällt mir.«

»Gut. Du mußt es den zwölf Burschen da drüben nämlich verklickern. Wir wollen doch nicht, daß sie hier den Affen machen, wenn die Maschinen kommen, um die beiden abzuholen.«

»Ich bin kein Vollidiot, Brickman.«

Steve setzte zu einer scharfen Antwort an, dann überlegte er es sich anders. Er hatte noch Zeit genug, um diesen Grasaffen an die Wand zu nageln.

Als Hartmann auf den Bildschirmen auftauchte, um anzukündigen, man habe eine achtstellige Seriennummer gesichtet, die jemand 250 Kilometer von ihnen entfernt im Osten in den Schnee gestampft hatte, wurde die Nachricht mit spontanem Jubel begrüßt. Da man der Mannschaft erzählt hatte, man suche nach fünf Wagnern, freute sich wirklich jeder darüber, daß man sie gefunden hatte, doch wirklich aufregend wurde die Sache erst durch die Aussicht, daß die erfolgreiche Entdeckung eine frühere Heimfahrt bedeutete.

Nachdem er in den Sattel gerufen worden war, erkannte Buck McDonnell die Nummer, die der Rad-Comm-Tech, der die Botschaft empfangen hatte, auf den Schirm zauberte. Hartmann, der wußte, daß es mehr Seriennummern gab, als man sich vorstellen konnte, hatte sie durch den Computer laufen lassen.

Und keine Frage, sie wurde identifiziert:

2096-5341 KAZAN, JODI, R. KOMMANDIERT AN BORD *LOUISIANA LADY,* M.W. V. 5. APRIL 2984. BEFÖRDERT ZUM FL. ABT. LT. M.W. V. 1. MAI 2986. VERMUTLICH UMGEKOMMEN BEI LANDEVERSUCH WÄHREND STURM AM BZPKT. CASPAR, WYOMING, 12. JUNI 2989. AKTEX-TRANS ENDE.

Keiner, der sich an Bord befand, hätte diesen 12. Juni je vergessen.

Hartmann hatte zwar, seit man ihm befohlen hatte, bei Trinidad den Kurs zu ändern, gewußt, daß Jodi sich dort draußen aufhielt, aber er war wirklich überrascht, daß man ihm eine positive Identifikation *und* den präzisen Aufenthaltsort auf dem Teller serviert hatte — und das kurz nachdem die Suche nach einem vielversprechenden Anfang in die Nadel-im-Heuhaufen-Phase eingetreten war. Er drehte sich zu McDonnel um. »Es ist unglaublich ...«

»Mich überrascht es überhaupt nicht, Sir. Sie ist ein zäher *Hombre.*« Ein solcher Ausdruck aus dem Mund von Big D — der zudem ungeachtet des Geschlechts der Betroffenen geäußert wurde — war der höchste Ritterschlag. Und das kam nur selten vor.

Hartmann wandte sich im Sattel an seinen Stab. »Tja, da haben wir's, meine Herren. Die erste Begegnung — und sie gehört zur *Lady.*«

Alle Männer in Hörweite stießen einen schrillen Schrei aus und stießen einen Arm in die Luft. »*Yo!*«

Hartmann nickte seinem Flugeinsatzleiter zu. »Nehmen Sie auf der Stelle das Rettungsverfahren in Angriff, Mr. Baxter. Ich möchte Kazan so schnell wie möglich wieder an Bord haben. Und das schließt jeden mit ein, der bei ihr ist. Halten Sie mich ständig auf dem laufenden. Ich möchte die vollständige Geschichte hören, so, wie sie sich entwickelt.«

»Yes, Sir!« Baxter salutierte fröhlich und machte sich an die Arbeit.

Hartmann nahm McDonnell beiseite. »Ich möchte zwar kein Spielverderber sein, Buck, aber wenn sie an Bord ist, verlasse ich mich darauf, daß Sie sie äußerst zurückhaltend empfangen.« Er musterte das breite Grinsen auf McDonnells Gesicht. »In siebzehn Monaten kann eine Menge geschehen.«

Der Spieß verstand, was er meinte. »Ich kann sie mir nicht als GeBe vorstellen, Sir. Kazan war ein harter Knochen. Es ist teilweise meine Schuld, daß wir sie verloren haben. Als die Wasserflut zurückging, kam einer aus ihrer Abteilung zu mir — ein Bursche namens Brickman. Er wollte ein Suchkommando flußabwärts führen.

Aber ich habe es abgelehnt und gesagt, wir würden keine Flieger als Leicheneinsammler verschwenden!« Er verzog wehmütig das Gesicht. »Ich weiß zwar, daß wir kurz darauf von einer kreischenden Masse Beulenscheiße angegriffen wurden, aber damals habe ich mich schlecht gefühlt. Und jetzt fühle ich mich noch schlechter.«

»Sie haben das Richtige getan, Buck. Bedauern ist eine verschwendete Emotion — besonders jetzt, wo sie gefunden ist und es ihr offenbar so gut geht, daß sie ihre Seriennummer in den Schnee treten kann. Zwar schätze ich sie ebenso hoch ein wie Sie, aber so lieb es mir auch wäre, wir können sie nicht bei uns behalten. Offen gesagt, es ist sehr wahrscheinlich, daß es beträchtliche Zeit dauert, bis man sie wieder in den Dienst stellt — falls man es überhaupt tut. Wenn die Sachverständigen erst einmal an die Arbeit gehen ...«

»Sie kommt schon durch, Sir. Darauf verwette ich meine Orden. Der Chef der Bodentruppe hat mir erzählt, wie sie über Bord ging. Wenn Sie mich fragen, hat sie mehr als nur Glück gebraucht, um aus diesem Chaos zu entkommen. Es ist ein langer Weg von Wyoming nach Illinois — ohne Wagenzug, in dem man sich aufhalten kann. Ja, Sir. Ich kann es kaum erwarten zu hören, was sie alles hinter sich hat.« McDonnell schenkte Hartmann einen wissenden Blick. »Gehe ich recht in der Annahme, daß sie etwas mit den beiden Himmelsreitern zu tun hat, die wir suchen?«

»Ich fürchte, das erfahren wir erst, wenn sie an Bord kommt«, sagte Hartmann. Abgesehen von Lieutenant Commander Cooper und dem Navigationsoffizier Ryder wußte an Bord niemand, daß Kazan und Brickman zu den fünf Personen gehörten, nach denen die *Lady* suchte. Zwar war Kazans Name nun aus dem Sack, aber Hartmann hielt es für besser, sie so lange wie möglich nicht mit den gelandeten Flugzeugen in Verbindung zu bringen.

»Weil es Leute gibt, die sagen, Himmelsreiter würden oft von Geheimagenten eingesetzt.«

Hartmann versteifte sich. Seit seiner instruktiven Dusche mit Colonel Marie Anderssen war er davon überzeugt, daß man die *Lady* ausgeschickt hatte, um die Überreste eines schiefgegangenen Geheimunternehmens einzusammeln. Aber er war nicht darauf vorbereitet, seine Gedanken mit anderen zu teilen.

»Kein Kommentar, Mr. McDonnell. Und noch ein Rat: Ich schlage vor, daß Sie weitere Spekulationen zu diesem speziellen Thema in der Öffentlichkeit *und* im Privaten vermeiden.«

McDonnell nahm Haltung an und salutierte makellos.

»Yes, Sir!«

Als der Spieß den Sattel verließ, tauchte Moore mit seinem Stellvertreter, Captain Virgil Clay, auf.

»Was ist denn, Bob?«

»Virgil hat eine Idee, die er Ihnen erläutern möchte.«

Clay erklärte. »Da ist dieser Heißsporn-Lieutenant aus der Pueblo-Zwischenstation ... Er hat angeboten, eine Abteilung über den Mississippi zu bringen, damit wir am Boden Entsatz haben ...«

»Harmer? Ist das nicht der Typ mit der eingeschlagenen Nase und dem fliehenden ...?«

»Genau der. Er behauptet, er hätte neunzehn Mann, die mit ihm gehen wollen. Und sie haben alle Winterkampferfahrung.«

»Weiß er denn, wie weit er marschieren muß? Kazan befindet sich 225 Kilometer östlich von hier.«

»Das Problem hat er schon gelöst. Wir haben vier Himmelsfalken, die mit Kufen ausgerüstet sind. Sein Plan sieht so aus: Er will sie mit zwei Kumpelschleppern behängen — einen auf jeder Seite des Flugzeugrumpfes.«

Hartmann wandte sich an Lieutenant Commander Moore. »Können die Menschen zwei Passagiere in voller Kampfausrüstung heben?«

»Wenn wir die MGs abmontieren, geht es.«

»Harmer ist mit Baxter alles durchgegangen. Wenn die vier Maschinen je drei Einsätze fliegen, können wir zwanzig Mann in siebeneinhalb Stunden absetzen. Der Hin- und Rückflug wird etwa dreieinhalb Stunden dauern.«

»Es bedeutet aber auch, daß die ersten acht Männer drei Stunden lang auf sich allein gestellt sind.«

»Daran hat er gedacht. Die anderen Falken fliegen während des Unternehmens Luftunterstützung. Tatsächlich brauchen sie, wenn sie während der Tageslichtstunden dort daußen sind, pausenlos Deckung aus der Luft.«

Hartmann wirkte nicht sehr beeindruckt. »Das bedeutet, daß unserer ganzen Fliegertruppe die Hände gebunden sind, während dieser Dämlack versucht, sich mit Ruhm und weiteren Belobigungen zu bekleckern. Und dann dauert es siebeneinhalb Stunden, alle Mann wieder zurückzufliegen.« Er schüttelte den Kopf. »Das scheint mir doch eine sehr extravagante Verschwendung von Luftmacht zu sein ...«

»Andererseits ...«, setzte Moore an.

Hartmann unterbrach ihn. »Ich weiß genau, was Sie sagen wollen, Bob. Ich glaube nur, wir sollten warten, bis Kazan an Bord ist. Wir wollen zuerst mal sehen, wie sie zu diesem Auftrag paßt und wer sonst noch da draußen ist.«

»Okay. Damit kann ich leben ...«

Captain Clay sah enttäuscht aus. Er hatte gehofft, an einem der Flüge teilzunehmen und selbst eine Belobigung einzustreichen. »Was also soll ich Lieutenant Harmer sagen, Sir?«

»Geben Sie ihm eine Landkarte, damit er was zu spielen hat. Und sagen Sie ihm, er soll eine vollständige Liste der Ausrüstungsgegenstände anlegen, die er und seine Männer brauchen. Die haben doch eigene Waffen?«

»Nur Handfeuerwaffen, Sir.«

»Sorgen Sie dafür, daß sie mit einer kompletten Geschützladung versorgt werden, Mr. Clay. Und teilen Sie Harmer mit, daß er dafür verantwortlich ist, die Waffen seines Teams zu inspizieren und dafür zu sorgen, daß sich alles in perfektem Zustand befindet. Ich möchte, daß der Trupp in genau zwölf Stunden in Alarmbereitschaft steht.«

»Yes, Sir!« Clays Rechte flog an den langen Schirm seiner gelben Baseballmütze. Er wirbelte auf dem Absatz herum und verließ den Sattel im Laufschritt.

Moore warf seinem Kommandeur einen listigen Blick zu. »Das dürfte unseren Lieutenant für eine Weile beschäftigen.«

»Ja«, seufzte Hartmann. »Diese dämlichen Pioniere! Bloß weil sie es nicht auf einen Wagenzug geschafft haben, müssen sie ständig beweisen, was sie für fähige Köpfe sind.« Er strich mit dem Finger über die Spitzen seines buschigen weißen Schnauzbarts — ein Zeichen dafür, daß er über etwas nachdachte. »Glauben Sie, er könnte ein *Geheimer* sein?«

»Schwer zu sagen«, sagte Moore. »Warum fragen Sie Mary-Ann nicht?«

»Ich sollte es wohl tun. Halten Sie ihn bis dahin beschäftigt, Bob. Mit etwas Glück regt er sich noch so auf, daß er sich selbst in den Fuß schießt.«

Moore lächelte. »Das halte ich für unwahrscheinlich. Aber man könnte es vielleicht *arrangieren.*«

Hartmanns Frage nach dem diensteifrigen Lieutenant aus Pueblo bezog sich auf den heimlichen Einsatz militärischen Personals, das mit der Sachverständigen-Abteilung unter einer Decke steckte. Leute dieses Kalibers taten zwar den gleichen Dienst wie reguläre Soldaten aller Dienstgrade, doch ihre wirkliche Aufgabe bestand darin, die Einsatz*freude* und Kompetenz der Wagenzugkommandanten und ihrer Mannschaften zu beobachten.

Ihre Anwesenheit an Bord von Wagenzügen oder im Innern einer Zwischenstation kam normalerweise nur ans Licht, wenn sie als Zeugen der Anklage bei Disziplinarverfahren auftraten. Zwar wußte niemand, wie weit verbreitet diese unerfreulichen Gestalten waren, aber das Wissen, daß die Aussagen solcher Lumpen gute Männer an die Wand gebracht hatten, trug dazu bei, daß man ihnen bei jeder Gelegenheit einen Knüppel zwischen die Beine warf.

Gewisse Aspekte ihrer Tätigkeit, speziell ihre Bewertung der ›Einstellung‹ einer Mannschaft zur Führerschaft und den Direktiven der Ersten Familie, glichen die Aktiven Dienstbewerter — denn so lautete ihr offizieller Titel — den politischen Kommissaren, die den Einheiten der sowjetischen Armee angehört hatten, speziell in jenem Prä-Holocaust-Ära-Konflikt, den man als Zweiten Weltkrieg kannte.

Die politischen Kommissare waren jedoch deutlich erkennbar gewesen und hatten mit den militärischen Kommandeuren Klartext über die ›Korrektheit‹ taktischer Entscheidungen reden können. Ein ADB verfügte über die gleiche Macht, konnte aber auch die Karriere eines Menschen ruinieren. Das Schlimme war, daß man nicht einmal die Spitze des Eisbergs sah, den sie darstellten. Wenn man entdeckte, daß er existierte, hatte man normalerweise schon ein Leck und war im Sinken begriffen, da bei ernsthafter Codexverletzung mildernde Umstände unzulässig waren.

In der Bewerter-Abteilung nannte man einen Mitarbeiter, der in einer Operationseinheit diente, einen ›Trumpf im Ärmel‹. Die Zeit, die sie bei einer bestimmten Einheit verbrachten, konnte einen Monat oder ein Jahr betragen. Ein ADB konnte ein Stabs- oder ein geringerer Offizier, ein Techniker oder ein gemeiner Soldat sein, der in der Waffenkammer arbeitete — es war auch möglich, daß niemand aus der Bewerter-Abteilung an Bord war. Daraus bestand die Kraft und die Schönheit des Systems: Es gab keinen Bedarf an einem ausgedehnten Schnüfflerheer. Wie viele Kontrollen, deren sich die Erste Familie bediente, operierte sie auch hier nach dem Prinzip FURZ, dem klassischen Prinzip der Mächtigen: Furcht, Ungewißheit, Ratlosigkeit und Zweifel.

Lieutenant Harmer hatte sich möglicherweise als Knallkopf entlarvt, aber Deke Haywood, einer seiner Reisegefährten aus Pueblo, erwies sich als Entdeckung des Jahres. Der VidComm-Tech-4 zeigte zwar einen beunruhigenden Enthusiasmus für wolkenerfüllte Himmel, doch dies war, soweit man wußte, kein Vergehen, das einen hinter Schloß und Riegel brachte — wenn es vielleicht auch eine anstaltsreife Störung war. Wie immer die offizielle Anklage auch lautete, die Mannschaft der *Lady* hielt Dekes Sucht für eine geringfügige und verzeihliche Marotte angesichts der Tatsache, daß er ein elektronisches Genie war. Seit er an Bord gekommen war, hatte er mehrere Systeme entstört und arbeitete sich gerade durch eine Liste von Ausrüstungsgegenständen, deren fortwährende Fehlfunktionen dem diagnostischen Geschick der Reparateure der *Lady* widerstanden hatten.

In Erwartung des ersten Luft-Boden-Kontakts hatte Deke zudem zwei identische Black Boxen gebaut — eine für jede alternierende Vier-Maschinen-Patrouille. An einen Himmelsfalken gehängt, versetzten sie jemanden am Boden in die Lage, zur *Lady* durchgestellt zu werden. Die Flieger brauchten nur noch ein ordentlich verpacktes Walkie-Talkie abzuwerfen, dann konnte Hartmann direkt mit jedem reden, der sich im Freien aufhielt.

Wie der Zufall es wollte, verfügte Steves Trupp über *zwei* Funkgeräte — je eins aus den Notfall-Überlebenspäckchen, die zu den Himmelsfalken gehörten. Und als Ergebnis kam Jodi auf Sendung und wurde persönlich zu ihm durchgestellt, während ein paar Burschen im

Flugwagen geschäftig eine Ziehrutsche an den Kanister bauten, der das Walkie-Talkie enthielt, das Gus White ungeduldig abzuliefern gedachte.

Gus, der sich ausgemalt hatte, wie die legendäre 5. Kavallerie über einen Hügel zu kommen, war nicht sehr erfreut.

»Machen Sie sich nichts draus«, sagte Baxter. »Sie können abfliegen und sie einsammeln.«

Die von Stinson geführte Patrouille hatte ihre Seriennummer ausgemacht und an die *Lady* weitergemeldet. Nach der Landung hatte Vickers die Maschine mit einem Burschen namens Owens getauscht, und so flogen nun er und die Nr. 4 — Marklin — das, was man schnell auf den Namen ›Skifalken‹ getauft hatte. Beide Männer erboten sich, nach unten zu gehen und zu ermitteln, doch Stinson entschied sich dagegen.

Bis zum Augenblick der Seriennummersichtung hatte ihr Ziel darin bestanden, die in der Luft verbrachte Zeit heraufzusetzen. Da die Kufen eine beträchtliche Menge Luftwiderstand erzeugten, waren die beiden Maschinen noch nicht mit der zusätzlichen Last der ›Kumpelschlepper‹ beladen — was bedeutete, daß sie nicht in der Lage waren, jemanden aufzunehmen.

Stinson erbat auf dem Funkweg Instruktionen. Flugeinsatzleiter Baxter teilte ihm mit, das zweite ›Skifalken‹-Paar auf der *Lady* werde nun mit der Nottragenausrüstung versehen. Owens und Marklin sollten ihre Maschinen zur gleichen Behandlung zurückbringen; er und Vickers sollten über der Fundstelle kreisen, bis man sie ablöste.

In sicherer Entfernung, im Norden des Lagerplatzes unter einer dichten Ansammlung von Kiefern verborgen, wechselten Steve, Cadillac und Clearwater sich dabei ab, den Ablauf der Ereignisse mit dem Fernglas zu verfolgen, das dem gleichen Überlebenspäckchen entstammte wie das neben ihnen liegende Handfunkgerät. Das Gerät war auf die Standardfrequenz geschaltet, die Himmelsfalken für Luft-Luft- und Luft-Boden-Funksprüche verwendeten.

Steve, der das Fernglas ständig auf das Wäldchen gerichtet hielt, unter dessen Bäumen Kelso lag, sah Jodi mit dem zweiten Gerät in der linken und einer Leuchtpistole in der rechten Hand ins Freie treten. Sie schaute zu den Himmelsfalken hinauf, die hoch über ihr kreisten und feuerte dann, fast parallel zum Boden, eine grüne Leuchtkugel ab. Der strahlende Lichtball landete fast in der Mitte der großen Zahlenreihe, die Steve und Cadillac in der Nacht mit ihr in den Schnee getreten hatten.

Steve beobachtete die Rauchfahne des brennenden Magnesiums und überdachte insgeheim ihre Vorbereitungen, um sich rückzuversichern, daß sie an alles gedacht hatten.

Um ihrer Behauptung, sie hätte die beiden letzten Tage allein bei dem verletzten Kelso verbracht, zusätzliches Gewicht zu verleihen, hatten sie ihre letzten Bewegungen im Lager verwischt und stets den gleichen Weg durch den Schnee genommen. Und als sie sich dann nach Norden zurückgezogen hatten — in ihr momentanes Versteck —, waren sie erneut im Gänsemarsch gegangen. Jodi war ihnen einen Teil der Strecke gefolgt, und war dann, als sie im Wald untergetaucht waren, umgekehrt, um den Rückweg zu markieren.

Bevor sie den Lagerplatz verlassen hatten, hatte Clearwater mit Hilfe einiger rosaroten Seifenblätter und geschmolzenem Schnee die Farbe von Kelsos Gesicht, Hals und Händen abgewaschen. Dann hatte sie Jodi geholfen, mit sich das gleiche zu tun. Die Reinigung diente dazu, eine Panikreaktion ihrer Retter zu verhindern. Falls sie sich plötzlich mit etwas konfrontiert sahen, das nach Mutanten aussah, schossen sie vielleicht zuerst und stellten erst nachher dumme Fragen. Dann war Steve klar geworden, daß ihr bemalter Leib, wenn er ans Licht kam, unweigerlich unangenehme Fragen nach sich zog. Jodi hatte zugestimmt und kurz darauf nackt und zitternd an dem kleinen Feuer gestanden. Sie hatten alle mitgemacht und sie wie verrückt abgeschrubbt, damit sie nicht lange hatte frieren müssen.

Kelsos Verletzungen bedeuteten zwar, daß sie mit ihm nicht das gleiche tun konnten, aber Steve hatte entschieden, daß dies sein Problem war. Man würde den Mexikaner, sobald er auf der *Lady* war, ins Krankenrevier bringen — und Karlstrom, alarmiert vom RE-Code und der Seriennummer des Mexikaners würde dafür sorgen, daß man ihn mit einer Mauer des Schweigens umgab.

Als Steve mit Jodi das Szenario durchgegangen war, um dafür zu sorgen, daß sie ihren Text hundertprozentig beherrschte, hatten Cadillac und Clearwater Kelso zum letzten Mal untersucht, um sich zu versichern, daß seine Schienen und Bandagen noch immer an Ort und Stelle waren. Er sollte sich während der Luftreise nicht noch weitere Knochen verrenken. Nachdem dies getan war, hatte Cadillac Steve geholfen, den Lagerplatz zu überprüfen, um sicherzustellen, daß sämtliche Indizien verschwunden waren, die auf ihre Anwesenheit hindeuteten. Clearwater hatte Jodi dazu gebracht, sich hinzuknien. Sie hatte so getan, als wolle sie ihren Nacken in dem Bemühen massieren, den Schmerz der Verletzung zu besänftigen, den sie sich bei der Bruchlandung zugezogen hatte, denn er war während des Großen Abschrubbens wieder aufgeflammt. An einer Stelle hatte Jodi gewirkt, als nicke sie kurz ein, doch als sie die Augen wieder öffnete, konnte sie den Kopf wieder frei bewegen — ohne das kleinste Ziehen des Unbehagens.

»Es ist kaum zu glauben!«

»Für das Prärievolk schon«, sagte Cadillac.

»Es ist alles im Bewußtsein«, erklärte Clearwater. Sie nahm Jodis Hand und schaute ihr tief in die Augen.

»Wenn die Zeit zum Handeln da ist, höre auf deine innere Stimme, dann wirst du fähig sein, die Kraft herbeizurufen, die du brauchst, um das zu tun, was von dir verlangt wird.«

Damals waren Steve diese Worte recht eigenartig erschienen, aber dann waren sie ins Freie gegangen, um Jodis Nummer in den Schnee zu treten, und er hatte sie bald wieder vergessen.

6. Kapitel

Jetzt, am frühen Nachmittag des nächsten Tages, trug der Plan allmählich Früchte. Steve, der das Gerede der sich miteinander unterhaltenden Flieger der *Lady* mit den anderen zusammen abgehört hatte, wußte nun, daß die riesigen Zahlen, die man am Boden erblickt hatte, als jene bestätigt worden waren, die zu Jodi gehörten, und daß ein Rettungskommando unterwegs war.

Er sah, wie Jodi das Handfunkgerät einschaltete und einer der hoch über ihr kreisenden Himmelsfalken eine Spirale nach unten beschrieb. Dann machte er einen langen Überflug über die erlöschende Leuchtkugel. Nate Stinson, der Pilot, ließ die Flügel wippen, als er an Jodi vorbeizog. Sie winkte, als seine Maschine auf ihrer Höhe war und rechts von ihr wieder Höhe gewann. Stinson ging in einer Höhe von etwa hundertsechzig Metern wieder auf einen geraden Kurs, wies mit der Steuerbordschwinge nach unten und ließ den Bug des Himmelsfalken in einer sanften 360-Grad-Kurve über den Horizont fahren.

Als die blauweiße Maschine über die schneebedeckten Kiefern hinwegflog, unter denen Steve sich versteckt hatte, schaltete Jodi ihr Handfunkgerät an. »2-0-9-6-5-3-4-1 ruft Himmelsfalke. Hören Sie mich? Over.«

»Blue Eins an 5-3-4-1. Wir sehen Sie im Bild und hören Sie klar. Ihr Rufzeichen ist Snow Bird. Wiederhole: Snow Bird. Gehen Sie LagBer, um Rettung einzuleiten. Bleiben Sie dran, wir verbinden mit Sun-Ray Lady. Over.«

»Verstanden, Blue Eins. Snow Bird bleibt dran.«

Stinson wechselte den Kanal, funkte zur *Lady* und erhielt die Bestätigung, daß seine Black Box Jodis Stimme übermittelte. Der Wortwechsel wurde aufgezeichnet;

ein Digitalstimmumwandler übersetzte ihn simultan auf einem der vielen Bildschirme in Text. Sun-Ray Lady war das Rufzeichen Hartmanns.

»Blue Eins an Snow Bird. Sun-Ray Lady ist auf Sendung. Fahren Sie fort mit LagBer. Blue Eins hört. Ende.«

Steve, Cadillac und Clearwater lauschten konzentriert, als Jodi Hartmann einen knappen Überblick über den Gesundheitszustand ihres Reisegefährten gab und berichtete, daß sie und Kelso alles waren, was von der ursprünglich fünfköpfigen Gruppe übriggeblieben sei.

Hartmann dankte ihr und fragte nach Kelsos Seriennummer.

Jodi spulte sie ab und fügte hinzu: »Ich soll Ihnen sagen, daß sie einen RE-Zusatz hat, was immer es bedeutet. Over.«

»Verstanden, Snow Bird. Bleiben Sie dran.« Hartmann wandte sich an Dexter, den RadComm-Tech vom Dienst. »Steht die Funkverbindung mit Houston noch?«

»Jetzt wieder, Sir.«

»Geben Sie den letzten Namen und die Nummer mit Zehn-Zehn-Dringlichkeit an die Zentralkartei durch. Ich möchte eine sofortige Überprüfung sowie eine Verfahrensanleitung!«

»Yes, Sir!« Dexters Finger fuhren flink über die Tastatur.

RE war das Kürzel für ›Rückfrage an Exekutive‹. Es bedeutete, daß ohne Nachfrage bei der AMEX, dem im sogenannten Schwarzen Turm untergebrachten exekutiven Zweig der Amtrak-Föderation, an der betreffenden Person keine administrative Handlung vorgenommen werden durfte. Alte Hasen wie Hartmann wußten, daß die AMEX eine Erweiterung der Ersten Familie war. Wenn Mr. Kelsos Nummer mit einem RE versehen war, bedeutete dies, daß er für das Weiße Haus arbeitete. Ob Jodi Kazan etwa — wie Buck McDonnell angedeutet hatte — auch für das Weiße Haus tätig war?

Hin und wieder fingen Steve, Cadillac und Clearwater einen Blick von Stinsons Himmelsfalken auf, der fortwährend über dem Lagerplatz kreiste. Jodi war wieder unter die Bäume zurückgekehrt. Sie stand nun zwischen den Spitzen der äußersten Äste und hielt das Funkgerät ans Ohr. Das andere lag zwischen Steve und Cadillac und verbreitete ein leises statisches Rauschen.

Hartmann meldete sich wieder. »Sun-Ray Lady an Snow Bird plus eins. Rettung ist im Anmarsch. Zwei, wiederhole — zwei — Rettungsmaschinen sind um 14:50 Uhr gestartet. Erreichen Ihre Position um 16:20 Uhr Mittlere Standardzeit. Haben Sie die Ortszeit? Over.«

»Snow Bird an Sun-Ray Lady. Bestätige. Ich habe 15:55 Uhr. Over.«

»Ihre Uhr geht eine Stunde vor, Snow Bird. Es ist nun 14:55 Uhr. Wir müssen Ihre Luftunterstützung zwar zurückziehen, aber machen Sie sich keine Sorgen. Die Kavallerie ist im Anmarsch. Haben Sie irgendwelche farbigen Leuchtkugeln?«

»Positiv, Sun-Ray Lady. Drei Rote und zwei Grüne.«

»Okay, Snow Bird. Schießen Sie eine grüne ab, wenn die Rettung loslegen kann. Falls Feinde am Boden sind, feuern Sie eine rote in ihre Richtung ab. Eskorte gibt dann Feuerschutz nach Ihrer Sicht und Ihren Angaben.«

Steve und Cadillac tauschten einen Blick.

»Halten Sie die Stellung, Kazan«, fuhr Hartmann fort. Trotz der Entfernung konnte man das Lächeln auf seinem Gesicht spüren. »Wenn alles nach Plan geht, müßten Sie an Bord sein, bevor die dritte Schicht anfängt.«

»Kann's kaum erwarten, Sir. Snow Bird hat verstanden.«

Nun waren Clearwater und Cadillac an der Reihe, einander anzusehen. Steve, der hinter Cadillac lag, konnte das triumphierende Leuchten in den Augen seines Gefährten nicht sehen.

Einen Kilometer weiter südlich beobachtete Jodi, daß der niedrig fliegende Himmelsfalke mit wippenden Schwingen nach Westen abdrehte und an Höhe gewann, um zu seinem noch höher fliegenden Kameraden aufzuschließen. Als der Himmel leer wurde, wurde sie plötzlich von Angst gepackt. Sie waren so nah, und doch so fern ... *Na, macht nichts.* Sie schaute auf ihre Armbanduhr. Der Ersatz mußte bald eintreffen. Um 18:00 Uhr, wenn alles klappte, war sie wieder an Bord und feierte mit den Jungs.

Sie duckte sich unter den Zweigen hinweg und schaute nach, ob Kelso noch wach war. Vielleicht zauberte die Nachricht, daß er sich in drei Stunden auf der *Lady* in den Händen fähiger Mediziner befinden würde, sogar ein Lächeln auf sein Gesicht. Als sie ihn schlafend vorfand, beschloß sie, ihn nicht zu wecken.

In den nächsten fünfundvierzig Minuten blieb der Himmel über dem Lagerplatz leer. Jodi hatte sich zwar nie für sonderlich geduldig gehalten, doch seit sie Kelso begegnet war, hatte sie eine heimliche Reserve dieser kostbaren Tugend in sich entdeckt. Nun mußte sie davon zehren — doch nach den Erwartungen, die der freundliche Wortwechsel mit Hartmann in ihr erweckt hatte, wurde sie zunehmend ängstlich, so daß sie sich allmählich ausmalte, alles würde schiefgehen. Brickman hätte ihr bestimmt gern ein paar beruhigende Worte gesagt, doch sie hatten abgesprochen, Funkstille beizubehalten. Es konnte sein, daß eins der sich nähernden Flugzeuge ihre Sendung auffing.

Die Minuten vertickten in schmerzhafter Langsamkeit, und alle zehn Sekunden wurde das Intervall durch Kelsos rhythmisches Schnarchen untermalt. Es klang, als sei seine Nase voller Kieselsteine. Schließlich sichtete Jodi drei sich nähernde Himmelsfalken, die in einer Reihe flogen. Sie prüfte ihre Uhr und richtete dann das Fernglas auf die Maschinen. Die Vögel zeigten ausnahmslos einen Satz sauberer Räder und blieben auf

Höhe. Als der Anführer dazu ansetzte, wie ein nach Futter Ausschau haltender Bussard über ihr zu kreisen, drehten die beiden äußeren Maschinen nach Norden und Süden ab und hielten Kurs. Die Burschen gingen eindeutig kein Risiko ein.

Das Handfunkgerät meldete sich knisternd. »Blue Vier an Snow Bird plus eins. Bringen Sie LagBer auf neuesten Stand. Over.«

Jodi drückte den Sendeknopf mit dem Daumen ein. »Snow Bird an Blue Vier. Wir sind noch auf den Beinen. Keine Probleme. Haben Sie im Bild. Over.«

»Verstanden, Snow Bird. Rettungsteam meldet Eintreffen um Punkt 16:20 Uhr. — Blue Vier, Ende.«

Um 16:10 Uhr sichtete Jodi drei weitere Punkte, die in niedriger Höhe auf sie zukamen. Das Fernglas zeigte, daß die erste und die Steuerbordmaschine der Formation an den Dreiradfahrwerken über kurze Kufen verfügten. Als sie so nahe waren, daß man sie mit dem bloßen Auge sehen konnte, trennte sich die Backbordmaschine von den anderen, um sich zu Blue Vier zu gesellen, der nun anfing, in einer sanften Spirale tiefer zu gehen. Seine beiden Kameraden, deren Rückkehr zeitlich auf die Ankunft der ›Skifalken‹ abgestimmt war, strebten dem gleichen Kurs zu. Als das Trio etwa zweihundertvierzig Meter über Jodis Kopf auf die gleiche Höhe schwenkte, ging der ›Skifalke‹ im Zickzack ans Ende der Reihe, dann umkreisten sie zu viert die Aufnahmezone und hielten sich dabei stets am Heck des Vordermannes.

Als die beiden ›Skifalken‹ im Tiefflug herankamen, schoß Jodi eine grüne Leuchtkugel hoch in die Luft. Die beiden Maschinen unterflogen die gebogene Spur des Leuchtkugelrauchs, sausten in rascher Folge am Lagerplatz vorbei und wippten fünf Zentimeter vom Schnee entfernt mit den Schwingenspitzen. Jodi sprang auf und nieder, schwenkte aufgeregt die Arme und schaute zu, als sie einen zweiten, diesmal höheren Überflug machten, um einen passenden Landeplatz auszuwählen.

Dann hechtete sie wieder in Deckung und kniete sich neben Kelso.

»Dave! Dave! Wach auf! Sie sind jeden Moment bei uns!« Sie tätschelte seine Wange und schüttelte aufgeregt seine unversehrte Schulter, bis seine Lider flatterten. »Wir sind gleich soweit!«

Sie griff nach den Zugseilen des provisorischen Schlittens und zog Kelso ins Freie. Außer der Leuchtpistole, dem Fernglas und dem Handfunkgerät hatte sie nichts zu tragen. Steve und die beiden Mutanten hatten die Reisesäcke, die den Rest ihrer Beute enthielten, mitgenommen.

Die erste der beiden Rettungsmaschinen drehte sich im Wind und setzte — rechts von Jodi — aus Nordosten zum letzten Anflug an. Die zweite, die nun mit dem Wind flog, wurde zeitweise von den hinter ihr befindlichen Bäumen verborgen.

Brickman und seine Freunde mußten sie nun beide sehen. Jodi fragte sich, ob er möglicherweise Hintergedanken hatte. Sie spürte eine plötzliche Qual des Bedauerns, ihn der Gnade der Beulenköpfe ausgeliefert zu haben. Aber, was, zum Henker ... Er hatte seine Wahl getroffen, und sie die ihre. Sie hatte wieder zu sich selbst gefunden. Die innere Gewißheit, daß ihre Entscheidung richtig war, hatte ihr den Mut verliehen, sich allem zu stellen, was auf sie zukam.

Nur ein Hindernis war noch zu beseitigen: Nachdem sie Kelso davon überzeugt hatte, daß Steve umgekommen war, lag nun die Aufgabe vor ihr, die Geschichte auch den anderen zu verkaufen. Und zwar einer Instanz nach der anderen — bis hinauf nach oben. Und im Gegensatz zum guten alten Dave war der Grips der anderen nicht mit Beruhigungsmitteln versetzt. Sie mußte einfach ihr Bestes geben. Für einen Rückzieher war es jetzt zu spät. Aber es würde ihre letzte Lüge sein. Die allerletzte ...

Der zweite ›Skifalke‹ befand sich noch im letzten Anflug, als der erste etwa fünfzig Meter von Jodis Standort gleitend zum Halten kam. Sie zog ihre formlose Pelzkapuze aus dem Gesicht und winkte dem Piloten zu, der nun die Kanzelhaube hochschob und ins Freie kletterte. Dann zog sie Kelsos Schlitten in seine Richtung. Der Pilot schob das dunkle Visier hoch und lief ihr entgegen. Hinter ihm ging die zweite Maschine glatt auf dem gewellten Schneeteppich zu Boden.

Jodi begrüßte den ersten Flieger mit einem breiten Lächeln. »Nett von Ihnen, daß Sie vorbeikommen.« Sie streckte die Hand aus. »Schön, Sie zu sehen, Gus.«

Gus' Blick ruhte kurz auf ihr, dann prüfte er die Umgebung und löste die Feuerwaffe in seinem Holster. Als sein Blick die Runde gemacht hatte, sah er sie wieder an — als könne er sich nicht entscheiden, ob sie der Rettung wert sei oder nicht.

Jodi glaubte, er erkenne sie vielleicht nicht. »Kazan. Jodi Kazan. Ich war im vergangenen April Ihre ...«

»Yeah, ich weiß.« Gus schüttelte flüchtig ihre immer noch ausgestreckte Hand. »Was ist mit Ihrem Gesicht passiert?«

»Wenn es Sie interessiert, fragen Sie mich noch mal danach, wenn wir an Bord sind.«

Gus deutete auf Kelso, der auf die Frachtluke gebunden war. Unter der Luke befand sich eine primitive Konstruktion aus jungen Bäumen, die als Kufen dienten. »Kann man ihn von dem Ding runternehmen?«

»Wir können die Bäume wegschneiden, aber er muß an die Luke gebunden bleiben. Sie hält ihn zusammen.«

Gus fluchte leise, dann nahm er eins der Seile aus Jodis Händen. »Okay, gehen wir. Wir verstauen ihn und sehen zu, daß wir hier wegkommen. Sie können mit Ruddock fliegen.«

»Klar. Kein Problem ...«

»Er gehört zu den Neuen. Hat dieses Jahr seinen Abschluß gemacht. Ich bin jetzt stellvertretender Abteilungschef. Was sagen Sie dazu?«

»Herzlichen Glückwunsch«, sagte Jodi. »Sie haben einen weiten Weg hinter sich ...« *Und noch einen weiten vor dir, du Arschgesicht.*

Sie zogen Kelso auf Gus' Maschine zu. Ruddock, der zweite Flieger, nahm das Gas weg und fuhr auf die andere Seite. Er ließ den Motor auf Stand laufen und rannte auf sie zu, um ihnen zu helfen.

»Wie läuft's?«

»Prima«, grunzte Gus. »Mach mal den Kumpelschlepper fertig, ich schneide den Scheiß hier ab.« Er zückte sein Kampfmesser und zersägte die tierischen Sehnen, die Cadillac dazu verwendet hatte, die Jungbaum-Trage an die Lukentür zu binden.

Jodi tat auf der anderen Seite das gleiche.

Ruddock klappte den an der Backbordseite des Himmelsfalkenrumpfs befestigten Kumpelschlepper auseinander, schob die oberen und unteren Stützspanten in Position und entfaltete den transparenten, mit einem Reißverschluß versehenen Plastikkörpersack, in dem Kelso — geschützt vor dem erstickenden Luftzug und der Eiseskälte — reisen sollte.

Als sie die Aluminiumtrage zu dritt hochhoben, stellte sich heraus, daß sie nicht in den Körpersack paßte.

»Ach, Scheiiiße!« schrie Gus. »Es ist doch nicht zu glauben!«

»Es geht schon!« rief Jodi. »Er steckt in zwei Foliendecken und hat noch den Pelz an! Zerschneiden Sie einfach den Sack und nehmen Sie das Vorderteil, um seinen Kopf zu bedecken!«

»Aber die Scheißluke ist zu breit! Die Riemen gehen nicht um sie rum!«

»Dann laß dir was *einfallen,* du Arschloch!« dröhnte Kelso. »Bringt mich hier weg, verdammt noch mal!«

»Halt die Fresse, Mann!« fauchte Gus. »Du solltest froh sein, daß wir überhaupt gekommen sind, um deinen Arsch zu retten!«

»Leck mich ...!«

Jodi schlug mit den Fäusten auf die Luke ein. »Mach jetzt keinen Aufstand, Dave!« Sie wandte sich an Gus. »Wir können die Riemen verlängern, wenn wir die aus Ruddocks Maschine nehmen! Ich habe zwei gesunde Hände, um mich festzuhalten! — Und glauben Sie mir, nachdem ich so weit gekommen bin, lasse ich nicht mehr los.«

Ruddock war schon unterwegs. »Ich hole sie ...«

Jodi sah, daß Gus erneut einen ängstlichen Blick um sich warf. Und plötzlich fiel ihr ein, was Steve gesagt hatte. Er war der Bursche gewesen, der ihn mitten in einem brennenden Maisfeld im Wrack seines Himmelsfalken eingeklemmt zurückgelassen hatte. Unter all seinem Bombast war der Kerl angesichts der Möglichkeit, einer Bande heulender Mutanten zu begegnen, ein jämmerlicher Hasenfuß.

»Sie machen hier eine bombige Arbeit«, sagte sie, um ihn zu beruhigen. »Und ich weiß, an was Sie denken. Entspannen Sie sich. Ich habe seit Tagen keine Beulenscheiße mehr gesehen.«

»Yeah ...?«

Aus ihrem verborgenen Ausguck im Norden der Rettungszone beobachteten Steve, Cadillac und Clearwater, wie sie vorankamen. Steves Auge klebte förmlich am Fernglas. Clearwater lag neben ihm.

Cadillac, der ein paar Schritte hinter ihnen kniete, fragte: »Was ist denn da los?«

»Ich weiß nicht genau«, sagte Steve. Er hatte sich bemüht, die Gesten, die den erhitzten Wortwechsel zwischen Jodi und den Piloten begleiteten, zu interpretieren. »Sie scheinen irgendein unvorhergesehenes Problem zu haben.«

»Hoffentlich kein ernstes.« Cadillac schwang herum und fing den Blick eines Kojak-Kriegers auf, der etwa fünfzig Meter links von ihm, etwas tiefer im Busch in Stellung gegangen war. Cadillac hob die linke Hand und ließ sie mit einer raschen, schlagenden Bewegung nach unten sausen.

Der Kojak-Krieger erkannte das Signal und legte die Finger vor seinem Mund zusammen. Der schrille, entsetzte Schrei eines kleinen Tiers, das von den Kiefern eines scharfzahnigen Räubers geschnappt wurde, durchdrang für einen kurzen Augenblick die Stille. Es war zwar nicht laut, aber es ließ einen frösteln.

Von dem Geräusch erschreckt, rollte Steve sich auf die Seite. »Himmel! Was, zum Teufel, war das?«

Cadillac ließ sich wieder neben ihm nieder. »Irgendeine arme Kreatur, die seinen letzten Seufzer ausstößt, nehme ich an. Könnte ich, äh ...?«

»Klar.« Steve reichte ihm das Fernglas.

Als Ruddock mit den beiden Sicherheitsgurten zurückgelaufen kam, wurde die Luft in Gus' Umgebung von einem zwar ganz anderen, aber nicht weniger furchterregenden Geräusch durchdrungen.

Tschiiiiieeehhh!

Gus duckte sich instinktiv. »Was, zum Henker ...«

Tschiiiiieeehhh! Irgend etwas flog an ihm vorbei, und dann — *Tschwikk! Tschwakk!!* Zwei Armbrustbolzen trafen den Himmelsfalken. Der erste schlug glatt durch die Backbord-Heckfinne und sauste weiter. Die zweite bohrte sich in den Bug, verfehlte Ruddock ganz knapp, und kam mit fünfzehn Zentimetern seines spitzen Endes auf der anderen Seite zur Ruhe — genau dort, wo Gus stand.

Gus machte einen Satz, als hätte er einen elektrischen Schlag erhalten. »Hei-li-ge SCHEISSE!« Er zückte seine Waffe und ging in Deckung.

Ruddock kam zu ihm. »Siehst du sie?! Siehst du sie?! Wo, zum Teufel, stecken sie?!«

Jodi kniete sich neben sie hin. »Keine Panik, Jungs. Sie sind ziemlich weit weg.«

»Woher wollen Sie das wissen?«

»Weil die Burschen normalerweise nicht danebenschießen. Wenn sie in der Nähe wären, hätte der Bolzen uns alle drei aufgespießt.« Jodi lugte an dem festsitzenden Bolzen entlang und zückte ihr Handfunkgerät. »Blue Vier, hier ist Snow Bird. Mayday. Wir stehen unter Armbrustbeschuß. Anzahl der Gegner unbekannt. Geschätzte Reichweite tausend Meter von unserer Stellung. Warten Sie auf mein Rot zur Sichtung. Over!«

Jodi warf Gus das Gerät zu und lud eilig eine rote Patrone in die dicke Pistolentrommel. Dann legte sie die Hände über dem Bolzen auf den Flugzeugrumpf und feuerte die Leuchtkugel auf eine ferne Baumreihe ab. Die Reichweite betrug keine tausend Meter, sondern tausenddreihundertfünfundzwanzig. Sie war mit Brickman und den anderen dort draußen gewesen, um in der Nacht die falsche Spur zu legen, und sie hatte ihre Schritte auf dem Rückweg mechanisch gezählt. Das rote Leuchten war genau auf den Punkt gerichtet, an dem sie sie zuletzt gesehen hatte. Jodi konnte zwar nicht einmal ansatzweise schätzen, was schiefgegangen war, doch nun gab es nichts mehr, was sie tun konnte, um Brickman zu schützen. Wenn die Beulenköpfe, mit denen er aus eigenem Antrieb zusammen war, beschlossen hatten, sich auf eine Schießerei einzulassen, ging es nur noch ganz simpel um *sie* oder *uns.*

Tschwokk! Ein Armbrustbolzen, der aus einer anderen Richtung kam, prallte an der offenen Kanzel von Gus' Himmelsfalken ab. Ruddock, der sich bemühte, die Ersatzriemen am Kumpelschlepper zu befestigen, duckte sich zwar fluchend, arbeitete aber weiter.

»Schau dir das an!« rief Gus. »Der ist von da hinten gekommen!« Er betätigte das Funkgerät. »Blue Vier? Hier ist Frontschwein Eins. Wir werden aus dreizehn und elf Uhr unter feindliches Feuer genommen! Worauf wartet ihr? Schnappt euch diese Tölpel!«

»Sind unterwegs, Frontschwein. Blue Vier, Ende.«

Jodi feuerte eine weitere Leuchtkugel auf das rechte Ende der Baumreihe ab, als die vier kreisenden Maschinen sich in zwei Gruppen aufteilten und ihren unsichtbaren Zielen entgegentauchten.

Ruddock packte ihre Schulter. »Gehen Sie zu meiner Kiste und ziehen Sie den Kumpelschlepper runter. Schaffen Sie das — und können Sie in den Sack steigen?«

»Klar. Kein Problem.«

»Okay, dann los! Gus und ich laden Ihren Freund ein; dann komme ich zu Ihnen.«

Jodi lief im Zickzack um Gus' Maschine herum, kniete sich unter den Propeller und eilte dann auf den zweiten Himmelsfalken zu. *Tschwiiieeehh!* Wieder zischte ein Bolzen an ihr vorbei. Dann noch ein paar, diesmal über ihr, weiter vom Ziel entfernt. *Tschwiiieeehh! Tschwiiieeehh!* Die Beulenköpfe an den Armbrüsten schienen erkannt zu haben, daß die vier sich nähernden Maschinen nun dazu ansetzten, ihre Ärsche anzunageln.

In ihrem Geist war nun eine Stimme. Beharrlich. Fordernd. Erinnerte sie an das, was sie tun mußte. Ja, natürlich. Es ergab alles einen Sinn. *Es ist kein Angriff. Niemand soll umgebracht werden. Es ist ein Ablenkungsmanöver, um die Aufmerksamkeit jener abzulenken, die vielleicht nicht verstehen. Ich hingegen helfe meinen Freunden …*

Für Gus und die anderen, die am Boden festgenagelt waren, dauerte es vielleicht Leben lang, doch die vier kreisenden Himmelsfalken brauchten weniger als dreißig Sekunden, um auf dem Plan zu erscheinen. Die Verzögerung beruhte darauf, daß Blue Vier, von Sheela Cray geflogen, Hartmann einen schnellen LagBer hatte geben müssen, bevor sie die Erlaubnis erhalten hatte, Luftunterstützung zu geben. Doch nun war die Schonzeit für die Mutanten endlich aufgehoben. Cray, die den Angriff auf der linken Waldseite leitete, schaltete den Elektromotor ein, der die sechs Läufe der Thor-Nadelkanone drehte, und legte den rechten Daumen auf den Feuerknopf. Sobald sie ihn betätigte, würde die Thor mit einer Geschwindigkeit von 1200 Schuß pro Minute eine tödliche Salve von rasiermesserscharfen Pfeilchen ausspucken.

Im unter ihr befindlichen Zielgebiet hatten sich die zwölf Kojak-Mutanten schon in Bewegung gesetzt. Sie eilten tiefer in den Wald hinein und versteckten sich in dem primitiven Bunker aus geflochtenen Jungbäumen, die sie in der Nacht, als Cadillac und die anderen Himmelsreisenden anderswo beschäftigt gewesen waren, nach seinen Anweisungen gebaut hatten.

Steve und Cadillac hielten sich noch immer in der Gefahrenzone auf — in einem wütenden Streit gefangen, und am Rande einer Rauferei. Clearwater, die die beiden Männer zeitweilig vergessen zu haben schienen, stand einige Meter entfernt mit geschlossenen Augen und gespreizten Beinen da. Ihre Hände ruhten auf ihren Hüften; sie hatte das Gesicht dem Himmel zugewandt, und ihr Geist richtete sich auf etwas, das hinter ihm lag.

»Was, zum Teufel, geht hier vor?« wütete Steve. »Ich habe gedacht, die Leute gehorchen dir!«

»Reg dich ab! Sie wissen, um was es geht. Niemand ist umgekommen. Sie haben nur ein bißchen ins Blaue geschossen!«

»Ins *Blaue?* Die Affen haben fast das ganze Scheiß-Unternehmen versaut!«

»Verstehst du denn nicht? Die Kerle sind *Krieger,* Brickman! Und das da sind ihre *Feinde!* Es geht hier auch um eine Frage des Stolzes. Um die Ehre des Clans! Es hat mich eine Menge gekostet, sie zurückzuhalten. Ich mußte ihnen diese trotzige Geste zugestehen.«

»Ach ja? Ich nehme an, dir ist gar nicht eingefallen, daß die Burschen da oben auf sowas *auch* mit einer kleinen Geste reagieren könnten!«

»In dem Fall hauen wir lieber ab.« Cadillac streckte die Hand aus, um Steves Arm zu packen.

Steve wischte seine Hand beiseite und wandte sich Clearwater zu.

Cadillac hielt ihn fest. »Misch dich nicht ein, Brickman! Sie *weiß*, was sie tut!«

Clearwaters Körper bebte, als der Anfangsschub der Erdkraft durch ihre Fußsohlen eintrat und in die Höhe fuhr, um dort auf eine ähnliche Ladung zu stoßen, die wie ein unsichtbarer, sie füllender Blitzschlag vom Himmel kam. Ihre Körpermuskulatur verhärtete sich, ihre Sehnen zogen sich zusammen, ihr Gesicht verwandelte sich in eine unerbittliche Maske, und als sie die Augen aufriß, leuchteten sie mit einer Intensität, die so erschreckend war wie der Anblick der legendären Medusa aus dem alten Griechenland — teils Vogel, teils Bestie, teils Frau —, deren Blick jeden Mensch zu Stein erstarren ließ.

Ihre Arme zuckten nach oben, ihre Zeigefinger deuteten auf die beiden heranfliegenden Maschinen, und der schrille, heulende Schrei, der das Zeichen eines Rufers war, brach von ihren Lippen. Ein unmenschlicher, entsetzlicher, unirdischer Klang, der das Gehirn durchdrang. Ein Klang, der eine unauslöschliche Narbe im Verstand jener zurückließ, die ihn hörten. Er machte Knochen zu Gelee und Blut zu Wasser.

Wie sich in Ne-Issan herausgestellt hatte, konnte Clearwater nur dann in den Geist anderer Menschen eindringen, wenn eine offene Tür da war, doch es war nicht nötig, sich jenen zu zeigen, deren Blutdurst geweckt und deren mörderische Instinkte gegen sie oder jene gerichtet waren, die zu schützen sie auserwählt war. Die Energie, die ihren Haß speiste, wirkte wie eine Rohrleitung für ihre Kraft, sie saugte sie in das Hauptzentrum ihres Wesens.

Der gleiche Irrsinn, der Steves Klassenkameraden Fazetti über den Wäldern von Wyoming gepackt und dazu gebracht hatte, seinen Kollegen Naylor anzugreifen, packte nun auch Mark Riddell, der hinter Sheela Cray flog. Er schaltete das Lasersichtgerät ein, richtete den roten Punkt auf den Rumpf von Crays Himmelsfalken und blies ihn vom Himmel. Die zerfetzte Maschine kippte nach Backbord über und stürzte in die Tiefe.

Riddell schenkte ihr keinen Blick. Nur ein alles beherrschender Gedanke erfüllte seinen Verstand: Er mußte das Leben der Leute dort unten vor seinen irregeleiteten Gefährten beschützen. Er zog steil nach rechts, flog einen erfolgreichen Angriff auf den leitenden Himmelsfalken und wandte sich dann der vierten Maschine zu, die von seinem Freund Essex gesteuert wurde. Er flog mit dem Gefühl unaussprechlicher Verzückung direkt in ihn hinein.

Ruddock, der zu Jodi gelaufen war, um ihren Körpersack zu schließen, erstarrte kurz und riß Mund und Augen auf. Das Ausmaß der Katastrophe, ihr unerklärlicher Charakter und das Tempo, mit der sie stattgefunden hatte, machte ihn sprachlos.

Jodi, die sich gerade noch rechtzeitig aufrichtete, um die drei letzten Maschinen vom Himmel fallen zu sehen, teilte zwar sein Erschrecken und sein Elend, aber sie war längst in die destruktive Rufermacht eingeführt worden und erkannte Clearwaters Handschrift. Doch es hatte keinen Zweck, Ruddock zu erklären, was hier geschehen war. Und sie hatte auch keine Zeit dazu.

Sie kroch mit dem Gesicht nach unten wieder in den Sack hinein und hielt sich am Schlepper fest. »Machen Sie sich nicht die Mühe, den Reißverschluß hochzuziehen! Sehen Sie zu, daß wir von hier verschwinden, bevor der Himmel einstürzt!«

Ruddock brauchte keine weitere Aufforderung. Er sprang ins Cockpit, schloß die Kanzel und gab Vollgas.

Gus Whites Himmelsfalke war vor ihnen und raste über den Schnee davon. Jodi sah, daß er abhob und steil aufstieg. Kelso war an die Backbordseite geschnallt. Ein, zwei Sekunden später, war auch sie in der Luft. Wundervoll, so zu schweben ...

Wir haben es geschafft, Dave. Wir gehen nach Hause ...

Hartmann erhielt die Nachricht von der erfolgreichen Rettung und dem plötzlichen, erschreckenden Verlust der vier Begleitmaschinen kurz nach dem Start. Er dankte den beiden Piloten für ihre Rolle bei der Rettungsaktion und wünschte ihnen einen sicheren Rückflug. Die Rufer waren Hartmann nicht unbekannt. Die Wagenzugkommandanten unterhielten eine inoffizielle geistige Datenbank, und Themen wie ›Rufer‹ und ›Mutantenmagie‹ gehörten zu den Dingen, über die man nur hinter vorgehaltener Hand sprach, wenn man sich zu zweit oder dritt traf.

Zwar gab es keine hieb- und stichfesten Beweise für die Existenz solcher Menschen, und es gab auch keine logische oder auch nur plausible Erklärung dafür, woher die ihnen zugeschriebene Kraft kam, aber niemand konnte bestreiten, daß hin und wieder manche erschrekkend destruktive Kraft, die man nicht auf Naturphänomene zurückführen konnte, gegen die Truppen der Föderation ins Feld geführt wurde. Und wenn man es genauer besah — auch gegen die *Lady*. Zuerst in Wyoming, und nun hier. Eine Kraft, die den menschlichen Geist verdrehen und am hellichten Tage Stürme herbeirufen konnte.

Cray war das erste Opfer gewesen, doch White wußte nicht genau, welcher der drei anderen Piloten das Gemetzel veranstaltet hatte. Diese Erkenntnis hatte zwar einen niederschmetternd vertrauten Klang, doch Hartmann wußte, daß er seine Gedanken zu diesem Thema für sich behalten mußte und höchstens ein paar ihm nahestehenden Kollegen anvertrauen konnte. Es war ein Code-Eins-Vergehen, öffentlich darüber zu reden. Er mußte für das Logbuch eine Formel finden, die sein Gesicht wahrte. Doch diesmal, nach dem Verlust von vier nagelneuen Maschinen, mußte es etwas anderes sein als ›Versagen eines Piloten‹.

Gus und Ruddock landeten glatt auf dem Schnee an der Backbordseite der *Lady*, dann fuhren sie in der zunehmenden Abenddämmerung auf den Flugwagen zu. Die Bodenmannschaft und einige Ärzte aus dem Blutwaggon warteten daneben. Hartmann hatte die Dampfdüsen eingesetzt, um den Schnee unter dem Wagenzug zu schmelzen; außerdem hatte man zum Ein- und Aussteigen die Rampe im Bauch der Nebensektion heruntergelassen.

Buck McDonnell war zur Stelle, als Jodi aus dem Sack des Kumpelschleppers stieg. Er hatte eigentlich lächeln wollen, aber nach dem Verlust von vier Fliegern hatte er keinen Grund mehr dazu. Trotzdem war er erleichtert, als er sie wiedersah. Er warf einen feindseligen Blick auf ihre zerlumpte Pelzkleidung.

»Kazan ... Sie sehen aus wie etwas, das sich manche Leute zum Essen schießen.« Er legte die Arme auf ihre Schultern. »Kommen Sie. Der Alte möchte dringend ein paar Worte mit Ihnen reden. Unter vier Augen.«

»Ich bin gleich bei Ihnen — *Sir.*« Als die Ärzte anfingen, Kelso vom Kumpelschlepper zu lösen, löste Jodi sich von McDonnell. Sie zählte seine möglichen Verletzungen und die Behandlung auf, der sie ihn unterzogen hatte, und fügte dann hinzu: »Ich habe die Trage vergessen. Lassen Sie ihn lieber an die Luke geschnallt, bis Sie ihn auf einem Wagen in die Chirurgie bringen.«

Der Arzt, der Kelsos Transfer auf die *Lady* überwachte, stimmte ihr zu. »Gute Idee. Okay, Boys, dann macht das mal!«

»Dave?« Kelsos Augen waren glasig. Jodi schüttelte Ruddock die Hand und winkte Gus White zu. »Ich komm später noch mal zu euch Jungs, okay?«

Als sie mit McDonnell die Rampe hinaufging, signalisierte der Flugeinsatzleiter dem Hebebaumoperateur, Ruddocks Himmelsfalken nach oben zu ziehen. Vier Mann vom Bodenpersonal standen auf dem herabgelassenen Backbordlift und waren bereit, die Maschine einzuklappen und in das sechs Meter hohe Hangardeck zu hieven. Unter ihnen falteten weitere Mannschaftsangehörige eilig die Schwingen und Heckfinnen von Gus' Maschine zusammen. Dann schoben sie sie unter dem Hebebaum in Position. Die ersten Flocken fielen. Es begann wieder zu schneien.

An Bord der *Lady* legten die Ärzte die Frachtluke und ihre übelriechende, in Felle gehüllte Ladung auf eine Rollbahre. Einer senkte die Nase auf Kelso. »Schätze, hier haben wir ein wenig Wundbrand ...« Sie schoben die Bahre durch den Mittelgang auf den Blutwaggon zu, der sich drei Wagen hinter der Rampe befand.

Jodi und McDonnell kamen durch den Flugwagen, bevor Ruddocks Himmelsfalke auf dem vorderen Lift nach unten kam. Da vier Maschinen verloren gegangen waren, gab es nun im Hangar eine Menge Platz — und an den Kasinotischen leere Sitze. McDonnell schob Jodi auf ein batteriebetriebenes Wägelchen, das in einer Seitennische stand und fuhr ihn durch den Gang zum Kommandowagen.

Als der letzte Mann an Bord war, schloß sich die Bauchrampe des Waggons hinter dem Flugwagen. Gus Whites Himmelsfalke wurde in den Hangar hinabgelassen, dann fuhr der Lift nach oben und versiegelte das rechteckige Deckenloch. Die übrigen Flieger und sonstigen Mannschaftsangehörigen versammelten sich um Gus und Ruddock und hörten ihnen bedächtig zu, als sie beschrieben, daß das ganze Unternehmen fast fehlgeschlagen wäre. Harmer, der diensteifrige Lieutenant aus Pueblo, kochte vor Wut. Hätte man seine Anfrage, ihn und die Männer hinauszuschicken, ernsthaft in Betracht gezogen, meinte er, lägen nun statt der blauuniformierten Jungs die Beulenköpfe blutend und mit heraushängenden Därmen da draußen im Schnee.

Im Blutwaggon prüfte Stabsarzt Keevers Team inzwischen nach, inwiefern Kelso noch lebte und hörte sich die Meldungen seiner mutmaßlichen Verletzungen an.

Keever beschloß, eine visuelle Untersuchung und ein Ultraschallscanning durchzuführen, und zwar von Kopf bis Fuß. Er befahl den Medizinern, die Riemen zu entfernen, die Kelso an der Frachtluke festhielten und die Felle und die Glanzfolie wegzuschneiden, die seinen zerbrochenen Körper umwickelt hielten.

Jodi und McDonnell stiegen aus dem Wägelchen und traten in den Kommandowagen. Flugeinsatzleiter Baxter kam gerade über die zum Sattel führende Treppe nach unten.

»Ist der Commander oben?« fragte McDonnell.

»Yeah. Er kommt sofort runter.« Baxter reichte Jodi die Hand. »Lange nicht gesehen. Wie fühlt man sich denn so?«

»Wenn man wieder an Bord ist? Irgendwie komisch — aber es wird mit jeder Minute besser.«

»Was ist mit Ihrem Gesicht los?«

Jodi betastete die entstellenden Punkte aus rosafarbenem Narbengewebe, die über ihre linke Gesichtshälfte und ihren Hals verliefen, dann setzte sie ein schiefes Grinsen auf. »Ich hab's mir zugezogen, als die *Lady* mir den Abschiedskuß gab. Ich hoffe, das ›Willkommen daheim‹ erweist sich als weniger schmerzhaft.«

Baxter schenkte ihr ein desinteressiertes Nicken und drehte sich zu McDonnell um. »Gehen Sie durch. Sie sind alle da. Ich muß nur mal eben nach meinen Jungs im Flugwagen sehen.«

McDonnell schob Jodi durch den Gang in Hartmanns Privatquartier. Auf der Koje lag neben ein paar frischen Handtüchern eine sauber gefaltete Fliegeruniform. »Okay, raus aus den Klamotten.«

»Wie bitte?«

»Sie haben mich schon verstanden, Soldat. So, wie Sie jetzt aussehen, können Sie nicht vor den Alten treten. Also los! Pellen Sie sich das ranzige Zeug vom Leib und nehmen Sie eine Dusche.«

Jodi schaute ihn verwundert an. »Ich ... ich ... kann nicht!« Sie griff an ihre Stirn. Sie hatte das Gefühl, als steche jemand mit einem glühendheißen Messer in ihr Hirn.

»Kazan, ich habe gesagt, Sie sollen sich ausziehen!« McDonnell packte ihre Schultern und schüttelte sie grob. »Was, zum Teufel, bilden Sie sich ein?«

Als der Kopfschmerz ein neues Crescendo anstimmte, fuhr Jodi zurück und fauchte wie eine in die Enge getriebene Wildkatze.

»Bleiben Sie mir vom Leib, Sie Dreckskerl!« Ihre Rechte flog ans Kampfmesser, das an die Außenseite ihres Oberschenkels gebunden war. »Wenn Sie mich noch mal anfassen, bringe ich Sie um!«

McDonnells geistiges Radar registrierte ein besorgniserregendes Echo. Irgend etwas, und das war amtlich, stimmte hier nicht. Es schrie nach sofortiger Tat. Ein gewaltiger Haken schlug sie bewußtlos, bevor das Messer aus der Scheide war. Als er sich über ihren zusammengesackten Körper beugte, spürte er, daß jemand hinter ihm stand. Hartmann ragte im Türrahmen auf.

»Wieviel haben Sie mitgekriegt?«

»Genug.« Hartmann trat ein und kniete sich neben ihn. »Was geht hier vor, Buck?«

»Kann ich nicht sagen, Sir. Aber ich habe das Gefühl, daß wir tief in der Scheiße sitzen.« McDonnell fing an, die lose genähten Felle von Jodis Körper zu lösen. Er zog an dem schmutzigen, blaugrauen Baumwollhemd, das sie als Sklavenarbeiterin in Ne-Issan getragen hatte. Er öffnete es und erblickte etwas, das wie ein kantiges Holzstück aussah. Es war unter die Schärpe an ihre Taille geklemmt. In das Holzstück war ein ferngesteuerter Detonator eingearbeitet.

»Christoph!« keuchte Hartmann. »Es ist kein Holz! Es ist ...«

»Eine Scheiß-BOMBE!« schrie McDonnell. Er packte die P3X-Stange, riß den Detonator heraus und warf sie durch die offene Tür in den Gang dahinter. »Generalalarm einschalten!«

Hartmann richtete sich auf und warf sich auf die große rote Taste an der Wand neben dem Bildschirm.

Der Schritt, der automatisch alle Waggons von ihren Nachbarn abschottete, kam zu spät.

Während fünf Sanitäter Kelso von der Frachtluke hievten, explodierte der Detonator vor Hartmanns Quartier mit einem lauten Knall, und zwei Explosionen fegten gleichzeitig durch den Wagenzug.

Die katastrophalste Druckwelle traf Ruddocks Himmelsfalken. Die Ladung unter dem Pilotensitz brachte die Treibstofftanks der daneben stehenden, vollgepackten Maschine zur Explosion. Dies wiederum löste weitere Detonationen aus, als die Regale mit den Napalmkanistern und die sich unter dem Boden befindlichen Druck-Treibstofftanks entzündeten, was bewirkte, daß der Flugwagen mit der aufzuckenden Wut eines Miniaturvulkans eruptierte.

Brennender Treibstoff und klebrige Feuerbälle aus Napalm vereinigten sich zu einer teuflischen Springflut, die durch die Gänge der Nachbarwaggons schwappte und alles einhüllte, was ihnen im Weg stand. Zwei Wagenlängen in beide Richtungen waren die entsetzten Mannschaftsangehörigen zwar so geistesgegenwärtig, die Nottüren zu schließen, damit das Feuer nicht weiterkam, doch sie besiegelten das Schicksal jener, die auf der anderen Seite festsaßen.

Zu denen, die verschwanden oder deren bis zur Unkenntlichkeit verkohlte Leichen man später fand, gehörten Flugleiter Baxter, Gus White, Ruddock, Lieutenant Harmer, alle anderen Flieger sowie die gesamte Bodenmannschaft. Und außer ihnen noch viele gute Männer …

Die zweite Explosion — im Blutwaggon — riß Kelso in Stücke, tötete Stabsarzt Keever und die fünf Sanitäter, die ihn festhielten und machte ein Wrack aus dem

Operationssaal. Wie alle P3X-Explosionen in begrenzten Räumen, erwies sich auch diese als mörderisch wirkungsvoll. Mehrere Angehörige des Hospitalwaggons, die sich im Abteil aufhielten oder in der Nähe arbeiteten, wurden entweder auf der Stelle getötet oder tödlich verletzt. Jene, die das Glück hatten, zu überleben, erhoben sich erschüttert, verletzt oder wurden schwer verbrannt aus den Trümmern geborgen.

Die Explosionen waren von dem gleichen Funktransmitter ausgelöst worden, den Steve während der Flucht vom Reiherteich mit der gleichen Wirkung verwendet hatte, aber Clearwater und Cadillac hatten ihn zum Einsatz gebracht.

Drei Ladungen waren vom Reiherteich-Projekt übriggeblieben. Nach der Landung in der Nähe des Hudson River hatte Steve sie vorsichtig aus den raketenbetriebenen Gleitern entfernt, die sie für den ersten Teil ihrer Reise verwendet hatten. Während der Bootsfahrt nach Bu-faro waren der Plastiksprengstoff, die Detonatoren und der Funktransmitter in dem Sack verpackt gewesen, den Cadillac sicher bei sich verwahrt hatte.

Von Bu-faro war der Sack nach Long Point gekommen. Cadillac hatte ihn an Bord eines gestohlenen Himmelsfalkes verstaut und dann durch den Schnee mit zum letzten Lagerplatz genommen. Und als er von Steves Plan erfahren hatte, Jodi und Kelso auf die *Lady* gehen zu lassen, hatte er beschlossen, zu einem Schlag auszuholen, der ihre Gastgeber beeindrucken und Steve auf einen Schlag jede weitere Gelegenheit nehmen sollte, sein Doppelspiel fortzuführen.

Als sie Kelsos Schienen und Bandagen geprüft hatten, waren der Transmitter und eine Ladung unter seinem Körper plaziert worden. Dann hatte Clearwater ihre Kräfte dazu verwandt, während der Nackenmassage in Jodis Geist einzudringen ...

Jodi — sie hatte aufgrund des eingegebenen mentalen Befehls gehandelt — hatte die zweite Ladung am Körper getragen. Später, beim Ablenkungsmanöver durch die Kojak-Mutanten, hatte sie den Vorteil des Durcheinanders genutzt, um die verbleibende Ladung in Ruddocks Himmelsfalken unterzubringen. Sie hatte zwar keine Erinnerung daran, daß sie diese Tat begangen hatte, doch das Ursprungsprogramm war in ihrem Unterbewußtsein erhalten geblieben. Als Buck McDonnell zu seiner Tat geschritten war, die die unter ihrem Hemd verborgene Ladung zu enthüllen drohte — und mithin den Plan gefährdete —, hatte sie wie ein derangierter Zombie reagiert.

Kelso war der gleichen Behandlung unterzogen worden. Er hatte nichts mehr von dem tödlichen Paket zwischen seinem Rücken und seinem Hinterteil gespürt. Bevor sein Hirn die übelkeiterregende Erkenntnis gewonnen hatte, daß man ihn betrogen hatte, war ein plötzlicher, gewalttätiger Tod über ihn gekommen. Es war ironisch — denn wäre Zeit dazu gewesen, er hätte Steve mit dem letzten Atemzug verflucht, aber er wurde in einem Sekundenbruchteil in Fetzen gerissen.

Es war deswegen ironisch und traurig, da Steve zum ersten Mal im Leben schuldlos war. Er hatte ehrlich gespielt. Nun... Gerade heraus. Mit dem Ergebnis, daß man ihn hereingelegt hatte. Doch in diesem Moment hatte Cadillac ihm die gute Nachricht noch nicht überbracht. Und als die drei dann mit ihrer jubelnden Mutanten-Eskorte nach Norden liefen, hatte Steve keine Ahnung, daß die *Louisiana Lady* ausgeweidet und brennend dalag und seine sorgfältig ausgetüftelten Pläne mit Kelsos Tod in Rauch aufgegangen waren.

7. Kapitel

Auch wenn kein weiterer Schnee fiel — Steve brauchte fast drei Tage, um die etwa fünfundsechzig Kilometer hinter sich zu bringen, die den verlassenen Lagerplatz von der Kojak-Siedlung trennten. Von der Pfeilwunde im Oberschenkel behindert, war es ihm nicht gelungen, mit dem Tempo Schritt zu halten, das die Gruppe vorlegte. Zudem hatte Cadillac die Gelegenheit genutzt, um seine neu gefundene Überlegenheit weiter auszubauen und ihn gnadenlos anzutreiben.

Steve knirschte mit den Zähnen und tat alles, um den Schmerz zu verdrängen, doch am zweiten Morgen knickten seine Beine einfach ein. Er fiel wie ein erschöpftes Pferd nach vorn und blieb mit der Nase im Schnee liegen.

Cadillac wartete mit in den Hüften gestützten Händen ab, als zwei Kojak-Krieger seinen Rivalen wieder auf die Beine stellten. Es gab eine kurze Diskussion, ob man ihn den Rest des Weges auf einem Pfahl tragen sollte, doch Steve, dem klar wurde, daß er den ›Ruf‹ aufs Spiel setzte, den er als Auserwählter errungen hatte, beharrte darauf, auf eigenen Beinen weiterzugehen — und nach einem eigenen Zeitplan.

Clearwater gab bekannt, daß sie bei ihm bleiben wolle, und bat zwei Krieger, sie als Führer zu begleiten. Da sie bereits bewiesen hatte, daß sie jeden Gegner vernichten konnte, der ihnen unterwegs begegnete, herrschte an Freiwilligen kein Mangel. Cadillac hetzte mit den restlichen zehn Kriegern weiter, und als Steve endlich in den Kreis des Feuers humpelte, hatte er sich schon den Hauptehrenplatz gesichert.

Die Siedlung vor den anderen zu erreichen, versetzte Cadillac, als seine Eskorte berichtete, welche Rolle sie beim Absturz der vier Wolkenkrieger gespielt hatten, in die Lage, sich den Löwenanteil der Großtat zu sichern. In den Reihen des Prärievolkes war diese Machohaltung als ›Prahlen‹ bekannt.

Doch das, erklärte Cadillac, als er an der Reihe war, sei noch nicht alles. Er hatte sein Versprechen gehalten, die Eisenschlange in ihren Bau zurückzutreiben. Wie seine Eskorte bestätigen konnte, hatten zwei Auserwählte, die auf seinen Befehl hin gehandelt hatten, ihre Kraft dazu verwendet, in den Verstand des Gegners einzudringen und das überlebende Wolkenkriegerpaar gezwungen, sie wie Racheengel in den Bauch der Bestie mitzunehmen.

Und nun, während er sprach, lag die Schlange zerbrochen und brennend da und wurde von dem tödlichen Feuer verschlungen, das in ihrem Bauch entstanden war. Die Clans im Westen, deren Jagdgründe denen der tapferen Kojaks am nächsten lagen, würden die Nachricht ihrer Vernichtung durch eine Reihe unsichtbarer Hiebe, die mit der Kraft des Erdendonners zugeschlagen hatten, bald verbreiten.

Nachdem sie die furchtbare Kraft losgelassen hatten, waren die beiden Auserwählten in Rauch aufgegangen — aber nicht für lange! Ihre Geister, von dem flammendroten Rauch in die Höhe getragen, würden von Mo-Town, der Großen Himmelsmutter, eingesammelt und wieder zur Erde getragen werden, in die Körper mächtiger Krieger. Was die mit Glück behafteten Krieger gesehen hatten — und die Aussage ihrer Nachbarn mußte es bald bestätigen —, war die Macht Talismans gewesen, der durch jene gehandelt hatte, die in seinem Schatten zur Welt gekommen waren.

Heee-jahhhh! Der Schrei kam aus fast eintausend Kehlen. Die anschließenden Festlichkeiten, die von rituellen Trommeln, Tänzen und Gesängen begleitet und durch viele Züge am Regenbogengras verstärkt wurden, hatten schon den Hauptteil der Nacht hinter sich, als die

Nachzügler eintrafen. Clearwater erhielt einen ebenso triumphalen Empfang und wurde auf den Schultern in die überfüllte Arena getragen, wo ein riesiges Lagerfeuer brannte. Die Kojaks hatten es zu Ehren ihrer Gäste entzündet, und es loderte sieben Meter in den Himmel hinauf. Ein knauseriger Ältester schätzte zwar, daß es innerhalb weniger Stunden mehr als einen Monatsvorrat an Winterbrennstoff für die ganze Siedlung verzehrt hatte, doch sein Genörgel stieß auf taube Ohren.

Steve wurde zwar ebenso herzlich empfangen, doch da man ihn bisher noch nicht bei spektakulären Taten gesehen hatte und er keine mystischen Attribute aufwies, sah er sich bald zum Statisten reduziert.

Cadillacs neu erwachte Hochnäsigkeit ging ihm zwar allmählich gegen die Hutschnur, doch er gestattete es seinen Gefühlen nicht, ihn von seinem Kurs abzubringen. In ihrer gegenwärtigen Lage war es viel besser, den Mutanten mit einem guten Kopf voller Dampf anzufeuern. Der für ihn typische Minderwertigkeitskomplex mußte ihn irgendwann dazu bringen, klein beizugeben, und Steve hatte sich vorgenommen, diesen Zeitpunkt nicht zu verpassen. Und diesmal würde er sich nicht beeilen, seine Scherben einzusammeln. Außerdem waren nicht alle Nachrichten schlecht: Nun, wo Cadillacs Stern hoch stand, hatte er ohne Murren Clearwaters ausdrücklichen Wunsch akzeptiert, sich mit seinem Konkurrenten zu Bett zu begeben.

Cadillac, der von frühester Kindheit an eine bemerkenswert ernste Sicht seiner selbst und seiner zugewiesenen Rolle als Mr. Snows Nachfolger gezeigt hatte, war der philosophischen Unvoreingenommenheit, nach der er so lange gesucht hatte, nun ziemlich nahe. Man durfte es der Eifersucht und sonstigen niedrigen Emotionen nicht gestatten, einen wahren Krieger von seinem Weg abzulenken. Cadillacs Geist war nun auf größere und auch edlere Dinge gerichtet — er wollte das Prärievolk zu einer Nation zusammenschmieden, die sich auf die seit langem erwartete Ankunft Talismans vorbereitete.

Seine Rivalitäten mit Steve konzentrierten sich nun nicht mehr auf Clearwaters Körper und Seele, sondern auf die Führerschaft dieses großartigen Unternehmens. Nur er, Cadillac M'Call, aus dem Stamm der She-Kargo, jener tapferen Krieger, die unter dem Prärievolk ihresgleichen nicht hatten, verfügte über die Eigenschaften und den Weitblick, die Rolle des Ersten unter den Auserwählten einzunehmen.

Und zudem kümmerte man sich auch um seine fleischlichen Sehnsüchte. Der Ältestenrat des Kojak-Clans anerkannte ihn als Chefarchitekten der geistigen Attacke auf die Wolkenkrieger, und der vorausgesagte Tod der Eisenschlange hatte ihm eine mehrfache Wahl aller zur Verfügung stehenden Kriegerinnen eingeräumt, die die Hütte ehren sollten, die man ihm überließ. Um die langen Stunden der Finsternis totzuschlagen, wählte Cadillac drei willige ›Leibsklavinnen‹ namens Tight-Fit, Stone-Fox und Afternoon-Delight aus.

Ja. Allmählich fügte sich alles zusammen. Aufgrund seines eigenen schnellen Denkens und Clearwaters Kraft hatte er zwar ein privilegiertes Leben in den Diensten des Landesfürsten Min-Orota geführt, doch nun verfügte er über ›Ansehen‹ und genoß die Bewunderung seiner Gastgeber. Die Anerkennung seiner Fähigkeiten führte dazu, daß er sich wieder wie ein Ganzes fühlte und ein Gefühl grenzenlosen Vertrauens in sich selbst empfand. Dies, die großzügigen Regenbogengras-Pfeifenfüllungen und die Aufmerksamkeit seiner reizend eingeölten, üppigen Bettgenossinnen war *fast* ein Ausgleich für die nagende Verzweiflung, die der absolute Mangel an Sake in ihm hervorrief.

Die Hütten des Clans standen in einer Reihe konzentrischer Kreise in einem Wald im Westen der Gegend, die einst Arlington Heights geheißen hatte, in einem Vorort der Vorkriegsstadt Chicago. Fellbekleidete Posten patrouillierten am Rand der Siedlung entlang und über die Wege des ansonsten undurchdringlichen Unterholzes. Andere, unbewachte Wege, waren falsch gelegte Spuren, die mit verborgenen Todesfallgruben übersät waren. In ihnen ragten angespitzte Pfähle auf, und weitere, ähnlich tödliche Instrumente, waren an den Bäumen befestigt.

Zum Zeichen ihrer Ehre wies man Steve und Clearwater eine Hütte im ›inneren Kreis‹ zu, der normalerweise den Ältesten und anderen Edlen — wie Carnegie-Hall und Flying-Tiger, dem größten Krieger des Clans — vorbehalten war. Cadillac und seine drei attraktiven Damen schlugen ihr Quartier neben dem Wortschmied auf, dessen Hütte auf der anderen Seite stand.

Die Hütten sahen anders aus als die der M'Calls. Steves frühere Gastgeber wandten ein System gemuffter Gestelle und krummer Jungbäume an, um hautbedeckte Hütten zu errichten. Ihre Spitzen sahen wie Steinpilze aus und maßen vom Boden bis zum Rauchabzugsring etwa einen Meter siebzig. Die Kojaks verwendeten sechs gerade, grobgehackte Pfähle, die sie in der Nähe der Spitze zusammenbanden, um ein rechteckiges Bauwerk zu erstellen, das mehr als doppelt so hoch war. Dies bedeutete, daß man im Hütteninneren aufrecht stehen und ganz normal hinausgehen konnte, statt durch die Türklappe zu kriechen. Eine bemerkenswerte Neuentwicklung. Doch trotz — oder vielleicht wegen — des zusätzlichen Raumes waren die Hütten nicht so warm und gemütlich wie die höhlenartigen Bauten der M'Calls.

Als die Zeremonien kurz nach dem Morgengrauen langsam einschliefen, kroch Steve ins Bett. Clearwater folgte ihm und legte sich mit quälender Unterwürfigkeit neben ihm nieder. Als Steve ihr den Rücken zudrehte, war er der wärmenden Gegenwart ihres nackten Leibes und der ergötzlichen Weise, in der sie sich den Krümmungen und Höhlungen des seinen anpaßte, gegenüber nicht immun. Doch auch dann, als er das elektrisierende Kitzeln spürte, als sie ihren weichen Schoß an den Ansatz seines Hinterns preßte, bestand alles, was er noch murmeln konnte, aus einem leise gegrummelten »'t Nacht«. Nach dem, was er in den letzten zehn Tagen durchgemacht hatte, konnte er kaum noch den kleinen Finger rühren — von einer Dampfentladung ganz zu schweigen —, und so vergrub er sich bis an die Nase unter die dicke Fellschicht und verbrachte den Rest der Zeit entweder schlafend oder dösend.

Am nächsten Morgen erwachte er mit Hunger, Schmerzen und einem schrecklichen Durst. Er durchsuchte gerade die Säcke nach frischem Verbandszeug, als er bemerkte, daß die Dynamitstangen, Detonatoren und der Transmitter nicht mehr da waren. Diese Entdeckung brachte es mit sich, daß sich sein Magen umstülpte. Zwei weitere, ihn zunehmend mehr aufregende Suchaktionen, bestätigten seine schlimmsten Befürchtungen, und bald wußte er mit erschreckender Gewißheit, wer sie genommen hatte — und zu welchem Zweck.

Steve warf die Türklappe beiseite und schritt durch die mittlere Reservation auf Cadillacs Hütte zu.

Clearwater, die zufälligerweise gerade aus dieser Richtung kam, begegnete ihm auf halber Strecke. Ein Blick in sein Gesicht sagte ihr alles. »Du weißt ...«

»Worauf du dich verlassen kannst. Wo ist Cadillac?«

»Er ist mit Carnegie-Hall und den Ältesten zusammen.« Als er an ihr vorbeigehen wollte, trat sie ihm in den Weg. »Wenn du reden möchtest ...«

»Reden?!« Steves Zorn machte sich in einer Explosion Luft. Er wollte sie beiseite schieben, aber sie entging seinem Arm, bevor seine Hand ihre Schulter erreichen konnte. Dann packte sie sein Gelenk und zog es mit einer raschen Bewegung auf die Höhe ihrer Taille. »Dann laß deinen Zorn heraus. Laß ihn auf mich fallen. Denn ohne meine Hilfe hätte es nicht geschehen können.«

»Ich habe keinen Streit mit dir. Ich habe nur mit Cadillac ein Hühnchen zu rupfen.«

Der schraubstockartige Griff ihrer Finger lockerte sich nicht.

»Er und ich haben es zusammen getan. Ich werde für ihn antworten.«

Steve wußte zwar, daß sie stark war, doch diesmal hatte er den Eindruck, daß sie seine Gelenkknochen zerbrach, wenn sie noch lange so weiterdrückte. Ihre Augen waren wie in Eis gefaßte Saphire und zeigten weder Liebe noch Leidenschaft. Er entspannte die Muskeln seines Körpers. Egal, wie sie ihn auch provozieren mochte, er hatte nicht die Absicht, ihr mit brutaler Gewalt zu begegnen.

Clearwater lockerte ihren Griff und führte ihn zur Südseite der Siedlung. Sie kamen durch den letzten Hüttenkreis und näherten sich den dichten Bäumen. Als sie außer Hörweite der Clan-Angehörigen waren, sahen sie sich wieder an.

»Der Sprengstoff, den ich aus Ne-Issan mitgenommen habe. Wo ist er?«

»Er wurde in den Bauch der Eisenschlange gebracht.«

Natürlich. Wohin auch sonst? »Und wie?«

Clearwater erzählte es ihm. Ihre Stimmlage war weder triumphierend noch entschuldigend. Es klang alles so absurd einfach. Steve konnte sich nur an die eitle Hoffnung klammern, daß etwas schiefgegangen war. Als sie ihren Bericht mit einem fatalistischen Achselzucken beendete, sah er, daß Cadillac sich ihnen näherte. »Es mußte getan werden. Nur durch einen Beweis unserer Macht konnten wir in den Augen unserer Gastgeber das nötige Ansehen gewinnen und für die Zeit des Weißen Todes Unterkunft erhalten.«

»Du hast schon vier Flieger umgebracht!« schrie Steve. Er winkte Cadillac wütend zu, als er auf sie zukam. »Hat das diesem verrückten, beulensaugenden Hundesohn noch nicht gereicht?«

»Werde erwachsen, Brickman. Der Wagenzug mußte einfach aufgehalten werden. Glaubst du etwa, man könnte sowas einfach wegwünschen?«

Steve fuhr ihn an. »Er hätte sich ohnehin zurückgezogen, wenn das Hauptzentrum erfahren hätte, daß Mutanten unsere Leichen fortgeschleppt hätten. Das war doch der ganze Grund, aus dem Jodi und Kelso an Bord zurückgekehrt sind!«

Cadillac reagierte mit einem verbitterten Lachen. »Wirklich? Wir sind keine Idioten, Brickman — und deine Herren, die eure finsteren Städte beherrschen, sind es auch nicht. Oder hast du deine Blutsschwester Rozalynn vergessen? Selbst wenn Jodi ihr Versprechen gehalten und beinhart bei der Geschichte geblieben wäre, daß wir drei tot sind ... — Ob durch ein erzwungenes Verhör oder sonstwie, deine Herren *wissen,* daß wir noch leben!«

»Nicht unbedingt.« Steve hatte nicht erwartet, daß der Mutant so tief in seine Gedanken eingedrungen war. Er mußte sorgfältig vorgehen. »Roz, äh ... weiß, um was es geht.«

»Ach?« Noch ein verbittertes Lachen. »Und um *was* geht es, Brickman? Deine Zunge und deine Absichten sind so tückisch wie die Eisenschlange, die dich in ihrem Bauch zu uns gebracht hat!«

Steve kämpfte das Verlangen nieder, ihm eins auf die Schnauze zu hauen. »Verflucht noch mal! Du redest nur Scheiße! Der einzige Grund, weswegen dein Kopf noch auf deinen Schultern sitzt, ist der, daß ich Mr. Snow versprochen habe, dich und Clearwater aus Ne-Issan rauszuholen. Und dabei hätte ich mir beinahe gewaltig den Arsch verbrannt!«

»Yeah? Willste wissen, warum dein Arsch *nicht* verbrannt ist? Weil *wir* ihn gerettet haben! Du bist so sehr damit beschäftigt, dir Orden an die Jacke zu heften, daß du die Tatsache übersiehst, daß *Clearwater* uns das Leben gerettet hat. Und es waren die Pläne, die *ich* entworfen und gestaltet habe, die uns auf dem Heimweg Rückenwind gegeben haben!«

»*Deine* Pläne? Ha! Das ist der allerbeste Witz! Wenn du dir nicht einen Weg in mein Gedächtnis gehackt hättest, hättest du doch nicht mal gewußt, wie man zwei Holzstücke miteinander verbindet!«

»Ach, wirklich?«

»Ja, wirklich! Dann wärst du immer noch der dämliche Beulenkopf, der mir in dem Maisfeld begegnet ist und ein Ende einer Flinte nicht vom anderen unterscheiden konnte!« Als Steve diese Worte aussprach, taten sie ihm auch schon leid, aber nun war es zu spät.

»Du hast recht«, gab Cadillac zu. »Daß ich dich gerettet habe, war in der Tat angeborene Dämlichkeit. Ich hätte dich verbrennen lassen sollen.«

»Hört auf damit!« schrie Clearwater. Sie holte mit den Fäusten aus und traf beide Männer in den Solarplexus. Die Kraft der Hiebe ließ sie zurückweichen und brachte ihre dichte Konfrontation aus dem Gleichgewicht. Clearwater schob sich zwischen sie. »Soll sich das Prärievolk so an die Auserwählten erinnern? Daß sie sich in die Haare geraten wie kleine Kinder?«

»Halt dich da raus«, sagte Steve. »Seit wir gelandet sind, tanzt mir dieser Blödian auf der Nase rum, und jetzt hab ich endgültig die Schnauze voll.« Er baute sich wieder vor Cadillac auf. »Okay, ich war unsachlich mit der Maisfeldsache. Du hast mir das Leben gerettet, also schätze ich, es macht uns gleich. Und ja, du *hast* ein paar Fichten und Seidenflügelchen zusammengebastelt. Wir wollen nicht darüber streiten, woher der plötzliche Ausbruch an Expertenwissen gekommen ist, aber eins kannst du nicht abstreiten: Das Projekt hätte ohne Raketenantrieb nie vom Boden abgehoben.« Er deutete mit dem Daumen auf seine Brust. »Und das war *meine* Idee!«

Cadillac verlor seine neu gewonnene Kühle nicht. »Wirklich? Hast du *alles* allein gemacht? Oder haben dir deine hochtrabenden Freunde, mit denen du jede Nacht geredet hast, ein bißchen dabei geholfen? Die gleichen auf alles vorbereiteten Leute, die am Reiherteich alles abgeworfen haben, was du gebraucht hast? Was haben die Leute dafür erwartet, die ihren Einfluß bei gewissen Eisenmeistern geltend gemacht haben, um uns eine sichere Pasage durch das Land Yama-Shitas bis zum Wasser zu gewährleisten? Was hast du ihnen versprochen? Das gleiche, was du Mr. Snow versprochen hast? Uns aus Ne-Issan rauszubringen? An wen willst du uns ausliefern, Brickman? Antworte mir! An wen?«

Steve sah den gleichen vorwurfsvollen Blick in Clearwaters Augen, aber es gelang ihm, seine Verwirrung zu verbergen. »Guter Versuch, Amigo. Aber damit kannst du mich nicht kriegen, weil ich nämlich nichts zu verbergen habe. Die Föderation hat das Material für mich abgeworfen, weil sie glaubt, ich arbeite für sie. Sicher ... man hat mich ausgeschickt, um euch zu schnappen. Ich habe den Auftrag angenommen, weil er die einzige Möglichkeit war, wieder an die Oberwelt zu kommen. Und man hatte mich in der Hand, weil man gedroht hat, Roz etwas anzutun. Ich bin davon ausgegangen, ich würde eine Möglichkeit finden, ihr diese Leute vom Hals zu halten, wenn ich erst einmal im Freien bin ...«

»Indem du uns schnappst.«

»Nein!« schrie Steve. »Ich wollte etwas Zeit gewinnen — damit ich mir Gedanken über die Dinge machen kann! Aber als ich in diesen Mist hineingeriet, hatte ich keine Ahnung, daß ihr in Ne-Issan wart. Ich hatte kaum Hoffnung, euch zu retten, aber ... als du nicht am Handelsposten auftauchtest, war Mr. Snow so ... — nun ja — so betrübt, daß ich mich einverstanden erklärt habe, es zu versuchen.«

Er warf Clearwater einen Blick zu und sagte: »Wenn ihr die ganze Wahrheit wissen wollt — *sie* ist der Grund, warum ich mich darauf eingelassen habe. Es war mir eigentlich nicht wichtig, was aus dir werden würde, aber da der Meister bald sterben sollte und der Clan ohne Wortschmied nicht richtig funktionieren kann …« Er warf die Hände in die Luft. »Alles, was mich jetzt interessiert, ist eure sichere Ankunft in Wyoming.«

»Und du hast nicht vor, unterwegs noch den einen oder anderen Verrat zu begehen.«

Clearwater öffnete den Mund, um zu protestieren, doch Cadillac brachte sie zum Schweigen. »Ich habe jedes Recht, solche Fragen zu stellen! Wenn der Wolkenkrieger bereit ist, seine Blutsbrüder zu betrügen, wie sollen wir dann wissen, ob er sich nicht auch gegen uns wendet?!«

Steve sah Clearwater fest in die Augen. Das Blau ihrer Pupillen war weicher geworden. »Frag doch diese Dame. Sie kennt die Wahrheit. Ich bin an die Oberwelt gekommen, weil ich — frag mich nicht, warum — das Gefühl habe, hierher zu gehören. Zu ihr.«

Ihr Blick schwankte nicht. »Deine Worte bringen Wärme in mein Herz, Wolkenkrieger. Aber was wird aus deiner Blutsschwester?«

»Kann ich nicht sagen. Aber als wir uns Long Point näherten, ist ihre Stimme in meinen Geist eingedrungen. Sie hat mir erzählt, ich solle bei dir bleiben. Sie fürchtet die Leute nicht mehr, die unser Leben kontrollieren wollen.«

»Dann hast du also beschlossen, deine Leute an uns zu verraten.«

»Ist das nicht offensichtlich?«

Cadillac lachte höhnisch. »Die typische ausweichende Antwort eines Menschen, der nie mit einem klaren ›Ja‹ oder ›Nein‹ antworten kann! In ein paar Tagen wissen wir mit etwas Glück, ob unser Coup gegen den Wagenzug erfolgreich war. Wenn er es war, ist das Gemetzel an unseren Clan-Brüdern und -Schwestern vom letzten Jahr teilweise gerächt, und wir haben einen sicheren Hafen für den Winter gefunden.

Aber kennst du den *wahren* Grund, warum ich die

beiden Ladungen in die *Lady* habe bringen lassen? Um deinem Doppelspiel ein- für allemal ein Ende zu bereiten! Um dich zu zwingen, dich *endlich* für eine Seite zu entscheiden! Wenn die Bomben wie geplant hochgegangen sind, werden viele sterben, und dann ist die Maschine für alle Zeiten ausgeschaltet.

Es wird Verhöre, Ermittlungen und Anklagen geben. Und am Ende wird der Finger auf einen Menschen deuten, der die Mittel, die Gelegenheit und den notwendigen Grad an Skrupellosigkeit und Falschheit aufweist, um einen solchen Frevel zu begehen. Nicht auf irgendeinen blöden Beulenkopf, der das eine Ende einer Flinte nicht von der anderen unterscheiden kann, sondern *auf dich,* Brickman.

Deswegen kannst du dich von deiner Idee, dir ein Türchen zu deinen mächtigen Freunden offenzuhalten, falls die Dinge sich nicht so entwickeln, wie du sie geplant hast, verabschieden. Von jetzt an zählen sie dich zu uns, ob es dir nun paßt oder nicht.«

Daran gibt es keinen Zweifel, dachte Steve. Er hatte Cadillac ernsthaft unterschätzt. Der junge Mutant hatte viel mehr Grips, als er angenommen hatte. Nun ja — wieso auch nicht? Wie närrisch, nicht erkannt zu haben, daß er seinen Grips nun gegen ein geistiges Spiegelbild seines Ichs einsetzte!

Er taxierte die beiden abwechselnd und versuchte abzuschätzen, wie gut er seine Ecke verteidigt hatte. Seit dem letzten, zugespitzten, blutbesudelten Tag am Reiherteich hatte sich seine Beziehung zu Clearwater auf eine andere Ebene begeben. Obwohl weniger fieberhaft, waren ihre körperlichen Beziehungen noch ebenso stark wie einst, doch in den Tiefen lauerten nun andere, störendere Elemente — wie die kalten Teichgeschöpfe, die sich während des Schwimmens im Mondschein an ihm gerieben und die ihn hatten frösteln lassen.

Manchmal, wenn das glänzende Blau ihrer Augen sich mit Grau verschleierte, wurde ihr Blick der einer

Fremden und war von rätselhafter, brütender Mißgunst erfüllt. Sie war nicht persönlich gegen ihn gerichtet, sondern gegen die Welt — oder vielleicht auch gegen die Welt, für die er stand.

Aber nicht jetzt.

Nun waren ihre Augen die, die er in dem perfekt geformten, hinter den Reihen der M'Call-Krieger halbversteckten Gesicht gesehen hatte — damals, in der Nacht, in der er den Pfeil gebissen hatte. Die Augen, die darauf gewartet hatten, daß er sie ansah, um sein Herz und seinen Geist zu fangen und ihn in ein Netz aus Intrigen, Täuschungen und spannenden Abenteuern hineinzuziehen. Es war ein gefährliches, geistesverwirrendes Spiel, das — falls sich die Talisman-Prophezeiung erfüllte — im Tod einer Nation und der Geburt einer neuen enden würde.

Er sandte Clearwater eine stumme Botschaft, und als er die erwartete Antwort erhielt, konzentrierte er sich auf Cadillac. Jeder Zorn, den er empfunden hatte, lag unter einem Akkord mürrischer Bewunderung verborgen. »Eins muß ich dir zugestehen, Caddy: Ich habe nicht gewußt, was alles in dir steckt. Selbst wenn mir die Idee gekommen wäre, die *Lady* aufs Abstellgleis zu schieben, ich glaube nicht, daß ich Jodi und Kelso hätte als Bombenträger benutzen können. Trotzdem ... Nun ist es geschehen, und ihr habt beide den Grund dafür erklärt. Also trage ich euch nichts mehr nach.«

»Ich freue mich, das zu hören.«

»Ich meine es ernst. Wenn man die Sache als abstraktes Problem durchdenkt, hast du die ideale Lösung gefunden. Und sie war — so ungern ich es zugebe — verdammt genial.«

»Ich hatte einen guten Lehrer ...«

Steve entging die Ironie zwar nicht, aber er erkannte, daß der neue Cadillac die Komplimente ebenso aufsaugte wie der alte. Er lachte. »Ich bezweifle, daß ich dir jetzt noch etwas beibringen kann. Aber in einem irrst du dich: Es stimmt zwar, daß ich versucht habe, mir ein Türchen zur Föderation offenzuhalten, aber nicht deswegen, weil ich irgendeinen Verrat plane. Ich habe gehofft, die Verbindung zu unserem Vorteil nutzen und Roz Zeit geben zu können, ihre Nummer zusammenzukriegen, aber ... du hast beschlossen, es auf die harte Tour zu machen.« Er zuckte die Achseln. »Ich kann damit leben. Warum löschen wir also nicht das Band und fangen noch mal neu an?«

Er zückte sein Messer, schlitzte an der Innenseite seines rechten Handgelenks eine kleine Vene auf und reichte Cadillac die Hand. Der Mutant führte den gleichen rituellen Schnitt durch, dann drückten sie in der Art einer altrömischen Begrüßung ihre Unterarme gegeneinander.

Clearwater legte ihre Hände um die Gelenke und drückte sie fest zusammen, bis ihr Blut sich vermischte. »Jetzt seid ihr wirkliche Brüder. Laßt Frieden und Freundschaft zwischen euch sein. Entbietet euren Clan-Brüdern Liebe und Treue, widmet euer Leben dem Dienst Talismans und spart euren Zorn und Haß für die Feinde des Prärievolkes auf. Schwört ihr es?«

»Bei unserem Blut, ich schwöre es«, sagte Cadillac.

Steve wiederholte den Eid mit dem gebotenen Ernst. Er bedeutete ebenso viel wie das Wagnergebet, das er von fünfzehn seiner achtzehn Lebensjahre täglich aufgesagt hatte. Doch es war ein Arrangement, mit dem er leben konnte, bis die Zeit kam, es ihm heimzuzahlen ...

Da man seine Luftstreitmacht und sein Ärzteteam mit zwei raschen Hammerschlägen ausradiert und er an die hundert Tote und Dutzende von verletzten Mannschaftsangehörigen zu beklagen hatte, denen man kaum mehr als Erste Hilfe erteilen konnte, gab es für Hartmann nur noch die Alternative, sich nach Süden zurückzuziehen.

Nachdem man die beiden zerfetzten Waggons und

drei weitere, vom Feuer völlig vernichtete, abgekoppelt hatte, gruppierte Hartmann die *Lady* um und fuhr über den Cedar River zum Bezugspunkt Des Moines. Nach Erhalt der schlechten Nachricht hatte CINC-TRAIN das entsprechende Beileid zurückgefunkt und die *Lady* angewiesen, an die Monroe/Wichita-Grenzebene zurückzukehren.

Daß man statt des Wagenzug-Heimatdepots in Nixon/Fort Worth Monroe gewählt hatte, war bedeutungsvoll. Es ergab zwar einen Sinn, die Ausfälle in der nächst erreichbaren Divisionsbasis abzuladen, wo man ihnen fachmännische medizinische Hilfe zuteil werden lassen konnte, aber dies bedeutete ebenso das Ende der Karriere Hartmanns und seines Stabes. Monroe/Wichita war der Endbahnhof der Nordroute der TransAm-Expreßstrecke, und der letzte Absatz der CINC-TRAIN-Nachricht hatte von Hartmann bis inklusive Buck McDonnell hinunter jeden aufgelistet, der den Befehl bekommen hatte, sich an Bord des ersten nach Süden fahrenden Zuges zu begeben.

Wer derart benannt worden war, machte sich keine Illusionen über die Art des Empfangs, der ihn im Hauptzentrum erwartete, und so war die Atmosphäre an Bord der *Lady* während der Heimfahrt ebenso grimmig und öde wie die Winterlandschaft, die sie gnadenlos auf jedem Meter der Reise bekämpfte.

Jodi Kazan, so stellte sich heraus, befand sich, nachdem sie sich von McDonnells K.O. erholt hatte, unter einem starken Schock; ihr Zustand wurde später als Katalepsie diagnostiziert. Sie schien nicht mehr sprechen zu können, antwortete nicht auf Fragen und reagierte nicht auf ihre Umgebung und andere externe Stimuli; nicht einmal dann, wenn man Nahrung vor ihr abstellte. Da sie pflegebedürftig war, lag sie mit leerem Blick auf ihrer Koje. Setzte man sie auf einen Stuhl, verharrte sie in der Stellung, in die man sie gesetzt hatte, wie eine steifgliedrige Schaufensterpuppe.

CINC-TRAIN wußte inzwischen von ihrer Rolle beim Angriff auf den Wagenzug, und so war befohlen worden, sie in eine Strafzelle einzuschließen, bis man sie dem Büro der Militärpolizei in Monroe/Wichita übergeben konnte.

Als die *Lady* die Grenzebene erreichte, kam der MP-Chef der Basis persönlich an Bord, um Hartmann und die anderen Versager unter Arrest zu stellen. Man setzte Jodi, die nun den schwarzen Overall eines Gesetzesbrechers mit dem gelben X auf Brust und Rücken trug, eine Kapuze auf und brachte sie gefesselt in den gleichen Zug.

Die verletzten Mannschaftsangehörigen, meist Verbrennungsfälle, wurden zusammen mit den identifizierten Opfern der Explosionen und den Leichen jener abgeladen, die während der Rückfahrt gestorben waren. Jene, die zerrissen oder bis zur Unkenntlichkeit verbrannt waren, hatte man in einem Massengrab beigesetzt, das ein übriggebliebener Dozer am Ufer des Mississippi ausgehoben hatte.

Eine neue Gruppe von Offizieren, allesamt unbeschriebene Blätter, bemannte die *Lady*, um das, was noch von ihr übrig war, nach Fort Worth zurückzubringen. Ihnen folgten dichtauf sechs grauuniformierte Sachverständige. Die Gesetzeshüter übernahmen den Heck-Kommandowagen und gaben ihre Anwesenheit sofort bekannt, indem sie eine vorläufige Liste von Mannschaftsangehörigen ausstrahlten, die zum Verhör vorgesehen waren. Als die *Lady* Fort Worth erreichte, hatte man jeden, der zur Zeit der Katastrophe an Bord gewesen war, einem gründlichen Verhör unterzogen, und manche, die man als am allgemeinen Versagen aufgrund von Verstößen gegen die Bordsicherheitsmaßnahmen beteiligt beurteilte, landeten im Knast.

Mit Hilfe von Drogen gelang es einem medizinischen Team der AMEXICO, das in Sachen Bewußtseinskontrolle kein Neuling war, den mentalen Befehl zu neutralisieren, den Clearwater in Jodis Hirn eingepflanzt hatte. Man restaurierte sie zur Fast-Normalität. Ihr Unvermögen, den Befehl auszuführen, sich und die *Lady* zu vernichten, hatte eine totale geistige und muskuläre Paralyse ausgelöst; eine selbstauferlegte Strafe, die sie ohne medizinische Hilfe hätte töten können.

Einmal programmiert, war Jodi wie ein Computer, der, um eine Anweisung zu befolgen, doch unfähig ist, sie auszuführen, in eine Schleife geraten. Es war zu einem ›Absturz‹ gekommen. Die einzige Möglichkeit, einen solchen Zyklus abzubrechen, besteht darin, daß man den Stecker aus dem Gerät zieht, bevor es überschnappt und sein Motherboard verbrennt.

Karlstrom, der AMEXICO-Leiter, war zum General-Präsidenten gegangen, um zu besprechen, wie die Ermittlungen durchgeführt werden sollten. Sie hatten beschlossen, Hartmann und alle, die mit ihm unter Arrest gestellt worden waren, sollten vor einem Sachverständigenausschuß erscheinen, doch aufgrund der heiklen Natur der meisten Indizien, sollten alle, die ausgewählt wurden, um das Verfahren durchzuführen, aus verkleideten Angehörigen der Ersten Familie bestehen, die von der Existenz der AMEXICO wußten, sowie mit der Talisman-Prophezeiung und der Vorstellung einer ›Mutantenmagie‹ vertraut waren.

Karlstrom hatte zugestimmt, die Rolle des Ausschußvorsitzenden zu übernehmen, und der G-P hatte zusätzlich Fran Delano Jefferson, eine seiner jungen Verwandten, die zudem Steve Brickmans Kontrolleurin war, nominiert. Die Nominierung ließ Mutter zwar die Stirn runzeln, doch als der G-P erklärte, was er damit beabsichtigte, ertappte Karlstrom sich bei dem Gedanken, daß er gern selbst auf diese Idee gekommen wäre.

Als die junge, dunkelhaarige Frau das Verhörzimmer betrat, reckte Jodi die Schultern und stand stramm.

Zwar hatte man ihre Kapuze zurückgeschlagen, als die Eskorte hinausgegangen war, aber sie trug immer noch die Handgelenk- und Knöchelfesseln und war an einen im Boden befestigten Ring gekettet. Die Frau trug einen grauen Overall — die Uniform der Gesetzeshüter — und nahm vor Jodi an einem Schreibtisch Platz. Dann aktivierte sie den Bildschirm und stellte ihn ein. Sie gab den Zugriffscode ein und las den Bildschirmtitel.

»2086-5341 Kazan, J. R.?«

»Yes, Sir — Madam.«

»Setzen Sie sich.« Die dunkelhaarige Frau lächelte sympathisch, als Jodi sich auf den kissenlosen Schalensitz sinken ließ, der hinter ihr am Boden festgeschraubt war. »Tut mir leid wegen der Ketten, aber es ist Vorschrift. Sie verstehen?«

»Yes, Sir — Madam.«

»Lassen Sie das ›Sir‹ weg«, sagte die dunkelhaarige Frau. »Vielleicht fange ich damit an, daß ich mich vorstelle. Ich bin Nancy Reagan Delaney.« Sie lächelte. »Könnte Zufall sein, aber vielleicht hat man mich auch ausgewählt, weil Sie und ich aus der gleichen Basis kommen. Wie dem auch sei ... Da Ihr Fall etwas kompliziert ist, hat mich die Abteilung zu Ihrer Verteidigerin ernannt.«

Als sie Jodis Überraschung bemerkte, lächelte sie erneut. »Ich weiß. Ich habe ähnlich reagiert. Code-Eins-Verletzern werden in der Regel keine mildernden Umstände gewährt. Aber wie ich schon sagte: Sie sind ein Sonderfall.« Die Frau schaute auf den Bildschirm. »Ihre Akte ist — bis hin zu der Zeit, als Sie über Bord gingen — beispielhaft, und ich möchte, daß Sie folgendes wissen: Ich habe die Absicht, mein Bestes zu geben, um dafür zu sorgen, daß der Ausschuß nach dem Verfahren zu einem Freispruch kommt.

Doch bevor Sie etwas sagen, muß ich Ihnen erklären, daß man mir nicht gestattet, Sie bei der Anhörung zu vertreten. Mein Eintreten zu Ihren Gunsten — das ich mit diesen Gesprächen zu untermauern hoffe — wird der Beachtung des Gerichts vorgelegt, *bevor* man Sie vor den Sachverständigenausschuß bringt. Also sagen Sie mir, Jodi — sind Sie bereit, sich mir auf dieser Grundlage anzuvertrauen?«

»Ja, Madam. Mir ist zwar klar, daß meine Lage alles andere als rosig ist, aber ich habe nichts zu verbergen.«

»Es freut mich, das zu hören.« Delaneys Blick wanderte über die Daten, die sie auf den Bildschirm geholt hatte. »Laut meiner Ansicht ist jeder, der fünf Sterne sowie die Belobigungen gesammelt hat, die ich hier aufgelistet sehe, ein echter Patriot, der *genau* weiß, was er aus welchen Gründen tut.«

Zum ersten Mal seit Jodi in die *Lady* zurückgekehrt war, fühlte sie sich wieder wie ein menschliches Wesen. Sie fühlte sich durch die ihr gegenübersitzende Frau enorm beruhigt, doch gleichzeitig war es auch eine eigenartige Erfahrung. Delaney hätte fast ihre Blutsschwester sein können. Sie hatte ein ovales Gesicht und kurzes, glänzend dunkles Haar — nur war es auf der rechten Seite gescheitelt und sauber hinter die Ohren gekämmt. Ihre ungekämmten Locken hingegen hatte man geschoren, so daß sie nun einen Ausbildungslagerschnitt trug.

Delaney hatte zudem einen breiteren und volleren Mund und größere, violettblaue Augen. Jodis Lippen hingegen waren in den Jahren des Wechselns harter Worte mit den rüpelhaften Bahnbrechern, die ihrem Kommando unterstanden hatten, schmal geworden. Ihre tiefliegenden Augen zeigten die Farbe verwitterten Granits. Und natürlich war ihr Gesicht auf der linken Seite abscheulich vernarbt, während ...

Delaney legte ihre Unterarme auf die Schreibtischplatte und legte die Hände aufeinander. »Ich will Ihnen sagen, was mein größtes Problem ist ... Commander Hartmann und der Spieß der *Lady* haben beide zu Ihren Gunsten ausgesagt. Sie glauben, daß Sie den Sprengstoff unwissentlich und ohne Absicht in den Wagenzug gebracht haben.«

»Es stimmt, Madam. So war es auch.«

»Ich möchte Ihnen glauben. Aber abgesehen von den beiden Piloten waren Kelso und Sie die einzigen, die auf Armeslänge an die beiden Himmelsfalken herankamen, die Sie ausgeflogen haben. Nun wissen wir, daß Steve Brickman oder die beiden Mutanten, die bei Ihnen waren, es nicht gewesen sein können, da wir eine Aufzeichnung haben, auf der Sie Commander Hartmann erzählen, sie seien ein paar Tage zuvor umgekommen. Da Kelso eindeutig nicht in der Lage war, irgend etwas zu tun, müssen Sie es gewesen sein. Warum geben Sie die Tat nicht einfach zu, damit wir die Sache hinter uns haben?«

»Weil ich es *nicht* getan habe, Madam! Ich könnte meinen Kollegen nie etwas antun! Ich bin zur *Lady* gekommen, als Commander Hartmann sie übernahm, und ich bin seither ...«

Delaney kappte mit einer schneidenden Handbewegung den Rest ihres Satzes. »Ich kenne Ihre Akte. Aber wenn jemand abtrünnig wird, geschehen eigenartige Dinge. Das Verhalten Abtrünniger ändert sich ... manchmal ziemlich grundlegend. Es liegt an der Luft. Sie werden ... vergiftet.«

»Ich war keine Abtrünnige, Madam. Abtrünnige haben mich *gefunden*. Die Gruppe hat keinerlei feindselige Aktionen gegen die Föderationseinheiten unternommen, und während der meisten Zeit, in der ich bei ihr war, habe ich mich von den Verletzungen erholt, die ich mir zugezogen hatte, als mein Himmelsfalke ...«

»Ja, ja, das weiß ich alles. Aber Sie haben — wenn Sie es nicht waren — noch nicht erklärt, wer die Sprengladungen an Bord gebracht hat. Jene, die an Kelso haftete; die, die in einem der Himmelsfalken gekommen war, und wie Sie dazu gekommen sind, eine weitere Ladung an Ihrem Körper zu tragen.«

»Ich wußte nicht, daß sie da waren, Madam; ich schwöre es!«

»Sie wiederholen sich. Ich bemühe mich, Ihnen zu helfen, Jodi, aber *Sie* helfen mir nicht! Sie haben sich dem Befehl widersetzt, die Kleider abzulegen. Sie haben sogar in dem Bemühen, die Entdeckung der an Ihnen befindlichen Sprengladung zu verzögern, versucht, das Messer zu ziehen. Zwei Zeugen, hohe Offiziere — Kameraden, die Sie zu schätzen vorgeben —, haben ausgesagt, daß Sie nur den Bruchteil einer Sekunde davon entfernt waren, den vorderen Kommandowagen zu vernichten — um sie und möglicherweise auch alle anderen im Sattel zu töten!«

Bei dem Vorwurf traten Tränen in Jodis Augen. »Ich habe es nicht getan, Madam. Zumindest *wußte* ich nicht, was ich da tat. Sie haben mich wahrscheinlich ...«

»Sie ...?«

Jodis Mund flog auf. »V-verzeihung, Madam.«

»Spielen Sie keine Spielchen mit mir!« Delaneys Hand klatschte auf die Schreibtischplatte. »Sie haben gesagt ›*Sie* haben mich dazu gebracht‹. Über wen reden wir jetzt, Jodi?«

Jodis Gesichtsausdruck reflektierte ihren geistigen Ärger.

»Brickman lebt noch, nicht wahr? Und seine Mutantenfreunde ebenfalls. Sie, die treue Bahnbrecherin, die Patriotin — das wollen Sie uns wenigstens vormachen — haben Commander Hartmann belogen, nicht wahr? Er hat Ihnen ebenso vertraut wie McDonnell und der Rest der Mannschaft, und Sie haben ihn verraten. Stimmt es?«

Jodi ließ den Kopf hängen. Ihre Augen füllten sich mit Tränen. »Es sieht zwar so aus, Madam, aber ...«

Delaney tippte mit einer müden Geste das Kommando, das den Bildschirm leerfegte. Dann seufzte sie. »Tut mir leid, Jodi. Ich glaube nicht, daß ich etwas für Sie tun kann. Was geschehen ist, ist offensichtlich: Sie und

Brickman haben die Patrouillen der *Lady* gesehen und erkannt, daß das Spiel aus war.«

»Nein, Madam, so war es nicht«, murmelte Jodi.

Delaney ignorierte sie. »Es war nur eine Frage der Zeit, bis man Sie gefunden und geschnappt hätte. Sie kannten die Strafe, die man über Abtrünnige verhängt. Sie hatten nichts mehr zu verlieren. Sie haben gelogen, weil Sie Brickmans Plan zur Vernichtung der *Lady* bereitwillig unterstützt haben.«

»Nein!« schrie Jodi. »Es ist nicht wahr! Er hat nichts damit zu tun! Und auch ich nicht — wenigstens nicht wissentlich. *Sie* muß mich dazu gebracht haben ... Ebenso wie sie die Himmelsfalken dazu gebracht hat, sich gegenseitig zu vernichten!«

»Ach, wirklich?« Delaney hatte den Bildschirm zwar gelöscht, aber das Gespräch wurde immer noch heimlich aufgenommen. »Erzählen Sie mir davon.«

Jodi wiederholte, daß sie mit steigendem Entsetzen gesehen hatte, wie der zweite Himmelsfalke der ersten Formation die Leitmaschine abgeschossen und sich dann seinen Kollegen zugewandt hatte, um einen abzuschießen und dann mit dem letzten zusammenzukrachen — mit tödlichen Folgen für alle Betroffenen.

Delaney lauschte ihr mit ausdruckslosem Gesicht.

Dann beschrieb Jodi, was geschehen war, nachdem Clearwater am Reiherteich in den Kampf eingetreten war. Als sie an die Stelle kam, an der Fürst Yama-Shita sich das Schwert achtmal in den Leib gestoßen hatte, bevor er tot vor Clearwater hingefallen war, hielt sie inne und verzog wehmütig das Gesicht.

»Ich weiß, daß ich mich eines Code-Eins-Vergehens schuldig mache, indem ich behaupte, Zeuge von Mutantenmagie gewesen zu sein, aber das, was ich Ihnen erzählt habe, ist wahr. Und welchen Unterschied macht eine zusätzliche Gesetzesverletzung? Mit mir ist es sowieso aus. Aber ich schätze, Sie oder irgendein anderer könnte es die Erste Familie wissen lassen, wozu manche

Beulenköpfe fähig sind. Dann könnte man vielleicht auch etwas gegen sie tun. Dann dient mein Tod wenigstens einem Zweck.«

Delaney antwortete mit einem verständnisvollen Lächeln. »Der Gedanke ehrt Sie, auch wenn die Ereignisse, die Sie beschrieben haben, völlig unglaubwürdig sind.«

»Madam, wenn ich nicht dabei gewesen wäre, hätte ich ebenso geantwortet. Aber es stimmt. Ich schwöre es. Und da ist noch etwas, von dem ich meine, Sie sollten es wissen. Brickman ist kein Abtrünniger. — Er ist Geheimagent der Regierung.«

Delaney schaute verwirrt drein. »*Geheim*agent? Ich glaube, das verstehe ich nicht ...«

»Er ist wirklich einer!«

»Hat *er* Ihnen das erzählt?«

»Ja ... Auch wenn er das Wort nicht verwendet hat. Und ich habe zufällig herausbekommen, daß auch Kelso einer war. Für welchen Dienst sie arbeiten, wer ihr Leiter ist ... davon weiß ich allerdings nichts. Sie haben nicht darüber gesprochen, und ich habe nicht danach gefragt. Offiziell existieren solche Leute doch gar nicht — oder? Aber ich habe es nicht geträumt. Es geht um eine große Sache, und die Burschen, die sie leiten, stecken mit den Japsen unter einer Decke, die uns geholfen haben, Ne-Issan zu verlassen.«

»Ach so ...« Delaney sinnierte über die neueste Enthüllung nach, dann nahm sie wieder Platz und legte die Ellbogen auf die Lehne des gepolsterten Stuhls. Sie legte die Fingerspitzen aufeinander und sagte: »Kehren Sie zum Anfang zurück. Ich möchte alles wissen, was geschah, nachdem das Unwetter Sie über Bord getrieben hat.«

Jodi holte tief Luft und erzählte ihre Geschichte. Sie brauchte sehr lange dazu. Aber schließlich war ihre Geschichte auch bemerkenswert.

Als sie an die Stelle kam, an der sie und die anderen

kurz vor Morgengrauen in die motorisierten Schlauchboote umgestiegen und über den Erie-See nach Long Point unterwegs gewesen waren, warf Delaney einen Blick auf ihre Armbanduhr. Dann beugte sie sich vor und hob eine Hand. »Okay, den Rest bewahren wir uns auf. Sagen Sie mir — und nun geht es wieder um unsere vorherige Diskussion —, wer hatte die Idee, wieder zur *Lady* zurückzukehren?«

»Ich, Madam. So wie ich die weißen Flügelspitzen sah, wußte ich, was ich tun mußte.«

»Jaaa ... das kann ich mir vorstellen.«

Jodi stand mit rasselnden Ketten stramm, als Beraterin Delaney hinter dem Schreibtisch aufstand und sie vorwurfsvoll beäugte.

»Ein langsamer Anfang. Aber irgendwo müssen wir ja beginnen. Ich kann Ihnen allerdings meine Enttäuschung nicht verhehlen, daß ich Sie zwingen mußte, zuzugeben, daß Sie Brickman und seine Mutantenfreunde decken. Das schwächt den Fall ernsthaft, den ich zu Ihren Gunsten machen wollte. Angesichts Ihrer neuesten Behauptung über Brickman und Kelso bin ich nun verpflichtet, die Führung eines Vorgesetzten zu suchen. Ich verlasse Sie in einem weniger hoffnungsvollen Zustand als anfangs. Vielleicht denken Sie mal darüber nach.«

»Yes Sir — Madam!«

Delaney nickte knapp. »Gut. Also, bis morgen ...«

Sie betätigte den Verzögerungssummer, um die MP-Eskorte zu rufen, die im Nebenbüro wartete, um Jodi in die tiefer liegenden Zellen zu bringen, und verließ den Raum. Am Ende des kurzen Gangs befand sich ein Lift, der nur von jenen bedient werden konnte, die die allerhöchste ID-Karten-Ebene besaßen. Der Summer, der die Fleischklopse rief — sie waren inzwischen ziemlich aufgeregt —, ertönte erst, als die Türen sich schlossen und die Identität des hohen Insasssen verbargen.

Als Delaney von angenehmem Luxus umgeben nach

oben in die höheren Etagen des Weißen Hauses getragen wurde, entfernte sie sorgfältig die violettblauen Kontaktlinsen, um die zwar weniger schönen, doch unwiderstehlicheren graubraunen Augen zu enthüllen, die Franken Delano Jefferson gehörten — einer Lieblingsnichte des General-Präsidenten, die Steve und Roz Brickman seit sechs Jahren kontrollierte.

Als man Jodi am nächsten Tag zum Verhör brachte, stellte sie fest, daß Delaney von einem Mann unbestimmbaren Alters begleitet wurde. Er war schlank, mittelgroß und hatte ein hageres, eckiges Gesicht mit hoher Stirn und dunklen Augen, denen nichts entging. Er trug, wie Delaney, die graue Uniform der AMEX-Gesetzeshüter.

Sein schmaler, harter Mund und sein Kinn deuteten an, daß er daran gewöhnt war, das zu kriegen, was er haben wollte. Doch die beruhigenden Linien, die einander an den Augenwinkeln trafen, und der spöttische Zug seiner Lippen besagten, daß er ein Mensch war, der statt Blackjack und Badewannen mit kaltem Wasser Intelligenz und Humor einsetzte, um die Wahrheit zu erfahren.

»Dies ist einer meiner Kollegen«, sagte Delaney. »Er verfügt über spezielles Wissen über die ... äh ... Gebiete, die Sie gestern angesprochen haben. Sie können mit ihm offen über Dinge sprechen, zu denen meine Qualifikation nicht ausreicht.« Sie wandte sich zur Tür.

»Ähm ... Verzeihung, Sir, Madam ...«

Delaney hielt inne und schaute sich erwartungsvoll um.

»Bedeutet das ... ähm ..., daß Sie nun nicht mehr meine Verteidigerin sind?«

»Nicht unbedingt.«

Als Delaney hinausging, übernahm Karlstrom den Fall. »Wegen der komplizierten Beschaffenheit der Sache müssen eventuell alle Fakten vor dem Sachverständigenausschuß zurückgehalten werden. Um sicherzugehen, daß Sie eine ordentliche Verhandlung bekommen, wird man das Urteil möglicherweise modifizieren oder annullieren, falls es zur Vereidigung kommt. Oder ... vielleicht finden wir einen Weg, daß Sie überhaupt nicht vor Gericht gestellt werden.«

»Ich verstehe, Sir. Danke, Sir.«

»Delaney und ich sind hier, um Ihnen alle mögliche Hilfe zu geben.« Der Anflug eines Lächelns. »Es gibt immer Möglichkeiten, verdienten Soldaten wie Ihnen entgegenzukommen. Vorausgesetzt natürlich, Sie erzählen uns ... wie alles genau gekommen ist.«

»Ich bin bereit, Sir. Ich habe nichts zu verbergen.«

»Ja ... nun, jetzt vielleicht nicht. Ich muß Ihnen allerdings mitteilen, daß man mir Zugang zu bestimmten Akten gewährt hat. Die Erste Familie weiß viel mehr über Brickman und seine Freunde, als Sie vielleicht annehmen.«

»Ich bin aus eigenem, freiem Willen zurückgekommen, und zwar bei der ersten Gelegenheit, Sir. Ich bin hier, um die Wahrheit zu sagen.«

»Gut. Erzählen Sie mir die ganze Geschichte — von Anfang an.«

Jodi schaute verwirrt drein. »Von der Stelle an, als ich über Bord ging?«

»Nein. Von der Stelle an, als Sie auf dem Erie-See über die Reling des Fischerbootes in das motorisierte Schlauchboot stiegen und den Beschluß faßten, sich Brickman und seinen Mutantenfreunden anzuschließen.« Karlstroms Lippen verengten sich zu einem dünnen Lächeln, als er Jodis Unbehagen sah. »Delaney sagt, Sie hätten Probleme, sich an bestimmte Dinge zu erinnern. Glauben Sie, Sie können sich an so weit zurückliegende Dinge erinnern?«

»Ja, Sir.« Jodi berichtete, was passiert war; sie erklärte, warum sie ihre Meinung geändert hatte, als man sie auf dem Gelände des Sklavenhändlers in Bu-faro festgehalten hatte; daß Kelso mit ihr übereingestimmt hatte, Steve Bescheid zu geben, und die gemeinsame Entscheidung, bei Long Point loszuschlagen.

»Wie, brauchen Sie mir nicht zu sagen«, sagte Karlstrom. »Ich habe eine Kopie des Berichts gelesen, den der Mann namens Side-Winder angefertigt hat.«

Jodi begann die Geschichte an der Stelle, an der sie Kelso zufällig durch Sky-Bucket Drei eine Meldung an jemanden hatte weitergeben hören, den man ›Mutter‹ genannt hatte. Sie hatte keine Ahnung, daß Mutter, der Leiter der AMEXICO, in diesem Moment genau vor ihr stand.

Sie berichtete Einzelheiten über die Bruchlandung, den darauffolgenden Marsch durch den fallenden Schnee, die Begegnung mit den Mutanten und das Auftauchen der Himmelsfalken der *Lady.* Der beruhigende Anblick der weißen Schwingenspitzen hatten das überwältigende Verlangen in ihr geweckt, sich wieder mit ihren Kameraden zu vereinen. Doch Brickman hatte auf ihren Entschluß, zurückzukehren, mit Erstaunen reagiert.

»Erstaunen? Wissen Sie das genau?«

»Ja, Sir. Er hat versucht, es mir auszureden. Er hat gesagt, mich würde man wahrscheinlich an die Wand stellen, und Kelso auf der Stelle erschießen — wegen seiner Verletzungen.«

»Haben Sie ihm geglaubt?«

»Ja, Sir. Ich habe, als ich auf der *Lady* Dienst tat, Massenerschießungen von Abtrünnigen miterlebt. Ich habe sie auch auf Kanal Neun an der Wand stehen sehen. Ich habe daraufhin gesagt, es sei mir egal, was man mit mir machte. Ich habe mir nur Sorgen um Dave gemacht.«

Karlstrom nickte verständnisvoll. »Und dann haben Sie Brickman erzählt, Kelso sei Geheimagent ...«

»Ja, Sir.«

»Wie hat er reagiert? War er überrascht? Wütend? Oder hatten Sie den Eindruck, ihm etwas erzählt zu haben, was er schon wußte?«

»Nun, Sir — bei Brickman ist es manchmal schwer zu sagen. Er sah sowohl überrascht als auch aufgebracht aus — aber das lag wohl mehr daran, daß ich es ihm nicht schon früher erzählt hatte.«

»Aber Brickman hat nicht gezeigt, daß auch *er* darüber nachdachte, mit Ihnen zu kommen?«

»Nein, Sir.« Jodi fütterte Karlstrom mit der zensierten Fassung. »Er war an irgendein Abkommen mit den beiden Mutanten gebunden, die mit uns aus Ne-Issan gekommen sind. Fragen Sie mich nicht, um was es dabei ging. Ich weiß nur, daß Brickman und sie nach Wyoming mußten. Vielleicht hat er dem großen Burschen mit dem roten Stirnband die Dinge erklärt. Side-Winder.« Sie breitete die Arme aus. »Wissen Sie, Sir, wenn man da draußen auf Wagner stößt, die nicht nur geschminkt sind, sondern auch Beulen im Gesicht haben, und auf andere, die vorgeben, Abtrünnige zu sein, ist es für einen einfachen Soldaten wie mich nicht leicht zu erkennen, welchen Weg man nehmen muß!«

»Jaaa ... So muß es wohl sein ...«

»Tatsache ist, daß Brickman irgendwie so ähnlich dachte wie ich, aber ich habe Angst gehabt, die Mutanten würden Kelso und mich nicht wieder an Bord gehen lassen. Und da habe ich angeboten ...«

»... für ihn zu lügen und zu sagen, er und seine beiden Freunde seien tot ...«

Jodi spürte, wie die unbeschädigte Hälfte ihres Gesichts sich vor Verlegenheit rötete. »Ja genau, Sir. Danach stand er dann zu hundert Prozent hinter meiner Idee.«

»Das kann ich mir vorstellen ...«

Jodi war sich deutlich bewußt, daß ihre Aussage für Steve ebenso schädlich war wie für sie selbst. Das hatte sie eigentlich nicht beabsichtigt. »Ich bin mir sicher, daß er einen guten Grund dafür hatte, Sir.«

»Das meine ich auch. Was geschah dann?«

Jodi berichtete von ihrem mitternächtlichen Spaziergang, währenddem Steve sich am Feuer mit Kelso unterhalten hatte.

»Haben Sie irgendeine Vorstellung, worüber sie gesprochen haben?«

»Nein, Sir. Aber da Brickman mich nicht dabeihaben wollte, nehme ich an, es war etwas Geheimes. Er hat gesagt, ich wüßte ohnehin schon zu viel; das sei nicht gut für mich. Sie haben sich etwa zwanzig Minuten lang unterhalten.«

»Das war mehr als genug Zeit für Brickman, den Sprengstoff zu verstecken.«

»Nein, Sir! Als ich zurückkam, war Dave — ich meine Kelso — noch bei Bewußtsein! Und außerdem, wenn *ich* den Sprengstoff angeblich in den Himmelsfalken und unter mein Hemd gesteckt habe, wie hätte er mich dazu bringen sollen?«

Karlstrom zuckte leicht die Achseln. »Brickman ist ein sehr überzeugender Bursche. Er hat Sie überredet, ihm zu helfen, die Mutanten aus Ne-Issan herauszubringen — und Sie haben angeboten, zu lügen, um seine Haut zu retten. Obwohl Sie wußten, daß man Sie hätte an die Wand stellen können. Sich selbst in die Luft zu jagen ist zwar unsauberer als vor einem Exekutionskommando zu stehen, aber das Resultat ist das gleiche. Und es geht auch viel schneller.«

»Nein, Sir!« rief Jodi aus. »Falls man mich an die Wand gestellt hätte, wäre nur *ich* gestorben! Der einzige Grund für meine Rückkehr war der Versuch, Kelsos Leben zu retten!«

»Der einzige Grund ...?«

»Nein, nein ... äh ... Ich meine, der *Haupt*grund«, stotterte Jodi. »Die beiden Mutanten wollten Dave töten! Ich habe mich angeboten, Brickman zu decken, weil es die einzige Möglichkeit war, sie zur Kooperation zu bewegen!«

»Und wenn sie sicher an Bord gewesen wären, hätten Sie dem kommandierenden Offizier erzählt, man hätte

Sie zum Lügen gezwungen, und Brickman wäre noch am Leben ...«

»Ich habe die Chance nie bekommen, Sir ...«

»Nein. Sie waren zu sehr damit beschäftigt, die *Lady* in die Luft zu jagen.«

»Es war nicht meine Absicht, Sir. Das habe ich gestern schon der Beraterin zu erklären versucht.«

»Ja, hat sie mir erzählt. Es ist gewiß eine fesselnde Idee ...«

»Aber so war es, Sir. Brickman hatte nichts damit zu tun. Es waren Cadillac und Clearwater. Sie gehören zum M'Call-Clan. Ihre Jagdgründe liegen in Wyoming. Die Flieger der *Lady* haben im letzten Jahr ihre Ernte verbrannt und ihre Krieger mit Napalm begossen. Als sie zurückschlagen wollten, hat die *Lady* sie in Fetzen geschossen. Sie hatten beide ein Motiv — Rache —, und die Gelegenheit dazu.« Jodi berichtete Karlstrom, was in der Nacht vor ihrer Rettung geschehen war und untermauerte ihre These mit einem Bericht über das Geschick und das Wissen, das Cadillac in Ne-Issan bewiesen hatte.

Karlstron gestattete ihr, ihre Sache ohne Unterbrechung darzulegen, dann sagte er: »Danke. Wenn es stimmt, sieht es so aus, als trüge Brickman eine Menge Verantwortung dafür, daß er es zugelassen — und vielleicht sogar unterstützt — hat, dieses Wissen in die Hände des Feindes fallen zu lassen. Sie kennen zwar die offizielle Ansicht über die Mutantenmagie, aber wir können die Möglichkeit nicht ganz außer acht lassen, daß Sie möglicherweise einer ... — wie soll ich es ausdrücken? — einer unorthodoxen bewußtseinsverändernden Technik ausgesetzt worden sind.

Doch wegen der ernsten Vorwürfe, die sich aufgrund der Attacke auf die *Lady* gegen Sie erheben, müssen Sie im Moment noch in Haft bleiben ...«

Jodi schoß von ihrem Stuhl hoch und nahm Haltung an. »Ich verstehe, Sir!«

»... wegen eines Code-Eins-Vergehens ...« Karlstrom schaute sie aus zusammengekniffenen Augen an. Er mochte es nicht, wenn man ihn unterbrach. »Ich brauche den Ernst Ihrer gegenwärtigen Lage wohl nicht hervorzuheben, aber vergessen Sie meine einleitenden Bemerkungen über die spezielle Natur dieser Sache nicht. Man wird Sie eines gründlichen Verhörs unterziehen, das den Zeitraum zwischen Ihrem letzten Start von der *Lady* und Ihrer Rückkehr umfaßt.

Ich nehme zwar an, daß Sie das meiste schon mit Delaney besprochen haben, aber ich bin sicher, daß ich auf Ihre bereitwillige Mitarbeit zählen kann.«

»Ja, Sir!«

»Andererseits — sagen Sie nicht zu viel. In Ihrem eigenen und dem Interesse der Föderation rate ich Ihnen, Ihre Antworten so aufzubauen, daß Sie jede Erwähnung von ›Mutantenmagie‹ vermeiden. Es bleibt Ihnen natürlich ganz allein überlassen. Ich bitte Sie nicht, Lügen zu erzählen.«

»Nein, Sir. Wie meinen Sie es denn, Sir?«

»Bleiben Sie bei den Tatsachen, schmücken Sie nichts aus. Nehmen Sie den Zwischenfall am Reiherteich. Sie könnten beschreiben, was Sie damals und bei jeder ähnlichen Gelegenheit, deren Augenzeuge Sie waren, zu sehen *geglaubt* haben. Achten Sie nur darauf, daß es nicht zu sehr an den Haaren herbeigezogen klingt, und vor allem machen Sie keinen Versuch, diese Dinge zu erklären. Das letzte, was wir wollen, ist doch, daß man Ihren Geisteszustand in Zweifel zieht. Können Sie mir folgen?«

»Ja, Sir!«

»Gut. Ich kann Ihnen zwar nichts versprechen, aber ich tue, was ich kann, um dafür zu sorgen, daß Sie eine faire Verhandlung bekommen.«

Am nächsten Tag wurden Karlstrom und Fran Jefferson ins Oval Office zitiert. Der General-Präsident hatte die bearbeiteten Videobänder und Textpassagen der beiden Gespräche bereits gesehen.

»Was halten Sie davon, Ben? Haben sie ihn umgedreht?«

»Dies ist einer der Fälle, in denen ich keine klare Antwort geben kann.« Karlstroms Mundstellung und eine müde Geste hoben seine Frustration hervor. »Wir haben zwar schon immer gewußt, daß Brickman ein schräger Vogel ist, aber andererseits ist mir das Mißtrauen natürlich auch angeboren.«

»Das ist es uns beiden«, sagte der G-P. »Deswegen sitze ich auch noch immer auf dem heißen Stuhl, und sind Sie der Chef der AMEXICO.«

»Es ist sicher hilfreich. Aber wir wissen beide, daß mehr dahintersteckt.«

»Absolut. Aber jetzt ist nicht die Zeit, um über die Mysterien natürlicher Auslese und ungewisse Beförderungswege nachzugrübeln.« Der G-P drehte seinen Sessel um ein paar Grad nach links und warf Fran einen fragenden Blick zu.

»Ich bleibe bei der ursprünglichen Runen-Lesart des General-Kommandeurs — auf der Basis dessen, was bei Long Point und den vorherigen Gelegenheiten geschehen ist«, sagte sie. »Ich glaube, daß Brickman noch immer an dem Fall dran ist.«

»Es ist möglich. Aber als seine Kontrolleurin müssen Sie sich der Vorstellung so lange wie möglich widersetzen, daß er nun doch aus den Schienen gesprungen ist.«

Fran gestand die Wahrheit dieser Annahme mit einem Lächeln ein. »Ich würde nicht bestreiten, daß ich ein begründetes Interesse daran habe, eine Aura der Unfehlbarkeit beizubehalten.«

»Das gilt auch für uns«, erwiderte der G-P. »Ben und ich haben ihn schließlich in die AMEXICO aufgenommen und wieder nach draußen geschickt.« Er schenkte Karlstrom ein freundliches Lächeln und weidete sich an seiner mißlichen Lage. »Könnte der junge Brickman uns ausgetrickst haben? Mich, den Mann, der angeblich alles weiß — und Sie, den Mann, der gern glaubt, er wisse alles?«

»Nun übertreiben Sie mal nicht ...«

»Es war nur ein Scherz, Ben.« Karlstrom gehörte zu den wenigen Menschen, bei denen der G-P sich entspannen konnte. »Okay, Fran, wenn Sie die Fakten noch nicht haben, nehmen Sie eine Schätzung vor.«

»Kazan ist zwar durcheinander, aber ihre Vergangenheit zeigt sie als treue 1-A-Soldatin. Ich neige dazu, ihre Aussage zu glauben — auch wenn viel daran unstatthaft ist.«

»Ben ...?«

»Ich stimme zu. Wenn Brickman mitgeplant hätte, die *Lady* lahmzulegen, hätte er unsere drei Männer bei Long Point getötet. Wir haben das Empfangskomitee bewußt so gering gehalten, um ihm etwas Ellbogenfreiheit und Flexibilität zu geben. Aber es hat seinen Handlungsplan nicht beeinflußt. Kelso war derjenige, der so getan hat, als ob, und er hat es Kazan gestattet, ihn davon abzubringen. Die beiden Vorfälle stehen einfach nicht in Einklang miteinander — und was er auch sein mag, unser Goldjunge ist konsequent.« Karlstrom umriß das, was er für Steves Plan hielt.

»Und Sie nehmen an, er hat ›K‹, als er erfuhr, daß er ein Mexikaner-Kollege war, ins Bild gesetzt ...«

»Nennen wir *ihn* Rattenfänger und *sie* Jodi. Dann wissen wir, welches ›K‹ für uns tätig war. Die Antwort auf Ihre Frage ist ›Ja‹, ich glaube, das hat er getan. Jodi sagt, Brickman habe zwanzig Minuten lang mit ihm geredet, und beide waren dabei sehr leise. Rattenfänger war ein alter Hase. Er hätte keine Zeit damit vergeudet, Papiere auszutauschen, und ...«

»... es war noch zu früh für sie, sich voneinander zu verabschieden ...«

»Genau. Zudem waren die beiden Mutanten nicht da. Wenn ihre Endbestimmung *wirklich* das Thema dieses

Gesprächs war, hätte Brickman sich keine bessere Zeit aussuchen können. Und was seinen Spielplan angeht — da kann ich nur Vermutungen äußern.«

»Aber er paßt zu dem, was wir über seinen Charakter wissen?« fragte der G-P Fran.

»O ja. Brickman ist zu diesem Täuschungsgrad mehr als fähig.«

»Die Frage ist — was sollte Rattenfänger uns erzählen? Oder ging es um etwas anderes?«

Der G-P lächelte. »Ringen Sie lieber mit den Unwägbarkeiten, Ben.« Er stand auf, um anzudeuten, daß das Treffen beendet war. »Brickman weiß, was seiner Blutsschwester passiert, wenn er zu weit aus der Reihe latscht.« Ihm kam ein Gedanke. »Kann *sie* Ihnen nicht sagen, was er vorhat?«

»Nur in allgemeinen Begriffen. Wenn sie versucht, seinen Aufenthaltsort zu finden, ist die psychische Rückkopplung weitaus präziser. Aber aus irgendeinem Grund macht der viele Schnee, der momentan in Illinois und Indiana liegt, es unmöglich, die Bilder, die sie über meine Landkarte empfängt, miteinander in Beziehung zu bringen.«

Der G-P nahm seine Antwort mit einem verständnisvollen Blick auf. »Wo wir gerade darüber reden ... Ich habe mir das Videoband noch einmal angesehen, das Sie mir geschickt haben.«

»Oh, Sie meinen das, auf dem Brickman gezwungen wird, in den Pfeil zu beißen?«

»Ja. Sehr verwirrend ...«

»Ich weiß, wie Sie sich fühlen. Es erstaunt selbst mich immer wieder. Doch der einzige interessante Punkt, der sich aus dem Studium dieses Paars ergibt, ist die Tatsache, daß die Verbindung nur einseitig zu funktionieren scheint. Brickman scheint sich nicht bewußt zu sein, daß wir *wissen,* daß er lebt. Wenn er es wüßte, hätte er Jodi nicht dazu gebracht, Hartmann zu erzählen, er und die Mutanten seien umgebracht worden.«

»Und er hätte Rattenfänger keine Botschaft an uns mitgeteilt — in der er vielleicht sagt, daß er noch lebt und auf der Flucht ist.«

»Genau.«

Es dauerte eine Weile, bis Fran verstand, was Karlstrom damit erklären wollte. »Meinen Sie ... ähm ... er könnte durch Roz seine wahren Absichten telegraphiert haben?«

»Ja ...«

»Vielleicht hat er es getan«, sagte der G-P nachdenklich. »Und vielleicht hat sie beschlossen, uns nichts davon zu sagen.«

»Der Gedanke ist mir *auch* gekommen«, gab Karlstrom zu. »Ich hatte gehofft, Sie würden ihn nicht erwähnen.«

»Haben wir irgendeine Möglichkeit, herauszukriegen, *wie* die Gedankenbrücke funktioniert und wie weit sie reicht?«

Karlstrom schüttelte den Kopf. »Wir wissen ebenso viel über Telepathie wie über Mutantenmagie. Wir haben nur den empirischen Beweis, *daß* sie funktioniert. Roz kann durch ihn bestimmte Botschaften empfangen. Wir haben ein Band von den beiden im Santanna-Wohnzentrum aufgenommen, wo er es erwähnt.«

»Ja, ich erinnere mich. Sie haben während seines Rückflugs in Verbindung gestanden. Theoretisch könnte sie ihm also gesagt haben, daß wir sie benutzen, um seine Bewegungen und seinen Gesundheitszustand zu beobachten.«

»Sie hätte es gekonnt, aber es sieht nicht danach aus. Man kann Brickmans Treue vielleicht anzweifeln, aber nicht die seiner Schwester. Ich habe den Eifersuchtsfaktor ausgespielt. Sie hält Clearwater für eine Rivalin, die eliminiert werden muß. Das kam auf dem gleichen Band ziemlich deutlich rüber, und die Aufnahmen unserer späteren Begegnungen beweisen, daß sich ihre Gefühle nicht geändert haben.«

»Gut ...«

»Sie ist zudem empfänglich für seinen Geisteszustand. Die sie trennende Strecke ist kein Begrenzungsfaktor. Die Verbindung zu Brickman wird in der Regel durch einen besonderen Zwischenfall ausgelöst, bei dem ein hoher Grad an Stress oder Emotionen mitspielt. Die Bänder ihrer psychosomatischen Verletzungen demonstrieren den schlagendsten Aspekt der Verbindung, aber Side-Winders Bericht bestätigt ihre Fähigkeit, mentale Bilder Brickmans mit speziellen Aktivitäten und identifizierbaren Örtlichkeiten in Bezug zu bringen.

Auch hier erscheint das Verfahren eingleisig. Roz versucht, ihre mentale Bindung zu vertiefen. Er hingegen bemüht sich, sie auszugrenzen. Wir haben zwar nur ihr Wort dafür, aber es wird durch das unterstützt, was sie auf den Santanna-Bändern sagt. Um das *wahre* Ausmaß ihrer telepathischen Fähigkeiten zu beweisen, müßten wir ein kontrolliertes Experiment durchführen.«

»Und die Teilnahme beider Subjekte ...«

»Genau. Ehe Brickman nicht wieder hier ist, müssen wir dieses besondere Forschungsergebnis aufschieben.«

»Und bis dahin hoffen, daß er ehrlich spielt.«

Karlstrom nickte. »Danke, daß Sie mir den Tag versaut haben.«

»Gern geschehen, Ben.« Der G-P winkte Karlstrom und Fran zur Drehtür. »Wir zeigen im Kino heute *Schnellboote vor Bataan*. Warum kommen Sie heute abend nicht zum Essen zu uns?«

»Ich komme. Es ist einer meiner Lieblingsfilme.«

»Er enthält eine Botschaft an uns alle«, sagte der G-P. Seine Hand fuhr über Karlstroms Rücken und packte seine rechte Schulter.

Karlstrom, der mit dem General-Präsidenten aufgewachsen war und seinen Aufstieg zum Thron im Oval Office begleitet hatte, kannte die genaue Bedeutung dieser leutseligen Geste und den kurzen, doch unmißverständlich stählernen Druck seiner Finger auf den Knochen. Hinter dem Lächeln und den Witzen sagte der 31. Jefferson: *Wehe, du verschießt diesmal den Ball, Ben-Baby ... Diesmal geht es wahrlich und wahrhaftig um deinen Hals ...*

Als Fran durch die Drehtür in den kreisrunden Empfangsraum dahinter gegangen war, sagte Karlstrom: »Da ist noch ein Thema, das wir noch nicht berührt haben. Was wir mit Jodi Kazan anfangen ...«

»Haben wir irgendeine Wahl?«

»Kaum. Schade, daß sie ein so guter Soldat ist. Oder vielmehr, daß sie einer war. Unter normalen Umständen hätte ihr die Initiative, die sie eingebracht hat, um dabei zu helfen, die beiden Mutanten zu retten, eine Belobigung und zwei Streifen eingetragen. Doch bei dem, was sie nun weiß, können wir sie nicht mehr zu den Landsern zurückschicken, und für eine Tätigkeit im Geheimdienst ist sie vom Temperament her ungeeignet. Dann ist da noch die Sache mit dem Wagenzug. Wir haben Drogen eingesetzt, um den destabilisierenden Einfluß dieser Beulenkopfschlampe einzudämmen, aber auch sie sind nur ein Aufschub. Die Tatsache, daß sie geholfen hat, der *Lady* das anzutun, hat ihren Geist in Unordnung gebracht.« Er verzog das Gesicht. »Emotionell gesehen ist sie das reine Chaos ...«

»Körperlich auch«, sagte der G-P. »Schon ihr Gesicht ...« Er verdrängte das Bild mit einem Kopfschütteln. »Wir holen aus ihr heraus, was wir brauchen können, und dann schaffen wir sie uns vom Hals. — Ach, übrigens, wir essen pünktlich um halb acht.«

Karlstrom nickte und trat in die Drehtür.

8. Kapitel

Papa Jack, Steve und Roz Brickmans Wächtervater, gab den ohnehin verlorenen Kampf gegen den Strahlenkrebs in der Nacht des 23. zum 24. Dezember 2990 auf — drei Tage vor seinem sechsunddreißigsten Geburtstag. Da die quasi-religiöse Prä-Holocaust-Zeremonie namens Weihnachten kurz nach dem Entstehen der Föderation abgeschafft worden war, gab es reichlich Zeit, die Leiche des Ex-Fliegers einzusacken, zu verbrennen und seiner noch vor dem Neujahrsfest zu gedenken.

Als Doppelsechs — einem Rang, den man nur jenen seltenen Individuen verlieh, die zwölf Oberweltfahrten absolviert und zwölf aufeinanderfolgende Belobigungen für vorbildlich geleistete Dienste erhalten hatten — hatte Papa Jack sich für eine Ehrengarde aus zackigen jungen Fähnrichen in der dreifarbigen Uniform der Garde des Weißen Hauses qualifiziert.

Die Zeremonie, die auch eine kurze TV-Kanzelrede des General-Präsidenten mit einschloß, fand auf der sechsten Ebene der hohen Heldenmauer statt, in einem großen, mit Marmor verkleideten Schacht des Hauptzentrums. Sie endete mit den zu Tränen rührenden Tönen eines elektronischen Abschiedschorals, als man Papas Asche — nun in einer schlanken Urne versiegelt — in die Mauer neben seinem eingravierten Namen stellte. Man hatte den Schlagbolzen durch eine kleine, runde Platte ersetzt, und als der Urnensockel mit dem glänzend schwarzen Marmor abschloß, wurde sie gedreht und schloß Papa Jacks Asche für alle Zeiten in die Mauer ein.

Die hohe Mauer war ein bedeutungsvolles Werk. Wenn der große Plan ausgearbeitet und die Zeit gekommen war, wieder Besitz von der Blauhimmelwelt zu ergreifen, sollte der letzte Auszug aus dem Hauptzentrum an der drehbaren Rampe entlangführen — vorbei an den Namen jener, die im Laufe der Jahrhunderte das höchste Opfer gebracht hatten, um den hochgehaltenen Traum der Ersten Familie wahr werden zu lassen und die langfristige Zukunft der Amtrak-Föderation zu sichern.

»Sie starben, damit andere leben.« Diese inspirierende, dem Gründungsvater zugeschriebene Äußerung war eine der Ermahnungen, denen man nicht entrinnen konnte, denn sie war auf jedem verfügbaren Mauerraum in der ganzen Föderation verewigt. Die zweite, noch abschreckendere, sprach jene an, die sich unter Umständen verlockt fühlten, die Klugheit und Überlegenheit der Ersten Familie in Frage zu stellen: »Nur Menschen versagen — nicht das System.«

Roz stand in einem grünblauweißen Overall, dessen große Armwinkel sie als Chirurgiestudentin auswiesen und einem mit Troddeln versehenen Paradegurt, der ihren Rang als Allgemeinmedizinische Praktikantin verkündete, stramm vor der Heldenmauer Sie hatte das Kinn erhoben und hob den rechten Arm in militärischem Salut. Neben ihr standen Annie, ihre Wächtermutter — in einem standardorange und grauen Anzug — und Onkel Bart, Annies Blutsbruder, strahlend in der weißen Uniform und dem Stetson eines Chefs der Staatsmilitärpolizei. Annies Augen waren, wie auch die von Roz, tränenfeucht. Bart verzog, wie es seinem Status als Kopf der internen Sicherheit New Mexicos geziemte, während der ganzen Zeit keine Miene.

Als sie den letzten, Echos werfenden Tönen der unsichtbaren Trompete lauschten, wurde Roz klar, daß man Papa Jack die letzte ihm zustehende Ehre verweigert hatte. Seine Kampfakte hätte ihm einen Eintrag in die Auswahlkompanie der Minutemen eintragen müssen, der, wie die Zugehörigkeit zu den Foragers, der höchste Rang war, mit der gewöhnliche Wagner rechnen konnten. Erreichte man ihn, war man fast ein Angehöriger der Ersten Familie.

Die Exklusivität der beiden Kompanien gründete sich auf die Tatsache, daß die Mitgliedschaft auf je hundert lebendige ›Namen‹ begrenzt war. Minutemen-Ränge waren dem Kampfpersonal vorbehalten — Bahnbrechern, Pionierbataillonen und Fußsoldaten, die den Wagenzügen vorangingen; die Forager-Kompanie umfaßte jene, die die gleichen lobenswerten Dienste in einer Oberwelt-Einheit geleistet hatten — bei Aufklärung und Forschung, im Schützengraben, und beim Allgemeinen Nachschubkorps, dessen Tanker-Transporte Treibstoff, Nahrung, Munition und viele andere Dinge beschafften, die man benötigte, damit die zuvor genannten Gruppierungen überhaupt erst tätig werden konnten.

Bei so wenig zur Verfügung stehenden Plätzen konnten nur jene mit den hervorragendsten Dienstakten als Kandidaten in Erwägung gezogen werden, deswegen wurde eine Aufnahme oft erst in letzter Minute bestätigt — die Belohnung für ein Leben der Anstrengung, das kaum 40 Jahre währte.

Da dies die durchschnittliche Lebensspanne eines gewöhnlichen Wagners war, war die Aufnahme in die Ehrenkompanie für viele verdienstvolle Männer und Frauen eine Sterbebett-Beförderung. Und da die menschliche Natur nun einmal so war, war die Buchstabenkombination StBBef im Untergrundjargon der Föderation zu einem Synonym für leere und illusionäre Belohnungen geworden, die mit der Vollendung eines besonders beschissenen Auftrags verbunden waren.

Aber dies stimmte nicht ganz. Obwohl man Papa Jack gestattet hatte, ohne das stolze Wissen zu sterben, daß er auserwählt worden war, in die Minutemen-Auswahlkompanie einzutreten, hätte die posthume Beförderung Annie zusätzliche Lebzeiten-Privilegien eingetragen — einschließlich einer höherstufigen Wohnunterkunft in einer neuen Wohneinheit. Doch trotz Onkel Barts Beziehungen hatte man ihm diese letzte Ehrung abgeschlagen.

Roz mutmaßte, daß Karlstrom und die anonymen Angehörigen der Ersten Familie, die direkt mit Steves Fall zu tun hatten, beschlossen hatten, ihrem Wächtervater nur das Minimum an Anerkennung zuzugestehen, die man ihm nicht grundlos verwehren konnte. Na schön ... Was immer jetzt noch kam, sein Name war tief in die schwarze Marmorwand an der Südseite der sechsten Ebene gemeißelt, und da würde er auch bleiben — egal, was Steve und sie auch von nun an taten. Papa Jack war endlich frei, und Karlstroms verschleierte Drohung, ihn seiner Auszeichnungen zu entkleiden, konnte nicht mehr gegen ihn verwendet werden, um sie zu blindem Gehorsam einzuschüchtern.

Jetzt war nur noch Annie da. Trotz der Erklärung, daß es ihm ein Anliegen sei, ihnen zu helfen, hatte Karlstrom angedeutet, daß weniger verständnisvolle Vorgesetzte seine Manövrierfähigkeiten begrenzten. Auch Annie konnte gefährdet sein, wenn Roz und Steve nicht taten, was man von ihnen verlangte. Doch heute schien ihre Wächtermutter nicht in Gefahr zu schweben. Vor der Bestattungszeremonie hatte Onkel Bart angekündigt, Annie werde in seinen persönlichen Stab in Roosevelt/Santa Fé eintreten. Wenn sie derart eng mit hohen Tieren zusammenarbeitete — verwandt waren sie außerdem noch —, machte sie dies weniger verwundbar. Nachdem Roz über Onkel Barts Nachricht nachgedacht hatte, war sie zu dem Schluß gekommen, daß die Erste Familie den Transfer nicht erlaubt und ihre Beförderung nach JX-1 nicht hätte durchgehen lassen, wenn sie Annie hätte in die A-Ebenen werfen oder noch Schlimmeres mit ihr anstellen wollen.

Nun, wo einer ihrer Wächtereltern zu Asche reduziert war und der andere einen relativ sicheren Hafen gefunden hatte, fühlte Roz sich wieder in der Lage, freier zu atmen. Ihre eigene Zukunft als Chirurgin hing zwar immer noch in der Luft, aber es kümmerte sie nicht mehr, ob man ihr erlaubte, ihre Studien fortzusetzen. In den vergangenen Monaten, seit Steve wieder an die Oberwelt zurückgekehrt war, hatte sie erkannt, daß ihr Leben einem tieferen Sinn diente.

Dieses Wissen hatte ihr ein größeres Bewußtsein über die Natur der ihr innewohnenden Kraft verliehen. Sie fürchtete die Menschen nicht mehr, die ihr Leben zu kontrollieren versuchten. Wenn die Zeit kam, wollte sie diese Kraft anwenden, um ihren Verstand *ihrem eigenen* Willen zu unterwerfen.

Doch trotz dieser zunehmenden Bewußtheit gab es noch immer viele Dinge, von denen sie nichts wußte. Da waren zum Beispiel drei Aspekte hinsichtlich der Bestattung Papa Jacks. Roz hätte die Zukunft vielleicht weniger zuversichtlich gesehen, wenn sie gewußt hätte, daß der Fünfzehn-Minuten-Auftritt des General-Präsidenten bei der Zeremonie, die ihr Herz fast vor Stolz platzen ließ und ihre Augen mit Tränen der Dankbarkeit füllte, nicht etwa die Direktübertragung oder Aufzeichnung war, die sie hätte erwarten können, sondern eine elektronische Simulation.

Als — zumindest theoretisch — biologischer Erzeuger der momentanen Wagner-Generation, war George Washington Jefferson der 31. der gütige *in vitro*-Vater aller Menschen. Das Zeugungskunststück, das deswegen notwendig war, weil die Mehrheit beider Geschlechter steril zur Welt kam, wurde in dem Gebet gepriesen, das alle Wagner zweimal täglich aufsagen mußten, wenn sie eins der zahllosen Porträts des General-Präsidenten ansahen. Wie die Parolen, auf die das Auge, wohin man auch schaute, fiel, mußten die holographischen Porträts in jedem öffentlich zugänglichen Gebiet, jeder Werkstatt, jedem Kasinodeck und jeder Wohneinheit angebracht werden, die mehr als neun Quadratmeter maß.

... *Retter der Blauhimmelwelt, Schöpfer des Lichts, der*

Arbeit und des Weges, Hüter allen Wissens, der Weisheit und Wahrheit, in dem die Sieben Großen Tugenden enthalten sind, und aus deren heiligem Lebensblut unser Leben entspringt ...

Da in biologischen Begriffen jeder Wagner — so ähnlich lautete der populäre Glaube — mit dem gegenwärtigen Inhaber des Amtes des General-Präsidenten verwandt war, erwartete man auch von jedem, die gleichen Eigenschaften zur Schau zu stellen, die die einmalige Natur der Ersten Familie und ihr Recht auf die ewige Führerschaft der Amtrak-Föderation charakterisierten. Eigenschaften, die die Nation angeblich schon vor Jahrhunderten aufgewiesen hatte: Ehrlichkeit, Treue, Disziplin, Hingabe, Mut, Intelligenz und Geschick.

Wer dem Verhaltenscodex zuwiderhandelte, beging nicht nur einen Akt der Untreue an der Föderation, er betrog auch das väterliche Vertrauen. Das väterliche Vertrauen jedoch war ein zweiseitiger Prozeß, und als Dank für die bedingungslose Hingabe und Treue seiner Kinder war es nur passend, daß der General-Präsident ein paar Worte sagte, wenn eins seiner verdienstvolleren Kinder bestattet wurde. Es war Bestandteil des ernsten, doch sorgenden Bildes, das die Erste Familie zu verbreiten wünschte. Die schiere Anzahl der Toten machte ein persönliches Erscheinen vor den Fernsehkameras freilich zu einem logistischen Alptraum.

Man hatte das Problem, wie fast alle, denen sich die Erste Familie gegenübersah, mit der üblichen Mischung aus Erfindergeist und eiskalter Effizienz gelöst. Wie seine Vorgänger hatte der 31. Jefferson die Programmierer mit einem umfassenden holografischen Filmporträt versorgt, und dies hatte man dazu verwendet, computererzeugte Audio- und Video-Masterbänder zu erschaffen. Unter Verwendung von Digitalprozessoren konnte man die Tonspuren und Bilder so manipulieren, daß sie eine völlig echt klingende Rede über jedes Thema halten konnten — auf die erforderliche Länge zurechtgestutzt, und unterlegt mit dazu passenden Gesten oder Mienen.

Im Falle Papa Jacks — 2003-4093 John Roosevelt Brickman — hatte man seine Akte per Tastendruck aus dem Archiv der Nachrufsektion der Abteilung Behinderter Veteranen geholt und mit einer passenden Bestattungsrede aus der regelmäßig erneuerten Auswahl von über zweihundert kombiniert. Die einzige dazu nötige Information war die Sendezeit und die Frage, ob man die Rede regional oder ›überregional‹ ausstrahlen sollte. Mit anderen Worten, ob man die Rede, in der der General-Präsident Papa Jack lobte, nur in bestimmten Gegenden wie Roosevelt/Santa Fé — seiner Heimatbasis — oder auch in der Luftwaffenakademie in Lindbergh Field unter der Wüste von New Mexico — wo er als Flieger ausgebildet worden war — oder nur rings um die Heldenmauer im HZ ausstrahlen sollte, wo die Zeremonie stattfand.

COLUMBUS, der Zentralcomputer, die leitende Intelligenz der Föderation, oder einer seiner zahlreichen Satelliten hatte dann den Rest erledigt: Er hatte Papa Jacks Namen und die besten Beispiele an den wichtigen Stellen seines militärischen Werdegangs auf die gleiche Weise in die Rede eingeflochten, wie man in der Vorkriegszeit Formbriefe für schnelle Kredite an jedermann und Glückszahlen verteilt hatte, mit denen man Autos gewinnen konnte (vorausgesetzt, man abonnierte eine Zeitschrift). In herzlichen, angeblich ›persönlichen‹ Anschreiben an den Empfänger.

Das Ergebnis war glatt und nahtlos, und für die Wagner, die von Geburt an zwischen Fernsehschirmen aufgewachsen waren, von der Wahrheit nicht zu unterscheiden — und dies schloß sogar ein kleines Räuspern des Redners mit ein.

Zweitens war Papas Name auf der Heldenmauer nicht so sicher, wie Roz annahm. In der Föderation konnte man ebenso zur Unperson werden wie in früheren totalitären Regimes. Der Name ihres Wächtervaters war zwar vielleicht mit anmutiger Präzision von einem computergesteuerten mechanischen Graveur in die Mauer gefräst worden, aber man konnte ihn auch unter Anwendung einer speziellen Silikonpaste, die mit schwarzem Marmorstaub vermischt war, in einer Nacht auslöschen. Wenn man sie behandelt und poliert hatte, wurde die jungfräuliche Oberfläche restauriert — um dann den Namen eines anderen aufzunehmen, den man als würdiger erachtete, der Ewigkeit anheimgegeben zu werden.

Der dritte und letzte Punkt betraf die Identität des Mannes, den Steve ›Onkel Bart‹ nannte. Bart Nixon Bradlee, Annies Blutsbruder, war einer jener zahlreichen Angehörigen der Ersten Familie, denen man in der Gemeinschaft permanente ›Volltarnungs‹-Aufträge übertragen hatte. Diese Einzelpersonen waren jedoch keine AMEXICO-Agenten. Wie die Mehrheit der Familie wußte auch Bart nicht einmal, daß eine solche Organisation existierte. Von gewöhnlichen Wagnern nicht unterscheidbar bestand die Aufgabe von Leuten wie ihm darin, als Vorbild für ihre ›Waffenbrüder‹ zu fungieren und durch rasche Beförderung in hochrangige Positionen zu beweisen, daß auch gewöhnliche Wagner es mit harter Arbeit und selbstloser Hingabe an die Pflicht zu etwas bringen konnten.

Die Wahrheit sah etwas anders aus. Menschen wie Hartmann und Anderssen, die vom Gemeinen zu Wagenzug- und Zwischenstationskommandanten aufsteigen konnten, wurden an der Oberwelt eingesetzt. Die Reichweite ihrer Operationen, die steigende Macht, die auszuüben sie fähig waren, wurden durch den logistischen Entsatz der Föderation bestimmt.

Die Kontrolle der Grenzebenen und Divisionsbasen innerhalb des Erdschildes waren eine ganz andere Angelegenheit. Niemandem außerhalb der Ersten Familie war es gestattet, in empfindlichen Gebieten Senior-

oder Schlüsselpositionen zu besetzen — also in der Kommunikation, der Polizei, der Nahrungsherstellung, dem zwischenstaatlichen Transportwesen und den allumfassenden Umweltdiensten.

Hätte Roz gewußt, daß Bart zur Familie gehörte, wäre sie auch verlockt gewesen zu glauben, daß Annie, als seine Blutsschwester, nun gegen jede Repressaliendrohung immun war. Doch es wäre ein Irrtum gewesen, dies zu glauben: Man hatte das weibliche Ei und das männliche Spermium, das Annie hervorgebracht hatte, in einer Laborschale zusammengebracht, während Bart das Produkt eines natürlichen Geschlechtsverkehrs gewesen war. Dieser reproduktive Akt — identisch mit dem, den die primitiven Mutanten ausführten — war es, der die Erste Familie von ihren Untertanen trennte. Doch selbst wenn Annie auf diese Weise empfangen worden wäre, es hätte sie nicht unverwundbar gemacht. Auch früher war die Erste Familie nie davor zurückgeschreckt, ihre eigenen Angehörigen zu vernichten, wenn die Zukunft der Föderation bedroht gewesen war — und sie würde auch heute nicht zögern, es zu tun.

Nach dem Ende der Zeremonie blieb Roz bei Annie, und Bart Bradlee ging zu einer Verabredung in den Schwarzen Turm — das Heim der Amtrak-Exekutive. Annie mußte zwei Stunden totschlagen, bevor sie und Bart den nach Westen fahrenden Zug nach Santa Fé besteigen konnten. Als sie in einen der beiden Aufzüge im Zentralkern der Spiralenrampe traten, fuhren sie auf die Ebene Eins hinab und verwendeten Annies ID-Karte dazu, um ein Wägelchen aus der Schlange zu ziehen. Über fünfzig dieser Fahrzeuge standen schräg am Weg geparkt, sie waren mit dem Bug in eine lange, niedrige Ladeeinheit gestöpselt.

Die auf vier dicken, kleinen Reifen fahrenden, batteriebetriebenen Wagen erinnerten an die dachlosen Golfwägelchen der Vorkriegszeit. Der Typ, den Roz und Annie sich ausgesucht hatten, funktionierte als Selbstfahrertaxi. Eine größere Version, die aus einer Zugmaschine und mehreren offenen Anhängern bestand, fuhr in festgelegten Zeiträumen bestimmte Routen ab.

Die ID-Karte, die Annie in das Armaturenbrett schob, schaltete den Motor ein. Wurde sie am Ende wieder herausgezogen, zog man ihr die entsprechende Summe ab. Die Mikrochip-Zentraleinheit zeichnete zudem die ID-Nummer des Kartenbesitzers auf, und wenn man den Wagen an der nächsten Aufladedose abstellte, sandte sie die Information zusammen mit den Netzkoordinaten der gesamten Fahrt an COLUMBUS weiter. Die Koordinaten wurden als magnetische Daten auf flache Metallbänder gespeichert, die unter der Straßenoberfläche verliefen. Sollte jemand von der Behörde den Wunsch verspüren, so konnte man sie auf einem Bildschirm reproduzieren und eine visuelle Ansicht der Fahrtroute abrufen.

Die Drehtüren und Aufzüge, die einem den Zugang zu besonderen Gebieten und Ebenen verschafften, funktionierten nach dem gleichen Prinzip. Ebenso konnte jede menschliche Bewegung fortwährend registriert, und, falls nötig, behindert werden. Der Zugriff zu bestimmten Gebieten, Diensten und öffentlichen Informationsebenen des Bildschirmnetzes hing von Rang und Funktion ab und wurde kontrolliert, da ID-Karten unterschiedliche Ränge verzeichneten. Die Mikroprozessoren an den verschiedenen Kontrollpunkten wiesen eine Karte zurück, wenn der Inhaberkredit fünf Punkte vor Null stand. Karten dieser Art wurden von COLUMBUS so programmiert, daß sie, wenn sie einer gesuchten Person gehörten, eingezogen wurden und einen Alarm auslösten, um die MP zu alarmieren.

Die ID-Karten, die ebenso alle acht Wochen zur Überprüfung vorgelegt werden mußten, wie Vorkriegsarbeiter sich in eine Reihe hatten stellen müssen, um ihren Lohn abzuholen, waren nur eine von vielen Methoden, mit denen die Erste Familie ihre treuen Untertanen im Griff hielt. Ohne rechtskräftige Karte konnte sich kein Wagner aus einem Kasinodeck Nahrung holen, er konnte kein Videogramm absenden oder das Videofon benutzen. Er konnte kein Transportmittel benutzen, keine Ebenen wechseln und sich von keinem Kontrollgebiet ins nächste bewegen. Er konnte nicht einmal *Mutantenkiller* spielen — das beliebteste Freizeitspiel der Föderation. War er der Mittel beraubt, die ihn am Leben hielten oder ihm Mobilität verliehen, saß ein Gesetzesbrecher oder ›GeBe‹ wie die Ratte in der Falle — es sei denn, Freunde mit gültigen Karten nahmen ihn auf. Es gab nur eine Möglichkeit, der Festnahme zu entgehen, und wer sie kannte, bezeichnete sie als ›sich den Weg durch die Ziegel fressen‹.

Als sie durch den vierspurigen, gebogenen Tunnel fuhren, der die Heldenmauer mit der John Wayne-Plaza verband, saß Roz schweigend neben Annie. Als sie die Schleife zum Tempel des Gründervaters George Washington Jefferson des Ersten erreichten, sah Roz, daß Annie einen Blick auf die hell erleuchtete, gebogene Kolonnade warf.

»Möchtest du reingehen?«

Annie verlangsamte das Wägelchen. »Macht es dir was aus? Wir brauchen uns nicht anzustellen. Wir setzen uns nur für ein, zwei Minuten auf eine Bank.«

»Wie du möchtest. Wir haben noch genug Zeit ...«

Annie ließ ein paar ankommende Wägelchen vorbei, dann bog sie nach rechts ab und fuhr auf den vollen Parkplatz. Sie drückte den ›Warte‹-Knopf des Armaturenbretts, zog ihre Karte heraus und schob sie in die Schutzhülle zurück. Diese Handlung reservierte den Wagen für sie. Er würde nur starten, wenn die gleiche Karte ihn aktivierte. Ein langsames Blinklicht auf dem Armaturenbrett ging an, um zu zeigen, daß das Wägelchen noch gebraucht wurde. Aber nicht für immer. Der ›Warte‹-Knopf war mit einem exakten Zählwerk verbunden. Kehrte der Kartenhalter nicht innerhalb einer Stunde zurück, schaltete der Mikrochip das Blinklicht ab, und der Wagen stand anderen Fahrern zur Verfügung.

Der Gedächtnistempel des Gründungsvaters zog einen ständigen Besucherstrom an. Die letzte, vierhundertfünfzig Meter unter der Erde liegende Ruhestätte des Gründungsvaters war — im Gegensatz zu vielen Mausoleen der Vergangenheit, die der Holocaust verdampft hatte — seit fast fünfhundert Jahren sicher und würde es auch bleiben. Nicht nur für *weitere* fünfhundert, sondern für fünfhunderttausend Jahre. Die stolze Prahlerei war ein Hinweis darauf, wie lange die Erste Familie am Ruder zu bleiben gedachte.

Annie und Roz umrundeten die sich langsam bewegende Besucher-Achterreihe und fanden eine freie Bank, die aus dem gleichen weißen Marmor bestand wie die viereinhalb Meter hohe Statue des Kopfes des ersten George Washington Jefferson. Seine Schultern ruhten auf einem bewußt groben, gezackten, sechzehn Meter hohen Granitsockel, so daß sein Gesicht, egal wie viele Menschen sich in dem Rundbau versammelten, für die Eintretenden stets sichtbar war. Seine beiden unsterblichen Sätze waren auf den Seiten der ihn umgebenden Mauer graviert, so daß jene, die sich links anstellten, um die von den Pilgern abgegriffene Stelle zu berühren, unter den Worten ›Sie starben, damit andere leben‹ hinein- und unter der drohenden Ermahnung ›Nur Menschen versagen, nicht das System‹ wieder hinausgingen.

Der Gründervater war zwar im Jahr 2045, etwa dreißig Jahre nach dem Holocaust, gestorben, doch seine Vision von der Föderation und der Zukunft war unauslöschlich in seine Nachfahren eingeprägt. Der offiziell im Jahr 2500 eröffnete Tempel war gebaut worden, um an den Ausbruch von 2445 zu erinnern: den lange erträumten Augenblick, in dem die ersten Pionierbataillone durch den Erdschild gebrochen waren und den Bau der ersten ständigen Grenzebene über Houston/Hauptzentrum in Angriff genommen hatten.

Die Rückkehr an die Oberwelt, die der Gründervater für die folgenden Generationen als allerhöchstes Ziel erlassen hatte, war der erste Schritt in die gegenwärtige Schlacht um die Wiederinbesitznahme der Blauhimmelwelt gewesen. Fünfeinhalb Jahrhunderte eines gnadenlosen Guerillakrieges gegen die verschlagenen Mutanten, zu dem noch der gleichermaßen gewalttätige Kampf gekommen war, die feindselige, riesenhafte Landschaft zu zähmen. Eine Landschaft, die von einer unsichtbaren, giftigen Luftschicht bedeckt war. Diese fünfeinhalb Jahrhunderte des Konflikts hatten ihren Preis verlangt, wie die Heldenmauer und die kleineren Gefallenen-Monumente in den Divisionsbasen bezeugten. Und jetzt hatte man auch Papa Jacks Namen auf die Liste gesetzt.

Als sie zum kräftigen, ernsten Angesicht des Gründervaters emporblickten, empfand sogar Roz, die zunehmend den Zweifeln über die Integrität jener zum Opfer gefallen war, die das System steuerten, ein Gefühl von Sicherheit, Solidität und Beständigkeit. Und mit gutem Grund. Hatte die Erste Familie sie nicht seit fast tausend Jahren beschützt und genährt? Hatte sie ihre Schäfchen nicht vor den Feuern des Holocaust und der darauf folgenden eiskalten Dunkelheit bewahrt? Hatte sie sie nicht wieder dem Licht entgegengeführt, das die Blauhimmelwelt erfüllte?

Der Gründervater hatte die Gefahren vorausgesehen; er hatte die Pläne erlassen, nach denen die Vierhundert und ihre Familien überlebt hatten. Und als die Welt der Alten Zeit durch die wilden Mutantenhorden, die aus den Kellern der einstmals stolzen Städte geströmt waren, in Flammen aufgegangen war, hatte er einen Traum gewagt: daß eines Tages — wenn die korrupten und bösen Elemente an ihrem eigenen vergifteten Fleisch erstickt waren, von dem sie sich ernährten — die Starken und Tapferen wieder auftauchten, um die Erde zu säubern und den ihnen rechtmäßig zustehenden Platz an der Sonne wieder einnahmen.

Die nachfolgenden Generationen der Ersten Familie hatten diesen Traum bewahrt, und als Ergebnis wurden nun riesige Gebiete der Oberwelt von der Föderation beherrscht. Doch die giftige Anwesenheit der Mutanten verschmutzte die Atmosphäre noch immer. Laut Handbuch waren ihr Schweiß, ihr Atem und ihre Exkremente voll von tödlichen Giften. Der Tod strahlte aus ihren Leibern wie Hitze aus einem Kamineinsatz aus Keramik. Und die angehäufte Dosis dieser Gifte, die Papa Jack in den Jahren des aktiven Dienstes angesammelt hatte, hatte seinen Körper geschwächt und ihn schließlich getötet.

In Roz' Lebenszeit hatten die Nachrichtensendungen Zahlen gebracht, die zeigten, daß der Stand der Vergiftung in der Atmosphäre gesunken war. Vor Jahren, als Steve zu fragen gewagt hatte, ob es — von der Anwesenheit der Mutanten abgesehen — vielleicht einen anderen Grund gab, der die Luft für Wagner gefährlich machte, war Papa Jack wütend geworden und hatte beiden gesagt, man könne in große Schwierigkeiten kommen, wenn man solche Ideen hätte. Und als sie ihn zu einer Erklärung gedrängt hatten, warum die Gefahr abnahm, hatte er mit der Faust auf den Tisch geschlagen und geschrien: »Es liegt daran, daß wir in jedem Jahr mehr von diesen übelriechenden Schweinehunden umbringen! Ist es denn nicht offensichtlich? Je weniger sie sind, desto besser wird es! Aber richtig atmen können wir die Luft erst dann, wenn die Knochen des letzten Beulenkopfes im Dreck der Erde bleichen!«

Und doch hatte Steve sechs Monate bei den Präriemutanten verbracht. Er hatte ihre Nahrung gegessen, die gleiche Luft geatmet und es sogar — Roz schüttelte sich bei der Vorstellung — mit einer Mutantin getrieben. Und es hatte ihm offensichtlich nicht geschadet ...

»Ich habe immer ein gutes Gefühl, wenn ich hier bin«, murmelte Annie. »Hier wird einem klar, wie lange sich die Familie schon um uns kümmert. Und wie gut sie es gemacht hat. Der Mann da oben, der hat alles zusammengehalten. Und schon vor Jahrhunderten hat er gewußt, wo er hin wollte, und was getan werden muß, um das Ziel zu erreichen. Und jedes Jahr bringt uns dem Ziel einen Schritt näher.« Sie seufzte. »Ich werde die Blauhimmelwelt zwar nicht mehr erleben, aber du ganz bestimmt. In zehn Jahren kann eine Menge passieren.«

Annie bezog sich auf das Versprechen der Familie, die Blauhimmelwelt bis zum Jahr 3000 wieder in Besitz zu nehmen.

»Ich habe das Gefühl, daß ...«

Roz hielt abrupt inne. Sie hatte sagen wollen, ›daß nach dem, was Steve mir erzählt hat‹, aber soweit Annie wußte, war Steve nie wieder von der ersten Oberweltfahrt mit der *Louisiana Lady* zurückgekehrt. Er galt offiziell als tot; im letzten Jahr im Kampf über Wyoming verschollen. Sie fing noch einmal an.

»... ähm ... nach dem, was man ... ähm ... auf dem Campus so hört ... von Leuten, die Verwandte auf Wagenzügen haben ...«

»Yeah?«

»... daß es noch eine ganze Weile dauern kann.«

»Papperlapapp!« fauchte Annie. »Von Papa Jack hab ich nie so haltlose Gerüchte gehört. Und ich will sowas jetzt auch nicht von dir hören. Ich will's überhaupt nie hören!«

»Nein, Ma'am.«

Sie blieben eine Weile schweigend sitzen, dann zückte Annie ein Taschentuch und wischte sich eine Träne ab. »Weißt du, was mir am liebsten wäre? Daß man Papa Jack und Stevie zusammen geehrt hätte. Ich weiß, daß sie nicht immer auf einer Wellenlänge gelegen haben.« Sie lächelte bei der Erinnerung. »Ich hab nie einen

Jungen gesehen, der so viel wissen wollte. Jedesmal, wenn Papa Jack ihm eine Frage beantwortet hat, fielen ihm zwei ein. Ich glaub, er konnte nicht verstehen, daß die Dinge nicht einfach so sind, wie das Handbuch sagt. Wie oft sie sich in der Wolle hatten ...«

»Und wie oft er den Hosenboden vollgekriegt hat ...«

»Ja ... sie konnten sich aber trotzdem gut leiden. Hätte mich wirklich stolz gemacht, ihre Namen nebeneinander auf der Mauer zu sehen. Ich kenne zwar die Vorschriften über die Verschollenen, aber es scheint mir nicht recht, daß Stevies Leiche irgendwo da draußen liegt und keiner sich an ihn erinnert.« Sie trocknete ihre Tränen und putzte sich die Nase.

Roz zögerte, dann streckte sie den Arm aus und nahm die Hand ihrer Wächtermutter. Sie bremste sich und sagte: »Annie, ich konnte es dir über Videofon nicht sagen, aber ... Stevie ist nicht tot. Ich kann dir nicht sagen, *woher* ich es weiß. Ich weiß es einfach. Er kommt eines Tages zurück, das weiß ich genau. Und dann wird er ein Held sein. So wie Papa Jack.«

Zu ihrer Überraschung fuhr Annie sie wegen ihrer Worte gegen die offizielle Meldung über Steves Schicksal nicht an. Sie tätschelte Roz' Hand. »Ich freu mich, daß du's mir sagst. Ich hab auch das Gefühl.« Sie sah sich um, ob jemand in Hörweite war, dann wurde ihre Stimme leiser. »Aber es bringt nichts, über solche Dinge zu reden. Selbst wenn sie wahr sind — und ich bete zum Gründervater, daß er es wahr macht —, bringen sie ihn auch nicht schneller wieder nach Hause.«

»Du darfst nur die Hoffnung nicht aufgeben.«

Annie schüttelte den Kopf. »Zuerst müssen mir die Sackmänner seine Leiche zeigen. Hast du mit jemandem darüber geredet?«

»Nein.«

»Dann tu es auch nicht.« Annie umarmte sie. »Ich weiß es zu schätzen, daß du versuchst, den Schlag zu mildern.«

»Ich habe es nicht erfunden, Annie. Es stimmt, so wahr ich hier sitze.«

Denn wenn er stirbt, sterbe ich auch ...

»Ich weiß, Schätzchen; ich weiß.« Annie stand auf. »Nun komm. Wir gehen, bevor der Wagen weg ist.«

Sie verbrachten die nächste halbe Stunde damit, über die John Wayne-Plaza zu spazieren — die größte Felskammer der gesamten Föderation. Die Freiflugkuppel in Lindbergh Field war die einzige andere Kaverne, die ihre Größe erreichte.

Der Grundriß der Plaza hatte die Form eines fünfzakkigen Sterns, der in einem kreisförmigen Ringweg mit einem Durchmesser von anderthalb Kilometern lag. Die V-förmigen Gebiete, die um das Mittelfünfeck gruppiert waren, waren von Laufgängen umgeben, die in einem glatten, halbkreisförmigen Bereich über den Bögen zusammentrafen, die den Zugang zu dem umkreisenden Ringweg ermöglichten. Die Aussicht über die Plaza war beeindruckend, aber sie war nichts im Vergleich mit dem Blick nach oben; die spitz zulaufende Gruft über dem Fünfeck maß vom Boden zum Scheitelpunkt schwindelerregende dreihundert Meter.

Über dem Scheitelpunkt bauten die Pioniere schon einen Schacht durch die letzte Fels- und Erdschicht, um die Plaza, wenn das letzte Stadium erreicht war, mit der Oberwelt zu verbinden. Ein Stahl- und Glasturm würde den Rand der Gruft nach oben fortsetzen und in die Höhe streben, um eine glitzernde, fünfeckige Pyramide mit einer Höhe von dreihundertdreißig Metern zu bilden, auf der sich eine überdachte Beobachtungsplattform befand. Die Welt oben würde eins mit der Welt unten werden, verbunden durch Expreßaufzüge, die einen zu den Wolken und einem atemberaubenden Ausblick auf die Blauhimmelwelt hinauftrugen.

Sogar jetzt war eine Menge zu sehen (manche sagten, zuviel), und ein Freizeitausflug nahm fast zwei Tage in Anspruch. Gruppen, die mit Drei-Tage-Pässen aus den anderen Basen anreisten, wurden in Wohneinheiten untergebracht, die an den höchsten Laufgängen der V-förmigen Korridore verliefen; die Wagner, die die Plaza bewohnten, waren direkt darunter stationiert.

›An der Plaza arbeiten‹ war für viele der beste Untergrundjob, den man bekommen konnte — er galt als sogar noch besser als die Beförderung in einen Rang, in dem man Entscheidungen fällen durfte. Der ›Aufstieg‹ in den Schwarzen Turm war letztendlich vielleicht lohnender, aber auch *sehr* viel schwieriger. Wie sagten doch die gemeinen Soldaten: »Je höher man kommt, desto tiefer kann man fallen.«

Was Commander Bill Hartmann und die in Ungnade gefallenen Stabsoffiziere der *Lady* nur allzugut wußten.

Doch zurück zur Plaza. Die Laufgänge der zweiten und ersten Straßen-Ebene enthielten eine Vielzahl von Vergnügungslokalen, Kasinodecks, Raumparks — Kombinationen architektonischer und landformender Elemente, in denen man einfach sitzen oder herumschlendern und die Aussicht genießen konnte — und Ausstellungszonen, die jeden Aspekt der Vergangenheit, Gegenwart und Zukunft der Föderation abdeckten.

Für zwanzig Credits bekam man eine 10-Minuten-Fahrt im Cockpit eines Himmelsfalken — umgeben von einer computererzeugten Vogelperspektive der Oberwelt. Kunstvoll angebrachte Luftdüsen erzeugten einen Luftschraubenstrahl, um die Illusion der Bewegung zu vervollkommnen, und eine Reihe von Zielen wurde dem Anfänger-Piloten präsentiert, die er mit einem Weichlaser abknallen konnte. Ein anderes Ausstellungsstück, eine original große, begehbare Attrappe, bestand aus drei Sektionen eines Wagenzugs; das Steuermodul, der Antriebswagen und die typische Kampfstation zogen einen ständigen Besucherstrom an.

Nachdem man sich das Begleitvideo angeschaut hatte, verließen viele Juppis — Junge Pioniere, die ihr 13. Lebensjahr als ungelernte Arbeiter damit verbrachten,

U-Bahn-Tunnels, Luftschächte und andere gewichtige Ingenieurprojekte auszuheben — die Attrappe und eilten gleich zur Rekrutierungsinformation, um ihren Namen auf die Liste künftiger Bahnbrecher zu setzen. Und sogar für die jüngeren Besucher zwischen vier und sieben gab es Plätze auf einem miniaturisierten, dachlosen Wagenzug, der in regelmäßigen Abständen die Plaza umfuhr. Auch sie stiegen aus, schauten sich mit großen Augen um, träumten von Abenteuern und konnten es kaum erwarten, so schnell wie möglich größer zu werden.

Zwar würden nur wenige aus beiden Gruppen je einen echten, kampffähigen Wagenzug von innen sehen, doch die Illusion, eine Wahl zu haben, wurde sorgfältig genährt, um dem Eindruck entgegenzuwirken, all dies werde einem von oben vorgeschrieben.

Man gehorchte den Befehlen der Ersten Familie, weil man der Meinung war, es sei recht und billig; nicht etwa deswegen, weil man dazu gezwungen wurde. Die Familie schenkte einem das Leben, ernährte einen, zog einen auf, teilte einem eine gesellschaftliche Position zu, gab einem einen Sinn fürs Leben und seine Ziele und versprach einem eine bessere Zukunft. Der General-Präsident betrachtete einen als zu seinem Blut gehörig; als Söhne und Töchter einer großen Familie. Und wie der Vater jeder Familie setzte er Vertrauen in einen und erwartete — nicht unbegründet —, daß man dieses Vertrauen erwiderte. Und dazu nicht endende Dankbarkeit und lebenslangen Gehorsam. Sanktionen wurden nur über jene verhängt, die sein Vertrauen mißbrauchten. Solch irrationales Verhalten war das Produkt eines kranken Geistes, einer Krankheit, die man für höchst ansteckend hielt. Gesetzesbrecher waren wie Pestverbreiter; man mußte sie aus der Gesellschaft entfernen, und wenn man sie nicht heilen konnte, mußten sie liquidiert werden.

Roz und Annie nahmen unter der sich emporschwingenden, lichterfüllten Gruft an den kühlenden Springbrunnen und Gewächsen des geräumigen Zentralfünfecks einen gemütlichen Becher Java zu sich. Hier war nicht die einzige Lichtquelle, doch ihre Wärme und Helligkeit ließ sie ahnen, wie es wohl war, wenn man unter den Strahlen der Sonne lebte. Generationen waren gestorben, ohne sie je zu sehen. Die üppige, breitblättrige Vegetation war aus einer Saat gewachsen, die die Erste Familie sorgfältig unter Verschluß gehalten hatte. Damals, in der Alten Zeit, vor dem Höllenfeuer, das die Mutanten hervorgebracht hatte, war auch die Oberwelt grün gewesen. Jetzt waren die Bäume und Gräser zwar blutrot, fleischfarbenrosa und feuerballorange, doch es würde sich eines Tages ändern. Wenn die Luft gereinigt und die Erde von allem Unsauberen befreit war, würde man eine neue Welt erschaffen; eine Welt, die die Einfachheit und Güte umarmte, die man unterwegs verloren hatte. Und wie in dem Liedtext würden die guten alten Jungs in die ›grünen Hügeln der Heimat‹ zurückkehren ...

Roz schaute sich auf der Plaza um, musterte die sich verjüngenden Bürgersteige, die mit Luft, Licht, Farbe und Bewegung gefüllt waren und verglich sie insgeheim mit dem grauen Schlackensteingesicht von Roosevelt/Santa Fé, der Heimat ihrer Abteilung. »Wie die andere Hälfte lebt ...« Sie wandte sich Annie zu. »Aber jetzt, wo du zu Onkel Bart ziehst, wird es dir gut gehen. Ich glaube, du hast mich irgendwann einmal zu ihm mitgenommen. Wie alt war ich da — sechs?«

»Fünf.«

»Es war sehr luxuriös.«

»Bei ihm ist es bestimmt besser als in dem Quartier, in dem Jack und ich angefangen haben. Aber als ihr beide kamt, waren wir schon weiter. Bart lebte zwar besser als die meisten, aber damals ... hatte er eine wichtige Aufgabe zu erfüllen. Wenn die hohen Tiere aus dem Schwarzen Turm kommen, um mit ihm zu reden, kann man sie ja nicht mit angezogenen Knien auf den Boden setzen.« Annie deutete auf ihre Umgebung. »Merk dir meine Worte. Eines Tages sieht es überall so gut aus wie hier.«

Sie nahmen den Aufzug zum höchsten Laufgang der Südwest-Aussicht. Roz hatte für die Bestattung einen Paß der Innenstaat-Uni bekommen, der ihr erlaubte, über Nacht bei Annie zu bleiben. Sie holten ihre Reisetaschen aus dem Büro des Hausmeisters, und nachdem sie ihr Endziel eingegeben hatten, schoben sie die ID-Karten ein und trugen sich aus der Quartierliste aus.

Die Information wurde durch das Netz an COLUMBUS weitergeleitet und versetzte ihn in die Lage zu überblicken, wo sie gewesen waren und wohin sie gingen. Ebenso würde er später ihre Ankunft registrieren. Der gegenwärtige Aufenthaltsort und das Ziel eines Individuums wurde zeitweilig im Gedächtnis der ID-Karte gespeichert. Dies ermöglichte es der Militärpolizei, gültige Karten zu identifizieren. Die MPs, die sichtbare interne Sicherheitsmacht der Föderation, waren auch als ›Fleischklopse‹ bekannt und führten oft an ›Würgegriffe‹ genannten Stellen willkürliche Überprüfungen durch. Sie verwendeten tragbare Stöpseltastaturen, auf denen sie die sofortige Prüfung eines Kartenstatus vornehmen konnten, und wenn sie die Datenabspieltaste drückten, erhielten sie in zwei Sekunden die gesamte Geschichte des verdächtigen Karteninhabers aus den in COLUMBUS gespeicherten Dateien.

Während mehrerer Samstagnachttreffen im Santanna-Wohnzentrum, bei denen Chisum als Gastgeber fungiert hatte, hatte Roz im Kreis ihrer studentischen Freunde an Diskussionen über die gerüchteweise verlautete Existenz verborgener Subkulturen teilgenommen, die in nicht mehr verwendeten Servicetunnels und den längst aufgegebenen unterirdischen Installationen der Vorkriegsepoche leben sollten.

Immer wenn solche Untergrundplätze entdeckt wurden, wurden sie erforscht, mit Sprengladungen zerstört und dann versiegelt und mit Gas gefüllt. Im Laufe der Jahre hatte Roz mehrere Nachrichtensendungen gesehen, in denen man die Entdeckung solcher Einrichtungen und ihre anschließende Vernichtung bekanntgegeben hatte, doch die Leute, die in diesen staubigen Grüften und Tunnels gelebt hatten, hatte man nie wieder erwähnt.

Abgesehen von den im Fernsehen übertragenen Prozessen und Exekutionen von Code-Eins-Verletzern, die spezieller individueller Verbrechen angeklagt wurden, gestand die Erste Familie die Existenz irgendwelcher organisierten Dissidentengruppen nicht ein. Und wenn die offizielle Sichtweise derart war, daß solche Gruppen nicht existierten, war jede Erwähnung dieser Leute laut Definition ein unbewiesenes Gerücht. Und das Verbreiten von Gerüchten war ein Code-Drei-Vergehen, das einen, wenn man es wiederholte, zu einem Redukationskandidaten machte.

Ja, dachte Roz, als sie ihre ID-Karte in die Spezialtasche ihres Overalls zurückschob, das Leben in der Föderation kontrastiert deutlich mit der unbehinderten Existenz des Prärievolkes, das Steve beschrieben hat. Hin und wieder, durch die telepathische Verbindung, war es ihr möglich, sich mit seinem Geist zu verbinden. Die Verbindung war so tiefgründig, daß Roz mit ihrem inneren Auge die ›Bilder‹ sehen konnte, die auf seine Retina fielen. Und sie konnte die gleichen Geräusche hören, die gleichen Gerüche wahrnehmen und seine Freude und Angst in Momenten tödlicher Gefahr spüren. Und auch den Schmerz, denn wenn sein Fleisch durchbohrt wurde, wurde auch das ihre durchbohrt, auch wenn ihre Wunden, die sie gleichzeitig erlitt — im Gegensatz zu den seinen — in wenigen Stunden wieder heilten.

Eine neue Gruppe staunender Reisender strömte aus der U-Bahn-Station unter der John Wayne-Plaza, als Roz und Annie die Rampe hinuntergingen und sich durch die Drehtüren einen Weg auf den nach außen führenden Bahnsteig bahnten. Der eingefahrene Zug war sofort ins Depot weitergefahren, wo er die Spur wechselte und eine andere Mannschaft aufnahm, bevor er zurückkam, um Annie und die anderen Passagiere an Bord zu nehmen. Manche davon würden zum westlichen Bahnhof nach Jackson/Phoenix reisen, in den kürzlich der Föderation einverleibten Staat Arizona.

Roz suchte den Bahnsteig ab, konnte aber nichts von Onkel Bart erblicken.

»Er wird erst kurz vor der Abfahrt hier sein«, sagte Annie. »Bart wartet nicht auf Züge — sie warten auf ihn.« Den MP-Chefs wurden, wie anderen hohen Tieren, Sonderabteile zugewiesen. Annie war in einem solchen angekommen und würde auch wieder in einem abfahren. »Du brauchst nicht unbedingt zu warten, falls du etwas Besseres zu tun hast.«

»Ich möchte bleiben«, sagte Roz. »So oft sehen wir uns doch nun auch wieder nicht, und ...«

»Ich weiß«, sagte Annie mit einem traurigen Lächeln. »Und jetzt, wo Papa Jack nicht mehr lebt ...«

Sie schauten sich eine Weile schweigend an, dann sagte Roz: »Mir ist so allerlei passiert. Ich kann es zwar nicht erklären, aber ... Es könnte sein, daß ich nach oben gehe.«

Annie schaute bestürzt drein. »Aber was ist mit deinem Studium? Soll das heißen, du brichst dein Medizinstudium ab?«

»Ich weiß nicht. Vielleicht läßt man mich im zweiten Jahr wieder zu. Du weißt doch, wie es ist. Ich habe gehört, daß man mich anderswo braucht.«

Annie warf einen Blick über die Schulter, dann sagte sie leise und fast flüsternd: »Hat es etwas mit Steve zu tun?«

Roz nickte.

Ihre Wächtermutter dachte nach, dann schien sie zu einem Entschluß zu kommen. Sie prüfte die nächste

Uhr, dann führte sie Roz am Arm auf einen der Zugangswege, die die beiden Bahnsteige miteinander verbanden. »Du solltest es eigentlich nie erfahren, aber nach dem, was du am Tempel über Stevie gesagt hast — daß er am Leben ist —, und dem, was du mir jetzt sagst, muß ich mir etwas von der Seele reden. Besonders deswegen, weil wir uns vielleicht nie wiedersehen.« Was sie auch sagen wollte, es schien sie sehr zu bewegen.

Roz wollte sie unterbrechen. Annie packte ihre Hände. »Nein! Hör zu! Ich habe mein Bestes getan, um euch beide vorschriftsmäßig aufzuziehen. Ich wollte euch immer eine gute Wächtermutter sein, doch da Papa Jack so oft weg war, war es nicht leicht. Mir fallen Zeiten ein, in denen ich netter und behütender hätte sein sollen, Zeiten, in denen ich gemerkt habe, daß ihr es euch wünschtet, aber ... ich habe mich zurückgehalten.

Weißt du, warum? Weil etwas mit euch beiden ist. Es hat mir Angst gemacht, daß ihr euch verständigen konntet, ohne miteinander zu reden. Vielleicht hab ich es mir nur eingebildet, aber wenn ihr zusammen wart, war es, als würden ich, Papa Jack und der Rest der Welt gar nicht existieren. Ihr wart eben anders. Etwas Besonderes. Weißt du, was ich meine?«

»Ja ...«

»Nun, ihr *seid* etwas Besonderes. Frag mich nicht, warum und wieso. Niemand hat es mir erzählt. Es gab einen Haufen Dinge, die mir keiner erzählt hat, aber ich hab sie auch so rausgekriegt.« Annie holte tief Luft, dann legte sie die Hand auf Roz' Schulter. »Ich habe dich nicht in mir getragen, Schätzchen. Dich nicht, und auch Steve nicht.«

»Annie ...!«

»Psst! Du hast doch bei der Ausbildung im Lebensinstitut einiges gelernt ...«

»Ja, aber keine Geburtshilfe. Das ist eine *Familien*angelegenheit.«

»Aber du weißt etwa, was passiert. Ich meine — wie Menschen geboren werden …«

»Natürlich. Wir haben eine ganze Videografieserie gesehen.«

»Nun, wenn sie einen in den Kreißsaal bringen, behandeln sie einen mit diesem Gas. Es soll die Geburt erleichtern und macht dich in der Regel besinnungslos. Aber bei mir hat es nicht richtig funktioniert. Mir ist nur übel geworden, weil ich Angst hatte, ich könnte die Ärzte vollkotzen und zu dem Chaos beitragen, das da unten stattfand, aber ich hab die Augen zugemacht und so getan, als würd ich mitmachen, damit sie mir nicht noch mehr von dem Zeug geben.

Keiner hat geahnt, daß ich heimlich zugeschaut hab. Es war beide Male das gleiche. Ich hab die Kleinen zwar *gesehen,* die sie aus meinem Bauch geholt haben, aber es waren nicht die, die ich ein paar Tage später auf der Säuglingsstation bekam.«

»Bist du sicher?« Roz empfand zwar Verwirrung, aber sie war eigenartigerweise nicht überrascht.

»So sicher wie du, daß Stevie noch lebt. *Wieso* ich es weiß, ist eine andere Sache. Man hat mir euch beide gegeben, damit ich mich um euch kümmere. Aber gekommen seid ihr woandersher. Vielleicht hab ich deswegen immer das Gefühl gehabt, daß ihr etwas Besonderes seid. Und es sieht so aus, als hätte ich recht.«

»Bedeutet das, daß Steve eigentlich gar nicht mein Blutsbruder ist?«

»Das kann ich nicht beantworten. Aber es gibt keinen Grund, wieso er es sein sollte.« Annie lächelte. »Wenn man davon absieht, daß ihr beide euch immer näher wart als das Ober- und Unterteil eines Bohnenburgers.«

Als sie sich umarmten, küßte Roz Annie auf beide Wangen. »Danke für den Hinweis. Aber meine Gefühle für dich sind deswegen keine anderen. Du warst *wirklich* nett, und du hast dich um uns gesorgt. Ich werde niemandem erlauben, das Gegenteil zu sagen. Es spielt keine Rolle, wer mich ausgetragen hat. *Du* hast mich aufgezogen.«

»Ich hab nur meine Arbeit getan«, sagte Annie.

»Du hast mehr als das getan, und soweit es mich betrifft, sind wir für immer Verwandte. Und wenn Stevie hier wäre, würde er das gleiche empfinden.«

Annie trat zurück und zückte ein neues Taschentuch. Sie tupfte sich die Augen ab und putzte sich die Nase. »Wo gehst du jetzt hin — an die Staats-Uni?«

»Ja, aber es eilt nicht. Ich bin bis morgen entschuldigt.«

»Du solltest lieber gehen«, sagte Annie. Ihre Stimme wurde allmählich weinerlich. »Der Zug ist gleich hier, und ... Nun ja, ich möchte Onkel Bart nicht verärgern. Er kann es nicht ausstehen, wenn jemand weint. Also geh, und — halt die Ohren steif!« Sie faltete das Taschentuch sorgfältig zusammen und wischte sich noch einmal die Augen ab.

Roz schulterte ihren Reisebeutel, dann nahm sie Annies Hand und trat langsam zurück, bis sie schließlich gezwungen war, sie loszulassen. »Mach's gut, Annie ...«

Ihre Wächtermutter hob die noch ausgestreckte Hand und winkte ihr zum letzten Mal zu.

Roz drehte sich um und ging durch den Korridor hinaus. Als sie zurückschaute, war Annie weg. Roz sah den weißen TransAm-Expreß mit den rotblauen Seitenstreifen langsam an der Öffnung vorbeigleiten und anhalten. Sie senkte den Kopf und schlenderte der nächsten Ausgangsrampe entgegen.

Obwohl der Bahnsteig überfüllt war, brauchte man nicht nach einem Sitzplatz zu suchen, denn jeder hatte eine Reservierung. Annie ging durch den ganzen Zug zum VIP-Abteil und wartete auf die Ankunft Barts und seiner kleinen Begleitgruppe.

Sie freute sich, daß sie ihr lange gehütetes Geheimnis

mit jemandem geteilt hatte. Papa Jack war zwar gestorben, ohne es zu erfahren, aber da er nur der zugeteilte Wächter der Kinder gewesen war, hätte es ihm ohnehin nicht viel bedeutet. Doch nun, da Roz alles wußte, fragte sich Annie, ob sie richtig gehandelt hatte. Sie hoffte es. Wenn die Familie, wie Roz angedeutet hatte, eine unterschiedliche Zukunft für sie festgelegt hatte, war es vielleicht hilfreich, wenn sie wußten, daß man sie ihr nur untergeschoben hatte. Wenn sie Interesse daran hatten, den Grund dafür und ihre Herkunft herauszufinden, war es nun *ihre* Aufgabe.

Als Annie Bart erblickte, der in einem Wagen von der Rampe herangefahren wurde, fiel ihr ein, daß sie Roz hatte gehen lassen, ohne ihr das Versprechen abzunehmen, ihr Wissen nur mit Steve zu teilen. Aber nun war es zu spät, um etwas dagegen zu tun. Sie mußte sich auf Roz' gesunden Menschenverstand verlassen.

Nun, wo sie ihr Wissen mit jemandem geteilt hatte, hätte Annie eigentlich ein Gefühl der Erleichterung empfinden müssen, doch sie spürte die Last noch immer. Sie hatte Roz nicht die ganze Geschichte erzählt. Wieso sie — jenseits aller Zweifel — wußte, daß Steve und Roz nicht die Kinder gewesen waren, die sie geboren hatte.

Sie hatte Bewußtlosigkeit vorgetäuscht und durch einen nicht wahrnehmbaren Augenschlitz zugesehen, als man die runzligen Säuglinge mit den geballten Fäustchen zwischen ihren gespreizten Beinen hervorgezogen und ins Leben geklatscht hatte. Bei beiden Gelegenheiten hatten sie mit einem Würgen und schrillen Schreien reagiert, wie sie alle Wagnerkinder im ersten Augenblick ihres Lebens machten. Doch statt der üblichen gräulich-malvenfarbenen Körper, die sich rasch zu einem cremigen Rosa verändern, wenn ihre Lungen sich mit Luft füllen, war die helle Haut der beiden Neugeborenen mit unregelmäßigen schwarzen, braunen und olivfarbenen Flecken bedeckt gewesen.

Und diese Kinder waren, wie alle heutzutage geborenen, vom Samen George Washington Jeffersons des 31. gezeugt worden, dem gegenwärtigen General-Präsidenten ...

Es gab nur eine Erklärung: Sie oder der General-Präsident, einer von ihnen hatte Mutantenblut. Das war das schmachvolle, bestürzende Geheimnis, das Annie mit niemandem teilen konnte. Und das sie für sich behalten würde, bis die Sackmänner ihre Leiche den Flammen übergaben.

»Reden Sie. Können Sie Steve sehen?«

»Ja ...«

»Deutlich?«

»Ich bin bei ihm«, sagte Roz. »Er steht beinahe im Zentrum der acht Ringe ...«

»Acht Ringe?«

»Hütten, die kreisförmig umeinander stehen. Die Hütte, die man ihm gegeben hat, ist Bestandteil des Innenrings. Er steht davor und schaut sich das große Feuer an ...«

Karlstrom, der an der Ecke seines Schreibtisches saß, sah, daß sich ihre Augen noch fester schlossen. Sie schien den Versuch zu machen, das empfangene Bild zu überlagern. Sie fletschte die Zähne.

»*Sie* ist bei ihm.«

»Clearwater? Gut. Was ist mit Cadillac?«

»Er auch ...«

»Was denken die beiden über ihn?«

»Es hat großen Ärger gegeben, aber sie vertrauen ihm noch.«

»Hmmm ... Der Ort da, ihr Winterquartier. Können Sie mir sagen, wo es liegt?« Karlstrom zog Roz' Stuhl an den Tisch heran und legte ihre Hände auf die große Landkarte, auf der die Vorkriegsstaaten im Westen und Süden der Großen Seen erkennbar waren. »Ich weiß zwar, daß der Schnee Probleme hervorruft, aber beschreiben Sie die Umgebung.«

Karlstrom schaute konzentriert zu, als Roz' Zeigefinger langsam am westlichen Ufer des Michigansees rauf und runter fuhr, als läse sie ein Buch in Blindenschrift. Ihr Atem war unnormal langsam und tief. Ihre Verärgerung wurde durch einen Ausdruck versunkener Konzentration ersetzt.

»Da war mal eine große Stadt. Hohe Türme aus glänzendem Metall und Glas, die in allen Regenbogenfarben schillerten ...«

»Bezugspunkt Chicago«, sagte Karlstrom, ganz darauf bedacht, die Dinge etwas zu beschleunigen. »Ist er da?«

»Ich weiß nicht genau, ob das Bild von ihm oder von der Landkarte kommt ...« Roz' Kopf senkte sich langsam, bis ihr Kinn auf die Brust fiel, doch nach einer Weile hob sie ihn wieder an. »Jetzt verstehe ich. Der Clan seiner Mutantenfreunde ist mit dem Ort verbunden. Die M'Calls stammen von den She-Kargo ab.«

»Das stimmt«, sagte Karlstrom. »Aber das wissen wir schon. Versuchen Sie's noch mal. Er muß doch irgendeine *Vorstellung* davon haben, wo er ist.«

Roz runzelte die Stirn. »Bäume, Schnee ... Hochebene ... westlich vom Wasser.«

»Das ist schon besser. Kann er das Wasser von da aus sehen?«

»Nein. Die, bei denen er Unterschlupf gefunden hat, leben in einem großen weißen Wald.«

Und davon gibt es massenhaft ... Karlstrom unterdrückte das plötzliche Verlangen, dem leergesichtigen Mädchen eine Ohrfeige zu versetzen. Er schob den Schreibtisch zwischen sie und sich. »Aber er ist in der *Nähe* von Chicago ...«

»Ja, in der Nähe. Mehr kann ich nicht sagen. Für ihn sieht es dort überall gleich aus.«

»Ja, okay. Vergessen wir das jetzt mal. Weiß er, daß Sie in seinem Kopf sind?«

»Ja ...«

Das ist wenigstens etwas ... »Versucht er, Sie abzublokken?«

»Nein, diesmal nicht ...«

»In welchem Zustand ist er? Geistig. Wie sieht sein Bewußtseinszustand aus?«

Roz holte tief Luft und konzentrierte sich. »Er ist besorgt. Wegen einer Nachricht. Von einem Toten. Er hatte zwei Namen. Der erste fängt wie Ihrer an ... Kar ... Kall ...«

»Kelso?«

Roz nickte langsam. »Der zweite Name steht in Verbindung mit einem Lied.« Sie runzelte die Stirn und zögerte wegen des unvertrauten Wortes. »Mex ... Mexikan ... Mexico?«

Karlstrom wechselte schnell das Thema. »Wie lautet die Nachricht?«

Der General-Präsident blickte nachdenklich durch die gekrümmten Fenster des Oval Office auf das projizierte Bild seiner zweiten Lieblingslandschaft, dann warf er einen Seitenblick auf Karlstrom.

»Glauben Sie ihr?«

Karlstrom begegnete der Frage mit hochgezogenen Brauen. »Bis jetzt hat sie uns immer ordentlich bedient.« Seine Stimme klang leicht zweifelnd.

Jefferson der 31., dessen Antennen fein auf solche Nuancen abgestimmt waren, musterte ihn listig, dann nahm er seinen Platz an dem großen Schreibtisch wieder ein. »Es paßt außerdem zu Ihrer Interpretation von Brickmans Spielplan.« Er gab Karlstrom mit einer Geste zu verstehen, er solle sich hinsetzen.

»Genau. Deswegen möchte ich Ihre Zustimmung, bevor ich aufgrund dieser Information handle. Es steht eine Menge auf dem Spiel.« Karlstrom hatte den stählernen Druck nicht vergessen, den der General-Präsident Anfang des Monats auf seine Schulter ausgeübt hatte.

Jefferson reagierte mit Erheiterung. »Mit anderen Worten, Sie wollen, daß *ich* die Prügel kriege.«

»Nein. Ich möchte Ihren Rat. Wenn es schiefgeht, macht man mich ohnehin verantwortlich. Das ist ein Bestandteil meines Berufsbildes. Ich möchte nur sichergehen, daß wir alle Ecken abgedeckt haben.«

»Okay. Sprechen wir es also noch mal durch ...« Der General-Präsident drehte den Sessel dem Bildschirm auf dem Beistelltisch an seiner Linken zu und betrachtete die hervorgehobensten Punkte des bisherigen Gesprächs. Ein Stimmumwandler hatte in einem simultanen Verfahren die Standardtonaufzeichnung in einen Binärcode konvertiert, der in Form von Textzeilen auf dem Bildschirm stand. Die Zentraleinheit, die programmiert war, ihre Stimmabdrücke zu identifizieren, fügte ihre Namen den wechselnden Dialogabsätzen hinzu und zeigte Jeffersons Worte in Blau und die Karlstroms in Rot an, damit man sie besser voneinander unterscheiden konnte.

»Laut ihrer Aussage war der *wahre* Grund, aus dem Brickman das Rettungsteam bei Long Point ausgeschaltet hat, der, daß er sich Sorgen über den Schaden gemacht hat, den Clearwater innerhalb der Föderation hätte anrichten können ...«

Karlstrom nickte. »Das ist die eigentliche Sache, die den momentanen Meinungswechsel hervorgerufen hat. Ich nehme an, Sie haben die Protokolle von Jodi Kazans Verhörsitzungen über ihre Flucht vom Reiherteich gelesen?«

»Ja. Unglaubliches Zeug. Aber sagt sie die Wahrheit?«

»Wir haben ihr jeden nötigen Ansporn dazu gegeben.« Karlstrom konnte einem Lächeln nicht widerstehen. »Ich weiß zwar nicht genau, wie es passiert ist, aber sie scheint den Eindruck gewonnen zu haben, daß sie — falls sie voll kooperiert — wieder in allen Ehren eingesetzt und als Bahnbrecher Dienst tun kann.«

»Und unsere Kontakte in Ne-Issan?«

»Es heißt, das Reiherteich-Projekt war die erste Stufe eines mißlungenen Coups der Familie Yama-Shita gegen den Shogun. Unsere Spitzel sind unfähig, Kazans Geschichte in allen Einzelheiten zu bestätigen. Die meisten, die sich auf der Verliererseite befanden und das Ereignis überlebt haben, sind exekutiert worden oder haben sich bald darauf das Leben genommen. Und die Toh-Yotas halten sich in der Affäre bedeckt.

Doch nach allen Meldungen haben sich ein paar äußerst seltsame Dinge ereignet, und falls man unseren Freunden glauben kann, ist diese Mutantenschlampe ein wandelnder Vulkan. Falls meine Meinung Sie interessiert: Brickman hat uns einen Gefallen getan. Wir haben ihn zwar ausgeschickt, um sie zu schnappen, aber wir haben ihm nicht genau gesagt, wie er sie unter Kontrolle halten soll, beziehungsweise ...«

»... warum wir sie überhaupt lebend hier haben wollen, zusammen mit ihrem Mutantenfreund ...«

»Die Frage hat sich mir nicht gestellt.« Karlstrom bemühte sich, eine normale Miene beizubehalten. »Ich nehme an, Sie werden mir die Antwort geben, wenn es an der Zeit ist, mich in das große Geheimnis einzuweihen.«

Jeffersons Gesichtsausdruck war der eines Vaters, der sich gezwungen sieht, seinen Lieblingssohn zu schelten. »Niemand steht mir näher als Sie, Ben. Aber es gibt einige Dinge, die Sie lieber nicht wissen sollten. Es ist keine Frage des Vertrauens — schließlich haben Sie mir geholfen, hinter diesen Tisch zu kommen. Es liegt an der kleinen Brickman. Keiner von uns weiß wirklich, wozu sie fähig ist. Wenn sie fähig wäre, in Ihren Kopf einzudringen — und Sie dann alles wissen, was ich weiß —, könnten wir das Spiel verlieren.«

»Sie sagt, daß sie es nicht kann, aber ... Ich verstehe, was Sie meinen.«

»Aus den Gesprächen, die ich mit unseren Seelenklempnern drüben auf der Farm geführt habe, ersehe ich, daß man annimmt, man könnte Clearwater mit Drogen ruhigstellen.«

»Vorausgesetzt, sie läßt zu, daß ihr jemand eine Nadel in den Arm steckt ...«

»Nun ja, es gibt auch andere Methoden. Hat Brickman sich nicht deswegen so mühsam in ihr Vertrauen eingeschlichen?«

»Über alle erdenklichen Pflichten hinaus«, sagte Karlstrom belustigt. »Trotzdem hat er Sorgen. Und nach dem, was angeblich am Reiherteich passiert ist, hat er auch allen Grund dazu.«

Der General-Präsident blätterte rasch durch mehrere Textblöcke, die auf dem Bildschirm zu sehen waren. »Was uns wieder zu Roz zurückbringt ...«

»Ja. Sie sagt, sie kann Clearwaters Kräfte neutralisieren. Vorausgesetzt, sie kommt *nahe genug* an sie heran.«

»Von Angesicht zu Angesicht ... Ist das möglich?«

Karlstrom zuckte die Achseln. »Da wir keine zahme Ruferin haben, an der sie sich üben kann, wissen wir es erst, wenn sie es versucht. Aber sie hat ein Motiv. Jedesmal, wenn sie ein Bild von Brickman und Clearwater aufnimmt, kriegt sie beinahe einen Anfall. Das Problem ist, wir müssen ihrer Behauptung, daß sie dazu fähig ist, vertrauen. Sie kann die Vorgehensweise, mit der sie diese Mutantenschlampe ausschalten will, nicht erklären. Sie hat nur das Gefühl im Bauch, daß sie es kann.«

»Das ist nicht gerade eine ideale Basis, ein Unternehmen von dieser Wichtigkeit anzugehen.«

»Das meine ich auch, aber wir haben in dieser Sache keine große Wahl.«

»Aber sind Sie sicher, daß sie uns völlig *vertraut?*«

»Hundertprozentig. Sie kann den Gedanken nicht ertragen, daß ihr Blutsbruder mit einer Mutantin vögelt. Sie würde sie am liebsten umbringen!«

»Nichts ist schlimmer als ein betrogenes Weib«, sagte der General-Präsident und zitierte damit eine uralte Redensart. »Das stimmt heute noch ebenso wie immer.«

»Sie müssen es ja wissen ...«

Der General-Präsident ignorierte die Anspielung auf sein Privatleben ohne Kommentar. Nur wenige Menschen hätten sich erlauben können, eine solche Frechheit zu äußern — oder auch nur zu wagen, eine solche Bemerkung zu erwägen. »Wie also sieht Ihr Plan aus?«

»Roz behauptet, Brickman und sie hätten die gleiche Gabe. Er verfügt über die geistige Kraft, Clearwater zu blockieren — wenn er bloß endlich diese Seite seines Hirns öffnen würde. Das Problem ist, der Normalitätsaspekt seiner Konditionierung ist so tief verwurzelt, daß er alles tut, um es geschlossen zu halten.«

»Vielleicht ist er deswegen in seine alte Denkweise zurückgefallen; er will nicht, daß wir es entdecken ...«

Karlstrom schüttelte den Kopf. »Roz sagt, er ist noch immer auf unserer Seite. Er hat immer gewußt, daß er diese Gabe hat, aber er hat Angst vor ihr. So wie er ist, sieht er sich zwar gern als Besonderheit, aber er möchte nicht, daß es jemand erfährt. In einer Gesellschaft wie der unseren, die auf Konformismus basiert und alles Gerede über Magie für gesetzlos erklärt, macht man sich absolut keine Freunde, wenn man enthüllt, daß man Telepath ist. Aber Brickmans *echtes* Problem ist, daß er die Vorstellung nicht mag, daß jemand in seinen Kopf einbricht. Nicht mal Roz. Unser Goldjunge möchte sich ganz allein beherrschen.«

»Das Gefühl ist mir nicht fremd«, sagte Jefferson.

Karlstrom schnappte nicht nach dem Köder. Diese Erwiderung war typisch für den General-Präsidenten, der gern von sich sagte »Ich bin eigentlich ein ganz einfacher Typ«.

Er nahm den Gesprächsfaden wieder auf. »Wir haben jetzt ein klareres Bild von Brickmans Absichten. Ich bin auf seine Hauptsorge gestoßen — die möglichen Gefahren für die Föderation. Seine Gedanken konzentrieren sich momentan auf Mittel und Wege, Clearwater und Cadillac sicher nach Wyoming zu bringen. Und indem er dies tut — trotz unserer Anstrengungen, ihm ein Bein zu stellen —, hofft er, ihr absolutes Vertrauen zu gewinnen und Mr. Snow zu beweisen, daß er jemand ist, der sein Wort hält.«

»Und dann?«

»Wird er allen dreien eine Falle stellen. So, wie sein ursprünglicher Auftrag lautete. Bis dahin hat er zwar den Kontinent überquert, aber ... Mr. Brickman gehört zu den jungen Männern, die gern etwas ganz durchziehen.«

»Ich wußte, daß wir die richtige Wahl getroffen haben. Habe ich nicht gesagt, daß alles wieder ins Lot kommt?«

»Haben Sie«, gab Karlstrom zu. »Aber Sie haben auch gesagt, ich solle ihn ›wie einen Habicht im Auge behalten‹.«

»Ahh, nein ... Das haben *Sie* gesagt, Ben, nicht ich. Aber um fair zu sein: Sie haben damit beschrieben, was ich im Kopf hatte. Vorsicht bedeutet nicht einen Mangel an Vertrauen. In diesen schwierigen Zeiten ist sie nur eine sensible Vorsichtsmaßnahme.«

»Einverstanden. Jedenfalls ... so soll es laufen: Roz wird den Kontakt mit Brickman beibehalten. Er hat vor, im nächsten Frühjahr nach Westen zu gehen. Wenn er es tut, spürt sie ihn auf, und wenn der Schnee weg ist, müßte sie in der Lage sein, seine Position genau festzustellen. In Ne-Issan hat es traumhaft funktioniert. Wir konnten Side-Winder alarmieren, um ihn zu kontaktieren, und — hey, presto! — schon war Brickman zur Stelle, angezogen wie ein Straßenläufer; genauso, wie sie gesagt hat!«

»Ja ... Es ist beängstigend.«

Karlstrom warf die Arme in die Luft. »Ich bin ebenso unglücklich darüber wie Sie. Doch ungeachtet dessen, was im Handbuch steht, wir wissen beide, daß die Mutantenmagie existiert. Die einzige Möglichkeit, sie in den Griff zu kriegen, besteht darin, das Feuer mit dem Feuer zu bekämpfen. Man hat mir zwar — trotz der Tatsache, daß ich mit den beiden Kindern arbeite — keinen Zugang zu ihren gesamten biografischen Daten gestattet, aber sind sie nicht gerade dafür aufgezogen worden? Warum sollten sie sonst auf der Sonderbehandlungsliste stehen?«

»Gute Frage.« Allerdings keine, die der General-Präsident zu beantworten gedachte. »Okay... Was also passiert in Wyoming?«

»Zweierlei. Nichts davon ist schon im Detail ausgearbeitet.« Karlstrom zählte sie an den Fingern ab. »Erstens wird Brickman seine Bekanntschaft mit High-Sierra erneuern. Und zweitens wird er entdecken, daß seine Blutsschwester sich auf einem Wagenzug befindet. Sie wird innerhalb eines medizinischen Teams auf der *Kampfmaschine* hinausfahren.«

Jefferson kniff die Augen leicht zusammen. »Welch faszinierende Idee! Hat sie es vorgeschlagen?«

Karlstrom fühlte sich verlockt, sich den Orden an die eigene Brust zu heften, aber er beschloß, ehrlich zu bleiben. »Ja. Sie hat es so erklärt: Clearwater ist fähig, in die Köpfe der Leute einzusteigen und sie Dinge tun zu lassen ...«

»Wie bei einer posthypnotischen Suggestion ...«

»Ja. Sowas in der Art. Sie hat es Brickman gezeigt, aber nicht auf drastische Weise. Vom geistigen Standpunkt aus ist er zum Glück eine nur schwer zu knackende Nuß. Aber sie hat es geschafft, einen Interessenkonflikt hervorzurufen. Roz sagt, sie muß so nahe wie möglich an einen herankommen, um den emotionalen Müll wegzusprengen, der das Hirn belastet. Wenn sie auf dem Red River-Wagenzug ist, kann sie dicht an den Handlungsort heran, bleibt aber gleichzeitig völlig sicher.«

»Hoffen wir's. Es wäre mir *nicht sehr* lieb, wenn wir sie am Ende beide verlören.«

»Unmöglich«, sagte Karlstrom. »Wenn alles nach Plan geht und Brickman seine Nummer abzieht, rollen unsere Jungs alle drei Beulenköpfe in einem Sack nach Hause.« Er stand auf, ging auf und ab und versah Jefferson mit einem kurzen Umriß des projektierten Unternehmens.

Der General-Präsident hörte ihm konzentriert zu. Zudem beobachtete er Karlstroms Hände. Die Schärfe seiner Gesten waren ein Maßstab für seine Zuversicht, wenn er irgendwelche Pläne vorschlug. Als seine Präsentation beendet war, drehte Jefferson den Sessel ein Stück nach rechts und blickte durch das Fenster auf die schneebedeckten Gipfel der Rockies, die vor einem wolkigen Himmel aus reinstem, tiefstem Blau aufragten. Die Exaktheit und Farbtreue des computererzeugten Bildes, das auf die riesige, gekrümmte Leinwand geworfen wurde, war erstaunlich. Der zweitbeste Grund, hier zu sein.

Karlstrom geduldete sich erwartungsvoll.

Nach mehreren Minuten schweigsamen Nachdenkens, in denen der G-P seinen linken Daumen inspizierte und an ihm nagte, drehte er sich um und musterte seinen Vetter. »Hört sich gut an, Ben. Dann machen wir das mal.«

9. Kapitel

Als der Frühling kam und die Schneeschmelze die Gebirgsbäche mit kaltem, glitzerndem Wasser füllte, kehrten Mr. Snows Gedanken wieder zum Schicksal Cadillacs, Clearwaters und des Wolkenkriegers zurück, der sie zu retten versprochen hatte. Trotz der Tatsache, daß kein Mutant je aus den Feuergruben von Beth-Lem entkommen war, zweifelte er nicht daran, daß sie eines Tages zurückkehren würden. Aber ob er dann noch da war, um sie zu begrüßen?

Einige Zeit vor der Reise in die Ostländer hatte Cadillac das Bild vom Tod seines Lehrers aus einem Sehstein heraufbeschworen. Das Ereignis — eine Nachricht, die Mr. Snow mit soviel guter Laune wie möglich aufgenommen hatte, hätte im vergangenen Jahr während des Gilbens stattfinden sollen. Doch die Jahreszeit war gekommen und gegangen, und seine alten Knochen hatten einen weiteren Winter überstanden. Nun fing der Weiße Tod schon an, den eisigen Griff um das Land zurückzunehmen, und er war immer noch da — gesund und munter und ohne das Vorhaben, an den Ort bei den beiden Flüssen zurückzukehren, wo sie den Stein gefunden hatten.

Hatte Cadillac die Bilder aus dem Stein falsch verstanden? Oder hatte er sich einfach auf das falsche Jahr festgelegt? Vor der Schlacht mit der Eisenschlange hatte er zwar einen schlagenden Beweis seiner Seherfähigkeiten geliefert, aber er war dennoch eine Stimme, der man nur bedingt trauen konnte. Vergangenheit und Zukunft wurden von den Steinen aufgezeichnet, doch fiel es einem oft schwer, zu erkennen, was nun was war. Doch selbst wenn ein Seher die Form der kommenden Dinge erkannte, war es äußerst schwierig, mit einem bestimmten Grad an Genauigkeit zu erkennen, *wann* ein zukünftiges Ereignis stattfinden würde.

Der weißhaarige Wortschmied fürchtete den Tod nicht. Der Weg war vorgezeichnet. Das Rad drehte sich. Wenn es Zeit war, zum Himmlischen Grund zu gehen, würde er die Welt bereitwillig in dem Wissen verlassen, daß seine beiden Schüler die vor ihnen liegenden Gefahren überlebten, bis sie ihre gemeinsame Bestimmung erfüllt hatten. Jedoch verdroß ihn die Vorstellung, das Leben gerade dann aufzugeben, wenn die Dinge spannend wurden.

Cadillac und Clearwater waren Talismans Schwert und Schild. Die Himmelsstimmen hatten es ihm bei mehreren Gelegenheiten klar gemacht, und ebenso hatten sie von Brickman gesprochen, dem Wolkenkrieger, dessen Gegenwart man ebenfalls in den Steinen entdeckt hatte, die im Weg der Eisenschlange gelegen hatten. Brickman mußte eine gleichermaßen wichtige Rolle spielen — zusammen mit der jungen Frau, die er für seine Blutsschwester hielt.

Diese vier, die ihre wahren Beziehungen zueinander erst noch erkennen mußten, waren die Auserwählten. Soviel wußte er. Doch das kostbare Geschenk dieses Wissens minderte nicht seine zunehmende Frustration über den Mangel an Genauigkeit, die Ort und Zeit der Voraussetzung betraf. In Cadillacs Vorhersage war beides mit Szenen beispielloser Metzeleien verbunden gewesen. Szenen, die die völlige Vernichtung des Clans anzukündigen schienen. Ein paar Tage später, als er und seine jungen Schützlinge den Wolkenkrieger auf blauen Schwingen, die wie spitzes Eisen in den Morgenstrahlen der Sonne geglitzert hatten, in den Himmel hatten aufsteigen sehen, hatte Cadillac sich direkter ausgedrückt: Der Wolkenkrieger sollte in der Maske eines Freundes zurückkehren, während sich der Tod in seinem Schatten verbarg, und er würde Clearwater auf einem blutigen Fluß davontragen.

Nun, der Wolkenkrieger war *wirklich* in der Maske eines Freundes zurückgekehrt. Und er hatte angeboten, Clearwater und Cadillac aus den Fängen der Eisenmeister zu befreien. Da sie dazu auserwählt waren, Talisman den Weg zu bereiten, war Mr. Snow überzeugt, daß sie unverletzt zum Prärievolk zurückkehren würden. Doch wenn Cadillac schon das Sterbedatum seines eigenen Lehrers um ein Jahr falsch vorhergesagt hatte, dann verstand er vielleicht auch alles andere falsch. Das Große Sterben — der bittere Konflikt, der der Geburt Talismans vorausging und gewaltige Opfer des Prärievolkes verlangte, konnte sich eventuell für ihre Feinde als noch teurer erweisen: die Sandgräber und die Totgesichter. Der ›blutige Fluß‹ konnte beispielsweise statt aus den Leichen der M'Call-Krieger aus den Adern der Eisenmeister entspringen, wenn Cadillac, Clearwater und der Wolkenkrieger sich zur Flucht wandten.

Und was war, wenn Cadillacs Worte von Eifersucht und ungerechtfertigten Gefühlen der Unzulänglichkeit bestimmt gewesen waren? Brickmans Rückkehr ›in der Maske eines Freundes, in dessen Schatten sich der Tod verbarg‹ deutete an, daß er mörderische Gedanken gegen jene hegte, die sein Leben gerettet und ihn willkommen geheißen hatten. Aber würde er ein Feind bleiben, wenn er von seiner wahren Identität erfuhr? Mr. Snow hatte vor, ihm nach seiner Rückkehr davon zu berichten — doch wann würde es sein?

Mr. Snow zog den Fellumhang enger um seine Schultern und legte hoch über der Siedlung auf einem seiner Lieblingsfelsen eine Matte aus. Er setzte sich hin, kreuzte die Beine, richtete die geschlossenen Augen nach oben und seinen Geist auf die Geist-Welt hinter den Himmeln. Eine Stunde später bestand seine einzige Eingebung aus einem kalten Hintern. Die Himmelsstimmen, wie alle kosmischen Intelligenzen, die die zaudernden Schritte der Menschheit seit Anbeginn der Schöpfung begleitet hatten, teilten einem nur das mit, was sie bekanntzugeben wünschten; schließlich betrieben sie keine Bürgerberatungsstelle.

Etwa siebzehnhundert Kilometer weiter östlich faßten Carnegie-Hall, der Wortschmied des Kojak-Clans, und seine Verbündeten im Ältestenrat ins Auge, sich Rat aus der gleichen Quelle zu holen, da sie erhofften, damit ein anstehendes Dilemma zu lösen.

Die Geschichte von den ›Auserwählten‹ war etwas, das Carnegie-Hall ausgeheckt hatte — basierend auf der Hintergrundinformation, die ihm der Eisenmeister Izo Watanabe beschafft hatte. Das Totgesicht, das hinter seiner fürchterlichen Maske sprach, hatte kurz nach der ersten Attacke des Weißen Todes den Großen Fluß überquert, um die Hilfe der Kojaks zu suchen. Das Abkommen, das sie getroffen hatten, umfaßte auch eine ausgiebige Suchaktion nach fünf ›Reisenden‹, die weit über den Südrand der Kojak-Jagdgründe hinausgehen sollte. Wenn man sie fand, sollte man sie mit einem kostenlosen Angebot an Nahrung und einem Winterquartier in ›Schutzhaft‹ locken. Ohne ihren Argwohn zu erwecken, sollte man ihre Weiterreise bis zum Frühling fortwährend hintertreiben, denn dann wollten Izos Herren eine starke Kriegerstreitmacht schicken, um sie zu ergreifen.

Wurden alle lebendig gefangen, wollte man den Kojak-Clan reich mit Werkzeugen, Kleidern und anderen Dingen belohnen, und dazu mit gewaltig spitzem Eisen. Das Totgesicht hatte Vögel in einem Käfig zurückgelassen, die man in geeigneten Momenten freilassen sollte. Izo hatte dem Wortschmied kurze Stücke verschiedenfarbiger Bänder gegeben, die er den Vögeln vor der Freilassung ums Bein wickeln sollte. Die Farben stellten verschiedene einfache Botschaften dar, und Carnegie-Hall hatte den ersten bereits mit einem weißen Band fliegen lassen, das an fünf Stellen verknotet war, um die Anzahl der in ihre Hände gefallenen ›Reisenden‹ anzuzeigen. Ein Blutstropfen auf beiden Seiten des fünften Knotens deutete an, daß einer der von Izo gesuchten ›Reisenden‹ schwer verletzt war.

Und mit *diesem* Detail hatten Carnegie-Halls Probleme begonnen, denn in seinem Eifer, mit den Eisenmeistern ein Geschäft zu machen und somit einen Vorteil über seine Nachbarn zu erringen, hatte er den schwerfälligen Vogelkurier kurz nach der Rückkehr seiner Krieger mit dem ersten Paar der Reisenden in Marsch gesetzt. *Bevor* er erfahren hatte, daß seine Gäste ein Wortschmied und eine Ruferin waren, zu denen ein dritter gehörte, dessen Kräfte man bisher noch nicht kannte. Einzeln oder gemeinsam, bei einer erschreckenden Machtdemonstration hatten sie Erfolg gehabt und vier Donnerkeile vernichtet. Und ihre beiden Kameraden hatten ihr Leben geopfert, um den Leib der gefürchteten Eisenschlange mit Himmelsfeuer und Erdendonner zu vernichten.

Der erzwungene Rückzug der Schlange hatte das Ansehen des Kojak-Clans in den Augen seiner Nachbarn zwar erhöht, doch Carnegie-Hall hatte nur wenig Grund zur Zufriedenheit. Nun wurde dem Wortschmied klar, daß die Geschichte, die sich einfach zurechtgesponnen hatte, nicht aus der Luft gegriffen, sondern durch Talisman auf seine Lippen gekommen war. Durch ihre Taten hatten die glatthäutigen Mutanten zweifellos bewiesen, daß sie *wirklich* Auserwählte waren, und nun sah er sich gezwungen, zwischen zwei gleichermaßen unerfreulichen Alternativen zu wählen.

Was sollte er tun? Sollte er seine Lügen hinter einem zunehmend nervösen Lächeln verbergen und das Risiko eingehen, Talismans Zorn über sich kommen zu lassen? Wenn die Auserwählten entdeckten, daß man sie verraten hatte, würde die schreckliche Kraft, über die Clearwater gebot, nicht nur ihn vernichten, sondern den gesamten Clan! Die Alternative bestand darin, sich ihrer Gnade auszuliefern — alles zu gestehen und den Clan dem mörderischen Zorn der Eisenmeister auszusetzen, wenn sie im Frühjahr an Land kamen und feststellten, daß zwei der fünf tot waren und man es den anderen gestattet hatte, zu entfliehen!

Steve, Clearwater und Cadillac hatten ebenfalls über die Zukunft nachgedacht. Nur war es in ihrem Fall nicht die metaphysische Verbindung zu Talisman, die ihnen Sorgen machte, sondern die simple Frage, wie man am besten von A nach B kam. Die Entfernungen, um die es ging, waren gewaltig, aber was ihnen am meisten Sorgen machte, war die Erkenntnis, daß die Reise vom Michigansee zu den Hochebenen von Wyoming sie durch eine unbekannte Anzahl feindlicher Jagdgründe führte, die eifersüchtig von Clans der Abstammungslinien D'Troit und C'Natti bewacht wurden — den Erzfeinden der She-Kargo.

»Ich weiß nicht, warum du nicht zugeben willst, daß ich die ideale Lösung gefunden habe«, sagte Cadillac, als sie sich zum x-ten Mal trafen, um ihren nächsten Schritt zu besprechen. »Selbst Clearwater meint, daß es so geht. Wir bleiben hier, bis das Präriévolk sich aufmacht, um ans Wasser zu gehen; dann gehen wir mit der Kojak-Abordnung nach Norden zum Handelsposten und gesellen uns zu unseren Leuten, die wahrscheinlich von Mr. Snow angeführt werden. Und wenn alles vorbei ist, gehen wir mit ihnen heim nach Wyoming. Die Waffenruhe wird uns über die ganze Strecke decken. Was könnte einfacher sein?«

»Nichts«, erwiderte Steve. »Es ist eine glänzende Idee. Offen gesagt, ich wünsche mir, sie wäre von mir gewesen.«

»Das kann ich mir vorstellen«, grunzte Cadillac. »Dann hätte ich dir nämlich zugestimmt, und wir hätten die endlose Diskussion endlich hinter uns!«

»Die Sache hat nur einen Haken. Wenn wir es so machen, müssen wir bis Ende Mai hier herumhängen. Also bis zum Ende der Periode, die ihr Neue Erde nennt.«

»Und ...?«

»In drei Monaten kann eine Menge passieren.«

»Brickman! Wie oft muß ich es dir noch sagen? Uns wird *nichts* passieren!«

»Warum sollen wir dann überhaupt warten? Warum ziehen wir dann nicht einfach los und stellen uns allem, was uns über den Weg läuft?«

Cadillac reagierte mit einem müden Seufzer. »Weil es nichts einbringt, das Schicksal herauszufordern.« Er hob die Hand, um Steve zum Schweigen zu bringen. »Ja, ich weiß, was du sagen willst, aber meine Ansicht über die Wichtigkeit unserer Rolle im gesamten Lauf der Dinge wird nicht durch das Verlangen ungültig, Sicherheitsvorkehrungen zu treffen.«

Steve wandte sich Clearwater zu. »Und das ist der Bursche, der mir vorgeworfen hat, ich schlängle mich durch ...«

»Ich schlängle mich *nicht* durch. Ich drücke nur eine Tatsache aus.«

»Natürlich. Okay. Falls noch etwas Platz für ein paar originelle Ideen in deinem Sturkopf ist, hör dir dies mal an: Vielleicht sind wir drei *wirklich* im Schatten Talismans zur Welt gekommen — obwohl es mir ein Rätsel ist, warum er gerade mich ausgewählt hat —, und vielleicht erklärt dies auch, warum wir so weit gekommen sind. Vielleicht sind wir *wirklich* hier gestrandet, um irgend etwas zu erreichen, aber soweit ich weiß, hat niemand erklärt, was dieses Etwas ist.

Es geht um Folgendes: Du stolzierst hier herum, und hältst dich für unverwundbar, aber ist dir schon mal die Idee gekommen, daß wir das, was von uns erwartet wird, vielleicht längst *getan* haben? Und falls ja, was steht als Nächstes an? Werden wir zum Überschuß der Erfordernisse? Hat uns dein großer Freund im Himmel seinen Schutz entzogen?« Steve war todernst, aber es war die Sache wert, Cadillacs Gesicht zu sehen. Es verschaffte ihm eine große Befriedigung, der neu gefundenen Autorität des Mutanten einen Schlag zu versetzen. »Denk mal darüber nach ...«

»Mache ich. Aber du hast dir gerade selbst in den Fuß geschossen. Was du gesagt hast, ist das beste Argument, das ich je gehört habe, um den sichersten Heimweg zu wählen. Über den Handelsposten. In drei Monaten.«

»Wir können uns einfach nicht leisten, so lange zu warten.«

»Ach so. Trotz deiner Andeutung, daß wir uns möglicherweise nicht mehr Talismans Gunst erfreuen, möchtest du lieber die Vorsicht in den Wind schießen und ... in den Sonnenuntergang hineinreiten.«

»Ich bin mir der Risiken bewußt«, sagte Steve. »Aber es geht nicht nur um uns. Wenn wir nicht schnell handeln, könnte es einer ganzen Reihe von Menschen übel ergehen.«

Cadillac verdrehte die Augen. »Dauert das noch länger?«

»Es kommt darauf an, ob du den Mund halten kannst.«

Der Mutant deutete an, er solle fortfahren.

»Ich mache mir ständig Gedanken über dieses Japsenschiff, das wir überflogen haben«, sagte Steve. »Wenn man uns gesehen hat, könnten wir Probleme kriegen.«

»Das sehe ich zwar nicht so, aber du wirst mir den Grund sicher gleich erklären.«

»Die Yama-Shitas haben eine Exklusivlizenz, um auf den Großen Seen Handel zu treiben. Was bedeutet, daß das Schiff eins der ihren war. Die beiden Häuser, die ich am Ufer gesehen habe, deuten an, daß sich dort ein ständiger Ankerplatz befindet. Ich habe zwar keine Ahnung, was sie dort wollen, aber die Japse würden keine Einheit so weit draußen postieren, ohne daß sie mit Zuhause in Verbindung steht. Ich nehme an, es handelt sich entweder um ein Kurierschiff oder ...«

»Brieftauben ...« Cadillac warf Clearwater einen Blick zu. »Wenn sie uns also *gesehen* haben ...«

»... dann kannst du deinen Arsch darauf verwetten, daß die Nachricht Sara-kusa längst erreicht hat.«

Der Ort Sara-kusa war das Hauptquartier der Familie Yama-Shita.

»Aber«, begann Clearwater. »Fürst Yama-Shita ist ...«

»Tot, ich weiß.« Steve legte eine beruhigende Hand auf ihren Arm. »Aber seine Familie lebt noch. Und was bedeutet das, Caddy? Du bist doch derjenige, der weiß, wie dieses Volk denkt.«

Die Frage machte Cadillacs Verärgerung über Steves konstante Opposition zu seinen Plänen noch größer. »Sie werden sich rächen wollen. Aber betrifft uns das etwa? Du baust doch nur auf dieser wilden Annahme auf, um deinen eigenen Plan durchzusetzen! Wir sind nicht mehr in Ne-Issan, und selbst *wenn* die Schiffsbesatzung uns hat vorbeifliegen sehen — was ich bezweifle —, dann weiß ich immer noch nicht, was sie dazu veranlassen könnte, die Flugzeuge mit unserer Flucht in Verbindung zu bringen. Und selbst wenn sie es durch ein Wunder an Deduktion doch täten, es brächte sie absolut nicht weiter!«

»Es sei denn, natürlich, sie finden die Wracks, die wir auf dem Highway 30 zurückgelassen haben. Und das, was wir vielleicht sonst noch darin vergessen haben ...«

»Okay. Angenommen, sie bringen uns mit dem Reiherteich in Verbindung ... Ich gebe zu, die Überreste der beiden Himmelsreiter könnten ihnen sagen, daß wir jetzt zu Fuß unterwegs sind, aber dann haben sie immer noch keine Möglichkeit herauszufinden, daß wir jetzt *hier* sind.«

»Wollen wir es hoffen. Es ist aber ein triftiger Grund, nicht hier zu bleiben. Und wenn wir zum Handelsposten gehen, kommen wir in noch größere Schwierigkeiten.«

»Warum denn!?« schrie Cadillac.

»Weil dort drei Raddampfer voller Rotgestreifter und Samurai, die zur Familia Yama-Shita gehören, aufkreuzen werden! Alle bis an die Zähne bewaffnet und darauf aus, einen Punkt aufzuholen!«

»Na und? Sie erkennen uns doch nicht. Die meiste Zeit, die wir in Ne-Issan verbracht haben, waren Clearwater und ich reinhäutig.«

»Aber ich nicht!« schrie Steve und schlug sich gegen die Brust. »Wie viele blonde Mutanten gibt es denn?!«

»Dann färb doch deine Haare!«

Steve explodierte. »Du Klugscheißer! Glaubst du, das ist alles, worüber ich mir Sorgen mache? Sie *wissen* doch, daß ihr dem M'Call-Clan angehört! Falls sie uns nicht gleich kaschen — glaubst du, die Japse lassen euren Clan einfach wieder gehen, ohne ihn zu markieren?! Christoph! Ich habe gesehen, daß sie vier ihrer eigenen Leute erschossen haben, bloß um zu zeigen, wie gut ihre Scheißflinten sind! Es ist nicht ausgeschlossen, daß sie vielleicht sogar planen, die Handelsabordnung der M'Calls in Fetzen zu hacken!«

Cadillac verbarg seine Besorgnis hinter einem verächtlichen Lächeln. »Sei ernst, Brickman. Der Meister wird nicht zulassen, daß so etwas passiert.«

»Spitze! Und mal angenommen, er hat gerade Kopfschmerzen?«

»Dann kommen uns die anderen Abordnungen zu Hilfe.«

»Die She-Kargo-Clans vielleicht. Aber was ist mit denen, die zu den D'Troit und C'Natti gehören? Die würden sich freuen, wenn sie eine Chance bekämen, auf unseren Knochen rumzutrampeln. Ich war im letzten Jahr am Handelsposten dabei. Die Wortschmiede haben es zwar verhindert, aber ein Haufen dieser Krieger war ganz wild auf einen Kampf, das garantiere ich dir. Würde man es den M'Calls und dem Rest der She-Kargo nicht mehr erlauben, Handel zu treiben, wäre es zu ihrem Vorteil.

Du weißt doch, wie es ist. Sie lächeln einen an, aber möchten einen am liebsten zur Sau machen. Ihr Typen seid so sehr damit beschäftigt, euch gegenseitig runterzumachen, daß die Japse bei jedem Handel einen dikken Profit einheimsen. Ich weiß es, denn als ich nach euch gesucht habe, habe ich gesehen, wie sie ihr Geschäft betreiben. Es würde mich nicht mal wundern, wenn sie ein paar von den D'Troits dazu bewegen könnten, euch mit ihren Messern zu kitzeln.«

»Dann haben wir noch mehr Grund, dorthin zu gehen. Wenn die Kraft des Meisters versagt, nimmt Clearwater seine Stelle ein. Du hast gesehen, was am Reiherteich passiert ist. Sie kann das gleiche noch einmal tun!«

»Und was ist, wenn sie feststellt, daß sie es nicht kann? Du hast deine Gabe verloren, in den Steinen zu lesen. Angenommen, sie stellt plötzlich fest, daß sie keine Felsen mehr in die Luft werfen kann? Was machen wir dann?«

Cadillac zuckte die Achseln. »Wir müssen Talismans Willen akzeptieren.«

»Das reicht aber nicht. Ich möchte gern in einer Position sein, in der ich etwas dagegen tun kann.« Er deutete auf Clearwater. »Man kann nicht von der Annahme ausgehen, daß sie uns jedesmal, wenn wir mit dem Rükken zur Wand stehen, heraushaut.«

»Ach? Und warum nicht?«

»Weil ich es nicht zulassen werde!« schrie Steve. »Jedesmal, wenn ein Rufer tätig wird, stirbt er ein wenig. Ich weiß es, denn Mr. Snow hat es mir erzählt. Diese Kräfte sind eine tödliche Ladung. Der Schaden für den Körper eines Rufers ist direkt mit der Kraft verbunden, die durch seinen Körper fließt. Als ich sie nach ihrem Einsatz am Reiherteich auflas, war mir, als hätte ich ein trockenes Weizenkorn aufgehoben.« Er schaute ihr in die Augen. »Du warst nicht wiederzuerkennen. Ich dachte, du würdest in meinen Armen sterben.«

»Und doch bin ich hier ...«

»Ich weiß.« Er nahm ihre Hand. »Du hast es mit einem kleinen Heer aufgenommen und gesiegt. Aber ich will nicht, daß du es noch einmal durchmachst. Und das ist nicht auszuschließen, wenn wir zum Handelsposten gehen. Von nun an muß jeder Plan, den wir uns ausdenken, auch ohne Verlaß auf Erdmagie durchzuführen sein. Die Erdmagie ist ein Bonus. Das As in unserem Ärmel.«

Cadillac lachte kurz.

Steve fauchte ihn wütend an. »Ich meine es ernst, Freund. Ich lasse nicht zu, daß du uns in eine Situation bringst, in der sie ihren Körper innerlich in Stücke reißen muß, bloß damit du deinen dämlichen Hals retten kannst!«

Cadillac nahm es mit einer spöttischen Verbeugung hin. »Soviel zum Thema Blutpfand, Treue und Freundschaft! Aber schließlich sind solche Dinge bedeutungslos für jemanden, der nicht zum Prärievolk gehört!« Er nahm Kampfhaltung ein. »Du hast nicht zu bestimmen, was stattfindet und was nicht. Der Weg ist vorgeschrieben, und wir müssen ihm folgen.«

Sein Blick heftete sich kurz auf Clearwater. »Frage sie. Du bist vielleicht in ihr Herz und ihre Seele eingetreten, aber sie hat sich nicht ergeben, weil es nicht in ihrer Hand liegt, ihr Wesen zu verschenken. Die Große Himmelsmutter hat es neben das meine in Talismans Hände gelegt. Erst wenn er sie bittet, ihr Leben hinzugeben, wird sie es tun. Von selbst.«

Ein mitleidiges Lächeln folgte seinen Worten. »Aber das ist etwas, das ein Sandgräber, der an nichts glaubt, was er nicht sieht, nie verstehen wird.«

»Du irrst dich, Blutsbruder. Ich verstehe mehr von diesem Zeug als du glaubst. Ich höre zwar eine Menge

Gerede über Opferbereitschaft, aber ich vermisse jeden Ausdruck der Bereitschaft deinerseits, *dein* Leben hinzugeben, um das ihre zu retten.«

»Würdest du sie so lange kennen, wie ich sie kenne«, sagte Cadillac, »dann wüßtest du, daß es nicht nötig ist, das zu erklären, was wir von dem Moment an, als wir uns als Kinder trafen, immer verstanden haben.«

Autsch! dachte Steve. Das war ein Tritt ins Näpfchen! Er appellierte an Clearwater, ihn moralisch zu unterstützen. Sie reagierte mit einem Ausdruck freundlicher Nachsicht; wie eine Mutter, die zwei heißgeliebte Kinder beobachtet, die in einen endlosen Streit verwickelt sind.

»Na komm schon, sag etwas! Du bist doch der Grund, weshalb ich mich mit diesem Tölpel streite! Was sollen wir *deiner* Meinung nach tun?«

Clearwater schaute Cadillac an. »Der Wolkenkrieger hat recht. Wir sollten, wenn das Gras den Schnee verschluckt hat, so schnell wie möglich nach Westen gehen. Wir müssen den Clan warnen, was am Handelsposten passieren könnte — *bevor* der Meister und die anderen aufbrechen.«

»Es räumt ihnen die Möglichkeit ein, darüber zu beschließen, ob sie überhaupt zum Handelsposten gehen sollen«, erläuterte Steve. »Wenn sie *doch* gehen, sind sie wenigstens vorgewarnt. Dann können sie die Abordnung mit mehr Kriegern ausstaffieren — und die anderen She-Kargo-Mutanten alarmieren, daß etwas vorfallen könnte.« Er legte erwartungsvoll eine Pause ein. »Was sagst du dazu?«

Cadillac musterte die beiden wie ein Betrogener. »Bevor ich antworte, möchte ich gern noch hören, wie du nach Wyoming kommen willst, ohne angegriffen zu werden. Was hast du noch im Ärmel — irgendwelche Pillen, die unsichtbar machen? Also los, Brickman! Erstaune uns mit deiner Intelligenz!«

Steve kämpfte das ständig wiederkehrende Verlangen

nieder, Cadillac eins auf die Schnauze zu hauen. »Mach dir keine Sorgen, mir fällt schon etwas ein.«

Für Steve waren die Wintermonate, die er beim Kojak-Clan verbrachte, zwar möglicherweise die glücklichsten, aber auch die frustrierendsten seines Lebens. Er war für die Gelegenheit dankbar, seine Beziehung zu Clearwater wieder zu konsolidieren, besonders da sie nun durch Cadillacs unausgesprochene Billigung legitimiert war, doch egal, wie willig seine Partnerin auch war, ein junger Mann — besonders ein junger Mann wie Steve — kann nicht endlos in einer liebenden Umarmung festgehalten werden. Er mußte etwas tun, doch die schwere Schneeschicht, die den Boden von Mitte November bis zum Aprilanfang bedeckte, schien die Welt fast zum Stillstand gebracht zu haben. Fast, aber nicht ganz. Zwei- oder dreimal pro Woche, wenn das Wetter es zuließ, gingen kleine Gruppen der Kojaks auf die Jagd, und Steve ging mit ihnen, um fit zu bleiben und sich mit den örtlichen Gegebenheiten vertraut zu machen.

Eine der interessanteren Entdeckungen, die er dabei machte, bestand darin, daß nicht alle Mutanten sich vor großen Wasseransammlungen fürchteten. Dies schien typisch für Clans wie die M'Calls zu sein, die in den Hochebenen lebten. Die Kojaks, die am Rande des Michigansees zu Hause waren — einem Teil dessen, was die Mutanten als ›Großen Fluß‹ bezeichneten — fischten in Landnähe mit primitiven Katamaranen, schmal gebauten Booten aus geölter, über Holzrahmen gezogener Büffelhaut. Mittschiffs über die Bootshülle festgezurrt befanden sich zwei gekrümmte junge Bäume mit an den Enden befestigten unförmigen Holzschwimmern, die zusätzliche Stabilität erzeugten.

Die Boote, ihre Besatzung bestand in der Regel aus vier Mann, wurden mit Paddeln bewegt und gesteuert. Man fing die Fische mit Angelschnüren oder in handgeknüpften Netzen, die zwischen zwei Booten geschleppt wurden. Begegnete man einem großen Fischschwarm, arbeiteten mehrere Bootpaare zusammen, indem sie den Schwarm zuerst umzingelten und dann in ein immer kleiner werdendes Gebiet trieben, wo sie die Netze überlappten und die Schlinge immer enger zogen, bis die Beute in einer großen, zuckenden, sich windenden Masse an die Oberfläche kam. Jene, die sich nicht in den Netzen verwickelt hatten, wurden im Wasser aufgespießt. Es entkamen nur die, denen es gelang, unter den Netzen wegzutauchen.

Während der Wintermonate hatten die Kojaks ihre Boote an Land gezogen, wo sie umgedreht lagen und vor dem heulenden Wind durch Steinhaufen sicher verankert waren. Während der langen Stunden der Finsternis, die man rings um die Feuer in den dreieckigen Wohnstätten verbrachte, flickte man alte Netze und knüpfte neue. Bei extrem kaltem Wetter bildete sich eine dicke Eisschicht um den Rand des Michigansees, doch selbst wenn er eisfrei war, taten der bitterkalte Wind, der dünne, gezackte Schaumlinien über das stahlgraue Wasser zog, und der niedrige, bedeckte Himmel, der so aussah, als wollte er sich auf die Erde stürzen und alles Leben auf ihr zerschmettern, ihr Bestes, um die Kojak-Fischer an Land zu halten.

Als es dem zentralen Heizungssystem der Bäume schließlich gelang, den Schnee von ihren Ästen und Zweigen abzuwerfen und die fallenden Tropfen den weißen Teppich unter ihnen näßten, wurde es für die Fischer und ihre Familien Zeit, ihre Wohnstätten ans Ufer zu verlegen. Sie rieben den Schnee von ihren Booten und fingen an zu arbeiten; sie prüften die Nähte und Fugen, ersetzten zerbrochenes Holz und dichteten die Büffelhaut mit Fett ab.

Die Fischereisaison verlief von Anfang des Frühjahrs bis zum Spätherbst und brachte genug Fisch ein, um den täglichen Bedarf und einen Überschuß zu erwirtschaften, den man wie die Fleischvorräte der M'Calls trocknete und im Winter verzehrte. Große Mengen an Trockenfisch waren zudem das Hauptangebot am Handel mit den Eisenmeistern.

In der Alten Zeit hatte man den See zwar langsam vergiftet, doch seit dem letzten Liter chemischer Abfälle, der in den See abgelassen worden war, waren neunhundert Jahre vergangen, und die heilende Hand der Zeit hatte dem sterbenden Wasser den Kuß des Lebens gegeben. Nun hielt es massenhaft Fische für jeden bereit, der über ein Netz und das nötige Beharrungsvermögen verfügte.

Dies war eine weitere interessante Tatsache, die sich aus Steves Gesprächen mit den Bootsfahrern ergab; der ›Große Fluß‹ wurde von den Clans, deren Jagdgründe an seine Ufer grenzten, als Niemandsland angesehen. Dies bedeutete, daß Boote von ansonsten feindlichen Clans oft in Sichtweite anderer fischten, ohne daß die Mannschaften das Gefühl hatten, sie müßten einander an die Kehle fahren.

Als Steve es erfuhr, speicherte er dieses Wissen ebenso ab wie alles andere, das er über die Kojaks wußte. Erst später, als Cadillac eine eigene überraschende Entdeckung machte, versorgte ihn dieses Detailwissen über die *Sitten* der Fischermutanten mit dem Keim einer Idee.

Der Durchbruch kam ziemlich unerwartet, als Steve und Clearwater Cadillac dazu überredeten, ans Ufer zu gehen, um die Aktivitäten der Bootfahrer zu beobachten. Als echter Hochebenen-Mutant hielt Cadillac — obwohl er diese Ansicht sorgfältig vor seinen Gastgebern geheimhielt —, die Fischerei natürlich nicht für eine Tätigkeit, der man als *wahrer* Krieger nachging. Er konnte auch nicht verstehen, was man damit zu erreichen hoffte, wenn man über gewaltige Flächen kalten Wassers hinwegstierte.

Clearwater war zwar weniger besorgt über ihr ›Ansehen‹ als er, doch da sie sich noch deutlich an die Reise über den Großen Fluß erinnerte, teilte sie seine Antipathie über die grauen, unschätzbaren Tiefen. Sie war nur gekommen, weil Steve sie gebeten hatte, und da sie ihm zudem eine Freude machen wollte, überzeugte sie Cadillac, eins seiner endlosen Gespräche mit dem Kojak-Wortschmied abzukürzen und sich zu ihnen zu gesellen. Stur, wie er war, gewann er der Tätigkeit der Fischer nur wenig Interesse ab und lehnte die Möglichkeit ab, mit ihnen hinauszufahren und an den Netzen zu arbeiten. Er gewann erst Interesse, als man in der Abenddämmerung am Ufer Feuer entzündete und ihm einen warmen Sitzplatz und eine kochendheiße Portion des Tagesfangs anbot, den Steve an Land zu bringen geholfen hatte.

Während sie aßen, senkte sich die Finsternis über sie herab, und die springenden Flammen des Feuers färbten die blasseren Teile ihrer Gesichter mit einem roten Leuchten. Steve, der zwischen den beiden Fischern saß, die ihn eingeladen hatten, ihre Mannschaft zu verstärken, schaute zu Clearwater hinüber. Sie hatte dafür gesorgt, daß Cadillac am Ufer geblieben war, bis er zurückkehrte. Nun aßen sie zusammen. Ihr Blick fiel auf Cadillac. Doch er hatte zu essen aufgehört, wandte sich von ihr ab und starrte auf etwas, das einige Meter von den schwatzenden Fischern entfernt am Ufer lag. Steve blickte zwar in die gleiche Richtung, sah aber im flakkernden Lichtkreis und der dahinterliegenden Finsternis nichts von Interesse.

Cadillac stand auf und verschwand in der Dunkelheit. Clearwaters Blick traf auf den Steves und signalisierte ihm, ihr zu folgen. Die Bootfahrer und ihre Frauen aßen und scherzten weiter. Es gab mehrere ähnliche Feuerrunden; seit man mit dem Kochen begonnen hatte, waren die Leute stets von einer Gruppe zur anderen gewandert.

Etwa fünfzehn Meter hinter dem Lichtkreis des Feuers sah Steve Cadillac niederknien und die Hand ehrfürchtig auf einen großen Kieselstein legen. Er kniete sich neben ihn. Nachdem Cadillac den Stein eine Weile langsam gestreichelt hatte, hob er ihn vorsichtig auf die Knie.

»Was ist das?«

»Ein Sehstein«, keuchte Cadillac. »Siehst du denn nicht, wie er leuchtet? Ich habe endlich meine Gabe wieder!«

Steve sah nur einen glatten Stein von der Größe eines Säuglingskopfes. Als Clearwater zu ihnen kam, schaute er auf. Er sah ihr am Gesicht an, daß sie Bescheid wußte.

»Nicht hier«, sagte sie. Sie winkte Steve und Cadillac hinter den Rumpf eines umgekippten Bootes, das sie vor den am Feuer hockenden Mutanten abschirmte. »Im Moment ist es besser, wenn nur wir von dieser Gabe wissen.«

»Was passiert jetzt?« flüsterte Steve, als sie sich hinsetzten und einander ansahen.

Clearwater brachte ihn mit einer Handbewegung zum Schweigen.

Cadillac schloß die Augen und schien in Trance zu verfallen. Sein Kopf sackte nach vorn, kurz darauf hob er ihn wieder, nahm gleichzeitig den Sehstein in die Hände und hielt ihn an seine Stirn.

»Er holt die Bilder heraus«, flüsterte Clearwater.

Steve hielt den Atem an.

Cadillac hielt den Kopf gerade erhoben und legte den Stein wieder auf seine Knie. Seine Augen waren zwar geschlossen, aber seine Aufmerksamkeit konzentrierte sich auf etwas auf der großen Wasserfläche, das nur er hinter Steve und Clearwater sehen konnte.

»Roter Himmel ... Blut und Feuer auf dem Wasser ... Pferde steigen aus den Fluten auf ... Tote Krieger reiten sie ... mit Feuerbannern ...«

Tote Krieger? Oder Totgesichter?

Clearwater streckte den Arm aus und berührte den in

Cadillacs Händen liegenden Stein. »Woher kommen die Krieger?«

»Aus dem Ostland ... aus Ne-Issan ...«

Es war genau das, was Steve befürchtet hatte. Er hatte die ganze Zeit über recht gehabt.

Clearwater stellte die Frage, die ihm auf der Zunge lag.

»Suchen sie uns?«

»Ja ...«

»Wann kommen sie?«

»Bald ... Sie wissen, daß wir hier sind ...«

»Woher?« fragte Steve.

»Verrat ... Manche, die uns anlächeln, sind falsche Freunde ...«

Steve blickte Clearwater an und nickte. »Tempo.« Ohne zu fragen erkannte er, daß sie beide wußten, wer es war.

In den nächsten fünf Tagen hielten sie alle ein diskretes Auge auf Carnegie-Hall. Sie beobachteten, was er tat und maßen seine Ausflüge mit Hilfe der Digitaluhr, die sie den beiden Mexikanern in Long Point abgenommen hatten. Wann immer eine Möglichkeit bestand, beschatteten sie ihn aus sicherer Entfernung, wobei sie ihn des öfteren verloren. Trotzdem bildete sich allmählich ein Muster. Carnegie-Hall benahm sich allgemein recht natürlich und hatte dem Anschein nach keine Ahnung, daß er beobachtet wurde, aber am frühen Morgen des zweiten Tages erweckte er den Eindruck besonderer Vorsicht.

Er unternahm einen dreißigminütigen Ausflug, der ihn in die Wälder führte, die die Siedlung umgaben. Sein Weg schlängelte sich ziellos durch den konzentrischen Hüttenkreis. Bei jeder Gelegenheit kam er da und dort unter den Bäumen hervor und trat wieder zwischen sie, aber er ging stets auf einer viel direkteren Route zu seiner Hütte zurück und hielt hin und wieder an, um ein paar Worte mit verschiedenen Angehörigen des Stammes zu wechseln, die aus den Hütten kamen, um die aufgehende Sonne zu begrüßen oder gähnend die frische Luft einzuatmen.

Am nächsten Tag, als Cadillac Carnegie-Hall mit einem nostalgischen Marathongespräch beschäftigt hielt, bei dem sie abwechselnd große Abschnitte ihrer jeweiligen Clangeschichte zum Besten gaben, schlichen sich Steve und Clearwater in verschiedene Ecken des Waldes und maßen ihre Ausflüge ab, um die Grenzen der Reichweite des Wortschmiedes abzumessen. Nachdem sie seinen ›Aktionsradius‹ kannten, durchkämmten sie langsam die Umgebung, bis sie endlich fanden — beziehungsweise hörten —, was sie suchten.

Am frühen Morgen des siebenten Tages standen sie früh auf, schlichen sich auf Zehenspitzen durch die versetzt angeordneten Hütten und betraten das vorbereitete Versteck. Man war übereingekommen, daß Cadillac zurückbleiben sollte, um die üblichen morgendlichen Grüße mit Carnegie-Hall auszutauschen, damit sein Mißtrauen nicht geweckt wurde. Dann, nachdem die Falle zugeschnappt war, sollte er sich zu ihnen gesellen.

Wie erwartet tauchte Carnegie-Hall auf und ging über einen listig getarnten Pfad durch das verwachsene Unterholz. Er blieb nur ein paar Meter von der Stelle entfernt stehen, an der Steve und Clearwater versteckt lagen. Sie schauten mit angehaltenem Atem zu, als er die Zweige eines hohen, mit Immergrünblättern bedeckten Busches teilte und einen tragbaren, geflochtenen Bambusstroh-Taubenkorb enthüllte — von der Art, wie die Eisenmeister sie verwendeten, um kleine Mengen dieser Vögel zum Markt zu tragen.

Carnegie-Hall beantwortete das leise Gurren der Vögel, dann öffnete er die Nahrungsklappe und entnahm der Innentasche seines Fellumhangs Säckchen mit Korn. Das Säckchen war, ebenso wie der Korb, in Ne-Issan hergestellt worden.

Clearwater legte die Handflächen lautlos vor ihren Lippen aneinander und stieß einen der trillernden Vogelschreie aus, mit denen sich die M'Calls untereinander verständigten.

Der Schrei erweckte eine ähnliche Antwort, und ihm folgte der Lärm eines Lebewesens, das durch die Büsche brach. Carnegie-Hall wirbelte herum. Das auf seinem Gesicht liegende Erstaunen verwandelte sich sofort in absolute Bestürzung, als Steve und Clearwater sich ihm zeigten. Cadillac war kurz darauf ebenfalls bei ihnen.

Der Wortschmied zuckte, als wolle er weglaufen, doch dann erstarrte er und sah das warnende Funkeln in den eisblauen Augen und die ausgebreiteten Arme, deren miteinander verbundene Finger nun auf seinen Brustkorb deuteten. Finger, die Kräfte freisetzen konnten, die stärker waren als tausend Armbrüste. Der Kornsack entfiel seinen zitternden Fingern, aber er machte keinen Versuch, ihn wieder an sich zu nehmen. Nun, wo sein Verrat enthüllt war, war Carnegie-Hall nicht darauf aus, Talismans Geduld zu prüfen, indem er eine Bewegung machte, die man als tollkühne Geste des Trotzes oder — noch närrischer — als Vorspiel zu einem Angriff auf seine Ankläger interpretieren konnte.

Als Steve den Inhalt des Taubenkorbes inspizierte, setzte Cadillac seine ernsteste Miene auf und schaute seinen Besitzer tadelnd an. Der Wortschmied wiederum bemühte sich, recht zerknirscht auszusehen und einen Überrest seiner vorherigen Würde zu bewahren. Es war eine heikle Situation. Carnegie-Hall war älter und stand deswegen über jüngeren Kollegen. Er war zudem viel mächtiger als Cadillac, aber er war trotz alledem ein freundlicher Gastgeber gewesen.

Doch andererseits hatte er das Vertrauen jener verraten, denen er Obdach angeboten hatte. Gastfreundschaft dieser Art war zwar nicht unbekannt, doch wurde sie Angehörigen eines anderen Clans nicht oft gewährt, und noch seltener denen einer anderen Abstammungslinie. Doch der starre Codex des Prärievolkes, den die meisten Clans anerkannten, gestattete keinen Verrat. Wenn ein Clan böse Absichten gegen jemanden hegte, der Obdach suchte, dann vertrieb er ihn oder brachte ihn einfach um. Lud man sie jedoch, so wie die Kojaks es getan hatten, an die heimische Feuerrunde und in seine Hütte ein, erforderten die Sitten, daß der gastgebende Clan ihn als Seelenbruder oder Seelenschwester behandelte.

Tat man etwas anderes, so handelte man ehrlos, und der Clan verlor jegliches Ansehen. Dieses Schicksal war schlimmer als der mit Sicherheit darauf folgende Tod. Es war ein ungeschriebenes Gesetz, daß man von den Empfängern einer solchen Gastfreundschaft erwartete, sich den gleichen strikten Verhaltensmaßregeln zu unterwerfen.

»Wie viele?« fragte Cadillac.

»Zwei ...« Steve schloß die Futterluke und löste den Korb aus seinem Versteck zwischen den Ästen. Er stellte ihn vor den Füßen des Wortschmiedes ab.

Carnegie-Hall beäugte Clearwaters ausgestreckte Zeigefinger. Sie waren noch immer zusammengepreßt und zielten auf seinen Brustkorb — wie die Läufe der schrecklichen Flinten, die die Eisenmeister ihnen am Handelsposten gezeigt hatten. Ja ... Er hätte ahnen müssen, daß man so nicht mit Auserwählten umspringen konnte. Wie ernst sie waren! Wie geladen! Wenn es ein Vorgeschmack dessen war, was ihn erwartete, war er froh, daß Mo-Town, die Große Himmelsmutter, ihn nicht mit irgendeinem edlen Schicksal bedacht hatte. Nun ja, man konnte nicht immer gewinnen ...

Carnegie-Hall ignorierte den verfluchten Beweis zu seinen Füßen, breitete philosophisch die Hände aus und versuchte, seinen Hauptankläger mit einem Lächeln zu entwaffnen. »Was soll ich dazu sagen ...?«

Steve antwortete als erster.

»Alles.«

Als sie wieder in der Hütte waren, die er mit Clearwater teilte, warf Steve einen Blick auf den Taubenkorb und dachte über Carnegie-Halls Enthüllungen nach. Einer der Vögel, der ein Band trug, das anzeigte, daß die ›Reisenden‹ sich noch immer ›in Gewahrsam‹ befanden, sollte freigelassen werden, sobald der Schnee schmolz; der zweite sollte in Reserve gehalten werden, falls etwas Unerwartetes passierte.

Der Korb stand zwischen ihm und Cadillac. Clearwater saß mit gekreuzten Beinen im offenen Türrahmen und kehrte ihnen den Rücken zu, damit sie sehen konnte, was draußen geschah. Carnegie-Hall, der alles freimütig gestanden hatte, hatte um Vergebung gebeten und sie erhalten, aber dies bedeutete noch lange nicht, daß man ihm und den Ältesten nun trauen konnte. Andererseits konnten Steve und Cadillac, die sich seine Version der Geschichte angehört hatten, sich nicht dazu durchringen, ihn auf der Stelle zu verdammen. Schließlich waren auch sie einer kleinen Täuschung schuldig.

»Ich glaube, wir sollten die Nachricht abschicken, auf die die Japse warten.«

»Warum?« fragte Cadillac.

»Weil sie uns dann helfen, nach Wyoming zu kommen.«

Cadillac schaute verwirrt drein. »Moment mal. Ich denke, du willst ihnen aus dem Weg gehen? Deswegen hast du doch den ganzen Wirbel gemacht, oder?«

»Yeah. Aber etwas, das du während unserer Diskussion gesagt hast, hat mich auf eine Idee gebracht. Du hast gesagt, daß wir in den Sonnenuntergang hineinreiten.«

»Und …?«

»Genauso gehen wir nach Wyoming. Auf Pferderükken.«

»Auf Pferderücken ...« Cadillac konnte kaum glauben, was er hörte. »Du möchtest, daß wir hierbleiben und auf ein Schiff voller Samurai warten, *bloß* damit wir ihnen drei Pferde stehlen ...«

»Mehr als drei. So viele, wie wir kriegen können.«

Cadillac schaute Clearwater an. »Siehst du jetzt, was passiert, wenn Menschen mit Booten herummachen? Ihr Hirn wird matschig!«

»Hör zu!« fauchte Steve. »Sie wissen schon, daß wir hier sind. Sie könnten selbst dann auf die Idee kommen, uns zu besuchen, wenn die Tauben, die Carnegie-Hall ihnen schicken soll, *nicht* ankommen. Die Viecher könnten schließlich ebenso gut erfrieren oder gefressen werden.«

»In diesem Fall sollten wir bei unserem ursprünglichen Plan bleiben und noch heute verschwinden!«

»Das können wir auch nicht machen.«

»Gütige Himmelsmutter, warum denn nicht?« schrie Cadillac.

»Tja, wir können doch nicht einfach abhauen und die Burschen hier den Eisenmeistern überlassen. Wenn sie nicht gewesen wären, hätten wir den Winter nie überlebt.«

»Wovon redest du?! Sie haben uns doch nur für die Jäger gemästet!«

»Ich bitte dich! Zeig ein wenig Dankbarkeit. Es kann ja sein, daß sie es ursprünglich vorhatten, aber daraus ist nichts geworden. Carnegie-Hall hat doch alles erklärt. Wenn du angeblich derjenige bist, der das Präerievolk einigen soll, könntest du nicht anfangen, indem du etwas Solidarität zeigst?«

»Wenn du meinst ...« Cadillac schaute Steve erschöpft an. »Ich wußte gar nicht, daß du ein so wenig nachtragender Charakter bist.«

»Eine taktische Entscheidung. Wenn wir es schon mit einer Schiffsladung von Japsen aufnehmen müssen, wollen wir wenigstens verhindern, daß wir die Burschen hier auch noch auf dem Hals haben. Sie sollten an unserer Seite kämpfen.«

»Finde ich auch, aber kann man ihnen trauen?«

»Mit Vertrauen hat es nichts zu tun. Du hast gesehen, wie Carnegie auf Clearwater reagiert hat. Die Vorstellung, daß sie die Kraft auf ihn richtet, macht ihn starr vor Angst. Dieser Clan hat zwar seit über zwei Jahrzehnten keinen Rufer mehr hervorgebracht, aber sie wissen, wie einer aussieht. Keine Sorge. Clearwater braucht nur die Augen aufblitzen zu lassen, dann werfen sie sich auf den Bauch.«

»Du lügst dir was in die Tasche, Brickman. Wir können uns nur einer Sache sicher sein: Sie werden sich bedeckt halten und dann auf die Seite des Siegers schlagen. Du hast gehört, was Carnegie gesagt hat. Er ist bereit, den Clan auf die Eisenmeister zu hetzen — *vorausgesetzt, er unterliegt nicht.*«

»Yeah. Es darf keine Überlebenden geben, das könnte uns eine Strafexpedition auf den Hals hetzen. Es ist nicht unsinnig. Ich habe ihn so verstanden, daß der Clan uns jede Hilfe anbietet, aber wir müssen uns einen Angriffsplan ausdenken, der — falls er schiefgeht — die Kojaks rein und unschuldig aussehen läßt.«

»Mit anderen Worten, wir müssen die ganze Drecksarbeit machen.«

»Caddy, die Burschen leben hier direkt an der Front. Der nächste Eisenmeister wohnt nur hundertdreißig Kilometer von hier entfernt. *Wir* sind der Grund dafür, daß die Japse herkommen werden.«

Cadillac schlug sich mit den Fäusten auf die Schenkel. »Aber wenn die Kojaks uns nicht verraten hätten, kämen sie eben nicht!«

Steve gab ihm mit einer Geste zu verstehen, er solle sich abregen. »Das ist Schnee von gestern. Wenn du ehrlich bist, mußt du zugeben, daß wir ebenso schuld dran sind wie sie.«

»Was also schlägst du vor?«

»Du hast die Antwort schon gegeben.«

»Wovon redest du?«

»Du hast den Stein gelesen. ›Blut und Feuer auf dem Wasser ...‹ Wir gehen auf den Raddampfer der Japse und stecken ihn in Brand, wenn er ans Westufer kommt.«

»Einfach so?«

»Yeah«, sagte Steve und legte los. »Wir hauen ein Loch in den Boden. Das Schiff sinkt ... Die Japse verlassen das Schiff ... Männer und Pferde schwimmen ans Ufer, und ... Die Kojaks legen sie im gleichen Moment mit Armbrüsten um ... oder wenn sie aus dem Wasser steigen und zum Ufer raufgehen. Was hältst du davon?«

Cadillac setzte eine säuerliche Miene auf. »Genial! Aber übersiehst du nicht etwas? Wir wissen doch gar nicht, wann der Raddampfer ankommt. Und selbst wenn wir es wüßten — wie kommen wir an Bord, bevor sie hier sind?«

»Keine Sorge, wir tüfteln schon etwas aus. Schade, daß du unsere drei letzten Sprengladungen vergeudet hast. Na, macht nichts ... Wir müssen es mit dem Material machen, das wir finden, wenn wir an Bord gehen.«

»Du bist irre ...«

»Nein — hör zu! Wenn es ein großer Raddampfer ist, hat er an den Seitenlaufgängen eine Kanone montiert. Dann haben sie auch Schwarzpulver bei sich. Und sie haben sicher ein paar Raketen ...«

»Das hoffst du ...«

Steve reagierte nicht. Er sah alles vor sich. »Wir können ein Feuerwerk im Schiffsinnern arrangieren, um für Ablenkung zu sorgen, dann nehmen wir das Schwarzpulver, um den Kessel durch die Decke zu jagen und stecken das Holzlager in Brand ...«

»Und dann versetzen wir dem Kahn den Todesstoß, indem wir ein Loch in den Boden hauen ...« Cadillacs Sarkasmus kam nicht an.

»Yeah. Als ich kam, um dich zu holen, habe ich mich im Maschinenraum versteckt, deswegen weiß ich, wie es da unten aussieht. Wenn der Kessel weg ist, ist das Schiff eine leichte Beute, und selbst wenn sie das Feuer löschen ...«

»... wird es trotzdem sinken ... Ja. Ich muß schon sagen, bei dir klingt alles ganz leicht, aber irgendwie glaube ich nicht, daß es so einfach geht.«

»Nun — es wird natürlich seine Zeit brauchen, alles auf die Reihe zu kriegen.«

»Genau. Und Zeit haben wir nicht. Wie weit ist es von hier bis zum Ankerplatz bei Benton Harbor — hundertfünfundzwanzig Kilometer?«

»Könnte etwas mehr sein.«

»Und wie schnell ist der Raddampfer? Sechzehn Kilometer pro Stunde?«

»Kommt aufs Wetter an. Wenn er Gegenwind hat ...«

»Okay, sagen wir dreizehn. Dann haben wir zehn Stunden. Ich nehme an, wir beide werden bei der Sache zusammenarbeiten?«

»Das ist meine Vorstellung.«

»Gut. Wir wissen aus dem Stein, daß das Schiff im Schutz der Dunkelheit kommt. Die beste Zeit für einen Überraschungsangriff ist, stelle ich mir vor, im Morgengrauen.«

»Davon gehe ich aus. Aber vielleicht haben wir mehr als zehn Stunden. Es kommt darauf an, wie langsam das Schiff ist.«

»Das macht keinen Unterschied. Die Tage werden länger. Wenn die Japse ein paar Wochen warten, haben wir nicht mal *zehn* Stunden Dunkelheit! Oder hast du etwa vor, das Schiff am hellichten Tag zum Wrack zu machen?«

»Nein. Aber wenn man direkt ins Schiff reinkommt, ist es viel dunkler.«

»Ich muß dir halt glauben. Aber gut, angenommen, wir *haben* zehn Stunden Dunkelheit. Abgesehen von dem Problem, wie wir an Bord kommen, müssen wir uns im Schiff zurechtfinden; das Munitions- und das Raketenlager entdecken; einbrechen; das klauen, was wir brauchen, ohne dabei erwischt zu werden; die Ladungen anbringen und ohne geschnappt zu werden wie der Teufel wieder verschwinden. Sag mal — was werden wohl die Japse während dieser Zeit tun? Mit verschränkten Armen dastehen und uns zuschauen?!«

Steve explodierte. »Herrjemineh, Caddy! Ich habe gesagt, es *könnte* klappen! Ich habe doch nicht gesagt, daß es eine Kleinigkeit ist!«

Cadillac schüttelte den Kopf. »Wir müssen uns etwas anderes ausdenken, Brickman. Es ist zwar eine tolle Idee, aber sie ist zu schwierig.«

»Schwierig? Es ist unmöglich, verflucht! Aber wir werden es trotzdem so machen!«

»Und wie?«

»Frag mich nicht! Ich weiß es noch nicht! Ich weiß nur, *daß* wir es so machen! Vielleicht nicht ganz so, wie ich es erklärt habe, aber wir versenken das Schiff! Und weißt du, *woher* ich es weiß? Als du nämlich die Bilder in dem Stein betrachtet hast, habe ich die Bilder in meinem Kopf gesehen.« Steve hielt inne. »Weißt du, was ich gesehen habe? Dich. Auf dem Schiff. Und ich war mit dir zusammen, in einer Kabine — und das Wasser kam durch den Boden rein.«

Cadillac schien seine Offenbarung ernstzunehmen. »Ist das wahr?«

»Ohne Scheiß, Blutsbruder.«

»Sind wir entkommen?«

Steve zuckte die Achseln. »Kann ich nicht sagen. Wir müssen es halt abwarten, dann werden wir's sehen.«

Nach einem weiteren auf dem Wasser verbrachten Tag fand Steve beim Einholen der Netze die Lösung für das scheinbar unlösbare Problem des Abfangens des Eisenmeister-Raddampfers. Sie war so offensichtlich, daß er sich am liebsten in den Hintern getreten hätte, weil er erst jetzt darauf kam. Er war so aufgeregt, daß er aus dem ans Ufer fahrenden Boot sprang und nicht einmal die Fischmahlzeit am Feuer abwartete, die er für sich und Clearwater verdient hatte.

Er nahm sie beiseite und erläuterte ihr rasch den ausgearbeiteten Plan. Noch immer über seine Gerissenheit vor Begeisterung überschäumend und ohne auf ihre Reaktion zu warten, rannte er ins Inland zu den Hütten und rief ihr zu, sie solle ihm folgen.

Clearwater holte ihn ein und lief neben ihm her, als er in den hüpfenden Schritt verfiel, den die Mutanten, wenn es sein mußte, zwölf Stunden ohne Pause beibehalten konnten. Steve hatte zwar nie eine Gelegenheit gehabt, seine Ausdauer über einen solchen Zeitabschnitt zu testen, aber es hatte ihn gefreut zu entdecken, daß er mit etwas Training mit den M'Call-Kriegern Schritt halten konnte, die ihm die beispiellose Ehre angetan hatten, sie auf ihren Jagdzügen zu begleiten.

Steve befreite Cadillac aus der schlangenhaften Umarmung seiner drei übergastfreundlichen Bettgefährtinnen, würgte seinen Protest ab und marschierte mit ihm dorthin, wo Clearwater wartend vor ihrer gemeinsamen Hütte saß. Sie hatte bereits Holz auf den Feuerstein gelegt, und die Flammen waren für sie hell genug, um die Plasfilm-Landkarte zu lesen, die sie Steve entgegenhielt. Er setzte sich auf eine überzählige Matte.

Cadillac nahm links von ihm Platz, Clearwater gegenüber, und komplettierte das Dreieck. Er beäugte beide mit einem betrübten Gesichtsausdruck. »Wehe, wenn er nicht gut ist ...«

»Er ist genial. Stimmt's?« Steve schaute Clearwater an, die ihn bestätigen sollte, dann faltete er die Karte anders, um das Gebiet zu zeigen, das er sehen wollte.

»Es kommt darauf an, ob man Schiffe mag.«

Steve drehte die Karte so, daß Cadillac sie lesen

konnte, dann deutete er auf den Bezugspunkt Chicago. »Okay ... Hier sind *wir*, und das Japsenschiff, das Clearwater und ich gesehen haben ...« — sein Finger fuhr nach Benton Harbor hinüber —, »war ungefähr dort.

Carnegie hatte gute Sicht auf das Schiff, als der Mann mit der Eisenmaske hier war, um die Geschäftsbedingungen mitzuteilen, und nach der Beschreibung, die er mir gegeben hat, schätze ich, daß es der gleiche ist. Er schätzt, daß sich an Bord etwa zwanzig bis fünfundzwanzig Personen aufhalten, einschließlich ein paar Frauen und Kinder. Dazu noch einige, die aber zurückbleiben, um den Ankerplatz zu bewachen. Nach der Größe des Schiffes zu urteilen, bezweifelt er, daß es mehr als insgesamt fünfzig sein können. Du hast erwähnt, du hättest Feuer auf dem Wasser gesehen. Hast du irgendwelche deutlichen Bilder von diesem Schiff empfangen?«

»Nur, daß es groß war — wie die am Handelsposten.«

»Das paßt zu meiner Innenansicht. Die Kabine, in der wir waren, war wie die, die Side-Winder gehörte, und sie lag vor dem Maschinenraum. Was einen Sinn ergibt. Wenn die Burschen bei Benton Harbor irgend etwas hätten unternehmen wollen, wären sie schon längst hier aufgekreuzt.

Nein. Nach dem, was am Reiherteich geschehen ist, werden sie mit einer stattlichen Meute anrücken. Nicht nur unseretwegen, sondern auch um Deckung zu haben, falls die Kojaks es sich im letzten Augenblick anders überlegen. Die Japse müßten verrückt sein, wenn sie mit einem Winzigkommando die Jagdgründe eines Clans betreten, der tausend Krieger aufbieten kann. Aber bevor sie sich auf uns stürzen, werden sie erst hier vorbeischauen.« Steve deutete auf den Bezugspunkt Benton Harbor. »Weil die Burschen da als einzige genau wissen, wo wir sind ...«

»Und *dann* schleichen wir uns an Bord ...«

»Yeah. Was hältst du davon?«

»Nun, bis jetzt klingt es wie eine Kleinigkeit. Darauf bin ich selbst schon gekommen. Abgesehen von dem Problem, wie wir dorthin kommen, wissen wir noch immer nicht, *wann* der Raddampfer ankommt.«

»Stimmt. Wir werden eben so lange dort warten, bis er eintrifft.«

»In Benton Harbor ...«

»Oder in der Umgebung. Wenn wir es so machen, sollten wir in den nächsten paar Tagen abhauen.«

»Nun ja ...« Cadillac hatte guten Grund, aufgrund von Steves Dampfwalzentaktik vorsichtig zu sein. »Angenommen, der Raddampfer läßt noch Wochen auf sich warten. Was schlägst du vor — daß wir die Japse bei Benton Harbor bitten, uns Unterkunft und Verpflegung zu geben?«

»Nein. Wir gehen beide fischen.«

»Fischen ...« Cadillac tauschte mit Clearwater einen Blick, dann sagte er: »Aber davon verstehen wir doch gar nichts.«

»Bis wir da sind, wissen wir, wie man es macht. Ein paar Kojaks können mitkommen, um uns den Weg zu zeigen.«

»Und Clearwater?«

»Ich bleibe hier«, sagte sie.

»Als Geisel?«

»Nein. Als letzte Verteidigungslinie. Wenn es uns nicht gelingt, den Raddampfer zu versenken ...« Steve sprach es nicht aus.

»Also bist du nicht *völlig* dagegen, Erdmagie einzusetzen«, sagte Cadillac spottend.

»Das entscheidet sie. Doch wenn sie sich dazu entscheidet, dann nur, nachdem du und ich alles andere versucht — und versagt haben.«

Cadillac wandte sich Clearwater zu. »Ich nehme an, du bist einverstanden ...«

»Ich würde zwar lieber mit euch gehen, aber ansonsten ja. Weißt du eine bessere Möglichkeit?«

Cadillac hielt ihrem herausfordernden Blick stand, dann richtete er seine Aufmerksamkeit wieder auf die Landkarte. »Ich habe nichts dagegen, auf ein Himmelfahrtskommando zu gehen — ich habe nur etwas dagegen, zu sterben, bevor wir eine Chance hatten, den Gegner zu beschäftigen. Die Nußschalen, die die Kojaks verwenden, sind nicht dafür geschaffen, solche großen Gewässer zu überqueren.«

»Wir überqueren es ja nicht«, sagte Steve. »Wir fahren immer am Ufer entlang.« Mit Hilfe der Landkarte erläuterte er seinem unwilligen Schiffsgefährten den Plan. Sie wollten das gekrümmte Südufer des Sees umfahren und in tiefem Gewässer bleiben, doch ständig in Sichtweite des Ufers.

Als Wetterschutz wollten sie Häute und Felle über ein hölzernes Gestell hängen, um einen trockenen Raum zu schaffen, in dem sie abwechselnd schlafen konnten. Steve versprach außerdem, einen Mast und ein Segel einzubauen, wie bei den kleinen Eisenmeisterbooten, die sie auf dem Hudson River gesehen hatten. Ein Segel konnte man machen, indem man mehrere Matten zusammennähte. Die rechteckigen Matten aus geflochtenem Stroh gehörten zu den Gegenständen, die man von den Japsen am Handelsposten eintauschte.

Als Nahrung wollte Steve eine Ladung Trockenfisch mitnehmen, den Rest konnten sie unterwegs mit dem ergänzen, was sie fanden. Da er die Absicht hatte, Tag und Nacht unterwegs zu sein, konnten sie ein Schleppnetz aus dem Boot hängen lassen. Sie wollten das Netz als Beweis dafür mitnehmen, daß sie einfache Fischer waren, aber es nur dann einsetzen, wenn ihre Fahrt am Ufer entlang den Verdacht anderer Uferbewohner erweckte.

Wenn sie erst einmal in Benton Harbor waren, konnten sie an Land campieren und dann, nachdem sie das Land mit Hilfe der Ferngläser abgesucht hatten, ihre Netze auswerfen und zum Ankerplatz gehen, um einen

Versuch zu machen, den Japsen einen Teil ihrer Beute zu verkaufen.

Dabei, erläuterte Steve, mußten Cadillacs besondere Gaben ins Spiel kommen. Wenn sie die List wiederholen konnten, konnte Cadillac seine japanischen Sprachkenntnisse dazu verwenden, die Gespräche der Besatzung in der Hoffnung zu belauschen, einen Hinweis darauf zu erhalten, an welchem Tag man den Raddampfer erwartete, der die Strafexpedition brachte. Und wenn er dann am Horizont auftauchte, konnten sie, mit etwas Glück, einen schon vertrauten Anblick bieten und ohne Mißtrauen hervorzurufen in der Nähe bleiben, wenn er Anker warf.

Wenn sie ihr Opfer erst einmal unter die Lupe genommen hatten, mußte es relativ leicht sein, an Bord zu gelangen — ein Kunststück, das Steve bereits im vorigen Jahr vollbracht hatte. Zuerst mußten sie sich auf den Holzstapeln rund um den Maschinenraum verstekken. Dann mußten sie nach Gefühl vorgehen.

»Okay, so sieht der Plan bis jetzt aus. Jetzt kannst du ihn auseinandernehmen.«

Cadillac blickte ins Feuer und dachte über Steves Vorschläge nach. Die Vorstellung, auch nur einen Tag in einem der zerbrechlichen und hin und her schwankenden Kojak-Fischerboote zu verbringen, war schon abscheulich genug, doch die Aussicht, mehrere Wochen auf einem solchen Kahn festzusitzen, war kaum auszuhalten. Aber er mußte gute Miene zum bösen Spiel machen, damit man ihm die Initiative nicht entriß. Obwohl der Plan seine Macken hatte, hatte er viel Empfehlenswertes, denn wenn sie erst einmal an Bord waren, hing alles von seinen Sprachkenntnissen ab — und das würde ihn wieder ans Steuer bringen ...

Es war Zeit, das Gleichgewicht wiederherzustellen. »Ist dir schon mal die Idee gekommen, daß eventuell ein Fischer-Clan in der Gegend von Benton Harbor leben könnte? Wenn sie auch noch mit den Japsen handeln, werden sie vielleicht sauer, wenn wir versuchen, uns da einzumischen.«

Steve bedachte den Einwand mit einem Achselzukken. »Dann sagen wir, wir hätten uns verfahren. Daß der Wind uns vom Kurs abgetrieben hat.«

»Okay. Glaubst du, sie zeigen uns dann den Rückweg?«

»Das müssen wir sehen, wenn wir da sind. Komm schon, Caddy. Die Japse haben sich die Stelle bestimmt deswegen ausgesucht, weil *niemand* in der Umgebung lebt.«

»Könnte sein. Angenommen, sie haben keine Lust, mit uns zu handeln. Die Japse sind doch selbst gute Fischer.«

»Fragen kostet nichts. Christoph! Ein *paar* Risiken müssen wir schon eingehen! Als ich sagte, du sollst meinen Plan zerpflücken, habe ich an *wichtige* Irrtümer gedacht! Was du da bringst, sind doch Erbsenzählereien!«

»Ich habe doch gerade erst angefangen. Aber gut, hier hast du einen *wichtigen* Irrtum: Wir verwenden Segel aus Strohmatten. Aber die Kojaks kennen keine Segel. Was wiederum, wenn du mal nachdenkst, bedeutet, daß auch ihre Nachbarn keine kennen. Die Dampfer, die zum Handelsposten fahren, werden von dampfbetriebenen Rädern bewegt. Der einzige Ort, an dem ein Mutant ein Segelboot gesehen haben kann, ist Ne-Issan. Wenn ich der Kapitän des Japsenschiffes in Benton Harbor wäre und ein paar Mutanten kämen angesegelt, würde ich doch mißtrauisch werden, oder?«

Steve kniff die Augen zusammen und stellte sich die Situation vor. »Da hast du recht ... Freut mich, daß du daran gedacht hast.«

»Ich habe eine Idee, die vielleicht doch besser funktioniert als das Abladen eines unerbetenen Haufens Fische.«

»Okay, laß hören.«

»Statt die Taube loszuschicken, mit der die Japse rechnen — könnten *wir* die Botschaft doch überbringen.«

»Die von Carnegie-Hall, meinst du?«

»Ja. Wir bringen die beiden Tauben und die noch vorhandenen Bänder zurück, um unsere Aufrichtigkeit zu beweisen ...«

»Und um zu bestätigen, daß die Kojaks die fünf Reisenden noch immer festhalten ...«

»... und daß sich der Verletzte allmählich erholt ...«

»Das gefällt mir«, sagte Steve, der sich für die Idee erwärmte. »Dann können wir ihnen als Appetithäppchen einen Sturzhelm und ein paar überzählige Handfeuerwaffen geben.«

»Gute Idee. Aber jetzt kommt das Beste.« Cadillac legte eine Pause ein und genoß den Augenblick. »Wir erklären den Japsen, daß der Clan seine Siedlung — aus einem Grund, den wir uns noch ausdenken — tiefer ins Landesinnere verlegt hat, und daß man uns als Führer schickt, um die Eisenmeister zu ihrer Beute zu bringen. Was bedeutet, daß unsere beiden Ruderer wieder nach Hause fahren können und wir ... eine Freifahrt auf dem Raddampfer kriegen.«

»Womit wir uns als Gäste der Japse frei in Benton Harbor bewegen können ...«

»Dann weiß Clearwater im voraus, daß wir in Stellung sind, und vielleicht — wenn wir Glück haben — erfährt sie dann auch noch, wann der Raddampfer hier ankommt.«

Steve sah alles in leuchtenden Farben vor sich. Selbst wenn sie unter Deck reisten, brauchten sie nicht als blinde Passagiere zu fahren. Sie würden sich mitten im Herzen der Aktion befinden, und Cadillac konnte jeden in Hörweite belauschen. Steve verbarg seine Verärgerung, daß Cadillac ihn schon wieder übertroffen hatte.

»Nicht übel«, gab er zu.

»Nicht übel?« rief Cadillac aus und imitierte seinen Rivalen. »Es ist *sau*genial!«

Clearwater nahm sie aufgeregt in die Arme. Sie legten beide einen Arm um ihre Taille und schlossen den Kreis, indem sie einander an die Handgelenke faßten. Wie wahre Seelenbrüder ...

10. Kapitel

Obwohl es unterwegs zu einigen Böen kam, die das Auslegerboot stark im Wasser schwanken ließen, schafften sie die Fahrt vom Bezugspunkt Chicago nach Benton Harbor ohne irgendwelche größere Zwischenfälle. Zwar sichtete man die Boote anderer Clans, doch sie konnten, wie Steve vorausgesagt hatte, bei jeder Gelegenheit problemlos passieren.

Die erste Hälfte der Reise legten sie mit Hilfe eines Masts und einem an einer primitiven Rahnock befestigten Segel zurück; den Rest der Strecke brachten sie allein mit Paddeln hinter sich. Es war eine strapaziöse Erfahrung. Eine Weile fühlten ihre Arme sich an, als würden sie ihnen von den Schultern gerissen, doch ihre zähen jungen Körper konnten die Belastung ertragen.

Das Schwierigste, mit dem sie fertig werden mußten, war die Seekrankheit. Während der ersten Tage fühlte Steve sich zwar komisch im Magen, doch es gelang ihm, relativ gut in Form zu kommen. Cadillac jedoch verbrachte den größten Teil der Reise, indem er den Kopf über die Reling hängen ließ und reiherte. Die wenige Nahrung, die er zu sich nahm, wurde, kaum daß sie seinen Magen erreicht hatte, zurückgewiesen, doch selbst als sein Magen leer war, stöhnte und ächzte er noch auf solch alarmierende Weise, daß seine Gefährten annahmen, er wolle sein Innerstes nach außen stülpen.

Da Steve sich wegen des Eindrucks sorgte, den sie machen würden, wenn Cadillac — als angeblicher Vertreter eines robusten Fischerclans — blaß und mit weichen Knien an Land wankte, überredete er die beiden Kojak-Bootfahrer Raging-Bull und Death-Wish, ihr Boot während der Nacht südlich vom Bezugspunkt Benton Harbor an Land zu steuern, bevor sie sich den Japsen zeigten. Die Pause gab Cadillac die Möglichkeit, eine warme Mahlzeit zu sich zu nehmen und zu trinken, und sein Magen hatte Zeit zum Verdauen, wenn er ein paar Stunden auf festem Boden schlief.

Im Morgengrauen stachen sie mit der aufgehenden Sonne im Rücken in See und drehten dann, um die Außenstation aus Südwesten anzufahren — ein Manöver, das in den Eisenmeistern den Eindruck erwecken sollte, sie hätten den Mi-shiga überquert, ohne zuvor an Land gewesen zu sein. Der See, der ihren Magen während der letzten vier Tage gefoltert hatte, war entweder gnädig ruhig oder unheimlich flach — je nach dem Optimismus, mit dem die einzelnen Angehörigen des unerschrockenen Quartetts das nächste entscheidende Stadium des Unternehmens betrachteten.

Raging-Bull und Death-Wish waren instruiert worden, Steve und Cadillac an ihr ausgewähltes Ziel zu bringen und dann nach Hause zurückzukehren, um die Nachricht ihrer sicheren Ankunft und jede zusätzliche Botschaft zu überbringen, die ihnen mitgegeben wurde. Keiner der beiden wußte von dem Plan, den Raddampfer zu versenken. Es lag nicht daran, daß man ihnen mißtraute, denn die beiden Kojaks waren schon ein großes Risiko eingegangen, um sie nach Benton Harbor zu führen. Es war eine einfache Vorsichtsmaßnahme, für den Fall, daß die Dinge ernsthaft schiefgingen. Je weniger sie wußten, desto besser war es für alle, die damit zu tun hatten.

Izo Watanabe, das winzig kleine Würstchen, das in Benton Harbor über eine dreißigköpfige Einheit gebot, kam ohne Maske ans Ufer, um sie zu begrüßen, und nach den üblichen Verbeugungen, die für persönliche Begegnungen zwischen Mutanten und Eisenmeistern typisch waren, hörte er ihnen freundlich zu, als sie Carnegie-Halls Botschaft übermittelten und ihm dann die restlichen bunten Bänder und die beiden Tauben übergaben. Seinem Gesicht nach zu urteilen, schien Watanabe ihre Geschichte zwar zu glauben, doch sein maskenhafter Ausdruck lieferte ihnen keinen Hinweis auf seine Gedanken. Erst als sie die beiden Wagner-Schießeisen und einen AMEXICO-Pilotenhelm auspackten, stieg sein Interesse. Eins der Schießeisen hatte ein leeres Magazin, doch als Watanabe den Stecher durchzog, schoß ein explosiver Luftdruck aus der Mündung.

Tscha-wipp! Tscha-wipp!

Hrrrrr!

Der Japs verlor die Fassung, aber zum Glück hielt er sich an dem Schießeisen fest und verbarg seine Verwirrung, indem er, als Steve und Cadillac mit geheucheltem Erschrecken zurücksprangen, laut auflachte. Die zuschauenden Soldaten lachten ebenfalls über das übertriebene Getue der Grasaffen; sie kamen nur knapp daran vorbei, das Gesicht zu verlieren.

Cadillac, der sich bemühte, nicht allzu wissend zu erscheinen, erklärte, das zweite Schießeisen enthalte noch immer ›langes spitzes Eisen‹. Es werde von einem kräftigen Winddämon durch die Luft geworfen, der in einer Flasche saß, die in jenem Teil der Waffe verborgen war, die Watanabe in der Hand hielt. Nachdem der Japs einen Schuß ins Wasser gefeuert hatte, schaute er zu, als sein Feldwebel das gleiche tat. Dann erklärte er sich als zufrieden. Die Art, in der er sich dem kompliziert aussehenden Sturzhelm näherte, war enthüllender: Sie erinnerte Steve daran, wie Noburo Najakima, der zähe, doch angenehme Ronin-Anführer vor der Funktion des eingebauten Funkgeräts zurückgescheut war.

Watanabe erkannte zwar, daß es sich um eine Art Kriegerhelm handelte, aber er wußte auch — ebenso wie er es gewußt hatte, als er das Innere des fliegenden Wagens untersucht hatte, daß die glänzende, knochenharte, blaue Kunststoffschale, das weiche, gepolsterte Innenfutter, das silberne Visier, der Kopfhörer, die Filter, das Mikro und die Steckdose unbekannte Gebilde der fremden Welt waren, in der das Dunkle Licht herrschte. Schießeisen waren eine Sache für sich, doch dies hier war Teufelszeug.

Steve schaute mit stiller Erheiterung zu, als Cadillac Watanabe den Helm zur Untersuchung anbot. Dann drehte er ihn, nach Watanabes Anweisungen, von einer Seite auf die andere. Doch der Bursche wollte ihn nicht anrühren. Nachdem er den Helm mit Blicken gemustert hatte, wies er Cadillac an, ihn einzupacken und befahl seinem Feldwebel, sich darum zu kümmern. Der Soldat zückte seinen *Kubibukoro* — einen Beutel, der dazu diente, den abgetrennten Kopf eines Feindes aufzunehmen. Cadillac legte den Helm hinein, und der Feldwebel sah so glücklich aus wie jemand, der eine in zehn Sekunden hochgehende Zeitbombe in der Hand hält.

Nachdem Watanabe ihnen auf ziemlich gestelzte Weise gedankt hatte, kehrte er auf sein Hausboot zurück. Cadillac, der ihn belauschte, was er seinen Leuten sagte, wie mit den Besuchern zu verfahren sei, wußte zwar schon, was als nächstes kam, lauschte aber dennoch respektvoll dem Feldwebel, als er ankündigte, man werde sie mit Proviant und Obdach versorgen.

Der Proviant bestand aus Streifen rohen Fischs und gekochtem Reis; das Obdach war eine Ecke der hölzernen Scheune neben einem Stall, in dem sich eine kleine Anzahl von Pferden aufhielt. Eine Ansammlung kleiner Schuppen — auf Pfählen stehende Unterkünfte — in der Nähe befand sich im Bau. Als Steve im November über diesen Ort hinweggeflogen war, hatten nur die Scheune und der Stall gestanden. Das Ausbreiten an Land war ein deutliches Zeichen dafür, daß die Japse sich hier niederlassen wollten. Bauten sie nur ein größeres Schaufenster — oder hatten sie vor, neues Territorium für sich abzustecken?

Laut Plan sollten sich die Kojak-Bootfahrer zwei, drei Tage ausruhen, während Cadillac die Japse belauschte, um einen Hinweis auf die Ankunft des Raddampfers zu erhalten. Es gingen zwar viele Gerüchte um, aber er erfuhr nichts, was verwertbar gewesen wäre. Dennoch gelang es ihm, eine Menge anekdotische Informationen aufzuschnappen. Für die Seesoldaten, entdeckte er, war Benton Harbor der Arsch der Welt, und sie urteilten gleichermaßen schonungslos über ihren Chef. Trotz seiner äußeren Erscheinung, seiner makellos in japanischer Sprache geäußerten Befehle und der Oberklassen-Sprechweise, der er sich befleißigte, wurde Watanabe nur ›der Chink‹ genannt, und seiner chinesischen Gattin hatte man den Namen ›die gelbe Gefahr‹ verpaßt.

Yumiko war in jeder Hinsicht ein antreibendes, hartgesichtiges Biest, und sogar noch ehrgeiziger als Izo Watanabe. Und das besagte viel. Bei den wenigen Gelegenheiten, bei denen Steve in Gegenwart ihres Gatten einen Blick auf ihr kühles, ovales Gesicht und ihre unterwürfige öffentliche Haltung werfen konnte, fiel es ihm zwar schwer, sich vorzustellen, daß sie ihrem Ruf gerecht werden konnte, aber wie er nur allzu gut wußte, konnten auch äußere Erscheinungsbilder täuschen.

Eine Stunde nach der Ankunft sah Steve, wie Watanabe auf der Brücke des Raddampfers eine Brieftaube freiließ. Der Vogel flog mehrere weite Kreise um die Außenstation, stieg mit jeder weiteren Drehung höher und hielt dann auf Nordosten zu.

Steve war sich zwar sicher, daß sich die Botschaft auf die anhaltende Inhaftierung der fünf ›Reisenden‹ durch die Kojaks bezog, aber er fragte sich, an wen sie adressiert war. Trotz des Todes des Yama-Shita-Fürsten war dessen Familie nicht nur immer noch im Geschäft, sondern sie weitete ihr Handelsimperium auch noch aus. Der Beschluß, Außenstationen aufzubauen, war lange vor seiner Ankunft in Ne-Issan gefällt worden. Natürlich konnte niemand von Steve erwarten, daß er von dem Wirbelwind der Vergeltung wußte oder eine Ahnung hatte, den er und und seine vier Kollegen durch die Zerstörung des Reiherteiches hervorgerufen hatten.

Doch das Gefühl in seinem Bauch — daß die Familie

nichts unversucht lassen würde, um es ihnen heimzuzahlen — hatte sich als korrekt erwiesen. Die Identifikation der Person, die die Zügel der Macht an sich genommen hatte, war unter gegenwärtigen Umständen von nicht einmal sekundärer Bedeutung. Die wirkliche Frage lautete nicht mehr »Wollen sie es uns heimzahlen«, sondern »Wann?«

Fünf Tage später traf die Nachricht, auf die Steve und Cadillac warteten, endlich ein. Watanabe hatte ihnen durch seinen Feldwebel die Erlaubnis erteilt, daß sie fischen gehen durften — vorausgesetzt, sie entfernten sich nicht allzu weit vom Hausboot. Sein Herr, hatte der Feldwebel erklärt, wolle nicht, daß die Wellen das Leben jener Männer verschlangen, von denen so viel abhing. Steve hatte nichts dagegen. Daß sie in der Nähe blieben, war ohnehin ihre Absicht.

Cadillac war der erste, der die anfliegende Brieftaube erspähte. Er und Steve holten rasch die Angelschnüre ein und paddelten, von den kräftigen Schlägen der Kojak-Krieger unterstützt, schnell und leise dem Hausboot entgegen. Steve hatte längst gesehen, daß Watanabe und seine Familie den vorderen Teil der Decksaufbauten unter der Brücke bewohnten, und daß die Schiebetüren an warmen Tagen auf der nach Süden gerichteten Backbordseite offen blieben, um die Frühlingssonne hineinzulassen.

Als sie näherkamen, erblickten sie Watanabe, der gerade den Taubenschlag auf den Heckaufbauten betrat. Cadillac signalisierte den anderen, das Auslegerboot zum Halten zu bringen. Die Paddel im Wasser hin- und herbewegend, um zu verhindern, daß man ihnen Beachtung schenkte, ließen sie sich hin und her treiben, bis Watanabe aus dem Taubenschlag zurückkehrte und in seine Unterkunft eilte.

Cadillac dirigierte sie wieder nach vorn. Der Kojak-Bootfahrer am Heck setzte sein Paddel als Ruder ein und schob das Boot längsseits an das Hausboot, bis der linke Ausleger nur noch ein paar Zentimeter vom Schiffsrumpf entfernt war.

Für jeden, der ihre Bewegungen vom Ufer aus sah, schienen die Insassen des Mutantenbootes sich zum Ufer treiben zu lassen, und zwei von ihnen starrten voller Erstaunen zum Hausboot hinauf. Und dazu hatten sie auch allen Grund, denn die großartige Verarbeitung der Planken und die Einzelheiten der Gestaltung und Konstruktion unterstrichen die unüberbrückbare Kluft zwischen den Herstellern des Schiffes und jener primitiven Gesellschaft, deren größte Errungenschaft eine viersitzige Nußschalen-Badewanne von der Eleganz eines schwimmenden Schweinetrogs war — und außerdem auch noch so roch.

Es war keine leichte Aufgabe, sämtliche Hintergrundgeräusche und Stimmen zu ignorieren und gleichzeitig das Gespräch zu belauschen, das genau über ihnen geführt wurde. Cadillac vernahm einen würgenden, aufgeregten Aufschrei, dann folgte ein gemurmelter Wortwechsel zwischen Watanabe und einer zweiten Person mit schrillerer Stimme — möglicherweise gehörte sie Watanabes Gattin Yumiko. Er vernahm das Stampfen umherstolzierender Schritte, dann wieder die Stimme Watanabes — diesmal laut und deutlich. Sie rief Hauptfeldwebel Kurabashi.

Als Kurabashi, ein vierschrötiger Mann mit einem Gesicht, das aussah, als habe man es aus verwittertem Treibholz geschnitzt, durch die offene Schiebetür laut an Deck marschierte, ohne zu bemerken, daß das Boot sich direkt unter ihm befand, nahm Cadillac Platz und griff nach seinem Paddel. Dann stand er wieder auf. Diesmal, da Watanabe lauter wurde und sich eines offiziellen Sprachgebarens befleißigte, konnte er alles hören. Der Raddampfer unter dem Kommando von Kapitän Ryuku Kawanashi sollte in zehn Tagen in Bei-tanaba eintreffen und eine Kavallerieeinheit unter dem Kommando von Samurai-Major Morita mitbringen.

Der zweite Name kam Cadillac zwar irgendwie bekannt vor, aber er wußte nicht, woher. Er lauschte weiter, bis Watanabe Kurabashi die Anzahl und den erwarteten Soldatentyp bekanntgab. Als er mit gespitzten Ohren dastand, trottete ein kleiner Junge in einem gepolsterten Baumwolljäckchen an die Reling und schaute zu ihm herunter.

Zu ihm gesellte sich rasch ein etwa fünf bis sechs Jahre altes Mädchen. Es legte eine Hand auf die Schulter seines Bruders, um zu verhindern, daß er durch die Reling fiel, sagte etwas auf japanisch zu ihm und deutete auf Cadillac. »Schau«, rief es und deutete auf Cadillac. »Affe! Affe! Pfui! Er stinkt! Sag ›Geh weg, dreckiger Affe!‹«

Der kleine Junge imitierte die aggressive Haltung des Mädchens und ballte eine Faust.

Eine Sekunde später tauchten Watanabe und der Feldwebel hinter den Kindern an der Reling auf. Zwar hatte keiner von ihnen den geringsten Grund zu der Annahme, daß jemand von der Bootsmannschaft auch nur ein japanisches Wort sprach, aber sie blickten dennoch vorwurfsvoll in die Tiefe.

Zum Glück hatten Cadillac und Steve ihren nächsten Schritt im voraus geplant. Cadillac verbeugte sich und bot den Männern die beiden dicken Fische an, die er in den Händen hielt. Steve erhob sich, verbeugte sich und tat das gleiche.

Zwar hatte das Präerievolk gelernt, die Eisenmeister mit Respekt zu behandeln, doch war es nicht erforderlich, Blickkontakt zu vermeiden und sich wie die Sklavenarbeiter in Ne-Issan in den Staub zu werfen. Zwar hielt man ›freilaufende‹ Grasaffen für minderwertige Lebewesen, aber andererseits waren sie auch Verbündete und Geschäftspartner. Strategische und kommerzielle Erwägungen machten es notwendig, sich ihnen gegenüber in etwas entspannterer Form zu zeigen. Erst wenn die jährliche Lieferung an Neurekrutierten — die man offiziell als ›Sklaven‹ bezeichnete — auf die Raddampfer kamen und man die Anker hievte, verschwand das Lächeln und wurde durch Rohrstöcke ersetzt.

»Frisch aus dem Wasser«, sagte Cadillac. »Ein Geschenk der Kojaks, um die Tafel der großen Krieger aus dem Osten zu ehren.« Er verbeugte sich erneut und schaute erwartungsvoll nach oben.

Watanabe schenkte den beiden noch einen gleichmütigen Blick, dann befahl er dem Feldwebel, den Koch aus der Kombüse zu holen. Der Koch — ein feister chinesischer Fettsack — kam mit zwei Helfern an Deck und ließ mit einem Seil einen Korb an der Schiffswand herab.

»Wie viele ihl schenken uns?« fragte Feldwebel Kurabashi.

»So viele, wie ihr wollt«, erwiderte Steve.

»Gut«, sagte Watanabe. »Wil nehmen alle.« Er hob seinen Sohn Tomo von der Reling weg, fauchte kurz die Zofe an, die sich um ihn kümmern sollte, und reichte ihn ihr. »Doch von nun an bleibt ihl weg von diese Schiff. Wenn ihl leden oder handeln wollt, dann an Land. Velstanden?«

Steve und Cadillac verbeugten sich erneut. *Und ob wir verstanden haben, du ferkelköpfiger Saftsack ...*

Als es dunkel wurde, teilten sich Steve, Cadillac und die beiden Kojak-Bootfahrer eine Reserve-Eintopfmahlzeit aus Trockenfisch und etwas Reis, den Watanabes Koch ihnen geschenkt hatte. Der Reis war zwar nicht gerade ein generöses Geschenk, wenn man die Anzahl der Fische bedachte, die sie den Japanern geschenkt hatten, aber jetzt war keine Zeit, um Druck zu machen. Besonders nicht nach den fiesen Blicken, die sie auf sich gezogen hatten.

Sie streckten die Mahlzeit, indem sie altbackene Fladenbrotstücke in den Kochtopf warfen — sie stammten, wie viele gebräuchliche Dinge, vom Handelsposten und waren teuer genug erkauft. Niemand zweifelte daran: Die Eisenmeister wußten wirklich, wie man die Einheimischen übervorteilte.

Als die beiden Bootfahrer sich hinhauten, blieben Cadillac und Steve am Feuer sitzen, bis die glühenden Scheite zusammenfielen und langsam grau wurden.

»Was meinst du?« fragte Steve.

»Zu Watanabe? Er hat nicht viel ausgeplaudert.«

»Nein. Aber ich wette meinen letzten Nahrungscredit, daß er die Sache mit den Fischen nicht geschluckt hat. Das Hirn des Burschen hat nur so gerast.«

»Er ist sicher kein Blödian«, gab Cadillac zu. »Aber selbst wenn es ihm nicht paßt, daß wir so nah an seinem Schiff dran waren — er hat keine Ahnung, daß wir ihn belauscht haben.«

»Hoffen wir's.« Steve starrte ins Feuer und wägte die Lage ab. Im Lichte dessen, was Cadillac gehört hatte, schien ihre Chance, den Raddampfer zu versenken, beträchtlich geringer geworden zu sein. Wenn so viele Soldaten und Pferde an Bord waren, konnte es praktisch nur noch Stehplätze geben. Wie, in aller Welt, sollten sie sich da noch bewegen?

»Ich hab das Gefühl, wir sitzen in der Klemme, Alter.«

»Falsch. *Sie* sitzen in der Klemme«, sagte Cadillac zuversichtlich. »Wir kriegen es schon irgendwie hin. Aber zuerst müssen wir Bull und Death-Wish zurückschikken, um die anderen zu warnen.«

»Warte lieber noch ein paar Tage. Das engt unseren Plan zwar etwas ein, aber wenn sie für die Rückfahrt nicht länger brauchen, müßten Carnegie und Clearwater genug Zeit haben, um das Empfangskomitee zu organisieren. Wenn sie jetzt abhauen, könnten die Japse argwöhnisch werden. Wir wollen doch nicht, daß Flachgesicht ihre Abreise damit in Zusammenhang bringt, daß wir unter seinem Fenster gehangen haben ...«

Cadillac nickte. »Gut mitgedacht ...«

Als Wortschmied verfügte Cadillac zwar über ein phänomenales Erinnerungsvermögen, doch er schien vergessen zu haben, daß gewöhnliche Mutanten nicht gerade ideale Überbringer mündlicher Botschaften waren — besonders nicht solcher Botschaften, die genaue numerische Informationen enthielten. Da die Mutanten über keine Schriftsprache verfügten, konnten sie nicht lesen; mit zwei Ausnahmen: Cadillac und Clearwater.

Cadillac hatte die Fähigkeit des Lesens erworben, als er seine außergewöhnlichen Geistesgaben dazu verwandt hatte, Steves gesammelten Wissensfundus anzuzapfen, und in den letzten drei Monaten als Gäste der Kojaks hatte Steve Clearwater das gelehrt, was Mr. Snow ›die stumme Sprache‹ nannte. Damals war es ihm lediglich wie eine angenehme Übung erschienen; eine Möglichkeit, zusammen zu sein, ohne unbedingt miteinander im Bett zu liegen. Im nachhinein erwies es sich nun als kluger Schachzug, denn abgesehen davon, daß es dazu beigetragen hatte, ihre Beziehung zu vertiefen, konnte ihr neues Geschick nun dabei helfen, Leben zu retten.

Trotz ihres Lerneifers war Clearwaters schriftliches Vokabular immer noch begrenzt. Doch das war nicht ihre Schuld. Zwar hatte Steve, wie alle Wagner, schon in frühen Jahren lesen gelernt, aber schreiben konnte er selbst nicht. Es war nicht nötig gewesen. Der Brennpunkt seiner Bildung war ein TV-Schirm mit interaktiven Lehrprogrammen gewesen, und um sie nutzen zu können, benötigte man nur die Fähigkeit, eine Tastatur zu bedienen.

Man verwandte das Verb ›schreiben‹ nur im Zusammenhang des Schreibens von Computerprogrammen — und dies war eine Aufgabe, die nur selten jemand durchführte, der nicht zur Ersten Familie gehörte. Die Wagner verwendeten statt dessen das Verb ›eingeben‹. Papier, Bleistifte und Federhalter, die man in der Vorkriegszeit verwendet hatte, gab es nicht mehr. Das einzige Ding, mit dem man schreiben konnte, war der Lichtschreiber, und die einzige Schreibfläche der Computerbildschirm. Auch Zeichnungen erstellte man auf diese Weise, sie wurden eingefärbt mit den Auswahlfarben einer Farbpalette, die COLUMBUS zur Verfügung stellte. Es gab keine Bücher, Gemälde, Drucke und Fotografien — nur die, die in Bildschirmarchiven lagerten. Die einzigen zur Verfügung stehenden ›gedruckten Texte‹ waren die Plasfilm-Bezugspunkt-Landkarten, die an die Oberwelt-Einheiten ausgegeben wurden. Vom ersten Tag an kam alles, was ein Wagner über die Welt und die Bedeutung der Existenz wußte, aus dem Sendenetz der Fernsehanstalten, die von der Ersten Familie kontrolliert wurden.

Abgesehen von mündlicher Information existierte nur ein subversives Medium: ›Blackjack‹ — eine inoffizielle und deswegen illegale Musik, die man heimlich auf Bänder und Platten kopierte. Manchmal schlossen sie bizarre Bilder ein, doch in der Regel kamen sie nur als auf leere Videobänder kopierte Tonspur vor. Kopien von Kopien von Kopien — von zahllosen Kopien tausend Jahre alter Meister.

Zwar hatte nicht jeder Zugang zur dazu nötigen Ausrüstung, doch wer ihn hatte, hörte eine Mischung aus heiseren, knurrenden, rauhen, wehmütigen Gesängen über das Suchen, Finden und Verlieren; über Sehnsucht vor dem Hintergrund wilder, sich emporschwingender, drängender Harmonien, die mit dermaßen rhythmischen Schlägen unterlegt waren, daß es einen nur so schüttelte. Die Texte dieser Gesänge widerspiegelten Träume. Manche waren hell, doch meist waren sie kaputt. Sie handelten von einer unperfekten Welt, in der die Freiheit zu lieben, zu sein und alles zu tun sowohl Segen als auch Fluch war. Sie handelten von einer Welt voller Hoffnung, doch war sie unrettbar verloren; für immer verloren in den Feuern des Holocaust.

Niemand wußte, wer damit angefangen hatte, diese Musik zu verbreiten oder wer jetzt hinter ihr steckte. Steve, der sich von diesem Material stets ferngehalten hatte, hatte auch nicht danach gefragt. Der Handel mit

Blackjack war ein Code-Eins-Vergehen: Ein Einwegfahrschein an die Todeswand.

Deswegen ... Obwohl Steve die Form und den Klang eines jeden Buchstaben kannte und ihn aussprechen konnte, hatte er im Grunde erst dann angefangen, Worte zu *bilden*, als er sie Clearwater gelehrt hatte. Zuvor hatte er nie etwas anderes als eine Tastatur benutzt. Um ihr das Schreiben beizubringen, hatte er die Umrisse der Buchstaben in den Schnee getreten, und als es dunkel geworden war, hatte er sie mit einem verkohlten Stück Feuerholz auf glatte, helle Steine gemalt.

Um eine bleibende Aufzeichnung des Alphabets zu erhalten, hatte Clearwater die Buchstaben mit den Nadeln und Fäden der Eisenmeister auf die Ärmel ihres Baumwollhemdes gestickt. Dreizehn Buchstaben verliefen in zwei Reihen über den linken Ärmel, die übrigen befanden sich auf dem rechten. Sie hatte angefangen, sie zu identifizieren, indem Steve sie in willkürlicher Reihenfolge aufgerufen hatte und dann dazu übergegangen war, die Namen der Dinge in ihrer Umgebung zu buchstabieren.

Die ersten Worte, die sie hatte schreiben wollen, waren ›Wolkenkrieger‹ und ihr eigener Name. Er hatte ihr zu erklären versucht, daß sein wirklicher Name Steven Roosevelt Brickman war, aber es hatte sie nicht interessiert. Wolkenkrieger war sein Vollgasname, und damit wollte sie ihn, ihren erwählten Seelengefährten, anreden, wie alle Mutantenfrauen.

Der erste zaghafte Satz, den sie völlig allein hinbekommen hatte, war: ›Clearwater gibt Wolkenkrieger ihr lebenslang liebend Herz.‹ Steve hatte mit Hilfe der Spitze seines Messers eine Antwort auf die Innenseite einer Baumrinde gekratzt. ›Es ist ein Geschenk, nach dem ich ewig streben will, um seiner würdig zu sein.‹ Es war zwar nicht gerade ein Stück schwingender Prosa, aber er hatte auch noch nie zuvor einen Liebesbrief verfaßt.

Im Innern der Scheune, außer Sichtweite der Eisenmeister, fing Steve nun an, ein anderes Stück Baumrinde zu bearbeiten. Nachdem er sich zu der weisen Voraussicht gratuliert hatte, Clearwater ebenfalls die Grundrechenarten beigebracht zu haben, ritzte er eine verschlüsselte Botschaft in die Rinde und verwendete dazu Symbole, die sie entziffern konnte.

Es war das allererste Mal, daß er etwas ohne die Hilfe eines Computers zeichnete, und es machte ihm Spaß. Und abgesehen von den mathematischen Zeichen waren die Symbole nicht aus dem Lager der graphischen Elemente ausgeliehen, das sich im Innern von COLUMBUS befand: Sie waren ganz und gar seine eigene Schöpfung.

Es war ein eigenartiges Gefühl und erinnerte ihn an die Kunsthandwerker, die er während seiner Tätigkeit als Straßenläufer in Ne-Issan gesehen hatte. Männer, die mit Pinseln und Töpfen voller gefärbten Wassers Bilder auf papierbespannte Wandschirme malten.

Es waren keine Bilder, die von seelenlosen Schaltkreisen erschaffen wurden, sondern Kreationen *ihrer eigenen Phantasie* — Ansichten von Wäldern, schneebedeckten Bergen und nebeldurchzogenen Tälern. Von Reitern, die mit Speer und Bogen wilde Tiere jagten; von Vögeln, die auf in voller Blüte stehenden Zweigen saßen oder auf langen Beinen durch schilfbewachsene Marschen wanderten. Kurtisanen in reich gemusterten Kimonos; manche hatten die kalkweißen Gesichter halb hinter Fächern versteckt; sie flanierten müßig am Rand von Lilienteichen, wo schwerfällige rote und weiße Fische die Oberfläche mit ihren Nasen zum Kräuseln brachten.

Verglichen mit den Wundern, die diese Männer hervorbrachten, waren seine Bemühungen zwar jämmerlich, doch wenigstens wußte er, daß manche Menschen das Potential hatten, derlei Dinge zu produzieren. Und wenn die Eisenmeister es konnten, warum nicht auch die Wagner?

Nachdem Steve die letzte Zeile der Botschaft eingeritzt hatte, öffnete er den kleinen Tontopf mit der pulverisierten dunkelbraunen Farbe, die er mitgebracht hatte, um zu verhindern, daß sein Haar an den Wurzeln blond wurde. Er mischte im Deckel etwas Pulver mit Wasser und nahm einen Holzsplitter, um die Einritzungen zu färben, damit sie lesbarer wurden. Von dem erzielten Effekt zufriedengestellt, kopierte er dann das Original auf ein zweites Stück Baumrinde.

Als die beiden Medaillons fertig waren, reichte er eins Cadillac, damit er es sich ansah. »Glaubst du, sie versteht es?«

Cadillac musterte die gravierte Botschaft und las sie dann ein zweites Mal: »Soll das ...? Ach ja, ein auf der Seite liegendes K; es ist ein Pfeil, der auf einen Fisch zeigt. Verstanden ... die Kojaks. Gespannte Armbrust ... Macht euch bereit? Seid wachsam?«

»Mach weiter ...«

»Fünf plus fünf. Sonnen ... eine dunkel, eine hell. Sonnenauf- und Sonnenuntergang ... Zehn Tage ... Wenn du aufwachst, siehst du ... Mmmm ... Sehr gerissen. Sollen das da Räder sein?«

»Ja.«

»Raddampfer kommen übers Wasser zu den Hütten. Pfeile kommen von beiden Seiten. — Umzingeln ...«

»... die Siedlung.«

»Fünf mal zehn mal fünf ... Was ist das da? Hufabdrücke?«

»Wer reitet auf Pferden?«

»Samurai. Ja ... Tolle Idee. Ich nehme an, die nächste Zahlengruppe bezieht sich auf die Rotgestreiften. Sieht nicht gerade wie 'ne Maske aus.«

»Du hast es doch auch verstanden.«

»Ja, aber *ich* kenne die Botschaft.« Cadillac gab ihm das Medaillon zurück. »Wäre es nicht einfacher gewesen, alles in Grundsprache zu schreiben?«

»Natürlich! Glaubst du, ich hätte es aus Spaß so gemacht?!«

Cadillac machte eine besänftigende Geste. »Reg dich nicht auf. Es ist sehr raffiniert. Es ist nur so, daß wir uns bei einer Sache wie dieser keine Mißverständnisse leisten können.«

»Es *wird* keine Mißverständnisse geben«, sagte Steve hitzig. »Ist dir schon mal die Idee gekommen, daß Watanabe die Grundsprache vielleicht lesen kann? Besser, als er sie spricht? — Offenbar nicht. Angenommen, er setzt es sich in den Kopf, das Boot und unsere beiden Freunde zu durchsuchen, bevor sie zurückfahren? Es ist zwar unwahrscheinlich, aber warum sollen wir, wo wir schon so weit gekommen sind, jetzt noch Risiken eingehen?«

»Du hast recht. Aber müßte er in diesem Fall nicht auf alles argwöhnisch reagieren, das nach einer Geheimbotschaft aussieht?«

»Wir werden gar nichts verheimlichen. Ich habe vor, unseren Freunden die Dinger um den Hals zu hängen. Als Glücksbringer. Deswegen habe ich auch nur Einsen, Pluszeichen, Xe und eckige Nullen verwendet. Alle anderen Zahlen hätten uns in die Pfanne gehauen.«

Steves Befürchtungen waren nicht ganz unbegründet. Watabanes Mißtrauen war *tatsächlich* erwacht, als er sie direkt unterhalb seines Quartiers am Hausboot hatte lauern sehen, während er Informationen diskutierte, die für jeden Gegner von Interesse waren. Doch je länger er darüber nachdachte, desto klarer wurde ihm, daß es keinen Grund für die Annahme gab, daß die Mutanten irgendwelche Winkelzüge planten. Trotzdem fühlte er sich nicht ganz wohl. Irgend etwas war mit den beiden Führern, die der Kojak-Wortschmied ihm geschickt hatte. An ihren Blicken, an ihrem Verhalten. Sie sahen ... nun ... zu schlau aus. Aber das konnte auch der Grund gewesen sein, warum man sie ausgewählt hatte.

In Ne-Issan war es den Sklaven verboten, Blickkontakt mit Angehörigen der oberen Klassen zu suchen. Nur Angehörige minderwertiger Klassen gaben sich mit ihnen ab. Vielleicht *sah* er sie nur nicht richtig. Vielleicht sahen gar nicht *alle* Mutanten so dumm aus wie die beiden, die wieder zurückkehren wollten und die Mehrheit jener, die er kennengelernt hatte, seit er sich im Außenland aufhielt. Ja ... Es war eindeutig; er mußte noch eine Menge lernen.

Zwei Tage später ersuchten die beiden Kojak-Bootfahrer bei Feldwebel Kurabashi um die Erlaubnis, zu ihrer Siedlung zurückzukehren, um die sichere Ankunft der beiden Führer zu melden. Kurabashi gab ihnen zu verstehen, daß man ihr Ansinnen überdenken werde und marschierte von dannen, um die neuesten Bauarbeiten zu überwachen. Die Japse hatten mit ihren nächsten Mutanten-Nachbarn ein Abkommen geschlossen, das sie mit Bauholz versorgte. Dazu hatten sie eine sechzigköpfige Gruppe angeheuert, die scharf beobachtet wurde, als sie die Stämme zu Brettern zersägte und andere Tätigkeiten verrichtete, zu denen sie Eisenmeister-Werkzeuge benutzte. Die Mutanten hatten ihre Frauen und Kinder mitgebracht und lagerten in einer Mini-Siedlung, etwa achthundert Meter vom Ufer entfernt. Es war ein gerissenes Arrangement. Die Japse brauchten ihre Arbeiter weder zu ernähren noch unterzubringen, und wenn die Feierabendflöte blies, hatten sie sie nicht mehr zwischen den Beinen.

Steve und Cadillac halfen Bull und Death-Wish dabei, das Boot für die Heimfahrt vorzubereiten, dann setzten sie sich in der Nähe der Hausboot-Gangway ans Ufer. Als Kurabashi zurückkam, sahen sie ihn erwartungsvoll an, doch er ging an Bord, ohne sie eines weiteren Blickes zu würdigen.

Cadillac schaute zu, wie der Feldwebel Watanabes Quartier betrat, dann musterte er Steve. »Was geht da vor?«

»Sag du es mir, du bist doch der Experte. Du weißt doch, wie diese Burschen sind. Sie machen aus jeder Kleinigkeit eine große Sache. Wahrscheinlich will er uns nur ein bißchen schwitzen lassen.«

Wenn dies Kurabashis Absicht war, dann hatte er Erfolg. Ein halbe Stunde später kam er mit Watanabe zurück und folgte ihm über die Gangway. Steve, Cadillac und die beiden Bootfahrer rappelten sich auf und verbeugten sich, doch die beiden Japse marschierten einfach an ihnen vorbei und gingen an Land. Und so ging es den ganzen Vormittag weiter. Es war, als seien sie plötzlich unsichtbar geworden, und obwohl sie Witze darüber rissen, sich quer über die Gangway zu legen, schien es keine Möglichkeit zu geben, die Beachtung der Japse auf sich zu ziehen, ohne sie zu beleidigen — und das wäre der Sache abträglich gewesen.

Die Mittagspause kam und ging vorbei, und erst am späten Nachmittag, als Steve zunehmend fürchtete, sie könnten bei einem ohnehin schon knappen Terminplan einen ganzen Tag verlieren, ließen sich Watanabe und sein scharfgesichtiger Feldwebel dazu herab, sie anzusprechen.

Kurabashi trug den Taubenkorb, den sie mitgebracht hatten. Die beiden Vögel befanden sich darin, und die restlichen Bänder waren durch den geflochtenen Rohrstock geschlungen. Die beiden Kojak-Bootfahrer verbeugten sich, als Kurabashi den Korb vor Raging-Bull abstellte. Death-Wish stand links von ihm, dann kamen Steve und Cadillac, sie bildeten zwei Seiten eines Quadrats.

Watanabe reckte sich zu voller Größe und setzte seine ernsteste Miene auf. Es war nicht einfach, dämliche Wilde mit Autorität zu beeindrucken, wenn man dazu gezwungen war, in ihre Nasenlöcher aufzuschauen. Es war zudem unglaublich ärgerlich. In Ne-Issan hätten diese Affen zu seinen Füßen im Dreck gelegen und die Nase hineingebohrt.

»Sagt eulem Woltschmied, daß wil ihm bald pelsönlich fül seine Hilfe danken. Sagt ihm außeldem, el soll den Vogel zulückschicken, mit del Botschaft, wie besplochen.« Er warf Steve und Cadillac einen Seitenblick zu, doch sie taten, als könnten sie kein Wässerchen trüben.

Bull und Death-Wish verbeugten sich. Als sie sich wieder aufrichteten, schwang Bulls Baumrindenmedaillon aus dem V-förmigen Ausschnitt seiner Lederweste. Steves vormalige Zuversicht löste sich auf, als er sah, daß Watanabes Blick sich erhellte. Der Japs deutete auf das Medaillon, schnippte mit den Fingern und hielt die

Hand auf. Bull nahm das Ding vom Hals und gab es ihm.

Watanabes Blick wanderte über die in die Borke geritzte Botschaft, dann prüfte er die Rückseite, bedachte Steves Arbeit mit einem zweiten Blick und gab sie dann an Kurabashi weiter. Dann murmelten die beiden miteinander, ohne daß Cadillac etwas verstand.

Der Hauptjaps wandte sich an Raging-Bull. »Was hat dies zu bedeuten?«

»Es ist ein Glücksbringer«, erwiderte Bull. »Ein Zauber, um böse Geister fernzuhalten.«

»Ach so. Wil haben das noch nie gesehen. Wel hat dil dieses Ding gegeben?«

»Unsere Clan-Ältesten. Um uns auf der gefährlichen Reise zu schützen. Noch keiner von unserem Clan hat je den Großen Fluß überquert.«

Gut gemacht, Bull. Mach nur so weiter ...

Watanabe grunzte. »Die Zeichen da, die Glück blingen ... Die Sonnen, die Augen ... Was bedeuten sie?«

Der Bootfahrer verbeugte sich und breitete entschuldigend die Arme aus. »Das kann ich nicht sagen, Herr. Es sind Himmelszeichen. Nur unser Wortschmied kennt die Sprache von Mo-Town, der Großen Himmelsmutter.«

Watanabe nahm die Antwort mit einem Nicken entgegen, doch seine Mundstellung zeigte, daß er nicht im geringsten zufrieden war. Er wandte sich an Death-Wish. »Du tlägst auch ein Halsband, das Glück blingt?«

Der zweite Bootfahrer zeigte sein Medaillon zwar vor, nahm es aber nicht ab. Watanabe verglich es mit dem ersten, dann gab er Steve und Cadillac mit einem Zeichen zu verstehen, sie sollten vortreten. Steve gab sich alle Mühe, sich eine überzeugende Antwort auf die Frage auszudenken, die nun unweigerlich auf ihn zukam. Watanabe baute sich vor ihnen auf und streckte die Hand aus. Wie doof, daß er nicht zwei Exemplare mehr gemacht hatte!

Während er noch mit sich rang, um die richtigen Worte zu finden, kam Cadillac zu seiner Rettung.

»Nur unsere Clan-Brüder tragen magische Amulette. Sie sind mit der Kraft Mo-Towns geladen, weil sie den Großen Fluß überqueren müssen. Wir brauchen keine Himmelszeichen, um uns zu schützen. Die Große Himmelsmutter hat unser Leben in deine Hände gelegt.«

Watanabe neigte elegant den Kopf. »Wohl gesplochen. Die Zungen del Kojaks sind so schlüpflig wie Aale.« Er drehte sich auf dem Absatz um und feuerte einen Strom von Befehlen auf Kurabashi ab.

Der Feldwebel gab sie an einen Untergebenen weiter, der sich an Deck des Hausbootes aufhielt, und Sekunden später waren Steve und die drei Mutanten von acht bewaffneten Soldaten umzingelt.

»Was, zum Henker ...«

»Sag und tu *nichts!*« zischte Cadillac.

Zwei Soldaten packten Death-Wish an den Armen und zwangen ihn auf die Knie. Zwei weitere ergriffen Raging-Bull. Ein fünfter reichte Feldwebel Kurabashi einen kurzen Stock aus Holz und ging dann zu den dreien, die bereitstanden, um Steve und Cadillac niederzumachen, falls sie es wagen sollten, sich einzumischen. Kurabashi trat hinter Death-Wish, schob den Stock durch die geknotete Lederschlinge, an der das Borkenmedaillon hing, und drehte ihn herum, damit sie enger wurde.

Death-Wish fing an zu röcheln, als das Halsband zu einer Würgeschlinge wurde.

»Fester!« schrie Watanabe auf japanisch.

Jene seiner Leute, die nicht an Land arbeiteten, tauchten an der Reling des Hausbootes auf und schauten leidenschaftslos zu, wie Death-Wish blau anlief. Seine Augen traten hervor, und als Kurabashi eine weitere Drehung vollführte und die Lederschlinge zwang, in den Hals des Mutanten zu beißen, schob sich seine Zunge aus dem Mund. Das geschnitzte Borkenmedaillon drückte sich fest gegen die Unterseite seines Kinns.

Watanabe drehte sich zu Steve und Cadillac um und setzte eine sehr erstaunte Miene auf. »Euel Fleund hat wohl Plobleme. Der Glücksblinger ist wohl nicht sehl gut.« Er wandte sich wieder seinem Opfer zu und schaute es gelassen an, während Kurabashi noch mehr Druck ausübte. Dann, als der Tod nur noch Sekunden entfernt war, unterbrach er ihn mit einem ärgerlichen Schwenken der Hand.

Der Feldwebel drehte die Garrotte rasch zurück und enthüllte ein häßliches, violettes Würgemal und eine hellrote Linie, wo der scharfe Lederrand sich in die Haut geschnitten hatte. Die beiden Soldaten schleppten den halb bewußtlosen Mutanten mit dem Gesicht nach unten zum Auslegerboot. Seine Zehen schleiften durch den Sand. Sie warfen ihn unzeremoniell in den vorderen Teil des Bootes.

Als sie zurückkamen, bezogen sie an beiden Seiten Watanabes Stellung. Der Japs schwenkte das Medaillon, das er Raging-Bull vor den Augen seines gebannten Publikums weggenommen hatte. »Es soll euch allen eine Lehle sein! Die Himmelszeichen euler Göttel sind weltlos gegen die Macht der Eisenmeistel! Mo-Town und diesel Talisman, von dem ihl ledet, können euch nicht letten! Die Zukunft des Plälievolkes liegt in unselen Händen!«

Je wütender und aufgeregter er wurde, desto saumäßiger wurde seine Aussprache. »Nul wil haben die Macht, die Sandgläber zu besiegen! Wil helfen denen, die geholchen — und wil töten alle, die uns tlotzen odel uns betlügen! Widelstand ist zwecklos! Tausend Glasaffen stelben fül jeden toten Eisenmeistel!« Er warf Raging-Bull das Medaillon zu. »Sag das deinem Volk!«

Bull fing das Medaillon auf und verbeugte sich. Steve und Cadillac halfen ihm unter den Blicken der Japse, das Boot ins Wasser zu ziehen. Death-Wish lag zwar immer noch flach auf dem Rücken, aber er lebte, und seine Lippen waren nicht mehr blau. Steve befeuchtete sie mit etwas Wasser. »Schaffst du es?«

Death-Wish massierte seine Kehle und nickte schwach. Er wollte sich hochziehen.

Steve hielt ihn davon ab. »Bleib noch etwas liegen. Bull bringt dich nach Hause. Tut mir leid, was passiert ist, aber du kriegst deine Chance, es ihm heimzuzahlen. Das ist ein Versprechen.« Er watete nach hinten, wo Raging-Bull im Heck saß. Das Borkenmedaillon hing an seinem Hals. Steve küßte zwei seiner Finger und drückte sie auf die eingeritzte Botschaft. »Sorg dafür, daß Clearwater es zu sehen bekommt.«

Bull nickte und hob sein Paddel über die Seite. Steve und Cadillac traten hinter das Boot, versetzten ihm einen kräftigen Stoß und gingen an Land, um zuzusehen, wie es auf die Sonne zufuhr — eine blaßgoldene, orangefarbene Scheibe, die mit jeder Minute, in der sie sich dem wäßrigen Horizont näherte, größer wurde.

»Glaubst du, sie schaffen es?«

»Ich wüßte nicht, was dagegen spricht«, sagte Cadillac. »Im Gegenteil: Jetzt, wo sie nicht mehr in den Händen dieses Irren sind, würde ich sagen, ihre Chancen, lebend zu Hause anzukommen, sind beträchtlich gestiegen.« Er warf einen Blick über seine Schulter und sah Watanabe über die Gangway gehen — Kurabashi und die Soldaten im Schlepptau. »Wie gern würde ich sowas auch über uns sagen. Wir müssen verrückt gewesen sein, als wir uns eingebildet haben, wir könnten diese Sache durchziehen.«

Steve antwortete mit einem trockenen Lachen. »Vor noch gar nicht langer Zeit hast *du* mir Mut zugesprochen. Wir schaffen es. Watanabe wollte uns nur zeigen, wer hier das Sagen hat. Er ist uns vielleicht eine Laus im Pelz, aber er wird nichts Drastisches tun. Die Sache ist ihm zu wichtig. Für ihn sind wir der Schlüssel zu dem ganzen Unternehmen. Aber er ist sich nicht sicher, und deswegen ist er gereizt. Wir müssen nur vermeiden, ihm auf die falsche Weise zu begegnen.«

»Und wie machen wir das?«

»Indem wir nichts sagen oder tun, das bei ihm den Eindruck erweckt, wir hielten ihn für eine taube Nuß.«

Cadillac nahm eine drohende Haltung ein. »Willst du damit etwa sagen, daß Death-Wish fast umgekommen ist, weil *ich* etwas gesagt habe?«

»Hör zu, ich bin froh, daß einer von uns etwas gesagt hat. Ich war völlig belämmert.«

»Eben. Wenn man bedenkt, daß meine Rede völlig aus dem Stegreif kam, war sie ziemlich listig.«

»Zieh mal die Hälfte davon ab. Aber es hat weniger an dem gelegen, was du gesagt hast, sondern wie du es gesagt hast. Also wirklich, Caddy. Das haben wir doch beide schon erlebt. Du weißt doch, daß die Japse sich uns überlegen fühlen. Von jetzt an handeln wir listig und spielen die Doofen. Okay?«

Cadillac seufzte müde. »Wie du meinst, Brickman. Jedenfalls ist Streit das letzte, was ich will. Du leitest die Aktion, ich mache mit.«

In der Nähe des Ostufers des Mi-shiga-Sees fuhr der riesige Raddampfer, den Ryuku Kawanashi kommandierte, nach Süden. Er fuhr in Richtung Bei-tanaba, zur letzten der fünf Außenstationen, die man im vergangenen Jahr errichtet hatte. Die funkelnden Strahlen der aufgehenden Sonne verwandelten das ruhige Gewässer auf der Backbordseite in eine Fläche aus gehämmertem Gold, während an Steuerbord der dunkle Schatten des mehrstöckigen Aufbaus auf die Heimat des Prärievolkes fiel — ihr Endziel.

Der Leiter der Station Bei-tanaba war ein gewisser Izo Watanabe, und es war der Meldung dieses scharfäugigen Funktionärs zu verdanken, daß man das gegenwärtige Unternehmen überhaupt eingeleitet hatte — eine Strafexpedition, deren Ziel darin bestand, die fünf

Meuchelmörder gefangenzunehmen, die den Landesfürsten Yama-Shita umgebracht und eine abscheuliche Feuersbrunst inszeniert hatten, bei der Hunderte getötet und verletzt worden waren.

Samurai-Major ›Tenzan‹ stand neben Kapitän Kawanashi auf der Brücke. Morita *Tenzan,* japanisch für Blitz, war ein Spitzname, der von seiner Geschicklichkeit als Fechter und von der Schnelligkeit kündete, mit der er auf taktische Situationen reagierte. Mit anderen Worten, Morita war ein erfahrener Streiter, und dies war der Grund, weshalb man ihn ausgewählt hatte, die zweihundertfünfzig Samurai anzuführen, die nun in den Kabinen saßen, die vor den mit Laufgängen versehenen Oberdecks verliefen.

Die Pferde waren zusammen mit den Reitknechten und dreihundert Rotgestreiften — Fußsoldaten von niedriger Geburt und Rang, deren Kampffähigkeit ihnen das Recht einräumte, eine massenproduzierte Version des Tachi zu tragen — in speziell konstruierten Ställen des höhlenartigen Zwischendecks untergebracht. Der Tachi war ein Krummsäbel. In Ne-Issan war es nur Samurai erlaubt, den Tachi und dessen kürzeren Gefährten, den Wakisashi, zu tragen. Dies wurde als große Ehre angesehen.

Die fünf Meuchelmörder hatten den Winter bei einem Fischerstamm verbracht, und laut der letzten Meldung Watanabes waren sie nun wie die Fliegen in einem honigbeschmierten Gewebe aus Täuschung und Schmeichelei gefangen. Der Plan sah vor, sie zu ergreifen, wenn sie noch schliefen oder sich im Griff der gähnenden Betäubung befanden, der dem Zustand des Wachseins vorausgeht. Ihre Gastgeber hatten sich verbürgt, hundertprozentig mit den einfallenden Streitkräften zusammenzuarbeiten und — was das Wichtigste war — versprochen, sämtliche Gifte, Waffen und andere potentiell gefährliche Utensilien, die sich im Besitz der Mörder befanden, zu beseitigen. Sobald das Signal kam, daß die Landung in wenigen Stunden bevorstand. Sie taten dies nicht etwa, weil Morita und seine Männer um ihr Leben fürchteten; sie taten es, um die Mörder der Mittel zu entkleiden, sich im entscheidenden Moment — zwischen der Erkenntnis, daß man sie gefangennehmen würde und dem entscheidenden Augenblick — selbst umzubringen.

Während des Besuches beim Clan hatte Izo Watanabe dem Kojak-Häuptling einen einfachen Holzkerbenkalender gegeben, um den Verlauf der Tage zu markieren. Vom Ende der ersten Aprilwoche an sollte der Clan eine Nachtwache in Richtung östlicher Himmel aufstellen. Wenn die Wache drei rote Sterne sah, die in rascher Folge zum Himmel hinaufschossen, war es das Zeichen, daß die strafende Streitmacht in Stellung war und vorhatte, bei Sonnenaufgang zu landen. Als Antwort sollten die Kojaks die grüne Rakete abfeuern, die Watanabe ihnen gegeben hatte, um anzuzeigen, daß alles in Ordnung war.

Auch diese Vorbereitungen waren ein Beweis der bemerkenswerten weisen Voraussicht und Gerissenheit, die Watanabe von dem Moment an zur Schau gestellt hatte, als das Flugpferd über seine Außenstation hinweggezogen war.

Aishi Sakimoto, der höchste überlebende Angehörige des Inneren Kreises der Familie Yama-Shitas, der Onkel des ermordeten Landesfürsten, hatte hervorgehoben, daß die Mörder zwar in Joch und Ketten zurückgebracht werden sollten, doch anderweitig unverletzt. Wenn sie erst einmal in Yama-Shitas Palast-Festung bei Sara-kusa eingekerkert waren, würde man sie einzeln und gemeinsam der ausgeklügeltsten und schmerzhaftesten Folter unterziehen, die man sich ausdenken konnte.

Frühere Erfahrungen hatten gezeigt, daß dieses Verfahren, wandte man es geduldig an, auch die störrischste Zunge zum Reden brachte. Doch noch vor der Entfernung dieses speziellen Organs — nachdem man es mit rotglühenden Nadeln durchbohrt hatte — hoffte Sakimoto die vollständige Geschichte zu erfahren, die zur Zerstörung des Reiherteiches geführt hatte: Die Rolle der Sandgräber und ihrer Mutanten-Lakaien vom M'Call-Clan war bereits deutlich geworden, doch von entscheidender Bedeutung waren der aktive oder passive Beteiligungsgrad des Shogun Yorimoto Toh-Yota und seines willigen Hofkämmerers Ieyasu, der trotz seines fortgeschrittenen Alters immer noch die Macht war, die hinter dem Thron stand.

Der Tod des Fürsten Yama-Shita und der ihm folgende Einzug der Handelslizenzen der Familie waren ein schwerer Schlag gegen ihren langfristigen Plan gewesen, die Toh-Yotas abzusetzen und in Ne-Issan die Führungsrolle zu übernehmen. Das exklusive Recht, mit den im Westen lebenden Grasaffen zu handeln, hatte den Yama-Shitas praktisch das Monopol über den Sklavenhandel geschenkt, denn nur ihre Schiffe hatten das Recht, den Kanal zu benutzen, der ihr Reich teilte und das Verbindungsglied zwischen dem Großen Fluß und dem Ostmeer bildete.

Das Handelsmonopol war die Quelle der familiären Macht und ihres Einflusses gewesen, doch mit der durch den Shogun posthum erhobenen Anklage des Hochverrats gegen Fürst Yama-Shita hatten sich die Dinge dramatisch verändert. Die Nachbarn der Yama-Shitas, die Ko-Nikkas und die Se-Iko, ehemalige Freunde und heimliche Verbündete, hatten sich mit anderen mächtigen Landesfürsten zusammengetan, um die gegen sie erhobenen Vorwürfe zu erhärten und das Angebot des Shogun, ihnen gleiche Handelsrechte einzuräumen, schnell angenommen. Und das Ergebnis ihres feigen Treuebruchs war, daß die Familie Yama-Shita sich nun der Möglichkeit ausgesetzt sah, wenigstens die Hälfte ihrer Einnahmen zu verlieren.

Der Exekutionstod und die Selbstmorde im engsten Familienkreis des Fürsten Yama-Shita, seiner engsten

Gefolgsleute und bei etwa zwei Dutzend Verwandten, denen man vorwarf, an der Verschwörung beteiligt gewesen zu sein, war ein harter Schlag. Bald würde sich das Haus Yama-Shita zwar erholen und schreckliche Rache nehmen, doch bis dahin waren Geduld und Heimlichkeiten erforderlich.

Man hatte Moritas Expedition aus zwei Gründen in großer Heimlichkeit zusammengestellt und in Marsch gesetzt. Es galt zu verhindern, daß der Shogun in Erfahrung brachte, was im Schwange war, und zudem war die beabsichtigte Tat illegal. Kam sie ans Licht, würde sie erneute Sanktionen gegen die Familie herausfordern. Ein vom Toh-Yota-Shogunat erlassenes Edikt verbat ausdrücklich ›ausländische Abenteuer‹. Die siebzehn Landesfürsten Ne-Issans schuldeten dem Shogun theoretisch absolute Treue. Ihre Privatheere waren — ebenfalls theoretisch — die seinen, und alle Truppenverlegungen mußten den örtlichen Generalkonsuln gemeldet werden, den Hauptvertretern der Zentralregierung, die in jedem Land stationiert waren.

Vorausmeldung über Truppenverlegungen gehörte zu den vielen Verfahren, deren sich die Toh-Yotas bedienten, um den Status quo beizubehalten. Auch dies hatte dabei geholfen, seit über achtzig Jahren den Frieden aufrechtzuerhalten. Yorimoto, der gegenwärtige Herrscher Ne-Issans, hätte mit Unmut auf die ungemeldete Verlegung von fünfhundert bis an die Zähne bewaffneten Männern ins Ausland reagiert — und besonders dann, wenn das Ziel des Unternehmens darin bestand, einen Beweis zu beschaffen, der dabei half, ihn und seine Familie an die Wand zu nageln.

Während des Passierens der Meerenge von Hui-niso hatte Kawanashis schweres, dreistöckiges Schiff nachts bei den vier Außenstationen angelegt, die sich rund um die breite Halbinsel zogen, die den U-ron- vom Mi-shiga-See trennte. Man hatte Proviant und Post abgeladen und Meldungen über die bisher erzielten Fortschritte abgefaßt, ständige Verbindung zu den Grasaffen zu halten, die das Hinterland bewohnten, und sie zusammen mit der letzten Luftmeldung Watanabes abgeschickt. Dann hatte man mit einem kräftigen Schluck Sake auf die Zukunft angestoßen.

Und nun waren sie endlich auf dem Weg nach Bei-tanaba — dem Ankerplatz, von dem aus der Angriff erfolgen würde.

Steve und Cadillac waren mit einer Mischung aus Erregung und Angst erfüllt, als sie den Schaufelraddampfer am Horizont auftauchen sahen. Bis zu diesem Augenblick war alles viel besser verlaufen, als sie zu hoffen gewagt hatten. Doch das, was sie mit Hilfe der Kojak-Bootfahrer zustandegebracht hatten, war im Vergleich mit dem, was noch vor ihnen lag, nichts. Erfolg oder Versagen, Leben oder Tod — nun hing alles von dem ab, was in den nächsten achtundvierzig Stunden passierte.

Bald würden sie akkreditierte Angehörige der militärischen Expedition sein, die ihnen gerade entgegendampfte. Sie waren sich zwar beide darüber im klaren, daß ein falscher Schritt zur Katastrophe führen konnte, doch ihre Gedanken konzentrierten sich auf die Probleme, die ihnen begegneten, sobald es ihnen gelungen war, das Schiff zu betreten. Keiner von ihnen ahnte, daß ihr Plan, das strahlende Schiff zu versenken, ein hoffnungsloses Unterfangen war, noch ehe sie einen Fuß an Bord gesetzt hatten.

11. Kapitel

Nachdem er mit Hilfe eines Fernglases überprüft hatte, daß der Raddampfer die Insignien des Hauses Yama-Shita zeigte, stieg Izo Watanabe die Leiter des Brückendaches hinunter und wies seinen Feldwebel an, für die beiden Mutantenführer ein heißes Bad und einen Kleiderwechsel zu organisieren. Falls der Kommandant der Strafexpedition oder einer seiner untergebenen Offiziere den Wunsch äußerte, die Grasaffen zu verhören, mußten sie unbedingt vorzeigbar sein. Das hieß, sie mußten ihre fleckigen, dreckigen ›Gehhäute‹ gegen saubere Hosen und Hemden tauschen und dafür sorgen, daß sie nach nichts Stärkerem rochen als Seife.

Kurabashi rief Steve und Cadillac an Deck des Hausbootes und überbrachte ihnen die frohe Botschaft. Die schlechte Nachricht war, daß sie die Bordanlagen nicht zum Baden verwenden durften. Sie mußten sich eine große Holzwanne aus dem Badehaus holen und sie mit Hilfe einer dicken Stange, die ihnen übergeben wurde, ans Ufer tragen.

Die Wannen wurden normalerweise von vier Männern mit zwei Stangen getragen, doch wenn man sie durch die Diagonale schob, erzielte man das richtige Gleichgewicht. Sie hoben sich fast einen Bruch, als sie sie vom Schiff schleppten.

»Verflixt noch mal!« keuchte Steve, als sie ans Ufer gewankt waren und ihre Last an der Stelle abstellten, auf die Kurabashi deutete.

»Es hätte ... schlimmer kommen können«, ächzte Cadillac, der schlaff über dem Ende seiner Stange hing.

»Ach, wirklich?« Steve richtete sich auf und betastete sein rechtes Schlüsselbein, um nachzuprüfen, ob es noch intakt war.

»Yeah, wenn sie voll Wasser gewesen wäre.« Cadillac kam wieder zu Atem und zog die Tragestange zurück. »Jedenfalls geht's auf dem Rückweg bergab.«

»Spar dir deine Witze. Kurabashi wird ungeduldig.«

Sie liefen zum Hausboot zurück und nahmen zwanzig Eimer mit kochend heißem Wasser in Empfang, jeweils zwei mal zwei. Kurabashi verfolgte ihre Schritte und schrie jedesmal wütend auf, wenn sie etwas an Deck verspritzten. Zwar verfluchte er sie in seiner Sprache, doch im Tonfall von Militaristen existiert keine Sprachbarriere.

Als sie den Weg zum letzten Mal gingen, nahmen sie Seife, Waschlappen und zwei Handtücher in Empfang. »Waschen Kölpel von Kopf bis Fuß!« bellte Kurabashi. »Hals, Gesicht, alles tip-top! Geluch muß weg! Schnell, schnell! Keine Zeit, keine Zeit!«

Steve und Cadillac verbeugten sich, dann rannten sie über die Gangway. Sie zogen sich aus, kühlten das heiße Wasser in der Wanne mit kaltem aus dem See, griffen nach Seife und Waschlappen und stürzten sich in das dampfende Bad.

Steve tauchte bis zum Kinn ins Wasser ein und erfreute sich an der ihn einhüllenden Wärme. »Hoffentlich schrubbt er uns nicht noch den Rücken ...«

Cadillac gesellte sich lachend zu ihm. »Du hast wohl Angst, er könnte deinen ...«

»Idiot! Ich denke nicht an das da unten, sondern an das hier oben.« Steve tippte auf das schmutzige Band, das sich um seine Stirn schlang.

Auch Cadillac trug ein Stirnband. In den vorderen Teil der Stirnbänder eingenäht — dort, wo es dicht an der Haut lag — waren ein paar flache Kiesel. Von anderen Stoffetzenschichten verdeckt riefen sie die charakteristischen Beulen hervor, die die Wagner dazu geführt hatte, die Mutanten ›Beulenköpfe‹ zu nennen.

Ihre Körperfarben, echte Reproduktionen der unterschiedlichen Hautformen, mit denen die große Mehrheit der Mutanten geboren wurden, gingen nicht ab, und wenn man sie noch so sehr mit Wasser und Seife behandelte. Nur eine chemische Behandlung mit der öligen Seife zerriebener Fingerblätter konnte die speziell angefertigte Pflanzenfarbe abwaschen. Da ihre Haut nicht die typischen Flecken und adernartigen Rippen aufwies — die dritte Deformation, die Mutanten von anderen Menschen unterschied —, hatten sie sich, um die Tatsache zu verbergen, daß sie gerade gewachsen waren, ›Beulenköpfe‹ zugelegt.

Um sich so wenig wie möglich von ihren Kojak-Gastgebern zu unterscheiden hatten sie Raging-Bull und Death-Wish aus der Menge der Freiwilligen ausgewählt. Abgesehen von der ›Baumrinde‹, die ihre Unterarme zierte, waren die beiden Bootfahrer praktisch glatthäutig. Auch ihre Stirnbeulen — aus einem erblichen Defekt im genetischen Code der Mutanten entstandene Knochentumore — waren mit Textilfetzen bedeckt gewesen, und so hatten sich die vier äußerlich nicht voneinander unterschieden.

Zwar hatte Steve als Kind der Föderation seit Kindesbeinen an täglich geduscht, doch Cadillac hatte den Luxus eines Bades in heißem Wasser zuerst nach seiner Ankunft in Ne-Issan erlebt. Die bei den Eisenmeistern sehr beliebte kommunale Badewanne räumte phantasievollen Badenden eine Reihe köstlicher Gelegenheiten ein, und die zweimal täglich erfolgenden Begegnungen mit den ›Schrubberinnen‹ waren die erfreulichsten Aspekte seines dortigen Daseins gewesen. Eine andere großartige Entdeckung, die Cadillac gemacht hatte, war die libidolösende Wirkung des Sake gewesen — eines blaßgelben, alkoholischen Getränks aus fermentiertem Reis. Die warme Umarmung des Wassers erinnerte ihn wieder an diese Dinge, und mit der Erinnerung kam ihm die klare Erkenntnis, daß sein Körper immer noch nach einem erfrischenden Glas Alkohol lechzte. Als Cadillac sich bemühte, jeden Gedanken an Sake aus seinem Geist zu verbannen, kämpfte er gegen den plötzlichen Durst an, der seine Kehle packte.

Steve unterbrach seine Träumerei. »Caddy! Nimm das Stirnband ab und wasch es, solange niemand hier ist!« Er drehte dem Hausboot den Rücken zu und tauchte wiederholt unter, während er den Schmutz aus seinem eigenen Stoffetzen schrubbte.

Cadillac tat es ihm gleich, dann befestigte er das Stirnband wieder an seinem nassen Kopf. Steve wollte das seine gerade richten, als er Kurabashi mit zwei weiblichen Domestiken im Schlepptau, auf sie zueilen sah. Die erste trug einen sauberen Kleiderstapel, die zweite ein paar eingerollte Strohmatten. Kurabashi hatte seinen Rohrstock unter den Arm geklemmt. Er trug ihn meist als Symbol seiner Autorität mit sich herum, wenn er die arbeitenden Mutanten überwachte. Bis jetzt hatte ihn zwar noch keiner im Einsatz gesehen, doch die Drohung, Prügel zu beziehen, hing ständig in der Luft.

Da Steve während seiner Zeit als Straßenläufer eine saftige Tracht Prügel bezogen hatte, war er nicht wild darauf, erneut mit einem Rohrstock Bekanntschaft zu machen. Er rieb sich Seife ins Haar und seifte schnell seinen Körper ein.

Als die Strohmatten ein paar Meter vor der Wanne lagen, legte die erste Thai-Frau taubesohlte Sandalen, sauber gefaltete weiße Baumwollhemden und Hosen auf ihnen ab. Dann verbeugten sich die beiden Frauen vor Kurabashi und eilten zum Hausboot zurück. Die Kleidung — weitärmelige Hemden mit V-Ausschnitt, die man mit Schärpen befestigte, und ausgebeulte, halblange Hosen, waren fast identisch mit denen, die Cadillac am Reiherteich getragen hatte.

Kurabashi zog den Rohrstock unter seinem Arm hervor und schob ihn hinter den Rücken. Er hielt ihn fest in den Händen und umrundete langsam die Wanne. Die Wannen in den Eisenmeister-Badehäusern wurden normalerweise in Bodenlöcher versenkt, damit man leicht hineinsteigen und damit jemand, der vor ihnen kniete, einem den Rücken schrubben konnte. Doch hier, am Ufer, reichte der Wannenrand Kurabashi bis an die Achselhöhlen.

»Ihl auch waschen Füße und Alsch, Glasaffen?«

»Jawoll, Eisenmeister!« brüllten sie im Chor.

Kurabashis Kopf zuckte herum. »Laus! Ihl noch mal tun, damit ich sehen kann!«

Steve und Cadillac sprangen aus der Wanne und schrubbten sich unter den argwöhnischen Blicken des Feldwebels von den Zehen bis zum Bauch ab. Steve hatte in weiser Voraussicht auch sein Schamhaar dunkelbraun gefärbt. Er hatte zwar nur wenig Haare auf der Brust, doch die Cadillacs bildeten einen dunklen Schatten, der über sein Brustbein und den Nabel bis an seinen Schritt verlief. Auch seine Unterschenkel waren behaart.

Kurabashi hatte, wie alle Eisenmeister, keine Körperbehaarung, und abgesehen von einer kleinen Ansammlung kurzer, blasser Wimpern wuchs auch kein Haar auf seinem Schädel. Er beobachtete sie mit einer Mischung aus Neugier und Abscheu, dann schwenkte er den Rohrstock. »O-kai! Wiedel lein in Wassel! Lest von Kölpel waschen!«

Sie wuschen sich Brustkorb, Arme und Gesicht, schrubbten sich gegenseitig den Rücken und fingen dann an, sich den Schaum aus dem Haar zu spülen.

Kurabashi ließ den Stock fest gegen den Wannenrand knallen. »Nein! Nein! Nicht gut!« Er deutete auf Cadillacs Stirnband. »Das da elst abnehmen, dann Haale waschen!«

Cadillac und Steve tauschten einen unheilschwangeren Blick.

»Sieht so aus, als müßten wir ihm was erklären ...«

»Dann laß dir mal was Gutes einfallen.« Steve nahm sein Stirnband ab und sank unter die Wasserlinie. Cadillac tat es ihm gleich, dann tauchte er wieder auf und wusch sein Haar.

Als Steve wieder auftauchte, hörte er Kurabashi sagen: »Glasaffe ... Walum du keine Beulen mehl im Gesicht?«

Während ihre Haut vom raschen Abtrocknen immer noch kitzelte, mußten Cadillac und Steve in ihren sauberen, trockenen Kleidern über die Gangway marschieren und auf dem Vordeck des Hausbootes warten. Nachdem Feldwebel Kurabashi sie angewiesen hatte, sich auf die Strohmatten zu legen, ließ er sie unter dem wachsamen Blick vier bewaffneter Seesoldaten zurück und begab sich ins Quartier Watanabes. Als der Japs-Häuptling etwa zehn Minuten später auftauchte, machte er keinen sehr erfreuten Eindruck.

Steve folgte Cadillacs Beispiel. Als Watanabe vor ihnen stand und ihnen ein Stirnband unter die Nase hielt, warf er sich auf der Matte auf die Knie und neigte den Kopf. Das Stirnband war entfaltet worden und zeigte jenen Abschnitt, in den die Kiesel eingenäht waren. »Also, Glasaffen ... Wollt ihl diesen Betlug elklälen?«

Jetzt, da er im Vorteil war, blähte er sich auf wie ein wütender Ochsenfrosch. Nun war er der stahlharte Inquisitor. Das alte Katz-und-Maus-Spiel ...

Cadillac klatschte flehentlich in die Hände und warf Steve einen Seitenblick zu. Die Botschaft seiner Augen lautete: »Na schön, du Klugscheißer, du willst mir zeigen, wie man es macht? Dann fang mal an zu reden.«

Schweinehund ...

»Es ist kein Betrug, Eisenmeister!« fing Steve an. »Die Steine dienen nur dazu ... äh ... dazu ... äh ...«

Cadillac kam ihm zu Hilfe. »... unsere Schande zu verdecken! Wir haben zwar die Haut des Prärievolkes, aber um uns für eine Missetat in einem früheren Leben zu bestrafen, hat uns die Große Himmelsmutter nicht den gleichen Körper gegeben wie unseren Clan-Brüdern. Seit unserer Geburt haben unsere Mütter unsere Köpfe mit Steinen bedeckt — denn unsere Schande ist auch die ihre. Und so haben wir das, was sie begonnen haben, bis zum heutigen Tag weitergeführt …«

Nicht übel, Caddy. Nicht übel …

Watanabe trat zurück und besprach sich mit seinem treuen Feldwebel. Es gelang Cadillac, den größten Teil ihres Wortwechsels zu verstehen. Der Japs-Anführer kaufte ihm seine Geschichte zwar ab, doch nur deswegen, weil er aufgrund der Tatsache, daß der Raddampfer mit jeder Minute näherkam, unter Druck stand.

Watanabe gab Kurabashi das Stirnband zurück. Als er langsam vor ihnen auf und ab schritt, hielten Steve und Cadillac den Atem an und wandten den Blick ab. »Eine schöne Geschichte. Abel ist sie auch wahl?«

Cadillac verneigte sich noch tiefer. »Das Prärievolk sagt den Eisenmeistern immer die Wahrheit. Ein Kojak-Krieger, der lügt, um sein Leben zu retten, ist ohne Ehre. Dies ist das Gesetz meines Volkes.«

Ein Ehrencodex war etwas, das ein Eisenmeister verstand. »Die Kojaks sind *wilklich* gloße Kliegel«, gab Watanabe zu. »Und ebenso kenne ich die Schande, die aus unglücklichen Umständen del Gebult elwachsen können. Sie können viele Dinge elklälen.«

Cadillac setzte sich auf die Fersen, neigte den Kopf und berührte die auf seiner Brust gefalteten Hände. »Der Eisenmeister ist sehr weise und hat ein vergebendes Herz.«

Immer langsam, Caddy. Kein Grund zum Übertreiben …

»Doch gegenwältiges Ploblem besteht weitel. Wahlheit del Sache kann nul geplüft welden von Kojak-Woltschmied. Bis dahin muß Methode gefunden welden, um weiteles Dulcheinandel zu velmeiden!« Watanabe lachte laut auf über seine klugen Worte, und alle anderen fielen in sein Gelächter ein. Wenn ein Bonze in Ne-Issan lachte, dann lachte man noch lauter, und zwar so lange, bis sein Gesicht wieder normale Züge annahm.

Auf Watanabes Zeichen hin trat Kurabashi an die Vordeck-Bodenluke und brüllte jemanden dort unten an. Drei Soldaten tauchten auf. Einer trug Ketten, die anderen schleppten schwere viereckige Holzplanken. Sie bestanden aus gefugtem Spantenholz, waren etwa acht Zentimeter dick und wiesen in der Mitte ein mit einem Eisenstreifen umsäumtes Loch auf. Man reichte Steve und Cadillac die Ketten und befahl ihnen, die Fuß- und Armgelenke des jeweils anderen anzuketten. Als man ihnen die Schlüssel reichte und sie wieder auf den Matten knieten, erkannten sie, warum die Planken an der einen Seite mit einem simplen Scharnier und an der anderen mit einem Schlußbolzen in zwei Hälften geteilt waren. Es handelte sich um Halskrausen.

Die Bretter — sie ragten etwa zehn Zentimeter über ihre Schultern hinaus — wurden rund um ihre Hälse geschlossen. Die Kette, die ihre Handgelenke band, wurde an der Vorderseite der Planke durch einen Schlitz gezogen und mittels eines weiteren kleinen Bolzens an ihr befestigt. Das Ding war brutal einfach und von tückischer Gerissenheit. Stand man aufrecht, mußte man eine gebückte Haltung einnehmen, um das Gleichgewicht zu halten, und wenn man den Druck des Eisenkragens auf die Schultern erleichtern wollte, war man gezwungen, das Gewicht der Planke mit beiden Händen abzustützen.

Watanabe blieb für eine Weile vor ihnen stehen und weidete sich an ihrer Lage. Nachdem er befriedigt die Unwahrscheinlichkeit zur Kenntnis genommen hatte, daß man ihm weitere Schwierigkeiten machte, kehrte er in sein Quartier zurück. Kurabashi gab Steve und Cadillac zu verstehen, daß sie sich, wenn sie wollten, mit gekreuzten Beinen auf die Matten setzen konnten.

Als die Seesoldaten gegangen waren, um sich auf die Ankunft des Raddampfers vorzubereiten, bemühte sich Steve, die beste Position für das Halsbrett zu finden. Es gab keine. »Das Ding bringt mich um ...«

»Mich auch«, sagte Cadillac leise. »Was, in Mo-Towns Namen, sollen wir tun, wenn sie uns so auf den Raddampfer bringen?«

»Eins nach dem anderen. Den Rest tüfteln wir später aus.«

»Aber ...«

Steve fiel Cadillac ins Wort. »Hör zu. Haben sie Death-Wish etwa umgebracht?«

»Es hat nicht viel gefehlt.«

»Yeah, aber Tatsache ist, sie haben es *nicht* getan. Es gehört alles zu ihrer Taktik, uns im dunkeln tappen zu lassen. Es ist ein erprobtes Verfahren. Wenn man Leiter eines Unternehmens ist und keine Ahnung hat, was man als nächstes tun soll, besteht die beste Möglichkeit, die Kontrolle zu behalten und die eigene Unsicherheit zu verbergen, darin, die anderen aus dem Gleichgewicht zu bringen. Das geht nie schief.«

»Ich hoffe, du hast recht. Auch wenn es sich so anhört, als würdest du gegen den Wind pissen ...«

»Caddy! Um Christophs willen, hör damit auf! Immer wenn es haarig wird, läßt du den Kopf hängen! Halt die Ohren steif. Bevor die Dinge sich bessern, entwickeln sie sich vom Schlechten zum noch Schlechteren. Ich durchschaue den Burschen problemlos. Siehst du nicht, in welchem Zustand er ist?«

»Er ist besorgt, ja ...«

»Besorgt?! Der Typ scheißt sich in die Hose! Er hat die ganze Sache in Bewegung gebracht; er hat rumerzählt, wer hier draußen ist, und daß er zwei Führer hat, die ihm den Weg weisen — und nun stellt er fest, daß wir nicht ganz das sind, was wir vorgegeben haben. Er hat zwar keine echten Beweise, aber immerhin genug, daß seine Alarmglöckchen läuten. Und weißt du was? Ich setze meinen letzten Nahrungscredit, daß er jetzt schon über die Medaillons nachdenkt, mit denen Bull und Death-Wish abgefahren sind. Waren es wirklich nur Glücksbringer — oder eine Geheimbotschaft, um die

Bösmänner zu warnen? Auf wessen Seite stehen die Kojaks im Moment? Und ich wette noch was anderes: Er wird den Burschen auf dem Raddampfer kein Wort davon erzählen.«

»Ich würde es an seiner Stelle wohl auch nicht tun.«

»Weil er kein Samurai ist. Deswegen hat er keinen schnellen Ausweg. Falls sich der Überfall als Fiasko erweist und er das Pech hat, ihn zu überleben ...«

Cadillac nickte. »Und etwas ähnlich Gemeines könnte seiner Familie zustoßen. Ja, ich kapiere. Nur eins noch — du sagst ›Falls sich der Überfall als Fiasko erweist‹. Solltest du nicht lieber ›Wenn‹ sagen?«

»Natürlich nicht!« fauchte Steve. Um die schmerzenden Arme ausstrecken zu können, ließ er die Planke auf seinem Nacken ruhen. »*Du* weißt, was passiert. Und *ich* weiß es auch ...«

»Aber *er* weiß es nicht ...«

»Genau! — Zufrieden?«

»Hab mich nie besser gefühlt.«

Sie blieben schweigend sitzen, ertrugen das lästige Gewicht der Halsbretter ohne weitere Beschwerde und sahen sich den näherkommenden Raddampfer an. Im Osten hatte sich der gelbe Morgenhimmel silberweiß gebleicht und wurde nun Eierschalenblau. Die von der aufgehenden Sonne über dem Wasser verstreuten goldenen Flecken waren spurlos im endlosen grauen Gekräusel versunken. Etwas später, als die Seeoberfläche sich wie ein Chamäleon veränderte und sich dem dunkleren Blau des Himmels anpaßte, hörten sie das gedämpfte, rhythmische Pochen des Raddampfers, den schwachen Anfang eines langsamen, statischen Crescendos, dessen hypnotischer Viertonzyklus schrittweise deutlicher wurde, während der eckige, bedrohliche Rumpf des Raddampfers sich ihnen näherte.

»Mir ist gerade etwas eingefallen«, sagte Cadillac.

»Wenn es nichts Gutes ist, möchte ich lieber nichts davon hören. — Aber du erzählst es mir ja doch.«

»Angenommen, auf dem Schiff ist jemand, der zur Yama-Shita-Delegation gehört hat; zu der, die kam, um unsere ersten Probeflüge am Reiherteich zu begutachten.«

»Du meinst ... jemand, der ... uns erkennen würde?«

»Ja. Schau mich an. Ich trage fast die gleichen Klamotten.«

»Aber dein Haar war kürzer, und du warst hellhäutig.«

»Du aber nicht.«

»Nein, aber mein Haar war ...«

»Blond. Stimmt, aber nur an den Wurzeln. Der Rest war dunkelbraun — wie jetzt.«

Steve sinnierte über das nach, was dies bedeuten könnte. Es war unglaublich. Wieso hatte er die Möglichkeit übersehen, daß etwas derartiges eintraf? »Das könnte ein Problem werden ...«

Das Stampfen der Maschinen wurde vom stürzenden Donnern des Wassers umhüllt, das von den massiven Schaufeln des Heckrades zu Schaum geschlagen und dann hoch in die Luft geworfen wurde.

Nun, da sie die Einzelheiten der vergoldeten, blutroten Schiffsaufbauten mit zunehmender Deutlichkeit erkennen konnten, erblickten sie auch die Mannschaft — Gestalten, die die Reling an den vorderen Laufgängen bevölkerten. Noch waren die Gesichter blasse und unkenntliche Flächen, doch bald würden sie Nasen, Münder und Augen zeigen. Und bald konnte sich eins der Augenpaare als ihr Untergang erweisen.

Am frühen Nachmittag, als der von Ryuku Kawanashi befehligte Raddampfer in Ufernähe angelegt hatte, stiegen Izo Watanabe und seine Gattin in ein Beiboot und wurden von zwei Seesoldaten in frischen Uniformen hinübergerudert. Izo und Yumiko hatten sich alle Mühe gegeben, für die Begegnung richtig gekleidet zu sein, und dies galt auch für Feldwebel Kurabashi, der am Bug stand und einen Bambusstab hielt, an dem die Hausflagge der Yama-Shitas flatterte.

Der Raddampfer lag mit der Backbordseite zum Ufer — ein Standardmanöver, um die Hälfte der Kanonenbatterien auf das Land zu richten, das eine Außenstation umgab. Zwar rechnete man nicht mit einem Angriff, doch die Eisenmeister ließen nie eine potentielle Gefahrenquelle außer acht. In einem Land, in dem Argwohn und Intrigen an der Tagesordnung waren, konnte sich niemand, der darauf abzielte, die Autorität des Shogun zu untergraben, eine Entspannung erlauben. Und schon mal gar nicht angesichts des Verrats, der dem Debakel am Reiherteich gefolgt war.

Die gleichen Regeln wurden auch im Ausland angewandt. Die primitiven Waffen der Grasaffen — die meist von den Eisenmeistern stammten — konnten zwar nichts gegen den Samuraistahl bewirken, aber es existierten auch andere Gefahren: finstere Kräfte, die man zwar nicht bestimmen konnte, die aber dennoch sehr real waren.

Izo und Yumiko stiegen aus dem Beiboot und gingen über die breite Gangway an der Bug-Backbordseite, die man zu diesem Zweck ins Wasser gelassen hatte. Ein Samurai aus Moritas persönlichem Stab und ein jüngerer Schiffsoffizier begrüßten sie, als sie an Deck kamen. Feldwebel Kurabashi und das Beiboot waren bereits auf dem Rückweg zum Hausboot, um die beiden Kojakführer abzuholen.

Nach dem üblichen langatmigen Ritual des freundlichen, zurückhaltenden Wortaustausches und einer Reihe von Verbeugungen, die Watanabes Nase dem makellosen Tatami immer näher brachten, fanden sie sich schließlich Kapitän Ryuku Kawanashi und Samurai-Major ›Tenzan‹ Morita gegenüber. Izos Gattin, die man eingeladen hatte, um zu demonstrieren, welcher Gunst sich das Paar momentan bei der Familie erfreute, erwies den hohen Tieren auf dem Podium ihren Respekt, dann rutschte sie in schneeweißen Baumwollsocken in eine kniende Position am Ende des Raumes zurück und nahm keinen weiteren Anteil an den Geschehnissen.

Watanabe beantwortete Moritas Fragen wie aus der Pistole geschossen — und nach Kapitän Kawanashis Ansicht mit bewunderungswürdiger Knappheit. Als Morita endlich völlig im Bild über die gegenwärtige Lage und die Personen war, um die es ging, berichtete Watanabe von den Führern, die Carnegie-Hall geschickt hatte, um ihre Streitkräfte in den Angriff zu schicken.

»Ich würde sie gern verhören«, sagte Morita.

Watanabe streckte die Beine aus und gehorchte dem indirekten Befehl mit einer Verbeugung. »Meine Niedrigkeit hat diesen Wunsch vorhergesehen. Ich habe befohlen, sie auf den Raddampfer zu bringen. In Ketten und Halsbrettern.«

Morita tauschte einen Blick mit dem Kapitän des Raddampfers, dann sagte er: »Ich nehme an, dies hat einen Grund?«

Watanabe verbeugte sich erneut. »Eine Vorsichtsmaßnahme, Herr. Aber ich versichere, daß ihnen kein Leid geschehen ist. Sie waren unverschämt, und ihr Auftreten hat mir nicht gefallen. Ich bin zu dem Schluß gekommen, daß eine gewisse Einschränkung ihrer Bewegungsfreiheit sie ... ähm ... ansprechbarer macht.«

Morita nickte. »Handfesseln werden reichen ...«

»Na, was habe ich gesagt?« sagte Steve, als man ihnen die Halsbretter und Fußfesseln abnahm.

Statt einer Antwort hob Cadillac seine gefesselten Hände hoch.

»Manche Leute sind eben mit nichts zufrieden«, sagte Steve in einem Versuch, seine Laune zu verbessern.

»Ruhe!« bellte Kurabashi. »Elst dann splechen, wenn man euch sagen! Ihl welden tleffen Kommandant von Expedition. Gloße Eisenmeistel! Sehl mächtig! Zeigen Lespekt, sonst schlimme Dinge passielen!«

Steve brauchte nicht daran erinnert zu werden — nicht mehr, seit Cadillacs Dònnerkeil aus heiterem Himmel herabgefallen war. Watanabe und ein Samurai erwarteten sie mit sechs Rotgestreiften am Ende der Gangway, die sich vor, hinter und neben ihnen aufbauten. Der Samurai führte die Gruppe in den zweiten Stock der drei Seitenlaufgänge, und dann einen breiten Gang entlang, an dessen Enden Wachen postiert waren. Er blieb mittschiffs vor einem großen Prunkzimmer stehen und trat dann als erster ein. Die Doppeltür glitt auf und schloß sich hinter ihm, wie von einem magischen Auge geschaltet. Watanabe, Steve, Cadillac und ihre Eskorte warteten schweigend ab. Watanabes Gesicht verriet zwar nichts, aber er war einige Nuancen blasser als sonst, und seine Schläfenadern standen hervor: es waren dunkle, malvenfarbene, sich windende Linien, die mit seinem klopfenden Herzen im Takt pulsierten.

Seins war nicht das einzige, das heftig klopfte.

Die beiden quadratischen Türen teilten sich und enthüllten den Samurai. Als sie sich noch weiter öffneten, erhaschte Steve einen Blick auf ihre Mechanik — zwei direkt dahinter stehende Soldaten. Yumiko kniete rechts von ihm auf einer Matte. Zwei weitere Samurai saßen mit gekreuzten Beinen auf beide Seiten des Raums verteilt. Geradeaus, die hintere Hälfte des Raumes verdekkend, stand ein Paravent, an dessen Seiten zwei Rotgestreifte auf einem Knie hockten. Zwei braune Matten lagen nebeneinander vor dem Schirm, flankiert von zwei niedrigen Weißgestreiften.

Der Samurai hatte seine Sandalen schon ausgezogen. Watanabe signalisierte Steve und Cadillac, das gleiche zu tun. »Folgt mil«, sagte er leise. »Wenn ich mich velbeuge, legt Kopf auf Matte. Wenn ihl euch setzt, lichtet den Blick auf Boden. Und bleibt immel auf den Knien. Keine Flagen dilekt beantwolten. Nul diesem Samulai Antwolt geben. Velstanden?«

»Ja, Eisenmeister ...«

Sie folgten Watanabe in den Raum hinein und nahmen auf den braunen Matten ihre Plätze ein. Eine recht passende Farbe, dachte Steve, wenn man an die Scheiße denkt, in der wir sitzen. Watanabe ging links von ihm in Position, der Samurai rechts von Cadillac. Die Sechs-Mann-Eskorte blieb draußen.

Als die Tür hinter ihnen zuzischte, klappten die beiden Rotgestreiften den Schirm zusammen, trugen ihn auf die linke Seite des Raums und enthüllten einen Bonzen, der in voller Rüstung und allen üblichen Paraphernalien eindrucksvoll und von acht reich gekleideten Adjutanten flankiert auf dem Podium saß. Sie boten einen beeindruckenden Anblick, und um die beiden primitiven Gäste noch mehr einzuschüchtern, hatten sie höhnisch wirkende Masken mit Glotzaugen aufgesetzt, deretwegen die Präriebewohner die Eisenmeister auch ›Totgesichter‹ nannten.

Steve und Cadillac preßten die Nase an den Boden und behielten sie dort, bis sie sahen, daß die sie umgebenden Personen sich wieder aufrichteten.

Selbst wenn man ihnen gestattet hätte, die Leute auf dem Podium direkt anzusehen — die Masken hätten es unmöglich gemacht, sie zu erkennen. Die beiden Männer, die vor den anderen saßen, gaben dem Anschein nach die Befehle. Einer von ihnen war Samurai-Major Morita, doch Steve und Cadillac wußten nicht, daß sie ihm schon einmal begegnet waren. Die Vorstellung, daß sämtliche Augen im Raum auf sie gerichtet waren, während sie niemanden ansehen durften, und die Tatsache, daß man sie jederzeit wiedererkennen konnte, machte den Druck fast unerträglich. Erneut hatte Steves unüberlegte Zuversicht sie eine Gefahr übersehen lassen, die bei sorgfältigerem Nachdenken offensichtlich gewesen wäre.

Morita, der Japanisch sprach, begann das Verhör der beiden Führer, indem er den Samurai als Dolmetscher einsetzte. Der Samurai, der die Grundsprache fehlerlos beherrschte, übersetzte ihre Antworten. Cadillacs Sprachkenntnisse verliehen ihm einen Vorteil, denn er wußte ebenso schnell wie der Dolmetscher, was auf sie zukam. Dieser Vorteil, mit dem eigentlich niemand rechnete — nicht etwa das Verlangen, die Verantwortung abzugeben —, hatte Steve veranlaßt, Cadillac vorzuschlagen, so viele Antworten wie möglich zu übernehmen.

Morita bat um die Erklärung, wie die fünf ›Reisenden‹ in die Hände der Kojaks geraten seien. Das war kein Problem. Cadillac, der behauptete, er habe der Suchgruppe angehört, erzählte ihm eine bearbeitete Version der tatsächlichen Ereignisse, wobei er den ›Himmelsfalken-Zwischenfall‹, die Sprengung des Wagenzuges und die Tatsache ausließ, daß man sie in zwei Schüben eingesammelt hatte.

Dann berichtete er, daß einer der fünf — ein Mann — schwer verletzt worden sei. Da die anderen nicht bereit gewesen waren, ihren Kollegen zurückzulassen, hatte die Gruppe den Beschluß gefaßt, zusammenzubleiben und das Angebot des Clans anzunehmen, bei ihm zu überwintern. Der Verletzte hatte den ganzen Winter gebraucht, um wieder gesund zu werden. Dank des Geschicks der Heilerinnen war er zwar nun wieder auf den Beinen, aber er konnte noch keinen langen, mühseligen Marsch durchstehen.

Morita fragte, ob sie den Ort kannten, an den die ›Reisenden‹ zurückkehren wollten. Cadillac erwiderte, dies wüßten sie nicht. Er und sein Gefährte seien bloß einfache Fischer. Vielleicht wisse Carnegie-Hall von diesen Dingen. Der Wortschmied habe viele Tage und Nächte mit ihren Gästen im Gespräch verbracht und viele eigenartige Dinge und Gerätschaften erwähnt — mit Worten, die er, Cadillac, und sein Gefährte ›Motor-Head‹, nicht verstanden.

Dann fragte Morita an, wann sie die Reisenden zuletzt gesehen hatten. Cadillac berichtete über den Samurai, es sei an dem Tag gewesen, an dem sie Segel gesetzt hatten.

Steve fluchte stumm, und Morita, der ihre Sprache allem Anschein nach verstand, erkannte den Schnitzer ebenso schnell. *Segel gesetzt?* Was wußten die Kojaks über ›Segel‹, und wer hatte sie dieses Wort gelehrt?

Cadillac beeilte sich zu versichern, die Redewendung ›Segel setzen‹ bedeute den Anfang einer Reise über das Wasser. Das Wort stamme, wie jedes, das sie kannten, aus dem Mund von Carnegie-Hall. Steve, der jedes seiner Worte registrierte, spürte, daß sie nun zunehmend in Schwierigkeiten gerieten. Er kam sich vor, als sei er auf einem Floß gefangen, das flußabwärts raste, und wußte, daß hinter der nächsten Biegung mehrere mörderische Stromschnellen lagen.

»Dann«, sagte der Samurai, der für Morita übersetzte, »sind also drei Männer und zwei Frauen bei den Kojaks.«

Cadillac, der dies zuvor kundgetan hatte, bestätigte, daß es so sei.

»Beschreibe sie«, sagte Morita. »In allen Einzelheiten.«

Dies war der Augenblick, vor dem Steve sich gefürchtet hatte. Er warf Cadillac einen Seitenblick zu. Er schien geahnt zu haben, daß die Frage kommen würde, doch sein Gesichtsausdruck ließ darauf schließen, daß er gehofft hatte, sie werde nicht gestellt werden. Wieviel wußten die Eisenmeister wirklich? Nach wem genau suchten sie? Nach vier Langhunden und einem Mutanten — so, wie sie am Reiherteich aufgetreten waren? Nach vier Mutantensklaven und einer Kurtisane — ihrer Besitzerin —, die auf einem von Yama-Shitas Raddampfern aus Ari-bani angereist war? Oder nach den fünf ›Mutanten‹, die vom Gelände des Sklavenhändlers in Bu-faro verschwunden waren?

Cadillac erkannte, daß sie von dem Augenblick an, in dem sie gelandet waren, alles falsch gemacht hatten.

Hier war niedrige, animalische List gefragt, keine beredte Intelligenz. Seine Talente als Wortschmied und sein anmaßender Dünkel hatten ihn zu dem Glauben verführt, er könne den Gegner geistig überlisten, doch er hätte sich blöde stellen sollen. Hätte er es von Anfang an getan, hätte er vermeiden können, potentiell gefährliche Fragen beantworten zu müssen, indem er behauptet hätte, sie seien — wie ihre Mutantengefährten — nicht in der Lage, sich daran zu erinnern. Wie ironisch, daß ausgerechnet er es vergessen haben sollte! Und jetzt war es zu spät ...

Zufälligerweise war sich Morita sämtlicher drei Kombinationen bewußt. Als Watanabe die ersten Meldungen zum Palast nach Sara-kusa gesandt hatte, war die ganze Geschichte zwar noch nicht bekannt gewesen, doch im Winter hatten weitere Nachforschungen ergeben, daß jemand den Meuchelmördern eine ›hilfreiche Passage‹ aus dem Land heraus verschafft hatte.

Ihre Reise vom Uda-sona-Flußhafen Ari-bani durch den Kanal zum Sklavenhändler-Gelände bei Bu-faro war inzwischen rekonstruiert worden. Ihr späteres ›Entwischen‹ von dem Gelände — pflichtgemäß den Behörden gemeldet — fiel mit dem Verschwinden eines Mutantenaufsehers von dem Raddampfer zusammen, der sie nach Bu-faro gebracht hatte. Beide Ereignisse standen eindeutig miteinander in Verbindung, und das Verschwinden des Aufsehers war der Beweis, daß es den Feinden der Yama-Shitas gelungen war, Agenten in die Mannschaften ihrer Schiffe einzuschleusen. Und die Familie hatte sie bis jetzt für absolut sicher gehalten.

Zwar hatte man die Aktivitäten des Sklavenhändlers von Zeit zu Zeit beobachtet, aber die Ermittlungen hatten sich mit der möglichen Hinterziehung von Steuern beschäftigt. In jeder anderen Hinsicht war sein Verhalten normal gewesen. Keiner der Yama-Shita-Spitzel hatte je eine Meldung eingereicht, die der Familie einen Hinweis gegeben hätte, der Verdächtige könne ein Geheimagent der Toh-Yotas sein. Sämtliche Informationen, die man nach dem Ereignis in Bu-faro gesammelt hatte, stammten von zwei Frachtarbeitern, die man mittels Bestechung dazu erpreßt hatte, die Umstände zu enthüllen, die Ankunft und Abreise der Mörder umgaben. Erst dann hatte die Familie erfahren, daß einer der Ausländer fließend Oberklassenjapanisch sprach und die Frechheit gehabt hatte, eine Kurtisane zu mimen!

Vor dem Tod Fürst Yama-Shitas hätte man den Händler ergriffen und unter der Folter gezwungen, das Ausmaß seiner Komplizenschaft einzugestehen, doch im gegenwärtig feindseligen politischen Klima, wo die Familie nicht mehr alleiniger Herr in ihrem Haus war, wäre dies abträglich gewesen. Es war weitaus besser, ihn in der Hoffnung an Ort und Stelle zu belassen, ihn zum Doppelagenten zu machen …

Cadillacs Furcht, daß man sie erkannte, war durchaus nicht unbegründet. Samurai-Major ›Tenzan‹ Morita hatte nämlich in der Tat die Bodenversuche und Testflüge des raketenbetriebenen Gleiters beobachtet, die der Langhund-Ingenieur und sein Mutanten-Protegé vorgeführt hatten. Und je länger er die beiden Grasaffen ansah, die vor ihm knieten, desto überzeugter wurde er, sie schon einmal gesehen zu haben. Doch wo? Am Reiherteich? Der Angriff auf die versammelten Würdenträger und die Anlagen war zwar mit atemberaubender Kühnheit durchgeführt worden, aber … Konnte wirklich jemand so *frech* sein?

Morita verwarf den Gedanken. Es war unvorstellbar. Und doch war etwas an der Stimme, die seine Fragen beantwortete …

»Wir warten«, sagte der Samurai.

Cadillac befeuchtete seine trockenen Lippen. Er war, ebenso wie Steve, zu dem Schluß gekommen, daß es sicherer war, bei der letzten Reihenfolge von fünf ›Mutanten‹ zu bleiben, da ein fremder Clan einer solchen

Gruppierung wahrscheinlich eher die Gastfreundschaft anbot.

Die Japse schienen genau zu wissen, nach wem sie suchten, und von Carnegie-Hall wußte er, daß sie die beiden Himmelsreiter gefunden hatten. Sollte er sie von der Fährte abbringen, indem er fünf willkürliche Kojaks beschrieb? Würde es sie davon abhalten, nach She-Kargo zu fahren, oder gaben sie unter keinen Umständen auf? Andererseits ... Wenn die Japse den Überfall abbliesen, weil seine Beschreibung nicht zu denen paßte, die auf ihrer Liste standen, was geschah dann mit Steve und ihm? *Falls* man sie freiließ — wie sollten sie dann zurückkommen? Sie würden zu Fuß gehen müssen; unbewaffnet; den ganzen Weg rund um den See. Und das konnte noch gefährlicher werden als eine Fahrt auf dem Raddampfer.

Sein Dilemma schien sich von selbst zu lösen. Sie brauchten jemanden, der sie über den See mitnahm, und ebenso brauchten sie, wenn sie auf der anderen Seite waren, die Pferde der Eisenmeister. Also mußte er dem fragenden Mann auf dem Podium die Antworten geben, die er hören wollte. Es war ein interessantes Problem, denn früher oder später mußte er anfangen, Beschreibungen von Steve und sich selbst abzugeben!

Cadillac fing an, indem er Kelso und Jodi in allen Einzelheiten beschrieb, dann nahm er sich Clearwater vor. Zwar hatte keiner der Japse, die ihr am Reiherteich nahegekommen waren, überlebt, doch der Mann, der ihn verhörte, hatte vielleicht eine detailliertere Beschreibung von Fürst Min-Orota. Cadillac wußte natürlich nicht, daß er und Yama-Shita miteinander nicht mehr auf freundlichem Fuß standen. Im Gefolge der Reiherteich-Katastrophe und der anschließenden Enthüllungen über ihren gemeinsamen Plan, das Dunkle Licht hervorzuzaubern, hatte Min-Orota sofort die Seiten gewechselt und seine früheren Verbündeten der vollen Wut ausgeliefert.

Als Cadillac anfing, Clearwaters Gesicht und ihren bemerkenswertesten Zug — ihre blauen Augen — zu beschreiben, fiel ihm eine geniale Lösung des verbleibenden Problems ein, Steve und sich zu beschreiben, ohne daß man sie wiedererkannte: Er konnte ihre körperlichen Eigenheiten vertauschen und zwei neue Gestalten erschaffen, die zwar *Teilen* des Steckbriefes entsprachen, den die Eisenmeister herausgegeben hatten, aber *nicht* — und das war der riskante Teil — der Beschreibung der beiden vor ihnen knienden Männer entsprach. Die Chance, die Sache zu verpatzen, war sehr gering, und er hatte keine Zeit, sich etwas Besseres auszudenken. Cadillac holte tief Luft und ging die Sache an.

Als Steve kapierte, was Cadillac wollte, zog er geistig den Hut vor ihm. Es war zwar ein Wagnis, aber ... Na und? Sie hatten ihr Glück mehr als herausgefordert. Selbst wenn sie mit Hilfe irgendeines Wunders mit heiler Haut aus diesem Verhör herauskamen — sie mußten noch immer eine Möglichkeit finden, das Schiff in die Luft zu jagen!

Als der Samurai die Beschreibung der beiden letzten Reisenden übersetzte, lauschte Morita ihm konzentriert, und nach einem leisen Wortwechsel mit seinem gepanzerten Kollegen drückte er seine Zufriedenheit aus. Er ordnete an, Steve und Cadillac aus dem Raum zu entfernen.

»Glückwunsch«, murmelte Steve, als sie ihren Platz zwischen den Rotgestreiften auf dem Korridor wieder einnahmen. »Das hast du großartig gemacht.«

»Nikt spläkken!« fauchte ihn einer der Rotgestreiften an.

Die Tür glitt zu; Watanabe und seine Gattin waren immer noch drin. Als sie auf bestrumpften Füßen dastanden, versuchte Cadillac zwar mitzuhören, was im Innern des Raums gesprochen wurde, doch die Stimmen waren quälend unverständlich. Fünfzehn, zwanzig, fünfundzwanzig Minuten später — es war nur schwer zu ermessen — ging die Tür wieder auf. Der Paravent stand erneut mitten im Raum an Ort und Stelle, und die Leute davor hockten noch da.

Steve und Cadillac kehrten auf ihre Matten zurück und setzten Mienen auf, die ihre Niedrigkeit verdeutlichen sollten. Sie hörten, daß sich hinter dem Schirm Menschen bewegten; sie vernahmen das Klicken von Rüstungsteilen und das Rauschen schwerer Seidenkleider. Möglicherweise kehrten die Großkopfeten nach der Teepause zurück.

Der Schirm wurde beiseitegenommen und enthüllte die maskierten Gestalten Moritas und Kawanashis, die auf dem Podium saßen — wie schon vorher mit ihren Adjutanten. Was, in Mo-Towns Namen, fragen sie uns wohl jetzt? dachte Cadillac. Er und Steve drückten die Nase an den Boden, als alle anderen sich grüßend verbeugten.

Moritas Samurai-Dolmetscher stand auf und rief zwei seiner niedrigrangigeren Kollegen aus dem hinteren Teil des Raumes. Sie bauten sich hinter Cadillac auf, und bevor er wußte, was geschah, packten sie seine Arme und schoben schnell einen Stock durch die Kette der an seinen Gelenken befestigten Eisenhandschellen. Sie hoben den Stock hinter seinen Hals und vor die Gelenke, so daß sie ein Joch bildeten, an dem seine Hände in Schulterhöhe befestigt waren. Dies drückte den mittleren Teil der Kette dicht an seine Kehle.

Eine Sekunde später sah Cadillac die rasiermesserscharfen Spitzen von Samuraischwertern an beiden Seiten seines Kopfes. Die Klingen waren nur um Haaresbreite von ihm entfernt. Sein Magen verkrampfte sich, als er an die schrecklichen Wunden dachte, die diese Schwerter seinem Gesicht zufügen konnten.

»Wir glauben, du hast nicht die Wahrheit erzählt«, sagte der Dolmetscher. »Deswegen mußt du bestraft werden.« Die Klingen wurden zurückgezogen, und die beiden hinter Cadillac stehenden Samurai packten seine Ohren.

Samurai-Major Morita, der den hilflosen Mutanten nicht aus den Augen ließ, beugte sich zu Kapitän Kawanashi hinüber und fragte ihn auf japanisch: »Welches sollen wir ihm abschneiden?«

»Das rechte.«

Morita gab das Zeichen, und im gleichen Moment wich Cadillac, der den Hieb schon erwartete, mit dem Kopf nach links aus.

Doch der Schnitt kam nicht. Er spürte keinen reißenden Schmerz. Es war ein Trick gewesen. Und da er in diesem entscheidenden Moment die Nerven verloren hatte, hatte er sich verraten.

Morita schlug sich auf die Schenkel, lachte herzlich und stupste Kawanashi an. »Was habe ich gesagt? Er versteht jedes Wort! Ist es nicht unglaublich? Ich *wußte* doch, daß ich den Hund schon einmal gesehen habe!« Er deutete auf Steve. »Und ich wette, auch der mit den blauen Augen war am Reiherteich!« Er sprach den Dolmetscher an. »Wirf einen genauen Blick auf sein Haar und sag mir, was du siehst!«

Steve verstand zwar nicht, was Morita sagte, aber als der Samurai zu ihm trat und seinen Kopf untersuchte, brauchte er keine Übersetzung mehr. Sie hatten es vermasselt …

Angesichts des Mahlstroms aus Tod und Zerstörung, den sie am Reiherteich losgelassen hatten, rechnete Steve damit, daß man sie als Vorspiel zu etwas unendlich Schlimmerem wenigstens heftigst zusammenschlug, doch zu seiner Überraschung brachte man sie, ohne ihnen ein Haar zu krümmen, aus dem Raum. Nicht einmal ihre Eskorte verdrosch sie — und das war etwas, mit dem jeder Gesetzesbrecher in der Föderation rechnen mußte, wenn er in die Hände von Militärpolizisten fiel.

Als sie das Vordeck erreichten, wo Feldwebel Kurabashi gerade die letzten Neuigkeiten aus der Heimat erfahren hatte, wurden ihnen die Beinfesseln und Halsbretter wieder angelegt. Ein Rotgestreifter gratulierte dem Feldwebel für seinen Beitrag bei der Entlarvung der ›Falschen‹.

Es fiel Steve zwar schwer, in den Gesichtern der Japse etwas zu lesen, doch Kurabashi musterte sie mit einer Mischung aus mürrischer Bewunderung und Bedauern. »Langhunde wilklich mutig, aber sehl, sehl dumm.« Er fuhr sich schnell und lächelnd mit einem Finger über die Kehle.

Die Rotgestreiften brachten sie über zwei Trittleitern nach unten und schlossen sie in eine kleine, verdunkelte Kabine ein, deren Tür sich auf den Gang zum Maschinenraum hin öffnete. Das einzige Licht fiel durch eine Gitterluke im Hauptdeck über dem Leiterschacht, rechts am Ende des Gangs. Zwar erreichte nur sehr wenig Licht ihre momentane Zelle, doch Steve brauchte auch keine Festbeleuchtung, um die Umgebung zu untersuchen. Der Raddampfer war nach den gleichen Plänen gebaut wie das Schiff, auf dem er als Blinder Passagier gefahren war, und die Kabine glich jener auf der anderen Seite des schmalen Korridors, in der er sich während der Reise meist in der langen Kiste unter Side-Winders Koje versteckt hatte.

Ebenso vertraut war er mit dem am anderen Ende des Gangs liegenden Aufbau des Maschinenraums. Die Holzscheite stapelten sich fast zweieinhalb Meter hoch gegen das Vorderschott und an beide Seiten des Schiffsrumpfes. Der große, in der Mitte liegende Kessel und die ewig hungrigen Öfen wurden von Eisenplattformen und Laufstegen, blitzenden Messingventilen, Pumpen und einem Labyrinth aus Kupferrohren umrahmt, und die großen Stahlkolben, die ihre Kraft auf die beiden festen, eisenbeschlagenen Holzwalzen übertrugen, die das Heckrad drehten, hatten einen Durchmesser von sieben Metern und waren über elf Meter lang.

Steve wußte, daß man, wenn man durch einen der Schächte kroch, die die zum Achterdeck führenden Triebstangen enthielten, eine Möglichkeit hatte, durch den Maschinenraum hinauszugelangen. Aber als er die Fahrt in Gegenrichtung gemacht hatte, hatte sich die Stange nicht bewegt. Man konnte durch den Leiterschacht auf das über ihnen befindliche Zwischendeck gelangen, wo die Samuraipferde untergebracht waren, und durch eine der quadratischen Luken ins Freie gelangen. Aber solange sie gefesselt waren und die Halsbretter trugen, war das wohl nicht drin.

Der Schlüsselring für die Ketten, die Bretter und die Zelle wurde draußen an die Wand gehängt, aber mehr als einen Finger konnte man nicht durch das feste Gitter der verschlossenen Tür schieben. Um an die Schlüssel heranzukommen, mußte man zuerst das Gitter knakken. Doch selbst wenn sie eine Möglichkeit fanden, dies zu tun, konnten sie keinen solchen Versuch wagen, denn an beiden Gangenden stand eine Wache. Als Steve das Gesicht so dicht wie möglich ans Gitter schob, konnte er gerade ein Stück des rechten Arms und Beins der Wache an der Vorderleiter sehen. Der Japs am Maschinenraum befand sich zwar außerhalb seines Blickfeldes, aber Cadillac hatte gehört, daß man ihm einen Posten zugewiesen hatte. Und seither hatte er, wie alle Wachsoldaten, mit seinem Kameraden hin und wieder ein Wort gewechselt, um die Langeweile zu vertreiben.

Steve wandte dem Problem den Rücken zu. »Es ist zwar nicht gut ... aber es könnte schlimmer sein.«

Cadillac saß mutlos auf der langen Holzkoje im Halbdunkel. »Was plätschert denn da so?«

»Ach, daran wirst du dich gewöhnen. Die Kabine liegt unter der Wasserlinie.«

»Hätte ich doch bloß nicht gefragt ...« Cadillac unternahm den Versuch, sich auf der Koje auszustrecken, doch das Halsbrett machte es unmöglich. Er fand heraus, daß die einzige bequeme Lage darin bestand, aufrecht an der Wand zu sitzen und den Vorderteil des Brettes auf die Knie zu stützen.

»Tut mir leid. Es war dumm, sich so reinlegen zu lassen.«

»Es hätte jedem passieren können«, sagte Steve. »Wenn *ich* all die Fragen hätte beantworten müssen ... Ich hätte den Ball nicht so lange in der Luft behalten wie du.«

»Yeah. Aber du wärst nicht zusammengezuckt, wenn der Japs gesagt hätte, man soll dir das rechte Ohr abschneiden.«

»Oh, doch«, sagte Steve lachend, »wenn ich gewußt hätte, was er sagt. Was soll ich deiner Meinung nach sagen? — ›Du hast es verpatzt?‹« Er beantwortete die Frage mit einem Achselzucken. »Wir sind das Risiko eingegangen, daß wir fähig sind, diese Typen reinzulegen, und haben verloren. Damit hat es sich.«

Cadillac nickte finster. »Es überrascht mich, daß sie ...« Er beendete den Satz nicht. »Reden wir lieber nicht davon. Könnte Pech bringen.«

»Yeah ... Nun, wenn's dich irgendwie erleichtert — ich nehme an, wir sind für eine Weile sicher. Ich glaube nämlich, daß das Hauptziel der Kerle darin besteht, auch die anderen zu schnappen. Die Schmerzen kommen erst später ...«

»Wie geht's nun weiter, wo wir keine Chance mehr haben, den Dampfer zu versenken?«

»Sag du es mir ...«

»Glaubst du, daß Clearwater ...?«

»... uns hier herausholen kann? Könnte sein«, sagte Steve. »Es kommt darauf an.«

»Auf was?«

»Auf eine Menge Dinge. Darauf, ob Bull und Death-Wish sicher mit der Botschaft zurückkehren. Und ob sie sie versteht. Dann ist da noch Carnegie-Hall. Hält er immer noch zu ihr, wie er versprochen hat, oder tut er nur so und haut uns in die Pfanne, wenn die Dinge schieflaufen?«

Cadillacs Lebensgeister sammelten sich wieder. »Nein. Dazu kommt es nicht. Er hat zuviel Angst vor ihren Kräften.« Er richtete das Halsbrett und stand auf. »Sie holt uns hier raus, ich weiß es.«

»Ach, wäre es doch nur so einfach«, sagte Steve. »Ich vertraue zwar ebenso auf sie wie du, aber ...«

»Aber was?«

»Es wird nicht klappen!« rief Steve aus. Er packte Cadillacs Arm. »Laß mich ausreden — und sei leise!« Er zwang den Mutanten, sich neben ihn vor die Koje zu hocken. »Erstens weiß sie nicht, in welcher Lage wir stecken. Angenommen, sie wartet dort, wo Watanabe Ende November an Land gegangen ist, und die Burschen oben auf der Brücke schaffen es, genau die gleiche Stelle anzusteuern ...«

»Okay ...«

»Dann ist es also dunkel. Wie geplant. Sie schalten die Maschine ab. Aber angenommen, sie werfen *keinen* Anker und warten bis zum Morgengrauen, wie es alle erwarten? Angenommen, sie lassen sich vom Vorwärtsschwung des Schiffes weitertreiben? Bevor Clearwater und die anderen erkennen, daß es nicht explodiert, haben sie den Schiffsbug doch schon halb am Ufer!«

»Aber das war nicht der Plan!« zischte Cadillac. »Du hast gehört, was Carnegie gesagt hat. Sie wollen im Schutz der Nacht kommen, vor dem Ufer ankern und Signale austauschen! Rote und grüne Raketen!«

»Es *wird* keine Signale geben! Glaubst du etwa, die Japse trauen den Kojaks noch, nachdem sie *uns* als Führer geschickt haben? — Ich bitte dich!«

»Ja ... Wahrscheinlich hast du recht.«

»Natürlich habe ich recht! Sie werden mit Volldampf anrücken und mit Raketen im Arsch wie eine wilde Büffelherde an Land sprengen. In einer solchen Situation kann alles mögliche passieren. Clearwater könnte von einem Pfeil getroffen werden oder unter ein Pferd geraten, bevor sie auch nur reagieren kann.«

»Quatsch! Du hast doch gesehen, was am Reiherteich passiert ist.«

»Du meinst, als sich die ganzen Samurai auf sie gestürzt haben?«

»Ja! Wenn die Macht in ihr ist, können von Menschenhand gemachte Waffen ihr nichts anhaben! Talisman ist Schwert und Schild zugleich!«

»Das bestreite ich ja nicht. Ich rede von der Zeit, bevor sie sich aufgewärmt hat. Aber gut, gehen wir davon aus, daß sie ihre Nummer hinkriegt und Erfolg mit dem hat, mit dem wir keinen hatten. Sie jagt den Raddampfer in die Luft — und zwar weit genug draußen, damit die Japse zwar in ihren Rüstungen bis zum Hals in der Scheiße sitzen, aber nahe genug an Land sind, damit die überlebenden Pferde an Land schwimmen können ...«

»Ich weiß, was jetzt kommt: Unsere Kabine liegt unter der Wasserlinie.«

»Gut mitgedacht. Wenn das Wasser reinläuft, sind wir die ersten, die sich im Wassertreten üben. Aber mit unseren Fesseln und so weiter wird es nicht sehr lange dauern.« Steve stand auf. »Wenn ich das Gewicht des Brettes schätze, würde ich sagen, es schwimmt wie ein Betonklotz.«

Cadillacs neugefundene Zuversicht flaute allmählich ab. Er sank wieder an die Plankenwand hinter der Koje. »Das war es, was du vorausgesehen hast, als ich den Stein las — daß wir ertrinken.«

»Falsch. Ich habe uns nicht *ertrinken,* sondern *vor* dem Ertrinken gesehen. Das ist ein großer Unterschied. Das ganze Gerede hat uns wieder zum Anfang gebracht. Wir können nicht erwarten, daß Clearwater alles erledigt. Ihre Aufgabe besteht darin, den Kojaks zu helfen, mit den Eisenmeistern fertig zu werden, die an Land kommen. Den Rest sollen wir erledigen. Wir müssen das Schiff lahmlegen und dann von hier verschwinden.«

»Müßte es nicht umgekehrt sein? Wie können wir ...?«

Steve unterbrach ihn. »Hör zu — ich kümmere mich um das Schiff, klar?«

»Aber wie denn?!«

»Mach dir darüber keine Gedanken. Wenn das, woran ich denke, klappt, fliegt die Kiste in den Himmel. Aber mit etwas Glück sinkt sie erst dann, wenn alles über dem Hauptdeck in Flammen steht. Und *dann* gehen wir von Bord — im Augenblick der größten Panik. Deswegen denkst du von nun an darüber nach, wie wir aus diesem Kasten herauskommen — unter den gegebenen Umständen.«

»Brickman, die Sonne ist gerade untergegangen, als sie uns hier runtergeschafft haben. Wenn sie ihren ursprünglichen Terminplan beibehalten und heute abend abfahren, haben wir ...«

»... weniger als zehn Stunden. Ich weiß.« Die Karten sprachen zwar nicht zu ihren Gunsten, aber es gab jemanden, der ihnen möglicherweise helfen konnte.

Roz.

Es war an der Zeit, selbst ein wenig zu zaubern ...

12. Kapitel

Nachdem er sich von seiner Gattin und den Kindern verabschiedet hatte, wurde Izo Watanabe von Kurabashi wieder auf den Raddampfer begleitet. Eine Zofe und ein Seesoldat, die er ausgewählt hatte, um ihn zu begleiten, saßen mit seinem Gepäck vor den Ruderern.

Die Entlarvung der beiden Mörder — ein direktes Ergebnis seines ursprünglichen Argwohns — hatte dazu beigetragen, ihn in den Augen von Samurai-Major Morita und Kapitän Kawanashi noch höher steigen zu lassen. Die drei restlichen Mörder würden bald vor ihren Richtern stehen, und den verräterischen Kojaks würde man eine blutige und schreckliche Lehre erteilen, die den Nutzen hatte, ihre Präriëvolk-Nachbarn daran zu erinnern, womit man rechnen mußte, wenn man seine Wohltäter betrog.

Insgesamt gesehen hätte die Zukunft zwar nicht rosiger aussehen können, doch Watanabe wurde von einem bohrenden Zweifel geplagt, der sein Gewissen wie ein spitzer Dorn aufspießte. Die Entdeckung, daß einer der Mörder die Eisenmeistersprache verstand, hatte die Möglichkeit heraufbeschworen, daß die Schlagkraft und der Zeitplan des Überfalls dem Gegner nun bekannt war. Watanabe wußte zwar, daß die Mutanten weder lesen noch schreiben konnten und zudem von einem unzuverlässigen Erinnerungsvermögen geplagt waren, doch nun wurde ihm im Nachhinein klar, daß die Borkenmedaillons, die die zurückgekehrten Bootfahrer getragen hatten, eine verschlüsselte Nachricht für die anderen ›Reisenden‹ gewesen sein konnten. Wie dumm von ihm, sie nicht beschlagnahmt zu haben!

Aber wie hätte er wissen können, daß einer der nachgemachten Grasaffen sie verstand? Es war unter Androhung des Todes absolut verboten, daß die Sklaven ein Wort der heiligen Sprache der Söhne Ne-Issans äußerten. Wo hatte der Ausländer dieses Wissen erworben? Die Antwort auf diese und andere Fragen würde man ihm ohne Zweifel in den Folterkammern entlocken, die sich Gerüchten zufolge unter dem Palast der Familie Yama-Shita in Sara-kusa befanden.

Am liebsten hätte Watanabe den beiden Mördern selbst ein erinnerungsträchtiges Maß an Schmerz zugefügt, denn sie waren der Grund für die nagende Angst, die seinen Schlaf ruinierte, seit er sie unter seinem Hausboot-Quartier hatte lauern sehen. Zwar hatte ihn ihre Entlarvung von der größten Angst befreit, aber nun sah er sich einer schwierigen Wahl gegenüber. Sollte er gestehen, daß er unter Umständen — wenn auch unwissenderweise — zugelassen hatte, daß dem Gegner lebenswichtige Informationen in die Hände gefallen waren? Sollte er lieber schweigen? Im Kielwasser der Wahrheit konnte eventuell eine Anklage wegen Nachlässigkeit auf ihn warten und seinen Zukunftsaussichten ernsthaft schaden ... Doch wenn er weiterhin schwieg, wie seine Gattin Yumiko vorgeschlagen hatte ...

Warum alles riskieren? Auch wenn die Kojak-Mutanten *wirklich* von der bevorstehenden Ankunft des Raddampfers wußten — wie wollten sie — eine Barbarenhorde und drei Mörder: zwei Frauen und ein halbinvalider Mann — der überwältigenden Macht der Eisenmeister trotzen?

Nachdem die Leinen des Beibootes an der Gangway des Dampfers gesichert waren, entbot Feldwebel Kurabashi seinem Herrn einen respektvollen Abschiedsgruß und wünschte ihm guten Wind und Glück. Watanabe, der das Kommando über die Außenstation vor der versammelten Hausboot-Mannschaft offiziell an ihn abgetreten hatte, dankte ihm mit einem hochnäsigen Tonfall, der auf seine anstehende Beförderung anspielte und drängte ihn, sich mit äußerster Sorgfalt Yumiko und der Kinder anzunehmen. Nicht etwa, weil eine Möglichkeit bestand, daß man sie während seiner Abwesenheit vernachlässigte; Kurabashi war durchaus klar, daß er ebenso wie jeder andere im ständigen Einsatz bleiben würde, auch wenn er nun Offizier vom Dienst war.

Watanabe beaufsichtigte das Entladen seines Gepäcks durch seine beiden Begleiter, um sicherzugehen, daß nichts vergessen wurde, dann schritt er großtuerisch die Treppe hinauf und ließ seine rechte Hand auf dem Knauf des Schwertes ruhen, das er durch die dunkle Schärpe um seine Taille geschoben hatte. Es war ein Schwert, von dem Kurabashi wußte, daß es noch nie Blut getrunken hatte.

Der Feldwebel, dessen Kampferfahrung sich von besoffenen Hinterhofschlägereien bis hin zu mörderischen Zusammenstößen mit Flußpiraten erstreckte, blickte ihm mit milder Erheiterung nach, als er an Deck ging. Die Mischlinge waren doch alle gleich; sie versuchten pausenlos, etwas zu beweisen. Trotzdem wünschte er ihm eine sichere und schnelle Rückkehr; die Aussicht, einer scharfzüngigen Xanthippe wie Yumiko länger als drei oder vier Tage ausgesetzt zu sein, war besonders abscheulich.

Den ganzen Tag über hatten die Kojaks an jener Uferstelle ihre Verteidigung vorbereitet, an dem sie die Landung der Eisenmeister erwarteten. Da sie noch nie Pferde gesehen hatten, hatten sie auch noch nie gegen Kavalleristen gekämpft, und deswegen war Clearwaters Erfahrung für sie unbezahlbar. Sie beschrieb das Erscheinungsbild der zweiköpfigen, sechsbeinigen Biester und versicherte den Kojak-Kriegern, daß man sie besiegen konnte, wenn man nicht zurückwich, auch wenn eine Linie angreifender Reiter einen furchtbaren Anblick bot. Wer fest stehenblieb, war weniger in Gefahr als der, der sich umdrehte und wie ein aufgeregter Renner floh.

Man konnte den Verfolgern nicht entkommen, und wenn man den Schwertern der Reiter den Rücken zudrehte, konnte man sich nicht verteidigen. Um ihnen zu helfen, sich der kommenden Bedrohung zu erwehren, zeigte Clearwater ihnen, wie man Hellebarden herstellte, indem man Machetenklingen an langen Stangen befestigte. Dann nutzte sie das Wissen, das sie errungen hatte, als sie Steve beim Üben mit dem Schlagstock zugesehen hatte und zeigte den Kojaks, wie man Hiebe konterte und austeilte.

Die wirkliche Landung sollte kurz vor Morgengrauen stattfinden — für die Eisenmeister wegen ihrer mythischen Beziehung zur aufgehenden Sonne ein günstiger Augenblick —, doch die Auserwählten hatten versprochen, daß Feuer den Raddampfer verschlang, wenn es noch dunkel war. Wenn das große Schiff in Flammen stand und sank, waren die Totgesichter, wenn sie aus dem seichten Wasser kamen, in einem großen Nachteil. Und was noch besser war: Man konnte ihre Silhouetten vor den Flammen sehen, während die Angreifer von der Finsternis verhüllt wurden.

Unter diesen Umständen bildete das Ufer eine ideale erste Verteidigungslinie, und hier hofften die Kojak-Krieger auch den größten Schaden anzurichten. Da sie ebenso Jäger wie Fischer waren, waren sie ausgezeichnet in der Kunst des Aushebens von Wild-Fallgruben versiert, so daß nach einer kurzen Weile das Ufer mit einer Mischung aus Gruben und Gräben durchzogen war, in die Pferde und Reiter stürzen sollten. Die Löcher wurden mit einem leichten Rahmenwerk aus Zweigen getarnt, die stark genug waren, um kreuz und quer verstreute Blätterschichten und darüber eine dünne Schicht aus Sand und Kieseln zu tragen. Als alle fertig waren, wurden ihre Positionen mit dünnen, aufrecht im Sand steckenden Zweigen markiert, doch im Morgengrauen vor dem Sonnenaufgang würden die Fallgruben unsichtbar sein.

Eine zweite Verteidigungslinie wurde errichtet, indem man die Fischernetze des Clans an Pfähle hängte, die sich dem Wasser entgegen neigten. Am Ufer entlang ausgestreckt, die Bodensäume hoch genug gezogen, um den Kriegern zu erlauben, unter den Netzen hinwegzutauchen, würden auch sie so lange unsichtbar bleiben, bis Pferde und Reiter sich in dem groben Geflecht verfangen hatten.

Dicht am Rand des Sees wollte man ein kleines Feuer anzünden. Um das Feuer herum sollte sich eine Fischergruppe neben den umgedrehten Booten schlafen legen, während zwei Mann auf normale Weise Wache hielten. Man wußte, daß die Totgesichter hohle Stöcke aus Blech besaßen, in denen magische Augen waren, durch die man ferne Dinge sehen konnte, als wären sie nur eine Armlänge weit entfernt. Das Feuer, das dicht an der Stelle brennen sollte, an der Watanabe an Land gekommen war, würde — so hoffte man — den Dampfer wieder an die gleiche Stelle locken — ins Zentrum der Uferbefestigungen.

Die friedliche Szene mit den beiden Posten, die nach dem roten Feuer Ausschau hielten, das am Nachthimmel erscheinen sollte, mußte die Eisenmeister an den Gedanken gewöhnen, daß der Clan weiter an seinem ursprünglichen Plan festhielt. Doch unter den Rümpfen der umgekippten Boote lagen dann die abwartenden Kojak-Krieger mit Armbrüsten — auf jede falsche Bewegung vorbereitet.

Die Rückkehr Raging-Bulls und Death-Wishs mit den Einzelheiten über den bevorstehenden Angriff verlieh der Gefahr zwar eine körperliche irdische Dimension, trug aber nur wenig dazu bei, Clearwaters Furcht zu reduzieren. Für Cadillac und den Wolkenkrieger war das Erreichen der Außenstation nämlich nur die halbe Schlacht. Das Wundmal um Death-Wishs Hals nach der Strangulation unterstrich die unberechenbare Natur des Gegners. Die kaum verhüllte Verachtung der Eisenmeister für ›minderwertige‹ Menschen setzte die Mutanten einer ständigen Todesbedrohung aus. Cadillac und der Wolkenkrieger gehörten zwar offiziell nicht in diese Kategorie, aber solange sie in den Fängen der Eisenmeister blieben, befanden sie sich in tödlicher Gefahr — besonders angesichts dessen, was zu tun sie aufgebrochen waren.

Clearwater bat Mo-Town zwar um Hilfe, aber sie wußte, daß sie zuerst den Raddampfer versenken mußten. Es verlockte sie, ihre Kräfte einzusetzen, um den beiden zu helfen, doch da sie sich an Bord des Schiffes befanden, während sie sich am Ufer aufhielt, konnten nur sie den richtigen Augenblick bestimmen. Ob ihnen eigentlich klar war, fragte sie sich, was alles von ihnen abhing?

Clearwater hatte Carnegie-Halls Geist durchdrungen und seinen Widerstandswillen gestärkt. Der Wortschmied wiederum hatte diese Entschlossenheit zwar an die weitergegeben, die in seiner Nähe waren, aber sie konnte nicht den gesamten Clan kontrollieren. Auch wenn man Ehrfurcht vor ihren Kräften zeigte — sie konnte niemanden zum Kampf *zwingen.* Und dies war eine weitere Quelle ihrer Angst.

Die Zurückhaltung hatte ihre Ursachen in der Vergangenheit. Von einigen anfänglichen Scharmützeln abgesehen hatte das Prärievolk bewaffnete Konflikte mit den Eisenmeistern stets vermieden. Dieser Beschluß hatte vereinzelten Clans, als schrittweise klar geworden war, daß die gelben Männlein aus dem Osten nicht daran interessiert waren, ihr Territorium zu erweitern, viel Nachdenken abverlangt. Ihre Landung in den Jagdgründen des Prärievolkes hatte nur ein Ziel: Handel — den Austausch von Waren und Menschen, der zwar für beide Gruppen wichtig war, sich schrittweise jedoch zu Gunsten der Eisenmeister neigte.

Die früheren Auseinandersetzungen hatten gezeigt, daß die Totgesichter disziplinierte und bestens bewaffnete Krieger waren, die auch dann keine Bedenken hatten, einen Gegner anzugreifen, wenn er ihnen zahlenmäßig mehrfach überlegen war. Die Präriemutanten waren zwar ebenso stolz auf ihren Mut und ihre Tapferkeit als Krieger, doch sie hatten schnell erkannt, daß sie — um eine ihrer Redensarten zu verwenden — bei einem Angriff auf die Eisenmeister ihre Zähne in mehr Fleisch schlugen, als sie verdauen konnten.

Konflikte über umstrittene Jagdgründe waren in der Regel Dinge von geringer Bedeutung, bei denen sich meist nur Kriegergruppen von der Stärke zweier oder dreier Hände schlugen. Überfälle aus dem Hinterhalt und Angriffe, denen eine sofortige Flucht folgte, die manche der D'Troit-Clans bevorzugten, wurden von den She-Kargos, die sich eines bombastischeren Stils befleißigten, verachtet. Einem Kampf ging stets ein längerer mündlicher Streit voraus, bei dem jede Seite Beleidigungen ausstieß, die die Männlichkeit der anderen verhöhnte. Zudem machte man eine Menge frecher Gebärden und plusterte sich auf.

Die nachfolgende Schlacht bestand aus individuellen Kämpfen, und wenn eine Seite der anderen zahlenmäßig überlegen war, griffen jene, die keinen Opponenten hatten, erst dann in den Kampf ein, wenn einer seiner Clan-Brüder fiel. Diesen ritualisierten Kampfstil behielt man jedoch nicht immer bei, wenn es zu Zusammenstößen von Kriegern verschiedener Abstammung kam. Wenn auf beiden Seiten fünfzig oder mehr in die Sache einbezogen waren, wurde aus der nachfolgenden Schlacht oft ein wahres Gemetzel.

Wurden sie nicht von einem talentierten Wortschmied angeführt — aber auch dann nicht immer —, kämpften die Mutantenclans in lockerer Formation. Sie entwarfen auch nie taktische Schlachtpläne. Dieser Mangel an einheitlicher militärischer Kommandostruktur war möglicherweise auch der Grund, weshalb sich nur selten größere Konflikte zwischen rivalisierenden Clans entwikkelten. Der letzte, an dem sich die M'Calls beteiligt hatten, lag fünfzehn Jahre zurück, als Thunder-Bird, Clearwaters Vater, bei der Schlacht in den Black Hills das spitze Eisen der D'Vine geküßt hatte.

In einer Welt, die für jeden genug Platz hatte und in der es keinen Mangel an Einfallsreichtum und Energie gab, hatten die Präriebewohner kein Verlangen danach, sich gegenseitig auszurotten. Das Wichtigste war, sein ›Ansehen‹ zu behalten — Anerkennung bei Gleichgestellten zu finden und als mutiger Krieger zu gelten. Doch Krieger mit Messern konnten noch so tapfer sein — sie waren schwertschwingenden Samurai nicht ebenbürtig. Und seit man dies erkannt hatte und seinen Nutzen aus den Segnungen der regelmäßigen Handelstreffen zog, hatte sich eine vorsichtige Partnerschaft entwickelt. Eine Partnerschaft, auf die die Mutanten sich verlassen konnten, da die Eisenmeister sie neben einer Anzahl nützlicher eigenproduzierter Gegenstände mit besseren Messern und schärferen Schneiden versorgten. Sie waren ein Ersatz für die kostbaren Relikte, die man zahllose Generationen lang weitergegeben hatte: Jagdarmbrüste und — im letzten Jahr — Flinten, die man gegen die *wirklichen* Feinde der Mutanten einsetzen konnte: die Sandgräber.

Clearwater war sich deutlich bewußt, daß die ehrerbietige Beziehung und die materielle Abhängigkeit, die über mehrere Jahrzehnte hinweg entstanden war, im Hinterkopf des kollektiven Clan-Bewußtseins eine Rolle spielte — und ebenso die Erkenntnis, daß sie im Begriff waren, sie zu ruinieren. Es mangelte den Kojaks nicht an Mut, sondern an Überzeugung.

Nachdem der Clan einen Beweis ihrer Macht gesehen hatte, hatte man sie als Auserwählte willkommen geheißen. Die anfangs von Carnegie-Hall ausgeübte Täuschung war real geworden. Die Vorstellung, daß die Kojaks aus der relativen Namenlosigkeit herausgehoben worden waren, um eine Schlüsselrolle bei den Ereignissen zu spielen, die der Geburt Talismans voranging, war aufregend gewesen. Doch nun war die Euphorie abgeflaut. Cadillacs Versprechen, der Name ihres Clans werde auf ewig mit der Machtergreifung des Dreifachbegabten verbunden sein, hatte schrittweise ihren Reiz verloren, je näher der fatale Tag gekommen war. Zwar hatte der Clan schwer geschuftet, um die Verteidigungsstellungen auszubauen, die Cadillac und der Wolkenkrieger lange zuvor geplant hatten, doch nun, wo der Tag näherkam, hatte Clearwater das Empfinden, daß die Krieger zunehmend über die langfristigen Konsequenzen ihres Widerstandes gegen die Eisenmeister nachdachten.

Clearwater war von einer Gruppe zur anderen gegangen und hatte ihre Augen zum Leuchten gebracht: Sie hatte ihnen von den Waffen und Schätzen erzählt, die ihnen in die Hände fallen würden und die sie aus dem gesunkenen Schiff bergen konnten. Dies, so wußte sie, würde sie zwar dazu bewegen, die Uferstellungen einzunehmen, aber es bedeutete nicht, daß sie auch dort blieben. Nur ein brillanter Coup Cadillacs und des Wolkenkriegers konnte die Begeisterung wieder in ihre Herzen zurücktragen.

An Bord des Raddampfers standen Kapitän Kawanashi und Samurai-Major Morita auf einem tragbaren Podium im Zentrum des Zwischendecks und schauten acht Shinto-Priestern und ihren Akoluthen zu, die sich rund um die Boxen bewegten, in denen die zweihundertfünfzig Samurai neben den gesattelten Reittieren standen.

Die Zeremonie diente dazu, Moritas Truppen für den bösen *Kami* unverwundbar zu machen, den die ›weiße Hexe‹ am Reiherteich ins Leben gerufen hatte. Morita war der einzige Mann gewesen, der zum Zeugen der schrecklichen Auswirkungen ihrer Macht über die dort versammelten Truppen gewesen war. Kein Schwert, kein Pfeil, keine Lanze hatte ihr etwas anhaben können.

Viele, die es gesehen hatten, hatten kehrt gemacht und waren geflohen; die Samurai, die geblieben waren, waren umgekommen. Hätte er nicht auf der zerstörten Haupttribüne festgesessen, wäre er mit ihnen gestorben. Aber diesmal nicht. Die Priester hatten uralte Dokumente gewälzt und eine Anzahl mächtiger Zauberformeln vorbereitet, die garantierten, daß die Magie der Hexe auf sie selbst zurückschlug.

Morita und seine Offiziere waren bereits in einer privaten Audienz gesegnet worden, und bald war die dreihundert Mann starke Infanterie der Rotgestreiften an der Reihe. Da sie von niedrigerem Rang waren, erhielten sie den simultanen Segen aller acht Priester zum Gruppenpreis.

Izo Watanabe — er hatte in der hinteren Reihe gestanden, als Morita seine spirituelle Panzerplatte in Empfang genommen hatte — schaute vom Rand her zu. Trotz seines großartigen Titels als Emissär für die Außenländer war er lediglich ein ausführendes Organ, und zudem noch ein relativ kleines. Solange Leute wie er nicht bei einem zivilen Aufruhr bis zum letzten Atemzug kämpften, hoben sie normalerweise in einem Krieg nichts hoch, das spitzer war als ein Schreibpinsel. Ihre Schwerter waren zwar Zeichen ihres Ranges, doch ihre Funktion war rein zeremoniell. In bestimmten peinlichen Augenblicken, wenn ihre Funktionärskarriere einen plötzlichen Knick nach unten machte, erwiesen sie sich freilich als schnelle und wirkungsvolle Möglichkeit, sich und alle anderen vor weiteren Peinlichkeiten zu bewahren.

Als besondere Ehre hatte Kapitän Kawanashi Watanabe die Erlaubnis erteilt, die bevorstehende Landung von der Brücke aus zu beobachten. Sobald die drei übrigen Mörder sicher unter Deck eingeschlossen waren, sollte er an Land gehen, um Zeuge der Enthauptung sämtlicher gefangener Mutanten und des Pfählens ihres verräterischen Wortschmiedes zu werden. Nur ein

Mann, eine Frau und ein Kind sollten verschont werden, damit sie berichten konnten, was jene zu erwarten hatten, die es wagten, die Söhne Ne-Issans an der Nase herumzuführen.

Nachdem sämtliche Soldaten gesegnet worden waren, ließ Morita sie nach einer kurzen, aufmunternden Rede laut Hurra schreien und kehrte mit seinen Adjutanten und der Leibwache auf die Brücke zurück. Nachdem man ihm versichert hatte, daß man immer noch auf Kurs war und im Morgengrauen landen könne, befahl Morita einen zeremoniellen Becher Sake für jeden auf der Brücke Anwesenden und zog sich in sein im Mittelpunkt der von Laufgängen umgebenen Decksaufbauten gelegenes Hauptquartier im zweiten Stock zurück.

Nachdem Morita den Helm und seine Schwerter einem Gefolgsmann übergeben hatte, nahm sein gepanzerter Leib in einem Lehnstuhl Platz, den er auf militärische Expeditionen stets mitnahm, schloß die Augen und schlief ein. Es war eine Eigenart, die er schon seit vielen Jahren pflegte. In zwei Stunden mußten sich seine Truppen auf die Landung vorbereiten. Die gleiche Eigenart würde ihn von allein wecken. Und in anderthalb Stunden würde er aufspringen, zum Handeln bereit.

Die Angehörigen seines Stabes entfernten sich auf Zehenspitzen und machten es sich so gut wie möglich an der Wand bequem. Hier oben, im zweiten Stock, waren sie etwas vom konstant rumpelnden Stampfen der Maschine entfernt, das die unteren Ebenen erfüllte und die Schiffshülle erbeben ließ. Nun, wo alle externen Lichter gelöscht waren und nur eine verhängte Laterne den Brückenkompaß beleuchtete, stampfte der Raddampfer weiter; seine schäumende Heckwelle leuchtete blauweiß unter einem launenhaften Mond. Ein steifer Gegenwind furchte das Wasser in seinem Weg und hob den Schaum der Wogenkämme auf die Vordecks, wenn sie mit der Unterneigung des quadratischen Bugs kollidierten.

Watanabe, der eine Etage tiefer eine kleine Kabine belegte, versuchte ebenfalls, etwas Schlaf zu finden. Der Wind, der draußen rings um die Laufgangpfähle winselte, hielt ihn jedoch ständig am Rande des Wachseins. Er tröstete sich mit dem Gedanken, daß das Geräusch des Schiffsmotors so am näherkommenden Ufer nicht hörbar war.

Von einer Himmelsreiter-Muttereinheit an ihr Ziel geführt, sahen die vier mit Fernflug-Treibstofftanks ausgerüsteten Himmelsfalken des Typs II den Raddampfer, als er sich noch knapp drei Kilometer vom Bezugspunkt Chicago entfernt befand. Der Himmelsreiter, der mit einer beeindruckenden Ansammlung exakter Navigationsinstrumente und Bildvergrößerer beladen war, flog niedrig über dem Schiff dahin und sauste gefährlich nahe an die hohen Schornsteine heran, bevor er an der Steuerbordseite zwei Fallschirmleuchten absetzte. Das blendendweiße Licht legte eine Silhouette um das Schiff; da hockte ein gewaltiges, dunkles Rechteck wie ein Vorkriegswohnblock auf einer breiten, flachen Hülle. Es war dem Himmelsfalken-Quartett unmöglich, es zu verfehlen. Von Südwesten heranfegend, warfen sie die erste Reihe der explosiven Napalmkanister in die Backbordlaufgänge und flitzten wie riesige graue Fledermäuse über sie hinweg, um in der Dunkelheit zu verschwinden, bevor die explodierenden Feuerbälle ihren Vorbeiflug erhellen konnten.

Die Himmelsreiter-Muttereinheit stieg auf zweihundertfünfzig Meter und umkreiste den Raddampfer. Die Pilotin und Hauptnavigatorin sah die Diamantformation der Navigationslichter nach links und auf einen nördlichen Kurs abbiegen und wieder auf das Schiff zudrehen. Sie sagte zu den unter ihr fliegenden Maschinen: »Feuerchef an Feuermannschaft. — Schlag zwei.«

Der Kreiselkompaß auf dem Armaturenbrett der Führermaschine drehte sich und blieb bei einem Kurs von 225 Grad stehen. Nun, da die Fallschirmleuchten ausströmend im Wasser lagen, war es die Steuerbordseite des Raddampfers, die aufgrund der pilzartigen Flammenwolke hinter ihr eine scharfe Silhouette warf. Ein zweiter tiefer Überflug, der die enge Formation zwang, den Zwillingsschornsteinen rechts und links auszuweichen, als die Napalmkanister abgeworfen wurden, rief eine zweite Feuerwand hervor.

Die Angriffskoordinatorin kam wieder auf Sendung, als die Staffel sich neu formierte. »Feuerchef an Feuermannschaft. Ihr leistet da unten großartige Arbeit. Der Bursche muß die Hitze jetzt richtig spüren. Röstet seinen feisten Arsch! — Schlag drei! Schlag drei! — Alle Maschinen nach Abwurf scharf rechts. Neu formieren und in einer Linie bei fünfhundert achtern kreisen. Achtet beim Überflug auf Schornsteine und Fahnenstangen. Möchte euch jetzt nicht noch verlieren. Over.«

Der Leiter der Feuermannschaft bestätigte den Befehl. Kurz darauf brachen das Achterdeck und die Hecklaufgänge des Raddampfers in Flammen aus.

Der Bugabschnitt und die vorderen Laufgänge waren nun die einzigen Schiffsteile, auf denen keine Brände wüteten. Dafür gab es zwei gute Gründe: Erstens wußten die Piloten von Karlstroms Privatluftwaffe, daß einer der ihren im vorderen Teil des Schiffes unter Deck einsaß, und zweitens sollte der erste Angriff dazu dienen, die Mannschaft und ihre militärische Besatzung dazu zwingen, von Bord zu gehen.

Die beiden breiten Buggangways waren nun der einzige nach unten führende Ausgang, durch die man eine Evakuierung vornehmen konnte. Momentan lief das riesige Schaufelrad noch und trieb das getroffene Schiff dem Ufer entgegen. Wenn die Zeit kam, es zu versenken, würden die kreisenden Himmelsfalken ihm mit acht Fünfzig-Pfund-Bomben den Gnadenstoß versetzen. Sie waren die andere Hälfte des Überraschungspakets, das sie mit freundlicher Empfehlung Karlstroms aus Texas mitgebracht hatten.

Auf dem Raddampfer wurde der erste Augenblick der Lähmung rasch durch ein steigendes Pandämonium ersetzt, als die Löschkommandos die ekelhaft klebrige Eigenschaft des Napalms entdeckten. Von der steifen Brise angefacht wurden die einzelnen Brände schnell zu einer gewaltigen Feuersbrunst, und binnen weniger Minuten rasten hohe Feuerwände aufeinander zu und verzehrten alles, was oberhalb des Hauptdecks lag.

Der explosive Charakter des Brandes hatte das voll beladene Schiff urplötzlich eingehüllt, und so gingen seine Ausmaße, seine Intensität und seine mögliche Ursache niemandem auf. Niemand hatte je einen Napalmangriff erlebt, und außer Morita und Watanabe hatte keiner der an Bord befindlichen Soldaten je ein Flugzeug gesehen; die einzigen von Menschenhand geschaffenen Flugobjekte, mit denen sie vertraut waren, waren Drachen.

Die Angriffseinheit, mit dem dunklen Grau bemalt, dessen sich die AMEXICO bei verdeckten Operationen bediente, wurde von der sie umgebenden Finsternis verschluckt. Das Tempo und die unerwartete Natur der Attacke hatte den Eisenmeistern keine Gelegenheit gegeben, zu erkennen *was* sie getroffen hatte. Nur die Flügelspitzen, Hecknavigationsleuchten und roten Blinklichter über ihnen glitten wie Zeitlupen-Meteoriten durch die Dunkelheit und identifizierten die Quelle des Übels. Aber wenn man nicht wußte, was sie waren, wurde man auch nicht klüger, und das Geräusch der Motoren, das man kurz vor dem ersten Napalmangriff gehört hatte, wurde nun vom brüllenden Rauschen der Flammen, Schreien und Brüllen von Mensch und Tier und dem Krachen und Knirschen des Holzes übertönt.

Samurai-Major Morita, den seine Adjutanten wenige Sekunden nach dem eigenen bösen Erwachen aus dem Schlaf rissen, eilte in den Gang hinaus und wurde von einer sengenden Hitzewelle begrüßt. Die Flammen hüllten nun den Ausgang zum Backbordlaufgang ein. Die vier Rotgestreiften, die den Eingang des Prunkzimmers bewachten — sie waren unfähig, ihren Posten zu verlassen, ohne dazu aufgefordert zu sein —, eilten unentschlossen hin und her. Ihre Nervosität wurde durch den brennenden Körper eines Kollegen verschlimmert, der von der plötzlichen Flammeneruption beim Bewachen des Backbordeingangs zum Korridor erfaßt worden war. Sein Kopf und seine Schultern waren bis zur Unkenntlichkeit verkohlt, doch von der Mitte des Rückgrats bis zu den Oberschenkeln stand er noch in den gleichen hellen Flammen, die sich inzwischen auf seine Umgebung übertragen hatten.

Und doch war er unglaublicherweise trotz seiner schrecklichen Verletzungen noch immer am Leben — oder zumindest ein Teil von ihm. Seine vier Gliedmaßen zuckten spasmisch, und er erweckte den Eindruck, als wolle er blindlings auf seine entsetzten Kameraden zukriechen. Doch sie hatten sich abgewandt, um Morita mit einer angedeuteten Verbeugung zu begrüßen.

Der Samurai-Major befahl einem der Männer, den armen Hund von seinen Leiden zu erlösen. Im gleichen Moment lief der Rotgestreifte, der den Steuerbordausgang bewachte, auf sie zu und schrie etwas von riesigen, grünäugigen Nachtvögeln. Etwas Dunkles traf den Boden hinter ihm, und der Rest seiner Warnung wurde von einem plötzlichen Donnerschlag übertönt. Der Eingang zum Korridor war plötzlich von einer explodierenden und vorwärtsrollenden Feuerwand erfüllt, die den Wächter verschluckte.

Als Morita zurückwich, sah er den Körper des Rotgestreiften kurz wie eine Motte aufflackern, die sich in eine Kerze gestürzt hat, und kurz darauf, als seine Adjutanten ihn eilig ans andere Ende des Prunkzimmers brachten, umwirbelte die feurige Springflut die anderen Rotgestreiften. Während ihre Schreie noch in seinen Ohren klangen, eilte Morita zum zweiten Vorderausgang des Prunkzimmers.

Als er die dahinter befindliche Treppe erreichte, befahl er seiner Leibwache, nach vorn und hinten und zu den Etagen über und unter ihnen zu eilen, um die Ausdehnung des Brandes zu überprüfen. Er selbst ging zur Brücke hinauf, wo sie ihm Meldung erstatten sollten. Als die Männer sich gerade trennen wollten, kamen zwei von Kapitän Kawanashi in Marsch gesetzte Offiziere die Treppe herabgeeilt, um ihn zu holen. In diesem Moment standen zwar nur die seitlichen Laufgänge in Flammen, doch als Morita ihre Meldung hörte, wurde ihm klar, daß es — falls kein göttlicher Eingriff erfolgte — nur wenig Hoffnung gab, das Schiff zu retten. Seeleute mit Wasserschläuchen, die von den Dampfmaschinen unter Deck gepumpt wurden, wurden zwar eingesetzt, aber das Ausmaß der Brände und das Tempo, mit dem sich die Flammen ausbreiteten, hatte ihre Hilfsquellen jetzt schon erschöpft.

Da beide Seiten der Aufbauten in hellen Flammen standen, konnte man das Feuer nur vom Vordeck, vom Heck und von unten bekämpfen, indem man die inneren Kajütstreppen benutzte. Der einzige Zugang zwischen dem vorderen und hinteren Schiffsteil war das Frachtdeck, auf dem die Pferde untergebracht waren, und das Bilgedeck unter dem Maschinenraum.

Als man ihm eine atemlose Zusammenfassung der teuflischen Natur des Feuers gab — daß es am Fleisch und allen anderen Dingen haften blieb und mit Wasser nicht gelöscht werden konnte —, bebte das Schiff unter der Wucht des dritten Angriffs auf das Heck. Die beiden Offiziere entschuldigten sich hastig und eilten durch den neben dem Prunkzimmer liegenden Gang — doch nur, um zu erkennen, daß das andere Ende in Flammen stand. Morita schrie seiner Leibwache zu, sie solle die Lage wie befohlen klären, und beauftragte seinen Stellvertreter, alles Nötige in Angriff zu nehmen, um die Kavallerie und die Pferde zu retten. Dann stürmte er mit seinen restlichen Adjutanten die Treppe hinauf zur Brücke.

Dort stieß er auf Kawanashi. Sein Gesicht war aschfahl. Nicht vor Angst, sondern aufgrund der grimmigen Erkenntnis, daß er im Begriff war, sowohl das Schiff als auch das Kommando zu verlieren. Das allein war schlimm genug, doch seine Schande wurde durch die Erkenntnis verschlimmert, daß die gesamte Expedition fehlschlagen konnte, ohne daß man auch nur einen Hieb gegen den Feind geführt hatte.

Morita teilte seine Besorgnis. Die einzige Chance, einen Fetzen ihrer Ehre zu retten, bestand darin, mit Volldampf voraus zu fahren — in der Hoffnung, das zum Untergang verurteilte Schiff auf den Strand zu setzen, bevor es sank.

Kawanashi stimmte ihm zu und meldete, er habe bereits einen vertrauenswürdigen Offizier und eine Schwadron Seesoldaten in den Maschinenraum geschickt, um dafür zu sorgen, daß die Heizer und Maschinisten auf ihren Posten blieben.

Doch was, verlangte Morita dann zu wissen, hatte all dies verursacht? Waren die Explosionen zufällig — das Resultat einer zufälligen Zündung des an Bord befindlichen Schießpulvers —, oder war das Schiff sabotiert worden? Oder — und dies war noch schwieriger zu akzeptieren — war es angegriffen worden? Morita fiel ein, was der Rotgestreifte in dem kurzen Augenblick, bevor das Feuer ihn ausgelöscht hatte, über die riesigen Nachtvögel gerufen hatte.

Kawanashi deutete auf eine Ansammlung blinkender Lichter, die sich Steuerbord in der Finsternis hin- und herbewegten. »Da haben wir unsere Nachtvögel! Feuerspeiende Himmelsdämonen, die die weiße Hexe gerufen hat, die wir suchen! Verfluchte Priester! Wie dumm wir doch waren, daran zu glauben, ihre leeren Gesten und wertlosen Dämpfe könnten uns beschützen!«

Ein Brückenoffizier meldete, das Signaldrahtsystem zum Maschinenraum habe aufgehört zu funktionieren.

»Wie weit sind wir vom Ufer entfernt?« fragte Morita.

Ein anderer Brückenoffizier, der ein starkes Fernglas auf eine um ein Feuer herumstehende Gruppe von Fischermutanten gerichtet hielt, meldete, sie seien weniger als zwölfhundert Meter vom Ufer entfernt. Morita bezweifelte, daß die Pferde in ihren Kampfpanzern und die voll ausgerüsteten Krieger so weit schwimmen konnten.

Ein rußgeschwärzter Läufer, den das Zwischendeck schickte, meldete, die Flammen fräßen sich allmählich um die Deckenbalken im hinteren Teil des Deckraums. Man könne die Pferde kaum noch bändigen. Jede weitere Verzögerung könne die in Panik versetzten Tiere in den Amok treiben. Teile des von Laufgängen umgebenen Aufbaus brachen bereits zusammen, und es bestand zunehmend die Gefahr, daß brennende Trümmer durch die Decke brachen. Der stellvertretende Löschoffizier, führte der Läufer weiter aus, hatte aufgrund der ihm verliehenen Vollmacht die Evakuierung des Zwischendecks befohlen, bevor die sich verschlimmernde Lage dies unmöglich machte.

Morita gab der Entscheidung seine Zustimmung und schickte den Läufer mit einem neuen Befehl zurück. Die Infanterie sollte sich von allem nicht Notwendigen befreien, doch so viele Waffen behalten, mit denen sie schwimmen konnte. Die Flöße und Beiboote — sie wiesen in jedem Fall in Notfällen nur Platz für die Mannschaft des Raddampfers auf — brannten allesamt an den seitlichen Laufgängen. Morita gab zudem Instruktionen an die höheren Offiziere aus: die Samurai sollten bis zum letztmöglichen Augenblick warten.

Er tat dies nicht aus tiefer Sorge um seine Untergebenen, sondern aus rein pragmatischen Gründen. Die erste Welle derer, die ins Wasser ritten, würden wahrscheinlich mit ihren erschöpften Pferden untergehen, bevor sie das Ufer erreichten, doch die letzten, die das Schiff verließen, waren dem Land gewiß näher und in besserer Form, um die Überlebenden zu einer einheitlichen Streitmacht zu formieren, die er dann in den Kampf führen konnte.

Kawanashi, malte er sich aus, würde mit seinem Schiff untergehen. Was sein eigenes Schicksal anging, so sah Morita es mit Desinteresse. Die Samurai standen jeden Tag mit dem Bewußtsein auf, den Tod zu umarmen. Das einzige, was sie interessierte, war ein ehrenhafter Tod. Vielleicht hatte Amaterasu-Omikami, die herrschende Gottheit, die über die Welt wachte, die Ne-Issans Söhne beherrschten, sein Unternehmen mit scheelen Blicken betrachtet, da es aus einem Grund, den ein normaler Sterblicher nicht begriff, dem Guten der Nation zuwiderlief. Nun, denn! Er wollte so viele Grasaffen töten wie möglich, und sich dann selbst das Leben nehmen, statt einen würdelosen Tod aus der Hand eines wertlosen Wesens zu erleiden.

Und da fiel ihm ein, daß es an Bord zwei wertlose Wesen gab, die einen begründeten Tod verdient hatten. Ein Schwerthieb war zu schade für sie. Bevor er das Schiff verließ, wollte er sie aus der Zelle holen und in das Inferno werfen lassen, das hinter ihm wütete ...

Der Aufschrei eines vor der Brücke auf dem Laufgang stehenden Adjutanten unterbrach seine Gedanken. Morita huschte schnell durch die offene Tür und erblickte den ausgestreckten Arm des Mannes. Ein dunkles, steifflügeliges Gebilde mit einem leuchtend roten Auge, das in seinem Bauch untergebracht war, bewegte sich fast genau über ihnen vor einem mondbeschienenen Himmelsfleck. Es verschwand vor der dunklen Unterseite der Wolke, doch das verderbliche rote Auge glotzte ihn starr an, während der ›Nachtvogel‹ über dem Raddampfer kreiste.

Doch es gehörte weder zur natürlichen Welt, noch zu einer Kreatur, die man per Zauberei aus der Tiefe gerufen hatte. Es war ein Zwillingsbruder des Flugpferdes, das Izo Watanabe in seiner ersten Meldung nach Sarakusa skizziert hatte. Der Raddampfer war von den Langhunden aus dem Süden angegriffen worden. Aber woher hatten sie gewußt, wohin es fuhr, und — noch wichtiger — wann? Es gab nur eine Erklärung. Die Langhunde und die Grasaffen steckten unter einer Dekke. Irgendwie hatten die Meuchelmörder Zugang zum Inhalt der letzten Meldung Watanabes nach Bei-tanaba erhalten, und Watanabe hatte ihnen trotz seines Argwohns erlaubt, abzureisen. Es war ein Akt von unglaublicher Frechheit und krimineller Gedankenlosigkeit. Wenn er noch lebte, mußte er dafür bezahlen. Jetzt. Auf der Stelle.

Morita rief seine drei Adjutanten und gab die Todesbefehle aus. Zwei der Männer sollten die angeketteten Mörder von Soldaten aus ihrer Zelle holen lassen; der dritte sollte Izo Watanabe suchen und enthaupten.

Die Tür zu Izo Watanabes Backbordkabine lag zwar an der Aufprallstelle eines beim ersten Angriff gefallenen Kanisters, doch war er dem Tod um Sekunden entgangen. Da er nicht hatte schlafen können, hatte er die Kabine verlassen. Er ging gerade über das Vordeck, als die vier Flugzeuge plötzlich backbord neben dem Schiff auftauchten und über ihm dahinjagten. Eine Sekunde später brachen auf allen drei Laufgängen Brände aus.

Als Watanabe entsetzt stehenblieb und in das Inferno starrte, das gerade noch die Kabine gewesen war, in der *er* gelegen und seine Schlaflosigkeit verwünscht hatte, explodierte die Steuerbordseite. Er erhaschte einen kurzen Blick auf vier dunkle, von den Flammen beleuchtete Umrisse mit roten Augen, die über ihm dahinschossen, doch als er sich von der Überraschung erholt hatte und eine Drehung vollführte, sah er nur noch Lichtpunkte, die sich vor der Schwärze des Himmels bewegten.

Da Watanabe sich nicht entscheiden konnte, ob er, um irgendwo zu helfen, nach vorn gehen oder sich von der sengenden Hitze zurückziehen sollte, schaute er entsetzt zu, wie die Besatzungsmitglieder schreiend auf die brennenden Laufgänge herauswankten und über Bord sprangen. Sie waren von den Flammen völlig eingehüllt. Menschliche Fackeln!

Es war ein grauenhafter Anblick, doch was ihm noch mehr zusetzte, war die Übelkeit erregende Erkenntnis, daß das Schiff von etwas angegriffen worden war, das Morita als ›Flugpferde‹ bezeichnete — sie wurden von Langhunden aus dem Süden geritten. Sie waren Verbündete der Mörder, die unter Deck festsaßen ...

Während er den sich ausbreitenden Flammen zusah, fielen ihm die Worte Aishi Sakimotos ein, der ihm geraten hatte, erst zu handeln, wenn Verstärkung kam. Die Botschaft hatte den schrecklichen Satz enthalten: »Die Reiter haben mächtige Freunde und geheime Mittel, um sie im Nu herbeizurufen.« Und so war es auch! Und ebenso schnell würde der Tod sie ereilen. Wenn er und seine Kameraden dazu bestimmt waren, in diesem gottverlassenen fremden Land zu sterben, dann wollte er persönlich dafür sorgen, daß die Gefangenen nicht verschont blieben.

Watanabe packte den Griff seines Schwertes, lief zur vorderen Kajütstreppe und stieß prompt mit dem ersten mehrerer Dutzend Soldaten zusammen, die über die Treppe hinauf an Deck schwärmten. Eine Hand packte seinen Arm. Als Watanabe sich umdrehte, sah er sich einem Samurai-Offizier gegenüber. Sein Gesicht war geschwärzt und voller Brandblasen, seine Kleider waren an mehreren Stellen verbrannt und rauchten noch.

»Schnell! Helfen Sie den Männern beim Runterlassen der Bugrampe!«

»Gehen wir von Bord?« schrie Watanabe.

»Noch nicht! Aber wir müssen zuerst die Pferde von Bord bringen! Kampflos gehen wir nicht unter!«

Sammy-Jo Mackinnon, die Angriffskoordinatorin und Hauptnavigatorin, die die vier Himmelsfalken von der AMEXICO-Basis bei Houston/HZ hergebracht hatte, entschied, daß es an der Zeit war, die Japse im Wasser aufzuhalten. Seit mehreren Minuten strömten nun Männer und Pferde aus dem Zwischendeck und die geneigten Bugrampen hinunter, aber noch berührten sie das Wasser nicht. Der Raddampfer, nun kaum noch achthundert Meter vom Ufer entfernt, hatte trotz des großen Brandschadens, den er erhalten hatte, das Tempo nicht reduziert.

Was sie und die anderen Piloten — ebenso wie Morita — nicht wußten: Auch der Maschinenraum des Schiffes war ein flammendes Inferno. Die Mannschaft, der man befohlen hatte, auf Posten zu bleiben, und die Soldaten, die man geschickt hatte, um dafür zu sorgen, waren nur mehr unkenntliche Klumpen aus zischendem Fett und verbranntem Fleisch — begraben inmitten der glühenden Scheite eines wachsenden Stapels zusammenstürzender Balken, die wie ein Wolkenbruch himmlischen Feuers in das sich rasch leerende Zwischendeck heruntergefallen waren. Wenige Minuten später war die brennende Masse in den Maschinenraum gestürzt und hatte alles, was sich dort befand, unter sich begraben.

Und doch fuhren die Kolben wunderbarerweise trotz der sengenden Hitze, die die spontane Entzündung des Brennholzes hervorgerufen hatte, des sinkenden Drucks der zerbrochenen Rohre und des aus geplatzten Flanschen zischenden Dampfes automatisch vor und zurück, und die eisenbeschlagenen Balken, die nun ebenfalls in Flammen standen, schoben die Trümmer beiseite und trieben das Heckrad weiter an. Zwar etwas langsamer und mit zunehmenden Schwierigkeiten, doch sie bewegten sich weiter, auf und nieder — wie die allmählich versagenden Muskeln, die die Schenkel eines erschöpften Marathonläufers anhoben und ihn weitermachen ließen, obwohl der Zweck des Rennens und seiner Existenz im alles verzehrenden Nebel des Schmerzes verloren war, und nur noch ein Gedanke vorherrschte. *Weitermachen, weitermachen, weitermachen …*

Steve und Cadillac hatten im Bauch des Schiffes trotz des trommelnden Hintergrundbrüllens aus dem Maschinenraum die Detonationen ebenfalls gehört. Auch hörten sie die Schreie und sahen die zunehmende Verwirrung, als die Seesoldaten-Schwadron etwas in Angriff nahm, das sich bald als Himmelfahrtskommando erweisen sollte. Und sie hörten das Donnern der Hufe, als die Pferde auf dem Zwischendeck zunehmend panischer wurden. Dann, als weitere Explosionen Druckwellen durch das Schiff sandten, brachte man die Tiere zum Bugdeck und in die relative Sicherheit des Sees hinaus.

Steve hatte zwar seit mehreren Stunden gewußt, was passieren würde, doch ein Hilfeversprechen war noch keine Hilfe, die einen pünktlich und in einer Form, die ihre glückliche Ankunft sicherte, tatsächlich erreichte. Bisher hatte Roz sich ausgezeichnet bewährt. Es war, als wären sie einseitig per Funk verbunden. Vom Augenblick des Kontakts an hatte sie regelmäßige, beruhigende Fortschrittsmeldungen abgeliefert, und dann, als die vier Himmelsfalken ihrem Ziel nahe waren, war sie durchgekommen, um ihn vor dem, was passieren würde, zu warnen: Er sollte ruhig bleiben und abwarten. Ein paar Sekunden später hatte eine Reihe von Explosionen das Schiff von der Brücke bis zum Kiel erschüttert.

Steve hatte beschlossen, Cadillac nicht zu erzählen, was geschehen würde. Wenn er Wert darauf legte, konnte er es sich selbst ausrechnen. Aber es spielte ohnehin keine große Rolle. Zu wissen, *weshalb* das Schiff in Flammen stand und sank, half ihrem Entkommen ohnehin nicht weiter, und wenn sie es schafften, ins Freie zu gelangen, waren die Himmelsfalken — so hoffte Steve wenigstens — sowieso verschwunden. In diesem Fall würde Cadillac Mo-Town oder Talisman für die Hilfe danken. Er hatte nichts dagegen. Hätte er enthüllt, daß Roz' Unterstützung für den Angriff verantwortlich gewesen war, hätte Cadillac ihm nur Fragen gestellt, die er im Moment nicht beantworten wollte.

Die beiden im Gang stationierten Wachen waren zwar noch auf ihrem Posten, doch der Mann, der am Maschinenraum stand, stand nun in der Nähe seines Kameraden und der Leiter, die den einzigen Fluchtweg bot. Und obwohl die Brandursache weiterhin ein Geheimnis blieb, wußte Cadillac nun aufgrund der Fragen und Antworten, die die Wachen an jeden stellten, der über ihnen vorbeikam, daß das tobende Feuer außer Kontrolle geraten war und der Befehl zum Verlassen des Schiffes jeden Moment erteilt werden konnte.

Soweit es um die Wachen ging, konnte er keinen Augenblick zu früh kommen. Steve und Cadillac teilten dieses Gefühl. Ein Chor heiserer Schreie überlagerte das sonore Trommeln der Maschinen. Das Holz knackte und ächzte unheimlich, dann wurden beide Geräusche von einem plötzlichen, donnernden Brüllen überlagert, als die brennende Mittelsektion der Aufbauten in den Maschinenraum stürzte und alle Menschen dort unter sich begrub. Nur den beiden Seesoldaten und einem bis zur Taille nackten Heizer, der sich in Reichweite der Vordertür aufgehalten hatte, gelang es, sich — vom Schauer rotglühender Scheite und einer orangeroten Flammenzunge verfolgt — taumelnd in Sicherheit zu bringen.

Durch die Gittertür drang Rauch. »Wir müssen hier raus«, sagte Steve, als die Überlebenden an ihnen vorbeiwankten. »Also los! Zeig, was du kannst!«

Cadillac spähte durch das Gitter und sah die beiden

Wachen und die Seesoldaten, die am Fuß der Trittleiter standen. Laute Schmerzensschreie kamen aus dem Inferno am anderen Ende des Gangs. Jemand — ein Kollege des Heizers — der in der Nähe des Türrahmens festsaß, rief um Hilfe. Der Heizer zögerte, dann ging er zurück, um ihn zu retten. Der Mutigere der beiden Wächter folgte ihm. Die anderen schrien ihm zu, er solle zurückkommen.

Das Durcheinander von Geräuschen und Stimmen gab Cadillac die Möglichkeit, auf die er gewartet hatte. Er trat von der Tür zurück, nahm den Kommiston von Samurai-Major Morita an und brüllte: »Holt die Gefangenen heraus! Holt die Gefangenen heraus und bringt sie an Deck!«

Die beiden Seesoldaten und der Wächter am Fuß der Leiter wußten zwar nicht genau, woher der Befehl gekommen war, aber natürlich erkannten sie die Stimme eines Offiziers schon bei ihrem ersten Laut. Der Wächter riß den Schlüsselring vom Wandhaken und machte sich daran, die Zellentür aufzuschließen.

Steve packte Cadillac an beiden Armen. »Du bist ein Genie! Weißt du das?« Er zog ihn zur Koje. Es war besser, den Burschen nicht gleich an der Tür entgegenzutreten. Sonst dachten sie vielleicht noch nach.

Los! Los! Los! Mann, ist das ein Idiot! Er hat den falschen Schlüssel ins Schloß gesteckt!

Wieder ertönte das donnernde Krachen von Holz, als ein weiterer Teil der Decksaufbauten in den Maschinenraum stürzte und einen Schwall rauchgeschwängerter, glühendheißer Luft durch den Gang jagte. Der zweite Wächter und der Heizer, ihre Gesichter wund und voller Brandblasen, tauchten auf und schleiften einen geschwärzten, rauchenden Körper hinter sich her.

»Es hat keinen Zweck«, krächzte der Wächter. »Mit dem ist es aus!«

»Du hast recht ...« Der Heizer ließ seinen Kollegen fallen und legte seine Hände ordentlich über seinen

Bauch. »Gehen wir. Wir müssen hier raus, bevor es auseinanderbricht!«

Die beiden Seesoldaten nahmen die Trittleiter in Angriff.

»Wartet doch mal!« rief der zweite Wächter. »Wir müssen die beiden Affen hier rausholen.« Er hatte den Schlüsselring gerade fallen lassen und unternahm mit zitternden Fingern einen erneuten Versuch, das Schloß mit dem falschen Schlüssel zu öffnen.

»Scheiß drauf!« schrie sein Kollege. »Laß die Schweinehunde doch ersaufen!« Die Seesoldaten führten den Weg zum Zwischendeck hinauf an.

Cadillac hörte eine Stimme brüllen. »Moto! Schnell! Das ganze Deck steht in Brand!«

Bisher hatten Steve und Cadillac unglaubliches Glück gehabt, da sie weder verbrannt noch vom Rauch erstickt worden waren. Zwei Dinge arbeiteten zu ihren Gunsten. Die über drei Meter hohen Stapel aus dichtgepacktem Holz, die in mehreren Reihen am vorderen Schott lagen, bildeten eine Art Schutzwall. Die äußeren Stapel brannten lichterloh, und der Rest stand kurz vor der Entzündung, doch er hatte noch kein Feuer gefangen. Die Flammen, die die eingestürzten Aufbauten erzeugt hatten, wurden durch die klaffende Öffnung nach oben gesaugt und mit Luft durch die Luken und den Gang versorgt, der an ihrer Zelle vorbeiführte. Der gesamte Rauch wurde zwar von ihnen fortgesaugt, aber sie spürten immer noch die Hitze und wußten, daß das Feuer sich in jeder Minute plötzlich und dramatisch ausbreiten konnte, um sie und den tolpatschigen Idioten zu verschlingen, der vor der Tür stand. Und von ihm hing ihr Leben nun ab.

»Was machst du da?« fragte Izo Watanabe.

Der Wächter stand erschreckt stramm. »Ich evakuiere die beiden Gefangenen, Herr! Wie befohlen!«

»Wer hat es befohlen?«

»Das weiß ich nicht genau, Herr.« Der Wächter deutete auf die Luke. »Ich glaube, es war ein Offizier von oben.«

Watanabe nickte. »Gut. Weg hier! Schnell! Raus hier, solange es noch geht!«

»Aber ... äh ... Was ist mit den Gefangenen, Herr?«

Watanabe nahm den Schlüssel an sich. »Um die kümmere ich mich ...«

Die drei Adjutanten, die den Auftrag hatten, Izo Watanabe zu exekutieren und Steve und Cadillac aus der Zelle zu holen, um sie in die Flammen zu werfen, salutierten vor Morita und wandten sich zum Gehen. Im gleichen Augenblick traf die erste 100-Pfund-Bombe direkt unterhalb der Brücke die vorderen Laufgänge. Die zweite krachte, mehrere Meter weiter rechts durch den darunterliegenden Laufgang. Die nächsten vier Bomben fielen in den gähnenden Feuerofen, der einst die Mittschiffssektion gewesen war, und die letzten beiden trafen das Heck und jagten das Schaufelrad in die Luft.

Morita, seine Adjutanten, Kapitän Kawanashi und die restlichen Brückenoffiziere vernahmen ein ohrenbetäubendes Brüllen, und als die obere Hälfte der noch nicht in Flammen stehenden vorderen Laufgänge auseinanderflogen und zusammenbrachen, spürten sie, daß sich der Boden unter ihnen hob. Morita erlebte einen letzten, kurzen Augenblick der Klarheit, in dem er begriff, daß sein Körper einer von mehreren war, die halsüberkopf in das flammende Zentrum des Scheiterhaufens flogen, den er für die Mörder ausersehen hatte. Dann erstarrte sein Hirn in Grauen, als die glühende Masse explodierte wie der heilige Berg Fuji, und ihn mit Feuertentakeln auseinanderriß.

Es war diese Explosion — die fast simultane Detonation der vier mittschiffs eingeschlagenen 100-Pfund-Bomben —, die dem Schiff schließlich den Garaus machte und es abrupt auf dem Wasser anhielt. Steve und Cadillac brachte das letzte Zusammenzucken zwar Erlösung, aber es hätte nicht viel gefehlt und sie wären dabei umgekommen.

Während die Bomben ihrem Ziel entgegensanken, riß Izo Watanabe die Zellentür auf und blieb stehen. Er hatte sein Schwert fest mit beiden Händen gepackt und warf einen Schatten auf den wandernden Lichtkreis, den die Laterne an der Treppe erzeugte.

Steve peilte die zitternde Schwertspitze an, dann standen er und Cadillac auf. Der Japs hatte nicht weniger Angst als sie. Also hatten sie noch einen Grund mehr, entspannt zu bleiben. In diesem beengten Raum konnte er nicht ausholen und zuschlagen. Trotzdem sah die Lage nicht gut aus. Steve ergriff die Seiten seines Halsbrettes. Wenn er es richtig drehte, konnte er vielleicht einen Hieb parieren und Cadillac eine Gelegenheit zum Handeln verschaffen ...

Watanabe zögerte. Er versuchte, sich darüber klar zu werden, welches seiner Opfer das gefährlichere war. Der eine, der Japanisch sprach, oder sein kräftiger gebauter Gefährte? Er stach mit der Klinge nach Cadillac und genoß den Augenblick der Macht über die beiden Verräterhunde. Sie hatten sein Leben ruiniert. Dann trat er zurück und setzte zum Todesstoß an.

Cadillac setzte das Mimikrytalent ein, das er erstmals bei der Imitation der Kurtisane Yoko Mishima gezeigt hatte. Er stellte sich der Klinge entgegen und kreischte: »Gatte! Ich bitte dich! Tu es nicht! Dies sind die Männer des Shogun! Denk an mich, dein Weib, und an die Kleinen!«

Als Watanabe hörte, daß Yumikos Stimme aus dem Mund des Mörders Worte äußerte, hielt er zu Tode erschrocken inne und ließ das Schwert sinken.

Und in diesem Moment, als die vier Bomben mittschiffs explodierten und den Dampfer in zwei Hälften zerlegten, stürzten sich Steve und Cadillac auf ihn. Als sich der Bug unter dem Gewicht des Wassers hob, das durch das klaffende Loch in den ehemaligen Maschinenraum strömte, strauchelte Watanabe und fiel gegen die Wand. Steve und Cadillac stürzten auf ihn. Steve, der sich zuerst gerührt hatte, erwischte die obere Hälfte seines Körpers und drückte Watanabes Kehle mit der rechten Seite des Halsbrettes an die Planken und versuchte im gleichen Moment, dem Japs das Schwert aus der Hand zu schlagen. Cadillac fiel über Watanabes Beine, ergriff seinen zweiten Arm und hielt ihn fest, während er ihm eine Ecke seines Halsbrettes in die Eier rammte.

Eine Wasserflut schoß durch den Gang und überflutete den Raum.

Steve setzte die Schulter ein, um das Brett fest unter Watanabes Kinn zu treiben. »Endlich — ich hab's!« grunzte er. »Überlaß das Arschloch mir!«

Als Steve auf die Füße wankte, rollte Cadillac sich zur Seite. Der Japs hatte zwar erkannt, daß es aus mit ihm war, aber er wollte den Tod nicht im Liegen erwarten. Er stützte sich gegen die Wand und hievte seinen klatschnassen Leib aus dem Wasser, in dem sie nun bis an die Knie standen. Steve hob das Schwert hoch.

»Paß auf!« schrie Cadillac.

»Schon in Ordnung! Wenn er stehen will, kriegt er es eben so!«

Doch Watanabe war noch nicht völlig erledigt. Bevor Steve oder Cadillac Zeit für eine Reaktion hatten, warf sich der Japs der offenen Tür entgegen, packte den wertvollen Schlüssel, der noch immer im Schloß steckte, entriß Cadillacs ausgestreckter Hand die Tür und zog sie hinter sich zu.

»Steve!« schrie Cadillac. »Halt ihn auf!«

Steve wendete das Schwert so, daß die gekrümmte Schneide nach oben kam, hob die Klinge gerade zur Decke und ließ sie mit aller Kraft nach unten sausen. Die Klinge schlitzte durch das Gitter und drang, bevor Watanabe den Schlüssel drehen konnte, tief in seinen

Brustkorb ein. Als Steve es zurückzog und der tote Eisenmeister im steigenden Wasser versank, zog seine leblose Hand den Schlüssel aus dem Schloß.

»Scheiße!« schrie Steve. Das Wasser stand nun in Gitterhöhe, und der ständig steiler abkippende Boden setzte den Hauptteil der rückwärtigen Wand unter Wasser. Steve reichte Cadillac das Schwert, schob die Tür auf und tauchte nach dem Schlüsselring.

Cadillac, der immerhin den unbekümmerten Mut besessen hatte, sich dem fürchterlichen Shakatak D'Vine entgegenzustellen, bemühte sich derweil, die Woge der Panik zu bekämpfen, als das Wasser zu ihnen hereinschoß. Dies war der Augenblick, den Steve vorhergesehen hatte. Der Augenblick, den er gefürchtet hatte. Der schneidende Schmerz kalten Stahls war ihm x-mal lieber als das namenlose Grauen, das die Seelen der Ertrinkenden erwartete.

Mutanten aus den Hochebenen waren stets sehr vorsichtig, wenn sie von ihren ausgetretenen Pfaden abwichen. Wenn man das Pech hatte, im Wasser zu sterben, wurde der Geist von einem schwarzen Strudel zum Mittelpunkt der Erde gezogen statt in die Arme der Großen Himmelsmutter aufzusteigen. Ein Strudel voller giftiger Skorpione, dem man nie wieder entkam ...

Steves Hand ragte aus dem Wasser und hielt den Schlüsselring umklammert. Dann folgte sein nach Luft schnappender Kopf. »Zuerst meine Hände!«

Cadillac nahm die Schlüssel und befreite Steves Handgelenke.

»Okay. Jetzt mach ich deine los ... Und jetzt das Halsbrett ...«

Das Wasser stand ihnen nun bis zur Brust. »Toll. Jetzt meins. Kannst du's erreichen?«

»Yeah, aber was ist ...«

»Ich mach die Füße frei. Keine Sorge!« Steve warf sein Halsbrett ab, packte den Schlüssel und verschwand unter Wasser.

Cadillac wartete ab, aber nichts geschah. Warum befreite Steve sich zuerst von seinen Fußfesseln, wo doch er, Cadillac, der Nichtschwimmer war? Es war nur noch wenig Platz im Raum. Die Panik kehrte zurück, und er fing an, mit den Beinen zu zappeln. Hände packten seine wirbelnden Füße und zogen ihn nach unten. Die Kette löste sich von seinen Knöcheln, dann spürte er, daß Steves Arm sich um seinen Hals legte und ihn noch tiefer zog. In die Dunkelheit hinein. Cadillac trat wild um sich und versuchte, Steves Griff zu lösen, doch er brachte es nur fertig, daß er sich, als er durchgezogen wurde, die Schienen am oberen Türrahmenrand aufschrammte. Wasser füllte seinen Mund und seine Nasenlöcher.

Oh, gütige Mutter! Wir ertrinken!

Clearwater und die Kojak-Mutanten, die sich am Ufer hinter den Verteidigungslinien aufhielten, bemerkten den Raddampfer erst, als er in Flammen stand und das ihn umgebende Gewässer mit einem roten Leuchten erhellte.

Heee-jaaaAAAHH! Erneut hatte Talisman bewiesen, daß er den Auserwählten Kraft verlieh! Und die Kojaks würden sich ihnen als würdige und mutige Gastgeber erweisen!

Da man die drei ersten raschen Attacken gegen das Schiff in fast völliger Dunkelheit durchgeführt hatte und es dabei noch gute drei Kilometer vom Ufer entfernt gewesen war, wußte Clearwater nicht, daß eine von außerhalb kommende Gruppe die Schäden hervorgerufen hatte. Selbst als das Schiff näherkam und die scharfäugigen Mutanten die Anwesenheit der dahintreibenden roten Sternenfeuer registrierten, wurden die Kojaks nicht klüger.

Erst als die letzte Bombensalve das Schiff traf und Clearwater einen kurzen Anblick der grauen, vogelartigen Umrisse erhaschte, die in den glühenden Feuerofen hinein- und wieder herausflogen, mischte sich Furcht in ihre Aufregung. Sie fragte sich allmählich, ob die sich bewegenden Lichtpunkte die Anwesenheit einer finsteren Macht anzeigten — der Sandgräber. Hatte der Wolkenkrieger sie zu Hilfe gerufen? Clearwater entschied, daß es keine Rolle spielte, ob die Helfer menschlich oder göttlich waren, solange man die erwünschten Ergebnisse erzielte. Talisman hatte Macht über alle Dinge; er drückte seinen Willen auf geheimnisvolle Weise aus.

Schreie am Seeufer richteten ihre Gedanken wieder auf die Dinge, die vor ihr lagen. Die Fischer, die am Rand des Gewässers an ihrem Lockfeuer standen, hatten die ersten dunklen Umrisse von Männern und Pferden auf das Ufer zuschwimmen sehen. Die Krieger, die ihre Verstecke unter den umgekippten Booten jubelnd verlassen hatten, als das Eisenmeisterschiff in Flammen aufgegangen war, und triumphierend am Ufer auf- und abstolzierten, knieten sich hin und nahmen sorgfältig mit ihren Armbrüsten Ziel.

Schsch ... Schsch ... Zack! Zack! Tschumm-tschumm-tschumm! Sechs Samurai der ersten Welle wurden aus dem Sattel geworfen und fielen ins Wasser. Doch obwohl die Kojaks den Vorteil hatten, aus einer Deckung und der Dunkelheit zu schießen, gingen die Salven nicht nur in eine Richtung. Viele der anrückenden Samurai fanden ein Ziel, das von den Ufer-Lockfeuern beleuchtet wurde. Sobald sie die Quelle der Gefahr erkannt hatten, ergriffen die nächsten Mutanten zwei Fischerboote, legten sie auf die Seite und hoben sie vor dem Feuer übereinander, damit man es rasch mit Sand löschen konnte. Als sie erkannten, daß man die Boote ebenso als Deckung verwenden konnte, schoben sie sie ein paar Meter zurück, duckten sich hinter sie, schossen weiter und luden die Armbrüste nach.

Der Schutz, den die hautbezogenen Boote ihnen verschafften, existierte eher in der Phantasie als in Wirklichkeit — wie mehrere Mutanten gleich darauf erkannten. Die lanzenspitzen Samurai-Pfeile schlugen geradewegs durch die gerippten Rundholzböden und fuhren zwischen die Spanten, bevor sie steckenblieben, doch in der Illusion, vor den Blicken der anderen sicher verborgen zu sein, machten sie weiter.

Clearwater ergriff eine Hellebarde, die sie aus einer Machete und einem starken Ast gebastelt hatte, und leitete eine Gruppe ähnlich bewaffneter Krieger über die Dünen zum Ufer hinunter. Die Kampfmoral des Clans hatte durch das brennende Dahinscheiden des Raddampfers großen Auftrieb erhalten, und indem sie sich selbst an die vorderste Front der Schlacht begab, hoffte sie, die Krieger noch mehr anzustacheln. Es galt zu beweisen, daß die gefürchteten Eisenmeister wie gewöhnliche Sterbliche bluteten und starben.

Karlstrom beobachtete mit steigender Besorgnis, wie Roz den Rücken gegen den Stuhl warf und anfing zu würgen. Zuckend hob sich ihre Brust. Ihr linker Arm war erhoben; sie hatte den Ellbogen genickt, die Hand war auf ihren Körper zugerichtet, und ihre Knöchel schlugen gegen ihren Halsansatz. Die gekrümmten Finger ihrer rechten Hand ragten in die Luft, als bemühe sie sich, etwas zu ergreifen, das an der Decke hing. Ihre Augen waren, wie immer, fest geschlossen.

Karlstrom trat näher heran. Er war darauf vorbereitet, sie aufzufangen, falls sie vom Stuhl fallen sollte. Nun streckte sich ihr linker Arm. Sie schien den Versuch zu machen, jemanden oder etwas mit aller Gewalt von sich fortzustoßen, dann fiel sie nach vorn über die Schreibtischplatte. Sie hustete und spuckte, als schnappe sie heftig nach Luft.

Als ein Teil ihres Bewußtseins an ihren momentanen Aufenthaltsort zurückkehrte, sah Karlstrom, daß ihre Lider sich flatternd öffneten.

»Sind Sie okay?« Er rühmte sich zwar, ein wirklich kalter Fisch zu sein, aber jedesmal, wenn er Roz dabei zusah, verstörte und beeindruckte sie ihn. Wenn er von diesen Sitzungen zurückkam, empfand er stets ein Gefühl der Verwunderung: Es war das Gefühl, privilegierter Beobachter eines Prozesses zu sein, der — um ein Wort zu verwenden, das ihm nie über die Lippen kam — mehr oder weniger ... nun ja, wundersam war.

»Ja ...« Ihre Stimme war ein heiseres Flüstern; ihr Gesicht hatte alle Farbe verloren. Sie benutzte die Hände, um sich vom Schreibtisch abzustoßen. »Er ist draußen ... Sie sind beide draußen. Sie sind in Sicherheit ...« Sie ließ sich wieder in den Stuhl sinken. Ihr Kopf fiel nach vorn, dann zog sie die Schultern an, als ihr erschöpfter Leib von einem erneuten Hustenanfall geschüttelt wurde.

»Möchten Sie, daß ich einen Arzt rufe?«

Roz hob den Blick und beantwortete seine Frage mit einem wehmütigen Lächeln. »Ich bin *selbst* Ärztin. Zumindest war ich mal eine.« Sie holte mehrmals tief Luft, um sich zu beruhigen, und als die Farbe wieder in ihre Wangen zurückkehrte, verwandelte sich ihr erschöpfter Körper rasch wieder in sein normales, gesundes Ich.

All dies, dachte Karlstrom, ist ziemlich bemerkenswert. Wieder einmal hatte Roz nicht nur die Fähigkeit bewiesen, Brickmans gegenwärtigen physischen oder geistigen Zustand zu erkennen, sie hatte ihn auch körperlich widergespiegelt. Ihre Geister mußten auf einer Ebene tiefer Trance miteinander verbunden sein, doch in intensiven Streßsituationen — etwa dann, wenn sein Körper eine traumatische Verletzung erfuhr — kam die telepathische Verbindung sofort und ohne Trance zustande.

Was die Chirurgen der Ersten Familie, die Roz' psychosomatische Verletzungen untersucht hatten, erstaunte und vor ein Rätsel stellte, war das unglaubliche Tempo, mit dem sie heilten. Weder blieben irgendwelche Narben zurück, noch mußte sie sich von den Schmerzen, die Verletzungen dieser Art normalerweise begleiteten, erholen.

Als Brickman vom Reiherteich geflohen war, war Roz in der Medizinerschule mit einigen Kommilitonen durch einen Korridor gegangen. Zwar hatten sie bemerkt, daß sie angespannt gewesen war, doch da sie vor entscheidenden Prüfungen gestanden hatte ... Aber plötzlich hatte ihr rechtes Bein spontan ausgeschlagen und sie zu Boden geworfen. Sie hatte ihren Schenkel umfaßt und war liegengeblieben.

Freunden, die ihr aufgeholfen hatten, war aufgefallen, daß Blut zwischen ihren Fingern hervordrang. Roz hatte den Unfall zwar als Geringfügigkeit abgetan, aber man hatte sie trotz ihrer Proteste in den Erste-Hilfe-Raum geschleppt, wo auf ihren Fall angesetzte Familien-Ärzte eine acht Zentimeter tiefe Wunde entdeckt hatten — hervorgerufen von einem spitzen Eisenprojektil, das mit beträchtlicher Wucht einen Muskel durchschnitten hatte. Roz, die Steves panische Angst bei der Zerstörung des Reiherteiches miterlebt hatte, war von einer unsichtbaren Replik jenes Pfeils getroffen worden, der eine hölzerne Strebe durchschlagen hatte, bevor er in Steves Schenkel gedrungen war. Ein unsichtbarer Pfeil, der kraft ihrer verbundenen Geister im gleichen Moment entstanden und mit gleicher Kraft eingeschlagen war.

Es war kein Wunder, daß Karlstrom sich unbehaglich fühlte. Er hatte zwar keinen Grund, Roz' Loyalität und Treue anzuzweifeln, doch wie allen Angehörigen der Ersten Familie gefiel es ihm nicht, von anderen Menschen oder Dingen abhängig zu sein, wenn er keine absolute Kontrolle über sie hatte.

Aber man mußte zugeben, daß Roz sich in ihrem neuesten Fall glänzend geschlagen hatte. Sekunden nach der Kontaktaufnahme durch Steve hatte sie sich in eine betriebsinterne TV-Zelle eingekartet und Karlstrom angerufen. Sie hatte die Hochprioritätsnummer benutzt, die er sie hatte auswendig lernen lassen. In der gleichen Sekunde, in der sie die letzte Zahl gewählt hatte, hatte COLUMBUS auch schon den Piepser in Karlstroms Tasche aktiviert und eine Blitzmeldung ihres Anrufes auf den nächsten Bildschirm projiziert.

Karlstrom hatte aus dem kurzen Bildschirmgespräch genug Informationen erhalten, um dem Kommandanten der AMEXICO-Luftwaffe zu befehlen, auf der Stelle Vorbereitungen zur Entsendung von fünf Maschinen — vier Himmelsfalken und einer Himmelsreiter-Muttereinheit — zu treffen, und zwar für ein Fernflug-Projekt. Die Piloten sollten Rotalarm erhalten; Kurs- und Zieldaten würden folgen.

Als Roz mit dem Zug und weiteren Details über Steves mißliche Lage im AMEXICO-Hauptquartier eingetroffen war, hatte man die Maschinen auf der Oberwelt-Basis von Houston/HZ schon bewaffnet und aufgetankt und die Piloten vergattert und im Einsatzraum informiert. Karlstrom hatte eine Landkarte der unteren Hälfte des Michigansees auf seinem Schreibtisch ausgebreitet.

Von da an hatte alles wie ein Uhrwerk funktioniert. Falls Karlstrom noch irgendwelche Zweifel hegte, Roz auf den Red River-Wagenzug zu versetzen, um ihrem Blutsbruder dabei zu helfen, Clearwater und die beiden anderen Zielpersonen herbeizuschaffen, so waren sie nach dem Empfang der Funkmeldung von ›Feuerchef‹ Mackinnon, laut der man den Raddampfer aufgehalten hatte und daß er nun vierhundert Meter vor dem Ufer im Wasser feststeckte, nicht mehr vorhanden. Wenn man das Mädchen und seinen Bruder richtig behandelte, waren sie Dynamit! Und allmählich sah es so aus, als sei er bezüglich Brickmans Verläßlichkeit zu voreingenommen gewesen. Brickman war zwar ein falscher Hund, aber das war schließlich jeder erfolgreiche Agent. Seine Intelligenz stand außer Frage, und sein Verhalten in der freien Natur bewies, daß er zäh war und Mut und Grips hatte. Und er hatte Glück! Wirklich, angesichts der Klemmen, in denen Brickman schon gesteckt, und der, aus der er sich gerade herausgewunden hatte, konnte man, wenn man an Magie glaubte, fast sagen, daß er ein ›zauberhaftes Leben‹ führte …

Steve sah es zwar nicht ganz so, aber er freute sich dennoch, daß er lebte. Die Bombenexplosion hatte zwar die Laterne vom Deckenhaken des Zellengangs gerissen, aber das Licht der brennenden Deckenhölzer vor dem zerschmetterten Maschinenraum hatte für genug Helligkeit gesorgt, um die Halsbretter und Handfesseln aufzuschließen.

Danach hatte sich Dunkelheit über sie gesenkt, und er hatte sich den Weg aus dem sinkenden Schiff heraus ertasten und dabei gegen Cadillac kämpfen müssen. Der Wasseransturm, der den Durchgang von hinten her füllte, hatte sie durch die Decksluke nach oben gespült, wo beiden die Chance eingeräumt wurde, noch etwas Luft zu schnappen, bevor eine Lawine verschiedenster Trümmer sie wieder zurückdrängte. Sie rutschte auf sie zu, als die Frontsektion des Schiffes in einem steilen Winkel nach hinten kippte.

Es gab einen zeitlosen Augenblick, an den Steve keine Erinnerung hatte — nur den starken Eindruck, daß er sterben würde. Doch dann ragte sein Kopf zu seinem Erstaunen aus dem Wasser, und er erkannte, daß er (a) noch am Leben war, (b) den linken Arm noch immer um Cadillacs Hals geschlungen hatte, und (c) sich ein rauchgeschwärztes, umgekipptes Beiboot und ein Ruder in Reichweite befanden.

Es war zwar keine einfache Aufgabe, das Beiboot mit Hilfe des Ruders in eine aufrechte Lage zu bringen und dabei den Kopf des besinnungslosen Mutanten über Wasser zu halten, aber schließlich gelang es ihm. Cadillac an Bord zu hieven war zwar noch schwieriger, aber da er das Ruder zur Vorsicht zuerst ins Boot geworfen hatte, gelang ihm schließlich auch dies. Als der Mutant bäuchlings über die Heckseite hing, kletterte Steve über den Bug ins Boot, hievte den Rest seines Kameraden aus dem Wasser und legte ihn auf den Boden.

Ein paar Minuten festen Pumpens öffneten Cadillacs Augen und trieben den größten Teil des Wassers aus seinen Lungen. Er wälzte sich auf die Seite und übergab sich. »Ich nehme an, ich sterbe gleich ...«

»Das bezweifle ich.« Steve stand auf, schob das Paddel in die Heckrinne und schlängelte das Boot parallel zum Ufer nach Süden. Es war höchste Zeit, sich aus der mistigen Lage zu entfernen.

Aufgrund der Schreie und Rufe und dem unmißverständlichen Krachen aufeinanderprallenden Stahls, das der Wind über das Wasser trug, wurde ihm klar, daß jene Eisenmeister, die es ans Ufer geschafft hatten, nicht kampflos untergehen wollten. Steve spürte ein Stechen des schlechten Gewissens, doch Cadillac war nicht in Form, spitzes Eisen zu schwenken. Nun waren die Kojaks an der Reihe — sie mußten zeigen, aus was sie gemacht waren. Wenn die Lage kritisch wurde, war Clearwater auch noch da. Sie würde der Luft ein bißchen Zauberkraft entnehmen und die Japse ins Wasser zurückblasen. Oder sonstwohin.

Neee ... zum Teufel mit der ganzen Sache! Wir haben für heute genug getan.

13. Kapitel

Stu Gordon, ein abtrünniger Wagner, der den östlichen Zugang zum momentanen Lagerplatz seiner Gruppe bewachte, stellte sein Glas ein und ließ seinen Blick erneut geduldig rings um die scheinbar grenzenlose Landschaft schweifen. Nick Walsh, ein anderer Gesetzesbrecher, lag neben ihm auf dem Rücken, richtete den Blick zum Himmel und wartete darauf, daß er wieder mit dem Fernglas an der Reihe war. Stu hielt nach herumstreifenden Mutantenbanden Ausschau, Nick suchte nach dem, was die Mutanten ›Donnerkeile‹ nannten — Himmelsfalken, die als Voraustruppen von Wagenzügen durch die Luft schwebten.

Der Name Himmelsfalke, der sich auf die standardisierten, schwanzlos-deltaflügeligen Konstruktionen bezog, stimmte eigentlich gar nicht mehr. In diesem Jahr war ein neuer, stärkerer Flugzeugtyp am Himmel aufgetaucht — mit gleichbleibend geraden Schwingen und einem schmucken Schweif, der am Ende schmaler Ausleger zu beiden Seiten des Hecktriebwerks aus dem Schwingenprofil wuchs. Ein Flugzeug, das zudem über eine starke Schlagkraft verfügte: ein starres, nach vorn feuerndes MG mit sechs Läufen.

Es war ein gewaltiger Sprung nach vorwärts für den einsamen Schützen am Himmel, und das Auftauchen der Maschinen war ein Zeichen dafür, daß die Föderation es ernst meinte. Im Frühling des vergangenen Jahres hatten die Wagenzüge den ersten Vorstoß in das Territorium des Prärievolkes unternommen — in ein ausgedehntes Gebiet, das bis dahin ein nicht leicht erreichbarer Zufluchtsort der Ausbrechergruppen wie jener gewesen war, der Nick und Stu angehörten.

Die ständigen Kampfeinsätze, die die Wagenzüge

und Zwischenstationen in den Neuen Territorien Colorado und Kansas durchführten, hatten die meisten Gruppen nach Norden vertrieben. Manche Ausbrecher hatten sich vorgenommen, einen der nach Westen führenden Wege zu finden, die angeblich durch die Rockies führten, doch ihre Gruppe hatte abgestimmt und wollte ihr Nomadendasein auf den Hochebenen von Nebraska und Wyoming weiterführen. Dort würde die Föderation sie zwar nicht belästigen, aber ein leichtes Leben erwartete sie trotzdem nicht.

Abtrünnige waren Lumpensammler; sie lebten von dem, was die Wagenzüge zurückließen. Sie waren wie Seemöwen, die ständig über dem Heck von Ozeanriesen schwebten. Doch sie suchten nicht nach Nahrung. Sie brauchten Druckluftflaschen, um ihre Flinten und Handfeuerwaffen anzutreiben; Nadelgeschoßhülsen, Taschenlampenbatterien, Erste-Hilfe-Kästen, Messer, Werkzeuge, Uniformen, Stiefel — sämtliche nützlichen Ausrüstungsgegenstände, die ihrem schwierigen, stets wachsamen Dasein ein paar kreatürliche Annehmlichkeiten hinzufügten.

Natürlich *fiel* das Zeug nicht einfach aus den Wagenzügen. Der gesunde Menschenverstand sagte einem, man sollte so schnell wie möglich aus jedem Gebiet verschwinden, in dem ein Kampfeinsatz vorbereitet wurde. Doch genau dort, wo er stattfand, hatte man die größte Chance, ein paar gute Schnäppchen zu machen. Hielten sich Wagenzüge im Gelände auf, sandten sie auch Kampfeinheiten aus, um die Beulenköpfe mit den Himmelsfalken zu verfolgen. Aber die Mutanten pflegten die Eigenart, den Beschuß mit ihren Armbrüsten zu erwidern — und sie fehlten nur selten.

Glücklicherweise verfügten die Armbrustschützen nur über wenige Bolzen und waren darauf bedacht, sie zurückzukriegen. Und dann hatten auch die Abtrünnigen Glück. Wenn man schnell genug war und die Beulenköpfe zurückgeschlagen oder umgebracht wurden, konnte man die Leichen fleddern und die Bolzen aus ihnen herausschneiden, um sie bei den Mutanten einzutauschen. Sie waren zwar ebenfalls darauf aus, die Toten zu plündern, doch trotzdem gab es keinen ernsthaften Interessenkonflikt. Die Mutanten waren Trophäenjäger. Abgetrennte Bahnbrecherköpfe und Kampfmesser waren ihre beliebtesten Sammlerstücke. Die Beulenköpfe hatten keine Verwendung für Flinten und Schußwaffen. Zwar nahmen sie, wie die Ausbrecher, alles mit, was sie kriegen konnten, aber wenn sie ein paar Kleinigkeiten fanden, die sie sich um den Hals hängen oder an die Ledermontur heften konnten, konnte man sie überreden, die kostbaren Luftflaschen und Ersatzmagazine einzutauschen.

Es war ein gefährliches Spiel, da es einen den Arsch kosten konnte, wenn man darauf wartete, sich über die Sachen herzumachen. Und das Risiko war noch größer, wenn man den Stürmern auf dem Weg zum Wagenzug auflauerte, wenn sie den größten Teil ihrer Munition bereits verschossen oder weggeworfen hatten, um nicht mehr schleppen zu müssen.

Ausbrecher wie Stu und Nick hatten keine Bedenken, Bahnbrecher anzugreifen, denn sie nahmen Abtrünnige und Beulenköpfe gleichermaßen aufs Korn. Ausbrecher waren vogelfrei — weswegen die Mutanten den sogenannten ›Rothäuten‹ auch ein gewisses Maß an Ellbogenfreiheit erlaubten. Wenn man nicht gerade ein festes Lager in den Jagdgründen eines Clans aufbaute und regelmäßig ihr Wild jagte, ließen sie einen für den größten Teil des Jahres in Ruhe. Es gab nur eine Gefahrenperiode — die letzten drei Aprilwochen und die erste Woche im Mai —, wenn die Mutanten ihre jährliche Abtrünnigenjagd veranstalteten. Dann gingen die Ausbrecher in Deckung. Wenn man den Schwanz nicht einzog, riskierte man, geschnappt zu werden — oder umgebracht, falls man Gewalt gegen die Verfolger einsetzte. Wer ihnen ins Netz ging, wurde beim jährlichen Mutantenpalaver am Lake Superior verkauft und in ein unbekanntes Land im Osten verschachert.

Für die Beulenköpfe war der jährliche Zusammentrieb eine Art Spiel, das auf freie und leichte Manier und mit deutlichem Humor ausgetragen wurde — auch wenn die Gejagten es nicht für sehr witzig hielten. Wenn man den Mutanten eine gute Jagd lieferte, bevor sie einen schnappten, ließen sie einen manchmal sogar wieder laufen. Doch für viele Ausbrecher, die alles riskiert hatten, um sich vom klaustrophobischen Regime der Föderation abzusetzen, war der Tod einem Leben in der Sklaverei vorzuziehen.

Und deswegen hielten Stu Gordon, Nick Walsh und sechs andere Burschen, die sich im Norden, Süden und Westen ihres Lagerplatzes aufhielten und den North Platte River in Nebraska überschaute, Ausschau.

Aber es gab noch andere, schwerer identifizierbare Gefahren, denen man als Ausbrecher ausgesetzt war. Neben den allgemeinen Überlebensrisiken an der Oberwelt, dem Ausweichen der Wagenzüge und dem jährlichen Zusammentrieb existierte auch noch die Bedrohung durch umherstreifende Außendienst-Schwadronen: Wagner, die die Aufgabe hatten, Informationen zu sammeln, um den Wagenzügen das Manövrieren zu erleichtern, und — sie waren das Allerschlimmste — regierungsamtliche Geheimagenten, die sich als Ausbrecher verkleideten und einzeln oder in Teams tätig waren.

Diese schleimigen Hundesöhne waren der *wahre* Feind. Ihr Job bestand darin, Ausbrecher hereinzulegen, wann immer sich eine Möglichkeit bot. Ihre Lieblingsmethode bestand darin, Leichen mit winzigen Antikörper-Minen zu spicken. Sie verteilten auch Rationspäckchen mit Zyankali, vergiftete Wasserfilter und Erste-Hilfe-Kästen mit Injektionsspritzen, die töteten statt zu heilen.

Sie waren, insgesamt gesehen, eine abgefeimte Bande. Doch obwohl die Bedrohung, die sie darstellten, wirklich vorhanden war, brachte ihre Anwesenheit der Oberwelt auch positiven Nutzen. Agenten, die unterwegs waren, aus der Luft mit Proviant versorgt, die man dann in ein Netzwerk kleiner, unterirdischer Depots speiste. Zwar waren sie stets gut verborgen, aber wenn man wußte, wo und wonach man suchen mußte, konnte man sie finden. Es brauchte eine Menge Erfahrung, doch der Anführer ihrer Gruppe — ein Bursche namens Malone — hatte eine echte Nase dafür. Doch auch seine langjährige Erfahrung bedeutete nicht, daß die Gruppe unverwundbar war. Im letzten Jahr hatte der M'Call-Clan, eine große Mutantensippe, deren Gebiet je nach Jahreszeit vom Bezugspunkt Caspar in Wyoming bis zum North Platte am Bezugspunkt Kearney reichte, über dreißig Burschen einkassiert.

Stu Gordon grunzte, als er im Fernglas etwas sah. »Was, zum Henker, haben wir denn da? He, Nick! Schau doch mal.«

Walsh nahm das Fernglas an sich und hielt es in die angegebene Richtung. »Wonach soll ich suchen?«

»Nach drei Typen und einer Herde Tiere. Schau an der Flußlinie vorbei, bis zur zweiten Biegung, klar? Dann kommst du an ein paar Bäume am linken Ufer ...«

»Hab ich ...«

»Jetzt 'ne Spanne links — gleich hast du's. Da ist 'ne Art Pfad. Aber wenn du noch mehr Bäume siehst, bist du zu weit.«

»Hab ich. Warte mal ... Yeah, okay, ich hab sie.«

»Gut. Und jetzt die Linie rauf, zum Horizont.«

Walsh fand das Ziel. Eine Gruppe seltsamer vierbeiniger Tiere. Auf den drei ersten ritten drei Männer. Der Kopf eines Reiters war von einem Helm bedeckt mit einer breiten, flatternden Krempe. Er und ein anderer Bursche trugen etwas, das ihn an grüne Flaggen an Pfahlenden erinnerte, aber im Moment waren sie noch zu weit entfernt, als daß man hätte Einzelheiten erkennen können.

Bevor sie die ›Fliege‹ gemacht hatten — so lautete das Ausbrecherwort für den innerhalb der Föderation verwendeten Begriff Fahnenflucht —, hatten weder Gordon noch Walsh viel Zeit vor dem Archivsender verbracht, und sie hatten auch keine Bekannten, die dies getan hatten. Für sie zählte nur das ›Jetzt‹, und die einzige Historie, mit der sie pflichtgemäß vertraut waren, war die der Föderation, die im Jahr 2051 begann. Jeder Bezug des Pflichtunterrichts auf die Geschichte der Vorkriegszeit handelte von ihren negativen Aspekten — und die hatte die Föderation eliminiert, wie die Lehrer und die sie unterstützenden TV-Sendungen nicht müde wurden, zu versichern. *Ad nauseam* ...

Das Resultat war, daß keiner der Abtrünnigen erkannte, daß sie eine Herde von etwa achtzig Pferden erblickten — einen Teil der Beute des gewaltigen Kojak-Sieges über die Eisenmeister. Sie wurden von drei Reitern angeführt, die stolz im Sattel saßen. Und sie hatten auch jeden Grund, stolz zu sein.

Walsh ließ das Fernglas sinken. »Hassu sowas schon mal gesehen?«

»Nee.« Stu Gordon rutschte an der steilen Felswand herab, damit man ihn nicht sah. Dann nahm er Platz und winkte Malone zu. »He, Häuptling! Hier is' was, das möchtest du bestimmt mal sehn!«

Malone gab die Landkarte, die er gerade studiert hatte, an einen seiner vier Unterführer weiter, und stieg zu Gordon und Walsh hinauf. Walsh reichte ihm das Fernglas und beobachtete weiter den Himmel. Burschen, die Wache hatten und die Wachsamkeit vergaßen, erfuhren sehr schnell, warum Malone so lange *Honcho* einer der größten und am besten ausgerüsteten Abtrünnigenbanden geblieben war. Er liebte die harte Tour.

Malone richtete das Fernglas auf die sich nähernde Herde. Ein paar reiterlose Pferde trugen Sättel mit aufragenden Sattelknäufen und Gesäßstützen. Sie waren hinter den Leittieren in einer losen V-Form gruppiert, und ein paar Fohlen liefen neben und hinter ihnen her.

Da sie ihnen fast genau entgegenkamen, war es zwar schwierig, ihr momentanes Tempo zu schätzen, aber nach dem zu urteilen, was Malone von umherziehenden Büffeln gesehen hatte, schienen sie recht schnell zu sein. Tatsächlich bewegten sich die Pferde in einem leichten Galopp, aber zu Malones Wissen gehörten keine technischen Begriffe, die man verwendete, um ihren Schritt zu beschreiben. Er ließ das Fernglas sinken. »Hmmmm ... Interessant.«

»Hast du 'ne Ahnung, was das is', Häuptling?«

»Yeah. Es sind Pferde.«

»Pferde?« sagte Gordon. »Ahh, ich *kenne* das Wort! Ich hab nur nich gewußt, daß man Tiere so nennt. Ich dachte, es is ...«

Malone unterbrach ihn mit einem wissenden Lächeln. »... nur 'n anderes Wort für deinen Pimmel.

Wenn du mehr Zeit damit verbracht hättest, das Bildarchiv anzusehen, statt an Spielautomaten zu stehen, hättest du nicht zu fragen brauchen«, fuhr Malone fort. »Aber auch so ist es eine Überraschung. Nach allem, was ich weiß, gehören Pferde nämlich zu den vielen domestizierten Tierarten, die im Holocaust ausgerottet wurden.«

Gordon runzelte die Stirn. »Was heißt domestiziert?«

»Gezähmt. Man hat sie früher gezüchtet und gefüttert. Manche hat man verzehrt, andere — Hunde zum Beispiel; sie sahen wie Wölfe aus — hat man für die Jagd abgerichtet. Außerdem haben sie die Heimstätten bewacht. Klingt unglaublich, aber die Menschen haben früher mit ihnen im *gleichen* Raum gelebt.«

Die beiden Ausbrecher lachten ungläubig.

»Klingt verrückt, ich weiß. Aber so war's. Und bevor wir Züge, Flugzeuge und Elektrowagen erfunden haben — als es noch keine Maschinen gab, um Dinge zu bewegen —, hat man Pferde als Transportmittel verwendet.

Riesige Herden haben in der Prärie gelebt. So wie heute die Büffel. Pferde sind bloß viel schlauer. Man hat sie zusammengetrieben und ihnen was beigebracht, damit sie wußten, wer der Boß ist. Wenn man Tiere hat, um eine Last zu ziehen, dann gehen sie los, wenn man es will, und sie bleiben stehen, wenn man ›Halt‹ sagt. Toll, was?«

»Du meinst, wie die Ärsche bei der Grundausbildung?«

Malone lächelte. »Genau. Man bricht sie und zwingt ihnen seinen Willen auf. Es ist die einzige Möglichkeit, mit Tieren wie *euch* fertig zu werden. Deswegen hat uns die Erste Familie auch vor ihren Karren gespannt. Früher haben die Pferde Karren gezogen — Frachtwagen. Nur sie waren Zugeinheiten. Daher kommt auch der Ausdruck ›Pferdestärken‹, wenn man mißt, was eine Maschine leisten kann.«

»Echt?« sagte Gordon. »Hab ich echt nich gewußt.«

»Kannste mir glauben. Man lernt immer was dazu. Aber man hat sie nicht nur vor Karren und Pflüge gespannt, sondern auch zum Reiten verwendet — so, wie's die drei Typen da machen. Die Frage ist nur: Wo, zum Henker, kommen die her?«

Malone drehte sich auf den Bauch und hob das Fernglas an die Augen. Die Reiter kamen näher auf das versteckte Lager zu, und nun konnte er erkennen, daß einer der Reiter eine Frau war. Sie trug eine zerfetzte grüngelbe Flagge, und das Ende der Stange war auf ihren linken Steigbügel gestützt. Und der Bursche an der Spitze der Meute hatte sich einen Streifen des grünen Zeugs um die Stirn gebunden.

Links hinter ihm war der dritte Reiter zu sehen; auch er trug eine grüngelbe Flagge. Sein Gesicht wurde von dem breitkrempigen Helm verborgen. Die drei trugen ein kurioses Sammelsurium von Kleidern und Teile eines Rüstungstyps, den Malone noch nie gesehen hatte. Aber auch ihre Hautfarbe erregte seine Neugier.

»Der Schlag soll mich treffen ... Es sind Beulenköpfe!«

Gordon langte nach seinem Karabiner. »Wat machen wir, Häuptling? Machen wir sie alle?«

»Nein, wir laden sie zu 'nem Schwätzchen ein. Ich will wissen, was, zum Henker, hier vor sich geht.« Malone gab Gordon das Fernglas zurück. »Gut gemacht, Stu. Wenn sie die Richtung beibehalten, haben wir eine gute Chance, daß sie unter uns durch den Hohlweg kommen. Behalt sie im Auge, aber bleib in Deckung. Wenn sie plötzlich den Kurs ändern, schick Nick zu mir runter, okay?« Malone rappelte sich auf. »Ich organisiere inzwischen ein Empfangskomitee ...«

Malone war nicht der einzige, den der Reiterzug fasziniert und beeindruckt hatte. Seit sie die ihren schwer errungenen Sieg über die Eisenmeister feiernden Kojaks verlassen hatten, hatten Steve, Cadillac und Clearwater die Jagdgründe siebzehn weiterer Clans durchquert. Nachdem sie ihre Geschichte gehört hatten, hatte ihnen jeder einzelne das Willkommen von Helden bereitet, und nach dem Tauschen der Unterpfänder hatte man sie im Triumphzug an die Grenze des Niemandslandes eskortiert, das traditionsgemäß zwischen den von benachbarten Clans beanspruchten Gebieten lag.

Mit quastengeschmückten Harnischen und verzierten Sätteln auf seltsamen Tieren sitzend, in eine Mischung aus Mutantenleder und Eisenmeisterpanzern gekleidet, boten sie mit ihren grüngoldenen Seidenbannern, die stolz an den Spitzen langer, dünner Stangen flatterten, einen imposanten Anblick. Und die gleiche melodramatische Mischung aus Sprache und Magie, die schon die Kojaks ihr tägliches Einerlei hatte vergessen und in den Kampf marschieren lassen, hatte auch bei jedem anderen Clan funktioniert, dessen Weg sie gekreuzt hatten — einschließlich jener aus der Abstammungslinie der D'Troit, den Todfeinden der She-Kargos.

Auch Steve, der sich bemühte, seinen gesunden Unglauben an die Vorherbestimmung und allesumfassende Macht Talismans beizubehalten, sah sich zunehmend von der Vorstellung verlockt, daß es sie *vielleicht doch* gab. Er hatte immer den Gedanken gepflegt, daß er ein überdurchschnittlicher Mensch und für große Dinge ausersehen sei. Die ›Andersartigkeit‹, die er mit Roz gemeinsam hatte, kennzeichnete sie als etwas Besonderes. Es war nicht zu bestreiten, daß die sie verbindende Gedankenbrücke ihm und Cadillac die Flucht aus dem Raddampfer ermöglicht hatte, und zudem hatte er Clearwaters Zauberei mit eigenen Augen gesehen. Vielleicht hätten wissenschaftliche Erklärungen dabei geholfen, leichter Schlaf zu finden, aber sie waren nicht nötig. Es *funktionierte.* Ende der Geschichte.

Aber natürlich konnte es nicht so sein. Tief im Innern war Steve nicht dazu bereit, die Kontrolle über sein Leben in die Hände eines anderen zu legen. Doch wenn Cadillacs Nummer sie nach Wyoming brachte, war sie ein Grund, der ausreichte, jeden Vorbehalt, den er vielleicht noch hatte, zu verheimlichen, und seine Rolle mit höchster Aufrichtigkeit zu spielen.

Cadillac, der die Rolle ihres Sprechers übernommen hatte, war nun ganz in seinem Element. Der peinliche Augenblick der Panik während der Flucht aus dem sinkenden Raddampfer war längst vergessen. Er stand wieder an der Spitze, und darüber hinaus glaubte er alles, was er sagte. Er erzählte nicht nur eine Geschichte; es war eine göttliche Offenbarung. Talismans Licht, die Strahlung seiner Macht, die so hell war wie die Sonne am Mittag, war in die Welt getreten. Er, Cadillac Deville, war der Fackelträger, und die ihm zugewiesene Aufgabe bestand darin, die Flamme des kollektiven Widerstands zu schüren. Es war eine erregende Sache.

Diese Botschaft, die er mit messianischem Eifer weitergab, und ihr ungewöhnliches Erscheinungsbild, hatten die normalerweise feindlich gesinnten Spähergruppen, die ihnen in den Weg traten, veranlaßt, sie vorsichtig einzuladen, vor den Ältesten ihrer Clans zu sprechen. Wenn Cadillac seine beeindruckende Präambel wiederholte, hörten sie stirnrunzelnd zu, sobald er enthüllte, daß die Auserwählten vor ihnen standen; die ersten Verlorenen, die *wie prophezeit* aus dem Ostland und den gefürchteten Feuergruben Beth-Lems zurückkehrten.

Wie es ihnen gelungen ist? Wie es *ihnen* gelungen sei, aus der Welt der Totgesichter hinter dem Großen Fluß zu entkommen — etwas, das noch kein Mensch zuvor geschafft hatte? Mit Hilfe der Macht, die Talisman ihnen verliehen hatte! Und dann, auf Cadillacs Zeichen hin, zeigten Steve und Clearwater ein paar Schwerter, Bogen und Rüstungen der Eisenmeister, die sie mitgebracht hatten. War dies etwa kein Beweis, fragte Cadillac, ihres tollen Sieges?

Aber natürlich. *Heeee-jaaahhh ...*

Es sei der erste Sieg von vielen, erklärte Cadillac. Die Präriebewohner brauchten sich nie wieder vor den Totgesichtern zu fürchten! Dann verfiel er stets in eine zwar zensierte, aber äußerst deutliche Version der Geschichte, wie sie, die Auserwählten, am Reiherteich die geballte Macht der Eisenmeister vernichtet und anschließend mit Hilfe des Kojak-Clans eine ganze Schiffsladung Samurai versenkt und getötet hatten. Dann richtete Cadillac mit großartigen Gesten die Aufmerksamkeit der Ältesten — die ebenso gebannt waren wie der hinter ihm stehende Clan — auf die geduldig dastehenden Pferde. Diese großartigen Tiere waren nur ein paar von denen, die die gelben Krieger in die Schlacht geführt hatten. Und nun zierten ihre Köpfe die Pfähle der Kojaks!

Heee-JAHHH!

Und dann kam Clearwater an die Reihe, ein Talent zu zeigen, von dem Steve vor der Versenkung des Raddampfers noch nichts gewußt hatte.

Im harschen Licht der Morgendämmerung hatten

sich Steve und Cadillac am Ufer entlang nach Norden aufs Schlachtfeld begeben. Die haarlosen Leichen der Eisenmeister waren überall. Dort, wo es seicht war und das Wasser mit den Uferkieseln spielte, halb in den Fallgruben begraben, am ganzen Ufer verstreut und von den Fischernetzen hängend — lag die letzte Verteidigungslinie vor den Dünen. Auch mehrere Pferde waren den kühnen Verteidigern des Clans am Ufer zum Opfer gefallen. Die meisten waren tot, aber manche lagen tödlich verletzt da. Das Blut lief aus ihren zuckenden Flanken, während andere, deren Glieder vom Sturz in die Fallgruben gebrochen waren, in wildäugiger Panik ausschlugen. Gerührt von den mitleiderregenden Geräuschen, die sie machten, hatte Steve Cadillac überredet, ihm zu helfen, ihrem Elend ein Ende zu bereiten.

Die Kojaks hatten hundertachtzehn Krieger verloren, und Dutzende waren verwundet. Manche würden das spitze Eisen vielleicht noch küssen, aber es war dennoch ein ruhmvoller Sieg. *Mo-Town dürstet, Mo-Town trinkt.* Die Eisenmeister hatten dreimal so viele Männer verloren. Viele Samurai und die Rotgestreiften-Infanterie, die es bis ans Ufer geschafft hatten, hatten sich zwar auf dem Höhepunkt der Erschöpfung befunden, aber sie hatten mit gnadenloser Wut gekämpft, bis man sie niedergemacht hatte. Andere, die sich in die Enge getrieben sahen, hatten es vorgezogen, sich in das eigene Schwert zu stürzen, bevor man sie in Stücke hackte. Der Rest, die Besatzung des Raddampfers eingeschlossen, war im Wasser umgekommen.

Die Arbeit des Entkleidens und Enthauptens der Toten hatte schon begonnen, und draußen auf dem See waren die Mannschaften von zwei Dutzend Auslegerbooten damit beschäftigt, alles und jedes zu bergen, was auf dem Wasser trieb. Die Hälfte des brennenden Schiffes war versunken, doch ein, zwei Stürme würden ihre Zerstörung vollenden und weitere fette Beute an Land treiben.

Doch wo steckte Clearwater? Wenn sie unverletzt überlebt hatte, mußte sie dann nicht hier sein, am Ufer — und sich Sorgen um ihr Schicksal machen? Von plötzlicher Furcht ergriffen, waren Steve und Cadillac ins Inland geeilt, durch die Dünen, in Richtung Siedlung. Erst dann hatten sie die Pferde gesehen, die sich um Clearwater versammelt hatten wie Bienen um einen Stock.

Steve rief ihren Namen, aber sie reagierte nicht, und als sie den Kreis der Pferde erreichten und versuchten, ihre Beachtung zu finden, blickte sie mitten durch sie hindurch. Als sie beobachteten, wie sie sich zwischen den Pferden bewegte und leise mit ihnen sprach, wurde schnell deutlich, daß sie Zeugen eines außergewöhnlichen Verständigungsaktes waren. Clearwater nahm nur die Gruppe ihrer vierbeinigen Bewunderer wahr, die geduldig darauf warteten, daß sie sie anfaßte.

Cadillac wußte zwar seit beträchtlicher Zeit, daß Clearwater fähig war, eine bestimmte Form der Herrschaft über Tiere auszuüben, doch er hatte nie vermutet, daß sie so viele kontrollieren konnte. Steve, für den all dies eine Überraschung war, konnte sich über die Reichweite und Stärke ihrer Kräfte nur wundern. Welche Überraschungen hatte sie sonst noch im Ärmel?

Seit seinem Vorschlag, sich einiger Eisenmeister-Pferde zu bemächtigen, hatte er stets mit dem Problem gekämpft, wie man während der Reise nach Westen die Kontrolle über die reiterlosen Pferde behalten konnte. Er und Cadillac hatten sich verabredet, daß sie, falls sie eine angemessen große Anzahl von Pferden einfingen, zwei von ihnen — einen Hengst und eine Stute — an jeden Clan verschenken wollten, der ihnen auf dem Heimweg begegnete. Natürlich immer vorausgesetzt, ihnen standen genug zur Verfügung. Clearwater hatte für die Lösung gesorgt. Die Pferde waren bereit, ihr überallhin zu folgen, und sie taten es auch. Sie gehorchten sofort ihren gesprochenen und ungesprochenen Befehlen.

Diese Fähigkeit führte Clearwater vor, um sie zur Freude und Verblüffung ihrer Zuschauer zu demonstrieren. Indem sie mit den Fingern auf die Tiere deutete und schnippte, sorgte sie dafür, daß einzelne Pferde oder ganze von ihr ausgewählte Gruppen in jede gewünschte Richtung um den versammelten Clan herumtrotteten. Sie folgten dem Leittier, bis Clearwater sie zum Halten aufforderte und sie den Weg zurückgehen ließ. Ein weiterer Befehl ließ sie die Köpfe vor dem Ältestenkreis neigen und mit den Hufen Salut scharren. Es war eine so meisterhafte Schau, daß die Zuschauer stets begeistert aufbrüllten.

Und dann kam Steve an die Reihe. Das einzige As in seinem Ärmel war das, das er nicht gern ausspielte. Abgesehen davon konnten einem telepathische Verbindungen mit nicht anwesenden Dritten nur schwerlich stützenden Applaus einbringen. Die Pferde waren eine Nummer, die man nur schwer überbieten konnte, doch Clearwater hatte der seinen ihre magische Kraft geliehen, und abgesehen von Cadillacs flammender Abschlußrede übertraf er die Schau nun mit einem todesverachtenden Kunststück, das seine persönliche Leichtgläubigkeit und seinen Mut bis zum Äußersten prüfte.

Man rollte vor dem Ältestentrio drei geflochtene Strohmatten zu Rohren und band sie mit verknoteten Bindfäden zusammen, dann pflanzten Cadillac und Clearwater zwei fast zwei Meter lange Pfähle vor Steve in den Boden, die etwa zweieinhalb Meter weit auseinanderstanden. Dann wurden zwei der eingerollten Matten auf die Pfahlspitzen geschoben. Steve breitete die Beine in Kampfstellung aus, zückte das Samuraischwert, das er bei sich hatte, und kürzte die dichtgerollten Strohmatten mit vier blitzschnellen Streichen und einem spontanen Schrei. Es fiel seinen Zuschauern leicht, sich vorzustellen, daß das Schwert mit der gleichen unheimlichen Leichtigkeit auch den Hals eines Feindes durchschneiden konnte.

Anschließend forderte Cadillac den stärksten Krieger des Clans auf, in den Kreis zu treten, woraufhin Steve ihm ein Schwert gab und ihn aufforderte, es ihm gleichzutun. Trotz der Unvertrautheit mit der Waffe fehlten die Haupt-Kopfsammler nur selten, wenn es darum ging, die Kraft und das Tempo der mächtigen Hiebe Steves zu kopieren; sie mußten nur ein paarmal versuchsweise ausholen.

Wenn der Oberkrieger ein paar zusätzliche Zentimeter von den beiden Rollen abgeschlagen hatte und zufrieden feststellte, daß er eine tödliche Waffe in der Hand hielt, holte Steve tief Luft und schritt zum Höhepunkt. Wenn er mit gespreizten Beinen einen festen Halt gefunden hatte, reichte Clearwater ihm die dritte aufgerollte Matte. Steve packte sie fest an beiden Enden, hob sie über den Kopf und bat den Oberkrieger, sie mit einem Hieb zu zerschlagen.

Dies ließ die Menge regelmäßig in ein alarmiertes Murmeln ausbrechen. Man hatte schon gesehen, wie die prächtig geschmiedete Waffe die eingerollte Matte zerschnitt, ohne auf wahrnehmbaren Widerstand zu stoßen. Wenn der Krieger die Einladung annahm, die Matte zu zerteilen, mußte das Schwert unvermeidlich auch den Kopf des Auserwählten spalten!

Als Cadillac sich die Idee ausgedacht hatte, war Steve der gleiche Gedanke gekommen. Clearwater hatte ihm zwar versichert, er stehe unter ihrem Schutz und werde nicht verletzt, doch Steve hatte verständlicherweise etwas Überredung gebraucht. *Natürlich* glaube er an Magie. *Natürlich* habe er absolutes Vertrauen in ihre Fähigkeiten. Aber angenommen, Talisman machte heute gerade blau? Bei Kunststücken dieser Art war man geliefert, wenn die Magie nicht funktionierte. Wenn Cadillac so sicher sei, daß sie funktionierte, so hatte ein Argument gelautet, dann sollte *er* es doch tun.

Zu seiner großen Überraschung und anschließenden Verlegenheit hatte Cadillac sich freiwillig gemeldet, die eingerollte Matte zu halten, während Steve mit aller Macht ausholte. Es hatte geklappt. Dies war die gute Nachricht. Die schlechte war, daß Steve sich nun verpflichtet hatte, den Platz mit ihm zu tauschen. Er brauchte jetzt nur noch an Clearwater zu glauben. Aber es war nicht einfach, dazustehen, während Cadillac sich bereitmachte, ihn in zwei Hälften zu zerteilen. Äußerlich war ja zwischen ihnen alles in Ordnung, aber innerlich ... gab es eine schwärende Schicht aus Eifersucht und Verstimmung, die bei der erstbesten Provokation hervorbrechen konnte. Falls Cadillac eine Möglichkeit suchte, ihrer Rivalität ein Ende zu bereiten, war dies die beste Gelegenheit. Der zerbrechliche Eid, den sie als Blutsbrüder abgelegt hatten, war keinen Taubenfurz wert; nur Clearwater konnte das Schwert aufhalten ...

Und sie hatte es aufgehalten. Die Macht, die Talisman ihr verlieh, hatte ihn auf dem Weg nach Westen immer wieder unverletzt gelassen. Wenn der stärkste Krieger eines Clans den mörderischen Hieb ausführte, hielt eine unsichtbare Kraft das Schwert zitternd an, bevor es die eingerollte Matte berührte, die Steve über seinen ungeschützten Kopf hielt. Dann vibrierte die Klinge wild, entriß sich dem Griff des erstaunten Kriegers, flog über seinen Kopf nach hinten und grub ihre Spitze in die Erde.

Dann war es für Cadillac soweit, die Bühne zu betreten. Schaut her! Nun schaut ihr Talismans Macht mit eigenen Augen! Selbst die Waffen der Eisenmeister wagen nicht, die Auserwählten zu verletzen! Die Verlorenen sind auf dem Heimweg, Brüder! Nichts kann den Aufstieg des Dreifachbegabten aufhalten!

Bis jetzt hatte dies noch keinen Clan am Boden sitzen lassen. *Heee-jaahh! HEEE-jaahh! HEEE-JAAAHHH!*

Die Büffelfährte, der sie gefolgt waren, bog vom Fluß ab und stieg einen engen Paß hinauf. Sie ließen die Pferde anhalten, suchten die Hänge zu beiden Seiten des

Hohlwegs ab und leiteten die Herde dann den Abhang hinauf.

Steves Geist beschäftigte sich noch immer mit den Ereignissen der letzten Tage. Ja ... Sie hatten tolle Momente hinter sich. Es spielte im Grunde keine Rolle, ob das, was sie erzählten, stimmte oder nicht. Wenn das Prärievolk es hören wollte ... Wenn es ihm half, den Tag zu überstehen ... Was machte es schon aus? Es war besser, an etwas statt an gar nichts zu glauben. Der Traum von der Rückkehr in die gereinigte Blauhimmelwelt stützte die Wagner seit Jahrhunderten. Und vielleicht auch die Erste Familie.

Jeder brauchte etwas, an das er sich klammern konnte. Sein Traum war, irgendeine Möglichkeit zu finden, seine persönlichen durcheinandergeratenen Hoffnungen und Sehnsüchte mit den ihnen widersprechenden Wünschen in Einklang zu bringen, die andere ständig an ihn stellten. Er wollte mit Clearwater zusammen sein — aber welches Leben konnten sie hier draußen miteinander führen? Und dann gab es noch Roz. Jetzt, wo ihr Leben gefährdet war, da er sich mit Karlstroms streng geheimem Unternehmen eingelassen hatte, brauchte auch sie ihn. Wäre er nicht zurückgekehrt, wäre sie nicht in dieses Chaos hineingezogen worden. Aber er war zurückgekehrt, ergo ...

Die einzige Möglichkeit, Roz' selbstgewählte Zukunft zu sichern, bestand darin, Clearwater und Cadillac auszuliefern oder ihre Köpfe auf einem Teller abzuliefern. Das war das wenigste, das Karlstrom zufriedenstellte. Doch trotz seines fortwährenden Verlangens, Cadillac zu erdrosseln, konnte Steve das Versprechen nicht brechen, ihn unverletzt zu Mr. Snow zu bringen. Er konnte sich nur eine Lösung vorstellen: Roz mußte durch irgendein Mittel aus der Föderation herausgeholt werden. Doch wenn er es durch irgendein Wunder schaffen sollte, sie zu *befreien,* würden sie und Clearwater einander an die Kehle fahren!

Es war eine unmögliche Situation, und um allem die Krone aufzusetzen, hatte Steve noch einen Grund, bekümmert zu sein: Während der gesamten Reise hatte Cadillac zwar eine Ehrfurcht erweckende Vorstellung nach der anderen geliefert, aber er hing wieder am Sake. Als der Raddampfer zerbrochen war, waren einige Dutzend Fäßchen des potenten Gebräus aus dem Laderaum nach oben gespült worden. Cadillac, der — natürlich — zufällig mit Steve an der Stelle gewesen war, wo man das erste an Land gebracht hatte, hatte es dem ahnungslosen Fischer aus den Händen gerissen, den Schnaps gerochen und sich das Fäßchen an die Brust gedrückt.

Ob es noch mehr davon gab? Und ob! Steves Mut nahm ab. Das gesunkene Schiff hatte eine beträchtliche Fusel-Goldgrube ausgespuckt, und das drängende Bedürfnis, auch noch den letzten Tropfen zu bergen, hatte die wasserscheue Landratte Cadillac in einen gieräugigen, fleißigen Seehund verwandelt, der das Gewässer in den nächsten sieben Stunden durchkämmte, ohne sich einmal elend zu fühlen.

Als Steve mit wachsender Bestürzung sah, daß die Fäßchen sich pausenlos am Ufer stapelten, hatte er die Wahrheit dessen erkannt, was er während seiner Mexikaner-Ausbildung in Rio Lobo erfahren hatte: Wenn man die richtige geistige Einstellung und die richtige Motivation mitbrachte, konnte man alles ertragen.

Man hatte einige Fäßchen geöffnet, um der Siegesfeier der Kojaks den richtigen Schwung zu verleihen — mit vorhersehbaren Folgen. Wer zuviel Sake bekommen hatte, endete im Vollrausch. Obwohl das Zeug die eine oder andere Libido löste, ließ es auch eine gewisse Neigung an Aggressionen frei, und das war etwas, das nie passierte, wenn Mutanten mit Hilfe einer Pfeife Regenbogengras ihren Kopf dem Himmel öffneten. Die Mischung aus erstklassigem Sake und Gras warf jeden, der zuviel von beidem genossen hatte, flach auf den

Rücken und schenkte ihm einen wahnsinnigen Kater. Wem es gelang, wieder aufzustehen, der stellte fest, daß seine Augen von grausam hellen Sonnenstrahlen erdolcht wurden und jede heftige Bewegung ihm ein schmerzhaftes Gefühl verlieh, das einem Büffeltritt ähnlich war.

Übung, so sagt man zwar, macht den Meister, doch das Ergebnis der heilsamen Erfahrung bestand darin, daß die meisten Mutanten nicht bereit waren, die ihre zu wiederholen. Die allgemeine Reaktion hieß »Danke« — beziehungsweise »Danke, nein«. Und so saßen sie dann auf einem Berg unerwünschten Schnapses. Angesichts der Möglichkeit, Cadillac könne darauf bestehen, so lange in der Siedlung zu bleiben, bis er alles ausgetrunken hatte, half Steve ihm, mehrere Packpferde mit einer absurd riesigen Menge des gelben Feuerwassers zu beladen.

Die Aussicht, daß Cadillac sich von nun ab abends die Birne vollknallte, ging Steve zwar gegen den Strich, aber ihn verlangte nicht danach, schon wieder einen Streit vom Zaun zu brechen. Sie hatten schon genug Probleme miteinander gehabt. Cadillac schien seine Besorgnis zu spüren; er versprach, sich auf einen bescheidenen Schlummertrunk zu beschränken und bis sie Wyoming erreicht hatten, einigermaßen nüchtern zu bleiben. Bisher hatte er, um ehrlich zu sein, sein Bestes getan. Zwar hatte er weder seinen Text vergessen noch war er mit der Nase voran in den Eintopf gestürzt, aber Steve, der es ihn schon einmal hatte durchmachen sehen, wußte, daß wieder Alkohol in seinem Blut war. Früher oder später *mußte* es Ärger geben ...

Im Moment freilich sahen sie sich Ärger einer anderen Art gegenüber. Als sie den Hohlweg am oberen Rand des Abhangs erreichten, sahen sie sich plötzlich einer Kette von zehn bewaffneten Abtrünnigen gegenüber, die ihnen den Weg versperrte. Etwa zwanzig weitere standen etwas weiter hinten. Ein schneller Blick zurück überzeugte sie, daß sie umzingelt waren. Jene, die sich hinter ihnen befanden, kamen zwar gerade langsam die Seitenhänge herunter, doch ein hastiger Rückzug war nun nicht mehr drin. Nur Clearwaters Magie konnte so viele Flinten ausgleichen. Doch selbst wenn sie, durch irgendein Wunder, ohne einen Treffer durchbrachen, riskierten sie, daß viele Pferde getötet oder verletzt wurden.

»Überlaßt sie mir«, murmelte Steve und saß ab. Er gab Cadillac die Zügel seines Pferdes, ging voraus und löste dabei seine Hellebarde. Sie war mit einer Eisenmeisterklinge versehen und stellte mithin ein neues Modell des turbinenbetriebenen Blitzes dar, den Clearwater ihm hinterlassen hatte, bevor sie nach Ne-Issan geflogen war. Und die gleiche elektrisierende Kraft enthielt nun auch der neue.

Ein Mann mit grobschlächtigem Gesicht trat aus der Mitte der ihnen den Weg verbauenden Schützengruppe. Er hielt sein Gewehr an die Hüfte und rief: »Laß das spitze Eisen stecken, Freund!«

Steve blieb etwa zehn Meter vor den Männern stehen und tat, was man ihn geheißen hatte.

»Okay.« Der Sprecher hob seine Flinte. »Es tut schon nicht weh. Komm langsam und vorsichtig näher.«

Die Männer rechts und links von ihm schauten verwundert, als sie einen näheren Blick auf Steves Kleider warfen: Er trug eine von der Reise befleckte weiße, weitärmelige Baumwolljacke, eine Lederhose, und Stiefel der berittenen Samurai. Sein Brustkorb, sein Rücken, seine Schultern und Unterarme wurden von einzelnen Teilen einer Samurai-Rüstung geschützt. Steves Haar war nun so lang und ungekämmt wie das der vor ihm stehenden Abtrünnigen, und zudem färbte er die blonden Wurzeln nicht mehr. Das grüngoldene Stirnband schob es aus seinem Gesicht nach hinten. Jeder Quadratzentimeter seiner sichtbaren Haut — ebenso die Stellen, die man nicht sah — war mit unregelmäßig geformten Flecken und Wirbeln von olivbrauner, dunkelbrauner und schwarzer Farbe bedeckt. Da und dort sah man aufgehellte rötliche und ockerfarbene Streifen: das Erbe des Holocaust, das die Mutanten vom Rest der Menschheit unterschied.

Steve trug die Farben nun seit fast einem Jahr. Sie waren eine zweite Haut für ihn geworden. Es gab nichts, was ihn von Cadillac und Clearwater unterschied, und tatsächlich sah er noch echter aus als sie, da sein Gesicht die Narben eines Kriegers trug, der ›den Pfeil gebissen‹ hatte. Der Tapferkeitsorden der Mutanten. Die Kojaks hatten ihn ohne Fragen akzeptiert, und ebenso die Prärievölker, denen sie auf der Reise nach Westen begegnet waren. Da Teiche und polierte Klingen die einzigen Spiegel waren, in denen er sich sehen konnte, hatte er die mögliche Reaktion anderer Wagner gar nicht in Betracht gezogen.

Als die Abtrünnigen ihn zu sich riefen, musterte Steve den Mann, der ihn angesprochen hatte. Er erschrak, als er erkannte, daß sie einander schon mal begegnet waren. Das vierschrötige, viele Runzeln aufweisende Gesicht mit den hellen, durchdringenden Augen ... Die stumpfe, eingeschlagene Nase, das Tarnstirnband und das lange, braune, im Nacken mit einem Streifen des gleichen Materials zusammengebundene Haar gehörte Malone, dem Anführer der Bande, der auch Jodi, Kelso, Medicine Hat und Jinx angehört hatten, bevor man sie geschnappt und als Sklaven verkauft hatte. Malone war der hartgesichtige Hundesohn, der ihn zur Sau gemacht hatte, bevor man ihn an den Pfosten gebunden hatte — auf den Knien, mit dem Gesicht zum Pfosten und eine Leiche vor der Nase, die seit einer Woche tot war. Frisch aus dem niedrigen Grab geholt, das Steve selbst ausgehoben hatte. Trotz seiner Unschuldsbeteuerungen und Jodis Appell um Nachsicht waren Malone und seine Truppe einfach abgehauen und hatten ihn dem Tod ausgesetzt.

Aber es war anders gekommen. Und nun stand Malone auf seiner Schwarzen Liste. Nicht jetzt. Aber eines Tages, ja ... Er kam schon noch an die Reihe.

Steve zwang sich zu einem Lächeln. »Kleine Welt ...« Er streckte die Hand aus. »Wir hatten letztes Jahr ein kleines Mißverständnis.«

Malone beäugte ihn argwöhnisch. »Yeah?«

»Yeah.« Steve zog die Hand nicht zurück. »Aber dann hast du's dir noch mal überlegt und Kelso und Jodi zurückgeschickt, um mich vom Haken zu lassen.« Er hielt inne, dann fügte er hinzu: »Brickman. Du hast mich letztes Jahr an den Pfahl gebunden — oben am Medicine Creek.«

Malone runzelte überrascht die Stirn, dann ging er langsam um Steve herum, baute sich erneut vor ihm auf und kam näher heran. »Ich will verdammt sein! Du bist das also! Wieso, zum Henker, ziehst du dich wie 'n Haufen Beulenscheiße an?«

Steve verschluckte die ihm auf der Zunge liegende Antwort und sagte: »Das ist eine lange Geschichte.«

Malone deutete mit dem Kopf auf Cadillac und Clearwater. »Und die beiden?«

»Gehören dazu.«

Malone zeigte auf den Griff des Samuraischwerts, das in der Schärpe an Steves Taille steckte, dann deutete er auf den kleinen, quadratischen Schild, der an Steves Schulter befestigt war. »Wo hast du den Schrott her?«

»Haben wir auf dem Rückweg gesammelt.«

»Von wo?«

»Ne-Issan. Wo die Eisenmeister leben. Das sind die Burschen, die mit den Mutanten handeln — und jeden Ausbrecher, den sie erwischen, nach Osten verschikken.«

»Christoph!« keuchte Malone. »Da seid ihr gewesen?«

»Yeah. Kelso und Jodi auch. Sie haben uns zur gleichen Zeit kassiert. Und noch ein paar andere Burschen.

Medicine Hat und Jinx. Du hast etwa dreißig Mann verloren — weißt du noch?«

»Das vergißt man nicht so leicht. Was ist aus ihnen geworden?«

»Weiß nicht. Als sie an Land gingen, waren Kelso und Jodi für eine Stunde im gleichen Hof wie Medicine Hat und Jinx, dann hat man sie rausgeholt und mit uns zusammengetan.« Steve zuckte die Achseln. »Von den anderen habe ich keinen mehr gesehen — und ich schätze, daran wird sich auch nichts ändern.«

»Das klingt aber gar nicht gut ...«

»Ne-Issan? Yeah, kann man wohl sagen. Wenn man einmal da ist, ist es fast unmöglich, wieder rauszukommen. Aber man kann es schaffen. Wir sind der Beweis.«

»Und was ist mit Kelso und Jodi passiert?«

»Sie sind mit uns abgehauen, aber ... äh ... Wir wurden von ein paar Wagenzug-Falken beschossen, und ...«

Malone verstand. »Wann war das?«

»Letztes Jahr. Irgendwann Ende November.«

Malone nahm die Nachricht mit deutlicher Erleichterung auf. Er beäugte seine Gefolgsleute, dann sagte er: »Soll das etwa heißen, die Ärsche setzen jetzt auch dann Wagenzüge in Bewegung, wenn *Schnee* liegt?«

»Du solltest dich mit dem Gedanken anfreunden.«

Malone dachte darüber nach, dann streckte er die Hand aus und legte seine stählernen Finger genau über dem Ellbogen um Steves rechten Arm. Es sollte eine freundliche Geste sein, aber sie fühlte sich nicht so an. »Sag deinen komischen Freunden, sie sollen herkommen, Junge. Wir müssen was Ernsthaftes besprechen.«

Roz, in einen Bahnbrecher-Tarnanzug gekleidet und mit dem Sturzhelm eines Piloten angetan, stieg nervös in den Passagiersitz des dunkelgrauen Himmelsreiters. Die Maschine stand mit laufendem Triebwerk vor den geschlossenen Hangartoren. Der AMEXICO-Pilot saß wartend mit den Händen auf den Kontrollen da. Das dunkle Visier seines Helms war geschlossen, um seine Identität zu schützen.

Als Roz mit Hilfe der Bodenmannschaft den Sicherheitsgurt anlegte, kam General-Kommandeur Ben Karlstrom durch eine Seitentür und trat ans Cockpit.

»Wie fühlen Sie sich?«

»Aufgeregt, Sir. Aber auch etwas nervös.«

»Das ist verständlich. Steve hat sich allerdings schnell angepaßt. Ich nehme an, Sie werden es auch. Ihre Vorstellung war bisher absolut großartig, Roz. Wir sind sehr stolz auf Sie. Und jetzt rechnen wir noch mehr auf Sie, daß Sie Steve helfen, seinen Auftrag zu erfüllen. Glauben Sie, daß Sie es schaffen werden?«

»Ja, Sir. Es hat nie zur Debatte gestanden. Es ist nur...«

Karlstrom lächelte. »Ich weiß. Die Oberwelt. Egal, wie viele TV-Bilder man auch sieht, sie werden dem, was einen draußen erwartet, nie gerecht. In den ersten Minuten wird das schiere Ausmaß dessen, was Sie sehen, Sie überwältigen. Sie werden möglicherweise leicht desorientiert sein und eventuell auch etwas Panik verspüren. Es gibt Menschen, die können es nicht aushalten. Sie leiden an Übelkeit, egal wieviel Platz sie auch haben. Aber Sie werden es schaffen. Sie sind etwas Besonderes, Roz. Wenn es Sie nicht gäbe, stünde ich jetzt nicht hier, um Sie starten zu sehen.« Karlstrom nahm kurz ihre behandschuhte Rechte, trat dann zurück und salutierte. »Ich wünsche Ihnen einen sicheren Flug — und gute Jagd!«

Roz erwiderte den Salut. »Danke, Sir. Ich kann's kaum erwarten!«

Als die die Hangartore bewegenden Motoren zu winseln begannen, ging Karlstrom zum Seiteneingang zurück. Ein Angehöriger der Hangarmannschaft schloß die Tür hinter ihm und drehte das Rad, um die luftdichte Versiegelung zu aktivieren. Der Himmelsreiter-Pilot senkte die Blasenhaube und verriegelte sie, dann prüfte er nach, ob Roz korrekt in die Sprechanlage eingestöpselt war.

»Empfangen Sie mich?«

Roz hob beide Daumen hoch. »Laut und deutlich.«

»Gut. Sie brauchen vor nichts Angst zu haben. Lehnen Sie sich einfach zurück und entspannen Sie sich. Wenn Sie sich unwohl oder ängstlich fühlen sollten, schließen Sie die Augen und atmen Sie tief ein und aus. Wir werden mehrere Stunden in der Luft sein, also haben Sie viel Zeit, um sich anzupassen. Machen Sie einen Schritt nach dem anderen. Okay?«

»Jau ...«

»Gut, dann los!« Der Pilot signalisierte der Bodenmannschaft, sie solle die Blockierungen der Haupträder wegnehmen, dann gab er Gas und löste die Handbremse.

Vor ihnen glitten die Tore auf und enthüllten einen großen, ansteigenden Weg aus Beton, über dem sich ein schmales, strahlend blaues Rechteck ausbreitete. Der Himmel über der Erde ...

Obwohl Roz nie höher gewesen war als in Ebene Vier-4, war sie schon mal hier gewesen. Ihr Geist war mit dem Steves verschmolzen, bei seinem ersten Alleinflug über dem strahlend weißen Sand von New Mexico. Sie hatte gesehen, was er gesehen hatte; sie hatte die gleichen Schwindelgefühle erlebt und die Verwirrung, die Konfusion und das Gefühl einer ›Heimkehr‹ empfunden.

Doch nicht einmal die Intensität dieses Erlebnisses war ein Vergleich mit dem, *selbst* hier zu sein. Als der Himmelsreiter aus dem Hangar und die steile Rampe hinauffuhr, umfing die volle Größe der Oberwelt ihre Sinne. Roz hob das Visier und warf durch die dunkle Kanzel einen ehrfürchtigen Blick auf die helle Strahlung der Sonne, die sich hinter dem östlichen Horizont in einen wolkenlosen Himmel erhob.

Während er mit dem Tower Signale austauschte, drehte der Pilot die Maschine auf eine Betonstartbahn und schob das Bugrad auf den unterbrochenen weißen Streifen.

»Wie geht's Ihnen?« fragte er.

»Prima«, sagte Roz. Die Maschine schoß voran. Roz spürte, daß ihr Magen ein Stück fiel, als sie sich in die Luft erhob und dann pausenlos aufstieg. Das Triebwerk tat sein Bestes, um die Zusatzlast der unter den Schwingen befestigten externen Fernflugtanks zu heben. Und dann, als der Boden wegfiel, enthüllte sich die weite, scheinbar grenzenlose Ausdehnung der sie umgebenden Landschaft. Rot, Rosa und Orange, gemischt mit dem Braun der Erde; Farben, die das Erbe der Gewalt des Holocausts waren.

Es gab ein Lied aus der Alten Zeit, das ›die grünen Hügel der Heimat‹ besang. Eines Tages würden die Dinge vielleicht wieder so sein, wie sie einst gewesen waren — aber für Roz, die nie etwas anderes gesehen hatte, war die Oberwelt berauschend schön. Sie fühlte sich von ihr umarmt, wie von einer Mutter, die ein verlorenes Kind an ihren Busen drückt. Ihr Herz und ihr Geist schienen zu erblühen und lösten sich schmerzlos von der Beengtheit ihres physischen Körpers, um sich mit dem Einssein der gesamten Schöpfung zu vereinigen.

Und sie hörte, wie Steve, Stimmen. Doch Roz machte sich nicht die Mühe, sie zu verdrängen. Sie lauschte ihnen, und sie verstand viele Dinge …

14. Kapitel

Malone und seine vier Unterführer schienen mit Steves Bericht über ihre Flucht aus Ne-Issan recht zufrieden zu sein. Steve unterließ jede Bemerkung über das unglückselige Reiherteich-Projekt, die Intervention durch Totenkopfs Agenten und den Zwischenfall bei Long Point und ersetzte all dies durch eine gefährliche Reise als Blinde Passagiere auf einem Raddampfer, nach der sie zu der neuen Außenstation gekommen waren, die die Eisenmeister am Ostufer des Michigansees bauten. Er behauptete, während der Überquerung zur Baustelle einer neuen Handelsbasis am Bezugspunkt Chicago sei es ihm und seinen Freunden gelungen, den Raddampfer zu sprengen und zu versenken. Ein Mutantenclan hatte ihre Arbeit beendet und jeden Japs umgebracht, dem es gelungen war, ans Ufer zu gelangen.

Die Pferde, Waffen und anderen Sachen, erläuterte Steve, seien ihr Anteil an der Kriegsbeute, und um allen bohrenden Fragen durch Malone und seine Kumpane auszuweichen, bot er ihnen rasch einen Probeschluck Sake an. Er hatte zwar die ersehnte Wirkung, doch Malone erkannte schnell die Gefahr, die darin bestand, in einer feindlichen Umgebung mit einer permanent unzurechnungsfähigen Gruppe zu operieren. Als Cadillac am nächsten Morgen mit einem halbvollen Sakefäßchen im Arm erwachte, entdeckte er zu seinem Schrecken, daß der Rest seines Vorrats systematisch vernichtet worden war.

Steve konnte Malones einsamen Beschluß verstehen und empfand klammheimliche Erleichterung. Clearwater fühlte ebenso. Die Sake-Fäßchen, die sie mit sich herumgeschleppt hatten, hatten auf ihre Weise das gleiche destruktive Potential wie vier Dutzend Stangen Dynamit. Steve schaute Cadillac zu, der ungläubig zwischen den zerschlagenen Fäßchen umherlief, die am Ufer eines nahen Baches verstreut lagen, und den einzigen Überlebenden des Massakers dabei heftig an seine Brust drückte. Als er zurückkehrte, war er noch immer sprachlos. Ein gebrochener Mann, der schweigend seine kaputten Träume nährte.

Falls er überhaupt irgendeine Gefahr spürte, zeigte er sie nicht. Vielleicht wagte er es auch nicht, denn sobald Malone einen mürrischen, protestierenden Unterton hörte, forderte er jeden, der mit seiner Entscheidung unzufrieden war, prompt heraus, er solle hervortreten und sein Sprüchlein sagen. Zwei Ausbrecher, die sich leichtsinnigerweise zu Sprechern der durstigen Mehrheit aufgeschwungen hatten, hatten seine Einladung angenommen. Malone hatte sie über den Haufen geschossen, bevor sie auch nur den Mund aufmachen konnten.

Außer den Eisenmeisterschwertern und -armbrüsten, die Steve und seine Freunde mitgebracht hatten, zeigte Malone nur noch Interesse für die Pferdeherde. Da man in der Föderation keine Tiere kannte, trat man ihnen mit Antipathie gegenüber. Dies war kein Problem für die Abtrünnigen, da die Vorstellung, sich mit einem Tier anzufreunden, ihnen nicht in den Sinn kam. Tiere dienten dazu, getötet und — als letzte Möglichkeit — verzehrt zu werden.

Loyale Wagner, die in der Föderation lebten, aßen kein tierisches Fleisch. Das Essen von Fleisch gehörte zu den abscheulichen Dingen, die Mutanten taten, und außerdem waren die an der Oberwelt lebenden Tiere strahlenverseucht. Die ›Beef‹-Burger, die in den Kasinohallen der Divisionen serviert wurden, waren aus Sojabohnenzüchtungen. Die Nahrung der Wagner bestand aus Reis, verschiedenen Bohnenarten und Sprossengemüse, doch im Grunde war sie ein hochtechnologisch erzeugtes Laborprodukt — ein geschmackloser, höchst nahrhafter Schlangenfraß. Abtrünnige Wagner mußten sich schnell anpassen oder verhungern, doch dies war nicht leicht und nicht jeder war dazu fähig. Alte Gewohnheiten wurden nur schwer abgelegt; trotz der Risiken zog man weggeworfene Rationspakete noch immer allem anderen vor, was die Oberwelt anzubieten hatte.

All dies führte dazu, daß die Abtrünnigen wissen wollten, wie Steve, Cadillac und Clearwater die Harmonie erzeugt hatten, die zwischen ihnen und der Herde bestand, wie man sie als Transportmittel einsetzte und mit welch ungewöhnlicher Methode Clearwater sie dazu brachte, ihr zu gehorchen. Für Steve erwiesen sich Clearwaters Talente als nützliche Ablenkung — sie lenkte das Interesse Malones und seiner Männer von seinen Abenteuern, seiner gegenwärtigen Erscheinung und der wahren Natur der Beziehung zu seinen Reisegefährten ab.

Die Arbeit mit den Pferden trug außerdem dazu bei, die Abtrünnigen von der Tatsache abzulenken, daß Clearwater, obwohl sie wie eine Mutantin aussah, eine schöne, starke Frau mit einem großartigen Körper war. Sie war die einzige Frau unter etwa siebzig grobschlächtigen Kerlen und möglicherweise die letzte, die sie beschnuppert hatten, seit Jodi nicht mehr bei ihnen war. Zwar war nicht jeder Bursche bereit, sich mit Mutantenfrauen sexuell einzulassen, doch Steve war durchaus bereit, die Wette einzugehen, daß die Hälfte von ihnen durchaus willig war, einen Versuch zu wagen — vorausgesetzt, es gab eine richtige Gelegenheit oder genügend Provokation.

Wenn sie auf die Idee kamen, waren Cadillac und er nicht in der Lage, sie davon abzuhalten. In diesem Fall mußte Clearwater Hilfe von außen rufen. Allerdings hatte Talisman auch nichts getan, um sie vor dem Interesse Nakane Toh-Shibas zu schützen. Vielleicht half er ihr auch diesmal nicht. Nachdem er aus einer Höhe von sechshundert Metern gestürzt war, hatte der dicke Generalkonsul zwar ein ordentlich tiefes Loch in die Erde gebohrt, doch auch diese süße Rache hielt Steve nicht davon ab, bei der Vorstellung Clearwaters in seiner verschwitzten Umarmung Eifersucht zu empfinden. Es war alles sehr eigenartig. Sie stand zwar angeblich unter Talismans Schutz, aber er hatte rein gar nichts getan, um sie vor Belästigungen und Demütigungen durch alle, denen sie gefiel, zu bewahren. Dies war ein zusätzlicher Grund, mit Malones Beschluß einverstanden zu sein, Cadillacs privates Freudensaftlager zu vernichten.

Da sie mehr als genug Pferde hatten, schlug Steve Malone vor, es sei eine gute Idee, wenn Clearwater ihm und seinen Männern ein paar Reitstunden gäbe. Malone erkannte, daß dies ein Geschick war, das sich als nützlich erweisen konnte, und stimmte zu. Als Steve den möglichen Nutzen ansprach, behielt er für sich, daß die Männer bald eine unliebsame Tatsache entdecken würden, denn ein paar Stunden im Sattel waren eine Garantie dafür, daß sie o-beinig und mit wundem Hintern herumhumpeln würden. Dies würde ihnen jeden Gedanken ans Rammeln gründlich austreiben.

Cadillac war natürlich kein fröhlicher Mensch mehr. Seine Geschichten, die die Mutantenclans in den Bann geschlagen hatten, interessierten Malone und seine Leute nicht die Bohne. Wenn er von ihnen gesprochen hätte, hätte er zudem Steves Bericht über ihre Flucht Lügen gestraft. Nachdem er ein paar glorreiche Wochen lang das Leben und die Seele des Trios gewesen war, empfand er es als äußerst ärgerlich, nun plötzlich ins letzte Glied verwiesen zu werden. Nun standen Clearwater und ihre dämlichen Pferde im Mittelpunkt des Interesses, und auch das fand er irritierend. Er hatte sich zwar zähneknirschend Kilometer für Kilometer mannhaft geschlagen, doch der schlechte Seemann hatte sich als *noch* schlechterer Reiter offenbart, und so war es kein Wunder, daß die Pferde nun an die erste Stelle der Liste jener Dinge gerückt waren, die er am wenigsten ausstehen konnte. Ihn ärgerte nicht nur, daß Clearwater diese magische Zuneigung zu den dämlichen Viechern hatte, sondern daß sie auch noch besser als er ritt. Und um seiner Verletztheit noch die Beleidigung hinzuzufügen, beherrschte Brickman zu allem Übel schon wieder die Lage — nun, jedenfalls zeitweise.

Die Halsabschneiderbande, die er sich geneigt machen wollte, hatte keinen Versuch unternommen, ihren Argwohn vor den Mutanten zu verbergen. An sich war dies verständlich, aber Cadillac dämmerte schnell, daß *er* der einzige war, dem man die kalte Schulter zeigte! Clearwater wurde von ihren Schülern umringt, und Brickman lud man — obwohl von Kopf bis Fuß wie ein Mutant gekleidet — pausenlos ein, mit dem Anführer der Abtrünnigen zu konferieren!

Das allerschlimmste war, daß man ihm das einzige weggenommen hatte, was ihm hätte helfen können, sämtliche Beleidigungen seiner Person und seiner Rolle als Führer der Auserwählten zu ertragen. Die Vandalen hatten außer einem jedes einzelne Sakefäßchen zerschlagen! Und dieses eine war auch schon halb leer. Nun sah er sich der schmerzhaften Wahl gegenüber, Trost bei ein paar Tröpfchen zu suchen und notleidend nüchtern zu bleiben, oder das ganze Zeug auf einmal in sich hineinzuschütten, damit das große Vergessen über ihn kam. Seine Unfähigkeit, sich zu entscheiden, und das Wissen, daß er seiner Alkoholgier gestattet hatte, erneut Fuß zu fassen, versetzte ihn in eine finstere, rachsüchtige Stimmung.

Ja ... Es wurde Zeit, daß endlich mal wieder ein anderer litt ...

Um allen Schwierigkeiten aus dem Weg zu gehen, hatten Steve, Cadillac und Clearwater ihre Schlafpelze um ein kleines Feuer in einer kleinen Höhle unter der Hügelkuppe ausgelegt. Ihre nächsten Nachbarn waren die Posten, die die alte Stellung Gordons und Walshs eingenommen hatten. Die Hauptstreitmacht der Abtrünnigen lagerte etwa achtzig Meter westlich von ihnen unter den Bäumen am Ende des Abhangs. Steve und Clearwater hatten die Pferde abgesattelt und ließen sie frei herumschweifen und grasen. Jetzt, da sie fest an ihre neue Herrin gewöhnt waren, liefen sie nicht mehr weit fort. Wenn die Zeit kam, brauchte Clearwater nur den Kopf in den Nacken zu werfen und sie mit einem schrillen Schrei zu rufen. Dann wieherten sie vor Freude und kamen auf sie zugaloppiert.

Es war ein eigenartig beschwörender Ruf. Als Clearwater die Pferde zum ersten Mal gerufen hatte, war der Schrei voll ausgebildet über ihre Lippen gekommen. Steve schloß, daß er seit ihrer Geburt in ihrem Geist geschlummert hatte. Doch wer hatte ihn dort deponiert? Und warum huschte jedesmal, wenn er ihn vernahm, das flüchtige Bild einer anderen Welt und einer anderen Existenz durch seinen Geist? Schon wieder ein Rätsel ...

Am späten Nachmittag des dritten Tages kehrte Steve in die Höhle zurück. Cadillac saß da, hatte die Knie bis ans Kinn gezogen und stierte stumpfsinnig ins Feuer. Das Sakefäßchen stand neben ihm. Steve beschloß, ihn lieber nicht zu fragen, ob es leer war.

»Nett von dir, mal vorbeizuschauen ...«

Steve warf etwas Holz ins Feuer und nahm ihm gegenüber Platz. »Warum sitzt du denn so allein hier rum?«

Cadillac antwortete mit einem höhnischen Lachen. »Warum wohl? Nun ja, lassen wir das. Vielleicht kannst du mir sagen, wann wir weiterziehen. Oder wart ihr beiden zu beschäftigt, um darüber nachzudenken?«

»Ganz im Gegenteil. Ich habe sehr ausführlich darüber nachgedacht.«

»Wann also ziehen wir ab?«

Steve verzog das Gesicht. »Sobald wir können.«

»Und wann soll das sein?«

»Keine Ahnung. In zwei, drei Tagen.«

»Warum nicht morgen? Oder heute abend?«

»So einfach ist es nicht.«

»Das ist es nie.«

»Hör zu! Mach keine Zicken, okay?« Steve deutete auf das Lager am Fuß des Abhangs. »Da unten hocken fast siebzig Ausbrecher rum, und Malone hat überall Wachen aufgestellt. Bis jetzt haben sich die Dinge zwar nett und freundlich entwickelt, aber wir sind noch nicht aus dem Schneider.« Er schüttelte verwirrt den Kopf. »Da unten bahnt sich etwas an. Frag mich nicht, was, ich weiß es selbst noch nicht. Aber wir müssen auf alles gefaßt sein.«

»Malone sollte lieber auf alles gefaßt sein«, erwiderte Cadillac. »Wenn ich eine Chance hätte, würde ich ihn umbringen, und ich bin sicher, du auch.«

»Vielleicht. Aber jetzt ist nicht die Zeit, um es ihm heimzuzahlen. Malone hält diese Blindgängerbande zusammen. Er und seine Unterführer sind die einzigen, die genug Grips haben, um sich auszurechnen, daß sie, wenn sie uns weiterhelfen, beim nächsten Zusammentrieb ein Geschäft mit den M'Calls machen können.«

»Hast du ihm das erzählt?«

Steve zuckte die Achseln. »Ich habe ihm nichts versprochen. Aber wenn sie sich dazu entscheiden, ein paar Pünktchen zu sammeln, indem sie uns für den Rest des Weges eskortieren ...«

»Aber wir brauchen sie doch gar nicht. Bis jetzt ist alles nach Plan gegangen. Wie sollen wir ihre Anwesenheit erklären? Sie machen die Sache doch nur komplizierter!«

»Hör zu! Die Dinge haben sich *nicht* nach Plan entwickelt. Es sei denn, du hast von Anfang an *geplant,* diesen Burschen über den Weg zu laufen ...«

»Also, bitte! Was soll der Unsinn?«

»Es ist kein Unsinn. *Sie* haben alles komplizierter gemacht, nicht ich. Ich bemühe mich nur, einen sauberen Ausweg zu finden.«

»Brickman! Es ist ganz einfach. Wir hauen einfach ab!«

»Yeah, aber... äh... Sie sind allmählich auf den Trichter gekommen, es könnte eine gute Idee sein, die Pferde zu behalten.« Steve legte eine Pause ein, um Cadillac Gelegenheit zu geben, dies zu verdauen. Dann fügte er hinzu: »Und zwar alle.«

»Ach so ...«

»Deswegen brauche ich noch ein paar Tage, um rauszukriegen, welche Absichten sie haben. Wenn wir uns nicht freundschaftlich trennen können, nehmen wir sie am besten mit. Denk darüber nach. Wenn es zum Allerschlimmsten kommt, können die M'Calls sie immer noch in die Sklaverei verkaufen.«

Cadillac beäugte ihn; er konnte kaum fassen, was er da zu hören bekam. »Das würdest du deiner eigenen Art antun?«

»Tust du es etwa nicht?«

Cadillac verbarg seine Verärgerung darüber, daß Steve ihn reingelegt hatte. »Ja, ich nehme an, ich auch ...«

»Schau«, sagte Steve. »Ich weiß, daß diese Burschen dir übel mitgespielt haben, aber du bist nicht der einzige. Beulensauger wie ich stehen für sie noch unter den Mutanten. Ich habe *deinen* Arsch nicht nur beschützt. Ich mußte auch in den einen oder anderen Arsch kriechen.«

Das war die Eröffnung, auf die Cadillac gewartet hatte. »Ja, sicher, wenn's ums Arschkriechen geht, bist du eine Klasse für sich.«

Sein heftiger Sarkasmus entging Steve nicht. »Was soll das heißen?«

»Es soll heißen, daß du, obwohl du mein Leben gerettet und den Eid abgelegt hast, mein Blutsbruder zu sein, noch immer ein Doppelspiel spielst!«

Steve begegnete seinem Vorwurf mit einem trockenen Lachen. »Wovon redest du, zum Teufel?«

»Von dem Raddampfer! Als er Feuer fing und so grandios in die Luft flog, habe ich — da du nichts Gegenteiliges gesagt hast — angenommen, es sei Talismans Werk! Du kannst dir meine Überraschung vorstellen, als ich Clearwater später dazu brachte, darüber zu reden. Es war nicht leicht, das kann ich dir sagen! Sie meint, das Schiff sei von Donnerkeilen angegriffen worden. Von Flugzeugen aus der Föderation!«

Steve, von seinem plötzlichen Themenwechsel auf dem falschen Fuß erwischt, gab ganz instinktiv eine ausweichende Antwort. »Wie kommt sie denn darauf?«

»Du sagst also, sie irrt sich?«

»Das nun auch wieder nicht.«

»Okay, Brickman — was genau *sagst du*?«

»Daß du falsche Schlüsse ziehst.«

»Also mit anderen Worten: Clearwater hat recht. Der Raddampfer ist *wirklich* von Flugzeugen angegriffen worden!«

»Schau mal ... äh ... Ich weiß nicht genau, welches Problem du hast. Wir sind doch rausgekommen, oder nicht? Und du hast seither ständig im Rampenlicht gestanden.«

»Und ...?«

Als Cadillac diese Frage stellte, kehrte Clearwater zurück. Sie spürte die Atmosphäre, setzte sich wortlos zwischen sie und wärmte sich über dem Feuer die Hände.

Steve warf ihr einen geladenen Blick zu, dann sagte er: »Warum also spielt es eine Rolle, *wie* der Raddampfer gesunken ist? Er *ist* gesunken! Und damit hat es sich.«

Cadillac lächelte mitleidig. *Endlich ... Eine Chance ihn zu packen.* »Typisch! Du bist dermaßen voll mit Lügen und Täuschungen, daß du die Wahrheit gar nicht zugeben kannst. Ich will die höhnische Bemerkung über mich, der im Rampenlicht steht, mal überhören. Ich sage dazu nur, ich habe die Tatsache nicht vergessen, daß ich gar nicht hier wäre, wenn du mich nicht gerettet hättest. Aber darum geht es nicht. Bevor wir den nächsten Schritt tun, müssen wir unbedingt klären, auf wessen Seite du stehst.«

»Ist das nicht offensichtlich?«

Cadillac warf die Arme in die Luft und schaute Clearwater an. »Siehst du nun, was ich meine?«

Clearwater schaute Steve in die Augen. »Sag mir, Wolkenkrieger, war der Brand auf dem Raddampfer das Werk deiner Freunde aus der Föderation?«

»Ja ...«

»Und hast du sie gerufen?«

Steve konnte es nicht ausstehen, sie anzulügen. Wenn es keine Möglichkeit gab, den Fragenkatalog zu umgehen, war er gezwungen, die Wahrheit zu sagen. Er nickte. »Sozusagen.« Er sah ihren Gesichtsausdruck. »Ja, okay, ich habe sie gerufen! Aber ich arbeite nicht mit ihnen zusammen! Ich habe sie *benutzt.* Es war die einzige Möglichkeit, aus dem Raddampfer herauszukommen — und auch das haben wir nur knapp geschafft!«

»Einverstanden«, sagte Cadillac. »Es war ein Meisterstreich.«

»Gut.« Steve klatschte auf seine ausgestreckten Knie. »Belassen wir es dabei. Die Kojaks sind glücklich, ihr seid auf dem Heimweg, und Talisman kann sich das Lob einstecken.« Er schaute die beiden an. »Was wollt ihr sonst noch?«

»Ich möchte wissen, *warum* sie es getan haben, Brickman. Weißt du nicht mehr, daß wir ein paar Löcher in ihren Wagenzug geblasen haben? Für die man wahrscheinlich dich verantwortlich machen wird? Es ist offensichtlich, daß jemand — wahrscheinlich sogar du selbst — alles wieder ins Lot gebracht hat.«

Steve runzelte die Stirn. »Wie kannst du so etwas sagen?«

»Ich bitte dich! So naiv bin ich nun auch wieder nicht! Wenn deine Herren darauf vorbereitet waren ...« Er suchte Clearwaters Hilfe. »Wie viele waren es? Vier?«

»Fünf ...«

»... fünf Flugzeuge mehr als tausendfünfhundert Kilometer weit wegzuschicken, um das Schiff zu versenken, *mußt* du einfach für sie arbeiten. Einen anderen Grund kann ich mir jedenfalls nicht denken. Du etwa?«

Steve begegnete dem verhehlten Vorwurf des Verrats mit einem Achselzucken. »Ich möchte es von dir hören. Du bist doch der Mann, der alle Antworten kennt.«

Cadillac verlor allmählich die Geduld. »Es liegt nur daran, weil du keine gibst!« Er hob das Sakefäßchen hoch und nahm einen schnellen Schluck.

Steve schaute Clearwater kurz an und sagte: »Frag sie. Sie weiß, wo ich stehe.«

Cadillacs Stimme klang säuerlich. »Tatsächlich? Ich bin mir da nicht so sicher.«

»Hör zu, ich brauche mir das nicht anzuhören, okay?« Steve stand auf und bemühte sich, gelassen zu bleiben, doch ein Teil der gespeicherten Verärgerung fand den Weg in seine Stimme. »Wir sind quitt. Ich schulde dir nichts. Und das schließt auch Erklärungen mit ein! Bis jetzt habe ich alles getan, um uns hierher zu bringen. Wenn es nicht gut genug ist, dann scheiß ich drauf! Ich habe es satt, ständig deine Kastanien aus dem Feuer zu klauben.« Er deutete auf die westlichen Hügel. »Nach Wyoming geht's da lang! Hau ab! Reite in den Sonnenuntergang hinein. Ich steige aus!«

Als er sich wegdrehte, packte Clearwater seinen Arm. »Wolkenkrieger!«

»Hör auf! Ich habe die Schnauze voll von diesem Typ! Seit er die Nase wieder in das Zeug gesteckt hat, ist er auf Selbstmörderkurs.« Er warf Cadillac über die Schulter einen Blick zu. »Halt dich an der Medizin fest, Kumpel! Die hilft dir wieder auf die Beine!«

Cadillac rappelte sich auf und fing an, seine Siebensachen zusammenzusuchen. »Komm, wir gehen! Ohne ihn sind wir sicherer!«

Bevor Steve die Hände zu Fäusten ballen konnte, um sie Cadillac ins Gesicht zu schlagen, hielt Clearwater ihn fest. »Das ist doch Wahnsinn! Was hast du vor?«

»Ich bleibe bei den Kerlen hier. Na und? Sie sind wenigstens von meiner eigenen Art!«

»Sie sind *nicht* mehr von deiner Art. Schau dir deine Hände an! Glaubst du, sie lassen dich bei ihnen bleiben, wenn sie so aussehen?«

»Ach, hör auf, Schätzchen! Es ist doch nur *Farbe!* Ich werde schon ein paar Blätter finden und sie abschrubben. Christoph! *So schwierig* kann es doch nicht sein!«

Clearwater setzte ein trauriges Lächeln auf. »Glaubst du, sie wechseln ihre Ansichten so schnell wie du deine Hautfarbe? Ich habe gesehen, wie sie uns anschauen. Sie nennen dich ›Beulensauger‹ …«

»Ja, ich weiß.«

Ihr Griff um seine Hände wurde fester. »In ihren Augen bist du unrein — so wie wir. Du bist bei ihnen nicht sicher. Diese Männer sind vielleicht aus den finsteren Städten geflüchtet und reden und tauschen mit dem Präriegvolk, aber im Herzen hassen und fürchten sie uns.«

»Dann kann ich ihnen vielleicht das eine oder andere beibringen — und ihnen zeigen, auf welche Weise es möglich ist, daß meine und eure Art miteinander auskommen. Es ist zwar nicht das, was ich vorhatte, aber es ist besser, als dem zuzuhören, was dieses *Arschloch* da absondert!«

Cadillac wurde wütend. »Besser hätte ich es nicht ausdrücken können!« Er winkte Clearwater zu. »Laß uns gehen. Wir packen und verschwinden von hier, bevor ich etwas tue, das wir vielleicht noch bedauern!«

Clearwater wich zurück. »Nein! Ich gehe erst, wenn wir drei zusammen gehen!« Sie stampfte wütend mit dem Fuß auf. »Schließe Frieden mit deinem Blutsbruder! Sofort!«

Cadillac hob die geballten Fäuste und wandte den Blick zum Himmel. »Gütige Himmelsmutter! Welch bitteren Kelch hast du über mich ausgeleert!« Er richtete einen anklagenden Finger auf Steve. »Ich reite erst dann mit diesem verlogenen Ekel, wenn er auf *deinen* Kopf schwört, daß er uns die Wahrheit erzählt!«

Clearwaters blaue Augen richteten sich auf Steve. Es war erstaunlich, wie sie sich mit ihrer Stimmung veränderten. Diesmal waren sie von einem dunklen Azur, flüssige Teiche, die seine Seele einluden, Worte in das Zentrum ihres Ichs zu werfen. »Tu es für mich ...«

»Okay«, sagte Steve sofort. »Ich schwöre es — beim Barte meiner Mutter.«

Als er das Kreuz schlug, nahm sie seine Hand und legte sie auf ihre Brust. »Es ist *mein* Herz, das durchbohrt wird, Wolkenkrieger. Wenn deine Worte unwahr sind, töten sie mich, nicht dich.«

Steve hatte das unbehagliche Gefühl, daß sie es ernst meinte. Sie nahmen alle wieder Platz. Clearwater hob das Sakefäßchen hoch und reichte es Steve. Erstaunlicherweise hatte Cadillac nichts dagegen. Oder er wagte nicht, etwas zu sagen. Steve hätte es ihm gern heimgezahlt, indem er es leergetrunken hätte, aber er beschränkte sich auf ein paar Schlucke, um seine Zunge anzufeuchten, dann gab er es zurück und sagte das japanische Wort für ›Prost!‹. Er hatte es von Noburo Naka-Jima, dem Anführer der Ronin, aufgeschnappt. »Kanpai!«

Mit großer Zurückhaltung, die auf seiner tief verwurzelten Eigenart basierte, seine wahren Gedanken und Gefühle und alle Informationen, die eventuell — solange sie geheim waren — einen taktischen Vorteil einbrachten, für sich zu behalten, berichtete er von den telepathischen Fähigkeiten, mit denen Roz und er zur Welt gekommen waren. Über diese Gabe verfügten, soweit er wußte, nur sie allein.

Er erläuterte, daß nach seinem Abschuß und der Bruchlandung, als Cadillacs Armbrustbolzen seinen Arm an seinen Helm genagelt hatte, die gleichen Wunden auf Roz' rechtem Arm und ihrer Kopfhaut erschienen waren. Und wenige Stunden später waren sie spurlos verschwunden. Dies führte unausweichlich zu der Erklärung, daß der geistige Kontakt, den sie seit ihrer Kindheit geheimgehalten hatten, ein unzerreißbares Band bildete; ein ›Einssein‹, das weit über das höchst intime Band der Freundschaft hinausging, ohne daß er es adäquat beschreiben konnte.

Nachdem Steve sein Geheimnis enthüllt hatte, verfiel er in ein verlegenes Schweigen und hoffte, daß Clearwater verstand, wovon er geredet hatte. Er betete darum, daß sie auch die Botschaft verstand, die er ihr mit den Augen zu übermitteln versuchte: Seine grundlegenden Gefühle für sie. Clearwater hatte eine völlig andere Seite seiner Natur geöffnet; sie hatte Emotionen hervorgerufen, die er anfangs unmöglich hatte beschreiben können. Sie hatte ihn die Bedeutung und die Sprache der Liebe gelehrt. Er hatte es ihr sehr oft erzählt. Er hätte es ihr gern erneut gesagt, aber in Cadillacs finsterer Gegenwart konnte er es nicht.

»Liebst du sie?« fragte Clearwater.

»Nicht so, wie du es meinst.«

»Wie dann?«

Beide ignorierten Cadillacs Frage.

»Und Roz? Liebt sie dich?«

Steve hielt inne und dachte an den Abend im Santanna-Wohnzentrum. »Muß ich das beantworten?«

»Du hast es schon beantwortet. Was denkt sie von mir?«

»Sie versteht es nicht.«

»Mit anderen Worten — sie hält mich für eine Bedrohung.«

»Es ist meine Schuld, wenn ich die Dinge nicht richtig erklärt habe«, sagte Steve. »Du weißt, was ich meine — den Unterschied zwischen *unserer* Beziehung und dem, was ich für sie empfinde.«

»Gibt es diesen Unterschied?«

»Also, bitte!« Steve lachte. »Du häutest mich schon jetzt bei lebendigem Leibe! Was willst du?«

Cadillac ließ das Fäßchen vor seinem Mund sinken. »Die Wahrheit!« Er wischte sich mit dem Handrücken die Lippen ab. »Dann *wissen* deine Herren also von eurer Beziehung.«

»Ja. Seit dem Tag, an dem du mich abgeschossen hast. Aber am Anfang haben sie nicht gewußt, daß wir uns gegenseitig geistige Botschaften schicken können. Es war nur ein beiderseitiges Stressphänomen — die Mediziner bezeichnen es als ›psychosomatisches Trauma‹.«

»Aber *jetzt* wissen sie, daß ihr euch miteinander verständigen könnt«, beharrte Cadillac.

»Natürlich! Roz *mußte* es ihnen sagen! Es war die einzige Möglichkeit, uns zu helfen!«

»Es sieht so aus. Was mir weiterhin nicht behagt, ist das außergewöhnliche Vertrauen, das sie offenbar in die Fähigkeiten deiner Blutsschwester setzen — und das Tempo, mit dem sie reagiert haben. Und die Organisation und die Anstrengung, die erforderlich sind, fünf Flugzeuge über eine solche Entfernung zu schicken, um im Dunkeln einen hundertprozentigen Treffer zu landen! Bloß, um dein Leben zu retten. Erstaunlich ...

Natürlich wissen Sie, daß du kein treuer Untertan der Föderation mehr bist. Aber sie scheinen Roz für verläßlich zu halten. Warum sollten sie sich sonst so viele Probleme aufladen? Ich kann mir nur eine Erklärung denken: Sie muß ihren Wert *vor* diesem Zwischenfall bewiesen haben. Du sagst, man hält sie als Geisel fest, um sich deines Gehorsams zu versichern, aber eins ist ganz klar: sie müssen wissen, daß nicht du den Wagenzug in die Luft gejagt hast. Sonst hätte man sie getötet, um dich zu erwischen. Ich frage mich, welche Botschaften du sonst noch gesendet hast ...«

»Keine! Wir hatten nur einmal den gleichen engen Kontakt wie auf dem Raddampfer — als wir fünf und Side-Winder in den Motorschlauchbooten nach Long Point unterwegs waren. Die Worte, beziehungsweise die Gedanken ...« — Steve suchte nach einer passenden Umschreibung — »... die Gesamtheit der Erfahrung, die an einem Stück durchkommt und einem alles sagt, was man wissen will, erreicht mich — laut ihrer Aussage — nur dann, wenn *ich* mich öffne. In Augenblikken höchster Anspannung bildet sich zwar eine unwillkürliche Basis, ansonsten liegt es an mir. Wenn ich mich nicht einschalte, kann sie mich nicht erreichen.«

Dies stimmte zwar nicht ganz, aber Steve hatte keine Ahnung von den Fortschritten, die Roz seit der Zeit ihrer unseligen Begegnung im Santanna-Zentrum — arrangiert mit schweigender Duldung gewisser Angehöriger der Ersten Familie — gemacht hatte.

»Und was hat sie dir auf dem Weg nach Long Point gesagt?« fragte Clearwater.

»Daß das, wozu ich mich entschlossen hatte, das richtige ist.«

»Und was war das?«

Steve wandte sich zu Cadillac um. »Bei euch zu bleiben, die Maschinen zu stehlen und nach Westen zu gehen.«

»Warum?«

»Weil es so geplant ist.«

»Von wem?«

»Das hat sie nicht gesagt.«

Nun war Clearwater wieder an der Reihe. »Habt ihr

miteinander gesprochen, seit wir die Kojaks verlassen haben?«

»Nein.« Steve zögerte. »Ich habe mich bemüht, diese Seite meines Geistes verschlossen zu halten. Ich wollte erst wieder senden, wenn ihr sicher zu Hause seid. Es sei denn, wir wären in eine weitere Klemme gekommen. Ich ... äh ... nun, um ehrlich zu sein, ich wollte das Risiko nicht eingehen, unsere Position zu verraten. Roz würde mich zwar nicht betrügen, aber ... äh ... es ist nun mal so, daß ich nicht weiß, wie man sie unter Druck setzt.«

Clearwater nickte zwar, aber man konnte ihr nicht ansehen, ob sie ihm glaubte oder den Empfang der Information nur bestätigte. Steve starrte Cadillac über das Feuer hinweg trotzig an. »Zufrieden?«

»Ja. Wenigstens im Moment.«

Du mich auch ...

Als die Nacht kam, rollten sie sich rings um das Feuer in ihre Schlafpelze ein. Clearwater lag zwar in der Reichweite seines Armes, doch sie waren in schweigendem Einverständnis aus dem Bett des jeweils anderen geblieben, um Cadillacs verletztem Ego nicht noch mehr Schmerzen zuzufügen. In der Kojak-Siedlung war es kein Problem gewesen: Man hatte Cadillac mit einer eigenen Hütte und einem ansehnlichen Vorrat an dem versorgt, was die Fischer als ›Nachtköder‹ bezeichneten. Doch die Situation war natürlich heikler, wenn der Bursche, dem man das Mädchen ausgespannt hatte, kaum drei Meter von einem entfernt schlief. Und vielleicht schlief er nicht einmal.

Heute nacht war es anders. Steve wachte auf und stellte fest, daß Clearwater ihn unter dem Fell streichelte.

»Waaa ...?«

Ihre Hand verschloß seine Lippen. »Pssst ...« Sie liebkoste sein Gesicht, dann küßte sie ihn gierig. Abgesehen von dem fadenscheinigen Baumwollunterhemd, das sie aus Ne-Issan mitgebracht hatte, war sie nackt. Ihre Hand fuhr über seine Brust nach unten und ertastete die geknotete Schnur seiner Hose. Steve verstand; während ihre flache Hand über seinen Bauch wanderte, setzte er dazu an, sich aus den Hosen zu schlängeln.

Ein rasches Ziehen an den Seitenverschlüssen des dreieckigen Lendenhöschens machte ihn handlungsbereit. Clearwater glitt auf seinen Körper, blieb mit gespreizten Beinen vornübergebeugt auf seinem Bauch sitzen und zog sich das Hemd über den Kopf. Steve, der unter ihr lag, schaffte es, das seine bis an die Achselhöhlen hinaufzuschieben.

Clearwater zog die Felldecke über ihre Schultern, schob seinem lechzenden Mund ihre Brüste entgegen, klammerte ihre Beine um seine Unterschenkel, um seine Beine auseinanderzuziehen und rieb ihren Körper an ihm, bis ihre feuchten Schamlippen seinen steifgewordenen Penis berührten. Steve spürte, daß sich ihre festen Schenkel eng um ihn schlossen. Und er flutschte hinein.

Hhooo-hhooo-hhooo! Gütige Himmelsmutter...!

Clearwater brachte ihn mit einem weiteren gierigen Kuß zum Verstummen, dann glitten ihre umherwandernden Lippen über sein Gesicht und seinen Hals. Steve hatte das Gefühl, als sei sie im Begriff, ihn bei lebendigem Leibe aufzufressen.

Er reagierte sofort. Seine Hände fuhren an ihrem Rücken auf und ab, dann zur Kerbe ihres Hinterns, und dann wieder über ihre Hüften und auf ihre schlanke Taille, um ihre herrlich geschwungenen Brüste zu berühren.

»Halt mich fest!« flüsterte sie erregt.

Er legte die Arme um sie und zog sie eng an sich.

»Fester!« bettelte sie. »Tiefer!«

Sie lagen Wange an Wange und von Kopf bis Fuß aneinander. Clearwaters Schenkel führten eine sanfte Massage aus und drückten sich rhythmisch an das pulsierende Trommeln des Blutes, das in seinem Körper brandete. Steve spürte, daß ihr Geschlecht zuckte, als wolle es ihn verschlingen. Brennend. Schmelzend. Einswerdend. Herrlich. Nicht auszuhalten.

Sie drückte ihre Lippen an sein Ohr. »Jetzt, Wolkenkrieger! Jetzt! Oh! Ohh! Ohhh! Mein Geliebter! Mein Goldener! Schnell! Wir haben so wenig Zeit!«

In dem kurzen, herrlichen Augenblick, in dem sein Hirn wie eine Supernova explodierte, erlebte Steve eine blendende Offenbarung. Er hatte sich mit zwei Frauen gepaart, nicht mit einer. Roz war vom Augenblick des Eindringens an in seinem Kopf gewesen und hatte eine wechselseitige Rolle gespielt — sie war mit seiner Psyche verschmolzen, um zum männlichen Partner des Geschlechtsakts zu werden, und gleichzeitig hatte sie die mentale Projektion ihrer weiblichen Psyche über Clearwaters Hälfte der Handlung gelegt.

Um es in der Sprache der Bahnbrecher zu sagen: Sie hatte beide gleichzeitig gevögelt. Nicht nur im Geiste, sondern auch *mit* ihm.

Steve wußte, daß er sich nichts vormachte. Er hatte weder ein schlechtes Gewissen, noch kam er sich wie ein Betrüger vor. Roz war *wirklich* da gewesen. Doch nicht als eifersüchtige Rivalin. Er hatte keine Mißstimmung empfunden. Verlangen, ja. Ein brennendes körperliches Bedürfnis, in einer innigen Umarmung festgehalten zu werden und mit jemandem zu verschmelzen. Doch über allem — die gesamte Erfahrung umwandelnd und erhöhend — war ein überwältigendes Gefühl von Liebe gewesen. Von Teilhaben. Von Verständnis.

Mit dem gleichen blendendweißen Strahl der Erleuchtung erkannte Steve, daß Roz in körperlicher Reichweite war. Sie war hier. An der Oberwelt. An Bord eines sich nähernden Wagenzugs. Dem Red River ...

Steve und Clearwater lagen einander in den Armen. Ihre Beine umschlangen sich, ihre Lenden flammten noch vom süßen Fieber. Clearwaters Kopf kuschelte sich an seine Schulter. Sie rieb ihre Lippen an seinem Hals und flüsterte: »Sie war da, nicht wahr?«

»Ja, aber ...«

Sie versiegelte seine Lippen. »Du brauchst es nicht zu erklären. Ich wollte, daß sie bei uns ist. Ich habe sie in meinen Geist und meinen Körper gerufen. Sie haßt mich nicht mehr. Als sie unter der Erde gefangen war, war ihr Geist von einer Wolke des Unwissens umgeben. Doch die Wolke hat sich nun gehoben. Sie weiß, daß wir keine Rivalinnen, sondern Seelenschwestern sind. Die Macht, die dich und sie verbindet, verbindet uns alle.«

»Aber wie hast ...«

»Pssst! Wenn du bereit bist, wirst du es erfahren.«

»Okay. Aber was hast du damit gemeint, daß wir nur wenig Zeit haben?«

Clearwater streichelte sein Gesicht, dann drückte sie ihn eng an sich. »Im Morgengrauen, Wolkenkrieger. Im Morgengrauen ...«

Während Cadillac stumm dalag und die verhüllten Bewegungen ihrer fickenden Leiber beobachtete, stellte er fest, daß er unfähig war, die vorurteilslose Gelassenheit anzunehmen, das einen wahren Krieger ausmachte. Als Führer der Auserwählten hätte sich sein Geist mit höheren Dingen beschäftigen sollen; mit Dingen von großer Wichtigkeit, nicht mit den Freuden des Fleisches. Doch es waren eben die bittersüßen Erinnerungen an *diese* Freuden, die seine erneute Bekanntschaft mit dem Sake wiederbelebt hatte. Er war in Ne-Issan glücklich gewesen — bis Brickman gekommen war und alles kaputtgemacht hatte. Wieder einmal.

In seiner gegenwärtigen säuerlichen Laune glich Cadillacs neue Rolle, so wichtig sie vielleicht auch noch werden mochte, die Tatsache nicht aus, daß er vom Sex völlig ausgeschlossen war. Und so nahm er noch ein paar Schlucke Sake zu sich. Es war der Sake gewesen, der seine Hemmungen bezüglich Sex beiseitegefegt hatte. Er war von einem zaghaften Liebhaber — der von heimlichen Lüsten umgetrieben wurde, doch aus Furcht vor Zurückweisung zum Versagen verdammt war — zu einem befreiten, selbstbewußten Rammler geworden.

Wir ironisch, daß die Bestimmung seine erste Liebe, die auserwählte Gefährtin, jene Kindfrau, mit der er aufgewachsen war, möglicherweise aufgrund unerwiderten Hungers in eine Beziehung mit einem falschen, seidenzüngigen Abenteurer gestürzt hatte, während sie ihm, Cadillac Deville, der endlich *wirkliches* Ansehen genoß, die Führerrolle verlieh, die seinen Talenten entsprach. Obwohl er ebenso fähig war, sie als Mann zu befriedigen. Und zwar doppelt und dreifach.

Ja ... Wie Mr. Snow ihn oft ermahnt hatte: Es war eine große Ehre, in Talismans Schatten geboren zu sein; eine Ehre, die nur wenigen Menschen zukam. Eine Ehre, der man sich ständig wieder würdig erweisen mußte. Cadillac tat sein Bestes, aber Mr. Snow hatte zu erwähnen vergessen, daß man als Kind des Schicksals manchmal in eine echt saumäßige Lage kommen konnte ...

Als Steve und Clearwater am nächsten Morgen erwachten, schlief Cadillac noch. Um ihn nicht zu wecken, nahmen sie das Frühstück mit ins Hauptlager der Abtrünnigen hinunter und aßen mit Malone. Danach nahm Clearwater die Reitausbildung wieder auf. Steve blieb bei Malone und seinen Unterführern und bemühte sich, ihnen ein paar Informationen über ihr nächstes Vorhaben zu entlocken. Malone und seine Leute plauderten nicht viel aus. Sie waren mehr daran interessiert, Steve über die Eisenmeister auszufragen.

Gegen Mittag, als Steve wieder den Abhang hinaufging, fand er Clearwater am Feuer kniend vor. Sie kochte eine Mahlzeit für Cadillac. Der Große Steuermann hockte in der Nähe auf einem Felsen und stierte schwermütig in den Weltraum hinaus. Er reagierte nicht einmal auf Steves Ankunft.

Steve und Clearwater tauschten stumme Grüße aus. Das kleine Sakefäßchen lag auf der Seite. Leer. Steve schaute es kurz an, dann warf er einen fragenden Blick ins Feuer. Clearwaters Augen baten ihn um Nachsicht.

Steve ging zu Cadillac hinüber und erzählte ihm von Roz. Er wußte zwar nicht, wie er reagieren würde, aber ein Zeichen von Interesse hatte er wenigstens erwartet. Doch alles, was er an Reaktion bekam, war ein spöttisches, streitsüchtiges Lachen. Steve nahm es hin und bemühte sich herauszufinden, was hinter Cadillacs Stirn vor sich ging. Er war zwar nicht betrunken, aber getrunken hatte er.

Steve versuchte es erneut. »Ich glaube, dir ist nicht klar, was das bedeutet. Sie ist draußen! Hier oben, in der wirklichen Welt!«

»Und ...?«

»Es ist die Chance, auf die ich gewartet habe! Wenn wir eine Möglichkeit finden können, sie aus dem Wagenzug zu holen ...«

Cadillac rutschte von dem Felsen herunter und kam den Abhang herab. »Und wie willst du das machen?«

»Ich habe es noch nicht ausgetüfelt. Aber es muß eine Möglichkeit geben. Wenn Malone und seine Ausbrecher sich mit den M'Calls zusammentäten ...«

Clearwaters Ruf unterbrach ihn.

»Caddy! Dein Essen ist fertig!«

»Später. Ich gehe zum Bach runter, um mich zu waschen. Okay?«

Als Cadillac weggehen wollte, packte Steve seinen Arm. »Das kannst du später noch tun. Das hier ist wichtig.«

»Für dich vielleicht. Aber nicht für mich. Diese Bande von Hoffnungslosen sind *deine* Freunde, Brickman. Du willst mit ihnen zusammenarbeiten? Schön! Aber laß mein Volk da raus. Sowas kommt gar nicht in Frage.«

Clearwater, die spürte, daß sich ein Streit anbahnte, kam zu ihnen herunter.

»Warte. Hörst du mir mal zu? Ich weiß, es klingt an den Haaren herbeigezogen, aber ...« Steve hob eine Hand, um Cadillac daran zu hindern, ihn zu unterbrechen. »... angenommen, es gäbe eine Möglichkeit, einen Wagenzug zu erobern. Für die M'Calls wäre er nicht mehr als ein großer Haufen Schrott. Sie würden ihn nur ausschlachten. Aber mit Hilfe der Burschen da unten, könnten wir ihn tatsächlich *verwenden!* Kannst du dir vorstellen, was uns dies für eine Wirkung verleihen würde?«

Cadillac schnaubte geringschätzig. »Hirngespinste! — Werde erwachsen, Brickman! Du hast uns schon in genug wahnwitzige Intrigen verwickelt!«

»Ja, klar«, fauchte Steve. »Sie waren wahnwitzig. Aber *dein* Arsch ist noch immer unverletzt — obwohl du dein Bestes getan hast, um alles zu vermasseln!«

Cadillac wollte sich wegdrehen. Steve zog ihn zurück. »Was ist denn los? Hast du Probleme, den Tatsachen ins Auge zu sehen? Ist dir mit dem Freudensaft auch der Mut abhanden gekommen?«

»*Mir* brauchst du nichts von Mut zu erzählen! Wolkenkrieger! Hah! Du hast den Namen gar nicht verdient!« höhnte Cadillac. Er wandte sich zu Clearwater um. »Du hättest deinen Goldenen mal hören sollen, als er merkte, daß die Flammen an den Schwingen seines Himmelsfalken geleckt haben ...« Er ahmte eine schwache Imitation von Steves Stimme nach: »Helft mir ... bitte! — Da war nichts von einem großen Helden zu spüren. Er war nur noch ein jämmerlich winselnder Zwerg! Kein Mutant, der seinen Namen verdient, hätte einen Feind um Gnade angefleht! Er wäre gestorben, und zwar stolz!«

»Wie du auf dem Raddampfer ...«

Cadillacs Lippen bebten. »Das war etwas ganz anderes! Ich habe mein Leben gar nicht retten wollen. Ich wollte nur meine Seele retten.«

»Ein guter Witz, wirklich! Ich muß ihn mir merken.«

Steve schaute Clearwater an. »Und er nennt *mich* einen verlogenen Hundesohn!«

»Wie kannst du, ein Sandgräber, der an nichts glaubt, überhaupt verstehen, was das Prärievolk unter Ehre und Mut versteht?«

»Ich gebe mir eben große Mühe. Was man von dir nicht gerade sagen kann.« Steve hätte beinahe ›du versoffener Penner‹ hinzugefügt, aber er konnte sich gerade noch zurückhalten.

»Dann versteh doch endlich! Die M'Calls haben eine der großartigen ›Eisenschlangen‹ *angegriffen!* Und zwar die, die dich zur Schlacht gefahren hat. An diesem Tag haben über dreihundert Clan-Brüder und -Schwestern spitzes Eisen geküßt. Männer, Frauen und Kinder. Der zornige weiße Atem der Schlange hat sie gekocht und ihnen das Fleisch von den Knochen geblasen!«

»Ja, ich weiß. Der überhitzte Dampf ist ein schauerlicher Killer. Aber das kennt ihr doch jetzt. Und ihr habt hundert Schießeisen! Niemand — nicht mal die M'Calls, die für ihre Tapferkeit bekannt sind — kann Erfolg haben, wenn man am hellichten Tag in Massen angreift! Wir müssen unseren Grips bemühen! Eine Methode austüfteln, um an Bord zu gelangen. Ich weiß zwar nicht, wie ... Vielleicht verkleidet. — Denk positiv! Es muß einen Weg geben!«

Cadillac blieb ungerührt. Seine Stimme klang plötzlich kalt. »Es gibt keinen Weg, Brickman. Es kommt nicht in Frage, daß du mich, Clearwater oder irgendeinen anderen meines Volkes dazu bringst, einen Wagenzug anzugreifen, bloß um deine Blutsschwester zu befreien!«

Steve warf die Arme in die Luft. »Christoph Columbus! Sie ist doch nicht der *einzige* Grund!«

»Aber sie ist der Hauptgrund ...«

Steve appellierte an Clearwater. »Rede du mit ihm, ja? Damit er es kapiert.« Sie reagierte nicht. Er drehte sich wieder zu Cadillac um. »Wir müssen ihn kassieren,

Caddy. Eine solche Gelegenheit kriegen wir vielleicht nie wieder!«

»Und deine Herren auch nicht ...«

Steve runzelte die Stirn. »Was soll das heißen?«

Cadillac lachte bitter. »Keine Spielchen, Brickman. Warum, glaubst du, ist deine Blutsschwester auf diesem Zug?«

»Du bist doch hier der Geistesriese — warum sagst du es mir nicht?«

»Sie ist ein *Köder!* Sie rechnen damit, daß du entweder einen Versuch machst, sie zu befreien, oder ...« Cadillac fing Clearwaters warnenden Blick auf.

»Oder was? Na los; sprich's aus!«

»Oder daß du uns in die Falle lockst.« Cadillacs Stimme war zwar gedämpft, aber er wich vor Steves Blick nicht zurück.

»Ich verstehe. Du glaubst, sie haben sie nach draußen gebracht, um Druck auf mich auszuüben.«

»Kennst du einen besseren Grund?« Cadillacs trotziger Ton paßte zu seinem Blick. »Bist du nicht deswegen wieder rausgekommen? Du hast dich einverstanden erklärt, uns zu schnappen, weil man sie im Falle einer Weigerung getötet hätte!«

»Anders ausgedrückt, obwohl wir *eine Menge* zusammen durchgemacht haben, traust du mir *immer* noch nicht.«

Cadillac wägte seine Antwort ab. »Sagen wir's mal so, Brickman: Ich glaube, du traust dir selbst nicht.«

»Was ist das denn für eine Antwort?«

»Die einzige, die du kriegst. Du hast mir das gleiche oft genug erzählt. Aber es bringt uns nicht weiter.«

»Im Gegenteil«, fauchte Steve. »Es wird Zeit, daß wir mal reinen Tisch machen.« Er sah Clearwater an und deutete mit dem Daumen auf Cadillac. »Weißt du, was ihn *wirklich* sauer macht? Er kann keine Konkurrenz ertragen. Er möchte, daß wir alle einen Schritt zurücktreten, damit er die Show leiten kann. Aber dazu wird's nicht kommen.« Er schaute Cadillac an. »Man muß sich die Nummer Eins verdienen, Amigo. Man wird nur dann König der Berge, wenn man besser ist als alle anderen. Zäher, tückischer, gerissener ...«

Cadillac wischte Steves Worte mit einer Handbewegung beiseite und ging an ihm vorbei.

»Bleib stehen!« befahl Clearwater.

»Vielleicht hast du recht damit, daß ich mir selbst nicht traue«, fuhr Steve fort. »Was dich angeht, so traue ich mir wirklich nicht. Ich habe lange das Gefühl gehabt, dir etwas schuldig zu sein, weil du mir das Leben gerettet hast — aber seitdem habe ich *deinen* Arsch zweimal aus dem Feuer gerissen! Nicht weil ich wollte, sondern weil ich mußte. Wenn Clearwater und Mr. Snow nicht gewesen wären, hätte ich dich längst abgehängt.«

»Wirklich? Du hättest *mich* abgehängt? Hätte ich nicht das Abkommen mit den Kojaks getroffen, würdest du nun in Streifen an ihren Hüttenpfählen hängen! Wer hat denn den Raddampfer ankommen sehen? Wer hat denn die Idee gehabt, wie man am besten an Bord kommt?«

»Yeah. Und als wir an Bord waren — wer hat alles vermasselt, weil er die Nerven verloren hat? Fällt auf den dämlichsten Trick rein, den es gibt! Und wer läge jetzt als Fischfutter im Wasser, wenn ich ihn nicht ans Ufer gezogen hätte?«

Cadillacs Lippen bebten. Er versuchte, seine Wut zu beherrschen. »Ich schulde dir nichts, Brickman! Gar nichts! Mein Volk hat die Schuld zehnmal zurückbezahlt, und das, was es dir nicht geschenkt hat, hast du dir genommen. Daß ich deine Schlangenhaut gerettet habe, war der größte Fehler meines Lebens.«

»Yeah. Und weißt du, warum? Weil du schließlich erkennen mußtest, daß du statt der dämlich glotzenden Beulenscheißtypen, die dir all die Jahre zugehört haben, *echte* Konkurrenz bekommen hast!«

Clearwater packte Cadillacs Messerarm und hielt ihn, als er sich freizumachen versuchte, fest.

Steve fuhr fort, ihn zu verhöhnen. »Weißt du, was dein Problem ist? Du hast mir nie verziehen, daß ich dich aus deinem gemütlichen Eckchen am Reiherteich gezogen habe. Da konntest du eine Flasche Sake nach der anderen köpfen und es den schlitzäugigen Leibsklavinnen besorgen! Welch *tolles* Leben! Du warst so damit beschäftigt, es zu genießen, daß du nicht mal gesehen hast, wie man sich anschickte, dir den Teppich unterm Arsch wegzuziehen! — Nein. Du warst der tollste Hecht im ganzen Lager.

Und wer hat die Arbeit getan? *Ich!* Du hast in deinem ganzen Scheißleben noch keine einzige originelle Idee gehabt! Alles was du im Kopf hast, hast du mir gestohlen! Alles was du vorher wußtest, hat Mr. Snow dir beigebracht, und der japanische Schrott, den du gefressen hast, war auch nur Auswendiglernen!« Er lachte spöttisch, bevor er ihm den Gnadenstoß versetzte. »Du willst die Wahrheit hören? Hier hast du sie, mein Freund: Du hast ein sekundärbegabtes Hirn voller Ideen aus zweiter Hand. Du glaubst, du bist geboren, um die Auserwählten anzuführen? Ich würde dich nicht mal einen Haufen Büffelscheiße befehligen lassen!«

Clearwater sah, daß Malone über den Abhang auf sie zukam. Ein paar Meter hinter ihm kamen mehrere Abtrünnige. Clearwater trat vor Cadillac hin und versuchte, den Streit zu beenden, bevor Malone bei ihnen war. »Hört zu! Laßt den Wind die heißen Worte davontragen! Beantwortet sie nicht mit spitzen Eisen!«

Ihr Appell verhallte ungehört. Zwar hatten sie sich geschworen, Blutsbrüder zu sein, doch diese Beleidigungen waren nicht zu ertragen. Sie mußten gerächt werden! Cadillac legte mit einem wütenden Brüllen los; als seine Klinge die Nachmittagssonne einfing, war sie ein Keil aus weißem Feuer.

Steve zückte blitzschnell sein Kampfmesser und machte sich bereit, den ersten Hieb seines Gegners abzuwehren.

Als Malone sie erreichte, drehte Clearwater sich um. »Bitte ...!«

Der Ausbrecher trat mit erhobenen Händen zurück. »Scheiß drauf. Ich weiß zwar nicht, worüber die sich streiten, aber wenn sie's auf die harte Tour ausmachen wollen, hab ich nichts dagegen.«

Clearwater machte einen Versuch, sich einzumischen. »Seid ihr beide verrückt geworden? Aufhören! Sofort!« Wieder fiel ihr Appell auf taube Ohren. Die Männer schoben sie zur Seite und umkreisten sich, wobei sie hin und wieder eine Hand vorzucken ließen, um die Reaktion des anderen zu prüfen. Clearwater erkannte, daß sie etwas unternehmen mußte — aber was?

Malone sah, daß Clearwaters Augen in blauem Feuer strahlten. Ihre Arme zuckten vor, ihre erhobenen Handflächen deuteten auf die Köpfe der Duellanten. Zwar schmeichelte Malone sich gern damit, ein harter Bursche zu sein, doch der Ton, der über ihre Lippen kam, war so schrecklich, daß er sich vor Angst beinahe in die Hosen geschissen hätte.

Die Wirkung auf Brickman und den Mutanten war noch erstaunlicher. Im Bruchteil einer Sekunde schienen sie zu erstarren — mit offenem Mund. Die Messer entfielen ihren gespreizten Fingern, und im nächsten Augenblick wurden die beiden vom Boden gehoben und flogen einige Meter weit in verschiedene Richtungen. Beide krachten schwer und auf allen vieren zu Boden — betäubt von dem Sturz und dem unsichtbaren Hammerschlag, den Clearwater ausgeteilt hatte.

Malone hatte noch nie zuvor etwas ähnliches gesehen. Wie, um alles in der Welt, hatte sie das ...? Er bekam es nie heraus. Als er sich wieder zu ihr umwandte, verwandelte sich sein Erstaunen rasch in Bestürzung. Hinter Clearwater schwebte, wie ein beschwingter Todesvogel, ein tieffliegender Föderations-Himmelsfalke über dem Gipfelkamm und tauchte geradewegs auf sie herab.

Als mehrere Ausbrecher, deren Aufmerksamkeit dem Messerkampf galt, in einen Chor alarmierter Rufe ausbrachen, warf Malone sich zur Seite und ging hinter einem Felsen in Deckung. Doch es war zu spät. Ein Strom nadelspitzer Geschosse, die das sechsläufige MG unter dem Himmelsfalkenbug ausspuckte, zog schon eine tödliche Furche durch das Gras und die Erde auf Clearwater zu. Sie rissen Splitter aus Felsen und Gestein und sandten Querschläger in alle Richtungen.

Statt sich zu Boden zu werfen drehte Clearwater sich um, als wolle sie den Angreifer herausfordern. Sie wurde mitten in der Drehung erwischt. Eine Wolke aus zerstäubtem Felsgestein und Erde flog um sie hoch …

Tschu-wi-tschu-wi-tschu-wi-tschu-wi-tschu-wi-tschu-wi!

Selbst wenn Cadillac und Steve auf den Beinen gewesen wären — sie waren zu weit entfernt, um sie aus der Schußlinie zu ziehen. Clearwaters Kopf und Arme zuckten wild, als sie in schneller Folge von mehreren Geschossen getroffen wurde, dann, als der Kugelhagel den Abhang hinabfegte, fiel auch sie zu Boden.

NEI-IIII-NNN! Da Steve völlig außer Atem war, blieb der wütende Schrei in seinem Hirn versiegelt. Doch er reichte aus, um den Schaltkreis zu aktivieren, der den Sendekanal zu Roz öffnete.

O gesegnete, gütige Himmelsmutter! — Roz! Wenn wir uns je etwas bedeutet haben, dann hilf mir jetzt!

Clearwater drehte sich langsam auf den Rücken und wollte den linken Arm zu dem über ihren Köpfen dahinjagenden Himmelsfalken hinaufheben. Doch das einzige, was über ihre Lippen kam, war Blut. Ihre Arme fielen zur Seite; sie streckte die Finger nach Steve aus.

Steve stützte sich auf einen Felsen, rappelte sich auf und taumelte zu ihr hinüber. Ihre Beine deuteten auf den sanft geneigten Abhang. Malone trat neben ihn.

Blut sickerte durch das Hemd und die Hosen ihrer verschossenen blauen Sklavenkleidung. Die ungefärbten Teile ihrer Haut waren fahl geworden. Sie war zwar nicht tot, aber sie würde es bald sein. Es sei denn …

Ja, Schwesterchen, ich höre dich. Und ich verstehe …

15. Kapitel

Malone beendete die oberflächliche Untersuchung von Clearwaters Verletzungen mit einem pessimistischen Grunzen. »Schade, daß Medicine Hat nicht mehr bei uns ist. Ich weiß nicht mal, wo ich anfangen soll.«

»Yeah ...« Steve schluckte seine Tränen hinunter. Er streichelte Clearwaters Gesicht und machte einen Versuch, Kontakt mit ihren halb offenen Augen aufzunehmen, aber sie zeigten keine Reaktion. Sie war bewußtlos. Möglicherweise stand sie unter einem starken Schock. Er nahm ihre Hand, drückte sie fest und bemühte sich, Lebenswillen in sie hineinzutragen. Sein Geist bat sie, nicht zu sterben. Er bat sie, ihm zu verzeihen. Hätten er und Cadillac sich nicht auf den sinnlosen Streit eingelassen, den Cadillacs Weigerung ausgelöst hatte, nur darüber nachzudenken, Roz aus dem Wagenzug zu holen, hätten sie den Himmelsfalken vielleicht früher gesehen. Und dann wäre all dies nicht passiert.

Aber noch ist nicht alles verloren. Jetzt ist Roz hier ...

Steve packte Malones Arm. »Ich verstehe nichts davon. Kannst du etwas tun? Kannst du das Bluten stoppen?«

»Ich kann's versuchen. Wir haben noch ein paar Dinge. Aber es wird die Sache nur verzögern. Wenn du nicht ohne Möse auskommen kannst, kann ich dir nur raten, dich nach 'ner anderen umzusehen.«

Steve ignorierte seine Schmähung. Der Krach mit Cadillac war für diesen Tag genug. »Wir müssen sie am Leben erhalten.«

»Trotz des tollen Kunststücks, das sie an euch geprobt hat?«

»Aus allen möglichen Gründen. Tu, was du kannst.«

»Okay. Aber zuerst muß ich mich um eine andere

Kleinigkeit kümmern.« Malone drehte sich um und bellte zwei seiner Begleiter an. »Andy! Jake! Nehmt ein paar von den Jungs und holt die Ärsche Gordon und Walsh da oben runter!«

Er klang nicht so, als wolle er Orden verteilen.

Als Andy und Jake eine Handvoll Männer zum Ausguck führten, humpelte Steve dorthin, wo Cadillac noch am Boden ausgebreitet lag. Auch er war ohne Bewußtsein. Griff, einer von Malones Männern, kniete über ihn. Er öffnete Cadillacs Hemd und suchte nach der Quelle des Blutes.

Steve hockte sich neben ihn.

»Schlimm?«

»Nee, nur Fleischwunden. Er wird's überstehen.« Griff deutete auf die Stellen, an denen einzelne Nadelgeschosse über Cadillacs linke Hüfte und linke Bauchseite gefahren waren, dann machte er das Hemd wieder zu und drehte Cadillac um. Steve sah, daß zwei weitere Trefferfurchen über die rechte Seite seines Brustkorbes gefegt waren, bevor sie sich unter ihm in den Boden gebohrt hatten.

Eine Beule auf Cadillacs Hinterkopf, hervorgerufen von einem in der Nähe liegenden Stein, deutete den Grund seiner Ohnmacht an. Steve entdeckte eine fünfte Schürfwunde an Cadillacs rechtem Unterschenkel. Der Mutant hatte unglaubliches Glück gehabt, da die Geschosse ihn nur gestreift hatten. Die kupferummantelten .125er Pfeile mit den stählernen Spitzen wurden hergestellt, damit sie beim Aufschlag Schlüssellöcher erzeugten und durch Explosion Wunden hervorriefen. Der Schaden, den sie Clearwater zugefügt hatten, war kaum vorstellbar.

»Habt ihr Sulfanilamid?« Es war ein antiseptisches Pulver, das man dazu verwendete, Infektion offener Wunden zu verhindern.

»Yeah. Aber ich werd's nicht an 'nem Scheiß-Beulenkopf vergeuden.«

Steve packte Griff an der Vorderseite seines Hemdes. »Tu es, mein Freund. Wir brauchen den Burschen; er muß in Form bleiben. Er ist unsere Eintrittskarte in eine sorgenfreie Zukunft.«

»Yeah?« Griff sah nicht sehr beeindruckt aus.

Steve ließ ihn los. »Du willst die Mutanten doch auch vom Hals haben, oder?«

»Es würde das Leben viel einfacher machen.«

»Er ist derjenige, der dafür sorgen kann. Kümmere dich um ihn.« Steve klopfte Griff auf die Schulter und stand auf. Die von Malone in Bewegung gesetzte Gruppe befand sich inzwischen auf dem Rückweg und schubste Gordon und Walsh vor sich her. Die beiden Männer hatten es aufgegeben, sich vor den Flintenkolben zu ducken, die man ihnen von allen Seiten in den Leib stieß. Sie wußten offenbar, was ihnen bevorstand, und daß es nicht mehr lange dauern würde.

Die Gruppe hielt vor Malone an. Walshs Gesicht war verschrammt und verschwollen. Eins seiner Augen wuchs allmählich zu. Gordons rechtes Hosenbein war von einer Oberschenkelwunde blutdurchtränkt.

»Er wollte abhauen«, erklärte Jake.

Malone nahm eine dreiläufige Luftpistole aus dem Schulterhalfter und trat näher an die unglücklichen Ausbrecher heran. »Ihr wißt, um was es geht?«

Keine Antwort.

»Zwei Tote und drei Verwundete — weil ihr den Himmelsfalken nicht gesehen habt!« Er deutete auf Cadillac. »Nicht die Beulenköpfe — eure Kumpels, für die ihr Drecksäcke Ausschau halten solltet!« Er klopfte sich auf die Brust. »Es hätte nicht viel gefehlt, und sie hätten auch mir den Arsch weggeschossen! Was, zum Geier, habt ihr denn nur getrieben — euch den Überfall angeschaut?«

Nick Walsh richtete sich trotzig auf und krächzte: »Haben das nicht alle getan?«

Malone drückte seine Pistole an Walshs Hals und

schoß ihm die Kehle weg. Er baute sich vor Gordon auf. »Möchtest du dein Herz erleichtern?«

»Yeah. Tut mir leid, daß ich nicht dabei sein kann, wenn sie dich durch die Mangel drehen.« Der Ausbrecher spuckte einen Blutklumpen in Malones Gesicht.

Malone wischte ihn mit dem Handrücken ab, dann steckte er die Pistole ein und zückte sein Kampfmesser.

Alle hielten den Atem an.

»So, so«, sagte er. »Willst du mich etwa rausfordern?« Er nahm Gordons rechten Arm und legte den Messergriff in seine Hand. »Da hast du deine Chance.« Malone trat ein paar Schritte zurück. »Okay! Laßt ihn machen!« Er winkte dem Ausbrecher mit beiden Händen zu. »Laß gehen, Gordy. Du hast einen Vorteil; wollen wir doch mal sehen, wie du ihn nutzt.«

Gordon knirschte wegen der Schmerzen in seinem verletzten Schenkel mit den Zähnen, dann packte er fest das Messer und tat einen verzweifelten Satz auf seinen Peiniger zu. Malone war zwar massiv gebaut, aber sehr schnell. Er warf sein Gewicht auf seine linke Ferse, machte eine halbe Drehung, wich vor Gordon zurück und verpaßte ihm einen gewaltigen Tritt.

KAH-TSCHERACK! Steve, dem Gewalt längst nicht mehr fremd war, zuckte zusammen, als die Ferse von Malones rechtem Stiefel Gordon unters Kinn traf. Sein Kopf flog zurück, und knackend brach sein Genick.

»Nehmt ihnen die Sachen ab und buddelt sie ein ...« Ohne zu überprüfen, ob Gordon wirklich tot war, nahm Malone das Kampfmesser an sich und wandte sich zu Steve um. »Hierher, mein Freund ...«

Der Abtrünnige hatte sich der Hilfe zweier weiterer Männer versichert, um Clearwaters Wunden zu verbinden. Als alte Hasen hatten sie sich nicht aufhalten lassen, um zuzusehen, wie Walsh und Gordon ihr Fett bekamen. Clearwater, noch immer ohne Bewußtsein, lag auf einem entrollten Strohponcho. Zwar hatte man ihr das blutbefleckte Hemd, die losen Hosen und den

V-förmigen Baumwoll-Lendenschurz ausgezogen, aber sie war trotzdem nicht nackt. Etwa die Hälfte ihres blutverschmierten Körpers war mit Heilkräutern beschmiert.

»Wie kommt ihr voran?«

Einer der Männer — ein Bursche namens O'Keefe — wischte sich an seinem zerfetzten Hemd die Hände ab. »Wir haben die Blutungen gestillt, aber sie hat auch innere. Es gibt nur eins, was diese Möse retten kann — ein echter Chirurg ...«

»Yeah ...« Steve rollte ihre Kleider zusammen, damit sie ein Kissen unter den Kopf bekam, dann bedeckte er sie von den Zehen bis zum Kinn mit seinem Schlafpelz. Er schaute einen Moment lang in ihre blicklosen Augen, dann stand er wieder auf und nahm Malone beiseite. »Ich muß mit dir reden.«

»Um was geht's denn?«

Steve zögerte. Nach dem, was er gerade gesehen hatte, mußte er seine Worte sorgfältig wählen. Bekam er es nicht beim ersten Mal richtig hin, war er vielleicht eine Leiche, bevor er Gelegenheit bekam, sich zu erklären. »Es war ein Himmelsfalke vom Typ II. Hast du die roten Schwingenspitzen gesehen? Es bedeutet, daß er zum Wagenzug *Red River* gehört.«

Malone beäugte ihn argwöhnisch. »Wieso weißt du so viel über Himmelsfalken?«

»Ich war mal Flieger — weißt du nicht mehr? Einer meiner Klassenkameraden hat mir einen Mark II in der Pueblo-Zwischenstation gezeigt. Bevor ich in Schwierigkeiten kam. Wir haben Glück gehabt. Der Bursche hatte wahrscheinlich keine Munition mehr. Aber er wird zurückkommen — und seine Freunde mitbringen.«

»In dem Fall sollten wir lieber abhauen.«

»Ich nicht. Ich bleibe.«

»Bei der Möse? Warum denn, zum Henker? Mit der ist es aus, Amigo. — Terminada!«

»Du irrst dich. Sie wird weiterleben.« Steve führte

Malone etwas weiter fort. »Ich bringe sie in den Wagenzug.«

Malone riß die Augen auf. »Sag das noch mal!«

Der Bursche ist gut, daran gibt es keinen Zweifel. Aber schließlich hat er auch Jahre der Übung hinter sich …

»Es ist ihre einzige Chance«, sagte Steve. »Der Wagenzug ist keine siebzig Kilometer von hier entfernt, und an Bord befinden sich ein erfahrenes Team von Chirurgen und ein komplett ausgerüsteter Operationssaal.«

Malone stieß ein trockenes Lachen aus. »Was soll ihr das nützen? Glaubst du ernsthaft, die Burschen verschwenden ihre Zeit damit, eine Beulenfotze zu retten — selbst eine mit ihrer *Figur?*«

»Sie werden sie retten. Sie ist was Besonderes.«

»Das seh ich auch. Aber wie willst du …?«

Steve wurde noch leiser. »Sie sind schon unterwegs.«

Als Malone Steve durch halbgeschlossene Augen musterte, verhärtete sich sein Gesicht. »Ich brech zusammen … Dann hab ich dich damals also *doch* richtig eingeschätzt. Du bist *wirklich* ein verfluchter Geheimagent!«

Steve fing Malones Hand ab, die über seine Brust auf die Pistole zufuhr. »Damit sind wir zu zweit, Compadre. Aber da ich noch ziemlich neu bin, habe ich länger gebraucht, um deine Nummer zu kapieren.«

»Yeah …« Malone ließ das Schießeisen sinken.

Steve schob einen Zeigefinger hinter sein linkes Ohr und betätigte den winzigen Sender, der am Schädel unter der Haut implantiert war. Ein sanfter An-Aus-Druck reichte, um im Morsecode sein Zeichen BL-GÄ zu senden.

Malone kratzte sich am Hals und sendete sein Rufzeichen zurück: HH-SA. Steves Gerät — es hatte die Größe einer Quarzuhrbatterie — übersetzte die Punkte und Striche in ein hohes Summen und speiste es direkt in seinen Gehörgang.

Dann stellte der Abtrünnige sich vor und nannte seinen vollen Codenamen. »High Sierra.«

»Blindgänger ...«

»Mutter hat gesagt, du würdest dich eventuell melden.«

»Wieviel weißt du?«

»Soviel, wie du mir erzählen willst.«

Paß auf, Stevie. Du bist hier auf einen gerissenen Hundesohn gestoßen ...

Malone deutete mit dem Daumen auf Cadillac. Der Mutant kam gerade wieder zu sich. »Steht der auch auf deiner Einkaufsliste?«

»Yeah. Aber er muß hierbleiben, weil er mir helfen soll, den Rest der Ware einzusammeln. *Etiende?*«

»*Perfectamente.* Kann ich irgendwie helfen?«

»Yeah, kannst du. Hast du Morphin?«

»Ich hab ihr doch schon 'ne Fixe gesetzt.«

»Für ihn, meine ich.«

Malone schaute überrascht drein. »Aber er hat doch nur 'n paar Kratzer! Bevor 'n Mutant anfängt zu heulen, muß man ihm schon 'n Arm und 'n Bein abnehmen. Und selbst dann geben die meisten nicht mal 'n Laut von sich. Wenn du so dicke mit ihnen bist, müßtest du es eigentlich wissen.«

»Deswegen habe ich nicht gefragt. Es wird die Lage aber für alle erheblich erleichtern, wenn er weggetreten ist und wir ihn von hier wegbringen.«

»In diesem Fall — schlucken kann er ja schließlich — füllen wir ihn mit Wolke Neun ab.« Malone rief nach Griff, holte eine Tabletten-Steckkarte aus dem Erste-Hilfe-Sack und wies ihn an, Cadillac eine doppelte Dosis zu verpassen.

Wolke Neun, ein Standardschmerz- und Beruhigungsmittel, das man in der Föderation in Pillenform herstellte, hatte auch geholfen, Papa Jacks letzte Lebensjahre angenehmer zu gestalten.

Steve warf einen Blick auf Clearwaters reglosen Körper. Hatte sie gewußt, was passieren würde? Hatte sie das gemeint, als sie gesagt hatte ›Wir haben so wenig Zeit‹?

»Du hast gesagt ...«

Steve zuckte zusammen. »Häh?«

»Der Beulenkopf. Wir sollen ihn hier wegbringen. Wohin?«

»Ach, ja, ich ... ähm ... möchte, daß ihr ihn für mich nach Hause bringt. Sein Clan hängt in der Gegend des Bezugspunkts Caspar in Wyoming herum. Wenn ihr dem North Platte River folgt ...«

»Ich kenne den Weg. Wie finden wir sie, wenn wir da sind?«

»Keine Sorge. *Sie* finden euch. Die M'Calls beherrschen das Gebiet. Ihre Krieger haben Kelso, Jodi und die anderen geschnappt, die letztes Jahr beim Zusammentrieb verschüttgegangen sind.«

Malone nickte. »Allmählich verstehe ich ...«

»Cadillac ist ein Wortschmied.«

»Wirklich?« Malone zeigte nun echtes Interesse. »Ich dachte, das wären alles so alte Knaben.«

»Nicht, wenn sie geboren werden.« Steve lachte. »Er ist Anwärter auf den Job. Das macht ihn wichtig. So wichtig, daß du kein Problem bekommst, einen Handel mit ihnen abzumachen. Du brauchst unseren Freund nur in gutem Zustand abzuliefern, dann kriegst du einen Haufen Kredit. Halt dich wacker und rede mit Mr. Snow. Er ist der Hauptmacker — und der Lehrer des Burschen da. Wenn du ihm sagst, daß ich dich geschickt habe, garantiere ich dir, daß er euch hilft. Wenn du es richtig anfängst, braucht ihr nie wieder die gejagte Rothaut zu spielen.«

»Es würde das Dasein gewiß erleichtern ...«

»Dann mach's!«

»Okay.« Malone verzog nachdenklich das Gesicht. »Dieser Mr. Snow ... Ist er der ›Rest der Ware‹?«

»Dies ist mein Unternehmen, Amigo. Wenn du mehr wissen mußt, sage ich es dir.«

»Hab ja nur gefragt ...«

»Das Wichtigste ist, Cadillac zu den M'Calls zu bringen. Wenn du die Begegnung dazu verwenden kannst, dich mit ihnen anzufreunden, um so besser. Dann werden sie auch nicht argwöhnisch, wenn ich dich zu Hilfe rufe, um den Treffer zu landen.«

Die Aussicht auf einen gut eingefädelten Betrug verzog Malones Lippen zu einem dünnen Lächeln. »Klingt gut. Was ist mit den Pferden?«

»Wenn ihr mitmacht, nehmt sie. Ich brauche nur meins, und ein paar als Ersatz.« Nun war Steve mit dem Lächeln an der Reihe. »Solltet ihr sie nicht reiten können, könnt ihr sie immer noch fressen. Außerdem schlage ich vor, daß ihr die Großschnauze an den Sattel schnallt und seine Beine unter dem Pferdebauch zusammenbindet.«

»Soll das heißen, er wird uns Schwierigkeiten machen?«

»Nicht mehr, wenn ihr ihn von hier weggebracht habt.«

»Was sollen wir ihm erzählen, wenn er wach wird?«

»Eine gute Frage.« Steve dachte darüber nach. »Sag ihm, daß wir, dank seines Verlangens, mich zu töten, von einem Himmelsfalken überfallen worden sind und daß Clearwater, als du mich das letzte Mal gesehen hast, in meinen Armen starb. Das wird ihn geistig beschäftigen. Könnte sogar sein, daß er dann die Klappe hält. Du kannst ihm auch sagen, daß ich euch so bald wie möglich einholen will.«

»Aber ich soll ihm nicht erzählen, daß du die Beulenmöse zum Wagenzug bringst.«

Steve verbarg seine zunehmende Irritation über Malones wiederholte Verwendung dieses herabsetzenden Wortes, um Clearwater zu beschreiben. »Noch nicht. Wenn sie nicht überlebt ...«

»Yeah, ich verstehe, was du meinst.«

»Ich sage es ihm, wenn es nötig ist. Und noch etwas:

Hab Geduld mit ihm, klar? Ich weiß aus Erfahrung, wie du mit Leuten umgehst, die eine dicke Lippe riskieren ... Also, äh ... laß die Ware nicht verderben. Du brauchst vielleicht seine Hilfe, um dich durch die Jagdgründe der Mutantenclans zwischen hier und Caspar zu schlagen.«

Malone nickte. »Ich werd daran denken.« Er setzte sich in Bewegung, um mit zweien seiner Unterführer zu reden. Als sie mit den anderen Ausbrechern losgingen, um die Pferde zusammenzutreiben, bastelten Steve und Malone eine provisorische Trage und schleppten die besinnungslose Clearwater zu der niedrigen Höhle unter dem Felsvorsprung, wo sie vor kaum achtzehn Stunden noch in seinen Armen gelegen hatte — prächtig und vibrierend lebendig ...

Als sie wieder ins Freie gingen, bemühte sich Steve, seine Gefühle zu verbergen.

»Also ...« Malone ballte die Linke zur Faust. »Du willst also hier warten, bis ...?«

»Yeah. Ich war ihretwegen am Ende der Welt — und wieder zurück. Ich möchte bleiben und sehen, wie es ausgeht.«

»Klingt verständlich ...«

»Hast du ein Funkgerät?« fragte Steve.

»Warum?«

»Glaubst du nicht, du solltest Mutter anrufen, um die Falken zurückzupfeifen? Der Bursche, der heute auf uns gestoßen ist, hatte doch offensichtlich keine Ahnung, auf wen er geschossen hat.«

Malone zuckte die Achseln. »Wir müssen die gleichen Risiken eingehen wie alle anderen. Die AMEXICO versorgt uns zwar, indem sie kleine Depots in der Gegend anlegt, aber manche von uns kriegen manchmal auch fast den Arsch zerschossen. Wenn es nicht so wäre, könnte mancher *echte* Ausbrecher, der mit uns zusammen ist, mißtrauisch werden.«

»Und wenn sie mißtrauisch werden?«

»Das ist mein Problem. Wie hast du mich erkannt?«

»Reine Kombinationsgabe«, sagte Steve. »Als ich letztes Jahr auf euch gestoßen bin, hast du mich ziemlich schnell erkannt. Für einen Ausbrecher wußtest zu ziemlich viel über die Agenten der Regierung. Zu viel, um ehrlich zu sein.«

»Yeah. Ich muß mich bezähmen.«

»Aber erst als Kelso aus dem Schrank kam, habe ich alles zusammengekriegt. Er und Jodi hätten es nie gewagt, zurückzukommen und mich zu befreien, wenn *du* nicht beschlossen hättest, es sei an der Zeit, mich abzuschneiden. Als ich erst mal wußte, daß er Rattenfänger ist, habe ich noch mal über alles Vergangene nachgedacht. Und das hat mich mehr oder weniger davon überzeugt, daß auch du für Mutter arbeitest.

Und als ich sah, daß O'Keefe und der andere Bursche sich um Clearwater kümmerten, war die Sache für mich klar. Der Rest der Jungs hat mir deutlich gemacht, was sie von den Mutanten halten. Die würden noch auf jeden pissen, der verdurstet! Ich mußte Griff den Arm verdrehen, damit er Cadillac verbindet. Ihr hättet keine Zeit für ihn verplempert, wenn sie nicht wichtig gewesen wäre. Und ihr wußtet, wer sie war.«

Malone gehörte zwar nicht zu denen, die oft lächelten, aber er brachte ein eisernes Grinsen zustande. »Also, um mal eins klarzustellen: Es war nicht meine Idee, dich an den Pfahl zu binden. Wir werden alle mal hart rangenommen — entweder so oder auf 'ne andere unerfreuliche Tour. Es ist 'n Teil der Aufnahmezeremonie. War nicht persönlich gemeint — klar?«

»Klar. Hast du dafür gesorgt, daß Jodi mir ein Messer daließ?«

»Nicht direkt. Kelso hatte sie. Doch daß die Mutanten sie schnappten, gehörte nicht zu unserem Plan. Kelso sollte sich was schämen. Dave war zwar eine rechte Nervensäge, aber ...«

»Aber?«

»... aber er konnte auch ganz angenehm sein. Medicine Hat ... Jodi ... Sie war zwar keine Schönheit, aber ...«

»Sie war ein zähes Ding.«

»Mehr als das, Alter.« Malones Augen glitzerten wissend. »Wenn ihr Fötzchen in Flammen stand, konnte sie einem Pint echten Glanz verleihen. Verstehste, was ich meine?«

Steve verbarg seine Überraschung. »Yeah«, sagte er und dachte, wie seltsam es war, daß er während der ganzen Zeit, in der sie zusammen gewesen waren, nie an diese Seite ihrer Natur gedacht hatte. Und er fragte sich, wieso diese Enthüllung so ein unbehagliches Gefühl in ihm weckte ...

»Jau ...« Malone grinste bei der Erinnerung. »Es waren ein paar gute Männer in der Bande, aber ... So ist nun mal das Leben.« Er wühlte im Erste-Hilfe-Sack herum und förderte zwei eingeschweißte Morphinspritzen zutage. »Ich glaube zwar nicht, daß sie wieder wach wird, aber sie ist ja auch keine Durchschnittsmöse. Also halt das Zeug bereit, falls die Ärzte nicht hier aufkreuzen. Vielleicht braucht sie das Zeug, wenn der Schock abklingt.«

»Danke.«

»Ist schon gut. Wir sind nicht so böse, wie man uns malt.« Malone grinste über den unbeabsichtigten Witz, dann klopfte er Steve auf die Schulter. »Sei vorsichtig, Amigo.«

Steve schaute ihm zu, als er den Abhang hinunterging. Seine Ausbrecherbande wartete schon mit den restlichen Pferden. Einige von den Männern hatten sich zum Reiten entschlossen, andere wollten lieber eine Reihe angeseilter Pferde führen. Cadillac saß zusammengesackt auf dem Rücken seines Reittiers; seine Hände und Beine waren festgebunden, wie Steve vorgeschlagen hatte. Die zerlumpte Marschsäule setzte sich, ohne einen Blick zurückzuwerfen, in Richtung Westen in Bewegung und war kurz darauf zwischen den Bäumen und aus seinem Blickfeld verschwunden.

Steve fragte sich, wie viele der Männer außer Malone für die AMEXICO arbeiteten. Jodi hatte recht gehabt. Man konnte niemandem trauen. Nichts war so, wie es schien. Er selbst war ein beredtes Beispiel: ein Wagner, der nicht nur wie ein Mutant gekleidet war, sondern auch noch eine Mutantin als Bettgefährtin hatte. Ein treuer Botschafter des General-Präsidenten, der sich bei seinen Feinden viel mehr zu Hause fühlte. Er war geistig längst aus der Amtrak-Föderation desertiert. Und falls er auf eine Möglichkeit stieß, Clearwater und Roz aus dem *Red River* zu holen, war er auch dazu bereit, den Rest seines Lebens in der Blauhimmelwelt zu verbringen.

Doch auch die Freiheit hatte ihre Nachteile. Fing man erst einmal an, die anerkannte Ordnung der Dinge in Frage zu stellen, konnte man sich nichts mehr sicher sein. Falls so etwas wie die *Wahrheit* überhaupt existierte, konnte man sich nicht sicher sein, was das Wort bedeutete oder ob man die Wahrheit über alles — und zwar absolut und unstrittig — je herausfinden konnte.

Die meisten Wagner lebten ihr Leben, ohne je in Erwägung zu ziehen, daß es einen alternativen Existenzmodus geben könnte. Zwar wußten sie von den Mutanten, doch Mutanten waren für sie Untermenschen. Ein Wagner gehorchte Befehlen, glaubte das, was ihm erzählt wurde und stellte die Weisheit der Ersten Familie nie in Frage. So überlebte man.

Das Problem fing an, wenn man von der Norm abwich. Wich man von den Wegen ab, die das Handbuch vorschrieb, fand man sich in einem Morast aus Furcht, Ungewißheit und Zweifeln wieder und versank in ihm. Um zu verhindern, daß er verrückt wurde, brauchte der Mensch etwas, an das er glauben konnte — ein objektives Ziel, dem man nachstrebte, einen Traum, den man hochhielt. Die Familie hatte zwar einen solchen Traum, aber Steve teilte ihre Vision der gereinigten Blauhimmelwelt nicht mehr, die angeblich von all jenen verunreinigt wurde, die mit dem gewählten Bild nicht konform gingen.

Wagner wurden zwar von unerschütterlichem Glauben an die Berechtigung ihrer Sache angetrieben, doch war dies eine Gewißheit, die sich auf blinder Ahnungslosigkeit begründete. Die Mutanten waren zwar auf ähnliche Weise davon überzeugt, daß ihre Bestimmung darin bestand, ihre Unterdrücker zu besiegen, aber sie verteidigten lediglich ihr Lebensrecht. Die Föderation hatte den Streit angefangen.

In materialistischen Begriffen führten die Präriemutanten zwar eine armselige Existenz, doch war ihr Dasein auf eine andere ungreifbare Weise lohnender und weniger restriktiv. Krieger rivalisierender Clans hielten sich an einen gemeinsamen Ehrencodex. Man anerkannte allgemeingültige Regeln, die das gesellschaftliche Miteinander betrafen, und jeder Clan adaptierte sie seinen besonderen Umständen gemäß. Die Strafe für Verstöße gegen diese Regeln konnten zwar ebenso hart ausfallen wie die, die in der Föderation verhängt wurden, aber — wie Steve aus Erfahrung wußte — unterdrückten die Regeln niemanden und wurden auch nicht immer strikt eingehalten.

Verglichen mit ihren unterirdisch lebenden Konkurrenten verfügten die Mutanten über ein beneidenswertes Maß an Freiheit und erfreuten sich zudem einer instinktiven, harmonischen Beziehung zu allem, was die Zusammensetzung der Blauhimmelwelt und der unsichtbaren Wesen ausmachte, die laut Meinung in einem Geisterreich hinter den Wolken über sie und die Welt wachten.

Die Föderation gab sich nicht mit derartigen Ungreifbarkeiten ab. Die Vorstellung persönlicher Freiheit, die Vorstellung, der menschliche Körper könne ein spirituelles Element in sich tragen — eine Art Leitmechanismus, den man nicht zerlegen, analysieren oder wiegen konnte, kam einfach nicht auf. Vorstellungen wie ›Seele‹, ›Freiheit‹ und ›Liebe‹ waren kein Bestandteil des Wagnervokabulars.

Liebe ...

Steve kniete sich hin und legte eine Hand auf Clearwaters Stirn. Sie war kalt. Ihre Augen waren nun geschlossen. Nachdem er dafür gesorgt hatte, daß sie gut zugedeckt war, sammelte er etwas Holz, um ein Feuer zu entfachen. Wenn es dunkel wurde, konnte es den Ärzten und Soldaten helfen, die mit dem Wagenzug kamen.

Und Roz ...

Steve nahm mit gekreuzten Beinen neben Clearwaters Schulter Platz und schaute zu, wie sich die Flammen in den Schichten der abgeschlagenen Äste ausbreiteten. Das Holz knisterte, knackte und zischte, als der Saft aufkochte und sich die winzigen Dampfstrahlen mit dem treibenden Dunst des weißen Rauches vermischten. Ein Feuer wie dieses, an einem Spätnachmittag, unter einem wolkigen Himmel, war etwas, das die Mehrheit der lebenden Wagner noch nie zu Gesicht bekommen hatte und wahrscheinlich auch nie erleben würde.

Noch vor kurzem hatte sich seine Blutsschwester mit einer zensierten Fassung seiner persönlichen lebhaften Abenteuer begnügen müssen. Dies war nun vorbei. Sie hatte mit eigenen Augen einen Blick auf die *wahre* Welt geworfen, und aufgrund der üppigeren ›Färbung‹ und Tiefe der Wortbilder, die ihn nun über die geistige Brükke erreichten, wußte er, daß auch sie das Gefühl verspürt hatte, nach Hause zu kommen.

Würden die gleichen Ungewißheiten auch sie angreifen? Würde sie fähig sein, alles zurückzuweisen, was man sie zu glauben gelehrt hatte und ohne Frage das geheime Wissen akzeptieren, das nun durch ihr Herz und ihre Seele strömte? Wie würde sie mit dem Umlernprozeß fertig werden — der Entscheidung, wo die *wirkliche* Wahrheit lag?

Trotz allem, was Steve hinter sich gebracht hatte, war er der Lösung des Problems nicht nähergekommen. Er fühlte sich *immer noch* zwischen zwei Kulturen hin- und hergerissen. Die Erziehung, die er in siebzehn Jahren der Indoktrination erhalten hatte, konnte man nicht über Nacht ausradieren. Zwar waren die Mutanten für ihn nun keine Untermenschen oder Feinde mehr, doch tief in seinem Innern hielt er sich immer noch auf unerklärliche Weise für überlegen. Aber es *hatte* eine Entwicklung gegeben. Vor zwei Jahren hatte er Roz noch gescholten, weil sie gemeint hatte, die Mutanten hätten ein Lebensrecht!

Von dem Tag an, als er zu seinem ersten Flug über den weißen Sand New Mexicos an die Oberwelt gekommen war, hatte sich seine Ansicht über die Welt allmählich verändert. Der Prozeß hatte sich nach seiner Gefangenschaft durch den M'Call-Clan noch beschleunigt. Cadillac und Mr. Snow, doch vor allem Clearwater, hatten ihm geholfen, bisher unvermutete Gefühlstiefen zu entdecken — und das Gefühl der Verwunderung und der Zuneigung für die Blauhimmelwelt.

Anfangs hatte ihm der innere Konflikt zwischen den neuen Gefühlen und dem, was er als Wagner für richtig hielt, ein schlechtes Gewissen verschafft. Später war ihm zunehmend klarer geworden, daß man ihn mit einem ständigen Lügengewebe umgarnt hatte. Das, was er nun entdeckte, waren der *wahre* Stand der Dinge und ein neues Ich. Er fühlte sich zum Präriervolk hingezogen. Das Betreten der Oberwelt war ihm als eine ›Heimkehr‹ erschienen; er hatte diesen Ausdruck seither oft verwendet. Er wußte zwar innerlich genau, was er damit meinte, aber in den Begriffen der Wagner ergab es nun gar keinen Sinn mehr. Sein Heim war Roosevelt/Santa Fé gewesen, aber dort gehörte er nun nicht mehr hin.

Das Schlimme war, daß er trotz seiner innigen Zuneigung zu Mr. Snow und dem gleichbleibenden Verlangen, mit Clearwater zusammenzusein, nicht mehr sicher war, wohin er *überhaupt* gehörte. Die beiden letzten Jahre hatten genügend Beweise dafür erbracht, daß sein Dasein von Kräften gesteuert wurde, die er nicht verstand. Er hatte persönlich die Kraft der Erdmagie durch Clearwater fließen sehen, und er war dabeigewesen, als Cadillac die Zukunft aus Steinen gelesen hatte — er hatte sogar selbst einen kurzen Blick in die Zukunft geworfen. Und doch konnte er — wie die Mutanten — nicht vorbehaltlos hinnehmen, daß alle Handlungen vorherbestimmt waren, daß eine Gruppe unsichtbarer Lebewesen vergangene und zukünftige Ereignisse gestaltete.

Trotz allem, was geschehen war, obwohl er den Namen der Großen Himmelsmutter tatsächlich mehr als einmal ausgerufen hatte, hatte er sich eine gesunde Skepsis bewahrt. Talisman, Mo-Town, die Himmelsstimmen und die niedrigeren Geister, die auf dem Wind ritten und in Wäldern, auf felsigen Hügeln, in den Flüssen, Seen und Bächen lebten, waren angenehme Phantasien, die sich vergangene Mutantengenerationen beim Rauchen von Regenbogengras erträumt hatten, um längst bekannte geophysikalische Phänomene zu erklären.

Die himmlischen Ost- und Westtore, durch die die Sonne jeden Tag in die Welt kam und sie wieder verließ, waren ein klassisches Beispiel. Die Mutanten schrieben Ereignissen mystische Bedeutung zu, für die rationale, wissenschaftliche Erklärungen existierten. Zugegeben, bis jetzt gab es, soweit Steve wußte, keine wissenschaftliche Grundlage für das sonderbare Talent, das er und Roz beherrschten, oder für die Kraft, die Clearwater, Cadillac und Mr. Snow besaßen. Aber eines Tages würde es sie geben.

In gewissem Sinn hatten beide recht. Wenn man als

Wagner alles für erklärbar hielt, oder als Mutant glaubte, daß nichts aus Zufall geschah, mußte das Leben — die Gesamtheit der Existenz — eine Bedeutung haben. Und wenn es eine Bedeutung hatte, hatte es einen logischen Aufbau, was wiederum bedeutete, daß man eines Tages alles, die Mutantenmagie eingeschlossen, verstehen würde. Und alles würde bekannt werden.

Ja ... Talismans Eingriffe in Augenblicken der Gefahr waren das, was die Wagner einfach ›Glück‹ nannten. Es war nur ein zufälliges Zusammentreffen von Ereignissen, die zusammenfielen, um den richtigen Menschen zur richtigen Zeit an den richtigen Platz zu bringen. Oder umgekehrt. Cadillac konnte zwar behaupten, der Weg sei vorgeschrieben, aber auch dies stimmte: Wenn man ein klares Ziel hatte und sämtliche Elemente einer Situation und ihrer Auswirkungen in verschiedenen Permutationen auf einem gewählten Handlungsweg analysierte, kam man in neun von zehn Fällen zu dem Ergebnis, daß man wußte, was zu tun war. Natürlich nur unter der Voraussetzung, man hatte genug Köpfchen, um die Dinge von vornherein logisch zu durchdenken.

Steve wußte, daß die Blauhimmelwelt der Ort war, an dem er leben wollte, doch obwohl er gelegentlich — meist in Augenblicken äußerster Verzweiflung — das anrief, was möglicherweise über ihm die Dinge regelte, glaubte er, daß die Zukunft hier unten auf der Erde geformt wurde. Durch Menschen wie ihn. Das Gefühl, dazu bestimmt zu sein, Großtaten zu vollbringen, konnte zwar auch, wie Cadillac behauptete, von Talisman hervorgerufen worden, aber es konnte auch schon immer dagewesen sein — ein Ergebnis seiner genetischen Konstruktion, die langsam herangereift war, als seine physischen und intellektuellen Fähigkeiten in den endlosen Stunden der Ausbildung, Übungen und Studien zugenommen hatten.

Die Mut- und Ausdauerprüfungen, deren man ihn in

den letzten beiden Jahren unterzogen hatte, hatten zwar seine Entschlußkraft gestärkt, aber deswegen hielt er sich nicht für unbesiegbar. Das, was Clearwater passiert war, war ein Schlag, der zur rechten Zeit kam. Er wußte, daß eine wohlgezielte Kugel oder ein Armbrustbolzen auch ihn abrupt stoppen konnte. Doch in seinem Innern war er davon überzeugt, daß es nicht dazu kam.

Steve legte noch ein paar Äste ins Feuer und warf Clearwater einen Blick zu. Keine Veränderung. Er hätte sie am liebsten in den Armen gewiegt und geküßt. Er wollte Leben in sie atmen, ihre Schmerzen lindern, aber er wußte, daß unter den gegenwärtigen Umständen nur ausgebildete Mediziner sie berühren sollten.

Ach, Mo-Town! Gütige Mutter! Wenn es dich oder Talisman WIRKLICH da oben gibt, warum UNTERNEHMT ihr dann nichts?! Wollt ihr einfach da oben auf eurer beschissenen, dämlichen Wolke hocken bleiben und zusehen, wie sie stirbt, obwohl ihr nur eine Hand auszustrecken braucht, um ihr die Schmerzen zu nehmen?

George Washington Jefferson der 31., der General-President der Föderation, schlug das Buch zu, in dem er gelesen hatte, nahm die Handsteuerung, um das leise, beharrliche Piep-piep auszuschalten, und legte den Anruf auf einen Bildschirm in der Nähe. Karlstroms persönliches Rufzeichen wurde durch die Großaufnahme seines Gesichts ersetzt. Er strahlte frohlockend.

»Guten Abend, Ben. Es ist lange her, seit ich Ihr Gesicht so habe grinsen sehen. Sie müssen eine gute Nachricht für mich haben.«

»Nicht unbedingt. Sagen wir, eine vielversprechende.«

»Raus damit, Ben! Auch ich möchte hin und wieder etwas Freizeit haben.«

»Ich melde den neuesten Stand des Unternehmens Square Dance. Steve Brickman. Möchten Sie die Akte einsehen?«

»Nein. Wie man so schön sagt: Ich erinnere mich gut an ihn. Haben Sie seine Blutsschwester ... ähm ... Wie heißt sie doch gleich ... — Roz? — auf den *Red River* versetzt?«

»Ja, so heißt sie. Erstaunlich. Bei allem, was hier oben vor sich geht ...« Karlstrom schüttelte den Kopf. »Wie machen Sie das nur?«

»Ich habe nicht alle verwanzt, Ben. Nur die, die wichtig für unsere Ärsche sind.«

»Ja, nun ... Wir haben gerade von High Sierra gehört. Er gehört zu meinen besten Leuten. Wir haben Roz benutzt, um Brickman am Bezugspunkt Chicago aufzuspüren. Als sie rausgefunden hatte, daß sie sich am North Platte River entlang bewegen, haben wir High Sierras Gruppe auf sie angesetzt.«

»Und?«

»Meine Nase hat sich bezahlt gemacht. Brickman ist sauber. Er ist wieder auf der Fährte. Tatsächlich ist er nie von ihr abgewichen. Roz fängt seit einiger Zeit positive Signale auf, und High Sierra hat sie gerade bestätigt. Brickman hat sich der Hilfe seiner Gruppe versichert. Sie soll helfen, seinen ursprünglichen Auftrag durchzuführen.«

»Wann also können wir damit rechnen, die Flaggen rauszuhängen, Ben?«

»Es dauert noch eine Weile, aber es sieht gut aus.«

»Und jetzt zu den schlechten Nachrichten.«

Karlstroms triumphierendes Lächeln verblaßte. »Wieso glauben Sie, daß es welche gibt?«

»Es gibt sie immer, Ben. Es gibt sie immer. Sie kommen mir doch nicht zum erstenmal mit einer guten Anfangsnachricht. Also raus damit!«

Karlstrom setzte sein übliches Pokergesicht auf und sagte: »In etwa ein bis zwei Stunden wird Clearwater ...«

Jeffersons Interesse nahm zu. »Die Ruferin, die unser junger Held ... äh ...?«

»Nagelt? Ja, genau die. Man hat Vorbereitungen getroffen, sie an Bord des *Red River* zu holen. Roz macht die Aufnahme.«

»Ist man auch in der Lage, zu ... Es würde mir nicht gefallen, den Zug einem Risiko auszusetzen.«

»Das wird kein Problem werden. Ein *Red River*-Falke, der auf Spähtrupp war, hat eine gegnerische Bande ausgemacht und seine letzten Patronen für eine Salve verwendet, bevor er nach Hause flog. Er hat gemeldet, mehrere Ziele seien zu Boden gegangen. Ich schätze, er hat nicht erkannt, auf wen er geschossen hat. Glücklicherweise hat Roz schon wenige Sekunden später davon erfahren.«

»Wie schwer ist sie verletzt, Ben?«

Karlstrom zog eine Grimasse. »Nun, es ist kritisch, aber High Sierra sagt, sie wäre nicht tödlich verletzt — wenn die Ärzte schnell genug an sie rankommen. Zwei Mann vom chirurgischen Team gehen raus, um die Übernahme einzuleiten. Man wird sie in einem Kumpelschlepper reinfliegen.«

»Und Roz?«

»Sie geht mit raus.«

»Jemand soll sie im Auge behalten, Ben.«

»Keine Sorge, man wird sich ihrer annehmen.«

»Und Brickman?«

»Nun, laut Roz möchte er an Bord kommen, um das letzte Stadium des Unternehmens zu koordinieren. Er ist jetzt bei Clearwater. Auf dem *Red River* ist alles vorbereitet, sie sofort unters Messer zu nehmen. Sie kann nicht allein weitergehen. Und auf der Guthabenseite ist sie natürlich auch nicht in der Lage, irgendwelchen Schaden anzurichten.«

Jefferson reagierte mit einem zufriedenen Nicken. »Okay, Ben, gut gemacht. Halten Sie mich in der Sache auf dem laufenden, bis sie nicht mehr auf der Gefährdetenliste steht.«

»Mache ich. Gute Nacht, Mr. General-President.«

»Nacht, Ben.« Jefferson löschte den Bildschirm mit der Tastatur, hob das Buch wieder auf und betastete kurz und vorsichtig den Ledereinband, bevor er sich wieder der Seite zuwandte, in der er das Lesezeichen hinterlassen hatte.

Das Buch, das er in den Händen hielt — es handelte von den Dampflokomotiven, die einst auf den Southern Pacific-, Atchinson-, Topeka- und Santa Fé-Linien durch Texas gefahren waren — war über tausend Jahre alt. Die Geschichte der amerikanischen Dampflokomotive war eine der beiden privaten Leidenschaften Jeffersons; die andere war die Züchtung antiker Rosen.

Die Erste Familie besaß eine gewaltige Bibliothek echter Bücher, die sich mit diesen und vielen anderen Themen beschäftigten, und COLUMBUS, die führende Intelligenz der Föderation, enthielt die Texte praktisch aller Bücher, die je geschrieben worden waren. Doch die Zeit, in der man ihren Inhalt einem größeren Publikum bekanntgeben konnte, war noch weit entfernt. Das Material, das sie enthielten, war nicht einmal allen Angehörigen der Ersten Familie zugänglich. Das Werk, in dem Jefferson las, war zwar harmlos, doch schon die Tatsache, daß Dinge wie Bücher existierten, hätten eine beunruhigende Wirkung auf jene ausüben können, die der Föderation dienten.

Bücher waren hübsche Dinge. Aber sie waren auch gefährlich.

Steve entfernte vorsichtig das Kleiderbündel, aus dem er das Kissen geformt hatte, und legte Clearwaters Kopf auf seinen Schenkel. Die Veränderung ihrer Lage ermöglichte es ihm, ihre rechte Hand in die seine zu nehmen und ihren Kopf zu streicheln. Er war ihr so nahe wie möglich. Ihre Stirn war immer noch kalt, ihr Haar feucht, ihre Augen waren geschlossen.

Von einem Gefühl der Hoffnungslosigkeit ergriffen, nahm er sich vor, seine Aufmerksamkeit auf etwas anderes zu richten. Wenn er es für eine Weile tat und sie dann erneut ansah, trafen sich vielleicht ihre Blicke. Es spielte keine Rolle, wie kurz. Wenn sie nur sah, daß er *bei ihr* war. Wenn er doch nur Verbindung mit ihr aufnehmen und ihr irgendwie verständlich machen konnte, daß sie in sicheren Händen war — daß sie weiterleben *mußte* …

Er wandte den Blick von ihr und richtete ihn auf die brennenden Scheite. Die nächsten Wochen würden nicht leicht sein. Wenn Cadillac erfuhr, daß Clearwater sich auf dem Red River befand, würde er durchdrehen. Aber es ging nicht anders. Es war die einzige Möglichkeit, ihr Leben zu retten. Das war alles, was für Steve zählte. Nur die fachmännisch ausgebildeten Chirurgen der Föderation und die hochentwickelten Verfahren, die die Erste Familie entwickelt hatte, konnten zerrissenes Fleisch nähen und zerschmetterte Knochen flicken. Mr. Snow würde es verstehen. Steve rechnete auf seinen weisen, gelassenen Rat, um Cadillac davon abzuhalten, die Wände hochzugehen. Was ihn selbst betraf, so war er zu einem Waffenstillstand bereit — er war sogar bereit, alle Feindseligkeiten zu beenden. Für immer. In der gegenwärtigen Lage konnte sich keiner von ihnen den Luxus eines weiteren Streites erlauben.

Als Angehörige des Wagenzug-Medizinerteams und dank ihrer Beziehungen zu Karlstrom würde Roz dafür sorgen, daß Clearwater die bestmögliche Behandlung erhielt. Und bei erstbester Gelegenheit würde Roz ihr sagen, daß man sie nicht aufgegeben hatte. Roz würde Karlstrom zudem überzeugen, daß Clearwater im Wagenzug bleiben mußte — als Köder, um die anderen zu fangen.

Karlstrom mußte glauben, daß Steve der Föderation völlig treu ergeben war — wie Roz behauptet hatte. Auch wenn es nicht so war. Das technische Geschick der Föderationsärzte würde zwar Clearwaters Körper beeinflussen, aber gesunden würde sie beim Präriervolk.

Irgendwie — im Augenblick hatte er noch nicht die geringste Vorstellung, wie man es bewerkstelligen konnte — würde er Clearwater aus dem *Red River* herausholen — aus dem Wagenzug mit der höchsten Tötungsquote der Föderation. Die Aufgabe, die er sich gestellt hatte, war mit dem Sturm eines einzelnen Mannes auf die Palastfestung des Shoguns bei Yedo vergleichbar. Unter normalen Umständen hätte er die Idee als unmöglich verworfen, doch wenn Roz sich an Bord befand, sah die Sache ganz anders aus …

Steve streckte geistesabwesend den Arm nach einem gerundeten Stein aus. Er hielt ihn in der Hand, drehte ihn von einer Seite auf die andere und sehnte sich Cadillacs Fähigkeit herbei, die Zukunft aus Steinen zu lesen. Nichts geschah. Der Stein wurde nicht lebendig. Doch als er ihn fest in der Hand hielt, fiel ihm ein, was Clearwater über Cadillacs Prophezeiung gesagt hatte — als sie auf der Klippe gestanden und Mr. Snow zugeschaut hatte, wie er in den abendlichen Himmel aufgestiegen war …

»Ob er wohl zurückkommt?« hatte Clearwater gefragt, als Blue-Bird sich dem Trockenland im Süden zugewandt hatte.

»Ja, in der Zeit der Neuen Erde«, hatte Cadillac erwidert. *»Er wird in der Maske eines Freundes kommen, mit dem heimlichen Tod in seinem Schatten, und er wird dich auf einem blutigen Fluß davontragen.«*

Wenn Steve über diese Worte nachgedacht hatte, hatte er die Worte ›blutiger Fluß‹ stets für die Umschreibung einer Schlacht gehalten, in der Ströme von Blut vergossen würden und für die er irgendwie verantwortlich wäre. Er hatte es teilweise deswegen so gesehen, da er ›mit dem heimlichen Tod in seinem Schatten‹ kommen sollte. Und da Cadillac diese Prophezeiung schon früher gemacht hatte, hatte Motor-Head ihn ›Todesbringer‹ genannt.

Doch nun erkannte Steve, daß man seine Worte auch

auf ganz andere Weise interpretieren konnte. Der ›blutige Fluß‹, der Clearwater hinwegtragen sollte, konnte auch der *Red River* sein! Der Wagenzug, in den sie beide steigen würden!

»Werde ich in der Finsternis ihrer Welt sterben?« hatte sie gefragt.

»Nein«, hatte Mr. Snow erwidert. *»Du wirst leben.«*

Oh, gütige Mutter! Steves Herz platzte beinahe, als ihm klar wurde, daß er die Antwort immer schon gekannt hatte! Im Schock des Augenblicks und des darauf folgenden geistigen Wirrwarrs hatte die verzweifelte Erfordernis, ihre Feinde zu täuschen, alle anderen Gedanken verdrängt. Er warf den Stein weg, legte die Arme um Clearwaters Kopf und zog sie so eng an sich, wie es ging.

»Du wirst leben!« flüsterte er ungestüm. »Du wirst leben!«

Hoch über ihm, in der Finsternis, glitt am Himmel eine gezackte Ansammlung blinkender roter Lichter dahin.

Clearwaters Lider flatterten, als Roz' innere Stimme Schmerz und Verwirrung durchdrangen und nach ihrem Geist griff, um den Kern ihrer Existenz zu erreichen.

Ich grüße dich, Seelenschwester. Endlich lernen wir uns kennen — unter den Sternen, die unsere Heimat sind. Ich bringe dir Liebe und das Leben. Werde gesund. Sei stark. Die Zeit ist nah. Unsere Arbeit fängt erst an …